LAINI TAYLOR
Autora best-seller do *The New York Times*

A MUSA DOS PESADELOS

São Paulo
2024

Grupo Editorial
UNIVERSO DOS LIVROS

Diretor editorial: Luis Matos
Gerente editorial: Marcia Batista
Produção editorial: Letícia Nakamura e Raquel F. Abranches
Tradução: Raquel Nakasone
Preparação: Aline Graça
Revisão: Luisa Tieppo e Alline Salles
Capa e diagramação: Renato Klisman

Dados Internacionais de Catalogação na Publicação (CIP)
Angélica Ilacqua CRB-8/7057

T241m

Taylor, Laini

A musa dos pesadelos / Laini Taylor ; tradução de Raquel Nakasone. –– 2ed.
–– São Paulo : Universo dos Livros, 2024.
384 p.

ISBN 978-65-5609-695-7

Título original: *Muse of nightmares*

1. Ficção norte-americana 2. Aventura e aventureiros - Ficção 3. Magia - Ficção I. Título II. Nakasone, Raquel

20-2179 CDD 813.6

Universo dos Livros Editora Ltda.
Avenida Ordem e Progresso, 157 — 8º andar — Conj. 803
CEP 01141-030 — Barra Funda — São Paulo/SP
Telefone: (11) 3392-3336
www.universodoslivros.com.br
e-mail: editor@universodoslivros.com.br

Para a minha mãe

=R OR T?
=M
=MELIZE
= E _ E _ Z

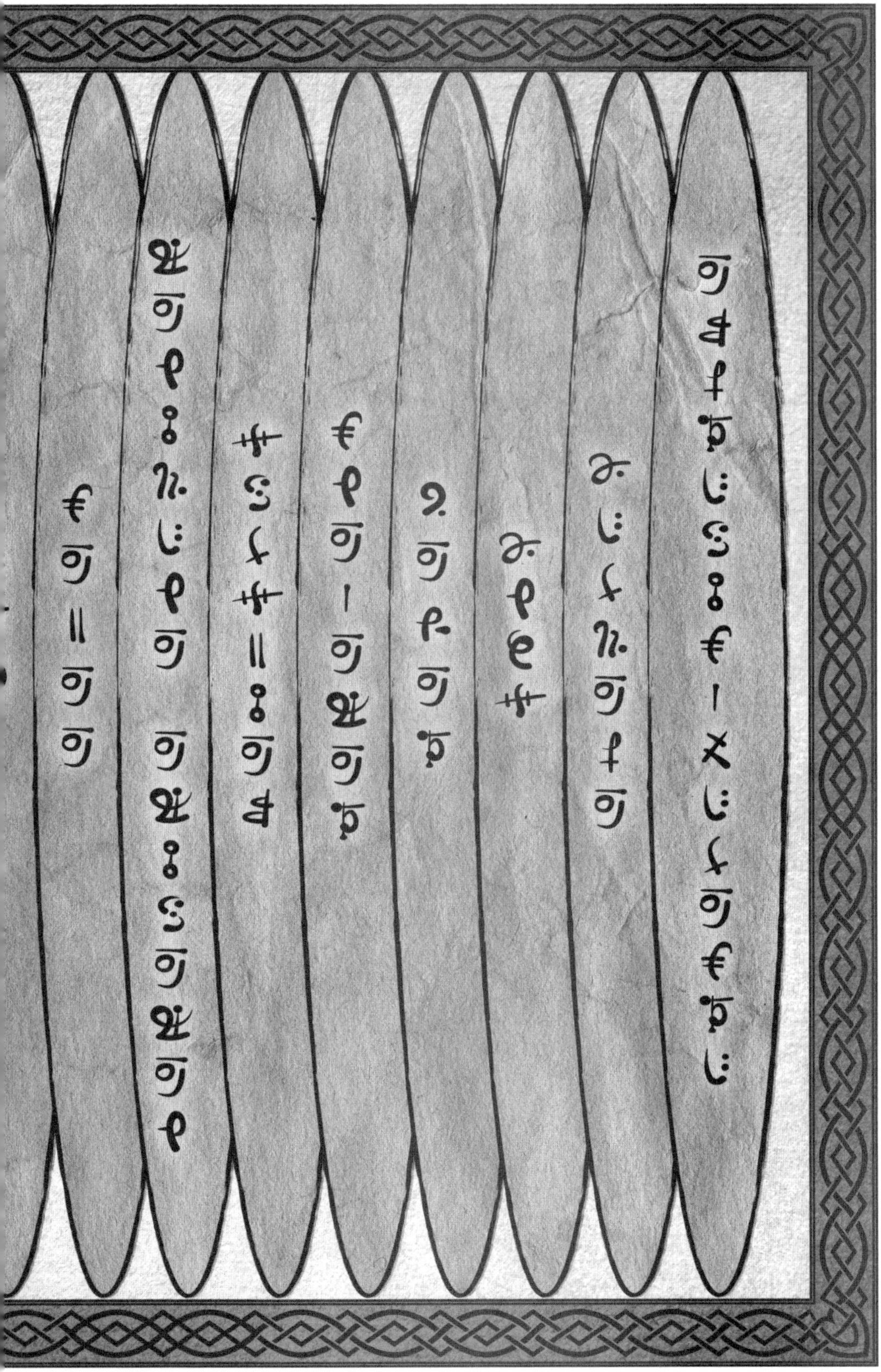

PARTE I

elilith (el.LIL.lith) *substantivo*

Tatuagens dadas às garotas de Lamento, em volta de seus umbigos, ao se tornarem mulheres.

Arcaico; da raiz eles (próprio) + lilithai (destino), significando o período em que uma mulher se apodera de seu destino, e determina o curso de sua própria vida.

1

COMO JOIAS, COMO DESAFIOS

Kora e Nova nunca tinham visto um Mesarthim, mas sabiam tudo sobre eles. Todos sabiam. Sabiam sobre suas peles: "Azuis como safiras", disse Nova, ainda que tampouco tivesse visto uma safira. "Azuis como icebergs", afirmou Kora. Esses elas viam o tempo todo. Sabiam que Mesarthim significava "servo", embora não fossem servos comuns. Eram soldados-feiticeiros do império. Podiam voar, cuspir fogo, ler mentes, se transformar em sombras. Eles iam e vinham cortando o céu. Podiam curar, se metamorfosear e desaparecer. Possuíam dons de guerra, uma força inacreditável e podiam dizer como você morreria. Não todas essas coisas juntas, é claro, mas um dom cada, apenas um, e não podiam escolher qual. Os dons estavam dentro deles, assim como em todos, esperando — tal qual uma brasa esperando pelo ar — quem teria tanta sorte, seria tão abençoado, de ser o escolhido.

Como a mãe de Kora e Nova, que foi escolhida, dezesseis anos atrás, no dia em que os Mesarthim estiveram em Rieva pela última vez.

As garotas eram bebês, então não se lembravam dos servos de pele azul e da nave planadora de metal, assim como também não se lembravam de sua mãe, que foi levada e transformada em um deles, e nunca mais voltou.

Ela costumava enviar cartas de Aqa, a cidade imperial, descrevendo que as pessoas não eram somente brancas ou azuis, mas de todas as cores, e que o palácio de metal divino flutuava no ar, sempre se movendo. A última carta, recebida oito anos atrás, dizia: *Minhas queridas, estou indo para Fora. Não sei quando vou voltar, mas vocês certamente já serão mulheres adultas. Cuidem uma da outra por mim, e lembrem-se sempre, não importa o que digam: eu teria escolhido vocês, se eles tivessem me deixado escolher.*

Eu teria escolhido vocês.

Durante o inverno de Rieva, elas esquentavam pedras achatadas no fogo para enfiá-las dentro dos cobertores de noite, só que esfriavam rápido e iam parar embaixo das costelas de manhã. Bem, essas quatro palavras eram como pedras quentes que nunca perdiam o calor ou queimavam a pele, e Kora e

Nova sempre as carregavam consigo. Ou talvez as vestissem, como joias. Como um desafio. *Alguém nos ama*, seus rostos diziam quando olhavam para Skoyë ou quando se recusavam a se encolher diante de seu pai. Não era muito, apenas palavras no lugar de uma mãe — e agora era apenas uma memória, já que Skoyë jogara a carta no fogo "por acidente" —, mas elas ao menos estavam juntas. Kora e Nova: companheiras, aliadas. Irmãs. Elas eram indivisíveis, como os versos de um poema, que perderia o significado fora de contexto. Seus nomes bem que poderiam ser apenas um — Koraenova —, tão raras eram as vezes que eram pronunciados separadamente, e quando eram, soavam incompletos, como uma concha de mexilhão, aberta e dividida em dois. Elas eram a pessoa favorita uma da outra. O lugar favorito. Não precisavam de magia para ler os pensamentos, os olhares já bastavam, e suas esperanças eram gêmeas, mesmo que as garotas não fossem gêmeas. Estavam sempre lado a lado, encarando juntas o futuro. O que quer que a vida as impusesse, ou até se falhassem, elas tinham uma a outra.

Então os Mesarthim voltaram.

✷

Nova foi a primeira a ver. Ela estava na praia, endireitando-se e afastando o cabelo dos olhos com o antebraço, pois segurava um arpão em uma mão e uma faca na outra. Seus dedos se apertavam feito garras em volta das armas, e ela sangrava até os cotovelos. Sentiu a resistência do sangue meio seco e pegajoso ao levar o braço à sobrancelha. Então algo cintilou no céu, e ela ergueu a cabeça para ver o que era.

— Kora — disse.

Kora não ouviu. Seu rosto, também manchado de sangue, estava pálido, entorpecido pelo esforço. Sua faca trabalhava sem cessar, mas seus olhos estavam vazios, como se ela estivesse com a cabeça em um lugar melhor, sem ser requisitada para essa tarefa macabra. Uma carcaça de uul, meio esfolada, jazia entre elas. A praia estava repleta de dezenas de carcaças e figuras encurvadas como a delas. Sangue e gordura coagulavam na areia. Cyrs rodopiavam, lutando pelas vísceras, e as águas ferviam de agulhões e tubarões atraídos pelo cheiro agridoce. Era o Abate, o pior período do ano em Rieva — para mulheres e meninas, ao menos. Mas os homens e meninos apreciavam. Eles não empunhavam arpões e facas, mas lanças. Matavam e esquartejavam as presas para fazer troféus, e deixavam todo o resto ali. As mulheres eram as carniceiras, mesmo que esse trabalho exigisse mais músculo e mais resistência do que matar. "Nossas mulheres são fortes", os homens gabavam-se no pontal, longe do fedor e das moscas. E elas eram fortes — e estavam exaustas e assustadoras, tremendo por conta do esforço, cobertas do fluido vil que vaza das coisas mortas. Foi quando o brilho chamou a atenção de Nova.

— Kora — ela disse de novo, e dessa vez sua irmã olhou para cima, seguindo seu olhar.

E foi como se, mesmo que Nova soubesse o que era, só conseguisse processar depois que Kora também entendesse. Assim que os olhos de sua irmã viram, o choque as sobrepujou.

Era uma nave.

E nave significava Mesarthim.

E Mesarthim significava...

Libertação. Libertação do gelo, dos uuls e do trabalho duro. Da tirania de Skoyë e da apatia de seu pai, e mais recentemente — mais importante —, dos homens. No último ano, os aldeões haviam começado a encará-las quando elas passavam, olhando de Kora para Nova e de Nova para Kora como se estivessem escolhendo a galinha que iriam comer. Kora tinha dezessete anos, Nova, dezesseis. O pai podia casá-las quando bem entendesse. O único motivo para não ter feito isso ainda era porque Skoyë, a madrasta, estava relutante em perder seu par de escravas. Elas faziam quase todo o trabalho e cuidavam da trupe de meios-irmãos. No entanto, Skoyë não poderia mantê-las ali para sempre. As meninas eram presentes a serem oferecidos, e não guardados — na verdade, era mais como gado a ser vendido, como qualquer pai de filhas desejáveis em Rieva sabia. E Kora e Nova eram muito bonitas, com os cabelos loiros e os olhos castanhos e brilhantes. Tinham punhos delicados que mascaravam sua força e, embora suas silhuetas se escondessem sob camadas de lã e pele de uul, os quadris eram difíceis de disfarçar. Tinham curvas que mantinham os cobertores aquecidos, e eram conhecidas por serem muito trabalhadoras. Não duraria muito. No Inverno Profundo, certamente, quando o sombrio mês caísse, elas se tornariam esposas e morariam com quem fizesse a melhor oferta, e não mais juntas.

E não era só por conta da separação ou porque não desejavam ser esposas. O pior de tudo era a perda da mentira.

Que mentira?

Esta não é a nossa vida.

Isso era o que diziam uma à outra, com ou sem palavras, desde que se lembravam. Elas tinham um jeito de se olhar, uma intensidade obstinada, que era tão eficaz quanto falar em voz alta. Quando as coisas ficavam insuportáveis — no meio do Abate, carcaça após carcaça, ou quando Skoyë batia nelas, ou quando a comida acabava antes do inverno —, elas mantinham a mentira acesa. *Esta não é a nossa vida. Lembre-se. Não pertencemos a este lugar. Os Mesarthim vão voltar e nos escolher. Esta não é a nossa vida de verdade.* Por piores que as coisas ficassem, elas tinham isso para se agarrar. Se fosse uma, em vez de duas garotas, a chama teria se apagado há muito tempo, como uma vela com apenas uma mão para segurá-la. Mas eram duas mantendo a mentira acesa, vendo-a refletida no rosto uma da outra, emprestando fé uma para a outra; nunca estavam sozinhas nem derrotadas.

De noite, cochichavam sobre quais dons teriam. Elas seriam poderosas como a mãe, tinham *certeza.* Tinham nascido para serem soldadas-feiticeiras, não noivas-criadas ou filhas-escravas, e seriam levadas a Aqa para treinar e vestir o metal divino e, quando chegasse a hora, também seriam enviadas para Fora — cortando o céu, heroínas do império, azuis como safiras e geleiras e bonitas como estrelas.

Mas os anos se passaram e nenhum Mesarthim veio, e a mentira se esvaía, de modo que, ao se fitarem buscando fé, encontravam medo. *E se esta for a nossa vida mesmo?*

Todos os anos, na véspera do Inverno Profundo, Kora e Nova escalavam a trilha da montanha de gelo para assistir à breve aparição do sol, sabendo que não o veriam por um mês. Bem, perder sua mentira era como perder o sol — não por um mês, mas para sempre.

Assim, a visão daquela nave... era como o retorno da luz.

Nova soltou um grito. Kora riu — com alegria e entrega e... acusação.

— Hoje? — perguntou à nave no céu. O luminoso e vacilante som de sua risada ecoou pela praia. — *Sério?*

— Você não podia ter vindo na semana passada? — reclamou Nova, com a cabeça para trás. Sua voz continha a mesma alegria e entrega, a mesma aspereza de sua irmã. Estavam cobertas de suor, revestidas de sangue, os olhos vermelhos por conta das tripas e dos gases, e os Mesarthim vinham *agora*? Ao longo da praia, entre cascas úmidas e ocas de bestas abatidas e nuvens de moscas zunindo, as outras mulheres também ergueram o olhar. As facas ficaram imóveis. O espanto se espalhou pelo abatedouro entorpecido quando a nave se aproximou. Era feita de metal divino, azul vivo e espelho reluzente, capturando o sol e irradiando seu calor cintilante.

As naves dos Mesarthim eram moldadas pelas mentes de seus capitães, e esta parecia uma vespa. As asas eram lustrosas como lâminas e a cabeça era cônica e ovalada, com duas grandes esferas para os olhos. O corpo, semelhante a um inseto, era formado por um tórax e um abdômen unidos pela cintura. A nave tinha até um ferrão. Ela sobrevoou a praia, em direção ao pontal, e desapareceu atrás da paliçada de pedra que protegia a aldeia do vento.

Os corações de Kora e Nova aceleraram. Estavam zonzas, tremendo de emoção, de nervoso, de respeito, de esperança e de vingança. Balançaram seus arpões e facas e os enfiaram no uul e, enquanto soltavam os dedos das hastes desgastadas das ferramentas, souberam que nunca mais voltariam para recuperá-los.

Esta não é a nossa vida.

— O que vocês duas pensam que estão fazendo? — Skoyë questionou, conforme as garotas tropeçavam em direção à costa.

Elas a ignoraram, caindo de joelhos nas águas gélidas para lavar as cabeças. A espuma do mar estava rosada, e manchas de gordura e cartilagem oscilavam nas ondas, mas ainda assim estava mais limpa do que elas. Esfregaram a pele e os cabelos, e a pele e os cabelos uma da outra, tomando cuidado para não ir para o fundo, onde os tubarões e os agulhões se debatiam.

— Vocês duas, voltem para o trabalho — Skoyë repreendeu. — Não deu a hora de parar.

Elas a encararam, incrédulas.

— Os Mesarthim estão aqui — disse Kora, com uma voz suave e maravilhada. — Vamos ser testadas.

— Não até terminarem aquele uul.

— Termine você — disse Nova. — Eles não precisam ver *você*. — A expressão de Skoyë se congelou. Não estava acostumada a ser retrucada, mas o problema não era a réplica. Ela entendeu o tom de Nova. De desprezo. Skoyë havia sido testada dezesseis anos antes, e elas sabiam qual era o seu dom. Todos em Rieva haviam sido testados, exceto os bebês, e apenas uma fora Escolhida: Nyoka, sua mãe. Nyoka possuía um dom chocante. *Literalmente* chocante. Podia enviar ondas de choque — para a terra e para o ar. Ela balançou a aldeia quando seu poder despertou e causou uma avalanche que bloqueou o caminho para as minas fechadas. O dom de Skoyë, tecnicamente, também era um dom de guerra, mas de magnitude tão baixa que o fazia uma piada. Ela era capaz de causar a sensação de ser picado por agulhas — pelo menos durante a breve duração do teste. Apenas os Escolhidos podiam ficar com seus dons e estritamente a serviço do império. Todos os outros tinham que voltar ao normal: inúteis. Sem poderes. Pálidos.

Irritada, Skoyë afastou a mão para dar um tapa em Nova, mas Kora segurou seu punho. Ela não disse nada. Só balançou a cabeça. Skoyë soltou a mão, tão atordoada quanto enfurecida. As garotas sempre a enfureciam — não por serem desobedientes, mas por esse jeito de serem intocáveis, como se fossem *superiores*, observando o restante de algum lugar sublime a que eles não tinham direito.

— Você acha que eles vão te escolher só porque escolheram *ela*? — perguntou. A perfeita Nyoka. Skoyë queria cuspir. Não bastava Nyoka ter sido escolhida, arrancada desta ilhazinha rochosa, infernal e gélida, mas ela também permanecia ali, no coração do marido e nas fantasias de suas filhas, e nas memórias benevolentes de todos os outros. Nyoka conseguiu se libertar *e* se preservar nessa falsa perfeição de jovem mãe, para sempre linda, escolhida para um destino importante. Os lábios de Skoyë se curvaram com desdém. — Você se acha melhor que o restante de nós? Você acha que *ela* era melhor?

— *Sim* — Nova assobiou, respondendo a primeira pergunta. — *Sim* — assobiou para a segunda. — *E sim.* — Ela mostrou os dentes. Queria morder. Mas Kora segurou sua mão e a afastou, conduzindo-a para a trilha que serpenteava pela face rochosa. Elas não eram as únicas que seguiam por ali. As outras mulheres e garotas também estavam voltando para a vila. Tinham visitas. Rieva estava no fundo do mundo — onde ficaria um ralo, se mundos tivessem ralos. Visitantes eram tão raros quanto borboletas em tempestades, e esses visitantes eram *Mesarthim*. Ninguém ia perder esse evento, nem se isso significasse largar os uuls na praia.

Ouvia-se conversas ansiosas, risadas abafadas e zumbidos de animação. Nenhuma delas se preocupou em se lavar. Não que Kora e Nova estivessem *limpas*, mas suas mãos e rostos haviam sido esfregados e estavam corados, e seus cabelos, úmidos e salgados, haviam sido colocados para trás. As outras estavam sujas, engorduradas e cobertas de sangue escuro, e algumas ainda seguravam seus arpões e facas.

Pareciam um enxame de assassinas emergindo da colmeia.

Elas foram até a aldeia. A nave-vespa estava na clareira. Os homens e meninos estavam reunidos em volta dela, e seus olhares ao verem as mulheres foi de aversão e vergonha.

— Peço desculpas pelo cheiro — disse o ancião da aldeia, Shergesh, a seus estimados visitantes.

Então, Kora e Nova viram os Mesarthim pela primeira vez — ou talvez fosse a segunda vez, já que eram bebês nos braços de Nyoka dezesseis anos atrás, quando sua mãe esteve onde elas estavam agora, antes de sua vida mudar para sempre.

Estavam em quatro: três homens e uma mulher, e eram realmente azuis como icebergs. Se havia alguma centelha de esperança de que Nyoka estivesse com o grupo, havia acabado de se apagar. Nyoka era loira como as filhas. Essa mulher tinha cabelos cacheados e pretos. Quanto aos homens, um era alto, de cabeça raspada, e o outro tinha um longo cabelo branco preso por cordas até a cintura. O último era um homem comum, tirando a pele azul. Ou... deveria ter sido comum. Seu cabelo era castanho, e o rosto era claro. Ele não era alto nem baixo nem bonito nem feio, mas havia algo que o destacava de seus colegas. Sua postura aberta, o ângulo arrogante de seu queixo? Sem nenhum motivo evidente, Kora e Nova tiveram certeza de que ele era o capitão, o que havia moldado a forma de vespa ao metal divino e voado até ali. Ele era o ferreiro.

De todos os dons dos Mesarthim — e havia incontáveis, novas mutações o tempo todo com um índice cada vez maior de magias —, apenas um era o principal. Todas as pessoas nascidas no mundo de Mesaret possuíam uma capacidade adormecida que despertava com o toque do metal divino — o famoso e raro elemento azul, mesarthium. Mas, dentre milhões, apenas alguns possuíam a habilidade principal: manipular o metal divino. Esses poucos eram chamados de ferreiros, porque podiam moldar o mesarthium, assim como ferreiros comuns moldavam metais comuns, embora não usassem fogo, bigornas e martelos, mas suas mentes. Mesarthium era a substância mais rígida que existia. Era absolutamente imune a cortes, calor ou ácido. Não podia sofrer nem um arranhão sequer. Mas, para um ferreiro, era maleável e responsiva ao seu comando mental. Eles podiam minerá-la, moldá-la, despertar suas propriedades extraordinárias. Podiam construir e voar com ela, podiam se *conectar* a ela, como se fosse algo vivo.

Esse era o dom com o qual as crianças sonhavam, brincando de Servos na vila, e era o assunto de seus sussurros agora. Coradas e ansiosas, imaginavam como seriam suas próprias naves a receber seus comandos: tubarões alados e cobras aéreas, aves de metal, demônios e raios. Alguns desejavam coisas menos ameaçadoras: pássaros cantores, libélulas e sereias. Aoki, um dos irmãozinhos de Kora e Nova, declarou que a nave dele seria uma *bunda*.

— A porta vai ser o "*buraco*" — falou, apontando para seu próprio traseiro.

— Querido Thakra, não permita que Aoki seja um ferreiro — sussurrou Kora, invocando o serafim Faerer, para quem oravam em sua igrejinha de pedra.

Nova abafou uma risada.

— Uma nave-bunda *seria* aterrorizante — disse. — Talvez eu roube essa ideia se acabar sendo ferreira.

— Não, você não vai — falou Kora. — Nossa nave vai ser um uul, para lembrarmos com carinho de nosso lar.

A risada delas dessa vez não foi suficientemente abafada, e chamou a atenção do pai. Ele as silenciou com um olhar. Era bom nisso.

Elas pensaram que esse poderia ser seu dom: estraga-prazeres, inimigo da risada. Na verdade, tinha sido testado como elementar. Ele podia transformar coisas em gelo, e isso também era oportuno. Só que sua magnitude era baixa, como a de Skoyë e de todos os outros em Rieva, e todos os outros em todos os lugares. Dons poderosos eram raros. Era por isso que os Servos saíam em buscas como essas e testavam pessoas em todo o mundo, procurando agulhas em palheiros para incorporá-las às fileiras imperiais.

Kora e Nova sabiam que eram agulhas. *Tinham* que ser.

Então a tontura que ambas sentiam esmoreceu, não por conta do olhar repressor do pai, mas porque os Servos estavam examinando as mulheres reunidas — inclusive seu cheiro. Eles não conseguiram disfarçar o nojo. Um cochichou com o outro, e a risada em resposta foi tão dura quanto uma tosse. Kora e Nova não os culpavam. O fedor era grotesco, mesmo para quem estava acostumado. Como seria para os não iniciados e para os que nunca tiveram que estripar ou esfolar algo? Era doloroso fazer parte dessa multidão horripilante sabendo que, para os visitantes, elas eram indistinguíveis do restante. Elas faziam o mesmo pedido desesperado em suas mentes. As irmãs não sabiam que desejavam exatamente a mesma coisa nesse exato momento, mas não teriam ficado surpresas se soubessem.

Veja-nos, imploraram aos Mesarthim. *Veja-nos.*

E como se tivessem falado em voz alta — como se tivessem gritado —, um dos quatro Servos parou no meio de uma frase e se virou para olhar diretamente para elas.

Kora e Nova congelaram, apertando os dedos rijos uma da outra, e desviaram o olhar. Era o homem alto de cabeça raspada. Ele as tinha escutado. Devia ser um telepata. Seus olhos se fixaram nos olhos delas e... se *derramaram* neles. Elas o sentiram como uma brisa agitando a grama, vasculhando, observando, exatamente como queriam ser vistas.

Em seguida, ele disse algo para a mulher que, por sua vez, disse algo para Shergesh.

O ancião apertou os lábios, aborrecido.

— Talvez os meninos primeiro... — tentou, e a mulher disse: — Não. Há sangue de Servo aqui. Vamos testá-las primeiro.

Então Kora e Nova foram levadas para dentro da nave-vespa, e as portas se fecharam.

2

NOVOS HORRORES

Sarai tinha vivido e respirado pesadelos desde que tinha seis anos. Durante quatro mil noites, ela explorou os cenários surreais de Lamento, testemunhando e criando atrocidades. Era a Musa dos Pesadelos. Sua centena de mariposas sentinelas estavam empoleiradas em cada sobrancelha. Nenhum homem, mulher ou criança estava a salvo dela. Ela conhecia suas vergonhas e agonias, tristezas e medos, e ela pensou... acreditou... que conhecia *todos* os horrores e que nada poderia surpreendê-la.

Isso foi antes de se ajoelhar nas flores do jardim da cidadela e preparar seu próprio corpo para a cremação.

Aquela pobre coisinha quebrada. Estava deitada em uma cama de flores brancas, formando uma linda e colorida imagem: pele azul, seda cor-de-rosa, cabelos cor de canela, sangue vermelho.

Durante dezessete anos, isso fora *ela*. Esses pés pisaram o chão da cidadela em intermináveis passeios inquietos. Esses lábios sorriram e gritaram mariposas no céu, e beberam chuva em taças de prata.

Tudo o que significava ser Sarai estava ancorado na carne e nos ossos à sua frente. Ou tudo o que fora. Tinha sido arrancada, despelada pela morte, e este corpo, era... o quê? Uma coisa. Um artefato de sua vida finita. E eles iam queimá-lo.

Sempre haveria novos horrores. Ela sabia disso agora.

3

UMA GAROTINHA ESFARRAPADA COM OLHOS DE CARCAÇA DE BESOURO

Na noite anterior, a cidadela dos Mesarthim quase caiu do céu. E teria esmagado a cidade de Lamento logo abaixo. Se alguém sobrevivesse ao impacto, se afogaria com o rio subterrâneo que inundaria as ruas ao se libertar. Mas nada disso aconteceu, porque alguém impediu a tragédia. Não importava que a cidadela tivesse centenas de metros de altura, forjada por metal alienígena e construída por um deus na forma de um anjo. Lazlo a pegara — Lazlo Estranho, o sonhador faranji que, de alguma maneira, era um deus. Ele havia impedido a cidadela de cair, então, em vez de todos morrerem, apenas Sarai morreu.

Bem, isso não era bem verdade. O explosionista também morrera, mas sua morte era uma justiça poética. Sarai só não teve sorte. Ela estava em seu terraço — bem na palma da mão do serafim gigante — quando a cidadela balançou e se inclinou. Não havia onde se segurar. Ela deslizou, mão de metal azul abaixo, seda no mesarthium, para além da borda.

Ela caiu e morreu, e qualquer um pensaria que isso seria o fim do terror, mas não foi. Ainda havia evanescência, e era pior. As almas dos mortos não se extinguiam quando a centelha da vida deixava o corpo. Elas eram esvaziadas no ar para serem languidamente desfeitas. Se tiver vivido uma vida longa, se estiver preparado e cansado, então talvez isso lhe pareça pacífico. Mas Sarai *não estava pronta*, e foi como se tivesse se dissolvido — como uma gota de sangue na água ou um granizo em uma língua vermelha e quente. O mundo tentou dissolvê-la, derretê-la e reabsorvê-la.

E… algo o impediu. Esse algo era Minya, é claro.

A garotinha era mais forte que a boca sugadora do mundo. Ela tirava fantasmas de sua garganta quando o mundo tentava engoli-los inteiros. Ela pegou Sarai. Ela a salvou. Esse era o dom de cria dos deuses de Minya: pegar as almas dos novos mortos e impedi-las de se desfazerem. Bem, esse era *meio* dom, e nos primeiros e inebriantes momentos de sua salvação, Sarai não pensou na outra metade.

Ela estava se desfazendo, sozinha e indefesa, presa na maré da evanescência e, de repente, não estava mais. Sarai era ela mesma de novo, parada no jardim da cidadela. A primeira coisa que viu com seus novos olhos foi Minya, e a primeira coisa que fez com seus novos braços foi abraçá-la. Esquecida, em seu alívio, de todo o conflito entre elas.

— Obrigada — sussurrou ardentemente.

Minya não a abraçou de volta, mas Sarai nem notou. Alívio era tudo o que sentia naquele momento. Quase havia se dissolvido em nada, e ali estava ela, real e sólida e em *casa*. Sonhara tanto em fugir desse lugar, e agora lhe parecia um santuário. Olhou em volta e estavam todos ali: Rubi, Pardal, Feral, as Ellens, alguns dos outros fantasmas, e…

Lazlo.

Lazlo estava ali, magnífico e azul, com encantamento nos olhos.

Sarai ficou maravilhada. Era como ser o ar inalado na escuridão, apenas para ser exalado como música. Estava morta, mas era música. Estava salva e eufórica. Voou até ele. Ele a pegou, e seu rosto era um incêndio de amor. Lágrimas se derramaram por suas bochechas e ela as limpou com beijos. Seus lábios sorridentes encontraram os dele.

Ela era fantasma e deusa, e eles se beijaram como se tivessem perdido seus sonhos e os reencontrado.

Os lábios dele roçaram seu ombro, perto da tira fina de sua camisola. Em seu último sonho compartilhado, Lazlo a beijou bem ali, e seu corpo pressionou o dela penas abaixo enquanto calor se espalhava por eles feito luz. Isso só na noite anterior. Ele tinha beijado seus ombros de sonho, e agora beijava seus ombros de fantasma. Sarai inclinou a cabeça para sussurrar em seu ouvido.

De seus lábios sairiam palavras. As palavras mais doces de todas. Eles ainda tinham que dizê-las um para o outro. Tinham tão pouco tempo, e ela não queria desperdiçar um segundo sequer. Só que as palavras que saíram de sua boca não foram doces, e… não eram *dela*.

Essa era a outra parte do dom de Minya. Sim, a menininha que pegava almas e as conectava ao mundo. Ela lhes dava forma e lhes tornava reais. Impedia que se desfizessem.

E também as controlava.

— Nós vamos jogar um jogo — Sarai se ouviu dizendo. A voz era dela, mas o tom não. Era doce e afiado, como uma faca pingando gelo. Era Minya falando *através* dela. — Eu sou boa em jogos. Você vai ver. — Sarai tentou segurar as palavras, mas não conseguiu. Seus lábios, sua língua, seu tom, nada estava sob seu controle. — Este vai funcionar assim. Só existe uma regra. Você faz tudo o que eu digo, ou eu deixo a alma dela partir. Que tal?

Faz tudo o que eu digo.

Ou eu deixo a alma dela partir.

Ela sentiu Lazlo ficar tenso. Ele se afastou para olhar para ela. Não havia mais encantamento em seus olhos. Tinha sido substituído por pavor, que ecoava o pavor dela conforme a nova realidade assentava:

Sarai era uma fantasma agora, escrava de Minya, que viu sua vantagem e a aproveitou. Lazlo amava Sarai, e Minya tinha o fio da alma dela em suas mãos, então... ela tinha Lazlo em suas mãos também.

— Balance a cabeça se você entendeu — disse.

Lazlo assentiu com a cabeça.

— Não — Sarai falou, e a palavra saiu dura ante seu desalento horrorizado. Foi como se tivesse recuperado a voz, mas depois lhe ocorreu que Minya devia ter *permitido* isso — que qualquer coisa que fizesse dali em diante seria porque Minya a *obrigava a* fazer ou porque a *permitia* fazer. *Santos deuses.* Ela jurou nunca mais servir às perversas vontades de Minya e agora era escrava dela.

A cena no jardim da cidadela era essa: flores silenciosas, uma fila de ameixeiras e as fitas de metal que Lazlo retirara das paredes para interceptar o ataque dos fantasmas de Minya. Suas armas foram capturadas e mantidas ali, e uma dúzia de fantasmas pairava atrás. Rubi, Pardal e Feral ainda estavam amontoados na balaustrada do terraço. Rasalas, a besta de metal, estava quase imóvel, mas seu enorme peito subia e descia, e também parecia, de alguma maneira, adormecido, mas vivo. Acima de todos, a grande águia branca que eles chamavam de Aparição fazia círculos no céu.

E no meio do jardim, em seu manto de flores, jazia o azul e o rosa, a canela e o sangue do cadáver de Sarai. Do outro lado, Sarai e Lazlo encaravam Minya.

A garota parecia tão pequena em seu corpo anormal, ainda vestida com os farrapos de suas roupas de bebê de quinze anos atrás. Seu rosto era redondo e suave, um rosto de criança, e os grandes olhos negros ardiam com a perversa vitória.

Com nada além da queimação daqueles olhos para contradizer o restante dela — sua pequenez, sua impureza —, ela irradiava poder, e pior: um fanatismo maligno que era sua própria lei e testamento.

— Minya — Sarai implorou. Sua mente girava com tudo o que era novo e o que não era: sua morte, o poder de Lazlo, o ódio e o medo que governavam suas vidas e a vida dos humanos também. — Tudo mudou — ela disse. — Você não vê? Estamos *livres*.

Livres. A palavra cantou. *Voou*. Ela a imaginou tomando forma, como uma de suas mariposas, rodopiando e brilhando no ar.

— Livres? — Minya repetiu. A palavra não brilhou quando ela disse. Não voou.

— Sim — Sarai confirmou, porque essa era a resposta para tudo. *Lazlo* era a resposta para tudo. Com sua morte e seu resgate, ela havia demorado para entender o que tudo aquilo significava, mas agora compreendia o que era esse fio de esperança. Eles haviam passado a vida inteira naquela prisão celeste, incapazes de fugir ou voar ou sequer se aproximar das portas. Viveram com a certeza de que mais cedo ou mais tarde os humanos viriam e o sangue escorreria. Até a semana anterior, estavam certos de que seria o sangue *deles*. O exército de Minya mudou tudo. Agora, em vez de morrer, eles matariam. E o que suas vidas seriam então? Ainda seriam prisioneiros, mas com cadáveres para lhes fazer companhia, e ódio e medo — esse não era o legado deixado por seus pais, mas o novo e brilhante legado deles mesmos.

Só que não precisava ser assim.

— Lazlo pode controlar o mesarthium — disse. — É o que sempre precisamos. Ele pode mover a cidadela. — Ela o fitou, esperando estar certa, e novas explosões solares dispararam por seu corpo. Continuou: — Podemos ir para qualquer lugar agora.

Minya a encarou sem rodeios antes de olhar para Lazlo.

Ele não fazia ideia do que a garotinha estava pensando. Não havia dúvida em seus olhos. Eram tão pretos e vazios quanto carcaças de besouros, mas ele se agarrou ao mesmo fio de esperança que Sarai.

— É verdade. Posso sentir os campos magnéticos. Se erguer as âncoras, acho… — ele se interrompeu. Não era hora para demonstrar incerteza. — Eu *sei* que podemos voar.

Foi grandioso. O céu acenou em todas as direções. Sarai sentiu. Rubi, Pardal e Feral também, e se aproximaram, ainda agarrados uns aos outros. Depois de todos aqueles anos indefesos ali, se escondendo e sentindo medo, eles poderiam simplesmente *sair*.

— Bem, viva o Salvador de Todos — disse Minya, e sua voz era tão vazia quanto seu olhar. — Mas não se anime tanto. Não terminei com Lamento.

Terminei com Lamento. A boca de Sarai ficou seca. Com aquele tom suave, aquela frase, ela poderia estar falando sobre qualquer coisa, mas não estava. Era sobre vingança.

Era sobre massacre.

Eles haviam brigado muito nos últimos dias, e todas as palavras hostis de Minya reverberavam em sua mente.

Você me dá náusea. Você é tão gentil. Você é patética. Você nos deixaria morrer.

Os insultos ela aguentava, até mesmo as acusações de traição.

Era doloroso, mas a sede de sangue era o que a deixava sem esperança.

Eu terei o bastante quando der o troco.

A convicção de Minya era absoluta. Os humanos haviam acabado com sua espécie. Ela ficara na passagem ouvindo os gritos sumindo, bebê por bebê, até o silêncio reinar. Salvara todos os que conseguira, mas não foi o suficiente: apenas quatro dos trinta que foram massacrados enquanto ficava ali ouvindo. Tudo o que ela era, tudo o que fazia, surgiu do Massacre. Sarai apostaria que jamais existira uma fúria mais pura que a de Minya. Enquanto a encarava, desejou algo que nunca desejara: o dom de sua mãe. Isagol, a deusa do desespero, manipulava emoções. Se Sarai pudesse fazer isso, poderia fazer o ódio de Minya desaparecer . Mas não conseguiu. Para que mais ela servia a não ser para criar pesadelos?

— Minya, por favor — disse. — Já houve tanta dor. Essa é nossa chance para começar de novo. Não somos nossos pais. Não precisamos ser monstros. — Sua súplica era um sussurro. — *Não nos transforme em monstros.*

Minya inclinou a cabeça.

— Nós, monstros? E você defende o pai que tentou matá-la no seu berço. O grande Matador de Deuses, assassino de bebês. Se é isso o que significa ser um herói, Sarai... — Ela arreganhou os dentes de leite e rosnou: — *Prefiro ser um monstro.*

Sarai sacudiu a cabeça.

— Não estou o defendendo. Não é sobre ele. É sobre *nós*, e quem escolhemos ser.

— Você não pode escolher — rebateu Minya. — Você está morta. E eu escolho o monstro!

Então a esperança de Sarai falhara. Não era forte, para começo de conversa. Ela conhecia Minya muito bem. Agora que Sarai era uma fantasma, Minya podia forçá-la a fazer o que ela sempre recusara: matar seu pai, o Matador de Deuses, Eril-Fane. E depois? Para onde a vingança de Minya os levaria? Como exatamente ela se vingaria do Massacre? Quantos teriam de morrer para satisfazê-la?

Sarai se virou para Lazlo.

— Ouça — disse rapidamente, com medo de Minya a silenciar. — Você não pode fazer o que ela disser. Você não sabe como ela é. — Afinal, tudo dependia *dele*. Minya poderia escolher ser o monstro, mas sem o poder de Lazlo, não seria mais que uma ameaça, presa na cidadela, incapaz de alcançar seus inimigos. — Você pode pará-la — sussurrou.

Lazlo a ouviu, mas suas palavras eram como símbolos aguardando para serem decifrados. Havia muito para absorver. Ela havia *morrido*. Ele carregara seu corpo quebrado. Que jazia logo ali. Levando em consideração tudo o que sabia do mundo, esse seria o fim. Mas ela estava ali, estava parada bem ali. Estava ali *e* aqui, e apesar de saber que era seu fantasma, não conseguia acreditar direito. Ela parecia tão real. Lazlo passou a palma da mão nas costas dela. O tecido deslizava como seda sobre a pele, e sua carne cedia sob os dedos dele, macia, flexível e quente.

— Sarai — ele disse. — Eu tenho você agora. Não vou permitir que ela deixe sua alma ir embora. Prometo.

— Não prometa isso! Você não precisa ajudá-la, Lazlo. Não por mim nem por ninguém. Prometa *isso*.

Ele piscou. As palavras dela o atingiram, mas ele não as aceitou. Sarai era a deusa que ele conhecera nos sonhos, e com ela caíra através das estrelas. Ele comprara a lua para ela, beijara sua garganta azul e a abraçara enquanto ela chorava. Ela havia salvado sua vida. *Ela havia salvado sua vida*, e ele falhara em salvar a dela. Era inconcebível que ele falhasse novamente.

— O que você está dizendo? — perguntou, rouco.

Sarai entendeu a angústia dele. Sua voz era extraordinária. Era tão áspera e carregada de emoção. Ela a afetava como se pudesse sentir a aspereza, como o doce golpe de uma palma calejada, e a garota desejava apoiar-se nela e deixá-la a afagar para sempre. Em vez disso, forçou-se a dizer palavras amargas. O terror de sua revelação ainda pulsava em si, mas ela disse com todo o coração:

— Eu preferiria evanescer logo a ser a sua ruína e a morte de Lamento.

Ruína. Morte. Essas palavras estavam erradas. Lazlo balançou a cabeça, mas não conseguiu afastá-las. Ele havia *salvado* Lamento. Não poderia nunca lhe fazer mal. Mas também não podia perder Sarai. Era mesmo essa a escolha que tinha diante de si?

— Você não pode me pedir para não salvá-la.

Minya quis falar então.

— Sério, Sarai, o que você acha? — Seu tom sugeria simpatia pela situação de Lazlo, como se fosse Sarai quem o tivesse colocado nessa posição impossível, e não ela mesma. — Acha que ele poderia apenas deixá-la sumir e viver com *isso* na consciência?

— Não fale sobre a consciência dele — berrou Sarai —, sendo que você a rasgaria ao meio sem pensar duas vezes!

Minya deu de ombros.

— Duas metades ainda formam um inteiro.

— Não, não formam — Sarai disse amargamente. — Eu saberia. — Minya havia feito dela o que ela era, Musa dos Pesadelos, mas os anos de imersão nos sonhos humanos tinham-na transformado. O ódio costumava ser uma armadura, mas ela o perdera e, sem ele, ela se viu indefesa contra os sofrimentos de Lamento. Sua consciência *havia* se rasgado ao meio, e o rasgo era uma ferida. Duas metades não formavam um inteiro. Formavam duas metades sangrentas e fragmentadas: uma parte leal à família de crias de deuses, e outra parte que entendia que os humanos também eram vítimas.

— Pobrezinha — falou Minya. — É minha culpa que você tenha uma consciência tão fraca?

— Não é *fraqueza* querer paz em vez de guerra.

— Fugir é fraqueza — atacou Minya. — E não vou fugir!

— Isso não é fugir. É ser livre para ir...

— Não somos livres! — latiu Minya, interrompendo-a. — Como podemos ser livres se a justiça não for feita? — Sua raiva incandesceu. Ela estava sempre lá, sempre fumegante, e não precisava de muito para incendiar. A ideia de assassinos ficando impunes e do Matador de Deuses caminhando tranquilo pelas ruas ensolaradas de Lamento acendeu um fogo infernal em seus corações, e ela não conseguia entender — *nunca* conseguiria entender — por que os corações de Sarai também não se incendiavam. O que faltava nela que fazia o Massacre não significar nada? Ela disse, fervilhando: — Você está certa sobre uma coisa, no entanto. *Tudo* mudou. Não precisamos esperar que eles venham até nós. — Com um olhar calculado para a besta alada, Rasalas, afirmou: — Podemos descer para a cidade quando quisermos.

Descer para a cidade. Minya, em Lamento.

Lazlo e Sarai estavam lado a lado. A mão dele era quente em suas costas, e ela sentiu o choque que o atravessou. Ela também o sentiu em seu corpo ante a imagem de Minya em Lamento. Ela viu como seria: uma garotinha esfarrapada com olhos de carcaça de besouro, arrastando consigo um exército de fantasmas. Ela os soltaria nas famílias e amigos, e toda vida que terminassem seria mais um soldado para o exército. Quem poderia enfrentar tal força? Os Tizerkane eram fortes, mas poucos, e fantasmas não podiam ser feridos ou mortos.

— Não. — Sarai engasgou. — Lazlo não vai levar você lá.

— Se ele a ama, vai sim. — A palavra, tão doce na boca de Sarai alguns instantes atrás, era obscena na boca de Minya. — Não vai? — a garotinha disse, virando os olhos negros para Lazlo.

Como ele poderia responder? Qualquer escolha era impossível. Lazlo sacudiu a cabeça, mas não era uma resposta. Estava desorientado, rodopiando. Só sacudiu a cabeça para clarear a mente, mas Minya tomou como um não, e seus olhos se estreitaram.

Ela não sabia de onde esse estranho viera ou se era uma cria dos deuses como eles, mas estava certa sobre uma coisa: havia vencido. Ele tinha o dom de Skathis e mesmo assim ela o vencera. Como não entendiam isso? Ela os *possuía*, e eles ainda estavam ali argumentando, como se a cena fosse uma discussão.

Não era uma discussão.

Sempre que Minya ganhava no quell — e ela *sempre* ganhava —, subia no tabuleiro e fazia as peças voarem, de modo que o perdedor tinha de ficar de quatro para juntá-las. Era importante que perdedores entendessem o que eram; às vezes era preciso deixar isso claro. Mas como?

Não havia nada mais fácil. O estranho segurava Sarai como se ela pertencesse a ele.

Ela não pertencia. Ele não poderia segurá-la se Minya quisesse levá-la.

E Minya queria.

Então a afastou. Oh, ela não moveu um músculo. Simplesmente obrigou Sarai a obedecer. Poderia ter feito parecer que Sarai estava se mexendo por vontade própria, mas qual seria a lição? Em vez disso, a tomou pelos punhos, pelos cabelos, pelo seu *ser*. E a arrancou.

4

GUERRA COM O IMPOSSÍVEL

Era como se Lazlo estivesse agarrado ao limite da razão com as pontas dos dedos, como se o mundo rodopiasse e pudesse sacudi-lo e lançá-lo para longe a qualquer momento, como a explosão que o atingira na noite anterior. Uma coisa era real: ele tinha batido a cabeça nas pedras do calçamento. Estava latejando. A tontura ia e vinha, e seus ouvidos zuniam. Sangravam. O sangue estava seco em seu pescoço, coberto de poeira da explosão, e era o mínimo de sangue dele. Seus braços, suas mãos e seu peito estavam escuros do sangue de Sarai, e essa realidade — o que era mais real do que sangue? — provocou uma guerra entre a dor e a descrença.

Como aceitar o que acontecera? No mais lindo sonho de sua vida, ele compartilhou seus corações com Sarai, ele a beijou, voou com ela e, juntos, ultrapassaram a fronteira da inocência para mergulhar em algo quente e doce e perfeito, só para depois ela ser arrancada dele com um súbito despertar...

... e ele se deparou com o alquimista Thyon Nero em sua janela, impassível com acusações que o levaram à extraordinária descoberta de quem e o que Lazlo era: um órfão de guerra de Zosma, mas também meio-humano, filho de um deus, abençoado com o poder que era a maldição de Lamento, bem a tempo de salvá-la.

Mas não a tempo de salvar Sarai.

Havia salvado todos, menos ela. Ele ainda não conseguia respirar fundo. Seria assombrado para sempre com a imagem do corpo dela arqueado para trás sobre o portão em que caíra, com o sangue pingando das pontas de seus longos cabelos.

Mas a cadeia de surpresas e horrores não terminou com a morte de Sarai. Esse não era o mundo que Lazlo conhecia dos livros e contos de fadas. Era um lugar onde mariposas eram mágicas e deuses eram reais, e anjos queimavam demônios em uma pira do tamanho da lua. Aqui, a morte não era o fim. A alma de Sarai estava segura e presa — *oh, maravilha* —, mas uma garotinha suja pendurou seu destino como um brinquedo em uma corda, mergulhando os dois de volta no horror.

E agora Minya a afastava dele, e o chão do desespero de Lazlo se abriu, provando ser um abismo de profundeza desconhecida. Ele tentou segurá-la, mas quanto mais tentava, mais ela desvanecia. Era como tentar segurar o reflexo da lua.

Aprendera uma palavra em um mito: *sathaz*. Significava o desejo de possuir o que nunca pode ser seu. Era um desejo sem sentido, sem esperança, como um menino de rua sonhando em ser rei, e vinha da história do homem que amava a Lua. Lazlo costumava adorar aquela história, mas agora odiava. Era sobre fazer as pazes com o impossível, e ele não podia fazer mais isso. Enquanto Sarai derretia em seus braços, compreendeu: só poderia fazer guerra.

Guerra com o impossível. Guerra com a criança monstruosa diante dele. Nada menos que *guerra*.

Mas... *como ele poderia enfrentá-la se ela tinha a alma de Sarai?*

Ele travou a mandíbula para impedir que palavras imprudentes escapassem de sua boca. O ar saiu sibilando dos dentes cerrados. Cerrou os punhos também, mas havia muita fúria para conter seu corpo, e Lazlo ainda não entendia que não era mais apenas um homem. As fronteiras de seu ser haviam mudado. Ele era carne e sangue, ossos e espírito, e agora também era *metal*.

Rasalas *rugiu*. A terrível criatura que fora de Skathis era de Lazlo agora, e era majestosa. Em parte espectral, em parte esplêndida, era elegante e poderosa, com imensos chifres de metal espelhado e uma imagem tão bela que seu pelo de mesarthium parecia macio ao toque. Lazlo não queria que a besta rugisse, mas ela era uma extensão dele agora, e quando ele fechou a boca, a de Rasalas se abriu. O *som*... Quando a criatura gritara na cidade abaixo, o som que emitiu era de pura agonia. Era *fúria*, e a cidadela inteira vibrou.

Minya sentiu seu corpo tremer e nem sequer piscou. Ela sabia qual era a fúria que importava, e Lazlo também.

— Eu não falo a língua das bestas — ela disse, enquanto o rugido morria —, mas espero que isso não tenha sido um *não*. — Sua voz soava calma, até mesmo entediada. — Acredito que você se lembra da regra. Havia apenas uma.

Faz tudo o que eu digo.

Ou eu deixo a alma dela partir.

— Eu me lembro — Lazlo respondeu.

Sarai estava ao lado de Minya, dura como uma tábua. Estava suspensa do ar, como se pendurada por um gancho. Horror e desespero eram evidentes em seus olhos, e ele teve certeza de que o momento chegara: a escolha impossível entre a garota que amava e uma cidade inteira. A ansiedade o invadiu. Então ergueu as mãos em um gesto pacificador.

— Não a machuque.

— Não me *faça* machucá-la — Minya devolveu.

Um som veio de trás. Era um suspiro, soluço, e, por menor que fosse, abriu uma fenda na atmosfera de ameaça. Minya lançou um olhar para as outras três crias dos deuses. Rubi, Pardal e Feral ainda estavam em choque. O abandono da cidadela, a queda de Sarai, e esse estranho a trazendo morta. Só surpresas desagradáveis, e agora *isto*.

— O que você está fazendo? — Pardal perguntou, incrédulo. Ela olhou para Minya, assustada. — Você não pode... *usar* Sarai.

— Claro que *posso* — respondeu Minya, e para provar, fez Sarai assentir. Aquele aceno de cabeça era grotesco, e os olhos de Sarai suplicavam. Era o único defeito no dom de Minya: ela não conseguia evitar que o horror transpassasse no olhar de seus escravos. Ou talvez ela só preferisse assim.

Outro soluço baixinho escapou da garganta de Pardal:

— Pare! — berrou. Deu um passo à frente, querendo se aproximar de Sarai e afastá-la de Minya, não que *pudesse*, mas parou diante do cadáver que jazia no caminho. Ela poderia tê-lo contornado ou passado por cima, mas parou e ficou olhando. Só a tinha visto do outro lado do terraço, quando Lazlo a trouxera. De perto, a realidade brutal lhe roubou o ar. Rubi e Feral se aproximaram e observaram também. Um gemido escapou de Rubi.

Sarai havia sido empalada. A ferida estava no meio de seu peito, dilacerando seu corpo em um buraco horrível. Como ficara de cabeça para baixo, o sangue escorrera para o pescoço e os cabelos, encharcando-os. Nas têmporas e na testa, ela ainda era canela, mas as longas ondas estavam escuras como vinho e se aglomeravam em uma massa pegajosa.

Os três olhavam de Sarai para Sarai e de volta — do corpo de fantasma para o fantasma de corpo —, tentando conciliar as duas. A fantasma usava a mesma camisola rosa que o cadáver, mas não tinha sangue nem ferida. Seus olhos estavam arregalados; os olhos do cadáver estavam fechados. Lazlo os fechou com um beijo ao colocá-lo no chão, mas não era uma figura serena. Nenhuma delas era, uma inerte e descartada, outra parada no ar, como um peão em um jogo traiçoeiro.

— Ela está *morta*, Minya — Pardal disse, com lágrimas escorrendo pelas bochechas. — Sarai morreu.

Minya bufou de leve e disse:

— Estou ciente, obrigada.

— Está? — perguntou Feral. — Afinal, você chamou isso de jogo. — Sua voz soou fina em contraste com a do estranho. Inconscientemente, ele a engrossou, tentando se igualar a Lazlo. — Olhe para ela, Minya — falou, gesticulando para o corpo. — Isso não é um jogo. É morte.

Minya olhou, mas se Feral esperava uma reação, se decepcionou.

— Você acha que não sei o que é a morte? — ela perguntou, arqueando os lábios, divertida.

Ah, ela sabia. Quando tinha seis anos, todos que conhecia foram assassinados a sangue frio, com exceção dos quatro bebês que salvou a tempo. A morte a transformara no que ela era: essa criança anormal que nunca crescia, nunca esquecia, e nunca perdoaria.

— Minya — Rubi disse. — Deixe-a ir.

Lazlo não poderia saber o quão incomum era que eles a estivessem enfrentando. Só Sarai fizera isso, e agora, é claro, não podia, então eles fizeram o que sabiam que ela teria feito, e emprestaram suas vozes a ela, que havia sido silenciada. Eles falaram em pequenas ondas de respiração, com as bochechas coradas de violeta. Era assustador e libertador, como abrir uma porta que nunca tivessem ousado abrir. Lazlo esperou, grato pela intervenção, e torceu para que Minya os ouvisse.

— Vocês querem que eu a deixe ir? — ela perguntou, com um brilho perigoso no olhar.

— Não... — ele disse rapidamente, lendo a intenção dela de liberar a alma de Sarai para a evanescência. Era como um conto de fadas, um desejo proclamado com uma frase mal elaborada, que se virou contra quem desejou.

— Você entendeu o que quero dizer — Rubi falou, impaciente. — Somos uma família. Não *escravizamos* uns aos outros.

— Porque *você* não pode — retorquiu Minya.

— Eu não faria isso se pudesse — disse Rubi, sem convicção.

— Não usamos nossa mágica uns com os outros — Feral declarou. — Essa regra é sua.

Minya os fizera prometer quando ainda eram criancinhas. Eles colocaram as mãos em seus corações e juraram, e respeitaram a promessa, apesar das ocasionais nuvens de chuva ou camas queimadas.

Minya os olhou ali reunidos em volta do estranho. Pareciam estar todos contra ela. Então respondeu devagar, como se estivesse dizendo o óbvio para idiotas:

— Se eu não tivesse usado minha mágica com ela, ela teria evanescido.

— Então use-a *para* ela, não *contra* ela — Pardal implorou. — Você pode manter a alma dela, mas deixe-a livre, como faz com as Ellens.

As Ellens eram duas fantasmas que cuidaram deles, mas havia um problema na afirmação de Pardal. As mulheres, todos percebiam agora, não estavam exatamente exercendo sua "liberdade". Se estivessem, não teriam se separado, escondidas atrás da barreira de metal que Lazlo fizera quando Minya atacou. Elas estariam com eles, ocupadas com suas coisas, cacarejando e dando ordens, como sempre.

Elas não estavam ali e, quando compreenderam, a surpresa se virou em uma nova direção.

— Minya — Feral disse, chocado. — Diga que você não está controlando as Ellens.

Era inconcebível. Elas não eram como os outros fantasmas do triste exército de mortos de Minya. Elas não desprezavam as crias dos deuses. Elas as amavam, e eram amadas, e tinham morrido tentando protegê-las do Matador de Deuses. Foram as primeiras almas que Minya capturara, naquele dia terrível em que se viu sozinha com quatro bebês para criar em uma prisão manchada de sangue. Ela nunca teria conseguido sem as Ellens, e era como Pardal disse, ou como sempre foi: ela usara sua magia *para* elas, não contra elas. Sim, ela tinha o controle de suas almas, assim como o de todas as outras, mas só para que elas não evanescessem. Ela as deixara livres. Supostamente.

O rosto de Minya se contraiu, revelando um flash de culpa que sumiu assim que apareceu.

— Eu precisava delas. Estava defendendo a cidadela — disse, lançando um olhar especial para Lazlo. — Depois que ele prendeu meu exército lá dentro.

— Bem, você não está defendendo a cidadela agora — Feral disse. — Deixe-as livres.

— Certo — Minya falou.

As mulheres fantasmas surgiram por trás da barreira, libertadas. Os olhos da Grande Ellen eram ferozes. De vez em quando, para fazer as crianças lhe contarem a verdade, ela transformava sua cabeça na de um falcão. Elas nunca poderiam desafiar aquele olhar penetrante. Ela não usou a transformação naquele momento, mas seu olhar ainda era penetrante.

— Meus queridos, minhas víboras — disse, se aproximando. Estava planando, sem encostar os pés no chão. — Vamos acabar com essa discussão, que tal? — Para Minya, com uma voz que continha partes iguais de carinho e reprovação, ela falou: — Sei que está chateada, mas Sarai não é o inimigo.

— Ela nos traiu.

Grande Ellen estalou a língua.

— Ela não traiu. Ela não fez o que você queria. Isso não é traição, querida. É discordância.

Pequena Ellen, mais jovem e mais leve que seu par matronal, acrescentou com humor:

— Você nunca faz o que eu quero. É traição toda vez que você se esconde para tomar banho?

— É diferente — murmurou Minya.

Para Lazlo, que observava tudo, a sensação era terrível, e seus corações estavam apertados. O tom da interação era bizarro. Era tão casual que parecia que Minya não estava mantendo a alma de Sarai prisioneira. Elas pareciam estar repreendendo uma criança por abraçar um gatinho com muita força.

— Nós devemos decidir o que fazer — Feral disse, com sua nova voz grossa. — Juntos.

Pardal acrescentou, com uma nota de súplica:

— Minya, somos *nós*.

Nós, Minya ouviu. A palavra era pequena, mas enorme, e era dela. Sem ela, não havia "nós", só pilhas de ossos em berços. E mesmo assim ali estavam eles reunidos em torno desse homem que nunca tinham visto antes, olhando para ela como se *ela* fosse a estranha.

Não. Eles a olhavam como se ela fosse o inimigo. Era um olhar que Minya conhecia bem. Durante quinze anos, cada alma que capturava tinha esse mesmo olhar. Uma sensação de… *algo*… correu através dela. Era tão forte quanto alegria, mas não era alegria. Disparou por suas veias como mesarthium derretido, e a fez se sentir invencível.

Era ódio.

Era reflexo, como puxar uma faca quando a mão de seu inimigo se contrai. Pulsava como sangue, como espírito. Suas mãos formigaram. O sol pareceu brilhar, e tudo pareceu simples. Isso era o que Minya sabia: se tiver um inimigo, *seja* o inimigo. Odeie quem te odeia. Odeie mais. Odeie de forma *pior*. Seja o monstro que eles mais temem. E sempre que puder, de todos os modos possíveis, *faça-os sofrer*.

O sentimento brotou nela rapidamente. Se tivesse presas, elas seriam cobertas com veneno e estariam prontas para atacar.

Mas… atacar quem? Odiar quem?

Esse era o seu grupo. Tudo o que fizera nos últimos quinze anos fora por eles. *Somos nós*, Pardal disse. *Nós nós nós*. Só que eles estavam ali, olhando-a daquele jeito, e ela não era parte desse *nós*. Ela estava de fora agora, sozinha, separada. Um súbito vazio se abriu nela. Será que eles a trairiam, como Sarai, e... o que ela faria então?

— Não precisamos decidir o rumo das nossas vidas neste exato momento — Grande Ellen disse. E encarou Minya. Seus olhos não eram de falcão, mas suaves e castanho-aveludados, cheios de verdadeira compaixão.

Dentro de Minya havia algo bagunçado, que se bagunçava ainda mais conforme os outros a encaravam. Dizer-lhe o que fazer só a deixaria encurralada e, como uma criatura acuada, ela lutaria até o fim. Desde o início, Lazlo a irritara chegando do nada como se fosse uma visão impossível — um Mesarthim, e montado em Rasalas! — e ordenando que ela pegasse a alma de Sarai. Como se ela não fosse fazer mesmo isso! Essa ousadia dele queimava feito ácido. Ele tinha até a prensado no chão, com a pata de Rasalas em seu peito. Doeu, e ela tinha certeza de que ficaria um hematoma ali, mas nada se comparava a seu ressentimento. Ao obrigá-la a fazer o que ela já estava fazendo por conta própria, Minya sentia como se Lazlo tivesse ganhado alguma coisa, e ela, perdido.

E se ele tivesse perguntado? *Por favor, você pode pegar a alma de Sarai?* Ou, melhor ainda, e se ele tivesse confiado que ela *faria*? Oh, com certeza não estariam lidando com todo esse desconforto, e será que Sarai estaria parada no ar agora? Talvez não.

E apesar de Lazlo não conhecê-la, os outros a conheciam bem. Mas de todos eles, só Grande Ellen parecia saber o que fazer.

— Uma coisa de cada vez, e primeiro o mais importante — ela disse. — Por que não nos conta, querida, o que é o mais importante?

Em vez de dar uma ordem, a babá perguntou. Ela a deixou escolher, e aquela coisa bagunçada em Minya relaxou um pouco. Era medo, é claro, embora Minya não soubesse. Ela achava que era raiva, e sempre raiva, mas essa era a máscara que ela vestia, porque medo era uma fraqueza, e ela tinha jurado nunca mais ser fraca.

Minya deveria ter respondido que primeiro iriam matar Eril-Fane. Era o que eles esperavam. Podia ver em seus olhos desconfiados. Mas também viu algo além: uma rebeldia crescente. Tinham testado levantar a voz contra ela, e ainda saboreavam esse gosto em suas bocas. Seria estúpido pressioná-los agora, e Minya não era estúpida. Na vida, assim como no quell, ataques diretos encontravam maior resistência. Era melhor dissimular para fazê-los baixarem a guarda. Então deu um passo para trás e, com esforço, tentou parecer mais calma.

— Primeiro vamos cuidar de Sarai — respondeu.

E com isso, deixou-a ir — sua essência, não sua alma. Sem pegadinhas. Fora clara.

Liberada do controle de Minya, Sarai desabou no chão. A queda foi abrupta, e ela caiu de joelhos. Durante aqueles longos momentos de rígida paralisia, ela lutou, sondando a fraqueza. Mas não havia fraqueza. O domínio de Minya sobre ela era absoluto, e agora que estava livre, tremia incontrolavelmente. Lazlo correu até ela, murmurando com sua voz rouca:

— Está tudo bem agora — disse. — Estou com você. Vamos te salvar, Sarai. Vamos dar um jeito. *Vamos salvar você.*

Ela não respondeu. Apoiou-se nele, exausta, e só conseguiu pensar: *Como?*

Os outros — tirando Minya — estavam reunidos ao redor, acariciando seus braços, cabelos, perguntando se ela estava bem e lançando olhares tímidos para Lazlo, que era, afinal de contas, o primeiro estranho vivo no meio deles.

Foi Pardal, com uma expressão confusa, quem se virou para Minya e perguntou, incerta:

— O que você quis dizer com "cuidar de Sarai"?

— Oh — Minya disse, fazendo uma careta como se lamentasse. — Como vocês apontaram tão gentilmente, Sarai está *morta.* — Ela agitou os dedos na direção do cadáver. — Não podemos deixá-la largada aí, não é? Vamos ter de queimá-la.

5

A PICADA E A DOR

Queimar.

Não deveria ser surpresa, mas era. O solo no jardim não era fundo o suficiente para enterrá-la e, é claro, Minya estava certa: não poderiam deixar um corpo jogado ali. Mas não estavam nem um pouco preparados para lidar com o que precisava ser feito. Era brutal demais, o cadáver era real demais, e era... *Sarai.*

— Não — Lazlo falou, pálido. Ele ainda não conseguia conciliar aquelas duas figuras. — Nós... temos seu corpo e sua alma. Não podemos só... juntá-las?

Minya ergueu as sobrancelhas.

— Juntá-las? — repetiu, zombando. — Como? Tipo colocar um ovo de volta na casca?

Grande Ellen colocou a mão sobre seu ombro e disse a Lazlo, com a máxima gentileza:

— Acho que não funciona assim.

Sarai sabia que seu corpo não tinha reparação. Seus corações estavam perfurados, sua coluna quebrada, mas ainda assim ela também desejava esse mesmo milagre.

— Não existiam crias dos deuses que podiam curar? — perguntou, pensando em todas as outras crianças mágicas nascidas na cidadela que haviam sumido ao longo dos anos.

— De fato, existiam — a babá falou. — Mas elas não fazem bem. A morte não pode ser curada.

— Então alguma que pode trazer os mortos de volta? — insistiu. — Não tem nenhuma?

— Se elas existissem, não poderiam ajudar agora. Que sejam abençoadas onde estiverem. Não há salvação para o seu corpo, querida. Sinto muito, mas Minya está certa.

— Mas *queimá-lo* — Rubi disse em pânico, já que seria ela quem teria de acender o fogo. — É tão... permanente.

— A morte é permanente — Pequena Ellen disse —, mas a carne não. — Ela não era uma força da natureza tão poderosa quanto Grande Ellen, mas era uma presença que passava estabilidade, com suas mãos calmas e voz doce. Quando eram pequenos, ela costumava cantar canções de ninar de Lamento. E continuou: — É melhor fazermos logo. Não ganharemos nada esperando.

As Ellens sabiam das coisas. Haviam cuidado dos próprios corpos assassinados e os queimado em uma pira com os deuses e bebês que morreram naquele mesmo dia sombrio.

Pardal se ajoelhou ao lado do cadáver. O movimento foi súbito, como se seus joelhos tivessem cedido. Algo a impeliu a colocar as mãos no corpo. Seu dom era o que era. Ela fazia as coisas crescerem. Era a Bruxa das Orquídeas, não uma curandeira, mas podia sentir a pulsação da vida nas plantas, mesmo que a mais fraca possível, e podia fazer florescer talos murchos que para qualquer outra pessoa pareceriam mortos. Se ainda houvesse vida em Sarai, ela ao menos *saberia*. Hesitante, aproximou-se e pousou as mãos trêmulas na pele azul e ensanguentada. Fechou os olhos e ouviu, ou fez algo parecido com ouvir. Não era um sentido comum, era mais como o que Minya sentia com a passagem dos espíritos no ar.

Minya sentira a vibração do espírito de Sarai e o fisgara.

E Pardal só sentiu um eco terrível de *nada*.

Afastou as mãos. Estavam tremendo. Nunca tocara um cadáver antes, e torceu para nunca mais ter de tocar. Era tão inerte, tão... *vazio*. Ela chorou por tudo o que esse corpo nunca mais faria ou sentiria, e suas lágrimas seguiram os caminhos secos de sal deixados por muitas outras lágrimas que derramara desde a noite anterior.

Ao observar o cadáver, os outros entenderam que esse era o fim. Lazlo sentiu uma pontada atrás dos olhos e uma dor nos corações, e Sarai também, embora compreendesse que seus olhos e seus corações não eram reais, assim como a pontada e a dor.

Rubi soluçou, virando-se para Feral e afundando o rosto no peito dele. Ele segurou a nuca dela, os dedos desaparecendo nos cabelos escuros e selvagens, e inclinou-se sobre Rubi para esconder o rosto enquanto seus ombros tremiam em silêncio.

As Ellens também choravam. Somente Minya tinha os olhos secos.

E apenas Lazlo notou o momento em que ela olhou para o cadáver envolto em flores e pareceu, por um instante, uma criança de verdade. Seus olhos não tinham mais o brilho de carcaças de besouro, e não estavam inflamados de triunfo. Eles pareciam... perdidos, como se ela mal entendesse o que estavam vendo. Até que ela o sentiu observando-a, e o momento se foi. Seus olhos se chocaram com os dele e enviaram apenas ameaças.

— Limpem isso — ela falou, gesticulando com desprezo para o cadáver, como se não fosse mais que uma bagunça que precisava ser arrumada. — Digam adeus. Façam o que precisam fazer. Discutiremos sobre Lamento quando tiverem terminado. — E virou-se. Ficou claro que ela pretendia sair sem dizer mais nenhuma palavra, mas foi frustrada na galeria, que Lazlo havia fechado antes para prender o exército dela. — Você — ordenou, sem olhar para trás. — Abra as portas.

Lazlo abriu. Assim como as fechara, ele as abriu. Era a primeira vez que fazia isso estando calmo, pois tudo se passara em um borrão de desespero. Ficou maravilhado com a facilidade de exercer seu dom. O mesarthium respondeu ao seu mais simples pedido, e uma animação o tomou.

Tenho poder, pensou, encantado.

Quando os arcos foram restaurados, ele viu o exército fantasma esperando lá dentro e pensou que Minya poderia atacar novamente, mas ela não o fez. Apenas se afastou.

Em seus corações, declarara guerra à criança sombria, mas não era guerreiro e seus corações não tinham lugar para ódio. Enquanto a observava indo embora, tão pequena e solitária, um lampejo de clareza o esmagou. Além de poder ser feroz, sem redenção, Minya estava quebrada e sem conserto. Mas se desejavam salvar Sarai e Lamento... tinham de salvá-la primeiro.

6

TODOS GRITARAM "MONSTRO"

Minya saiu empurrando seus fantasmas. Ela poderia tê-los movido para o lado abrindo caminho para si, mas nesse momento lhe convinha empurrar.

— De volta a seus postos — comandou, severa, e eles imediatamente se afastaram para assumir suas posições na cidadela.

Ela não precisava dizer em voz alta. Não eram as suas palavras que obedeciam. As vontades da menina sufocavam as deles. Ela os movia como peças em um jogo. Mas era bom falar e ser obedecida. Ocorreu-lhe que tudo seria bem mais simples se todos estivessem mortos e ela pudesse controlá-los.

Da galeria, era só fazer algumas curvas e seguir por uma passagem curta para alcançar a porta que procurava. Não era bem uma porta, não mais, congelada enquanto se fechava no momento da morte de Skathis. Era alta — tinha o dobro da altura de um homem — e, embora fosse larga outrora, agora era apenas uma brecha. Ela tinha de se espremer para atravessá-la. Teve de enfiar a cabeça de um lado para o outro. Seria mais fácil, pensou, se não tivesse orelhas. Tudo seria mais fácil. Ela não precisaria ouvir a fraqueza legítima e ofegante dos outros, sua conversa sobre misericórdia, sua dissidência.

Depois da cabeça, teve de enfiar os ombros na fresta. O restante deveria passar mais facilmente, mas seu peito estava agitado com uma respiração furiosa. Teve que expirar de uma vez e se empurrar para dentro. Doeu — especialmente onde a pata de Rasalas a tocara —, mas isso não era nada ante a firmeza de sua fúria efervescente.

Lá dentro, havia uma antecâmara, e além as paredes se abriam para o espaço que se tornara seu santuário: o coração da cidadela — como o haviam apelidado quando eram crianças.

Assim que entrou, deixou escapar o grito que segurava. O urro saiu rasgando de seu âmago, atravessando sua garganta e preenchendo sua cabeça com uma explosão de som. Parecia um apocalipse, mas o som que deixou seus lábios era vazio e diminuto naquela sala enorme e estranha, não correspondendo ao que ouvia dentro de sua cabeça. O coração da cidadela engoliu o som e, quando Minya gritou, foi como se tivesse engolido sua raiva também. No entanto, ela sabia que nunca conseguiria gritar por tempo o bastante para se livrar de tudo. Sua voz sumiria antes que se livrasse inteiramente da raiva. Ela poderia gritar até fazer um buraco na garganta, até se desfazer em pedacinhos como seda mastigada por mariposas e, mesmo assim, seus restos, a pequena pilha de farrapos que sobraria dela, ainda estariam derramando esse grito infindável.

Enfim, ela parou, tossindo. Sua garganta parecia em carne viva. O apocalipse ainda fervia dentro de si, como sempre. Como sempre.

Ela afundou na passagem estreita que percorria a circunferência da sala. Era um espaço misterioso: esférico, como o interior de uma bola, mas vasto — com cerca de trinta metros de diâmetro — e coberto de mesarthium liso. Uma passarela o circundava, quinze metros de ar vazio acima e quinze metros abaixo. Ou não tão vazio. Bem no centro, flutuando no ar como a própria cidadela, havia uma esfera menor, lisa e fixa no espaço, com cerca de seis metros de largura e altura.

E havia duas vespas enormes, terríveis e lindas, esculpidas em mesarthium e empoleiradas na curvatura das paredes.

Tudo abaixo era apenas uma grande bacia de ar. Minya não estava acostumada com aquele vazio. Durante todos esses anos, ela manteve seu exército ali, construindo-o alma por alma. Agora eles estavam em guarda ao longo das passagens, no jardim e nas palmas das mãos do grande serafim, de onde podiam ver qualquer indício de ameaça que pudesse surgir de Lamento.

Só havia um fantasma com ela agora: Ari-Eil, o mais novo, tirando Sarai. Era o primo mais jovem do Matador de Deuses, morto recentemente. Ela o mantinha como seu guarda-costas. Olhou para ele, que tinha olhos mais impassíveis do que nunca. Como ele a odiava. Todos os fantasmas a odiavam, mas seu ódio era mais fresco, e funcionava como uma boa pedra de amolar sobre a qual podia afiar o próprio ódio. Bastava fitá-lo e o ódio cantava brilhante nela, uma reação defensiva ao olhar humano. *Odeie quem te odeia.*

Era fácil. *Natural.* O que não era natural era *não* odiá-los.

— O que foi? — disparou, imaginando ter visto um lampejo de satisfação no olhar dele. — Eles não me *venceram*, se é o que está pensando. — Sua voz saiu como um grito dilacerado. — Vou lhes dar uma pausa. Para que possam queimar o corpo.

Ela permitiu que ele falasse, para que pudesse insultá-la e ela, por sua vez, pudesse puni-lo, mas ele apenas disse categoricamente:

— Você é a própria benevolência.

Ela contorceu o rosto e o virou para encarar a porta. Não queria que ele a visse.

— Não pense que sua cidade está salva — sussurrou, e embora ele tivesse a liberdade de responder, se recusou a usá-la.

Ela se sentou, repousando os pés sobre a beira da passarela. Tremia. Os minutos se passaram pesadamente, e ela enfim se acalmou, então a calma se transformou em outra coisa.

Minya ficou paralisada.

Os outros não percebiam: ela raramente dormia. Ela *podia* dormir, e o fazia quando era essencial, quando começava a se sentir como uma fantasma. Mas o sono era uma submersão muito mais profunda do que ela estava acostumada. Não conseguia controlar seus fantasmas nesse estado, apenas enviar comandos que eles obedeceriam quando ela os movesse. Porém, havia outro estado: uma espécie de consciência superficial, como um rio que, derramando-se em um desfiladeiro, se alargava e crescia devagar. Ela poderia descansar ali, à deriva, sem nunca ter de se render à profunda atração da escuridão.

Minya nunca tinha ouvido sobre leviatãs. Lazlo poderia ter lhe contado como, no Oeste, onde o mar era da cor dos olhos de um bebê recém-nascido, as pessoas capturavam monstros marinhos quando ainda eram jovens e os amarravam a enormes flutuadores para impedi-los de submergirem à liberdade. Eles passariam a vida inteira servindo de navios, alguns por centenas de anos, sem jamais poderem mergulhar e desaparecer nas profundezas. A mente dela era assim. Ela a *mantinha* assim: cativa na superfície, raramente lhe permitindo mergulhar na natureza selvagem e desconhecida.

Ela preferia essas águas rasas, onde poderia reagir e manter o controle de todas as suas amarras. Seus olhos estavam abertos, vazios. Ela parecia uma concha vazia — só que se balançava. Era sutil, seus ombros magros e curvados sacudiam para a frente e para trás. Seus lábios estavam se movendo, moldando as mesmas palavras repetidamente em silêncio, enquanto ela revivia as mesmas memórias de sempre, os mesmos gritos ecoando para sempre.

Para sempre e sempre: as crianças. Cada rosto estava gravado em sua mente, em duas versões, lado a lado: vivos, e aterrorizados diante de mortos de olhos vidrados, porque *ela* não as salvara.

Elas foram tudo o que consegui carregar.

Essas foram as palavras que seus lábios formavam de novo e de novo, enquanto se balançava para a frente e para trás. Salvara apenas quatro de trinta: Sarai e Feral, Rubi e Pardal. Não escolhera, só agarrara os mais próximos. Queria voltar para salvar os outros.

Mas então os gritos começaram.

Suas mãos em seu colo se fecharam, e os dedos se moviam sem cessar, esmagando uma sujeira imaginária nas palmas. Estava se lembrando do suor, da tentativa de segurar as mãos contorcidas de Sarai e Feral. Rubi e Pardal eram bebês; ela os segurou em um braço. Sarai e Feral eram criancinhas. Ela os arrastou. Eles não queriam ir com ela. Ela teve de apertar seus dedinhos. Ela os machucou, e eles choraram.

— Vamos — disse, puxando-os. — Vocês também querem morrer? Querem *mesmo*?

Os corpos das Ellens estavam no seu caminho. Eles eram pequenos demais para passar por cima e tiveram de engatinhar, enroscando-se nos aventais ensanguentados das babás, tropeçando em seus fantasmas. Não podiam ver os fantasmas, é claro. Só Minya podia, e ela não queria ver.

Os outros não se lembravam. Eram tão pequenos. Aquele dia manchado de gritaria estava esquecido para eles, e tinham sorte por isso. Minya jamais esqueceria. Outros pensamentos poderiam passar na frente, obscurecendo-o por um tempo, mas sempre que desapareciam ou seguiam em frente, lá estava, tão vívido quanto o dia em que tudo aconteceu.

Em quinze anos desde o Massacre, Minya nunca mais vira outro cadáver. Agora, no berçário de sua memória, entre os corpos das Ellens, também via Sarai. Estava rosada e azul e quebrada, cor de canela e vermelha, e quando se aproximou, seus olhos se abriram.

— Monstro — sibilou. A palavra ecoou.

— Monstro — o cadáver de Grande Ellen disse.

— Monstro — concordou Pequena Ellen.

E os gritos dos bebês se transformaram em palavras, e todos gritaram:

— Monstro.

7

APARIÇÃO

Lá fora, no jardim, Lazlo consertava a parede que havia derramado sobre os fantasmas de Minya. As armas que estavam presas se soltaram e o mesarthium fluiu para cima, retornando ao peito liso do serafim, devolvendo suas clavículas elegantes e pescoço. Levou apenas um instante. Virou-se para Sarai e maravilhou-se ao vê-la ao sol — seu cabelo tinha tons de especiarias e formavam ricas ondulações nos ombros azuis, seu rosto ostentava bochechas proeminentes e lábios macios e generosos, terminando como um coração em um queixo pontudo. Sua testa estava enrugada de preocupação, os olhos pesados com uma determinação relutante.

— Você tem de ir — disse, lúgubre.

Ele pensou ter ouvido errado.

— O quê?

— Você deveria saber, Lazlo. Você tem de ir para que ela não consiga te usar.

Era a última coisa que ela desejava lhe dizer. Ele estava *ali*. Ela só queria enfiar o rosto no pescoço dele e respirar seu cheiro, mas desde quando conseguia o que desejava? Havia muito em jogo. Tinha de ser corajosa.

— Ir? — ele repetiu, perdido e confuso. — Não vou a lugar nenhum sem você.

— Mas eu não *posso* ir. Estou presa a ela, e é um risco muito grande se você ficar. Você precisa entender. Ela não vai desistir, nunca desiste. Acho que não consegue.

Lazlo engoliu em seco. A ideia de partir o sufocou.

— Eu pertenço a esse lugar — disse, sentindo a verdade tomando conta de si. Com Sarai, a quem ele amava, e com outros como ele, e com o metal também. Uma dimensão que ele nunca soubera que existia havia despertado, um sentido totalmente novo, tão real quanto a visão ou o tato. Era parte dele agora. Ele era parte *disso*. Partir significaria perder não apenas Sarai, mas também uma parte dele mesmo.

— Se ficar — Sarai falou —, ela vai encontrar um jeito de atingi-lo.

— Eu não serei atingido.

Ela queria acreditar nele. Estava cansada de ser corajosa.

— Nem se ela me deixar evanescer — ela disse. — Prometa que não vai levá-la a Lamento, não importa o que aconteça.

— Prometo — Lazlo respondeu e, depois dessa promessa, fez outra a si mesmo: não falharia com Sarai novamente. *Não importava o que acontecesse.* Mas e se as duas promessas entrassem em conflito? Ele daria um jeito. Tinha de dar um jeito. — Vamos superar isso — falou. — Juntos.

Aproximou-se e ela abandonou qualquer resistência.

Os outros observaram, paralisados, enquanto ela se derretia nele, docemente pesada, entregue. Seus olhos se fecharam e eles descansaram as testas uma na outra, respirando as palavras suaves que escapavam de seus lábios. Não se beijaram, mas a cena era tão íntima quanto um beijo, e ficou claro para os outros, com o movimento seguro de seus braços e o jeito suave da entrega dela, que já haviam feito isso antes. *Quando* então? Como Sarai poderia guardar tal segredo? Um *amante*, e jamais uma palavra!

— Desculpe — Rubi disse, clara e invasiva. — Acho que eu deveria saber disso. Mas... quem é você?

Sarai e Lazlo se viraram.

— Oh — Sarai falou, mordendo os lábios. — Certo. Este é Lazlo. Lazlo, esses são Rubi, Feral e Pardal. — Ela gesticulou para cada um deles. — Grande Ellen, Pequena Ellen.

— Muito prazer em conhecê-los — ele respondeu, sério, fixando o olhar cinzento de sonhador em cada um. — Já ouvi muito sobre vocês.

— É mesmo? — perguntou Feral, olhando para Sarai. — Porque não podemos dizer o mesmo.

— Nunca ouvimos sobre você — Rubi declarou, ácida.

Sarai sentiu uma descarga de culpa, que não durou muito. Erguendo o queixo, falou:

— Se tivessem vindo ontem, quando eu estava presa no meu quarto sem comida e água, eu teria falado dele para vocês.

— Calma, calma — Grande Ellen falou, se colocando no meio deles. — Não temos tempo para críticas. — Para Lazlo, ela ofereceu uma mão, que ele pegou. — O prazer é meu, jovem — ela disse. — Seja bem-vindo. Ou talvez... — Inclinou a cabeça, estudando-o. — Bem-vindo *de volta*?

Bem-vindo *de volta*? Todos a encararam, Lazlo mais que todos.

— Você me conhece? — ele indagou.

— Talvez — ela respondeu. — Apesar de que, se é você mesmo, então mudou um pouquinho desde que o vi pela última vez. Bebês parecem todos iguais.

— O que quer dizer com isso, Ellen? — Sarai questionou. — Lazlo nasceu aqui?

— Não posso dizer com certeza. — Ela franziu as sobrancelhas, pensativa. — Mas havia um bebê, um menininho... — Eles não ouviram o resto, porque um grito cortou o ar e todos tremeram e olharam para cima.

Parecia uma voz de mulher, aguda e melancólica, mas era um pássaro. Bem, não era um pássaro qualquer, mas a grande águia branca que chamavam de Aparição, por causa do hábito assombrado de desaparecer no ar. Não era um fantasma — sabiam disso porque, se fosse, Minya poderia controlá-la, e ela não podia. Estava lá havia tanto tempo quanto eles, surgindo de vez em quando para desenhar seus círculos flutuantes no céu sobre a cidadela, observando-os à distância. Era sempre silenciosa. Menos agora.

Seus círculos estavam mais baixos do que nunca, e eles conseguiram distinguir seus olhos pela primeira vez, brilhando como pedras preciosas. O bico em forma de adaga se abriu em outro grito antes que ela batesse as enormes asas para pousar em um galho fino de uma das ameixeiras na beirada do jardim. O ramo balançou sob seu peso, e algumas ameixas se soltaram para cair na cidade abaixo.

Ela gritou novamente, com o pescoço esticado e olhos atentos. Todos observavam paralisados.

Lazlo sentiu seus corações acelerarem. No momento em que vislumbrara o pássaro pela janela da biblioteca em Zosma, sentiu uma afinidade imediata, uma *adrenalina* — como uma página virada para iniciar uma história. Foi naquele instante, antes mesmo que pusesse os olhos no Tizerkane ou no Matador de Deuses, que sua mansa paciência com a vida cinzenta havia se destruído e se derramado em direção ao futuro. *Seu* futuro. Não começara no pátio, quando os guerreiros entraram com espectrais e tumultuaram toda a biblioteca. Começara quando ele olhou pela janela e viu um enorme pássaro branco disparando pelo céu.

Mas não havia motivo nenhum que explicasse aquela afinidade. Não sabia o que esse pássaro era. Agora sabia, e a visão do pássaro de perto despertou memórias profundas demais para serem reivindicadas. Ele era só um bebê. Como poderia se lembrar... se havia mesmo acontecido?

Se suas suspeitas estivessem certas, foi esse pássaro quem o carregara para Zosma.

Por quê?

Aparição levantou-se do galho. E com um último grito, mergulhou, desaparecendo de vista, de modo que todos correram para a balaustrada para olhar, observando-a girar e planar em uma espiral cada vez maior, até que não fosse mais nada além de um ponto branco contra os telhados abaixo.

— Bem — disse Sarai. — Isso foi novo.

— O que quer dizer? — perguntou Lazlo.

— Ela nunca fez algo assim antes. Nunca soltou um pio ou se aproximou tanto de nós.

— Você acha que ela estava tentando nos dizer algo? — perguntou Pardal.

— Tipo o *quê*? — Rubi questionou, sem conseguir imaginar o que poderia ser.

Lazlo também não conseguia, mas aquela sensação, aquela afinidade, o fazia ter certeza de que ela estava dizendo algo. Porque, se estivesse certo, o pássaro mudara completamente o curso de sua vida. O que *era*?, refletiu, e teria perguntado em voz alta, mas então Feral apontou para baixo, para a cidade.

— Olhem — falou, esqueceram-se de Aparição por um momento.

Algo estava acontecendo em Lamento.

8

RUAS TÃO SATURADAS QUANTO VEIAS

O pássaro voava baixo, acima da cidade.

Sua sombra o acompanhava em um balé perfeito, tremulando sobre os telhados, onde, pela primeira vez em quinze anos, o sol brilhava. As cúpulas douradas cintilavam com a luz da manhã. A topografia da cidade mudara durante a noite. Onde havia quatro âncoras — blocos monumentais de mesarthium — agora havia apenas três. No lugar da quarta âncora havia apenas uma bola derretida e um grande buraco irregular ladeado por ruínas carbonizadas.

Âncora derretida, asas dobradas e um novo deus azul na cidadela sobre Lamento. *Significava algo*, e o pássaro ficava cada vez mais agitado. Havia esperado por tanto tempo. Soltou um último gemido e desapareceu, levando sua sombra junto.

As ruas abaixo estavam tão saturadas quanto veias, com o fluxo de pessoas pulsando como sangue, como espírito, através das artérias da cidade e para fora. Lamento sangrava seus cidadãos para o campo. Centenas de milhares de almas, todas indo embora. Estavam aglomeradas nas ruas estreitas, esmagadas como peixe enlatado — se peixes enlatados pudessem reclamar e tivessem cotovelos com os quais cutucar. O pânico emitia uma pulsação baixa. As pessoas empurravam carrinhos de mão com seus bens empilhados e avós empoleiradas no topo como rainhas enrugadas. Galinhas se debatiam em gaiolas. Crianças estavam nos ombros dos pais, bebês amarrados nas costas e cães seguiam de perto com o rabo entre as pernas. Quanto aos gatos, mantinham-se calmos. Lamento era deles agora. Os cidadãos estavam fugindo do desastre e da revelação da noite.

Crias dos deuses.

A palavra foi amaldiçoada e cuspida centenas de milhares de vezes, e sussurrada e murmurada mais centenas de vezes enquanto a cidade bombeava seu povo pelo portão leste em um fluxo assustado e agitado.

Guerreiros Tizerkane cavalgavam entre eles, mantendo a paz. Uma evacuação ordenada teria sido melhor, vizinhança por vizinhança, mas o povo teria se revoltado antes se tivesse de ficar em casa esperando sua vez de partir. Portanto, os Tizerkane não tentaram detê-los, apenas impediam que se atropelassem na pressa. Os guerreiros eram bem treinados e conseguiram esconder o próprio medo, sendo que muitos só desejavam fugir com o restante.

Também havia forasteiros na cidade — os faranji da delegação do Matador de Deuses —, e a maioria estava em carruagens, presos no lento movimento do êxodo. Eles batiam no teto com punhos e bengalas, implorando aos motoristas que se movessem. Mas os motoristas apenas davam de ombros, gesticulando para os corpos aglomerados — e carroças e porcos amarrados e pelo menos uma cama de dossel colocada sobre rodas e puxada por uma cabra — e mantendo o ritmo vagaroso em direção ao portão.

Algumas partes da cidade estavam silenciosas — principalmente a região da âncora derretida, onde o inferno se abrira na noite anterior.

O fogo se apagara. As nuvens de poeira caíam sobre os escombros da explosão, e um jovem de cabelos dourados estava na beira da cratera. Era o alquimista, Thyon Nero, que podia ouvir o rio se movendo lá embaixo e se lembrar do estrondo de quando ele quase explodira. Seus olhos seguiram os filetes de metal azul que desapareciam no chão. De alguma forma, Estranho havia se apoiado na pedra rachada.

A mente de Thyon enfrentava uma sensação de distorção, como se estivesse encolhendo e se expandindo, encolhendo e se expandindo, na tentativa de descobrir novos limites. Às vezes, os limites do entendimento mudam rápido demais para serem rastreados, e parecia que ele havia sido carregado por uma onda enorme e tinha de nadar de volta, contra as correntezas, enfim alcançando a praia e se deparando com uma paisagem desconhecida. Se o reino do conhecimento era uma cidade, então Thyon estava sem chão, tanto em relação a seus pensamentos quanto à realidade.

O que ele testemunhara na noite passada?

Estranho era o quê?

— Ah. *Você* ainda está aqui.

Thyon virou-se ao som da voz. Estava tão absorvido em seus pensamentos que não ouviu ninguém se aproximando. Sua expressão não mudou ao ver Calixte Dagaz — acrobata, alpinista, ladra de joias condenada, possível assassina e, assim como ele, estimada membra da delegação do Matador de Deuses.

— Pensei que você tinha fugido com os outros — disse ela, com uma voz leve e repleta de um escárnio imprudente.

— É mesmo? — Thyon respondeu sem emoção, como se não quisesse gastar energia com a conversa. — Então você é uma péssima juíza de caráter.

Calixte era uma jovem de quadril estreito, peito liso, e bastante flexível. Os cabelos raspados, que só agora voltavam a crescer após a prisão, poderiam fazê-la parecer um menino, mas não faziam. Seu rosto, se não era bonito da maneira que Thyon fora treinado para julgar, era inegavelmente feminino. Tinha lábios grossos, olhar afiado e cílios grossos, e havia uma delicadeza em seus traços que estava em desacordo — Thyon observava — com a maneira rude com que ela falava e a risada alta que, sem dúvida, havia aperfeiçoado com o povo do circo, tentando ser ouvida além dos foles e gargalhadas dos engolidores de espadas e cuspidores de fogo.

— Sou uma excelente juíza de caráter — ela disse. — Por isso fiz amizade com Lazlo, e não com você.

A farpa atingiu o alvo, mas não machucou. Thyon não se importava com o que Calixte pensava sobre ele.

— Você fala isso como se eu fosse uma opção.

Thyon queria dizer, é claro, que ele — filho de um duque, afilhado de uma rainha e o alquimista mais célebre da época — estava acima de querer amizade com uma órfã que saíra da prisão por pena. Calixte, então, voltou as palavras contra ele:

— Não. Você não tem amigos. Percebi isso bem rápido. Teria sido um desperdício de energia. Ainda assim, sou conhecida por fazer esforço quando alguém vale a pena.

Ele lhe lançou um sorriso amarelo.

— Se não valho seus esforços, por que está me importunando agora?

Era uma pergunta justa. Ela curvou o lábio de um lado.

— Por que não tenho mais ninguém para importunar?

— E sua namorada? Já se cansou de você? — Thyon podia não se envolver na vida dos outros, se era isso o que significava amizade: envolver-se na bagunça que era a vida das outras pessoas, mas não havia escapado ao seu conhecimento que Calixte se unira a uma das guerreiras. Os outros delegados haviam fofocado sobre elas, seguindo-as com olhos curiosos mesmo chamando-as de anormais, e coisas piores.

Ninguém em Lamento, Thyon notou, pareceu perturbado com a união delas.

— É impossível se cansarem de mim — Calixte afirmou categoricamente. — Tzara está ocupada. — Ela gesticulou para o caos ao sul. O barulho era apenas um ruído baixo ali, naquela área abandonada. — Contendo debandadas e tal. — Ela falou alegremente, mas a preocupação espreitava nos cantos de sua boca e de seus olhos. Preocupação por Tzara, encarregada de manter a paz; por Lamento, cujos piores temores se agitavam no odiado anjo de metal; e por Lazlo, que subira lá e não voltara.

— Por que ficar, se não há ninguém para brincar com você? — Thyon perguntou, ainda imitando o escárnio dela. Estava irritado. Essa conversa estava abaixo dele; ela estava abaixo dele. Na verdade, ele tinha pouca experiência com pessoas comuns. Ficou desconcertado com a casualidade e frustrado com o desrespeito. Em suas terras, alguém como Calixte nunca se atreveria a falar com ele, quanto mais insultá-lo. — Você ainda pode pegar as carruagens. Tenho certeza de que Tod ficaria feliz em abrir espaço para você.

Calixte levou seu sorriso falso para os olhos. Ela não fora bem recebida pelos colegas delegados, e seu conterrâneo Ebliz Tod era o pior de todos.

— Oh, a essa altura deve estar longe — ela disse. — Ele provavelmente fugiu daqui correndo, usando a cabeça das pessoas como paralelepípedo.

Apesar de tudo, Thyon sorriu. Ele podia imaginar.

— Não vou a lugar algum — Calixte adicionou, com uma intensidade tranquila. Tinha se juntado a Thyon na beira da cratera e a olhava tão intensamente quanto o alquimista. — Quero saber o que aconteceu na noite passada.

— Qual parte? Eu quase ser esmagado ou o metal ganhando vida ou…

— Lazlo ficou azul.

Thyon estava quase dizendo isso, embora o chamaria de Estranho, e não Lazlo. Mas a maneira como Calixte dissera — intensa, confusa e fascinada — afastou o véu dos gracejos casuais. Não havia nada de casual ali.

— Ele ficou — Thyon falou.

Eles dois tinham visto acontecer. Viram-no correr até a âncora e pegá-la com as mãos nuas, como se com a força de seu corpo pudesse impedir que ela se virasse. E, apesar de parecer impossível, ele tinha *conseguido* — o metal e ele haviam se unido com a força de seu corpo. Era uma outra força que eles não podiam compreender. Caíram em um silêncio momentâneo, o mútuo escárnio emudecia na presença desse mistério.

— Como? — ela quis saber.

Havia mundos naquela palavra. Thyon não tinha dúvida de que o metal e os deuses vieram de outro mundo, mas ele era um alquimista, não um místico, e só sabia uma coisa com certeza.

— Foi o metal — contou a ela. — É uma reação ao toque no metal.

Ela estreitou os olhos.

— Mas eu o toquei bastante e não estou azul.

— Não. Eu também não. É só ele. É algo nele.

— Mas o que isso quer dizer? Que ele é um deles? Um dos deuses que fez aquela coisa?

Estranho, um deus? Thyon refletira bastante sobre isso, mas não se permitira evocar essas palavras juntas.

— Isso é um absurdo — disse com firmeza.

Calixte concordou, embora por uma razão diferente. Thyon rejeitava a ideia de que Lazlo pudesse ser divino, poderoso. Ela rejeitava a ideia baseada na noção de que os Mesarthim eram malignos.

— Ninguém é tão bom quanto Lazlo. E a menina também não parecia maligna, coitada.

A menina. Thyon foi assaltado novamente pela mistura de sentimentos que se agitaram nele ao ver Lazlo Estranho segurando uma garota no peito. Ele mal sabia como interpretar a cena. Era tão surpreendente quanto incompreensível. Estranho com uma garota. Os detalhes — ela era *azul*, ela estava *morta* — vinham vagarosos, e ele ficou processando tudo depois que Estranho a levou consigo. Pelo ar. Em uma estátua que ganhara vida. Na verdade, ele ainda estava processando tudo.

Estranho conhecera uma garota — uma deusa, nada menos — e ela morrera, e ele estava sofrendo.

Thyon Nero despertou tarde para o entendimento de que as outras pessoas também estavam vivendo suas vidas. Ele sabia disso intelectualmente, é claro, mas não tinha compreendido totalmente. Todos sempre foram atores menores em um drama sobre ele, suas histórias eram meras subtramas traçadas em torno da história *dele*, e experimentar uma mudança repentina nisso tudo o perturbou — como se o roteiro tivesse sido embaralhado e ele recebera as páginas erradas. Ele era o ator secundário agora, parado no meio da poeira batida, enquanto Estranho voava em bestas de metal e segurava deusas mortas nos braços.

Deixando de lado por um momento a questão sobre *como* ele conhecera uma deusa, havia uma questão mais pertinente:

— Maligna ou não, como é que ela estava lá em cima? Eril-Fane disse que a cidadela estava vazia.

O Matador de Deuses garantira à delegação que os deuses estavam mortos, a cidadela estava vazia e eles não estavam em perigo.

Calixte apertou os lábios e olhou para aquela coisa enorme pairando ali.

— Aparentemente ele estava errado.

*

Eril-Fane e Azareen estavam posicionados a meio caminho entre o anfiteatro e o portão leste, onde um gargalo de ruas que se fundiam formava uma confusão asquerosa. Estavam montados em seus espectrais, lado a lado, em uma pequena ponte que atravessava a via principal da cidade. Abaixo deles, o povo seguia em uma turbulência desajeitada, muitos ao mesmo tempo, e a frustração e o medo os tornavam instáveis. Eles esperavam que a sua presença acalmasse a fervura.

O sol recém-descoberto brilhava sobre eles. Era como se estivessem sendo observados.

— Por que ainda está aqui? — Azareen perguntou, erguendo uma mão, gesticulando para onde a cidadela ainda pairava. — Ele disse que poderia movê-la, então por que não fez isso? Por que não se *foi* junto com as crias dos deuses?

— Não sei — disse Eril-Fane. — Talvez não seja tão fácil assim. Ele pode ter que aprender a dominá-lo. — Havia também a questão do luto, pensou, mas não disse.

— Ele dominou tudo muito bem ontem à noite. Você viu as asas. Rasalas. Se ele consegue fazer aquilo, consegue mover a cidadela. A não ser que tenha outros planos.

— Que outros planos?

— Precisamos estar preparados, em caso de ataque.

— Lazlo não vai atacar — Eril-Fane falou, desconfortável. — Quanto aos outros, se pudessem, por que não atacaram antes?

— Você não pode presumir que estamos fora de perigo.

— Não presumo nada. Vamos nos preparar da melhor maneira que podemos, apesar de não saber como poderíamos nos preparar para aquilo. — Combater um exército de seus próprios entes perdidos? Era digno de pesadelos.

— E poderia haver mais por aí — disse Azareen, apontando para a Cúspide e além. Eles sabiam agora que havia crias de deuses na cidadela, mas a transformação de Lazlo representava uma possibilidade nova e perturbadora: também havia outros no mundo vivendo em países longínquos, com peles não azuis, mantendo sua herança em segredo talvez até para eles mesmos.

— Poderia haver — Eril-Fane concordou.

— Eles podem se passar por humanos — disse Azareen. — Podem se esconder às vistas de todos, como ele.

— Ele não estava se escondendo — Eril-Fane retrucou. — Ele disse que não sabia.

— E você acreditou?

Eril-Fane hesitou, então assentiu com a cabeça. Seus famintos e atrofiados sentimentos paternos haviam encontrado um lugar para se fixar no jovem faranji. Estava mais que afeiçoado pelo jovem. Era protetor em relação a ele, e apesar de tudo, não conseguia não confiar nele.

— Você acha que é uma coincidência ele ter estudado sobre Lamento? — perguntou Azareen. — Que tenha aprendido a nossa língua, nossas lendas? — Agora que ela sabia o que ele era, o fascínio de Lazlo ganhava um tom meio sinistro.

— Não é coincidência — Eril-Fane falou. — Acho que havia algum chamado nele, algo que ele não entendia.

— Mas como ele foi parar lá em Zosma? Será que ele é... um dos nossos?

Eril-Fane se virou para encará-la — sua esposa, criada com crias de deuses como tantas outras filhas de Lamento. Quando ela dizia "nossos", estava perguntando se alguma mulher da cidade havia dado à luz o Lazlo na sala estéril da cidadela que os deuses usavam para esse fim.

— Vamos torcer para que seja — disse Eril-Fane. — Porque se não for, então pode haver outros Mesarthim por aí, talvez outra cidadela flutuando sobre outra cidade, em algum lugar de Zeru.

O mundo era grande, e ainda havia muito para ser mapeado. Em que lugares remotos deuses malignos poderiam reinar? No entanto, Eril-Fane tinha a sensação de que Lazlo estava ligado a Lamento, de que tudo dependia dessa cidade, dessa cidadela, desses deuses e crias de deuses.

Durante quinze anos, as pessoas de Lamento viveram com a certeza de que os monstros estavam mortos, e Eril-Fane viveu com esse fardo: eram deles as mãos que os assassinaram, deuses e filhos — e *seu* filho também, ou assim ele pensava. Ele cometera um crime tão hediondo quanto o dos deuses, e, embora nunca tivesse tentado se perdoar, ele se confortava dizendo a si mesmo que não tivera escolha, que era necessário garantir que Lamento nunca mais se subjugasse.

Agora ele estava compreendendo as implicações dessa nova descoberta — o metal ativou o poder dos Mesarthim —, e até mesmo essa pequena e doentia fé estava se corroendo. E se *não fosse* necessário matá-los?

— Quando estão longe do metal — arriscou, relutante em expressar sua suspeita em voz alta —, o poder deles só... se desgasta?

Azareen tentou ler sua expressão, como vinha tentando durante todos esses anos. Ele fora o brinquedo da deusa do desespero. Isagol destruíra suas emoções, envenenando sua capacidade de amar e confiar, até estar tão misturada com ódio e vergonha que ele mal conseguia reconhecer os sentimentos. No entanto, ela o entendia, e sentiu a pontada de remorso que ele infligia a si mesmo. Esse era o fardo de Azareen: sentir a dor do tormento de Eril-Fane e ser incapaz de ajudá-lo.

— Mesmo que seja assim — falou, cautelosa —, você não tinha como saber.

— Eu deveria ter esperado. Os bebês estavam nos berços, por que a pressa? Eles não poderiam nos machucar. Eu devia ter tentado entender.

— Alguém teria feito por você, e teria sido pior.

Eril-Fane sabia que era verdade, mas não ajudava ouvir que seu povo teria sido mais cruel que ele.

— Eles eram bebezinhos. Eu poderia tê-los protegido em vez de...

— Você *nos* protegeu — disse Azareen ferozmente.

— Só que não. — Sua voz minguou. O olhar que ele lhe lançou era bastante familiar: impotência, culpa. Estava se lembrando dos gritos dela na cidadela, a barriga protuberante com um bebê que não era dele, que não era humano. — Não protegi você.

— E *eu* não protegi *você* — ela retrucou. — Ninguém protegeu ninguém. Como poderíamos? Eles eram deuses! E ainda assim você nos libertou. *Todos nós*, meu amor. A cidade inteira. — Ela apontou para uma garotinha no fluxo de pessoas abaixo deles. Ela estava montada nos ombros do pai, com bochechas vermelhas e olhos arregalados, e cabelos trançados, espetados como brotos negros. — Por sua causa, essa menina nunca será uma escrava. A família dela nunca vai responder a Skathis e nunca a verá sendo levada por Rasalas.

Ela poderia continuar dizendo que ele era um herói, mas sabia que ele não queria. Isso não ajudava, e ele provavelmente nem escutava. Ele ainda observava a garotinha na multidão, mas havia um vago assombro em seu olhar, e Azareen sabia que ele estava vendo outra pessoa — sua própria filha, cujo corpo azul e quebrado Lazlo erguera de um portão de ferro nas primeiras horas do amanhecer.

Eril-Fane caiu de joelhos ao vê-la, e fez algo que Azareen não o via fazer desde que Isagol cruzara seu caminho, de corpo e mente. Ele chorou.

Ela ficou tentando decidir se era uma coisa boa ou ruim. Por anos ele não conseguia chorar, e agora estava chorando. Isso significava que os caminhos tortuosos de suas emoções estavam se curando?

Bem a tempo de lamentar a morte da filha.

Era a vez de Azareen fazer algo que não fazia havia anos. Ela pegou a mão do marido e deslizou os dedos entre os dele, sentindo os calos, as cicatrizes, o calor e a realidade deles. Eles tinham tido apenas cinco dias e noites como marido e mulher, quase duas décadas atrás, mas ela se lembrava da sensação dessas mãos... *dessas mãos* — em seu corpo, aprendendo tudo sobre ela, ou ao menos tudo o que um jovem marido poderia aprender em cinco dias e noites. Depois da liberação, ele não a tocava ou não a deixava tocá-lo. Agora os corações de Azareen pareciam aguardar o ritmo dele, esperando para ver o que ele faria.

Por um momento, Eril-Fane permaneceu parado. Ela o observou olhando para suas mãos unidas — a mão dela dentro da sua, bem maior, ambas com cicatrizes e calos, distantes das mãos jovens de outrora que se conheciam tão bem. Ela o observou engolindo em seco e fechando os olhos, e então gentilmente, muito gentilmente, dobrar os dedos sobre os seus.

E quando seus corações voltaram a bater, pensou sentir um derramamento de luz nas veias que carregavam seu espírito.

✷

A mãe do Matador de Deuses, Suheyla, estava em seu pátio no jardim e levantou o rosto para sentir o sol. Ela fechou os olhos para não precisar ver a cidadela.

Não conseguia acreditar que o doce jovem que morou na sua casa estava lá em cima agora, que era um deles. Ela não tinha testemunhado a transformação. Tinha perdido tudo — uma senhora não pode sair correndo pelas ruas! —, então tinha a impressão de que tudo não passava de uma história. Apenas não conseguia imaginar Lazlo azul. O que isso significava? O que aconteceria agora? Ela não era capaz de dar forma a isso, mas estava claro que tudo mudaria. Era difícil pensar no amanhã, no entanto, quando a dor cuspia graxa na boca de seu estômago.

No dia anterior, descobrira que tinha uma neta viva — uma neta que era meio monstro, sim, mas sangue do seu sangue, ainda assim. Ela não sabia como lidar com isso até a menina estar morta. Agora sabia: ela a queria. E era tarde demais.

Ocupou-se com sua rotina habitual, como se fosse qualquer outro dia, como se as ruas não estivessem engasgadas com pessoas inundando a cidade como moscas abandonando um cadáver.

Lamento não era um cadáver, e Suheyla não era uma mosca. Todos os seus medos persistiam, mas ela só não conseguia adicionar Lazlo a eles, pele azul ou não. De todas as possibilidades apresentadas como um banquete de incertezas e desgraças, simplesmente não havia um cenário em que Lazlo Estranho machucasse Lamento, ou qualquer pessoa.

Examinou seu triste jardim, há tanto tempo faminto de sol. Poderia dar um jeito nele agora, pensou. Ah, precisaria sair em busca de mudas, e isso não aconteceria hoje. Mas poderia prepará-lo. Isso ela podia fazer.

Suheyla arregaçou as mangas e começou a trabalhar.

✶

— O que é isso? — Calixte perguntou.

Thyon se virou para ela, esperando encontrá-la olhando para a cidadela. Mas ela estava apontando para baixo, para a cratera.

— O quê? — ele perguntou, espremendo os olhos para a direção que ela apontava.

O naufrágio da âncora havia atravessado a crosta de terra sob a cidade, expondo camadas de pedra e sedimentos, como uma escavação. O Matador de Deuses lhes dissera que os deuses haviam pousado as âncoras com precisão, esmagando os prédios abaixo delas, "deliberadamente", ele dissera, "a universidade e a biblioteca, a guarnição dos Tizerkane e o palácio real".

O que era isso? Era impossível distinguir nas camadas de entulho moídas pelo peso da âncora. Mas o que Calixte apontava estava abaixo daquelas camadas, onde, se você olhasse bem, poderia ver as ruínas das fundações e a sugestão de níveis subterrâneos mais profundos. Seria possível que eles não tivessem sido soterrados?

— Ali — ela disse. — Dá para ver a ponta. Parece…

Thyon viu. E terminou a frase com ela. Em uníssono, disseram:

— Uma porta.

9

O CLOSET DE UMA DEUSA MORTA

Eles não apenas cremaram o corpo.

— Você precisa honrar este bom receptáculo — disse Grande Ellen a Sarai —, como faria com um ente querido.

Seria um tipo esquisito de funeral ter o próprio fantasma de Sarai entre os presentes, mas ela tivera um tipo de vida esquisito, então por que a morte deveria ser diferente? Grande Ellen assumiu o comando, como sempre. Ela enviou Pequena Ellen às cozinhas para buscar água, sabão e um pano macio.

— Tesoura também — pediu, antes de se virar para Rubi e Pardal. — Vocês dois, peguem uma camisola limpa no closet de Sarai.

— Que cor você quer, Sarai? — perguntou Pardal, e a pergunta, aparentemente banal, era surreal, porque a roupa não era para *ela*, mas para seu corpo.

Fazia apenas uma semana que Sarai censurara Rubi por queimar a própria roupa depois que Feral a ensopou com um banho de chuva. "Morreríamos antes de ficarmos sem vestidos", dissera Rubi na época, e sua indiferença chocara Sarai. Mas agora a profecia estava cumprida, pelo menos para ela, e ocorreu-lhe que ela não precisaria mais de closet nem de nada de sua mãe falecida. Não precisaria mais, depois disso. Pela última vez, seu corpo precisava ser vestido.

— Branca — disse. Ela seria cremada de branco.

As meninas foram buscar a roupa e Grande Ellen virou-se para os meninos.

— Feral — chamou —, pode mostrar ao nosso visitante onde ele pode se limpar, por gentileza?

Lazlo contestou. Queria ficar com Sarai, mas deram a entender, em termos inequívocos, que não seria decente, não enquanto elas lavavam o corpo e ele próprio estava imundo. Então ele concordou, se separando de Sarai com dificuldade, e seguiu Feral.

Era a primeira vez que via a cidadela por dentro, e a primeira coisa que notou foi a parede de orquídeas que Pardal cultivara para suavizar o efeito de tanto metal. No entanto, não era possível suavizar nada. Tudo era de metal: parede, chão, teto, equipamentos, móveis. Era metal demais, mesarthium demais, e tudo parecia estar segurando o fôlego, esperando que ele o acordasse. Ele não sabia o que fazer. Era uma sensação avassaladora. Como uma *reivindicação* — o metal o reivindicando, ou o contrário? Obviamente, essa vasta cidadela de outro mundo não *lhe pertencia*, mas... ele não conseguia se livrar da sensação de que, de alguma forma, era *dele*, e estava ansiosa para se entregar a ele.

Fantasmas estavam em posição contra a parede; havia alguns homens velhos, uma menina. Estavam rígidos, olhando para a frente, e não viraram a cabeça — não conseguiam virar — para observar os rapazes entrando. Seus olhos se viraram para o lado, porém, mostrando branco demais. Era perturbador. Lazlo viu Feral fitá-los e rapidamente desviar.

— Esta é a galeria — Feral disse, conduzindo Lazlo pela enorme sala com sua longa mesa de mesarthium. — A cozinha é por aqui. Tomamos banho na sala da chuva. — Ele parou na porta e olhou para Lazlo de cima a baixo. — Acredito que você não tenha roupa para trocar.

Lazlo estendeu os braços para os lados para mostrar que, claro, não tinha nada.

Não era a primeira vez. Quando Lazlo Estranho mudou sua vida, foi apenas com as roupas do corpo. Essa era a terceira vez — ou, ele pensou, a quarta, se contasse sua jornada como um bebê, embora não pudesse receber crédito nenhum por isso. Depois, teve a vez com treze anos, quando se escondeu na Grande Biblioteca, e então novamente quando atravessou os portões com Eril-Fane. As oportunidades de Lazlo tinham vindo sem aviso prévio e, quando chegaram, ele não hesitou e não parou para fazer as malas.

— Vamos encontrar algo para você — disse Feral, dividido entre desconfiança e admiração.

Foi guiando Lazlo para dentro da cidadela em um tour improvisado.

— Por ali, para o braço sinistro — falou, apontando para a esquerda. Lazlo sabia que *sinistro* significava "esquerda" na linguagem heráldica, mas algo no tom de Feral o fez pensar que a palavra guardava mais significados, mesmo antes que ele acrescentasse rispidamente: — Não frequentamos esse lugar.

Em vez disso, seguiu para o lado destro. Era um corredor longo e lustroso que lembrava um tubo. Fazia uma curva para a direita; Lazlo não conseguiu ver o final. Percebeu que estava dentro do braço direito do Serafim.

Passaram por uma porta que tinha uma cortina amarrada. Um par de fantasmas fazia guarda do lado de fora.

— Os aposentos de Minya — Feral explicou. — Eram de Skathis, então são os maiores.

Ao longo do corredor, havia várias portas. Feral as foi identificando conforme caminhavam.

— O quarto de Pardal. Foi de Korako. O de Rubi foi de Letha. Esse é o meu; era de Vanth, meu pai — falou, sem emoção. A cada porta havia guardas, e ele continuava seguindo adiante. — E esse é de Ikirok. Ninguém o usa, então acho que é seu.

Dele? Lazlo não pensou tão longe quanto ter um quarto, *viver* ali. Sua mente foi até Sarai. Ele queria ficar onde ela estivesse. Como se Feral pudesse ler seus pensamentos, apontou para frente.

— O de Sarai é o seguinte. O último. — Havia uma certa curiosidade furtiva no jeito do jovem. Ele claramente queria perguntar algo, e por fim indagou: — Como você a conheceu? Como ela conheceu você? Quando... *como* vocês se conheceram?

— Nos sonhos — Lazlo contou. — Não sabia que ela era real até o trenó de seda, quando ela nos salvou.

— Foi você. — Feral não tinha percebido. Ele não tinha olhado direito aquele dia, e é claro, Lazlo ainda era humano. A vergonha o atravessou. Sarai tentou convencê-lo a convocar nuvens para que a nave não chegasse à cidadela, mas ele estava com muito medo de desafiar Minya. Se dependesse dele, Lazlo estaria morto.

E se Lazlo estivesse morto, percebeu com um aperto no estômago, *todos* teriam morrido na noite anterior. Ele engoliu a náusea.

— Mas não pensei que as pessoas pudessem vê-la — falou.

Era verdade. Normalmente, quando Sarai adentrava um sonho, permanecia como uma presença invisível ali. Por anos ela se sentiu como um fantasma. Então foi a vez de Lazlo. Sua primeira visão dela estava estampada em sua memória: uma linda garota azul com cabelos castanhos-avermelhados e uma faixa preta de têmpora a têmpora, e vívidos olhos azuis que o encaravam com uma curiosidade escancarada.

— Eu posso vê-la — falou. Vê-la, tocá-la, segurá-la. Ontem à noite: a sensação de tê-la debaixo dele, seu corpo contra o dele. Ela tomou sua cabeça entre as mãos, entrelaçando os dedos nos seus cabelos enquanto ele a beijava pescoço abaixo. Fora tão real, tão real quanto qualquer outra coisa que tivesse acontecido fora do sonho.

— Me pergunto por quê — disse Feral. — Talvez seja porque você não é humano.

— *Você* pode vê-la? — Lazlo perguntou.

Feral encolheu os ombros.

— Não sei. Ela nunca entrou nos meus sonhos. Ou de qualquer um de nós. Minya proibiu.

— E você a obedece.

Feral soltou uma risada curta.

— Sempre — disse. — Você nos culpa?

— Nem um pouco — Lazlo falou. — Ela é aterrorizante.

Feral afastou a cortina da porta de Ikirok e fez sinal para Lazlo ir na frente. Ele foi, pensando em como as cortinas — lençóis de linho colocados ali — pareciam incongruentes com o design elegante da cidadela.

— Não há portas? — perguntou.

— Havia. O metal respondia ao toque, aparentemente. As Ellens dizem que as portas podiam reconhecer quem tinha autorização para entrar. Mas tudo congelou quando Skathis morreu, e permaneceu assim desde então. — Ele inclinou a cabeça para um lado. — Talvez você possa fazê-las funcionar de novo.

Lazlo passou a mão pela extremidade do batente da porta. Era suave, fria e… espere! Ele podia sentir as energias que a governavam tão seguramente quanto sentia o próprio metal, e soube que podia fazer as portas funcionarem, que podia fazer a cidadela voar, que podia trazer "vida" a esse imenso serafim tão facilmente quanto despertara Rasalas.

— Posso tentar — disse, porque dar um tom confiante às suas palavras lhe pareceu arrogante.

— Bem, mais tarde — Feral falou. E mostrou a Lazlo o closet. — Basicamente, se você usa vinte quilos de brocado de joias com caveiras de raposa como ombreiras e botas com ponta de faca, hoje é seu dia de sorte.

— Hum — Lazlo disse, pela primeira vez diante do guarda-roupa de um deus. — Não faz muito meu estilo.

— Nesse caso, há roupas de baixo.

Enquanto as meninas usavam camisolas, Feral usava camisetas de linho e calções. As peças eram de Vanth, e ele mostrou a Lazlo onde encontrar as de Ikirok. O tecido era simples e bonito.

— Também há pijamas — Feral acrescentou, segurando uma manga de seda de um carmesim profundo e brilhante, costurado com fios de prata e pérolas. — É um pouco exagerado. — Ele largou a manga. — Dê uma olhada. Com certeza algo vai servir.

Lazlo nunca imaginou que um dia estaria vasculhando o closet de um deus morto, mas, de qualquer forma, isso estava longe de ser a coisa mais esquisita que lhe acontecera. Ele nem se agitou. Apenas pegou um conjunto de roupas de baixo de linho, como o de Feral, e o segurou junto ao corpo.

— Um pouco curto, talvez — Feral disse, avaliando. — O de Skathis provavelmente servirá melhor em você. — Casualmente, acrescentou: — Suponho que você seja filho dele.

Lazlo quase derrubou as roupas.

— *O quê?*

— Bem, você tem o poder dele, esse é meu palpite. Você poderia reivindicar as coisas dele, se quisesse. Não é como se Minya precisasse delas. Deuses, ela nunca trocou de roupa… *nunca*. Mas hoje não é o dia para ir bater na porta dela, por assim dizer. Já que, você sabe, não há portas.

— Vou consertá-las — Lazlo falou.

— Eu não esperaria nenhum afeto fraternal dela, mas acredito que você já tenha percebido isso.

Mais uma vez, Lazlo ficou surpreso.

— *Fraternal…*?

Feral ergueu as sobrancelhas.

— Ela é filha de Skathis. Se você é filho dele… — E encolheu os ombros.

Lazlo ficou encarando-o. Poderia ser verdade? Minya seria sua *irmã*? A ideia o perturbou ainda mais que sua transformação, e ele nem ouviu as outras coisas que Feral lhe disse. Ele era só um garotinho quando abandonara a esperança de ter uma família, e os monges não pouparam esforços para mostrar aos meninos o quanto estavam sozinhos no mundo. Lazlo havia canalizado todo o seu anseio para um sonho igualmente impossível: ir à Cidade Invisível e descobrir o que aconteceu lá. Bem, aqui estava ele. Realmente impossível. Teria encontrado uma família também?

— Traga essas — Feral disse, gesticulando para as roupas. — Vou te mostrar onde é o banheiro.

Eles se depararam com Rubi e Pardal no corredor, vindas do quarto de Sarai com a camisola branca nas mãos, e eles voltaram juntos. Uma timidez tomou conta das duas na presença de Lazlo. Até Rubi parecia moderada. Algumas vezes ela quase deixou escapar umas perguntas, mas conseguiu se conter, e Feral e Pardal se surpreenderam ao vê-la corar.

Lazlo, por sua vez, pensou na possibilidade de uma aproximação. Esses três eram a família de Sarai, mesmo que não fosse de sangue, e ele queria causar uma boa impressão. Mas Lazlo não tinha prática em conversar com estranhos tanto quanto o trio, e não conseguia nem pensar por onde começar.

Na galeria, Pardal se separou para levar a camisola para Sarai, enquanto Rubi seguiu com Feral e Lazlo para ajudar a preparar o banho. Foi desconfortável para Lazlo ser servido — isto é, até o momento em que ele viu Feral levantar as mãos e convocar uma nuvem do nada, logo acima do grande tambor de cobre que lhes servia de banheira. O ar ficou denso, levando consigo um perfume espesso de selva, e por alguns minutos o único som foi o da chuva batendo no metal.

Lazlo sorriu ante àquela maravilha.

— Nunca vi uma habilidade como essa antes.

— Bem, não é nada perto do seu dom — disse Feral, humildemente. — É só chuva.

E, nesse momento, Rubi deveria ter discordado. É cafona tecer elogios sobre si mesmo; seus amigos é que devem fazer isso por você. Um amante certamente deveria fazer isso, mas Rubi não fazia ideia, com toda a atenção voltada para Lazlo, então Feral se viu forçado a acrescentar: — Embora, é claro, todos nós teríamos morrido há séculos se não tivéssemos água.

— Água é importante — concordou Lazlo.

— Assim como fogo — Rubi falou, para não ficar para trás. Ela estendeu as mãos e ambas acenderam bolas de fogo em um instante. Era um show mais chamativo do que ela costumava fazer para aquecer a água do banho. Em vez de pressionar as mãos contra a lateral da banheira, o que teria funcionado perfeitamente, ela as mergulhou na própria água, enviando grandes jatos de vapor onde o fogo encontrava a água, e ela rapidamente começou a ferver.

— Está tentando cozinhá-lo? — perguntou Feral, produzindo outra nuvem. Não havia aroma de selva nessa. Ela encheu a sala com um sabor limpo e frio, e se derramou na água quente com uma enxurrada de neve, deixando-a em uma temperatura razoável.

Rubi, com os lábios pressionados, convocou uma faísca na ponta dos dedos e a lançou no traseiro de Feral. Ele conseguiu reprimir um grito e lhe direcionou um olhar.

— Isso é maravilhoso — disse Lazlo, encantado. — Obrigado a vocês dois.

— Não é nada — Feral disse, com uma mão na nuca. — Isso era um frigorífico. Não é nada incrível. Há banheiras nos quartos, mas elas não funcionam mais.

— Isso é excelente — Lazlo lhe garantiu. — Até chegar em Lamento, nunca tinha tomado banho decente na vida. No inverno, quando era menino, tínhamos que retirar o gelo do balde antes de nos lavar. — Ele sorriu para Rubi. — Vocês seriam bem-vindos lá. Bem — ele reconsiderou —, exceto pelo fato de que os monges pensariam que vocês são demônios.

— Talvez eu *seja* — ela disse, com ar atrevido; seus olhos brilhavam, inflamados.

— De qualquer forma — Feral falou, um pouco mais alto que o necessário. — O sabonete está ali. Vamos deixá-lo à vontade.

Em seguida, saíram. Feral puxou a cortina atrás de si, e Lazlo ficou se perguntando se seria rude fechar a porta. Decidiu que sim, já que eles sempre viveram sem portas, e isso daria a impressão de que não confiava neles para lhe oferecer privacidade.

Na verdade, era quase isso. Feral e Rubi estavam na galeria quando ela disse:

— Volto em um minuto. Só tenho de ir à cozinha.

Feral ergueu uma sobrancelha questionadora.

— Oh? Para quê?

Ela foi evasiva.

— Quero falar com a Pequena Ellen.

— Eu vou com você — ele disse.

— Não precisa se incomodar.

— Não é incômodo.

— Bom, é um incômodo para mim — ela declarou, fazendo uma careta. — É algo particular.

— Engraçado você usar essa palavra, "particular" — Feral falou, sabendo exatamente o que ela estava para fazer. — É quase como se você soubesse o que significa.

Ela revirou os olhos.

— Tudo bem — disse, desistindo. — Eu só ia espiar um pouco.

— Rubi, não é legal espiar. Você com certeza sabe disso.

Feral era tão condescendente. Ela encolheu os ombros.

— Eu espiei *você* várias vezes, e você nunca se importou.

— Você fez *o quê*? — Feral perguntou. — Como eu poderia me importar se não sabia?

— Não te machucou, não é?

Ele cobriu o rosto com as mãos.

— Rubi — grunhiu, censurando-a, embora estivesse secretamente um pouco satisfeito. Ficaria com ciúmes se ela tentasse espiar Lazlo e não ele.

— Suponho que você nunca tenha *me* espiado?

— É claro que não. *Eu* respeito as cortinas.

— Ou você só não liga — ela disse, e havia um tom de mágoa em sua voz.

Apesar de ter crescido no meio de garotas, Feral ainda não as entendia.

— *O quê?*

Rubi estava se lembrando do que Pardal lhe dissera na noite anterior, antes que a guinada da cidadela os levasse ao caos e à tristeza. Para sua própria afirmação de que, se Pardal fosse até ele, ela teria ficado com Feral, Pardal respondeu: "Se isso é verdade, então não o quero mesmo. Quero alguém que queira apenas a mim". Bom, Rubi também. Na verdade, ela queria alguém que a olhasse como Lazlo olhava para Sarai, e não um homem-menino passivo que só a acompanha porque ela literalmente se colocou nas mãos dele.

— Se eu respeitasse suas cortinas — Rubi lhe disse —, nós nunca teríamos feito nada. *Eu* fui até *você*, tenho certeza de que se lembra. Subi no seu colo. E *fiz* você me beijar. É óbvio que você não se importa, e tudo bem. — Ela ergueu o queixo. — Era só algo que eu queria fazer caso a gente fosse morrer, e olhe, ainda estamos vivos. — Ela lhe deu um sorrisinho. — Não precisa se preocupar mais. Vou te deixar sozinho.

Feral não fazia ideia de onde vinha isso. Era verdade que ela tinha iniciado tudo, mas isso não significava que ele não queria mais.

— Você está brava porque nunca a espiei nua? — perguntou, incrédulo.

— Não estou brava — Rubi respondeu. — Só estou farta. Pelo menos foi uma boa prática, para quando eu conhecer alguém que se importe. — E jogou o cabelo escuro e selvagem para trás, para que ele tivesse que se esquivar e não ser atingido no rosto. Então se afastou.

— Ótimo — Feral disse às suas costas, mas sua cabeça estava girando e ele mal tinha entendido o que acontecera. No entanto, de uma coisa ele estava quase certo: não estava nem um pouco feliz.

10

FANTASMAS NÃO QUEIMAM

Sarai mergulhou a esponja na bacia de água que Pequena Ellen havia preparado. Cheirava a alecrim e néctar, como o sabão que usara a vida toda. Segurou a esponja nas mãos trêmulas e olhou para baixo, para ela mesma.

Não. Fechou os olhos com força. Essa não era *ela mesma*. Era seu corpo. *Ela* era ela mesma. *Ela* ainda existia. Abriu os olhos novamente. Sua mente vacilava. Ela estava lá e estava aqui, nem morta nem viva ajoelhada ao lado de si mesma envolta em flores.

Como era possível ajoelhar ao lado de si mesma? Como era possível limpar o próprio cadáver?

Da mesma forma como se faz tudo, ela pensou com firmeza. Você só faz. Ela sempre lavou o próprio corpo. Poderia fazer isso uma última vez.

— Deixe-me ajudá-la — Pardal falou, com uma voz tão pura quanto uma ferida.

— Está tudo bem — Sarai falou. — Estou bem.

Grande Ellen cortou a camisola com uma tesoura, e o corpo estava nu, sua superfície familiar agora estranha por essa nova perspectiva.

A saliência dos ossos do quadril, as aréolas rosadas, o umbigo pareciam pertencer a outra garota. Estendendo a mão, Sarai apertou a esponja e deixou um fio de água escorrer pelo peito morto. E então, gentilmente, como se tivesse medo de provocar dor, começou a lavar o sangue.

Quando terminou, a água na bacia estava vermelha e pegajosa e ela também, por ter segurado a cabeça morta no colo para enxaguar o sangue dos cabelos. Ela olhou para a seda molhada e manchada colada às pernas e se debateu com o fato de que era tudo ilusão. A roupa não estava molhada. A roupa não estava *ali*, nem o corpo embaixo dela. Tudo sobre ela era só ilusão agora. Ela ainda era, ainda se sentia, exatamente como antes, mas nada disso era real, e nada havia sido consertado. Ela sabia que essa cópia fantasma da carne era uma projeção inconsciente — uma recriação de sua mente de seu eu familiar — e que ela não precisava permanecer assim.

Fantasmas não estavam presos às mesmas regras que os vivos. Eles podiam se moldar da forma que quisessem. Pequena Ellen, que em vida tinha perdido um olho, o restaurou em seu ser fantasma. Grande Ellen estava sempre mudando, mestra das médiuns. Ela poderia usar pássaros cantando como chapéus, ou criar um braço extra quando necessário, ou transformar a cabeça em um falcão. Quando crianças, encantadas com as transformações de suas babás, Sarai e os outros gostavam de dizer o que fariam se fossem fantasmas. Não era algo mórbido, mas apenas uma brincadeira, como um jogo maravilhoso de se fantasiar. Você poderia ter presas raivosas ou a cauda de um escorpião, ou se tornar uma miniatura, como um pássaro canoro. Você poderia ser listrado, de penas ou de vidro, translúcido como uma janela. Você poderia até ser invisível. Tudo lhe parecia um grande jogo antes. Mas agora que era verdade, Sarai só queria ser ela mesma.

Ela passou os dedos sobre a seda ensopada e descolorida em seu colo, desejando que estivesse limpa e seca. E, num instante, ela ficou limpa e seca.

— Muito bem — Grande Ellen disse. — A maioria de nós leva muito tempo para descobrir como fazer isso. A dica é acreditar, e isso é uma dificuldade para muitos.

Não para Sarai.

— É como nos sonhos — falou.

— Você tem uma vantagem aí.

Mas, nos sonhos, Sarai tinha controle sobre tudo, não só sobre o tecido ou si mesma. Retirar sangue da seda não era nada. Ela podia fazer o dia virar noite, e a terra virar céu.

— Nos sonhos — disse, saudosa —, eu poderia me trazer de volta à vida.

— Você poderia — Grande Ellen falou, estendendo a mão para acariciar seus cabelos. — Minha pobre e amada garota. Vai ficar tudo bem. Você vai ver. Não é *vida*, mas tem seus méritos.

— Tipo ser escrava de Minya? — Sarai perguntou, amarga. A babá soltou um suspiro.

— Espero que não.

— Não *há* esperança. Você sabe como ela é.

— Eu sei, mas não vou desistir dela, e você também não deveria. Venha. Vamos vestir seu cadáver.

As garotas foram buscar a camisola branca; tinham escolhido uma frente única para cobrir a ferida. Todos precisaram ajudar, manobrando membros rígidos, erguendo-os e ajeitando-os. Eles repousaram o corpo com os braços esticados ao lado, com orquídeas ao redor, e abanaram o cabelo cor de canela para que ele secasse ao sol antes de enfeitar suas ondas. Era mais fácil olhar agora que a evidência de seu fim violento estava disfarçada, mas a dor da perda não diminuiu.

Sarai ficou grata quando Lazlo voltou. Ele estava vestido como Feral, em roupas da cidadela; os cabelos escuros estavam limpos nos ombros, brilhando úmidos à luz do sol. Mais uma vez, ela sorveu a visão dele azul, e quase imaginou que estavam de volta em um sonho, vivo e repleto de maravilhas, de mãos dadas após a mahalath tê-los transformado.

— Você está bem? — ele perguntou, com tanta doçura e tristeza em seus olhos cinzentos de sonhador que ela sentiu a tristeza dele absorver um pouco da sua própria. Sarai assentiu e conseguiu até sorrir, uma pequena alegria viva mesmo em meio à sua perda. Ele deu um beijo em sua testa, e o calor de seus lábios fluiu nela, dando-lhe força — que ela tanto precisava para o que viria a seguir.

O fogo.

Rubi não queria fazê-lo. Não queria tocar o corpo. Não queria cremá-lo. Os olhos dela eram poças de fogo; quando chorou, suas lágrimas silvaram em vapor. Ela estava tremendo. Pardal a amparou, mas considerando o que ela tinha que fazer, ninguém seria capaz de ficar perto.

— Devemos esperar Minya? — perguntou para ganhar tempo, e todos olharam para a arcada segurando o fôlego, como se a menção da menininha pudesse convocá-la. Mas a arcada estava vazia.

— Não — Sarai falou, sem se esquecer da sensação de ficar suspensa no ar, impotente. Estava em conflito com Minya fazia anos, mas agora era algo além de um "conflito", e a cada minuto que a garotinha ficava longe era menos um minuto de destruição.

— Vou te ajudar — disse a Rubi, e se ajoelharam. Ela colocou as mãos sobre as de Rubi, que por sua vez estavam sobre a pele lisa do cadáver. E as manteve ali, mesmo quando Rubi se acendeu. Eles a chamavam de Fogueira. Por isso. A chama explodiu; brilhava quente e branca. Começou em suas mãos, mas saltou delas como uma coisa viva, envolvendo o cadáver em segundos. O calor era intenso. Os outros se afastaram, mas Sarai ficou com Rubi, dividindo o fardo dessa tarefa terrível. Sentiu o calor, mas não a dor. Fantasmas não queimam, mas cadáveres sim. Acabou em menos de um minuto.

As chamas voltaram para as mãos de Rubi. Ela as absorveu e todos viram: agora não havia mais um corpo debaixo das palmas das suas mãos, tampouco orquídeas ou cabelos cor de canela. O caramanchão estava intocado; todas as flores brancas permaneciam ali. Eram botões de anadne, a flor sagrada de Letha, da qual, antes de todo esse caos, o lull de Sarai era extraído para mantê-la a salvo dos sonhos. Suas pétalas pálidas estavam tingidas de rosa da água ensanguentada do banho, mas permaneciam vivas, enquanto onde o corpo jazia não havia nada além de ausência, como um buraco no mundo no local onde algo precioso existira, e agora estava perdido. Até o cheiro da carne queimada era fraco por conta da imolação ardente e rápida; a brisa já o varria para longe.

Sarai soluçou. Lazlo se aproximou por trás e envolveu os braços nela, segurando-a junto a si. Ela se virou para ficar de frente para ele e chorou contra seu peito. Todos se mantinham próximos. Nenhum olho estava seco.

— Calma, meu amor — Grande Ellen disse. — Está tudo bem. Você está conosco, e é isso que importa.

Pelo menos a dissonância das duas Sarais estava resolvida. Só havia uma agora. Seu corpo se fora. Apenas seu fantasma permanecia.

✶

As Ellens os conduziram à mesa. Não estavam com fome, mas se sentiam indiscutivelmente vazios. Fazia muitas horas desde que haviam comido ou dormido e, em seu torpor, deixaram-se levar.

Lançaram olhares cautelosos para a cabeceira da mesa, mas Minya ainda não aparecera.

Não era propriamente uma refeição. Com os eventos da noite e da manhã, as Ellens não tinham preparado nada. Havia apenas pão e geleia, representando seus dois recursos inesgotáveis: kimril e ameixas. Os outros pegaram algumas fatias e espalharam geleia, mas quando a bandeja chegou a Sarai, ela só ficou olhando. Ela não podia mais comer, mas ainda era vítima das sensações habituais da vida, e uma sensação de fome se agitava nela. Antes que pudesse sentir pena de si, Grande Ellen se aproximou.

— Olhe — disse, pegando o pão. Cortou uma fatia e a segurou. Ou ao menos foi o que pareceu. O pão estava em sua mão, e ainda permanecia no lugar. Ela conjurou uma fatia fantasma, sobre a qual depositou geleia fantasma antes de colocá-la na boca e dar uma mordida delicada. Se os gestos não fossem observados de perto, nem daria para perceber que a comida de verdade estava no prato.

Sarai fez como Grande Ellen, e mordeu um pedaço de pão fantasma. Tinha o mesmo sabor de sempre, e ela compreendeu que estava comendo a lembrança dele. Observou o rosto de Lazlo enquanto ele dava uma mordida na coisa real, saboreando o kimril pela primeira vez — o tubérculo rico em nutrientes que era o principal alimento deles — e riu um pouco quando sua expressão registrou a surpreendente ausência de gosto.

— Lazlo — disse ela com grave formalidade —, este é o kimril.

— Isto... — Lazlo falou, esforçando-se para manter a voz neutra — ... é do que vocês vivem?

— Não mais — Sarai disse, torcendo os lábios. — Pode se servir da minha porção.

— Não estou com tanta fome — hesitou, e todos riram, desfrutando do reconhecimento de tormento deles.

— Espere para provar a sopa — Rubi disse. — É o purgatório em uma colher.

— É o sal — lamentou Grande Ellen. — Temos ervas, que até ajudam, mas com o sal tão escasso, não há muito o que fazer para ajudar o kimril.

— Acho que podemos conseguir um pouco de sal — tentou Lazlo.

Rubi se animou com a ideia.

— E açúcar! — soltou. — Ou, melhor ainda, *bolo*. As padarias devem estar vazias agora, e os bolos devem estar estragados. — Todos testemunharam o êxodo de Lamento. — Vá pegá-los. — Ela estava falando sério. — Pegue *todos*.

— Não quis dizer agora — Lazlo falou, rindo um pouco.

— Por que não?

— Rubi, sério — Sarai interviu. — Agora não é hora de invadir padarias.

— É fácil para você dizer. Você pode transformar *aquilo* em bolo se quiser. — Ela apontou para o pão fantasma que Sarai tinha nas mãos.

Sarai o olhou.

— Bem observado — falou, e o transformou. Em um instante, o pão virou bolo, e Rubi engasgou. Tinha três camadas, era branco como a neve, com recheio de creme e glacê rosa-claro estampado com flores. Pardal e Feral também engasgaram. Parecia tão real, como se eles pudessem estender a mão e pegá-lo, mas sabiam que não e ficaram apenas olhando, ou, no caso de Rubi, encarando.

— *Eu* mereço um bolo — fungou. — Depois do que tive de fazer.

— É verdade — Sarai falou. — Você merece. — Embora sentisse que a piedade deveria ser dela nessa situação. — Considerando tudo, prefiro pão de verdade a bolo imaginário. — E deu uma mordida. Todos a observavam avidamente, como se pudessem provar, testemunhando sua expressão.

— Como é? — Pardal perguntou, ansiosa.

Sarai deu de ombros e o fez desaparecer, sentindo-se um pouco perversa.

— Nada de especial, só doce. — Olhou para Lazlo com um sorriso secreto. — Como comer bolo nos sonhos.

Ele sorriu de volta, e todos viram que lembranças cintilavam entre eles.

— Que sonhos? — Feral perguntou.

— Que *bolo*? — questionou Rubi.

Mas Sarai não tinha vontade de contar nenhuma história. Ela preferia passar o tempo que lhe restava, se não *vivendo*, pelo menos fazendo, sendo e sentindo. O tempo nunca lhe parecera uma moeda antes; agora, a cada instante era uma moeda que poderia ser bem ou mal gasta, ou até mesmo, se não fosse cuidadosa, poderia ser desperdiçada e perdida. Olhou para a cadeira de Minya na cabeceira da mesa. Mesmo vazia, parecia reinar sobre eles. O tabuleiro de quell estava lá, ameaçadoramente e pronto para uma partida. *Sou boa em jogos* — ouviu em sua cabeça. Queria lançar o tabuleiro no chão.

Como se fosse assim tão fácil colocar um fim em todos os jogos de Minya.

— Você deve estar cansado — falou para Lazlo, levantando-se da cadeira. — Eu sei que estou.

— Cansada? — perguntou Rubi. — Fantasmas podem dormir?

Feral balançou a cabeça para ela com uma expressão amarga.

— Como você pode ter vivido sua vida toda cercada de fantasmas e nunca ter se perguntado isso antes?

— Eu me perguntei. Só nunca tinha perguntado a um deles.

— Fantasmas podem fazer tudo o que os vivos fazem — Pardal disse, buscando confirmação nas Ellens. — Contanto que acreditem.

Sarai adicionou:

— E contanto que Minya permita.

De qualquer maneira, ela não estava pensando em dormir. Quando pegou a mão de Lazlo e o puxou pela galeria, dormir era a última coisa em sua cabeça.

11

CANIBAIS E VIRGENS

— A gente devia voltar com umas cordas — Thyon disse, olhando as ruínas da cratera.

— Enquanto você faz isso — falou Calixte —, vou só descer lá e abrir a porta.

— Não é… — *Seguro*, ele ia dizer, mas não havia por quê.

Calixte já havia pulado.

Thyon soltou um forte suspiro e ficou observando. Ela parecia leve cruzando os apoios ou simplesmente saltando, aterrissando em bordas estreitas sem fazer praticamente nenhum som de impacto. Em segundos, ela estava no poço, atravessando-o em pequenos pulos, como uma criança saltitando nas pedras de um riacho. Exceto que as pedras eram veias de mesarthium brilhando em meio a pedaços de rocha quebrada e pilhas de terra em movimento, sob as quais um rio subterrâneo rugia.

Thyon prendeu a respiração, esperando o chão ceder e sugá-la para a escuridão. Mas não aconteceu, e logo ela estava escalando o outro lado da cratera, ainda mais rápido do que havia descido. Ela fez uma pausa, apenas alguns metros abaixo da porta, para olhar por cima do ombro e chamá-lo:

— E aí?

E aí? O que fazer? Ir pegar a corda, sabendo que ela abriria a porta enquanto ele não estava ali e descobriria tudo sozinha? Ou ir atrás dela e correr o risco de ser arrastado pelo Uzumark e se afogar no escuro?

Nenhuma das duas opções lhe apeteceu.

— Se está com medo — Calixte disse —, posso só te contar o que eu descobrir!

Cerrando os dentes, Thyon andou pela borda, procurando um lugar para pisar. Calixte fez parecer tão fácil, mas não era. No lugar onde ela pulou, ele derrapou, fazendo uma pequena avalanche, apenas para deslizar em sua própria pluma suja e engasgar com o ar carregado. Thyon estendeu a mão para se agarrar a uma rocha saliente, mas ela escapou em sua mão e ele perdeu o equilíbrio, e só não caiu de cabeça no poço porque se esticou como uma estrela do mar. Deitado, abraçando a terra, com a boca cheia de areia, ele fervia de ressentimento pela garota que o atraíra para o perigo, como se sua vida não valesse mais que a dela para ser descartada assim em uma missão sem sentido.

— Levante-se — ela disse. — Vou te esperar. Venha devagar. Nem todos somos abençoados com uma linhagem de aranhas.

Aranhas?

Thyon se levantou. Mais ou menos. Ele continuou abraçando a rampa e foi descendo, se sujando mais a cada passo. Atravessando o poço, pensou que era desnecessário saltar. Pôs os pés em uma costura de mesarthium e a seguiu, balançando os braços em busca de equilíbrio. O salto de Calixte tinha sido exibicionista, concluiu, ou só pela pura alegria do movimento. Chegando à encosta abaixo dela, olhou para cima e viu que ela realmente esperava.

E fingia ter pegado no sono.

Irritado, Thyon pegou uma pedra e a jogou nela. Errou o alvo, mas Calixte a ouviu batendo na borda da rocha e entreabriu um olho.

— Você vai se arrepender disso, faranji — falou calmamente.

— Faranji? Você também é faranji.

— Não como você. — Ela desistiu de fingir que dormia e espanou a sujeira da parte de trás. — Quero dizer, existem faranji, e existem *faranji*. — No segundo *faranji*, ela fez uma careta e ergueu as sobrancelhas, indicando uma raça especialmente perniciosa de forasteiro, categoria em que ela claramente o colocara. Solícita, ela lhe mostrou um ponto de apoio enquanto dizia: — Existe um tipo de hóspede que se sente honrado em ser convidado, e um tipo que acredita que está oferecendo uma honra ao aceitar um convite.

Ele pisou no ponto de apoio e alcançou uma rocha que ela mostrara.

— Um tipo manifesta interesse na cultura e na língua — continuou. — E o outro as desprezam porque as consideram selvagens, e insistem em trazer um camelo inteiro para transportar alimentos de sua própria terra, como se fossem perecer com a comida nativa.

— Esse não sou eu — Thyon falou. Era Ebliz Tod. Tudo bem, ele trouxera *algumas* coisas, mas eram para emergências, e dificilmente ocupariam um camelo inteiro. Ele tinha muitos equipamentos, pois transportara um laboratório alquímico em funcionamento. Qualquer camelo extra seria justificável. — E nunca chamei ninguém de selvagem — falou. Essa acusação ele poderia contestar de forma limpa.

Calixte encolheu os ombros.

— Pensamentos também contam, Nero. Se acha que consegue escondê-los, está enganado.

Seu impulso era rejeitar furiosamente tudo o que ela falava, mas será que poderia? A verdade era que ele *tinha* sido sensato em conceder a Lamento a honra de sua presença, e por que não? Qualquer cidade no mundo ficaria honrada em recebê-lo. Quanto à língua, isso suscitava sentimentos mais complexos. Em Zosma, ele aprendera o suficiente nos livros de Estranho para ser capaz de cumprimentar adequadamente e impressionar Eril-Fane... isto é, até Estranho ir, abrir a boca e ofuscá-lo. Fazia sentido, no entanto. Essa era a vida de Estranho. É claro que ele dominava a língua melhor que Thyon, que tinha estudado tão pouco. Thyon pensara que ele *não* falaria nada? Ele *tinha* pensado isso. Pensou que Estranho ia se retirar mansamente enquanto Thyon roubava seu trabalho e seu sonho, e estava errado.

Em vez disso, Estranho partiu com o Matador de Deuses e seus guerreiros, e quando Thyon o viu pela primeira vez, vários meses depois, ele praticamente havia se tornado um deles, montado em um espectral, se vestindo como eles e falando a língua fluentemente. Depois disso, Thyon disse a si mesmo que Estranho era inferior. Ele não ia ficar sofrendo se comparando com um bibliotecário órfão, afinal era o afilhado de ouro. Se quisessem falar com ele, *eles* deviam fazer o trabalho, não ele. Então, não aprendeu mais nada do idioma que pudesse evitar.

Encontrou o apoio seguinte sozinho e se ergueu mais alto.

— Já você é o tipo bom de faranji, suponho.

— Ah, sim — ela respondeu. — Muito bom. Eu até tenho um *gosto* bom, me disseram.

Ele estava focado em não cair e, por isso, perdeu a malícia na voz dela.

— Gosto — zombou. — Suponho que eles sejam canibais, então. Quem está dizendo que são selvagens agora?

Calixte riu com satisfação e descrença, e só depois, tarde demais, Thyon entendeu. Oh, deuses. *Gosto.* Ele jogou a cabeça para trás e olhou para ela, quase perdendo o equilíbrio. Ela riu mais ante sua expressão chocada. — Canibais! — repetiu. — Essa foi boa. Vou começar a chamar Tzara assim. *Minha linda canibal.* Posso te contar um segredo? — Ela sussurrou, com olhos arregalados e deleite: — Sou canibal também.

Thyon corou, mortificado.

— Agradeço se mantiver seus assuntos pessoais para si.

— Você está corando como uma donzela — Calixte falou. — Sinceramente, você é tão inocente quanto Lazlo. Quem poderia imaginar?

— Não é inocência, é decência...

— Se sua próxima frase começar com "uma dama não deve", vou te enforcar, Nero. *Não sou uma dama.*

O prazer perverso com o qual ela repudiou a palavra roubou qualquer insulto de Thyon, então ele se ocupou se balançando até a pequena fenda de terra em que ela estava. Agora estava nivelado com ela e dificilmente poderia evitar seus olhos joviais; apesar de fazer o seu melhor, corou novamente.

— *Você* é uma dama? — Calixte perguntou. — Pode me contar.

Uma *dama*? Ele continuou subindo. Será que ela queria dizer virgem? Estaria mesmo perguntando isso? Não era possível. A porta estava ao alcance deles agora, mas ela ainda se mantinha ocupada zombando dele.

— Não é nada para se ter vergonha — disse às suas costas. — Muitos cavalheiros esperam o casamento.

— E você conhece "muitos cavalheiros", imagino?

— Bem, não — Calixte admitiu. Então, como se uma nova ideia tivesse lhe ocorrido, perguntou com um tom de curiosidade maliciosa: — *Você* conhece?

A insinuação o atingiu, e ele ficou atordoado. Em Zosma, tal sugestão só poderia acabar em duelo. Thyon corou. Ele carregava a espada ao lado, como sempre, mas não se lutava contra mulheres. Com esforço, se lembrou de que isso não era um insulto aqui, muito menos uma questão de honra, especialmente considerando a fonte. Lançou um olhar de advertência a ela e continuou subindo, alcançando a porta antes.

Estava bloqueada por várias pedras grandes.

— Devíamos ter trazido ferramentas — disse.

— Ferramentas — zombou Calixte. — Ferramentas são para pessoas sem nada melhor para fazer do que pensar e fazer planos sensatos.

Thyon ergueu as sobrancelhas.

— E... que tipo de pessoas *nós* somos neste momento?

— O tipo tolo que faz coisas como essa. — Em seguida, ela dobrou-se como um pedaço de papel e deslizou no espaço estreito entre uma grande pedra e a rampa. Thyon não conseguiu entender como um corpo podia *fazer* aquilo. Não parecia nem decente assistir. De alguma forma, os joelhos dela estavam *atrás dos ombros*. Sua coluna posicionada rente à encosta, os pés na rocha, empurrando. Ela mordeu o lábio com o esforço, e a pedra rangeu, se mexeu e mergulhou além da borda.

Thyon estendeu a mão para garantir que Calixte não fosse com ela.

— Obrigada, meu bom senhor — disse, fazendo uma reverência bastante elegante no ponto de apoio estreito que eles compartilhavam.

Ele limpou a mão na lateral da calça suja.

As outras pedras eram menores, mas as mãos de Thyon ainda sangravam quando eles terminaram de retirá-las do caminho. A porta era robusta, de madeira e, como tudo em Lamento, esculpida. A imagem trazia uma grande árvore solitária, com raízes e galhos, e cada folha era um olho com pálpebras se fechando; pareciam observá-los, preguiçosos e julgadores.

Teria sido frustrante encontrar a porta trancada depois de tudo isso, mas a maçaneta girou na mão de Thyon, e eles conseguiram forçar as dobradiças enferrujadas...

... para revelar um corredor, com um teto incrustado de pedras que o iluminavam como a manhã. Poeira pairava no ar e o cheiro... bem, era *rançoso*, muito mais rançoso do que qualquer coisa que Thyon tivesse respirado antes, e a morte estava lá dentro havia muito tempo em corpos presos e ossos velhos, mas também havia couro, papel e poeira. Thyon conhecia esse cheiro. Ele era filho de um duque, tinha nascido em um castelo, com um palácio próprio oferecido como um presente da rainha, mas também era um estudioso e *vivia* esse cheiro. Era inconfundível, universal.

Vinha dos *livros*.

Ele deu uma risada, espalhando poeira na frente do rosto e enviando ondas pelo ar pesado.

— É a biblioteca — disse, e seu primeiro pensamento foi que Estranho daria um membro para poder passear por esse lugar. — É a antiga biblioteca de Lamento.

12

ENCANTAMENTO E TRISTEZA

Sarai segurou a cortina para Lazlo e a fechou atrás dele. Havia fantasmas no corredor e no terraço. Ela fechou a cortina dali também, então parou. Olhou para a porta, depois para Lazlo, e perguntou, corando:

— Você pode fechá-la?

Sua voz era baixa, cálida e sedosa, e ele também corou. Era real. Não era um sonho, e um fio de luz girou entre eles pelo espaço. Lazlo estava de frente para Sarai, e sua mão de verdade apertava a carne fantasma dela. Eles não seriam separados pelo nascer do sol, ou pelo triste desaparecimento de uma mariposa frágil nem por um alquimista atirando pedras. Estavam ali, acordados e juntos.

No entanto, *poderiam* ser separados por Minya, literalmente a qualquer momento, e seus corações se sentiram dilacerados, desgastados pelo desespero e pelo passar imprudente do tempo.

Lazlo fechou a porta.

Se fosse um sonho, a sala poderia ter derretido, transformando-se em uma outra cena sem paredes de metal e fantasmas nas portas. Sarai teria adorado recriar o sonho da noite anterior e deslizar de volta para onde ela estava: sobre as penas da cama e o peso de Lazlo em cima dela, uma sensação reveladora. A boca dele em seu ombro, a alça de sua camisola caída para o lado.

Mas desejar isso era uma coisa. *Fazer* era outra. Suas habilidades de ferreiro dos sonhos não serviriam agora e, por um momento, ambos permaneceram ali, seus olhares misturando encantamento e tristeza.

Lazlo engoliu em seco.

— Então este é o seu quarto — disse, desviando os olhos dela para observar em volta. Percebeu logo o elemento central: a enorme cama, maior que seu quarto inteiro na Grande Biblioteca. Fora erguido sobre um estrado e cortinado como um palco, e seus olhos se arregalaram ao vê-lo.

— É de minha mãe — Sarai disse rapidamente. — Eu não durmo aqui.

— Não?

— Não. Tenho uma cama menor no closet.

Falar sobre camas não estava ajudando. Fazia com que o desejo deles ficasse evidente demais. Embora Sarai tivesse silenciosamente conduzido Lazlo até lá, agora que estavam ali, parecia muito ousado. Eles ficaram tímidos, como se tudo o que havia acontecido nos sonhos permanecesse lá, e esses corpos com braços desajeitados precisassem aprender de novo.

— É muito lindo — Lazlo falou, ainda olhando em volta. O teto era alto e abobadado, e as paredes eram bem mais ornamentadas do que qualquer coisa que já vira na cidadela até então. Elas o lembraram das esculturas em Lamento, embora fossem, claro, feitas de mesarthium, não de pedra. — Skathis fez tudo isso? — ele perguntou, estendendo a mão para contornar um pássaro com o dedo. Era um de centenas, impressionante em sua perfeição, empoleirado entre videiras e lírios igualmente realistas, como se fossem os verdadeiros imersos em metal, dourados no mesarthium derretido.

Sarai assentiu, acariciando a crista de um espectral de tamanho real em baixo-relevo. Seus chifres se projetavam na parede; ela os usara como gancho para pendurar o roupão.

— Assim fica mais difícil imaginá-lo. Todas as suas criações não deveriam ser tão horrendas quanto Rasalas?

Nada no quarto era horrendo. Era um templo luxuoso, feito de metal liso como água. Lazlo passou as pontas dos dedos sobre um pardal e o libertou. Elevando-o para o mesmo campo magnético da cidadela, sacudiu suas pequenas asas e o fez voar.

Os lábios de Sarai soltaram um som baixinho de surpresa. Lazlo adorou e quis ouvir de novo, então se apressou para libertar mais pássaros, que voaram ao redor dela. Sua risada era música. Ela estendeu a mão livre, a que ainda não estava colada na dele, e um dos pássaros pousou na sua palma.

— Queria poder fazê-lo cantar para você — Lazlo falou, mas isso estava além de seu poder.

Um novo pássaro apareceu ao lado desse, surgindo do nada. Por um instante, Lazlo se assustou, mas logo percebeu que Sarai o tinha criado. Como ela mesma, era uma ilusão sem falhas: um pardal fantasma, marrom e mitológico, com um pequeno bico preto igual a um espinho de rosa. Ele cantava. As notas eram tão doces quanto chuva de verão, e foi a vez de Lazlo se maravilhar. Os dois pássaros, lado a lado, representavam suas novas versões, deus e fantasma, e suas novas habilidades também. Ambos tinham suas limitações: o pássaro de Sarai podia cantar, mas não voar. O de Lazlo podia voar, mas não cantar.

Com um movimento do punho, ela os enviou pelo ar. O dela desapareceu de uma vez, incapaz de existir longe da ilusão de si mesma. Lazlo fez o dele voar com os outros, para encontrar novos poleiros e cair imóveis.

— Como funciona? — ele perguntou, intrigado. — Essa coisa de transformação. Existem limites?

— Só a imaginação, acho. Me conte. — Ela gesticulou com a mão para si mesma. — O que eu mudo?

— *Nada.* — E soltou uma risada. A ideia era absurda. — Você é perfeita assim.

Sarai corou e olhou para baixo. Eles estavam vagando pela sala, inconscientemente — ou talvez não — para o canto atrás do closet, onde a cama de Sarai estava escondida.

— Ah, não sei — ela falou. — Que tal asas? Ou roupas que nunca pertenceram à deusa do desespero.

— Tenho de admitir... — Lazlo disse, com um olhar furtivo para a camisola cor-de-rosa. — Adoro essas roupas.

Sua voz era cálida. As bochechas de Sarai esquentaram.

— Essas... roupas íntimas, você quer dizer?

— É isso o que são? — Ele fingiu inocência. — Não percebi.

Sarai suspirou. E tocou a manga dele.

— Vejo que você também não quis as roupas dos deuses.

— Posso me trocar, se quiser. Há um gibão que tenho quase certeza de que é feito de asas de besouro.

— Está ótimo assim — Sarai falou. — Mais tarde.

— Em alguma formalidade.

— Sim.

Eles cruzaram a porta do closet e adentraram a saleta. A cama estava ali, arrumada e estreita, quase do tamanho de um berço.

— Tem uma coisa — Sarai disse, tímida.

Lazlo a viu traçar um anel em torno do umbigo, sobre a seda da camisola.

— Sim? — perguntou. O som quase não saiu. Ele engoliu em seco, e levou os olhos até ela.

— Você sabe sobre elilith? — perguntou.

— As tatuagens? — Ele sabia que as meninas em Lamento recebiam tatuagens na barriga quando a menstruação chegava. Nunca tinha visto uma, apenas as representações gravadas na armadura feminina de Tizerkane.

— Sempre quis uma — confessou Sarai. — Eu via garotas com as delas, através das minhas mariposas, quero dizer, lá em baixo na cidade. Elas se deitavam em suas camas e contornavam os traços com os dedos e, em seus sonhos, eu podia lhes dizer que elas tinham mudado, como se tivessem cruzado alguma fronteira e nunca mais seriam as mesmas. Sonhos têm auras. Eu podia sentir que elas compreendiam, e as eliliths as tornavam... poderosas.

Ela não entendia esse poder quando era menina. Estava começando a entender agora. Fertilidade, sexualidade, força, a capacidade de criar e nutrir *vida*: esses eram os poderes de uma mulher, e a tatuagem os honravam, conectando-as com todas as suas antepassadas de centenas de anos. Mas ia além de fertilidade, Sarai sentia. Significava um amadurecimento, sim, mas não apenas do propósito de gerar filhos ou ser esposa. Representava uma reivindicação de si mesma — se libertar da infância e de todas as formas com as quais eram moldadas por outros, para escolher e criar uma nova forma para si por conta própria.

E ela se perguntava: que forma *ela* escolheria, se pudesse?

Havia visto muitos desenhos ao longo dos anos: flores de maçã e margaridas, asas de serafim e runas que soletravam bênçãos antigas. Desde que Eril-Fane libertara Lamento dos deuses, a tatuagem mais popular era a de uma serpente engolindo sua cauda: um símbolo de destruição e renascimento.

— Qual seria a sua? — Lazlo perguntou.

— Não sei. — Sustentando seu olhar, ela pousou uma mão no peito dele e gentilmente o empurrou. A cama estava bem atrás. Ele não teve escolha a não ser se sentar, que era o que ela queria. O colchão era baixo. Ele estava na altura de suas costelas agora e teve que olhar para cima para encará-la. Como se contasse um segredo, ela falou: — Eu tinha uma na noite em que mahalath nos transformou.

A névoa que criava deuses e monstros. Ela havia o tornado azul e ela marrom — o humano virou deus, e a deusa, humana, então o entrelaçamento azul e marrom de seus dedos se inverteu. E parte da humanidade de Sarai era uma elilith.

— Você tinha? — Lazlo perguntou. — O que era?

— Não sei. Sei que estava lá, mas não sei o que era. — Quando a mahalath chegou, ela deixou que as profundezas de sua mente escolhessem sua transformação. E escolheram a tatuagem também. — Não consegui *olhar* direito. — Ela gesticulou para a barra da camisola, como se fosse levantá-la e espiar por baixo.

— Garanto a você que eu não teria me importado.

Eles riram, mas o ar estava carregado de uma nova intensidade. Sarai ainda estava contornando vagarosamente seu umbigo com o dedo, sem nunca deixar de encarar Lazlo, e ele viu que o sorriso dela se derreteu em algo novo. Seus dentes morderam o lábio inferior — aquele lábio delicioso, tão carnudo que tinha uma marca no centro, como um damasco maduro — e deslizaram por ele suavemente.

— Está aí agora? — ele perguntou. Sarai continuava circulando o umbigo de maneira hipnotizante. Ele mal podia ouvir a própria voz.

Ela assentiu, e o momento os prendeu. Tudo em que conseguiam pensar era na pele de Sarai sob a camisola. As mãos de Lazlo ficaram quentes. O rosto também. Um segundo atrás, ela ameaçou levantar a lingerie, mas não se moveu mais. Deu um passo na direção dele. Estava tão perto. Com os quadris ligeiramente inclinados para a frente, ele sabia o que ela desejava que ele fizesse. Ele confirmou com um olhar, mal ousando respirar.

Ela respondeu se aproximando ainda mais.

Então ele a tocou. Suas mãos estavam, ao mesmo tempo, pesadas e leves, e formigavam. Lazlo as envolveu na parte de trás dos joelhos dela, sob a bainha da camisola. A pele era de veludo quente e tremia, vibrava e se arrepiava conforme ele lentamente, oh, tão lentamente, deslizava as mãos pelas coxas.

A lingerie se amontoava sobre seus punhos, subindo centímetro por centímetro, vacilante.

Ele quase não respirava. Tudo isso era um território novo: as mãos dele, as pernas dela. E então... as curvas acima, as bordas rendadas de sua roupa íntima, o volume de seus quadris.

Os corações de Sarai eram um par de borboletas flutuando em uma dança. As palmas de Lazlo percorreram os quadris e seguiram subindo, enrolando a seda ao redor da cintura para revelar o segredo por baixo dela: as roupas íntimas, doces e pequenas, e, acima delas, apenas carne. A curva da sua barriga, o declive de seu umbigo...

Ele nunca tinha visto o umbigo de uma mulher, e ficou extasiado com a visão: azul se aprofundando em roxo no minúsculo e perfeito redemoinho. Em torno dele, sua elilith.

Tatuagens reais eram feitas com tinta de casca de pinheiro, bronze e fel. Ficavam bem pretas quando eram recentes, mas desbotavam um pouco com o passar dos anos. A de Sarai não era preta nem desbotada, mas prateada, o que lhe convinha. Não havia flores de macieiras ou runas, nenhuma cobra engolindo a cauda.

— É perfeita — Lazlo disse com uma voz rouca e baixa.

Era a lua. Uma elegante lua crescente moldada pela sua curva suave, com estrelas espalhadas fechando o arco e formando um círculo perfeito em sua barriga.

— A lua — Sarai sussurrou, amando o momento. — Como a que você comprou para mim.

Uma vez, em um sonho, eles compraram uma lua.

— E as estrelas que juntamos — ele disse. Amarraram todas elas em um bracelete, que surgiu em seu braço como se pescado do sonho; um bracelete de amuletos feito de corpos celestes reais, minúsculos e luminosos, presos a uma fina corrente de prata.

Sarai sempre fora noturna. A lua era seu sol. Toda noite o astro a libertava, enviando sua mente e sentidos para Lamento.

Ainda seria assim? Ao cair da noite, ela sentiria suas mariposas queimando? Ou a morte encerraria seu dom? Ela não sabia. Não havia precedente. Mas ela esperava, *ah*, ela esperava que ainda tivesse seu dom. Ela tocou a ponta do dedo na barriga e, quando o retirou, uma pequena mariposa de prata juntou-se às estrelas em sua pele azul. Era um desejo, de que talvez ela ainda fosse... *quem?*

Não a Musa dos Pesadelos. Esses dias estavam perdidos. Mas torceu para que aqueles sonhos não estivessem perdidos para ela, ou ela para eles.

— Você se lembra do sol em um pote de vidro com os vaga-lumes? — perguntou em um sussurro.

Eles haviam vivido a noite e temido o nascer do sol, pois isso os separaria. Mas era dia agora e estavam juntos.

— Lembro — Lazlo conseguiu dizer, rouco. As mãos dele estavam pesadas na pele dela, deslizando sobre a labareda de seus quadris para envolver sua cintura. Seus dedos se encontraram nas costas dela. À frente, seus polegares traçavam as bordas prateadas da lua, os borrifos de estrelas e a mariposa solitária entre elas. Elas preenchiam sua visão. O azul da pele dela, as estrelas prateadas e a lua. Ela era seu céu. Pesado, enfeitiçado, ele se inclinou para a frente e roçou os lábios sobre uma estrela. Sarai estremeceu com o toque. As estrelas pertenciam a seu céu, mas também estavam dentro dela, iluminando-a. Os lábios de Lazlo roçaram sua barriga, e um brilho se acendeu ali. Ela se arrepiou.

Com os olhos entreabertos, Lazlo percebeu e ficou encantado. Beijou outra estrela. Luz pulsava por baixo da pele dela. Parecia luz das glaves embaixo de seda azul.

Sarai *sentiu* penas, arrepios e trilhas de estrelas cadentes de prazer que transcendiam a carne. Passou os dedos pelos cabelos de Lazlo. Ele passou os polegares pela barriga dela, pintando rendilhados de luz. A tinta prateada cintilava e, onde quer que ele tocasse, a pele brilhava perolada, iluminada por dentro.

Para chegar em Lamento, ele tinha cruzado o oceano, e vira, do deque do navio de um leviatã, a água reluzindo branco-azulada. Era bioluminescência, e quando arrastou a mão na água, ela ganhou vida ao seu toque, ondulando luminosa e até agarrando-se aos seus dedos como um esmalte de luar derramado. E agora o corpo de Sarai era mar, céu e luminescência, e até suas veias brilhavam em rios resplandecentes, como se seus corações estivessem bombeando luz.

Ao redor deles no ar, a luz lampejava no metal. Os pássaros de mesarthium ganharam vida novamente e voavam, subindo, gloriosos. Ele não pretendia fazê-lo, como não pretendia que Rasalas, no jardim, jogasse a cabeça e a pata no chão, inquieto e vivo. E as vespas no coração da cidadela: suas asas, há tanto tempo congeladas, sacudiram e se dobraram. E o próprio serafim — o anjo maciço e flutuante — tremeu com ele, de modo que, ao longo do caminho do jardim, das cozinhas e do coração da cidadela, todos sentiram e pararam o que estavam fazendo.

Porém, Lazlo não, nem Sarai, que sentiram apenas eles mesmos. Ele inclinou a cabeça a fim de apreciá-la, e ela sentiu uma onda de um imenso amor por seu rosto de contornos ásperos, seu nariz moldado por histórias de destruição e os olhos cinzentos brilhando com encantamento. Ela ansiava mais de tudo, mais da vida, da liberdade, dos anos e *dele*. Ansiava *tudo* dele. Uma ternura quase insuportável ameaçava esmagá-la, e... ela desejava. Desejava rir e chorar e ser esmagada por ternura. Queria se *mover*, delirante, esquecida do que era real e do que era iminente, e queria encontrar uma maneira de se ligar a este mundo, a este momento, e nunca mais sair. Queria saborear, sentir, *sofrer*, e queria lamentar também, por todos que perdera e ainda perderia.

Pegou a mão de Lazlo e a levou até seus corações. Estavam brilhantes sob sua pele, de modo que os dedos dele, descansando ali, delineavam seu brilho latejante.

A alça de sua camisola caíra para o lado, da mesma maneira que na noite anterior. Ela segurou a mão dele e, pressionando-a contra si, a pousou sobre o seio, afastando a roupa.

A visão de Lazlo se estreitou, como se vê-la desse jeito fosse demais para que ele absorvesse de uma vez. Seus corações pulsavam como sóis gêmeos e sua boca estava decadente de desejo. Seu seio estava na palma da mão dele, pesado com o calor aveludado, e a ponta era do mesmo tom rosado de sua língua.

E, assim como nunca havia visto o umbigo de uma mulher, tampouco vira isso.

Ergueu o rosto como um homem enfeitiçado e levou o bico do seio entre os lábios. A suavidade que encontrou ali o obliterou. Ele não fechou os olhos. Ela era o céu e a noite e tudo, sóis e supernovas e a superfície do mar. Vagamente, notou a ausência da seda enrolada em volta da cintura dela. Não estava mais vestida. A camisola desaparecera, e ela estava nua, de pé na frente dele. O corpo de Lazlo tremia e o dela também, enquanto ele contornava o mamilo com os lábios suavemente abertos.

Ela deixou escapar um som de gatinho que o desmanchou, então seus joelhos cederam e ela se derramou contra ele, toda suave, mel e calor. Ele a ajeitou em seu colo, na beirada da cama. Ela tentou sumir com a camisa dele também, para que não houvesse mais nada entre eles. Mas a peça continuou ali e ela riu de si mesma, porque isso não era um sonho. Tinha de tirá-la por cima da cabeça dele. Ele levantou os braços, e então já não estava mais vestido, e ela segurou seu rosto com as mãos, aquele rosto perfeito e imperfeito.

Os pássaros estavam vivos, rodeando-os. As mãos de Lazlo estavam vivas no corpo dela. Sua alma se *sentia* tão viva quanto nunca se sentira antes. Sarai quase se esqueceu de que ela não estava.

E quando se inclinou para beijá-lo, nem se preocupou em ser cuidadosa. Como poderia? O mundo estava esquecido. Os lábios dele eram quentes, ardentes. Eles se afastavam dela e se moviam em uma linguagem doce, suave e lenta. Ela amava esses lábios. Amava essa língua. Amava esse peito contra o seu. Suas costelas subiam e desciam com uma respiração ofegante. Seus olhares se fundiram, as pálpebras ficaram pesadas, os cílios se misturaram. Quando ela pegou o lábio dele entre os dentes, só quis provocá-lo. Deu uma leve mordida. Era tão macio quanto uma ameixa. Ela o acariciou com a ponta da língua. E então...

Houve uma invasão em sua mente, rápida e fria como uma facada. Sua vontade foi arrebatada. Aconteceu tão rápido. Os dentes dela afundaram *profundamente* no lábio de Lazlo.

Não tinha gosto de ameixa.

13

DENTES

Minya emergiu das águas rasas. Seus olhos perdidos se focaram e imediatamente se estreitaram. Ela tinha várias centenas de almas sob seu poder. Segurava as amarras com a mente, que sempre imaginara como um punho apertando um emaranhado de fios. Cada fio cantava com sua própria vibração, como as cordas de um instrumento musical. Não era música, mas era a descrição mais próxima. As amarras ressoavam *sentimentos*.

Ódio.

Medo.

Desespero.

Esses eram os sentimentos que os fantasmas de Minya exalavam. Ela poderia subjugá-los, mas eles estavam sempre lá — um zumbido na colmeia de ódio-medo-desespero para combinar com a maneira como a fitavam quando ela pescava as almas no ar.

Mas a nota que a arrancou das águas rasas não era nenhuma dessas, e ela soube imediatamente que era Sarai. Não havia como subjugá-la. Uma sinfonia de sentimentos muito diferentes do que estava acostumada a assolou. Era prazer e desejo, quente e doce, e *ternura*, inefável e dolorida. E, acima de tudo, enroscando-se como joias em um fio de ouro: *amor*. Ela ficou atordoada.

Minya parecia uma criança, mas não era uma criança, e sabia muito bem o que estava acontecendo — ou ao menos o que aconteceria se ela permitisse. Desprezo sibilou por seu corpo. Pudor não cabia ali. Feral e Rubi estavam pegando fogo havia dias, e ela apenas zombou deles. Isso era diferente. Sarai e Lazlo eram peças em um jogo de tabuleiro e podiam colocar tudo a perder. Se quisessem ter prazer, ter seu doce calor e seus murmúrios, poderiam conquistá-lo com obediência.

Então Minya enviou sua vontade correndo pela corda de Sarai como um fusível, assumindo o controle de sua boca lânguida e lambida, travando os dentes no lábio de Lazlo e *mordendo*.

*

Seu grito foi abafado pela boca de Sarai. Na explosão de dor, ele estremeceu, e sua testa bateu contra a dela. Os dentes dela se apertaram tanto que quase se encontraram no meio, enquanto sangue enchia sua boca e ela gritava dentro de sua cabeça, incapaz de se soltar.

Por um momento, ela pensou que Minya a faria apertar e *rasgar*, como um cachorro arrancando carne de um osso.

Então Minya a liberou, e ela soltou Lazlo e saltou de seu colo. O sangue borbulhava da ferida, escorrendo pelo queixo dele — e escorrendo pelo queixo *dela*. O sangue *dele* escorria pelo queixo *dela*. Sua boca tinha gosto ferroso, e sua mente a sensação de impotência, da *mordida e explosão* de seus dentes cortando o tecido denso do lábio dele. Não conseguiu dizer nada, só se ouviu proferindo um horrorizado "*Oh, oh*" repetidamente, enquanto estendia as mãos trêmulas para ele, com medo de tocá-lo e machucá-lo de novo, e certamente com medo de que ele nunca mais *quisesse* ser tocado, não por ela, jamais.

Ele estava com a mão na boca. Sangue escorria pelo punho. Quando a olhou, seus olhos estavam arregalados de surpresa e cintilavam dor. Mas piscou para limpar a vista e viu a angústia de Sarai.

— Está tudo bem. Estou bem — assegurou-lhe.

— Você não está bem. Eu te *mordi*!

— Não é culpa sua…

— Isso não importa! Eram meus *dentes*. — Ela limpou a boca com as costas da mão, que ficou vermelha, e Sarai estremeceu.

— Não é nada — disse, tocando o lábio. No entanto, ele se encolheu e a frase não soou convincente. — Mesmo se você arrancasse meus lábios fora, eu ainda ia querer te beijar.

— Não brinque — ela falou, abalada. — E se eu tivesse arrancado?

— Mas não arrancou. — Ele se aproximou, mas ela deu um passo para trás, horrorizada ao perceber que seu medo fora insuficiente e o colocara em perigo apenas porque desejava mantê-lo perto. Ela era uma ferramenta agora, uma arma e, com o gosto de sangue na boca, tinha uma compreensão nova e terrível de como Minya a empunhava. Havia algo que ela não a faria fazer? Uma fronteira que ela não cruzaria? O pensamento deixou Sarai enjoada e tonta — e também envergonhada, por não ser forte o suficiente para resistir a ela.

— Venha aqui — arriscou Lazlo. — Se ela quer te usar para me machucar, ela vai fazer isso, esteja você me beijando ou não. E eu prefiro que você me beije, se é que minha opinião conta.

— Você não está em condições de beijar agora.

Era verdade. Seu lábio latejava e doía. Ele o sentia inchando.

Mas não queria que acabasse. Ela estava longe demais, fora do alcance, nua e azul, tão linda. As mãos deles ainda a sentiam. Ele a queria de novo em seus braços.

— Não estou com medo de você.

— *Eu* estou com medo de mim.

Ela sabia que a trégua terminara, que Minya havia reiniciado o "jogo", então sussurrou, apressada:

— Lazlo, lembre-se de sua promessa, *não importa o que aconteça.*

E foi bem a tempo, porque assim que as palavras saíram de sua boca, outras seguiram em um tom totalmente diferente. Eram doces e falsas, e ela não podia fazer nada para detê-las.

— Se já terminaram de esfregar sua paixão um no outro, venham até a galeria para uma conversinha.

✷

Minya se levantou da borda onde suas perninhas estavam se balançando. A corda de Sarai era como as outras agora, pesada de um desespero impotente. A ternura se fora de vez. Fora como estar exposto, com os corações servidos em uma bandeja. Por que alguém iria querer aquilo, *procurar* aquilo, ela nunca entenderia.

Ela se esticou e virou a cabeça de um lado para o outro, saboreando sua pequena vitória. Planejara esperar até que as defesas deles estivessem baixas. Isso era perfeito. Deixe-os desleixados com suas vontades, deixe-os insatisfeitos, doloridos de desejo e devoção. O que não fariam um pelo outro agora? Era hora de jogar até o fim, e finalmente conseguir o que queria.

14

PEÇAS EM UM JOGO DE TABULEIRO

— Ela não deixaria a alma de Sarai ir de verdade, não é? — Rubi se perguntou, inquieta e distraída. Estava com Pardal no jardim. Pardal trabalhava, ou ao menos tentava. Rubi estava só se mexendo. Dava para sentir o tempo passando. Os segundos pareciam se empilhar e se balançar. Mais cedo ou mais tarde, eles se derramariam, e essa espera preocupante findaria — com estragos, gritos e perdas.

Era um pouco como fazer uma pausa para o chá antes do fim do mundo.

O que Minya estava fazendo? Quanto tempo tinham?

Conversavam baixinho para que os fantasmas não ouvissem.

— Eu nunca pensaria isso antes — Pardal falou. — Mas não tenho certeza.

— Algo deu errado com ela. — Rubi ficou lúgubre. — Ela não era assim tão ruim. Era?

Pardal balançou a cabeça. Sentou-se sobre os calcanhares. Seus dedos estavam escuros da terra e o cabelo preso em tranças bem-feitas. Tinha dezesseis anos, e Rubi logo faria dezesseis também. Eram meia-irmãs por Ikirok, deus da folia. Suas personalidades eram bem diferentes: Rubi era corajosa e se entediava com facilidade. Assim que pensava algo, logo dizia, ou assim que queria algo, logo tentava arranjar. Pardal era mais quieta. Ela observava, desejava e guardava as esperanças para si mesma, mas, por mais doce que fosse sua natureza, ela não era. Outro dia, chocou Sarai e Rubi sugerindo que Rubi desse um "bom abraço quentinho" em Minya — sugerindo queimá-la viva.

Ela não *queria* isso, claro, mas vira a escuridão em Minya e se preocupara que ela tentasse algo. E agora ali estavam elas, à beira de uma guerra.

— Fico pensando se são os fantasmas que a deixaram assim tão sinistra — falou. — Acreditamos que era algo ruim para nós, quando ela pegava almas de vez em quando, as que ficávamos sabendo ao menos, e nos sentíamos *indecentes* por causa do jeito como nos olhavam. Não é possível se ver através dos olhos deles.

— É sim — Rubi declarou. — Sei que sou linda.

Mas Pardal sabia que era só uma bravata e que Rubi também detestava isso. Ela até tentara conquistar os fantasmas algumas vezes, mostrando-lhes que não eram como seus pais. Não que tivesse conseguido.

— E naquela época, a gente não fazia ideia de *quantos* fantasmas... centenas, com todo aquele ódio, e Minya estava mergulhada naquilo.

— É culpa dela. O que ela estava pensando?

— Ela queria nos proteger — Pardal disse. Era óbvio. — Nos manter vivas.

Rubi soltou uma risada frouxa.

— Parece que você está do lado dela.

— Não seja simplória — Pardal falou. Era fácil escolher um lado, e era inútil. — Estamos todos no mesmo lado. Até ela. Podemos estar do mesmo lado e ter ideias diferentes.

— Então o que vamos *fazer*? — perguntou Rubi.

O que *poderiam* fazer? Pardal sacudiu a cabeça, confusa. Afundou os dedos no solo e sentiu a suave pulsação da vida sendo conduzida pelas raízes ramificadas que abraçava. Era a cama de flores onde haviam cremado Sarai. A pira de Rubi queimara ardente e rápida. Havia consumido apenas o corpo e as orquídeas que o enfeitavam. O caramanchão vivo sobre o qual o cadáver jazia estava surpreendentemente incólume. Só estava um pouco amassado, marcado com a forma do corpo, e Pardal estava arrumando os caules para cima, querendo apagar a imagem do que haviam feito ali.

Tocou uma flor. Era pequenina e branca — insignificante, mas ainda pulsava vida. Pareceu-lhe uma força misteriosa fluindo em uma direção apenas e, uma vez perdida, nunca poderia retornar. Arrancou a flor. A força não se extinguiu imediatamente. Mas desvaneceu. O botão levou alguns segundos para morrer.

Ela pensava em vida e morte, mas outro pensamento chegou sorrateiro. Era ardiloso e astuto. Aguardava ser notado. Pardal o notou, derrubando a flor. Ela olhou para Rubi. Uma ideia acendeu seus olhos. Uma pergunta franziu suas sobrancelhas. Então ela perguntou.

Rubi a encarou. E sorriu.

Em seguida, respondeu.

✶

Feral passou pelo braço sinistro, arrastando dois colchões atrás de si. Havia os pegado nos quartos em que nunca gostavam de entrar — os pequenos aposentos que pareciam celas, sem nada além de camas. Os colchões eram apenas paletes, e estavam longe de serem tão confortáveis quanto as grossas roupas de cama nas câmaras dos deuses. Por isso pegara dois, e mesmo assim ainda seriam um substituto ruim.

Pensou que Rubi deveria ficar com esses, e ele deveria ficar com o dela. Afinal, ela queimara o dele. Na época, não se importara. Ele pensara... Bem, ele era um tolo. Pensara que dormiria no quarto dela dali em diante, como se houvesse algo entre ambos.

Não era tão estúpido pensar assim. O que andavam fazendo juntos não era insignificante. Podia ter começado daquele jeito, mas... ele gostava. *Muito.* E, para sua surpresa, ele gostava *dela*. Mesmo que ela fosse muito irracional. Ficar brava porque ele nunca a espiara pelada!

Tudo bem, ele podia ter passado uma ou duas vezes pela sala da chuva enquanto uma das garotas tomava banho, mas nunca espiara pela cortina.

A menos que já houvesse uma fresta, e mesmo assim ele não diminuía o ritmo ou se permitia mais que um vislumbre.

De qualquer forma, ele não se esforçara para espiar, e era isso que a deixava brava.

O que ela queria?

Não *eu*, respondeu a si mesmo, tristonho. "Não somos mais crianças e temos lábios", ela dissera, da vez que fora até seu quarto para seduzi-lo. "Não é motivo suficiente?". Não era *ele* que ela queria. Por acaso, ele tinha lábios, sem mencionar a característica anatômica significativa que o diferenciava da pequena tribo de meninas. Ela o estava usando, e ele estava bem com isso, mas agora não estava mais, e não apenas porque ele tinha que usar roupas de cama novas.

Alcançou o fim da passagem, onde o braço esquerdo do serafim se juntava ao ombro e um amplo corredor dava acesso à galeria que corria ao longo do peito. Teve que parar no meio do caminho, para deixar passar um fluxo constante de fantasmas. Estavam vindo da direção oposta. Ele não gostava de encará-los — não gostava de ver o ódio no olhar, e o sofrimento que estava lá também —, mas conseguia distinguir um do outro, e reconheceu os guardas do lado destro. Todos marchavam para dentro da galeria.

Teve uma sensação ruim, e então Minya apareceu, e a sensação piorou.

— O que está acontecendo? — perguntou.

— Venha ver — ela respondeu com sua voz doce e gelada. — Prometo que não vai ser entediante.

✶

Lá fora, no jardim, Rubi e Pardal viram os fantasmas e trocaram um olhar. Tinham a mesma sensação ruim que Feral, e seguiram para os arcos com cautela.

Feral abandonara os colchões e seguiu a procissão de fantasmas.

Minya foi até a mesa e subiu na cadeira. Ela se ajeitou, cruzando os tornozelos e ajeitando a barra da camisola suja e rasgada. Que visão ela era: um ouriço com o porte de uma rainha.

Não, não uma rainha. Uma deusa. Do tipo vingativa.

Ela alinhou suas tropas em formação. Havia muitos para que coubessem todos na sala, então ela os sobrepôs. Era desafiador olhá-los: pareciam sólidos, mas desapareciam uns nos outros como cartas parcialmente embaralhadas. Por fim, os dividiu ao meio, formando um corredor que vinha da porta diretamente para ela, de modo que, quando Sarai e Lazlo dobraram a esquina, foi isso que eles viram: Minya sentada como uma tirana de almas escravas.

— Aí estão vocês — disse. — Estão prontos?

Eles apenas olharam para ela sombrios, sabendo que não existiam palavras que pudessem desviá-la de seu curso.

Ela inclinou a cabeça quando eles não responderam.

— Aparição comeu a língua de vocês? — perguntou. Torceu o nariz para Lazlo. — Ou talvez Sarai.

Ele era uma figura impressionante, com os lábios inchados e o sangue seco no queixo. Os outros arregalaram os olhos.

— Essa maníaca... — Rubi disse.

Lazlo respondeu calmamente:

— Minha língua está intacta. Eu deveria te agradecer. Suponho que poderia ter sido bem pior.

— Essa é uma boa coisa para se ter em mente. Sempre pode ser pior. Mas se anime. Se forem bonzinhos e fizerem o que eu mandar — cantarolou, fazendo suas palavras soarem como um suborno —, posso deixá-los sozinhos mais tarde, fazendo o que desejaram a portas fechadas.

Se fossem "bonzinhos"? Deixá-los sozinhos...? Como se fossem voltar da matança ansiosos por prazer? Sarai ficou enjoada. Minya seria tão rasa assim? Teria seu ódio devorado todo o resto? Soltou o ar pesadamente.

— Essa é a sua barganha? Ajudar você a *matar*, para que você nos permita *beijar*?

— Ah, não — Minya disse. — Isso sou só eu sendo legal. Não há barganha, bobinha. Não deixei isso claro?

É claro que deixara. *Você faz tudo o que eu digo ou eu deixo a alma dela partir.* Não era uma barganha, mas uma ameaça.

— Venha aqui — falou. — Por que está se escondendo na porta? — Ela se ergueu na cadeira e pisou na mesa para caminhar em cima dela, com as mãos cruzadas atrás das costas, nunca abandonando o olhar deles. Sarai e Lazlo avançaram entre as falanges dos fantasmas. Rubi e Pardal atravessaram os arcos, e Feral veio da porta, e os três ficaram com eles, de modo que Minya novamente se sentiu separada do "nós" que era justamente dela. Ali estavam eles, finalmente, à beira de vingar a morte de seus parentes. Eles deveriam estar alinhados atrás dela, pegando as facas por vontade própria. Em vez disso, estavam parados ali, pálidos e fracos, coisinhas moles e patéticas, incapazes de vingar alguém. Ela queria bater neles até que acordassem.

Sem mais preâmbulos, sem mais espera, encarou Lazlo e disse:

— Chegou a hora. Você sabe o que está em jogo. — Desviou o olhar para Sarai, e de volta para Lazlo. — Sem tagarelice.

E assim chegara o momento, como um buraco escuro entre eles, do qual não havia escapatória. Um choque de horror atravessou Lazlo.

— Espere. — Ele tremia. Seu sangue e espírito corriam desenfreadamente e os pensamentos rodopiavam como o pássaro branco, só que mais rápido. Nos contos, quando os heróis lutavam contra os monstros, sempre venciam matando, mas essa não era uma opção para ele. Ele não podia matar ninguém, e mesmo se pudesse — se fosse esse tipo de herói —, não ajudaria em nada. Se matasse esse monstro, também perderia Sarai. Matar não resolveria esse problema. — Podemos conversar...

— *Não.* — A palavra atingiu o ar como um soco. — *Me. Leve. Para. Lamento. AGORA!* — Minya terminou a frase com um rugido e o rosto vermelho. Sarai agarrou a mão de Lazlo. Podia senti-lo tremendo, e apertou os dedos, querendo lhe oferecer força. E receber também. Naquele momento, não sabia o que a assustava mais: que ele mantivesse sua promessa, ou que a quebrasse. *Oh, deuses.* Ela não se assustava nem com a ideia da sua própria evanescência.

Ninguém notou quando Pardal cutucou Rubi e lançou um olhar afiado em direção à porta. Ou quando Rubi, primeiro com passinho, depois com um passo completo, depois com um mergulho, deslizou entre as fileiras de fantasmas e saiu da sala.

Lazlo permaneceu parado, vacilante, inundado pela escolha amarga entre Sarai e Lamento. Mas... ele já tinha escolhido, quando ela o fizera prometer. *Não importava o que acontecesse.* O desalento competia com a revolta. Suas duas promessas se chocavam feito espadas. Era para ele salvá-la.

Como poderia salvá-la?

— Não posso — engasgou.

Uma descrença selvagem brilhou na menina. Seus olhos iam de Lazlo para Sarai, e de volta. Como era possível que eles ainda ousassem desafiá-la? Ela tinha quase certeza de que eles não colocariam em risco toda aquela ternura e dor. Que noção insana de honra era essa?

Peças em um jogo de tabuleiro, disse a si mesma, sorrindo. Não foi ela quem falou depois, mas Sarai:

— Lazlo — sussurrou suavemente ao lado dele. — Mudei de ideia. Não me deixe ir.

Ele se virou bruscamente para ela, esperando que seu olhar, assim como o olhar de todos os outros fantasmas, desmentisse as palavras. Mas não. Estavam arregalados, revelando o branco e se revirando em desespero. Eram suaves e hesitantes, envergonhados, doces e cheios de medo, como se a machucasse se mostrar fraca e implorar por sua própria alma.

— Sarai? — perguntou, incerto.

— *Não!* — ela gritou apenas em sua cabeça, onde o grito saiu tão alto que parecia impossível que ele não tivesse ouvido. Aquelas não eram suas palavras. Não era sua súplica. Mas seu rosto — seus *olhos* — não traiu o pânico que se espalhava por ela. Os olhos dos fantasmas sempre diziam a verdade, não era? Isso era o que sempre pensaram, que o poder de Minya tinha um limite, só que Sarai entendeu, pela intensidade com a qual Lazlo estudou seus olhos e pela confusão dele, que não. — Estou com medo — sussurrou, e apertou mais a mão, e nada disso era *ela*. — Está tão frio lá fora, Lazlo. Estou com tanto medo.

Ele lutava consigo mesmo diante dela. Ela viu cada nuance cruzar seu rosto. Estava encurralado entre o que sabia ser verdade e a mentira perfeita e insidiosa que Minya apresentava como se fosse um show.

— Só faça o que ela quer — Sarai implorou. — Por mim.

Então ele soube. E ficou enjoado. *Não importava o que acontecesse,* Sarai dissera. Ele se lembrou de quão corajosa ela era, e se virou para Minya, tremendo.

— Pare com isso — disse, com o lábio ensanguentado e inchado se curvando em fúria. — Ela *nunca* pediria isso. — Ele sabia que era verdade. Sarai nunca escolheria seu futuro incerto de fantasma em detrimento de incontáveis vidas humanas.

Um gemido de angústia escapou de Sarai. A súplica tornou-se mais insistente — e ainda mais convincente, como se fosse apenas para atormentá-lo, já que ele não mordera a isca.

— Você não me ama? — perguntou. — Não vai me salvar?

As palavras a rasgaram e ela as desprezou, porque uma parte sua *queria* dizê-las, queria implorar e ser salva, sem se importar com o custo. Estava presa ao mundo por um fio tão frágil. O vazio pairava — o éter, a maré da dissolução — e ela estava aterrorizada.

As palavras afundaram nos corações de Lazlo, quer fossem de Sarai ou não. Lágrimas brotaram de seus olhos, grossas e cheias, derramando-se sobre suas bochechas; seus cílios escuros se amontoaram. A luz do meio-dia brilhou em seu olhar sóis nascentes. Ele se aproximou de Minya, buscando no rosto algum traço de afinidade ou humanidade.

Não encontrou nada.

— Então é isso? — Minya perguntou, surpresa e enojada. — Você vai destruir *Sarai* para salvar *Lamento*? — Ela teve a desconfortável sensação de perder o controle, da corda soltando-se de suas mãos. Não era para ser assim. Eles deveriam fazer o que ela mandava.

Lazlo balançou a cabeça. Estava tudo errado.

— Não — ele disse. — Não vou destruir ninguém.

Os dentes de Minya estavam cerrados. Seus olhos eram fendas.

— Essa não é uma opção. É simples: escolha Sarai, e os assassinos morrerão. Escolha os assassinos, e vai perder Sarai.

Na sua voz infantil, parecia uma cantiga, e Lazlo soube que, não importava o que acontecesse e por quanto tempo vivesse, nunca seria capaz de apagá-la de sua mente. Essa escolha era enlouquecedora: um devia morrer para que o outro vivesse. Mas… como não era isso para ela? Quem quer que Minya fosse sem o Massacre, Lazlo nunca saberia. Havia sido forjada naquele dia, quando o Matador de Deuses massacrara bebês para que humanos pudessem viver. Ele os massacrara por conta de uma ameaça futura, por conta do que eram. Fora ele quem estabelecera as regras do jogo que Minya ainda jogava. Era justo mudá-las agora que ela enfim estava com a vantagem?

Triste, ele vislumbrou o mundo como ela devia vê-lo, simplificado pela justiça e pela fúria. Poderia lhe pedir que fosse melhor do que aqueles cujo ódio a havia forjado? Ele sabia o que ela responderia, mas ainda assim tinha que tentar.

— Tudo pode acabar aqui. Você só precisa deixar. Não somos assassinos. — Ele segurou Sarai e falou para Minya: — Nem você é.

Ao pronunciar as palavras, pensou vê-la estremecer, como se tivesse sido atingida. Ela pareceu se encolher e depois se empertigou, colocando os ombros para trás e assumindo uma expressão ainda mais sombria.

— Não pense que sabe o que sou. Vamos deixar bem claro. Está se recusando? Não vou perguntar de novo.

— Eu... Eu...

Ele não conseguia dizer. Prometendo ou não, Lazlo não conseguia dizer as palavras que selariam o destino de Sarai. Virou-se para ela. Seus olhos estavam arregalados, azuis como o céu, e os cílios vermelho-mel estavam cobertos de lágrimas. Ela era inocente, e Minya estava certa: existiam pessoas em Lamento, incluindo Eril-Fane, que eram culpadas. Por que Sarai deveria pagar pela vida deles com sua alma?

Ela sussurrou:

— Eu te amo.

E ele se perdeu. Ninguém nunca lhe dissera essas palavras, nunca na vida. Ele sequer estava consciente de ter convocado Rasalas, mas então a criatura estava ali ao seu lado, vinda do jardim, as enormes asas de metal prontas. Minya subiu na mesa, triunfante, e sentou-se na criatura de seu pai, pronta para voar até Lamento.

Muitas escolhas são feitas desta maneira: fingindo que ela se deu sozinha.

E muitos destinos são decididos por aqueles que não podem decidir.

Ela vai encontrar um jeito de atingir você, Sarai avisara Lazlo. Agora ela via que Minya conseguira, e tantos sentimentos a rasgaram: desespero, *alívio*, autocomiseração. Ainda possuída pela força de Minya, não podia dizer nada, não podia falar nada, mas a pior parte de tudo era que algo insidioso dentro de si apreciava o desamparo, porque ele a livrava de ter que lutar.

A última coisa que gostaria de fazer era lutar por seu próprio esquecimento. Tentou dizer a si mesma que ficaria tudo bem. A cidade estava vazia. Os cidadãos estavam seguros, e os Tizerkane podiam tomar conta deles mesmos.

Mas essas eram só mentiras que apodreciam dentro dela: seus corações, todo o seu ser lhe parecia estragado, como uma ameixa amaciada pela podridão. Seria a ruína de Lazlo. Seria a ruína de Lamento, então ela desejaria o esquecimento, que Minya não concederia. Sarai ainda seria sua marionete, com dentes ensanguentados e cordas inevitáveis, depois que todo o resto se fosse.

Lazlo dissera "Eu também te amo", e era tão errado que ele falasse isso agora, com Minya abarrotando a alma de Sarai, e uma carnificina se iniciando. Ele se abaixou e roçou o lado não mordido da boca sobre a dela suavemente, descansando o rosto contra o dela, bochecha com bochecha. Suas mandíbulas estavam tensas, sua pele, quente demais. Ele estremeceu levemente contra ela. Sarai respirou seu aroma de sândalo e lembrou-se da primeira descoberta sobre ele, através das mariposas, na casa do Matador de

Deuses. Ela o considerou um bruto, à primeira vista. A ideia a impressionava agora. Havia tantos momentos encantados, mas sua mente saltou para um lugar bem diferente: para os últimos minutos de sua própria vida. Foi pouco antes de a explosão devastar a cidade. A noite era profunda e silenciosa, e todas as ruas estavam vazias. Lazlo caminhava por Lamento. Sarai estava com ele por meio de uma mariposa empoleirada em seu punho, e ela não fazia ideia de tudo o que estava prestes a acontecer.

Era engraçado pensar nisso. Primeiro, não soube por que fizera aquilo. Mas então... pensou que talvez soubesse sim, e um tipo estranho de arrepio a percorreu.

Ela nunca fora capaz de entrar na mente daqueles que estavam acordados. Quando era só uma menina testando seus poderes, tentara e aprendera: mentes conscientes estavam fechadas para ela. E assim foi naquela noite também. Sua mariposa estava no punho de Lazlo enquanto ele passeava pela cidade silenciosa, e ela estava do lado de fora de mente dele, sem fazer ideia do que ele pensava.

Mas... ela intuiu que ele estava *sentindo*. Com a mariposa empoleirada na pele dele, era como se ela estivesse pressionada contra a porta fechada de sua consciência. A emoção irradiava através dela, tão clara e forte quanto uma música através de uma parede. E agora, com o rosto contra o dele, ela sentia a música da emoção novamente. Era dissonante e infeliz, incerta, desesperada e irregular.

Sarai não podia falar além das palavras falsas de Minya, mas seus pensamentos e sentimentos eram só seus. Pressionou a bochecha mais forte e sentiu a queimação de sua barba. E então derramou sua própria música irregular. Ou ao menos torceu para que fosse isso.

Era um vento uivante em sua mente, uma tempestade de facas, um furacão ensopado de sangue que gritava *NÃO!*

Ele ficou tenso. Teria sentido? Seria real? Ele se afastou e a encarou. Ela queria puxá-lo contra si novamente.

Não tinha poderes sobre seus olhos. Minya possuía mais argúcia do que sabiam. Tudo o que ele via era o que ela colocara lá. Apertou os olhos, consternado. Então seu olhar pareceu clarear — clarear e escurecer. Virou-se para Minya e disse, parecendo que mastigava cascalho:

— Não posso levá-la a Lamento. Fiz uma promessa.

E Minya ficou... aborrecida.

15

PAUSA PARA O CHÁ ANTES DO FIM DO MUNDO

Assim que saiu da galeria, Rubi correu pelo lado destro em direção a seu quarto, atravessando a porta sem abrir a cortina. Acabou toda enrolada nela e arrancou o cordame. Sem parar, ela o jogou fora e desapareceu no closet, que pertencera a Letha, deusa do esquecimento. Ficou lá por menos de cinco segundos, então seguiu pelo corredor para passar novamente entre os fantasmas que lotavam a galeria.

Dessa vez, passou pela cozinha, onde se deparou com as Ellens de mãos na boca e olhos molhados e arregalados de pavor.

— O que está acontecendo? — perguntou em um sussurro alto, que carregava o silêncio repentino que se seguiu às palavras de Lazlo.

— Fiz uma promessa — ele falou para Minya, que irradiava fúria.

— Então quebre-a — ela sibilou.

E Lazlo não disse nada. Apenas segurou Sarai junto a si e, agoniado, chacoalhou a cabeça.

Rubi cruzou um olhar com Pardal do outro lado da sala. Sua irmã estava pálida e desesperada, e lhe lançou um gesto que dizia *se apresse*. Rubi se virou para Pequena Ellen e disse…

Era *ridículo*. Ela sabia como aquilo soava — como se estivesse fora de si.

— Ellens — falou —, será que temos chá?

Elas a encararam, o pavor momentaneamente subjugado pela surpresa.

— *Chá?* — repetiu Grande Ellen.

Rubi lambeu os lábios e se esforçou para ser a própria imagem da indiferença ingênua.

— O quê? — respondeu, na defensiva. — É proibido sentir sede? — Seus corações martelavam. Suas costas suavam. — Chá nunca é uma má ideia. Você mesma sempre falou isso.

— Bem, você acabou de desmentir o ditado — disse Grande Ellen.

Pequena Ellen engasgou:

— *Oh!*

O engasgo não tinha nada a ver com chá. Com uma olhada, Rubi percebeu: Sarai não estava mais ali. Lazlo havia sido deixado segurando o ar.

Tarde demais, pensou, enlouquecida. *Tarde demais*. Ainda assim, tinha que tentar. O que mais poderia fazer?

— Vou preparar — falou para as Ellens, empurrando-as e seguindo para a porta.

✷

Sarai estava ancorada, então não estava mais. Havia sua essência, então não tinha mais. O frágil fio que conectava sua alma ao mundo ficou frouxo de repente.

Para Lazlo, era sathaz mais uma vez: seus braços estavam vazios, curvados em torno do nada. Onde Sarai estivera, doce e macia, agora havia apenas ar. Ele se esticou, como se fosse possível encontrá-la, mas ela não era invisível. Havia partido. NÃO!, era um eco terrível da palavra que rasgava seus pensamentos. Virou-se para Minya com olhos arregalados.

— Espero que tenham se despedido! — ela berrou. Sua voz era estridente, seu rosto estava arroxeado. Se alguém pudesse sentir sua música, "desagradável" não seria nem o começo. Isso era tudo culpa de Lazlo, e ela viu. Ele a obrigara a fazer, e ela queria que ele fosse punido.

— Traga-a de volta! — ele cuspiu.

— *Você* a traga de volta! Você sabe o que tem de fazer!

Lazlo não ouviu a súplica em sua voz. O terrível NÃO! ainda entalhava um furacão em sua mente, expulsando o restante. De onde tinha vindo? Os outros estavam gritando, chorando, e Sarai não estava mais lá.

Ela simplesmente não estava mais lá.

Minya ainda estava montada em Rasalas. Ela se levantou, sentindo o metal mudar debaixo de si. Tentou pular de volta na mesa, mas a besta se virou, e as garras de metal brilharam e a agarraram no ar. Foi jogada no chão. Lazlo assomou sobre ela. Agarrou-a com as próprias mãos, apertando os trapos dela em seus punhos. Ele a ergueu e, enquanto seus pés se balançavam no ar, a encarou.

Ao redor deles, o exército mudou. Dava para ver a vontade dela fluindo para eles, reverberando como vento sobre a grama. Fileira após fileira, os fantasmas empunharam suas facas, seus ganchos de carne e marretas, com bordas cintilantes e afiadas. Até as Ellens seguravam armas. O olhar dela se arregalou de horror quando as próprias mãos se levantaram, se inclinaram para trás e se abriram.

Facas voaram. Alguém gritou.

Lazlo não tirou os olhos de Minya, ainda segurando-a no alto. O mesarthium respondeu e chicoteou. Para cada arma arremessada, uma onda de metal se desprendia das paredes para interceptá-la. Parecia magnetismo. Parecia mágica. Ao redor da sala, só se ouvia *cléc cléc cléc* conforme o metal prateado se encontrava com o azul e caía no chão.

Uma lâmina acertou a parede. Em vez de ricochetear, ela ficou presa. E todas as outras também: o chão as drenou, até que sobraram apenas os cabos. Tudo aconteceu em segundos. Os fantasmas de Minya logo estavam todos desarmados — de armas comuns. Subitamente, suas unhas e dentes se alongaram e se afiaram em garras e presas.

Lazlo não viu. Seus olhos estavam travados em Minya.

— Ouça — ele disse com selvageria. Não reconheceria sua própria voz. — Tem algo que você não considerou. *Sarai é a única coisa te mantendo segura.* Que os deuses te ajudem, se deixar a alma dela ir. Não haverá nada que me impeça de acabar com você.

Após suas palavras, o ar ficou pesado com as respirações ofegantes e um estrondo baixo e constante da garganta de Rasalas. Minya e Lazlo se encaravam: raiva contra raiva, vontade contra vontade.

Minya, em algum lugar profundo, se agarrava à chance que a ameaça de Lazlo oferecia. O que ele dissera era verdade. Ela podia manter a alma de Sarai, mas Sarai também a mantinha, porque no minuto em que cumprisse sua palavra, perderia sua única influência — e perderia Sarai.

Ali estava uma razão para recuar, e seus corações clamaram, mas... ela não conseguia. A obstinação de Minya era uma lâmina forjada pelos gritos de duas dúzias de crianças agonizantes — forjada pelos gritos e equilibrada em sangue, como uma espada em brasa mergulhada na água. *Recuar* não era uma opção. Se desse para trás agora, não teria nada, não seria nada. Se não acreditavam no que ela era capaz de fazer — acabar com Sarai —, que motivo teriam para escutá-la? Ela perderia não só esse jogo, mas todos os jogos seguintes. Lazlo tinha de ceder. Ela não podia. Arreganhou os dentes em uma careta. Ele lhe dissera que não era um assassino. Ela precisava confiar nisso.

— Dê o seu pior, *irmão* — ela rosnou, e em um instante percebeu que ele já estava fazendo.

Esse *era* o pior de Lazlo. Ele poderia segurá-la como uma boneca, com os trapos nos punhos, mas não poderia machucá-la. Seus olhos perderam a raiva, os músculos se afrouxaram de surpresa, que rapidamente se transformou em angústia. Não conseguia esconder nada. Seus olhos revelavam tudo. Ele não era capaz de machucar ninguém.

Ruza veio como um flash em uma mente — seu amigo Tizerkane que queria desesperadamente torná-lo um guerreiro. Bem, ele ficaria revoltado agora ao ver essa menininha encolher os ombros e empurrar as mãos de Lazlo até que ele a soltasse.

— Só há um jeito de salvá-la — ela disse, subindo em sua cadeira e, em seguida, na mesa, para nivelar os olhos com os dele.

Lazlo sentiu que estava se afogando. Minya via tudo através dele. Onde estava Sarai? Ela poderia ser salva? *Por favor*, ele pensou. Parecia uma oração, mas para quem estava orando? O serafim poderia ter sido real um dia, mas isso não significava que o escutava.

Nesse momento, Lazlo teve certeza: em todo aquele enorme universo cheio de estrelas, não havia nada ouvindo.

E então, no meio do vazio roendo seu pânico, ele viu as Ellens na porta. As duas não estavam paralisadas como o restante dos fantasmas, congelados, mas sustentavam olhos selvagens e impacientes. Suas mãos estavam unidas como se rogassem por algo; seus rostos exibiam todo o desespero que ele sentia. Quando fitou Grande Ellen, ela disse:

— *Por favor*.

Um pequeno e afiado pensamento o picou como um espinho: seria possível... poderia existir alguma parte de Minya que *queria* que ele a impedisse? Mas como?

Ela não vai desistir, Sarai dissera mais cedo. *Ela nunca desiste. Acho que ela não consegue.*

Minya não poderia desistir. Era como tinha sido feita, e o Massacre a forjara. Desistir significaria morrer. Significava pequenos corpos em poças vermelhas.

Ele estava desesperado. Os pensamentos saltavam em sua mente. Era como se sua alma estivesse se separando do corpo, tentando alcançar Sarai, querendo segurá-la no éter para que ela não ficasse sozinha. Mas ele não podia alcançá-la. Só Minya podia, se ele desse um jeito de convencê-la.

— Eu o trarei aqui — soltou. — Eril-Fane. Eu o trarei aqui.

O olhar de Minya ficou mais cortante. Ela não disse nada, aguardando que ele continuasse.

Lazlo lambeu os lábios. Ela estava ouvindo. *Queria ser persuadida.* Ele não sabia se era isso, mas se não fosse, não haveria esperança.

— Eu o trarei para você. — Falou para ganhar tempo, para salvar Sarai e pensar em outra solução. Não significava que realmente faria. Mas talvez fizesse, se não houvesse outro jeito. Estava cansado. Seria *ele* esse tipo de herói, que sacrificava uma alma por outra?

— Faça isso — Minya disse.

Um aceno de mão, e Sarai estava de volta no ar. O que começou como uma silhueta lentamente se preencheu para revelá-la, de olhos brancos e lábios escancarados em um grito silencioso. Por alguns instantes, ela oscilara à beira da dissolução, e agora sentia o frio a atravessando. Ela caiu. Lazlo correu. Todos correram até ela, exceto Minya. Ela permaneceu no lugar, uma deusa minúscula e suja, e ninguém notou a maneira como suas mãos se moviam, esfregando os dedos sobre as palmas das mãos como se estivessem escorregadias de suor, como se mãozinhas lhe escapassem.

Como se pudesse perder tudo, tudo o que deixara.

Então Rubi apareceu com uma bandeja, que retinia conforme caminhava. Quando ela a pousou sobre a mesa, os copos se derramaram um pouco. Sua voz era neutra, seu desespero era tão leve que somente Pardal o notou. Ela perguntou:

— Alguém quer chá?

Chá.

Era absurdo. O que ela ficara pensando no jardim mais cedo? Que esperar a ira de Minya se acender era como uma pausa para o chá antes do fim do mundo? Bem, ali estava o chá. Literalmente. Ninguém mais poderia se safar com um gesto tão fora de tom, mas Rubi estava sempre inventando coisas, sem prestar atenção ao que acontecia ao seu redor. Ainda assim, Feral a encarava como se ela tivesse duas cabeças. Lazlo nem ouvia. Segurava uma Sarai trêmula, e murmurava:

— Estou aqui.

Quanto à Minya, viu a xícara de soslaio. E a pegou sem questionar. Estava tensa. Estava na fronteira da dissolução, para onde quase enviara Sarai. *Elas foram tudo o que consegui carregar* corria em sua mente, não importava quão poderosa parecesse.

— Traga-me o Matador de Deuses — disse, para afogar as palavras em sua cabeça.

Lazlo travou a mandíbula e encarou Minya.

Ela segurava a xícara no alto.

— À vingança — falou em uma voz que era como vidro, e então ergueu a xícara e bebeu.

Rubi a observava. Pardal a observava. As duas garotas seguraram a respiração. Não poderiam ter certeza. Era apenas esperança e *e se*, mas não se habitava a câmara da deusa do esquecimento sem, ao menos uma vez, provar a poção da garrafinha de vidro verde que ela mantinha na mesa de cabeceira.

Minya estava com sede e deu um grande gole. O chá não estava quente. O chá não era *chá*. O chá delas nunca era. Estavam sem ervas havia anos. Eles bebiam umas infusões e chamavam de chá, mas não era bem chá. Era só água morna com um sabor amargo.

Ela olhou para Rubi com um olhar crítico, mas não duvidoso, e disse:

— É o pior chá que já tomei.

E então seus olhos perderam o foco. Seus joelhos perderam a força. Ela cambaleou, confusa, deixou cair a xícara com um estrondo.

E caiu.

O tempo pareceu retardar enquanto Minya, monstro e salvadora, irmã e algoz, perdia a consciência e desabava na longa mesa de mesarthium.

PARTE II

astral (AS.truhl)
adjetivo: de, ou relacionado a, ou vindo das estrelas.

substantivo: uma categoria rara de dom de Mesarthim; alguém cuja alma ou consciência pode deixar o corpo e viajar independentemente dele.

16

DAS ESTRELAS

O castigo pelo contato não autorizado com o metal divino era a morte. Todo mundo sabia disso. As crianças da aldeia, aproximando-se da nave-vespa, sabiam disso. Elas nunca sonhariam em tocá-lo, mas atreviam-se a chegar mais perto, pelo menos tocar sua sombra, mais corajosas agora que os Servos desapareceram lá dentro com Kora e Nova.

Alguns na vila pensaram mesmo que as garotas de Nyoka deveriam ser testadas primeiro. Outros resmungavam. Os homens que as andavam observando — incluindo o velho Shergesh, embora as irmãs não soubessem — arderam com a injustiça de que forasteiros pudessem descer do céu e levar suas meninas. Seria uma tremenda honra, claro, se outro rievano fosse feito Servo, mas seria melhor se fosse um jovem. Havia muitos deles na aldeia, começando a farejar suas esposas, e os homens mais velhos não se importariam em abater esse rebanho. A perda de uma única garota, quem diria duas, seria profundamente sentida. A vida em Rieva era dura, especialmente para as mulheres. Esposas sempre precisavam ser reabastecidas.

A multidão mantinha os olhos ávidos na nave, e mesmo enquanto se afastavam, continuavam fofocando. Sabiam que os testes levavam tempo, e se surpreenderam quando, depois de apenas alguns minutos, a porta de tórax da vespa se abriu.

Skoyë, com olhos estreitos, sentiu uma onda de triunfo ao pensar que suas enteadas tivessem sido rejeitadas tão rapidamente. Só podia ser rejeição. Um dom poderoso demandaria tempo para ser avaliado. Mas as meninas não saíram. Era o Servo de cabelos brancos de cordas. De braços rígidos, ele segurava dois anoraques de couro de uul, com a expressão tomada de repulsa. Ele os descartou feito lixo, depois fez o mesmo com calças e calções de pele, sobretudos de lã e, finalmente, com as botas das meninas.

A porta se fechou novamente e os aldeões ficaram encarando a pilha de roupas. O que Kora e Nova estariam vestindo, se suas roupas estavam ali?

— Há uma mulher com elas lá — disse o pai delas, Zyak, para que o espectro da indecência não reduzisse os preços das noivas.

Shergesh cuspiu e cruzou os braços. O preço de Zyak era desconfortável; ele farejava uma oportunidade.

— E por que isso importa? Eles são de Aqa. Você ouviu as histórias.

As histórias de depravação, sim. Os barcos de pesca as traziam, e elas eram como sal para a comida sem graça dos ilhéus: a fofoca rievana nunca poderia se comparar ao que — supostamente — acontecia na capital.

— Elas são boas garotas — Zyak disse. Kora e Nova se surpreenderiam ao ouvi-lo, ao menos até ele acrescentar: — Têm todos os dentes e dedos. Você é sortudo, meu velho.

E o velho em questão limpou a garganta audivelmente, mas não falou mais nada. Sabia que tinha de ser cuidadoso. Zyak era orgulhoso, e poderia aceitar a oferta de outro homem, mesmo que mais baixa, simplesmente para ofendê-lo.

— De qualquer forma — Zyak falou. — Se os Mesarthim as querem, tudo bem por mim. *Eles* não negociam. — Ele deveria saber. Comprara um trenó e um forno com o que lhe pagaram por sua esposa, além de duas peles de espírito.

✷

— Nomes — disse a Serva, Solvay, que viera de um continente deserto tão desolado quanto Rieva. Ela fora encontrada em uma busca muito parecida com esta, e havia sido arrancada do meio do nada.

Kora e Nova permaneceram mudas, cobrindo-se com os braços. Estavam vestindo apenas roupas íntimas e meias, tendo todo o resto sido removido. O fedor de uul era mais difícil de se livrar; era uma *entidade* no espaço fechado da nave, e o nojo era evidente no semblante de todos os Servos. Nova respondeu primeiro.

— Novali — disse, então fez uma pausa. Seu nome completo era Novali Zyak-vasa, ou Novali Zyak-*filha*. Depois do casamento, uma rievana trocaria o *vasa* por *ikai*, esposa, e pegaria o nome do marido. Nova não queria nada disso.

—Nyoka-vasa — falou. Queria ser apenas a filha de sua mãe, especialmente hoje.

Solvay o anotou e olhou para Kora.

— Korako... Nyoka-vasa — disse Kora, olhando de relance a irmã. Ela gostou da sensação do pequeno ato de desafio, que impediria que o nome de seu pai fosse anotado e se tornasse permanente em um documento imperial.

— Nyoka — falou Solvay. — Esse é o nome da mãe de vocês, que era uma Serva?

As garotas assentiram.

— Você a conhece? — Nova disparou. Solvay balançou a cabeça, e Nova engoliu em seco de decepção. Ela e Kora estavam tentando parecer calmas, mas seus corações estavam acelerados. Estavam mais deslumbradas até do que as crianças lá fora, saltitando na sombra da nave-vespa. Ninguém sonhara com esse momento tanto quanto elas, e ninguém mais realmente acreditava, como elas, que era seu destino enfim se apresentando para resgatá-las. Contornaram com os olhos as finas faixas de metal divino que os Mesarthim usavam em suas sobrancelhas — o diadema dos Servos, como o chamavam. Era o que os mantinha em contato com o metal divino que ativava seus dons; por mais simples que fosse, era o símbolo mais potente do poder no mundo do Mesaret. Por toda sua vida, Kora e Nova sonharam em usar um desses.

Elas notaram que o ferreiro usava avambraços, que cobriam seus antebraços e eram gravados com desenhos complexos. Parecia uma quantidade excessiva de metal divino, o que revelava sua importância. Ferreiros acumulavam metal divino como recompensa imperial — pelo seu serviço e por vitórias em batalhas. A cada sucesso, suas naves ficavam maiores. Quanto maior a nave, mais glorioso era seu capitão. A nave-vespa era pequena, o que sugeria que o ferreiro não era glorioso, ou simplesmente muito jovem e estava no início da carreira.

— E qual era o dom de sua mãe? — perguntou o telepata alto, de cabeça raspada, cujo nome era Ren.

— Ondas de choque — respondeu Nova.

— Magnitude dezesseis — completou Kora, orgulhosa, e as garotas ficaram satisfeitas ao ver os olhos dos Servos se arregalarem. Estavam impressionados. Como poderiam não estar? Quantos *deles* eram dezesseis? A escala de magnitude ia até vinte, mas os dons de força de dezoito ou mais haviam sido registrados apenas algumas vezes na história. Na prática, dezesseis era o máximo possível. Além disso, a magnitude era hereditária, o que significava...

— Isso vai ser interessante — disse o Mesarthim de cabelos brancos, ainda tentando se livrar do fedor das roupas delas. As garotas estavam curiosas sobre seu cabelo — ele tinha tanto, e era tão branco. Ele não parecia velho, e Mesarthim não envelheciam. A longevidade, talvez até a imortalidade, era um efeito colateral do metal divino, por isso era impossível dizer a idade deles.

— Vamos ver o que conseguem fazer — Solvay falou para elas, então virou-se para o ferreiro.

Ele ainda não falara nada. Apenas se apoiou na parede e observou. Sua postura era preguiçosa, mas seus olhos eram afiados. Só ele, dos quatro, demonstrou interesse pelo que não estava mais escondido pelas roupas fedorentas das irmãs. Enquanto Kora e Nova permaneciam paradas, envergonhadas, seu olhar percorreu vagarosamente as pernas e ombros nus e brancos, os seios e as barrigas com véus finos, como se as roupas íntimas e braços cruzados não escondessem nada.

— Skathis? — incitou Solvay quando ele não disse nada e apenas continuou a observação indecente. Ele se virou para ela de sobrancelhas franzidas, como se não soubesse que todos esperavam por ele. — Vamos começar? — ela perguntou. Havia algo frágil em seu tom, algo como cautela.

— Com certeza. — E virou-se novamente para as irmãs. — Vamos ver como vocês ficam *azuis*.

E essas palavras, que anunciavam o maior sonho da vida das meninas, foram sujadas pela boca de Skathis, que parecia deixar uma marca nelas, fazendo com que Kora e Nova ficassem ainda mais ansiosas para se esconder de seu olhar.

Ele jogou algo para Kora. Foi um arremesso fácil, e deu a ela tempo para alcançá-lo, apesar da surpresa. Era tão pequeno quanto uma bola de neve — do tipo tão gelado que doía —, e ela percebeu que era metal divino antes de pegá-lo. Pensou que seria difícil pegá-lo, mas ele atingiu sua mão como geleia e estourou, espirrando em seu braço e grudando, de modo que pareceu *tê-la pegado*, e não o contrário.

Não havia nada aleatório no modo como se acumulava e fluía sobre sua pele. Não escorria, mas se espalhava suavemente, afinando-se como uma folha e deixando-a dourada — não dourada, mas azul — das pontas dos dedos até o punho e o antebraço. Ela parecia estar usando uma luva feita de espelho. Observou-se maravilhada. Virou a mão, flexionou os dedos, o punho. O metal se movia com ela como uma segunda pele.

Então ela sentiu: um zumbido baixo, uma vibração.

A princípio, foi apenas na mão e no antebraço, onde o metal a tocava, mas depois se espalhou. Toda modéstia foi esquecida quando a agitação subiu pelo seu braço, além da luva brilhante. Enquanto observava, sua pele começou a mudar de cor. Foi ficando cinza, como nuvens de tempestade ou carne de uul, subindo da luva em direção ao ombro, carregando a vibração e o cinza junto. Sentiu o formigamento dos lábios, nos dentes.

Nova viu a transformação operando em sua irmã, sua pele ficando cinzenta, e finalmente azul Mesarthim. Foi perfeito. Havia imaginado a cena tantas vezes: as duas azuis, livres e empoderadas, longe dali. E agora estava acontecendo. Lágrimas surgiram em seus olhos. Enfim estava acontecendo.

Elas sempre acreditaram, no fundo de seus corações, que seu dom seria tão poderoso quanto o de sua mãe. Quanto ao que seriam, era difícil imaginar o que esperar: elementares, empáticas, telepatas, metamorfas, videntes, curandeiras, bruxas do tempo, guerreiras? Mudavam de ideia o tempo todo. Nova, especialmente, sempre fora gananciosa, e nunca conseguia se contentar com um dom só. Ser ferreira, claro, seria o maior dos dons (e o próprio imperador era, claro, um ferreiro), mas Kora e Nova sabiam quão raro era, e nunca alimentaram essa esperança. Ultimamente, com os homens da vila olhando para elas como gado, a invisibilidade começou a parecer atraente para Kora.

"Prefiro ser capaz de infligir cegueira", afirmou Nova. "Por que *nós* teríamos que desaparecer só porque os homens são animais?"

E agora chegara o momento de descobrir. O suspense era quase insuportável. O que seriam quando seus dons despertassem? Com qual habilidade serviriam o império?

O zumbido atravessou Kora. Depois de cobrir toda a superfície de seu corpo, pareceu afundar mais profundamente, da pele até o âmago, penetrando no coração, nos olhos, nas entranhas dos joelhos e na barriga.

E, em sua mente, havia uma presença. Ela a sobressaltou, mas era familiar. Pouco tempo atrás, ela e Nova imploraram silenciosamente — *olhem para nós* — e o telepata, Ren, entrara em suas mentes. Agora lá estava ele novamente dentro de Kora.

Não pense, ele lhe aconselhou de dentro da mente dela. *Não questione. Só sinta.*

Eu sinto... um zumbido na pele, ela pensou, se perguntando se ele a ouviria.

E assim ele fez. *Esse é o limite físico. Vá mais fundo. Nossos dons estão enterrados dentro de nós.*

Ela tentou fazer o que ele dizia. Fechou os olhos e imaginou que estava abrindo olhos que enxergariam dentro, em vez de fora.

Nova ficou observando, maravilhada com o azul sedoso das pálpebras de sua irmã, um tom mais escuro que o restante de sua pele. Estava linda assim, majestosa mesmo em roupas íntimas. A luva de metal divino deu-lhe uma elegância que nem mesmo o fedor de seu lar podia arruinar, e seu cabelo, leve e bonito contra a pele branca, agora contrastava com o azul.

Até suas sobrancelhas e cílios pálidos se destacaram de uma maneira nova e marcante. Nova ficou se perguntando o que estava acontecendo com sua irmã. Gostaria de estar dentro da mente dela, compartilhando a experiência, assim como tinham compartilhado todos os seus sonhos durante a vida. O que ela estaria *sentindo*?

No começo, nada. Kora tentava olhar dentro de si, mas não sabia o que deveria ver, então não havia nada além da escuridão imperfeita de suas pálpebras, lavada com um vermelho oscilante, onde a luz brilhava.

Não veja, disse Ren. *Sinta. O que você* sente *de diferente?*

Talvez ele a estivesse guiando. Talvez Kora tivesse conseguido sozinha, mas começou a tomar consciência da entidade discreta que era *ela mesma*, além do ambiente, das expectativas e dos olhos atentos desses importantes estranhos. Até mesmo além de sua irmã. Era como estar suspensa dentro de si, ouvindo o sangue se mover em suas veias, sentindo o pulsar do coração que o bombeava, e seus membros, sua respiração e sua mente. Ela se imaginou ficando azul até os ossos, o mesarthium penetrando nela, e não a infundindo com magia, mas despertando a mágica que já estava lá.

Sentiu uma pressão no peito. E assim que a sentiu, o telepata também sentiu.

Aí, ele disse. *Aí está.*

O que é?, ela perguntou.

Traga para fora, ele falou. *Deixe vir.*

A pressão se intensificou, e ela sentiu algo dentro do peito começar a ceder. Ela ficou nervosa. Parecia que uma parte essencial estava prestes a sair de seu corpo — como se sua caixa torácica fosse se abrir... para deixar algo sair. Não era doloroso. Era como descobrir que, o tempo todo, seu corpo fora feito para isso, que seu peito estava fechado como um portão e ela simplesmente nunca havia notado.

Nova viu a cabeça da irmã pender. Seus olhos ainda estavam fechados. Suas mãos voaram para o peito e se agarraram na roupa íntima, puxando com tanta força que ela a rasgou no meio, revelando o vale entre os seios, azul-escuro e pesado com a respiração.

— Kora! — gritou, e tentou se mover para a frente, mas não conseguiu mexer os pés. Olhou para baixo e viu que eles afundaram no chão, enquanto o metal divino os mantinha presos no lugar. Quase caiu. Então o telepata falou em sua mente: *Não interrompa a metamorfose dela.*

Ela parou de lutar e ficou observando assombrada, sem poder fazer nada, enquanto o dom de Kora emergia.

Ele emergia quase literalmente.

O peito de Kora parecia ter se aberto, mas estava intacto. O pedaço de pele azul visível através do rasgo em sua roupa íntima ficou, de repente, nublado. Um vapor leitoso foi expelido, tomando forma diante dela como fumaça derramada em um molde invisível. Era enorme, e aumentava rapidamente. Tão rapidamente que ela se apequenou. A respiração de Nova correspondia exatamente ao movimento acelerado do peito de sua irmã. Olhou para os Servos, frenética, para ter certeza de que isso era normal e esperado, mas viu apenas espanto. Seja lá o que estivesse acontecendo com Kora era longe de ser normal.

Era uma coisa fantasmagórica no ar e tinha asas, grandes asas arrebatadoras. O primeiro pensamento selvagem de Nova foi que era um serafim, um dos seis Faerers angélicos que haviam cortado os portais entre os mundos. Mas, quando assumiu sua forma final e passou de fantasma para sólido, ela percebeu que não era um anjo, mas um pássaro.

A criatura que saiu de Kora assumiu a forma de uma imensa águia branca.

A cabeça de Kora ainda estava jogada para trás, e seus braços se abriram ao lado do corpo, numa imitação inconsciente das asas estendidas do pássaro.

Ela mesma ainda não tinha visto o que emergira. Seus olhos estavam fechados — o que deveria tê-la impedido de enxergar, mas não. Ela viu os Servos, seus rostos perplexos, e viu Nova de boca aberta.

— Uma astral — Solvey disse, com reverência. — Não acredito. Uma astral *aqui*, nesse fim de mundo.

— Eu nunca tinha visto uma — disse Antal, o de cabelos brancos, esquecido do fedor de uul.

— E uma astral muito poderosa — Ren falou. — Olhe só a manifestação.

Kora, vendo apenas o que *aquilo* via, não entendeu do que estavam falando. Ela abriu os olhos verdadeiros e foi assolada por uma duplicação vertiginosa de sua visão, enxergando através de dois pares de olhos ao mesmo tempo. Zonza ou não, ela percebeu o que havia se consolidado diante dela.

Era magnífico, branco como a luz das estrelas na neve. Seu rosto era feroz e lindo, com um bico fino e olhos pretos. Quase poderia ser confundido por uma criatura real. Mas flutuava com uma leveza antinatural e quase não precisava bater as asas, e as bordas de suas penas tinham uma aura derretida que desmentia sua aparente solidez.

— Ele tem massa corporal? — Solvay perguntou.

— Toque e descubra — Skathis falou com uma voz arrastada, sem se mover.

Foi Nova quem avançou. Dessa vez, eles não a impediram. Seus pés continuavam presos no chão, mas a enorme águia havia trazido a asa ao seu alcance. Ela a tocou, correndo os dedos pelas longas penas. Se já tivesse tocado em seda, ou mesmo se soubesse de sua existência, poderia ter sido capaz de descrever a suavidade. Mas não conseguiu. O mais perto que podia chegar era a suavidade escorregadia dos cabelos limpos.

Os Mesarthim conversavam entre si, e Kora e Nova ouviram termos como "alcance" e "conexão sensorial", sem entender o que queriam dizer. No entanto, "magnitude" elas entenderam.

— Sem dúvida, extremamente alta — disse Antal, e as irmãs ficaram coradas de orgulho, e Nova tão orgulhosa quanto sua irmã, embora não fosse seu o dom em questão.

Falou-se vagamente sobre mais testes, e Ren, Solvay e Antal fitaram Skathis, aparentemente esperando que ele se manifestasse. Ele permanecia fixo em Kora e no pássaro, com um brilho forte em seu olhar e, por fim, disse:

— O imperador ficará satisfeito.

E isso encerrou o assunto.

Ren ajudou Kora a levar o pássaro de volta para dentro de si, o que pareceu impossível a princípio. De onde quer que tivesse vindo, agora era real e maciço, como algo que tivesse nascido e que não podia ser recolocado. Mas então ela descobriu que podia. Assim como saíra de seu peito, entrara de volta. Sua visão duplicada se foi junto com a tontura, fazendo-a se sentir quase normal de novo — embora fosse difícil se sentir verdadeiramente "normal" depois disso.

— O que significa "astral"? — perguntou, sem fôlego. — Nunca tinha ouvido isso antes.

— Não me surpreende — disse Solvay. — É um dom extremamente raro, querida.

— Não vá botando coisas na cabeça dela — Skathis falou. — Ela vai achar que é especial.

— Ela é especial — Solvay falou.

— Literalmente, "astral" significa "das estrelas" — Antal explicou. — Porque o primeiro astral afirmou que podia viajar pelas estrelas sem sair de casa. Isso significa que seus sentidos, sua consciência, talvez até sua *alma* podem tomar forma fora do seu corpo e viajar, deixando seu eu físico para trás e retornando a ele.

— E... Serei capaz de ver o que ele vê, onde quer que ele vá?

— Não é “ele” — Antal respondeu. — É *você*, Korako. Aquela águia é você, assim como a carne e o sangue são você. — Ele sorriu, um sorriso alegre que foi compartilhado por Ren e Solvay, o que os deixou muito menos intimidadores. — E sim, você poderá viajar na forma astral.

O clima na nave-vespa estava muito diferente de quando as meninas entraram. Antes, os Servos estavam rígidos, com a compostura melindrada daqueles que realizavam uma tarefa tediosa, agravada por um fedor verdadeiramente vil. Agora estavam quase eufóricos. Era claro que Kora era uma descoberta de grande valor, ainda mais agora que fora escolhida. Ela não seria abandonada ali, despojada do metal divino que trouxera seu dom. Manteria sua pele azul para sempre, e sua águia mística também. Ela era o que sempre acreditara ser: poderosa.

— Nunca soube de uma manifestação tão grande — disse Solvay. — Existe um astral em Azorasp cuja projeção é um pintassilgo. — Ela deu risada. — Korako poderia engoli-lo inteiro.

Korako. Ouvir o nome de sua irmã — nada menos que seu nome verdadeiro — em voz alta e não junto ao seu provocou em Nova uma agitação nervosa, como se um processo que as separaria tivesse se iniciado, transformando-as de uma pessoa dupla em duas pessoas singulares. Não. Afastou o pensamento. Seria como sempre planejaram: duas soldadas-bruxas, servindo o império juntas. Sempre juntas. O mesathium soltou seus pés e Nova se lançou para a frente, envolvendo Kora nos braços.

— Eu sabia — sussurrou. — Você é incrível.

Mas a alegria e a vingança das garotas só estaria completa quando o valor de Nova fosse provado também.

A luva de metal divino começou a se soltar da mão de Kora. Ela viu o metal ficar líquido mais uma vez e recuar de seu pulso, aglomerando-se. Sentiu uma pontada de perda. Não queria voltar a ser sua versão antiga, sem mágica e pálida.

E não precisava. Skathis não retirou o metal divino, mas o transformou em uma fina faixa ajustada sobre a palma da sua mão: um diadema. As duas garotas engasgaram. Como sonharam com esse momento. Até brincavam com algas ou pedaços de barbante.

— Vista-o — Skathis instruiu, e Kora ergueu a sobrancelha para encaixá-lo no lugar. Mas o ferreiro disse: — Não. No pescoço.

Kora parou, confusa.

— O quê?

— Como um colar — Skathis disse.

A mandíbula de Solvay ficou rígida. Olhou para os papéis à sua frente e fingiu arrumá-los, sem dizer nada.

Kora, insegura, fez o que lhe foi ordenado. Assim que tocou seu pescoço, o metal divino curvou-se ao redor dele, envolvendo-o completamente e, embora não estivesse muito apertado, a deixou desconfortável. Certamente não era com isso que tinha sonhado. Passou os dedos sobre a coisa e forçou o que esperava ser um sorriso corajoso e agradecido.

Skathis se virou para Nova.

— Pegue. — E atirou outra bolinha de metal divino.

17

BONS SONHOS DE VEZ EM QUANDO

Minya apagou.

— Oh, deuses — disse Rubi, com uma risada histérica. — Fiquei com medo de que ela não fosse beber. — Puxou uma cadeira e se jogou nela enquanto os outros ficavam perplexos, menos Pardal, que deixou escapar um suspiro trêmulo.

— Muito bem — falou para a irmã, abrindo caminho através de cacos de xícara de chá para alcançar a forma flácida de Minya. A garotinha estava esparramada sobre a mesa de olhos fechados, boca aberta, e um braço estendido para o lado. Parecia tão pequenina. Delicadamente, Pardal levantou o braço caído e o colocou sobre a mesa.

— O que acabou de acontecer? — Feral perguntou, seus olhos indo de uma garota para a outra. — O que você fez?

Rubi ergueu o queixo.

— Algo — disse, com muita dignidade. — Você já deve ter ouvido. É o oposto de nada.

Ele olhou para ela sem expressão. O que significava *aquilo*?

— Se importaria em elaborar?

— Eu droguei Minya. — Ao ouvir as próprias palavras, Rubi arregalou os olhos. Repetiu, fascinada: — *Eu droguei Minya.* — Então, como um aquecimento para o assunto principal: — Eu nos salvei, só isso. Lamento também. Talvez o mundo todo. De nada. — E, em uma reflexão tardia, admitiu em um tom substancialmente mais baixo: — Foi ideia de Pardal.

— Mas você que fez — disse Pardal, que não queria reclamar os créditos para si.

Sarai se colocou no meio das duas. Ela não tinha que se preocupar com a porcelana quebrada no chão, mas flutuava uma polegada ou duas acima. Olhou para o rostinho de Minya. Com os olhos fechados e a boca relaxada da tensão ou do sorriso que geralmente carregava, era possível ver como ela era bonita e jovem. Não parecia nem um pouco com uma tirana querendo iniciar uma guerra. E agora... ao menos por ora... não iria iniciar nada. Era só uma menininha dormindo na mesa. — Obrigada — soltou Sarai, se aproximando de Pardal e Rubi. Todos estavam tremendo em silêncio, tentando se adaptar ao sumiço súbito de ameaça.

— Sim — Lazlo falou, sem fôlego. — Obrigado. — Ele ainda estava cambaleando sob o horror total de sua situação. Não sabia o que teria feito, ou quem teria sacrificado. Rezou para *nunca* saber, e nunca mais estar nessa posição.

— Não acredito que vocês fizeram isso. — Sarai riu. Na verdade, não era bem uma risada. Estava fraca e surpresa e, acima de tudo, aliviada. Ela pensara que tinha chegado ao fim lá fora, onde tudo era frio e as almas derretiam como escuridão ao amanhecer. — Era a garrafa? — perguntou. — A verde?

— Era — Rubi disse. — E quem me chamou de idiota por ter provado, estou aceitando desculpas. Mas se lembre de que não garanto o perdão. Só estou aceitando desculpas. — Não olhou para Feral, então não viu a carranca dele, mas a imaginou. De fato, a careta em sua mente combinava perfeitamente com a do rosto dele.

— Provar o quê? — Lazlo perguntou. — Que garrafa?

Rubi ergueu um dedo para ele.

— Espere um pouco, por favor — disse. Em seguida, acrescentou um sussurro ensaiado: — Estou esperando desculpas.

— Tudo bem — Feral cedeu, com uma voz arrastada. — Retiro o que disse *quando éramos crianças*. Você não foi uma idiota ao provar a poção de Letha. Você foi uma idiota *sortuda*.

Os olhos de Rubi dardejaram.

— Você sabe tudo sobre ser um idiota sortudo. Mas acabou a sua sorte. Agora você é só um idiota.

E assim Sarai deduziu que tudo o que estava acontecendo entre Feral e Rubi havia terminado. Ela não sabia se deveria lamentar; parecia-lhe uma péssima ideia esses dois juntos. Falou para Lazlo:

— O quarto de Rubi era de Letha, e ela mantinha uma garrafa de vidro verde na mesa de cabeceira. Quando éramos crianças, Rubi provou um pouco. Pensou que fosse doce, mas não era.

— Só toquei minha língua na boca da garrafa, assim — disse Rubi, demonstrando.

— E ela ficou desmaiada por dois dias — completou Pardal.

— E acordei me sentindo ótima — concluiu Rubi. — Mesmo criança, entendi que Letha nunca manteria *veneno* na sua mesa de cabeceira — falou, dirigindo-se para Feral.

— Ela poderia ter, sim — discordou ele. — Pelo que sabemos, ela assassinou seus amantes quando se cansou deles.

— Que ideia ótima.

— Parem com isso, vocês dois — Sarai disse com gentileza. O ponto era: a garrafa de vidro verde continha uma poção do sono. Olhando para Minya deitada ali, tão vulnerável, notou algo. — Acho que nunca a tinha visto dormindo antes.

Os outros também não. Eles imaginavam que ela dormia, mas nenhum deles se lembrava de já tê-la visto dormindo.

Foi então que Sarai se deu conta de uma ausência peculiar na discussão e esticou a cabeça para procurar as Ellens. Elas deveriam estar ali, cacarejando seus elogios e broncas, mas... ainda estavam na porta da cozinha e não se mexiam.

Não estavam se mexendo *mesmo*.

Sarai chamou:

— Ellens? — E os outros se viraram para olhar. Por um momento, esqueceram-se de Minya e foram até as babás. — Ellen? — Sarai chamou, tocando o ombro da Grande Ellen. Ela não respondeu, mas... ela não parecia só congelada. Grande Ellen estava *vazia*. Pequena Ellen também. Não havia expressão em suas faces, e pior: nenhuma consciência em seus olhos. Sarai acenou uma mão na frente delas. Nada. Olhou de relance para os outros fantasmas, e todos estavam como sempre: os corpos estavam rígidos, mas os olhos livres observavam tudo, conscientes dentro de suas formas de marionetes. Mas as Ellens não.

Não fazia nenhum sentido.

O mais próximo que podiam chegar de uma explicação — essa era a teoria de Feral; ele sempre fora bom com teorias, se não com decisões — era que, quando Minya adormecia, seus fantasmas continuavam no estado em que ela os deixara, até que recebessem novas ordens. Se estivessem congelados, continuavam congelados. Se estivessem de guarda, também, embora não pudessem provar, uma vez que todos os fantasmas estavam reunidos ali em antecipação à invasão de Lamento. Quanto a Sarai, ela tinha acabado de receber seu livre-arbítrio de volta.

Mas por que as Ellens não?

— Talvez Minya as tenha congelado — Pardal falou — para impedi-las de interferir.

Mas Rubi falara com elas logo antes, quando abrira a porta com a bandeja de chá.

— Elas estavam normais — disse. — Estavam chorando. — De fato, suas lágrimas estavam visíveis nas bochechas. — Grande Ellen segurou meu ombro — falou. — Fez as xícaras transbordarem. Pedi que ela me soltasse. — Ela franziu a sobrancelha. — Não foi muito agradável.

Contudo, mesmo que Minya as tivesse congelado, como sabiam que ela tinha feito mais cedo no jardim, isso não explicaria o olhar vago. Era como se as duas mulheres fantasmas estivessem... *ocas*.

Por mais perturbados que estivessem, tiveram que deixá-las assim e voltar a atenção para Minya e a grande questão sobre o que fazer com ela.

— Não podemos mantê-la drogada para sempre — Feral falou.

— Bem, *poderíamos* — Rubi retorquiu, olhando para eles. — Quero dizer, meio que resolve todos os nossos problemas. Sarai está livre, ninguém está nos obrigando a *matar* ninguém, e não é como se estivéssemos a machucando. Ela só está dormindo. Sarai pode lhe dar bons sonhos de vez em quando, e podemos fazer o que quisermos de agora em diante.

— Não é uma solução permanente — Pardal falou.

— Talvez não *para sempre* — disse Rubi —, mas não estou com pressa para que ela acorde.

Nenhum deles estava, mas ainda assim era perturbador mantê-la drogada. E ela não era a única afetada.

— E eles? — Lazlo perguntou, se referindo aos fantasmas escravizados amontoados na galeria.

Rubi sorriu pensando sobre a questão.

— Acho que podemos movê-los. — Seus olhos se acenderam. — Você pode criar servos de mesarthium para fazer isso, assim não precisamos nem encostar.

Ele olhou para ela com um olhar interrogativo.

— Quero dizer... — começou, perdido, e procurou Sarai para pedir ajuda.

— Ele quer dizer que eles serão escravos e continuarão presos enquanto Minya estiver inconsciente — Sarai falou com um tom de censura.

— Pelo menos ninguém está os obrigando a matar as próprias famílias — Rubi falou. — Estão bem.

Feral suspirou e disse para Lazlo:

— Não espere que ela tenha sentimentos normais. É só o jeito dela.

Um olhar suspeitamente magoado — um sentimento normal, se é que existia algum — perpassou o rosto de Rubi. Pardal falou antes que ela respondesse.

— Ou — disse para Feral, cansada — talvez você só seja especialmente ruim em notar sentimentos. — Ela sabia disso por sua própria experiência, quando se viu apaixonada por ele. Antes que Feral ou qualquer um dissesse algo, voltou para o problema. — Não podemos manter esses fantasmas prisioneiros para sempre. Por ora, é o que teremos que fazer, enquanto pensamos melhor. Mas não vamos movê-los. — Ela falou com autoridade. — Não seria bom tirá-los da vista só para que o sofrimento deles não nos incomode. Não podemos nos esquecer deles. São *pessoas*.

Sarai afirmou:

— Ela está certa. Eu nunca poderia manter todas essas almas escravizadas só pela minha liberdade.

— A liberdade deles não está nas suas mãos — Lazlo falou, querendo aliviar o peso da culpa dela. — Está nas mãos de Minya, e você sabe que, se ela acordar, a última coisa que vai querer fazer é libertá-los.

— Eu sei — Sarai disse, impotente. — Tem de haver algo em que ainda não pensamos. Um jeito de atingi-la.

Apesar de seu profundo alívio, e não importava quais eram seus sentimentos por Minya nos piores ou nos melhores momentos, Sarai não suportava a ideia de mantê-la dormindo para sempre como uma garota amaldiçoada em um conto de fadas. Mas qual era a alternativa? O desespero a consumia. Todas as tentativas que fizera de argumentar ou de apelar para ela tinham falhado. Se havia um jeito de atingi-la, ela não fazia ideia de qual era.

Mas...

Um pequeno grupo de palavras chegou até ela a partir do fluxo da conversa. Eram de Rubi, que as dissera descuidadamente: *Sarai pode lhe dar bons sonhos de vez em quando.*

Sarai não dava bons sonhos. Era a Musa dos Pesadelos. Minya a fez assim. Do momento em que seu dom despertou — o momento em que Minya a fizera parar de sufocá-lo —, a menininha tomou conta, e determinou como ela o usaria e quem se tornaria. Minya a criara... e o Massacre criara Minya.

Quem ambas seriam se tivessem crescido em outra época? A serviço de que Minya usaria seu dom, e de que forma usaria Sarai? Uma controlava almas, a outra sonhos. Quanto *poder* entre ambas.

Sarai desejara, pela manhã, ter o dom de sua mãe, para desfazer o ódio de Minya. Bem, ela não podia; seu dom eram sonhos. Não necessariamente pesadelos — isso era coisa de Minya. O dom de Sarai eram *sonhos*. Como poderia usá-lo, se estava se criando do zero?

Isso se ainda o *tivesse*, agora que estava morta.

Tentou se acalmar e olhou de Lazlo para Pardal, Feral e Rubi antes de se virar para Minya. Seu rostinho estava relaxado, os cílios escuros repousando acima das bochechas.

O que se passava pela sua mente? Estaria sonhando com o quê? Sarai não sabia. Nunca tinha visto. Minya a proibira quando ainda era uma criança. De repente, ficou claro: ela tinha que descobrir. Tinha de entrar e falar com ela lá. Se *pudesse*, se ainda tivesse seu dom.

Falou para os outros:

— Vamos colocá-la na cama e deixá-la confortável. — Respirou fundo. — Quando a noite cair, se minhas mariposas vierem, vou entrar nos sonhos dela.

18

CINZA

O anoitecer ainda estava a algumas horas de distância, e essas horas tinham de ser aproveitadas. Tendo determinado um curso de ação, Sarai estava impaciente e insegura, um pêndulo que oscilava entre o medo e o pavor: de um lado, havia o medo de que seu dom não se manifestasse, de outro, de que *sim*. Do que tinha mais medo? De violar o santuário mais íntimo de Minya ou de não conseguir e ter que desenterrar mais uma esperança selvagem?

Colocaram Minya na cama. Qualquer um poderia carregá-la — ela não pesava nada —, mas Lazlo foi quem a levou, e durante todo o tempo em que a segurou, continuou pensando com espanto: *Esta é minha irmã.*

Seus aposentos, que pertenceram a Skathis, não eram como os outros. Em todos havia um banheiro, uma banheira, um closet e uma saleta. Mas o dela era um verdadeiro palácio, que ocupava todo o ombro direito do serafim. Havia uma fonte — agora seca — com lírios de mesarthium, que você podia usar como pedrinhas em um rio para atravessar o cômodo. A área de estar estava cheia de almofadas de veludo, e grandes colunas em forma de serafins se arqueavam em um círculo, as asas erguidas apoiando um domo alto e elegante. Uma escada ampla levava a um mezanino. De lá, um longo corredor, alinhado de um lado por janelas de filigrana como enormes painéis de renda de metal, levava a um quarto enorme e, no centro, havia uma cama que fazia até a de Isagol parecer modesta. Lazlo deitou Minya ali. Ela parecia, em suas ondas de seda azul, um palito de fósforo balançando no oceano.

— Vamos ficar de olho — Pardal disse — para caso ela se mexa.

Todos concordaram. Pardal pegou o primeiro turno de vigia e puxou uma cadeira ao lado da cama, com a garrafa de vidro verde à mão, para se precisasse dispensar uma gota entre os lábios de Minya.

— Ela está falando algo? — Rubi perguntou, se inclinando para perto.

Todos olharam. De fato, seus lábios pareciam se mover, apesar de não emitirem nenhum som. E se formavam palavras, não era possível distingui-las. Arrepiaram-se de imaginar que conversa ela estaria tendo em seus sonhos.

Estavam famintos. Nenhum deles havia comido com prazer o pão da manhã. Então foram para a cozinha, tendo de se espremer, nervosos, para passar entre as Ellens vazias e congeladas, e lá descobriram a extensão de seu desamparo.

O pão era apenas uma crosta e não sabiam como fazer outro. Poderia muito bem ser fruto de alquimia, de tanto que não sabiam o que fazer. Porém, sempre havia ameixas e kimril, então ferveram alguns tubérculos e os trituraram, acrescentando geleia de ameixa para dar sabor, e depois levaram a panela inteira para o quarto de Minya com uma colher extra para Pardal. Comeram sentindo-se orgulhosos de si mesmos e bobos por sentirem orgulho, estendendo as colheres e competindo pela tigela feito crianças. O tinido de metal misturou-se com risadas e bufos de indignação fingida quando alguém roubou uma colherada ou desviou um braço estendido, ou até mesmo despojou um oponente.

E no curso das coisas, na cozinha e então ao lado da cama de Minya, foram ficando confortáveis com o estranho que, impossivelmente, era seu parente. Queriam saber como Sarai o conhecera, e que tipo de sonhos ela lhe oferecera.

— Eu não fiz nada — ela confessou, com as bochechas rosadas. — Gostava deles do jeito que eram. Só entrei neles como uma passageira clandestina.

Ela descreveu o "Lamento do Sonhador" — a cidade como Lazlo imaginava: as crianças em seus mantos de penas, as avós montadas em gatos selados, as serralherias no mercado, até o centauro e sua dama, todas pessoas que ela gostava de imaginar como reais, vivendo suas vidas. No final — ela não contou tudo e foi breve —, todos queriam que fosse real, para que pudessem ir para lá também, morar lá e dizer bom-dia a todas aquelas pessoas e criaturas.

E desejavam saber sobre Lazlo, é claro. Eles o encheram de perguntas, e ele fez o possível para descrever como era sua vida antes de Eril-Fane invadi-la.

— Está me dizendo que o seu trabalho era ler livros? — Feral perguntou com tanto ou mais desejo do que Rubi mostrara antes pelo bolo.

— Não *ler*, infelizmente — respondeu Lazlo. — Isso era para os acadêmicos. Eu lia em minhas horas vagas, ficando acordado até tarde.

Tudo isso soava como o paraíso para Feral.

— Quantos livros existem lá? — perguntou, ávido.

— Incontáveis. Milhares de cada assunto. História, astronomia, alquimia...

— Milhares de cada assunto? — Feral repetiu, cético e maravilhado.

— O pobre Feral não consegue nem imaginar — Sarai disse gentilmente. — Ele só viu um livro, e não consegue nem ler.

— Eu consigo *ler* — Feral disse, na defensiva. Grande Ellen tinha os ensinado. Como não tinha papel na cidadela, ela usava uma bandeja de ervas trituradas e um palito, de modo que, mesmo sem perceber, todos associavam a leitura ao perfume de menta e tomilho. — Só não consigo ler *aquilo*.

O interesse de Lazlo foi despertado. Feral pegou o livro em questão: o único que tinha. Lazlo nunca tinha visto um livro como aquele. Não era feito de papel e cartão, mas todo de mesarthium, capa e páginas. Feral o abriu e virou as finas páginas de metal. O alfabeto era angular e de alguma forma ameaçador. Lazlo imaginou que o idioma correspondente deveria soar áspero.

— Posso? — perguntou, antes de esticar a mão para tocá-lo.

Ele zumbiu contra seus dedos, parecendo sussurrar em sua pele, assim como as âncoras, a cidadela e Rasalas. Tinha seu próprio esquema de energias, pequeno, mas denso, e soube à primeira vista que havia mais ali do que parecia. Com um toque, fez a página despertar, e as marcações gravadas nela mudaram.

— O que você fez? — Feral questionou, pegando o livro protetoramente.

Lazlo o soltou, mas tentou explicar.

— Tem mais coisa aqui do que você pode ver. Olhe. — Ele estendeu a mão e, com a ponta do dedo, despertou a página mais uma vez. As gravuras eram runas que derretiam e davam origem a novas. — Cada página evoca volumes de informações.

— Que tipo de informações?

Lazlo não sabia dizer. Havia decodificado, por conta própria, a linguagem de Lamento, mas levara anos, e usava os documentos comerciais como chave. A ideia de traduzir a língua dos deuses era intimidadora. Quando afastou os dedos novamente, a página ficou imóvel em um diagrama.

— O que é isso? — Sarai perguntou, inclinando a cabeça para mais perto.

A página foi dividida em estreitas colunas verticais, cada uma identificada naquela escrita enigmática.

— Parece uma fileira de livros em uma estante — Lazlo respondeu, porque as runas corriam para os lados, como títulos impressos em espinhos.

— Me parecem mais pratos no escorredor — disse Sarai, porque, diferentemente dos livros, cada um se afunilava como discos, até um ponto na parte superior e inferior.

Seguindo um palpite, Lazlo tocou a página e a percorreu com o dedo. O metal ganhou vida, as marcas rolando sobre a superfície em ondas. Todos observavam perplexos. Quaisquer que fossem as formas verticais representadas, elas continuaram girando. Havia dezenas, cada uma rotulada com as letras angulares dos Mesarthim.

Mais intrigado que nunca, Feral explicou que o livro havia sido encontrado ali, nos aposentos de Skathis.

— Sempre pensei que ele deveria guardar respostas. De onde os Mesarthim vieram, e por quê.

— E o que fizeram com os outros — Pardal acrescentou baixinho.

Qualquer que fosse o mistério representado pelo diagrama, ele desvaneceu com a menção deste:

Na cidadela, passavam a vida inteira se questionando sobre os outros — não as duas dúzias de crias de deuses mortas no Massacre, mas os que haviam desaparecido antes. Deveriam ter sido *milhares*, por mais de dois séculos de domínio dos Mesarthim.

— As outras crianças — Lazlo falou, olhando para seus rostos solenes.

— O que tem elas? — Feral perguntou.

E assim ele fez. Pensou em Suheyla e em todas as outras mulheres que deram à luz os bebês na cidadela e tiveram suas memórias comidas por Letha antes de voltarem para casa. Nos últimos dias, enquanto Lamento revelava sua história sombria, essa pergunta surgiu: por que os deuses acasalavam com humanos? *Acasalavam com.* Sua mandíbula se apertou e ele baniu o termo nulo até de sua mente. Por que os deuses *estupravam* humanas e as forçavam a carregar — ou gerar — suas crias? Lazlo estava certo de que os estupros não eram o objetivo, mas os meios — as *crianças* eram o objetivo. Era sistemático demais para não ser assim. Havia até um berçário.

Então a pergunta era: *por quê?* E: *o que fizeram com elas? O que fizeram com todas aquelas crianças?*

— Vocês não fazem ideia quanto a elas? — perguntou.

— Só sabemos que eram levadas assim que seus dons se manifestavam — Sarai explicou. — Korako as levou. A deusa dos segredos.

— Korako — Lazlo repetiu. — Mas vocês não sabem para onde ela as levou?

Eles balançaram a cabeça.

— Você poderia ser uma delas? — perguntou Pardal, encarando Lazlo.

— Acho que Grande Ellen pensa que você é — Sarai disse, se lembrando. Mas não podiam perguntar para a babá agora sobre a qual bebê ela se referia.

Lazlo lhes contou sobre seu frágil fragmento de memória: asas contra o céu e a sensação de leveza.

— O pássaro branco — disse. — Acho que me levou para Zosma.

— Aparição? — Sarai falou, surpresa. — Por quê?

Por que a grande águia branca o teria levado dali e o abandonara em Zosma, devastada pela guerra? Ele não fazia ideia.

— Será que ela levou todos? Todos *nós*? Poderia ser essa a resposta? Aparição teria carregado todos os bebês para o mundo?

— Só que não eram bebês — Sarai falou. — A maioria dos dons se manifesta aos quatro ou cinco anos, se não mais tarde, e é quando foram levadas.

Isso fazia diferença. Aparição poderia carregar crianças dessa idade? E mesmo se pudesse, crianças certamente se lembrariam, mas bebês não. E se fosse isso, e o mundo estava cheio de homens e mulheres nascidos em um anjo flutuante de metal e carregados por uma enorme águia branca que podia desvanecer em pleno ar... não haveria histórias?

— Não sei. — Lazlo suspirou, esfregando o rosto. Estava exausto. Todos estavam. — O que é ela? — perguntou. — A ave. Vocês sabem? Pertencia aos deuses? Era um tipo de animal de estimação? Mensageira?

— *Ela?* — Feral repetiu. Eles nunca tinham pensado em atribuir ao pássaro um gênero. — Você vive se referindo à Aparição como *ela*.

— Eril-Fane fazia isso — Lazlo lhe contou. — Como se ele a conhecesse.

— Talvez ele saiba algo que não sabemos — Rubi falou.

— Tenho certeza de que ele sabe muitas coisas que não sabemos — disse Feral.

Sarai concordou.

— Ele morou aqui por três anos. Aprendeu o bastante sobre os deuses para poder matá-los. Deve ter descoberto suas fraquezas, e vai saber o que mais.

— Podemos falar com ele — Lazlo arriscou.

Falar com seu pai? *Conhecer* seu pai? Um arrepio de ansiedade animada tomou Sarai, mas a ansiedade rapidamente engoliu a animação, restando apenas o que parecia medo. Será que ele ao menos *desejava* conhecê-la? Inconscientemente, fitou Minya. Os dois estavam absolutamente emaranhados em sua mente em volta de sangue, vingança e discórdia.

Mas o que ela viu na cama afastou o pensamento sobre Eril-Fane de sua cabeça. Ela ofegou e apontou, e os outros se viraram para olhar, abalados, certos de que encontrariam Minya acordada atrás deles e sorrindo seu sorriso malévolo. Mas ela não estava nem acordada nem sorrindo.

Estava simplesmente *cinza*.

✷

— Ela está morrendo? — gritou Rubi. — Eu a matei?

Minya *parecia* estar morrendo, e o que mais poderia ser senão a poção? Ela estava da cor das cinzas, das pedras, e somente Lazlo sabia o que isso significava. Sem hesitar, carregou-a nos braços e a deitou no chão.

— O que você está fazendo? — Feral perguntou.

— Está tudo bem — Lazlo disse. — Ela vai ficar bem. Olhe. Ele pegou as mãozinhas dela, uma de cada vez, e abriu os dedos curvados para pressionar as palmas no chão. E a segurou assim, com as palmas sobre o metal. Suas pernas também tocavam o metal, e não demorou muito para que ficasse óbvio: seu azul estava voltando.

Sarai respirou fundo. A morte de Minya também significava a sua, e ela se preparou para isso por um terrível segundo. Minya parecia tão doente, mas estava bem agora, mais azul a cada segundo, dormindo pacificamente.

— O que aconteceu? — perguntou a Lazlo.

— Ela não estava tocando o mesarthium — ele respondeu. Ele balançou a cabeça. — Que estúpido. Eu deveria ter pensado nisso. Mas aconteceu tão *rápido*. — Ele ficou maravilhado. — Nunca pensei que aconteceria tão rápido.

— O quê? — questionou Rubi. — O *que* aconteceria tão rápido?

— Seu desaparecimento — ele disse, olhando para as próprias mãos. Estavam totalmente azuis agora, claro, mas ele se lembrava que, quando ainda era humano na cidade, suas mãos ficaram cinza quando tocou o mesarthium. Levou dias para o tom desaparecer, mas Minya estava ali havia menos de uma hora. — Foi muito mais devagar comigo.

— Desaparecimento? — Pardal perguntou.

Ele os analisou, percebendo algo. Estavam todos descalços, em constante contato com o metal. Ele disse:

— Vocês sabem como funciona, não? Que é o mesarthium que os deixa azuis e lhes dá poder?

Na verdade, eles não sabiam. O metal sempre estivera lá, e eles sempre foram azuis. Não poderiam adivinhar que um era consequência do outro, e essa ideia lhes pareceu ao mesmo tempo óbvia e surpreendente. Como nunca haviam notado? Lazlo explicou da melhor maneira que conseguiu, a partir do que ele mesmo sabia: quando era um bebê, era cinza. "Cinza como a chuva", um monge dissera, pensando que ele estava morrendo. Mas a cor desaparecera havia muito tempo, e ele não pensara mais nisso até a noite anterior, quando pressionou as mãos na âncora e ficou primeiro cinza, depois azul.

— Você quer dizer que se pararmos de tocá-lo, vamos nos tornar *humanos*? — Pardal perguntou atentamente.

Rubi se endireitou.

— Podemos ser humanos? — ela indagou. — Podemos viver como humanos? No mundo?

— Acho que sim, se for o que quiser.

Sarai perguntou com gentileza:

— Vocês iam *querer* isso?

Ninguém respondeu. Era uma pergunta complexa demais. Todos sonhavam com isso, Sarai também. Observaram seus reflexos e se imaginaram marrons, vestindo roupas humanas, fazendo coisas humanas. Acima de tudo, imaginavam-se conhecendo pessoas que não os olhassem como os fantasmas, com aquele ódio que perfurava suas almas.

— Vocês perderiam seus dons — Lazlo observou.

— Mas eles voltariam quando a gente tocasse o mesarthium de novo? O seu voltou — Pardal falou.

— Acho que sim.

Tudo isso era demais. Ajeitaram uma cama para Minya no chão com um travesseiro embaixo da cabeça dela e dobraram um cobertor embaixo de seu corpo, deixando suas pernas e mãos em contato com o mesarthium. Depois de discutirem um pouco, fizeram uma espécie de mingau diluindo kimril amassado, e Sarai pingou umas gotas entre os lábios de Minya enquanto Lazlo a segurava na vertical. A realidade de cuidar de alguém inconsciente começou a pesar, e ficou mais claro para Sarai que essa era uma solução de curto prazo.

Rubi pegou a vigia seguinte e segurou a garrafa verde entre os joelhos, com os olhos fixos nos de Minya, atenta a qualquer agitação nos seus cílios que pudesse ser um indício de despertar. Os outros a deixaram ali. O sol se aproximava do horizonte e Sarai ainda não sabia se preferiria acelerar ou parar.

Não conseguia afastar a sensação de que Minya aguardava por ela, mesmo em seus sonhos, talvez empoleirada em uma cadeira grande demais igualzinha à da cabeceira da mesa, com um tabuleiro de quell montado e um sorriso no rosto. E o jogo em andamento.

19

PRIMEIRO ANOITECER FANTASMA

Sarai levou Lazlo para o seu terraço para ver o sol se pôr atrás da Cúspide. Com os guardas fantasmas do lado de dentro, restava tudo só para eles: a palma aberta do serafim.

— Aí é onde eu caí. — Sarai apontou. Com a ponta do polegar, foi deslizando pela palma da mão até a borda perto do quinto dedo. A mandíbula de Lazlo travou enquanto ele mirava ao redor. Ele quase havia aterrissado ali com o trenó de seda. Sua primeira visão de Sarai — sua única visão, percebeu, viva e real — fora ali, quando ela gritara da porta "Vá!", salvando sua vida, e a de Eril-Fane, Azareen e Soulzeren também. Bem naquele local, ela salvara a vida deles e perdera a própria vida.

— Deveria ter uma balaustrada — ele disse.

Claro, *agora* isso parecia uma boa ideia.

— Nunca me senti em perigo aqui — Sarai falou. — Eu não sabia que a cidadela ia *virar*.

Ela foi até a beirada para olhar o horizonte. Na verdade, não era bem uma beirada. Ele se curvava nas laterais para formar um muro baixo e inclinado. Era o suficiente para impedir que alguém se aproximasse demais, mas não para impedir uma queda. E embora Lazlo estivesse determinado a não deixar isso acontecer novamente, ver Sarai de pé ali fazia os pelos dos seus braços se arrepiarem. Ele desejou que uma balaustrada surgisse diante dela.

— Bobo — ela disse, passando a mão pela beirada. — Não posso cair agora. Não percebeu? Posso voar.

Com isso, ela fez brotar asas de seus ombros, como as do sonho dos fabricantes de asas. Eram asas de raposa, e estavam cobertas de pelo macio e alaranjado. Só que estavam presas a alças, que saíam de seus ombros. Por que não? Ela as abriu, testou o movimento e se ergueu no ar. Não podia ir muito longe. Não podia sair *voando*. A corda de Minya a segurava ali, mas ainda assim era emocionante. Parecia que ela estava mesmo voando.

Lazlo ergueu a mão e a segurou pela cintura, puxando-a para os seus braços e, por mais incrível que fosse voar, era melhor aterrissar assim: atracada contra ele. Ela se ajeitou, com os braços em volta do pescoço dele, fechou os olhos e o beijou suavemente. Beijou-o do lado oposto ao que mordera, e foi cuidadosa. Apenas roçou os lábios de leve, brincando. Então o lambeu com a ponta da língua. E a língua dele encontrou a dela, devagar.

Ela falou o que ele dissera algumas noites antes, quando, deslumbrados, tiveram a primeira noção do que poderia ser um beijo.

— Você arruinou minha língua para todos os outros sabores — sussurrou, e ele sorriu contra os seus lábios. A respiração deles emitia um som, o mais suave dos suspiros. Seus corpos se lembraram do calor de antes, dos lábios dele se fechando quentes na ponta do seio dela, dos seus peitos unidos, pele contra pele, daquele momento tão breve antes da mordida.

E o calor saltou vivo — um fogo lambido pelos ventos. Lambido e chupado, profundo e doce. Eles se beijaram — não suavemente, agora não.

Lazlo tremeu. Havia sangue. Havia reaberto a ferida. Ele não fez nada para impedir. Segurou Sarai mais perto e a beijou. Os pés dela estavam acima do chão. Os dedos estavam em seu cabelo. Estavam emaranhados na palma da mão aberta do serafim. Abaixo da camisola, sua elilith pulsava prateada. Queria os lábios de Lazlo, as mãos, a pele, o fogo, e ansiava por seu corpo contra o dela, seu calor a preenchendo. Ele desejava contornar as linhas brilhantes da tatuagem, queria prová-la, senti-la, fazê-la brilhar e fazer Sarai ronronar. Nenhum deles sabia o que estava fazendo. Mas seus corpos sabiam o que corpos sabem, e desejavam o que corpos desejam.

Eles desejavam, mas se separaram, com incêndios dentro de si e sangue em suas línguas.

— Eu quero... — Sarai murmurou.

— Eu também — Lazlo ofegou.

Encararam-se, admirados que o incêndio pudesse se propagar tão rápido e frustrados por não poderem *deixá-lo* arder. Sarai só queria beijá-lo, e agora queria subir nele, queria consumi-lo. Sentia-se como uma criatura, presa e faminta, e... gostou disso. Deixou escapar uma risada trêmula e o soltou, deslizando para baixo, para que seus pés mais uma vez encontrassem o chão.

A fricção o fez fechar os olhos e respirar fundo.

— Seu lábio — Sarai disse com um sorriso de desculpa. — Nunca vai sarar desse jeito.

— Eu gosto desse jeito — Lazlo falou, com a voz rouca. Sarai estava aprendendo que ela ficava assim em momento de desespero ou desejo.

— Posso conseguir outro lábio, mas nunca vou poder ter esse momento de volta — ele disse.

Sarai inclinou a cabeça.

— Não há nada de errado com essa afirmação.

— Não, nada. Nada mesmo.

— Lábios provavelmente crescem em trepadeiras em algum lugar.

— O mundo é grande. As chances são altas.

Sarai sorriu e se sentiu uma garota boba, no melhor sentido possível.

— Só que eu gosto *desse* lábio. Estou me nomeando sua protetora. Sem beijos até segunda ordem.

Lazlo estreitou os olhos.

— Essa é a pior ideia que você já teve.

— Encare isso como um desafio. Você não pode *beijar*, mas pode *ser* beijado. Vou deixar isso claro. Só não na boca.

— Então onde? — ele perguntou, intrigado.

Ela pensou um pouco.

— Nas sobrancelhas, por exemplo. Provavelmente só aí. No pescoço não — disse, com um brilho no olhar. — Nem naquele lugar atrás da sua orelha. — Ela tocou o local com a ponta dos dedos, fazendo-o estremecer. — E absolutamente não *aqui*. Lentamente, foi traçando uma linha que descia pelo peito dele, sentindo seus músculos tensionarem embaixo do linho, e logo quis levantar sua camisa e beijar sua pele.

Lazlo pegou a mão dela e a pressionou contra os corações, que batiam forte contra seu peito. Ele a encarou, encantado e fervilhante. Seus olhos de sonhador brilhavam. Sarai podia ver-se neles, e também o sol poente: um pouco de azul em cada íris, um pouco de canela e rosa, e duas cintilantes faixas alaranjadas vitrificadas sobre o cinza.

— Sarai — falou, e sua voz estava ainda mais rouca do que antes. Parecia quebrada e consertada, mas com metade das peças faltando. Parecia dilacerada, doce e perfeita. — Eu te amo — e Sarai derreteu.

Seria errado dizer antes, na galeria, com Minya e os fantasmas, promessas e ameaças, mas agora, parecia certo. Foi perfeitamente certo, e Sarai se provou uma péssima protetora dos lábios de Lazlo. Ela o beijou. Devolveu as palavras dele, murmurando, e as guardou. Era possível fazer isso: devolver e guardar. *Eu te amo* é generoso assim.

E quando o sol tocou a Cúspide e se afundou atrás dela, permaneceram na balaustrada que Lazlo havia feito, observando a luz se difundir através do vidro de demônio — os milhares de esqueletos gigantes derreteram e se fundiram para criar uma montanha —, e os nervos começaram a pulsar dentro de Sarai.

Que estranho era pensar que esse era seu primeiro anoitecer fantasma. Não estava morta nem por um dia inteiro. Suas mariposas viriam, ou ela as tinha perdido também?

Era hora de descobrir.

✷

Desde o começo, o dom de Sarai se manifestou como uma necessidade de gritar. Sua garganta e alma exigiam isso toda noite. Se tentasse resistir, a pressão aumentaria até que ela não conseguisse mais. Essa coisa estava dentro dela e tinha que sair. Era quem ela era.

Ou tudo o que fora.

A escuridão se assentou lentamente e Sarai aguardou a sensação, o surgimento das mariposas. Mas não sentiu nada — nenhuma saciedade, nenhum grito. Colocou a mão na garganta como se sentisse o zumbido, esperando-a tomar forma onde sua respiração encontrava o ar.

Nada. Nenhuma vibração e, claro, nenhuma respiração. Olhou para Lazlo, abalada.

— O que foi? — ele perguntou.

— Não sinto as mariposas. — Fagulhas de pânico se acenderam dentro dela. — Acho que as perdi.

Ele passou as mãos pelos braços dela e segurou seus ombros.

— Pode ser que agora só seja diferente — falou. — Talvez você *sinta* de um jeito diferente.

— Não sinto nada.

— Como era? — ele perguntou. Não estava em pânico, mas seus corações estavam na garganta. O dom de Sarai a levara até ele, até a mente e a vida dele, e adorava sonhar com ela. Era melhor que qualquer história que já lera. Era como estar dentro de uma história toda escrita sobre ele, e não sozinho, mas com alguém que por acaso era tão mágico e bonito quanto um conto de fadas que se tornara real.

— Eu grito — Sarai falou. — E elas saem.

— Quer tentar gritar?

— Mas grito porque as sinto e preciso deixá-las sair. Mas não sinto nada agora.

— Você ainda podia tentar — ele disse docemente e com tanta esperança que ela quase se sentiu esperançosa também.

Então Sarai gritou. Nunca gostava que as pessoas a vissem fazendo isso. Tinha vergonha. Sabia que devia ser repugnante ver centenas de mariposas saindo da boca de alguém, mas não imaginou que Lazlo pensasse assim. Ela nem se virou, mas deu um passo para trás para caso funcionasse, de modo que as mariposas não voassem direto na cara dele. Então ela respirou fundo, fechou os olhos, as imaginou, as invocou e... gritou.

Lazlo ficou observando, atento. Ele viu os lábios dela se abrirem com os dentes brancos e finos, e viu a língua rosada, que um momento atrás ele saboreava, e viu... Inspirou de leve.

Viu uma mariposa. Tinha a cor do crepúsculo escuro, preto púrpura, e suas asas roçaram os lábios quando emergiu. Eram macias, como uma superfície de veludo. As antenas eram como pequenas plumas. Começou a sorrir, sentindo o alívio inflar em seu peito, mas uma parte cautelosa dele o fez parar.

Então seu sorriso esmoreceu. O alívio morreu. Porque a mariposa... desvaneceu.

Assim que saiu dos lábios de Sarai, ela simplesmente deixou de existir.

Havia outra logo atrás. Mas ela teve o mesmo destino. E outra, e outra. O mesmo. Elas transbordavam para fora e desapareciam no instante em que deixavam seus lábios. Lazlo lembrou-se dos pássaros que tinham feito naquela manhã no quarto de Sarai: o dele, de mesarthium, o dela, de ilusão. O dele voara, mas o dela desvanecera dessa mesma maneira.

Seu fantasma poderia ser infinitamente transmutável, mas havia essa limitação: suas ilusões tinham de ser uma parte contígua dela.

Os olhos de Sarai estavam fechados. Ela não podia ver o que estava acontecendo.

Lazlo a tocou.

— Sarai — chamou, gentilmente. — É o suficiente.

Ela piscou, fechou a boca e olhou em volta. O ar estava vazio. Onde estavam?

— Eu... Eu as senti... — falou.

— Elas desapareceram — ele explicou, pesaroso. — Assim que deixaram seus lábios.

— Oh. — A desolação se abriu dentro de Sarai. Por um momento, se sentira tão contente. No entanto, ela sabia, não sabia? Se suas mariposas estivessem voando por aí, ela seria capaz de ver através dos olhos delas, cheirar o que cheiravam, sentir a brisa. Mas ela não tinha visto ou sentido ou cheirado nada, e era como se tivesse perdido uma parte de si mesma. Apoiou-se no peito de Lazlo.

— Então é isso — disse. — Sou inútil.

— É claro que não é.

— Para que sirvo? Não sei *fazer* nada. Não tenho meu dom, não posso ajudar.

Ele fez carinho em sua cabeça.

— Você é valiosa, não importa o que possa ou não *fazer*. E não é inútil. — Ela não viu, mas o lábio dele se curvou em algo como um sorriso, fazendo a ferida reaberta dar uma pontada. Acrescentou, em um tom exagerado de consolo: — Quem mais poderia proteger meu lábio?

Ela se afastou e olhou para ele, com as sobrancelhas erguidas.

— Acho que nós dois sabemos que sou péssima nesse trabalho.

Ele concordou.

— Você é péssima. Mas não ligo. Não queria ninguém mais protegendo meus lábios. Esse trabalho é seu para sempre.

— *Para sempre?* Espero que sare logo.

— Olha quem já está querendo fugir. Quer esse trabalho ou não?

Ela estava rindo agora, e mal conseguia acreditar. Como ele poderia fazê-la rir, quando ela estava se afogando em autocomiseração?

— Mas ouça — ele disse, sério novamente, sem querer desistir do dom dela ainda. — O que aconteceria se você... Não sei, pegasse uma de suas mariposas e mantivesse contato com ela, para que não sumisse?

— Não sei.

— Se importa de tentar?

Ela estava cética, mas disse:

— Por que não?

E assim o fez, de olhos abertos. Intencionou que uma mariposa surgisse e, quando emergiu, pegou-a com a ponta dos dedos e a colocou diante de si. Os dois ficaram olhando. Sarai se perguntava: seria mesmo uma de suas mariposas? Um canal mágico para as mentes e os sonhos dos outros? Ou era apenas outro fragmento de ilusão, como o pássaro de antes, sem nenhum poder? Como poderia saber sem pousá-la nas sobrancelhas de alguém adormecido?

— Acho que vamos ter de tentar com Minya — falou, apesar de estar relutante de entrar não só no sonho de Minya, mas também na cidadela. Gostava de ficar ali com Lazlo.

Ele também.

— Você podia tentar em mim primeiro — ele ofereceu.

— Mas você está acordado.

— Posso dar um jeito nisso. — Ele lutou por leveza, mas Sarai podia ver o que isso significava para ele, o que significara desde o início.

Abrir sua mente para ela, e ser seu porto seguro. *Oh, céus.* Não havia lugar no mundo onde ela quisesse tanto estar quanto a Lamento do Sonhador com Lazlo Estranho.

— Tudo bem — falou. Sua voz era suave. O sorriso dele era doce. Entraram, passaram pela cama de Isagol e seguiram até os fundos, onde ele se deitou. Sarai se sentou ao seu lado, na beirada da cama. Teria sido tão fácil voltar aos seus incêndios. Mas ela só o beijou uma vez, suave como uma mariposa, no lado bom da boca inchada, e lhe fez cafuné enquanto ele dormia.

E quando ela o sentiu relaxar aos poucos e notou sua respiração lenta e profunda, foi dominada por um sentimento tão poderoso que pensou que seu fantasma certamente não poderia conter. Ele queria sair em ondas de música e luz prateada. Ele *sairia* se ela deixasse, pensou. Música literal, luz de verdade. Mas ela não queria acordá-lo, então o manteve lá dentro e sentiu que todo o seu ser era apenas uma pele frágil envolvida em ternura e amor doloroso, e naquele tipo de surpresa que você sente quando... bem, por exemplo, quando você acorda depois de *morrer* e tem outra chance. E quando teve certeza de que ele estava dormindo, fez o que ele sugeriu. Ela desejou outra mariposa e, levantando-a cuidadosamente dos lábios, estendeu a mão na direção da testa de Lazlo.

Ela pretendia abaixar os dedos e manobrar a mariposa para que ela tocasse os dois, criando uma ponte para que suas mentes se cruzassem. E... ela sabia que não ia dar certo, mesmo antes, porque essa mariposa também era uma coisa muda como as do terraço, não uma sentinela para seus sentidos, como deveria ser. Então um soluço já estava subindo pela sua garganta quando seus dedos pousaram na pele de Lazlo.

Estava quente. Ela a sentiu primeiro, mas só por um instante, porque depois... não estava mais lá.

Ela não estava na beirada, sentada ao lado de Lazlo, e a testa dele não estava sob a mão dela.

Ela estava... no mercado de Lamento do Sonhador, cercada pelas paredes do anfiteatro, barracas coloridas e gritos de vendedores ambulantes, enquanto, no alto, crianças em mantos de penas corriam por fios esticados entre cúpulas de ouro batido. Lazlo estava parado atrás dela.

20

MUITOS SENTIMENTOS

Surpresa, Sarai afastou a mão e a mariposa, empoleirada em seu dedo, que logo desapareceu quando Lazlo acordou e sentou-se.

— Funcionou — ele disse, sonolento. Estava sorrindo abertamente. — Sarai, você conseguiu.

Sarai fitava os dedos. O choro ainda estava preso na garganta. Ela o engoliu, confusa. Tinha *mesmo* funcionado? *Como?*

— A mariposa não te tocou — ela disse. Tinha certeza.

Mas Lazlo a vira por um breve instante.

— Então como...?

— *Eu* te toquei — ela disse. Ainda estava estudando os dedos. Ela os dobrou contra a palma e olhou para ele. — Será que... — falou, e fez uma pausa.

Tudo havia mudado. Perdera seu corpo físico. As regras eram diferentes nesse estado. Seria bizarro pensar que seu dom também funcionasse sob regras diferentes agora? E se tivesse perdido suas mariposas? E se... não precisasse delas? E se não houvesse mais ponte, apenas *ela mesma*?

— Lazlo — falou, com a mente rodopiando. — Mais cedo, na galeria, quando eu não conseguia falar e você pressionou a bochecha contra a minha... você sentiu algo?

Ele corou de vergonha. Se lembrava desse momento.

— Você estava certa quando disse que ela me faria ceder — disse, horrorizado com o quão perto chegara de fazer o que ela queria. — Estava pronto para fazer qualquer coisa.

— Mas não fez. — Ela disse com intensidade. — *Por que* não fez?

Ele procurou uma resposta.

— De repente... Não consegui. — Seu olhar ficou afiado, e ele entendeu. — Foi você.

— Fui eu? O que você sentiu?

— Eu senti... *não* — ele disse. Como explicar de outra forma? Ainda podia sentir o jeito que a palavra fora esculpida em sua mente, empurrando tudo para longe do caminho. — De repente, foi tudo o que havia. — Ele a encarou, procurando a confirmação de que fora ela. — A palavra *não*. Foi tudo. Me impediu.

Sarai assentiu. Ele *tinha* sentido. Ela fizera algo parecido logo antes da explosão sacudir a cidade, afundar a âncora, virar a cidadela e matá-la. Vira o explosionista acender o pavio, observara a chama correr em direção à carga e soube que Lazlo estava caminhando em direção a ela. Sua mariposa estava empoleirada no punho dele e, através dela, o atacou com uma intensidade de sentimento que o deteve. Fizera isso com sua mariposa. Mas naquele dia, na galeria, fizera pele contra pele. E agora, tocando Lazlo, invadira seu sonho.

Seu dom não havia sumido. Havia *mudado*, assim como ela. Perdera suas sentinelas. Não poderia mais voar pela noite e espiar as pessoas dormindo e aterrorizar suas mentes. Mas podia entrar nos sonhos delas através do toque.

— Funciona diretamente agora — falou. — Pele com pele. — Com essas palavras, tanto ela quanto Lazlo coraram, imaginando como seria.

E, por mais que quisesse testar com ele agora — ele todo contra ela toda, nesta cama, cochilando e acordando, indo e voltando entre sonho e realidade, pegando o melhor de cada um e amando cada segundo —, Sarai sabia que não era a hora. A urgência a chamava. No fim do corredor, uma garotinha dormia no chão, presa em sonhos inimagináveis, enquanto um exército fantasma permanecia congelado e uma cidade continuava vazia, e todos os seus destinos oscilavam em coisas efêmeras, como uma garrafa de vidro verde entre os joelhos de uma garota caprichosa de quinze anos que dormia em seu turno de guarda.

✶

Sarai pegou a garrafa antes de acordar Rubi. Não queria que ela se assustasse e a derrubasse no chão. E ela se assustou mesmo, e fez o que ninguém faz quando é flagrado dormindo durante a vigia: negou.

— *Estou* acordada — disse, instantaneamente na defensiva, embora ninguém tivesse sugerido o contrário... a menos que acordar alguém automaticamente possa ser considerado uma acusação.

— Por que não vai para a cama? — Sarai sugeriu.

Com a visão turva, Rubi olhou para ela.

— Você está falando — ela disse. Durante a maior parte de sua vida, Sarai não falava depois que escurecia. — Seu dom. — Mesmo meio sonolenta, ela sabia o que isso significava. Se Sarai ainda tinha sua voz, então suas mariposas não haviam aparecido. As duas eram mutuamente excludentes.

— Talvez seja diferente agora — falou, ainda um pouco hesitante. — Vá. Depois conto a você como funciona.

Rubi se deixou levar para a cama e Sarai afundou no chão ao lado de Minya, com as costas apoiadas na cama improvisada. Lazlo pegou a cadeira e a garrafa verde. Minya jazia entre eles.

— Olhe para ela — Sarai disse, e talvez fosse apenas a música e a luz prateada que a preencheram, mas a visão da menininha a atingiu, e ela pensou sentir algo como ternura. — Dá para acreditar que tanta coisa depende dessa coisinha pequenina?

— Por que ela nunca cresceu? — Lazlo perguntou.

Sarai sacudiu a cabeça.

— Obstinação? — Um sorriso brincou nos cantos de sua boca. — Se alguém pode se recusar a crescer, é ela. — O sorriso sumiu. — Mas acho que é mais que isso. Talvez ela não *consiga*? — Disse em tom de pergunta, como se Lazlo pudesse ter a resposta. — Já viu algo assim nas suas histórias?

Não era estranho para Lazlo que ela lhe perguntasse isso. Ele acreditava que os contos de fada estavam cheios de mensagens codificadas.

— Há uma história — ele falou, mais para agradá-la que outra coisa — sobre uma princesa que decretou que continuaria sendo seu aniversário até que ela ganhasse o presente que desejava. Todo mundo ficou preocupado com ela, como sempre, e meses se passaram, e depois anos, e presentes foram trazidos e rejeitados, e o tempo todo ela permaneceu igual.

— O que aconteceu?

— Nada útil, se é isso o que está esperando. Os pais envelheceram e morreram, e ninguém mais se importava com o que ela queria ganhar de aniversário, então eles a colocaram em uma caverna e a deixaram lá e a esqueceram. Anos depois, alguns viajantes, em busca de um abrigo para a chuva, encontraram uma velha vivendo na caverna, e era ela. Ela tinha crescido.

— Como?

— Tudo o que ela queria era um pouco de paz e silêncio.

Sarai sacudiu a cabeça.

— Você está certo. Não é nada útil.

— Eu sei. Mas é a resposta certa para o problema de alguém, em algum lugar do mundo.

— Será que algum estranho por aí tem a resposta para o nosso problema? Podemos encontrá-lo em uma encruzilhada e trocar histórias?

— Você acha que a resposta está aí? — Lazlo perguntou. Ele acenou para Minya. Em sua mente, ele queria dizer, sabendo como poucas pessoas sabiam que uma mente é um *lugar* — uma paisagem, um deserto, uma cidade, um mundo. E Sarai podia *ir* até lá. Isso o enchia de admiração e um orgulho extraordinário.

— Não sei — respondeu. — Mas sei que *ela* está aí, e preciso falar com ela. Tenho que fazê-la mudar de ideia.

Ela falou corajosamente, mas Lazlo podia ver que estava com medo.

— Queria poder ir com você.

— Eu também.

— Posso fazer algo? Pegar algo para você? Viu? Eu que sou inútil.

— Só *esteja* aqui — pediu. — Sempre.

Ela sabia que Lazlo estaria, não importava o que acontecesse. E assim, com os dedos tremendo, Sarai pegou a mão de Minya e mergulhou em sua mente.

✷

Feral não gostou do novo colchão. Mas não era inteiramente culpa do colchão. Ele poderia ser perfeito e confortável e ainda o teria virado e revirado, resmungando sobre a irracionalidade de Rubi.

Rubi.

Brava por que ele nunca a tinha espiado nua? E o que era aquilo de "algo" ser o oposto de "nada"? Não era, se quisesse ser preciso. O oposto de "nada" era "tudo". E Pardal! O que ela queria dizer insinuando que ele era ruim — *especialmente* ruim — em notar sentimentos? Ele não era. Não dava para crescer com quatro garotas sem notar *muitos sentimentos*. Fazê-lo passar vergonha na frente de Lazlo era o que realmente o irritara. Ele esperava que ao menos Lazlo percebesse o quão ridículo tudo aquilo era. Sarai não era assim. Lazlo tinha sorte. Bem, Sarai *estava* morta, então talvez não fosse *sorte* sorte.

Mas não dava para saber que ela era um fantasma — aí é que estava. A menos que Minya se impusesse, mas Minya estava dormindo agora, então Feral assumiu que Sarai e Lazlo não estavam. Talvez estivessem tendo *sorte* bem nesse instante. Feral fez uma careta e performou um dramático encolher do ombro direito para a esquerda, apenas para soltar um suspiro fino e dar um passo para trás ao ver uma figura ao lado de sua cama.

Rubi.

— O que *você* quer? — perguntou, rude.

— O que você *acha* que eu quero? Chega pra lá.

O pobre Feral não sabia. Ela deslizou sob o lençol (ele teve que improvisar um, travesseiros também; estavam arranhados, irregulares; ele não gostava deles), virou as costas e ficou imóvel, esperando.

Pelo quê?

Será que queria... *aquilo? Agora?* Ele considerou suas opções e estendeu a mão para fazer um reconhecimento hesitante.

Rubi fez aquele som de gargarejo indignado que se faz com o fundo da garganta quando alguém é uma causa perdida (então, aparentemente, ela *não* queria *aquilo*) e, agarrando a mão dele, puxou com força para que todo o corpo dele ficasse contra o dela... ah. Um abraço. Do tipo conchinha. Ela posicionou suas mãos embaixo dos seios e foi isso. Adormeceu. Feral não, durante um longo tempo. O calor das costas dela e todas as suas curvas estavam pressionadas contra ele, que permaneceu acordado, pensando: *Abençoada Thakra, por tudo que é sagrado — e muito, muito profano —, o que isso significa?*

21

UMA LONGA LINHAGEM DE NARINAS INDIGNADAS

Livros.

Corredores apinhados de livros.

Thyon e Calixte haviam realmente descoberto os restos da antiga biblioteca de Lamento... ou melhor, da antiga biblioteca da cidade que estivera ali antes que a deusa do esquecimento *comesse seu nome* e deixasse "Lamento" no lugar, em um espetacular ato de vingança em seu leito de morte.

Havia ruínas bloqueando algumas das passagens e vários esqueletos, que só poderiam ser bibliotecários presos quando a âncora caiu.

— Guardiões da sabedoria. — Thyon se lembrou de que era assim que eram chamados. Era uma vez, um enorme edifício, mas ele foi esmagado. Essas eram suas ruínas, os níveis subterrâneos, que não se aprofundavam muito porque a cidade fora construída sobre uma rede de vias aquáticas que se ramificavam. Ainda assim, havia muitos livros. Quando abriram a porta, Thyon vagou atordoado, passando os dedos sobre lombadas empoeiradas, imaginando o conhecimento perdido ali.

Isso horas atrás. O mundo se afastara do sol. O dia virara noite. O último som do êxodo sumira ao longo da estrada para o leste, e um silêncio estranho tomou conta da cidade. A lua flutuava acima, espiando pela cratera, como se estivesse curiosa para saber o que eles faziam com cordas e cestas, o trabalho noturno.

O pescoço de Thyon estava dolorido. Foi esfregá-lo e, logo que o tocou, estremeceu. O suor do pescoço penetrou nas bolhas abertas na palma da mão e a fez arder intensamente. Suor e bolhas! Se seu pai o visse agora, trabalhando como um criado comum, estouraria metade dos vasos sanguíneos do rosto por pura indignação. Era quase o suficiente para fazer Thyon sorrir. Mas não havia nada de comum nesse trabalho. Ele soprou a palma da mão e o ardor aliviou um pouco.

Ao seu lado, o guerreiro Tizerkane Ruza o encarava, mas desviou o olhar assim que Thyon se virou, fingindo que não o estava observando.

— Vocês já terminaram de ficar parados aí em cima? — Calixte falou na língua comum, para o benefício de Thyon. Ela estava na cratera com Tzara, as duas emolduradas na porta desenterrada.

— Só começando — Ruza respondeu em seu próprio idioma. — Preciso solicitar uma permissão para ociosidade? Você está concedendo essas hoje?

Calixte jogou uma pedra nele. Foi um bom arremesso, e teria acertado a cabeça se a mão dele não tivesse a interceptado.

— Ai — disse, ressentido, balançando a mão. — Você poderia só dizer "Permissão negada".

— Permissão negada — falou. — Continue.

Thyon só entendeu um punhado de palavras, mas detectou um certo humor nos tons e expressões. Não ser capaz de entendê-los começava a irritá-lo. Era como entregar a alguém a capacidade de zombar de você na sua cara enquanto você só fica parado lá como um tolo. Talvez ele devesse ter feito um esforço. Talvez devesse ter aprendido o idioma sem deixar que eles soubessem, para pelo menos entender o que diziam sobre ele. Se Estranho e Calixte tinham conseguido aprender, ele com certeza também conseguiria.

Claro, ambos tinham algo que ele não tinha: amigos. Calixte tinha Tzara, que era mais que uma amiga. Quanto a Estranho, praticamente se tornara um deles, trabalhando lado a lado, e não apenas cuidando da contabilidade como secretário do Matador de Deuses, mas martelando estacas e esfregando panelas, e até aprendendo a atirar espadas, enquanto trocava brincadeiras em sua emocionante linguagem musical.

A maioria das brincadeiras vinham desse guerreiro, Ruza, o mais jovem dos Tizerkane.

— Puxe — ele falou para Thyon, uma única sílaba curta na língua comum, sem nenhum tom ou alegria maliciosa.

Thyon se encrespou. Não aceitava ordens. Os músculos de sua mandíbula tensionaram. As mãos latejavam, os ombros doíam e ele estava *cansado*. Sentia-se como uma corda desgastada que poderia quebrar a qualquer momento. Entretanto, sentia-se assim havia anos e ainda não quebrara. As poucas fibras restantes que o prendiam eram aparentemente feitas de coisas fortes. Além disso, pensou, a língua comum de Ruza era rudimentar; talvez gentilezas estivessem perdidas para ele. Então, curvou-se ao lado do guerreiro, segurou sua parte da corda, cerrou os dentes ante a dor que imediatamente gritou de suas mãos feridas e fez o que lhe foi pedido. Mão após mão, puxou.

E sumidouro acima, através das roldanas que instalaram na porta, outra cesta cheia de livros subiu lentamente.

— Por que livros são tão pesados? — resmungou Ruza quando a cesta atingiu o topo e a trouxeram de volta para o chão.

A mente de Thyon produziu explicações que tinham a ver com a densidade do papel, mas ele ofereceu apenas um grunhido. Ele próprio tinha uma nova apreciação pelo peso dos livros. Estava acostumado com um pequeno exército de bibliotecários carregando-os para ele. Verdade fosse dita, estava acostumado com criados lhe fazendo tudo. Um nervo pinçou em seu pescoço. Virou a cabeça de um lado para o outro, fez uma careta e inclinou-se para examinar o conteúdo da cesta.

Que tesouro ele e Calixte tinham encontrado. Ao menos, os livros pareciam tesouros. Não havia como julgar pelo seu conteúdo.

Ao lado de Ruza, começou a erguê-los da cesta e empilhá-los em caixas no carrinho que tinham feito na cratera. Havia um burro de arnês, esperando sonolento para fazer a viagem de volta à Câmara dos Mercadores. Por horas andaram de um lado para o outro, empilhando livros nos corredores, na sala de jantar, em qualquer lugar que tivesse espaço, apenas para tirá-los dali, para que a cratera não cedesse e derramasse o que restava do conhecimento perdido da cidade no agitado Uzumark. Thyon e Calixte foram até Eril-Fane assim que compreenderam o que haviam descoberto. Encontraram-no abatido e triste, e as notícias lhe renderam um sorriso cansado.

Os Tizerkane haviam se envolvido em preparativos defensivos, mas ele lhes emprestara Ruza e Tzara para ajudar nos esforços de salvamento. Thyon dificilmente esperava trabalhar a noite toda, mas ninguém sugeriu parar, então ele não poderia, sem nem imaginar o significado das palavras que usavam para se referir a ele em voz baixa. Tinham comido pão e queijo e bebido goles de uma garrafa de algo potente que queimara um pouco do seu cansaço — e talvez a camada superficial de sua garganta também. Não que estivesse reclamando.

Thyon pensou que, como um acadêmico, *ele* deveria estar na biblioteca, escolhendo quais livros salvar, mas havia sido apontado — corretamente, se não educadamente — que ele não podia *lê-los* e, portanto, era inútil, exceto como um par de mãos para transportá-los.

Rebaixado a trabalhador. Imagine.

Pelo menos ele podia examiná-los enquanto os descarregava. Cuidadosamente, ergueu um tomo. Era uma maravilha: couro branco macio com folhas de ouro. Havia uma lua gravada na lombada. Não se aguentou.

— O que está escrito? — perguntou a Ruza, segurando o livro para que ele pudesse ver.

O guerreiro o pegou. Ele era mais baixo que Thyon e mais pesado, com ombros largos e mãos grandes e quadradas que faziam com que o alquimista parecesse frágil, como as mãos de porcelana usadas para exibir anéis nas joalherias.

— Nesse? — Ruza olhou de soslaio, seguindo as letras douradas com a ponta dos dedos e deixando uma mancha, Thyon notou. Ele rangeu os dentes e se absteve de limpar o volume. — Está escrito — o guerreiro falou — *Grandes mistérios da alquimia revelados.*

Os corações de Thyon deram uma guinada.

— Sério? — perguntou. Os alquimistas de Lamento haviam sido os modelos do mundo antigo, e todos os seus segredos foram perdidos.

Ele poderia aprender a língua. Poderia ler todos esses livros. Um enorme entusiasmo e fome o tomaram. Ele poderia ficar ali para estudar. Não precisava voltar para casa.

Zosma. A lembrança de sua cidade, de seu palácio rosado e vazio, e até de seu laboratório, não conjurava o sentimento de "lar". Ele não sentia saudade de lá nem de ninguém. Isso o fez sentir-se à deriva, como flores de ulola carregadas por uma rajada de vento.

Também o fazia se sentir um pouquinho... livre.

— Hum. — Ruza assentiu. — Mas ah, o que é isso? Aqui embaixo, está escrito... — Ele apontou para a legenda, onde Thyon via apenas três palavras, supostamente: — "Um manual prático para tornar os ricos mais ricos e conceder vida eterna aos monarcas gananciosos para que eles possam governar mal para sempre"? — Com a confusão escancarada no rosto, ele olhou para Thyon e perguntou, fingindo ser um tolo: — É *isso* que a alquimia faz?

O entusiasmo de Thyon se encolheu. Ele se curvou novamente para se ocupar com a cesta na intenção de esconder o rubor que se espalhava pelo seu pescoço. Detestava que zombassem dele. Trazia de volta a voz de seu pai, elegante e perversa.

— Se não sabe ler — disse, rígido —, só fale.

— Engraçado — Ruza respondeu, imperturbável. — Parece que é você que não sabe ler. Oh. Olhe. — Pegou outro livro. — O título desse é *Bons modos para faranji*: "Como não agir como um gulik arrogante com seus anfitriões selvagens." Não tinha esse na sua biblioteca?

Thyon não sabia o que significava *gulik*, mas pensou que era melhor assim. Quanto a *arrogante*, teve que se lembrar que a língua comum de Ruza era rudimentar. Talvez suas lições de linguagem com Estranho tenham sido em dois sentidos. O que significava, é claro, que todos os seus comandos eram tão rudes quanto pareciam.

Se Estranho estivesse ali, teria respondido de maneira inteligente, e seus olhos teriam rido enquanto tentavam parecer sérios. Mas Estranho não estava ali, e os olhos de Ruza estavam rindo. Thyon pegou o livro sem falar nada e o colocou no cesto.

A cada livro que descarregava, analisava a capa e o título incompreensível e se sentia trancado para fora por sua própria ignorância. Nada o faria pedir ajuda a Ruza novamente, mas um deles era extraordinário demais para simplesmente ser empilhado em uma caixa. Ele o ergueu da pilha e sentiu algo como reverência. Sua capa não era de couro ou cartão, mas cloisonné — uma imagem intrincada de esmalte incrustado e o que só poderia ser lys e pedras preciosas. Pela maneira como estava gasto em alguns lugares, imaginou que era muito antigo e que havia sido muito manuseado. Quanto à imagem representada em centenas de cores vivas, era uma batalha: uma batalha entre gigantes e anjos.

Serafim, pensou. E *ijji*, a raça monstruosa que deveriam ter matado e empilhado na pira do tamanho de uma lua. Ele zombou da história quando Estranho a contou, na véspera da chegada a Lamento. Mas não houve mais zombaria depois de subir a Cúspide, que era, sem dúvida, a própria pira.

Abrindo o livro, Thyon viu que havia gravuras, representando mais monstros e anjos. Tudo poderia ter saído direto da história de Estranho.

— Vamos fazer uma pausa para leitura? — perguntou Ruza. — Ou, eu deveria dizer, uma pausa *para olhar as figuras?*

Thyon fechou o livro e se virou.

— Não quer saber o que está escrito? — Ruza insistiu.

— Não — respondeu, e foi colocar o livro com os demais, mas no último momento o deixou em um espaço entre as caixas, para poder encontrá-lo depois. Queria dar uma olhada nele mais tarde.

Carregaram o carrinho de novo e Calixte e Tzara subiram do poço. Calixte não estava saltitando agora, e até Tzara parecia cansada. Thyon estava sujo e com calor. Exausto demais para pensar direito, enrolou as mangas até os ombros.

— O que aconteceu com *você*? — perguntou Calixte, olhando para seus braços. Então imediatamente desenrolou as mangas. — Nada.

— Nada? — disse, de sobrancelhas erguidas. — Parece que você estava ensinando gatinhos raivosos a caçar.

Só que não era isso o que parecia. As marcas nos braços de Thyon eram cicatrizes regulares demais. Poderiam ser medidas com uma régua de tão precisas, cada uma com cinco centímetros de comprimento, com intervalos de meio centímetro entre elas. Várias estavam frescas e salientes, embora não muito recentes: sulcos de tecido cicatrizado velho estavam divididos em linhas vermelhas, como se novos cortes tivessem sido feitos em cima dos mais antigos.

— Você fez isso em si mesmo? — perguntou Ruza, confuso.

— É um experimento de alquimia — Thyon mentiu, baixinho. Pensou no segredo que apenas Lazlo Estranho conhecia: que ele drenava o próprio espírito com uma seringa e o usava para fazer azoth. E havia alguns machucados e pequenas picadas de agulha, mas esses eram outra coisa. Nem Estranho conhecia esse segredo. — Você não entenderia.

— Eu não — Ruza falou. — Porque sou só um selvagem estúpido.

— Não é por isso. Só um alquimista poderia entender. — Outra mentira. Thyon sabia que isso não faria sentido para ninguém.

Ruza bufou.

— Mas eu *sou* um selvagem estúpido.

— Eu disse isso?

— Com a sua cara.

— É só a cara dele — Calixte falou, tentando defendê-lo. — Ele não consegue não ter narinas indignadas. Não é, Nero? Você provavelmente vem de uma longa linhagem de narinas indignadas. Os aristocratas as recebem ao nascer, com olhos altivos e bochechas críticas.

— Bochechas críticas? — repetiu Ruza. — *Bochechas* podem ser críticas?

— As dele podem.

Para a surpresa de Thyon, Tzara estava do seu lado.

— Deixem-no em paz. Ele está aqui, não está? Poderia ter ido embora como os outros. — Ela deu um empurrão em Ruza. — Você só está com inveja porque ele é muito mais bonito que você.

— Eu *não* estou com inveja — o guerreiro protestou. — E ele não é mais bonito. Olhe pra ele! Ele não é nem de verdade.

— O quê? — perguntou Thyon, intrigado. — O que quer dizer com *isso*?

Mas Ruza não respondeu. Apenas gesticulou para ele, falando com as mulheres:

— Parece que alguém o *fez* e o entregou em uma caixa forrada de veludo. Ele provavelmente depila as sobrancelhas. Não sei como vocês podem achar isso bonito.

— Nós? — perguntou Calixte, rindo. — Ele dificilmente faz o *meu* tipo.

— Muito bonito pra mim — Tzara afirmou, preparando-se para o tapa exagerado que Calixte deu em seu traseiro.

— Está dizendo que *eu* não sou bonita? — perguntou, com ressentimento dissimulado.

— Não *tão* bonita, graças aos deuses. Eu teria medo de tocar em você.

Thyon estava sem fala. Ele tinha consciência de sua perfeição — e suas sobrancelhas eram naturais, *muito obrigado* —, mas nunca testemunhara uma discussão tão aberta sobre elas antes, muito menos como se fosse um *defeito*. Um pequeno formigamento de alívio se misturou à sua indignação, porque ao menos haviam esquecido os cortes em seus braços.

— Exatamente — disse Ruza. — Ele é tipo um guardanapo de linho novo no qual você tem medo de limpar a boca.

As duas mulheres riram ante o absurdo da comparação. Thyon franziu as sobrancelhas. *Guardanapo?*

— Agradeço se mantiver sua boca longe de mim — disse, fazendo as mulheres rirem mais ainda.

— Não precisa se preocupar com isso — Ruza falou, parecendo decididamente enojado.

Mas Tzara o cortou, dizendo com um tom malicioso:

— Acho que você protesta demais, meu amigo.

Seja lá o que quisesse dizer com isso, as bochechas de Ruza queimaram, e ele olhou para qualquer lugar, menos para Thyon. Ocupando-se com o burro, perguntou, azedo:

— Vamos entregar essa carga ou não? — E subiu na montaria. — Não sei quanto a vocês, mas eu poderia aproveitar um pouco o sono.

Finalmente, pensou Thyon, que não tinha certeza se podia lidar com outra carga sem um descanso.

— Eu também — Tzara falou. — Mas vamos ter que verificar o quartel.

— Eu não — disparou Calixte. — Não tenho amo. Durmo quando quero. Espere...

O carrinho estava se afastando. Ela se lançou para a frente e arrancou algo de lá.

— Um livro não está nas caixas. Ah, esse aqui. É maravilhoso.

Era o que Thyon separara. Ele começou a falar, mas se deteve. O que poderia dizer? As palavras vieram espontaneamente à sua mente e quis expulsá-las.

Pensei que Estranho fosse gostar de ver isso.

Desde quando se importava com o que Estranho gostava? Não era por *isso* que ele tinha separado aquele livro.

— É sobre o serafim? — Calixte perguntou.

Tzara olhou por cima do ombro e Thyon testemunhou o instante em que seu rosto mudou e todo o cansaço desapareceu.

— Misericordioso serafim — disse, em reverência. — É o Thakranaxet.

— O quê? — Ruza pulou da montaria, e logo os três estavam espremidos observando o livro com olhos ávidos. Já Thyon sentiu uma pitada de inveja e até de *perda*, como se o livro tivesse sido uma descoberta sua sendo arrancada dele.

Assim como *ele* fizera com os livros de Estranho em Zosma? Não. É claro que aquilo fora muito pior. Uma pontada de vergonha revirou suas entranhas ao pensar naqueles livros desarrumados, artesanais, fruto do amor que transbordava de anos de conhecimento suado do bibliotecário. Eles ainda estavam em seu palácio de mármore rosa, empilhados onde os deixara. Poderia tê-los trazido e devolvido a Estranho durante sua jornada. Havia um livro sobre o qual Estranho sabia. Era o *Milagres para o café da manhã*, o volume que Estranho levara à sua porta quando tinham dezesseis anos. O que ele pensaria se soubesse que Thyon o lera tantas vezes que praticamente o decorara?

— O que é Thakranaxet? — perguntou, se atrapalhando com o nome.

— É o testamento de Thakra — Tzara explicou. — Ela era a líder do serafim que veio para Zeru.

Mesmo depois do que vira, Thyon ainda se surpreendia ao ouvir falar do serafim com tanta naturalidade, como um ser histórico real. Em Zosma, havia lendas sobre os serafins, mas eram muito antigas e tinham sido arrancadas pelo Deus Único, como ervas daninhas em um arado. Nada mais sobreviveu ali, não que Thyon tivesse ouvido alguma vez, e certamente ninguém sabia que era um *fato*.

— É nosso livro sagrado — Tzara continuou. — Todas as cópias se perderam ou foram destruídas quando os Mesarthim vieram.

Eles seguiram murmurando e virando as páginas, mas Thyon olhava para a cidadela. *Quando os Mesarthim vieram*, Tzara disse, e ocorreu-lhe que era uma coincidência extraordinária que tanto serafim quanto Mesarthim tinham ido... *para lá*. Separados por milhares de anos, sendo duas raças diferentes de seres do outro mundo, e ambos tinham ido para lá, e para nenhum outro lugar do vasto mundo de Zeru. Era extraordinário *demais* para ser uma coincidência, realmente, especialmente considerando que a cidadela dos Mesarthim tomara a forma de um serafim.

O olhar de Thyon percorreu os contornos do grande anjo de metal, e ele se perguntou o que tudo aquilo significava. Eram peças de uma história, Mesarthim e serafim, mas como se encaixavam?

E que lugar Lazlo Estranho tinha nessa história?

— Sabe quem adoraria esse livro? — perguntou Calixte, virando as páginas.

Thyon cerrou os dentes, sabendo exatamente quem, e ainda dizendo a si mesmo que não era por isso que ele o tinha separado. Por que é que *ele* se importaria com o que o sonhador gostava ou quem o ofereceria a ele?

Não se importava. Nem um pouco. Não era problema seu.

O afilhado de ouro, cheio de bolhas e dores, avançou rigidamente na frente do burro.

22

VOCÊ TAMBÉM QUER MORRER?

Sarai abriu os olhos no sonho de Minya e percebeu que estava prendendo a respiração, preparada para um confronto que não aconteceu. Exalou devagar e olhou em volta, avaliando o ambiente.

Ela conhecia o berçário da cidadela, mas apenas superficialmente. Depois do que acontecera ali, Minya ordenou que tudo fosse queimado. Então tornou-se um lugar austero — uma espécie de memorial terrível, com nada além de fileiras de berços de mesarthium, todos brilhando azuis, abstraídos pela ausência de roupas de cama e bebês.

Esse era o mesmo berçário, mas levou um tempo para que ela percebesse. Sarai estava de pé, e *havia* roupas de cama e bebês — e crianças e pilhas arrumadas de fraldas dobradas, e cobertores brancos macios de tantas lavagens, e mamadeiras alinhadas em uma prateleira. Os bebês estavam nos berços, deitados, mexendo as perninhas ou parados com as mãozinhas nas grades como pequenos prisioneiros. Algumas crianças maiores brincavam em esteiras de tecido dispostas no chão. Tinham brinquedos: bloquinhos, uma boneca. Não muitos. Uma garota aproximou-se de um berço e levantou um dos bebês, segurando-o no quadril feito uma mãe.

Era Minya. Embora em tamanho e forma fosse a mesma, era muito diferente na apresentação: estava limpa, para começar, e seu cabelo era comprido, não cortado com uma faca. Era escuro e brilhava e caía em ondas pelas costas, e sua bata era branca, sem rasgos ou manchas. Ela cantava para o bebê. Era a mesma voz de açúcar de confeiteiro, mas parecia diferente, mais plena e mais sincera.

Sarai não ficou surpresa de se ver ali. O berçário estava fadado a aparecer na paisagem da mente de Minya. A paz do cenário a surpreendeu um pouco. Estava preparada para algo feio — um confronto, acusação. Pensara que Minya estaria esperando por ela na fronteira do sonho, como Lazlo, exceto pelo sorriso dele. Mas isso era uma bobagem. Como Minya poderia saber que ela viria? Sarai não sabia nem se Minya conseguiria vê-la, e mesmo se conseguisse, não dava para esperar que estivesse lúcida e presente como Lazlo.

Ele *era* Estranho, o sonhador, afinal de contas. Só que não era um sonhador comum, vítima de todos os caprichos do inconsciente. Transitava pela mente com a segurança de um explorador e a graça de um poeta. A maioria dos sonhos não faz sentido, e a maioria dos sonhadores nem percebe que está sonhando. Será que Minya percebia?

Sarai permaneceu parada, esperando para ver se a garotinha a notaria ali. Ela não viu. Estava focada no bebê, que levou até uma mesa e o pousou em um cobertor. Sarai pensou que ia trocar uma fralda. Deixou seus olhos vagarem, imaginando se se veria ali — sua versão bebê. Seria fácil reconhecê-la, sendo a única com os cabelos marrom-avermelhados de Isagol.

Observando ao redor, notou uma anomalia. Quando tentava olhar para a porta — a única que dava no corredor —, havia uma espécie de... perturbação em sua visão, como se seus olhos estivessem ignorando algo. Ela se viu piscando, tentando se concentrar, mas era como se uma área do sonho estivesse nublada, como vidro embaçado pela respiração. Várias vezes pensou ter vislumbrado figuras — figuras de tamanho adulto — pelo canto do olho, mas quando se virava, não havia ninguém lá.

Perguntava-se onde estariam as Ellens. Também não tinha se visto ali.

Minya voltou para os berços, pegou outro bebê e o colocou no quadril. Deu saltinhos e o balançou, da mesma forma que Sarai vira humanos fazerem para acalmar seus bebês quando eles acordavam à noite. O bebê a olhava placidamente. O berço de onde ela pegara o primeiro ainda estava vazio, e Sarai olhou para a mesa onde Minya trocara sua fralda. Também não estava ali.

Um pequeno arrepio de inquietação percorreu sua espinha.

Ela se aproximou, e as palavras da música de Minya se juntaram e entraram em sua mente, cada palavra cristalina com a doçura de sua vozinha sobrenatural. O berçário silenciou. As crianças nos tapetes pararam de brincar e a observaram. Os bebês também, e ela pensou: se todos podiam vê-la — eles, que eram apenas fantasmas criados pela mente de Minya —, então Minya deveria estar ciente de sua presença também.

Ela captou outro suposto movimento de soslaio, e longas sombras marcharam onde não havia ninguém para lançá-las, e a música de Minya era assim:

Pobre pequenina cria dos deuses,
Envolva-a em um cobertor,
Não a deixe espiar,
É melhor mantê-la quieta.

Você pode ouvir os monstros chegando?
Esconda-se, pequenina amaldiçoada,
Se não pode fingir *que está morta,*
Você realmente *estará morta!*

E Sarai viu que Minya não estava trocando a fralda do bebê. Ela o envolvia em um cobertor, como a música dizia. Era uma espécie de jogo. A voz era brincalhona, o rosto, aberto e sorridente. Em "Não a deixe espiar", deu um leve tapinha no narizinho do bebê, e depois passou o cobertor pelo rosto dele. Era tipo brincar de se esconder, exceto que ela não descobriu o rostinho. Em "É melhor mantê-la quieta", sua voz virou um sussurro, e tudo ficou esquisito. Ela embrulhou o bebê *completamente:* cabeça, braços, pernas, dobrados e cobertos, embrulhados e enrolados como um pacotinho, e então... o empurrou em uma fenda na parede.

Sarai cobriu a boca com a mão. O que Minya estava fazendo com os bebês?

Quando ela voltou aos berços para buscar outro, Sarai correu para a fenda — essa era definitivamente uma adição do sonho, pois não existia no berçário real — e espiou dentro dela. Lá viu mais trouxas, do tamanho de bebês e também maiores.

Nenhuma delas se movia.

Ela ficou de joelhos e se jogou, pegou a mais próxima e a abriu. Suas mãos tremiam enquanto tentavam ser gentis, mas sem tocar muito, porque ela não sabia o que encontraria, e então abriu a trouxa e viu um bebê, que estava vivo e completamente *imóvel.*

Era a coisa mais antinatural que ela já tinha visto.

O bebê estava imóvel, bem enrolado, olhando-a com uma desconfiança madura demais para seus cintilantes olhinhos infantis. Como se tivesse recebido ordens para ficar quieto, entendido e obedecido. Sarai pegou outra trouxa, e depois outra, desenrolando bebês como casulos. Todos estavam vivos, imóveis e silenciosos, como bonequinhas. Até que chegou no pacote que era *ela*, a pequenina Sarai com cachos cor de canela, e um soluço escapou de seus lábios.

E com esse som, a cantoria parou. O berçário ficou mortalmente quieto. Ajoelhando-se, Sarai ficou cara a cara com Minya. A menininha vibrava com um fervor sombrio, grandes olhos vidrados, respiração rápida e superficial, e a pele quase estalando com uma energia mal contida. Em uma melancólica canção que arrepiou a espinha de Sarai, ela disse: "Você não deveria estar aqui", e Sarai não sabia se ela se referia ao berçário ou ao sonho, mas as palavras, o tom, pareciam deslizar em uma dança com as sombras soltas e o zumbido, e tudo estava ficando mais rápido e mais alto, e as sombras se aproximavam, e um pavor terrível se agitou dentro dela.

Havia estado em incontáveis pesadelos, seus e de outros, e esse dificilmente poderia ser considerado um pesadelo. Poderia ser descrito como estranho, mais que assustador. Os bebês estavam vivos. Estavam apenas embrulhados. Mas sonhos têm auras, uma sensação dominante que penetra na pele, e a aura desse era de *horror*.

— Minya — Sarai falou. — Você me conhece?

Mas Minya não respondeu. Estava olhando além dela, para os casulos desembrulhados e os pequeninos bonecos vivos desarrumados e imóveis.

— O que você fez? — ela gritou, frenética. — Eles vão pegá-los agora!

E Sarai não precisou perguntar quem. Ela vira o Massacre se desenrolar dezenas de vezes nos sonhos de Eril-Fane e nos sonhos daqueles que o ajudaram naquele dia sangrento. Ela conhecia a terrível e macabra verdade daquele dia. Mas nunca estivera *ali*, no berçário, aguardando seu início.

Exceto que, claro, ela *estivera*. Tinha dois anos.

Estariam vindo? Seria esse o dia? O pavor ficou denso ao redor dela. As sombras se aproximavam, como figuras dançando em um círculo, e todas as crianças e bebês começaram a chorar — até os bonequinhos silenciosos e desembrulhados, e também os que ainda estavam embrulhados. Os pacotes começaram a se contorcer e lamentos se derramavam da fenda na parede.

Minya estava fora de si, correndo de criança em criança, mexendo nelas e agarrando-as, colocando-as de pé, tentando pegar bebês do chão. Eles engatinhavam para longe dela, soltando-se de seus cobertores, não mais congelados, e o rosto dela era pura angústia. Era demais para ela. Havia *trinta* deles, e ninguém para ajudá-la.

Mais uma vez, Sarai se perguntou: onde estariam as Ellens?

— É culpa sua! — Minya atirou-se em Sarai, lançando olhares aterrorizados para a porta aberta. — Você estragou tudo! Não posso carregar todos eles.

— Vamos salvá-los — Sarai disse. O pânico estava a infectando, e o desespero também. A aura desse sonho era uma força opressiva. — Vamos pegar todos. Vou te ajudar.

— Promete? — Minya perguntou, com os olhos arregalados e suplicantes.

Sarai hesitou. As palavras estavam em seus lábios e tinham gosto de mentira, mas não sabia mais o que fazer, então as disse. Prometeu.

O rosto de Minya mudou.

— *Você está mentindo!* — gritou, como se soubesse muito bem como esse terminaria. — É sempre a mesma coisa! *Eles sempre morrem!*

As crianças choravam e se espalhavam, tentando se esconder atrás de berços e debaixo das camas, e os bebês choravam e berravam e Sarai sabia que era verdade: estavam mortos havia muito tempo, e ela não podia salvar nenhum deles. O desespero a assolou — ou quase.

Lembrou-se de quem era, do *que* era, e de que não era inútil ali. Podia mudar o sonho. *Eles sempre morrem!*

Minya acabara de dizer. Então ela vivia repetindo esse mesmo sonho? Estaria sempre, sempre tentando salvá-los, e sempre, sempre falhando? Sarai não podia trazer os mortos de volta à vida e não podia voltar no tempo, mas será que não podia deixar Minya vencer ao menos este?

Então se apossou do sonho. Era o que ela fazia. Era tão fácil quanto respirar. Fechou a porta do berçário, a que Minya ficava olhando sem parar, para que ninguém pudesse entrar. Em seguida, abriu outra porta, para o outro lado, onde porta nenhuma havia existido. Ela dava no céu, e uma nave estava atracada, uma versão do trenó de seda, porém maior, com pontões de retalhos, borlas e guirlandas de pompons penduradas nos trilhos e, em vez de um motor, havia um bando de gansos em arnês, formando um V e prontos para retirá-los dali em segurança. Elas só tinham de pegar as crianças, e Sarai podia ajudar com isso também. Ela podia apenas *desejar* que elas estivessem lá dentro. Não precisavam ser coletadas e perseguidas. Falou para Minya:

— Podemos fugir. — E apontou para a porta.

Mas Minya se encolheu com a visão e, quando Sarai olhou para trás, viu homens ali na porta que acabara de criar, um dos homens era seu pai e ele tinha uma faca na mão.

Ela desejou que ele fosse embora, mas ele logo apareceu na outra porta, novamente aberta como se ela nunca a tivesse fechado. De novo e de novo, a cena se repetiu. Assim que ela mudava o sonho, ele mudava de volta. Era como tentar desviar um rio usando apenas as mãos. E o Matador de Deuses estava sempre lá, sorrindo com sua faca e sua missão.

— Não vai funcionar — Minya disse, com o rosto escorregadio de tantas lágrimas. — Acha que não tentei de *tudo*?

E Sarai sabia que a resistência, a intransigência do sonho, era a resistência de *Minya*, sua própria intransigência, originada de um trauma tão profundo que ela não conseguia ter outro sonho, nem mesmo deixar Sarai mudá-lo. Estava presa ali com os bebês que não fora capaz de salvar.

— Venha! — Ela estava chorando, tentando tirar um garotinho de debaixo de uma cama. — Venha comigo! Temos que ir. — Mas ele estava aterrorizado e se afastou, e ela conseguiu, por fim, pegar um menininho diferente, que Sarai pensou ser Feral, e enfiar dois bebês enrolados em seu braço: Rubi e Pardal. Eles estavam chorando. Sarai se perguntou como Minya seria capaz de carregá-los. Ela era tão pequena. E realmente fizera isso, e os carregara por todo o caminho até o coração da cidadela, onde os empurrou em outra fresta e os manteve seguros. Como arranjara aquela força? E então Minya surpreendeu Sarai. Ela agarrou a *sua* mão, e começou a arrastá-la consigo. — *Silêncio* — disse para os bebês, severa. As mãos de Sarai e de Feral foram esmagadas juntas em um aperto incrivelmente forte. Os dedos de Minya estavam escorregadios; ela teve que segurar bem forte para que eles não escapassem. *Doía*. Sarai tentou se afastar, mas Minya se colocou na frente e exigiu, em um rosnado selvagem: — Você também quer morrer? Quer?

E foi nesse momento que tudo se tornou real. Essas palavras foram uma alavanca posicionada em uma fenda, sendo usada para quebrar tudo. Sarai já as tinha ouvido antes, quinze anos atrás, ali naquele exato local. Um terror cegante tomou conta de si. Ela sentiu o que sentira então. As palavras a atingiram feito uma ameaça. Minya a arrastou com Feral. Seus pezinhos se entrelaçaram. Queriam permanecer no único lugar que conheciam. Algo ruim aguardava no lado de fora. Mas Minya não os soltou.

Para alcançar a porta e qualquer esperança de escapar, tinham de passar por um obstáculo espalhado pelo chão. Ali estava a anomalia, o vidro embaçado, o salto no sonho. Sarai não vira o que estava ali, mas agora via. Eram as Ellens, e ela sentiu seus corpos macios enquanto passava por cima deles. Estavam escorregadios e suas mãos ficaram vermelhas, as mãos de Minya estavam vermelhas também. Por isso estavam tão escorregadias. Pensara que era suor, mas era sangue.

E finalmente foi demais para suportar. Sarai recolheu a mão. Ela a recolheu no sonho e também na sala, onde estava sentada ao lado de Minya. Fez o que Minya não podia: fugiu do pesadelo. Lazlo aguardava, com os braços já em volta dela e a respiração e voz suaves em seu ouvido.

— Está tudo bem — murmurou. — É só um sonho. Estou com você. Está tudo bem.

Mas não era só um sonho, e nada estava bem. Era uma lembrança, e Minya ainda estava presa lá, como estivera durante todos esses anos.

23

A MÃO VERMELHA DE MINYA

Sarai demorou um pouco para parar de tremer, e ainda não estava pronta para falar sobre o assunto. Em vez disso, enviou Lazlo à sala da chuva para pegar um pouco de água e um pano, e depois gentilmente lavou o rosto e o pescoço de Minya, seus ombros e braços, da mesma maneira que se lavara poucas horas antes. Ela até segurou a cabeça de Minya em seu colo, assim como segurara a sua. Penteou os cabelos dela para trás e pingou pequenas gotinhas de água entre os lábios, nos quais diluíra um pouco da poção do sono de Letha — porque, por mais que odiasse manter Minya presa naquele quarto e naquele dia, não podia deixá-la sair para dominá-la e ameaçar Lamento. Tinha de mantê-la lá, por enquanto.

Tinha de encontrar uma forma de ajudá-la.

O sol nasceu e ela acordou Pardal para tomar seu lugar na vigia.

— Como foi? — Pardal perguntou. Sarai só balançou a cabeça e disse: — Mais tarde. — E seguiu para o seu quarto no lado destro com Lazlo.

Ele fechou a porta e perguntou:

— O que posso fazer? — Era devastador vê-la tão abalada e não poder fazer nada.

— Você pode dormir — respondeu.

— Quero te *ajudar*.

— Então me ajude. — Ela o conduziu para o canto escondido. — Você precisa de descanso, e eu preciso dos seus sonhos. Durma, e te encontro lá.

Isso ele podia fazer. Ele não queria mais nada. Não importava que o sol já estivesse alto. O dom de Sarai sacudira esses limites. Suas mariposas eram noturnas, mas haviam desaparecido. Ela suspeitava que sentiria falta delas, mas não agora. Isso era melhor: pele contra pele. Muito melhor. Ela sumiu com sua roupa e as roupas íntimas e deitou-se na cama.

Lazlo ficou parado olhando para ela. Havia um rugido em seus ouvidos. Seus cabelos estavam espalhados em espirais de pôr do sol. A pele era cobalto, a lua e as estrelas eram prateadas. Os lábios e mamilos eram cor de rosa. A mente de Lazlo dançava sobre as cores, porque dificilmente poderia compreender o todo. Sua beleza o aniquilou. Como ela poderia ser para ele? A necessidade dela o chamava — só *ele*, apenas ele. Sua própria pele parecia magnetizada pela dela, como uma força que o tirava do equilíbrio. Ele tirou a camisa e empurrou as calças, e isso era algo novo: jogar as roupas para longe e ficar nu diante dela, subir na cama e deitar-se com ela, e sentir as curvas dela contra si, descobrindo como se encaixavam. Ele foi cuidadoso. Não era hora de incêndios. Ela queria seus sonhos e ele queria atraí-la para uma segurança e esplendor que só ele poderia lhe oferecer, não no mundo, mas fora dele, no mundo *deles*. Lazlo fechou os olhos e se deitou de costas enquanto Sarai se aconchegava ao lado e enroscava a perna na dele, apoiando a bochecha em seus corações. Ela sentiu o ritmo deles irradiar pelo corpo. Ele permitiu que a sensação da pele dela o arrebatasse como música, e ainda bem que ele estava tão cansado, porque ela se sentia *tão bem*.

Depois de um tempo — um tempo surreal de veludo-seda-prata-céu de exalações suaves e cócegas surpreendentes de cílios e de leves movimentos que disparavam explosões de sensações —, ficaram imóveis e mergulharam no sono, onde se encontraram novamente no quartinho em Lamento, onde Sarai encontrara Lazlo dormindo pela primeira vez: um estranho com o nariz quebrado. Suas mariposas estavam empoleiradas ali, e os dois haviam derrotado Skathis nessa janela. Era aqui que eles pousaram quando caíram das estrelas. Lazlo sabia que Sarai se sentia segura ali. Tinha escolhido ela mesma na última noite da sua vida.

— Onde você gostaria de ir? — ele perguntou. Sabia que havia tanta coisa para ver, tanto reais quanto imaginárias. Dragões e naves, leviatãs e oceanos. Ela nunca tinha visto o mar.

— Está ótimo aqui — Sarai falou, dando um passo na direção dele. — Bem aqui. É perfeito.

O lábio dele não estava ferido no sonho. Ela não precisava ser cuidadosa, e não foi. *Cuidadosa* ela definitivamente não foi.

✶

Mais tarde, ela lhe contou sobre o sonho de Minya. Eles estavam em uma barraca de chá no mercado de Lamento do Sonhador, com tapetes para paredes expostos e um samovar fantástico na forma de um elefante com opalas para os olhos e presas esculpidas em vidro de demônio. O chá era perfumado, o sabor, escuro. Os pedregulhos também eram escuros — pedras raras de carmim que projetavam um brilho vermelho profundo. Estavam sentados juntos em uma cadeira. Era mais um ninho que uma cadeira, formada por dois enormes ovos de ágata, um para o assento e o outro para as costas. Suas formações cristalinas brilhavam à luz rubi, e estavam cobertas de peles e almofadas. Os pés de Sarai repousavam no colo de Lazlo. Os dedos dele brincavam com seu tornozelo, contornando os arcos de seus ossos, arrastando-se por suas panturrilhas até as curvas mornas de seus joelhos.

Estavam vestidos à moda de Lamento. Tinham se ajudado a escolher as roupas no quartinho ao decidirem sair. Sonharam com esses trajes um no corpo do outro, imaginando essa camisa ou aquela túnica, esse vestido, não aquele, de novo e de novo, e então recomeçando mais uma vez, porque sempre havia alguns detalhes a serem aperfeiçoados. Ao menos, era essa a desculpa. Mas eventualmente acabaram se vestindo. Pareciam bem, se admirando e fazendo reverências e cortesias. Os punhos das mangas combinavam prata com pedras azuis, e Sarai usava uma fina corrente de prata no cabelo, com uma joia pendurada. Também era azul e piscava na luz, mas nada chegava perto de seus olhos.

Fora da tenda, a cidade estava viva com pessoas e criaturas. Eles podiam vê-los através de uma brecha nos tapetes, mas estava silencioso ali.

— Nunca encontrei tanta resistência assim — Sarai contava. — Tentando alterar o sonho de Minya. Tudo o que eu fazia só se desfazia e voltava como vingança. Foi horrível. — Agora, ali, ela podia falar sobre o que acontecera, com os dedos de Lazlo fazendo carinho em seu tornozelo, enquanto segurava uma xícara de chá quente na mão. — É a mente dela. E ela *mora* lá. Não é surpresa que não possa me ouvir falar de misericórdia sem querer arrancar os meus olhos. É como se tivesse *acabado* de acontecer. Como se *ainda* estivesse acontecendo, de novo e de novo, o tempo todo.

— O que você quer fazer? — Lazlo perguntou.

— Quero tirá-la de lá. — A resposta foi imediata e sincera, como se ela *pudesse*. Como se pudesse arrancar Minya da prisão da própria mente. — Mas isso é impossível.

— Impossível? — Lazlo deu uma risadinha e sacudiu a cabeça. — Deve haver coisas que *são* impossíveis. Mas acho que ainda não chegamos lá. Olhe para nós. Só estamos começando. Sarai, somos *mágicos*. — Ele falou com todo o encantamento de um eterno sonhador que descobrira que era metade deus. — Você ainda não sabe do que é capaz, mas posso apostar que é extraordinário.

Ela se sentia aquecida e reenergizada, ali com ele, e a fé dele animava seu espírito. Também se sentia um pouco culpada por estar bebendo chá na cidade enquanto a música rolava. Poderiam até comer bolo se quisessem, mas isso parecia injusto *demais* com os outros, presos no céu com kimril e ameixas. Sarai pensou que podia entrar nos sonhos deles e levá-los para lá, um por um. Teria gostado, sem dúvida, mas eles precisavam era de uma vida real, e não de um sonho. Precisavam de uma cidade que os aceitasse, e comida que enchesse suas barrigas, tanto quanto suas mentes.

Tinham de conseguir suprimentos. Ela fez uma nota mental. Mas, na maior parte do tempo, ficou pensando no sonho. Nos bebês cuidadosamente embrulhados, na doce voz de Minya — mesmo que a música fosse sinistra — e no jeito como os carregava no quadril como uma mãe, enquanto as Ellens não estavam em lugar algum.

Bem, não. Não era isso. As Ellens estavam mortas no chão.

O horror da cena ainda estava preso na garganta de Sarai. Ela sabia como haviam morrido, claro. Minya lhes contara. Várias vezes tentaram parar o Matador de Deuses em vão. Sarai os vira nos sonhos de Eril-Fane. Ele desviara dos corpos assim como ela tivera de passar por eles. Estremeceu com a lembrança da carne inerte, escorregadia de sangue fresco, e da mão vermelha de Minya, e como ela a segurara.

A mão vermelha e escorregadia de Minya.

Observando Sarai, Lazlo viu sua sobrancelha se contrair em um sulco.

— O que foi? — ele perguntou.

— Não faz sentido.

— O quê?

— O tempo — ela disse. Ela embalou a mão como um pássaro ferido. Seus ossos doíam do aperto terrível de Minya, e ainda sentia os dedinhos escorregadios de sangue.

Você também quer morrer?

Também. O que Minya queria dizer com "também"? Devia estar se referindo às Ellens: *Quer morrer como elas?*

Mas... algo não se encaixava. O Matador de Deuses ainda não havia chegado lá, ou então como poderiam ter escapado?

Explicou isso a Lazlo.

— Não entendo os corpos. Como poderíamos ter passado por cima deles? Tínhamos que ter saído antes que as Ellens fossem mortas. Se ainda estivéssemos lá quando Eril-Fane chegou, teríamos morrido com todos os outros.

— Não significa que tenha acontecido exatamente como no sonho — ele disse. — Sonhos não são a verdade. A memória é maleável. Ela era apenas uma garotinha. Provavelmente tudo só está fora da sequência.

Sarai queria acreditar que era isso, mas a pergunta de Minya a levou de volta àquele quarto, àquele momento: "Você também quer morrer?". Não conseguia se lembrar de mais nada: só do terror e daquelas palavras, como um fragmento de sua mente com uma névoa de dor ao redor. Havia acontecido. Tinha certeza.

As peças do quebra-cabeça se moviam. Havia as babás mortas, as pobres e queridas Ellens, e aquela pergunta que parecia uma ameaça. E havia aquele lugar no berçário que Sarai não conseguia ver — o vidro embaçado, a fenda —, como se o sonho estivesse guardando um segredo, talvez até do sonhador. E havia a mão vermelha de Minya.

E…

Sarai percebeu que ela nunca, em todos os sonhos do Massacre, tinha *visto* Eril-Fane matando as babás. Vira-o apenas desviando de seus corpos. Sua mente completara o resto, baseada nas histórias de Minya. Mas Minya não poderia ter visto. Precisava ter ido embora, carregando os quatro bebês que salvara através da fenda, em direção ao coração da cidadela.

O que realmente acontecera naquele dia? As peças do quebra-cabeça ofereciam uma resposta possível, mas incompreensível.

— Elas nos amavam — afirmou Sarai, como se quisesse afastar uma verdade terrível que tentava se apresentar. — Nós as amávamos. — Mas, de alguma maneira, as palavras pareciam ocas. As Ellens que eles amavam eram fantasmas. Ela não tinha lembrança delas vivas.

E agora essas fantasmas, por razões pouco claras, estavam vazias como conchas, paradas na porta da cozinha sem nada nos olhos.

Sarai sabia que precisava voltar para lá, para o berçário do sonho. Esperava encontrar Minya, falar com ela, e… o quê? Fazê-la mudar de ideia? Convencê-la a desistir? Alterar fundamentalmente sua psique com um mínimo de confusão? Mas a Minya que ela encontrou não estava em condições de conversar, e o sonho tinha a força de um rio na enchente, e Sarai não estava preparada. *Poderia* se preparar? Dissera a Lazlo que queria tirar Minya de lá — do berçário, *daquele dia* —, mas seria possível?

Ou apenas descobriria, não importava o quanto tentasse, que algumas pessoas não podem ser salvas?

24

COZIDO AZUL

Pela primeira vez em sua vida, ninguém preparou o café da manhã de Thyon Nero.

Bem, tecnicamente ontem havia sido o primeiro dia, mas ele não percebera, já que estava no caos da cidade com os outros. Mas esta manhã estava silenciosa, e ele acordou faminto. Passara a noite na Câmara dos Mercadores, nas salas opulentas que lhe haviam sido oferecidas, embora as evitara em favor de uma oficina acima de um crematório extinto. Queria ter privacidade, mas agora tinha privacidade *demais*. Não se importava que ninguém soubesse onde ele estava. Mas e se acordasse de manhã para descobrir que os poucos que restaram na cidade tinham partido sem nem pensar nele?

Então dormiu na Câmara, onde Calixte também estava e onde tinham empilhado os livros. O quartel dos Tizerkane ficava perto. Ele podia ver a torre de vigia pela janela e saber se havia alguém ali. E a cozinha provavelmente seria abastecida, pensou, mesmo que não houvesse ninguém para cozinhar e lavar a louça depois.

Vestiu-se, rígido e dolorido, com os ombros latejando e as mãos feridas, e caminhou em direção à sala de jantar, supondo que a cozinha estivesse em algum lugar nas proximidades. Estava. Era grande e repleta de panelas de cobre, e as prateleiras da despensa estavam alinhadas com caixas rotuladas com palavras que não conseguia ler, em um alfabeto que não havia aprendido. Ele levantou as tampas, cheirou as coisas e teve, embora não a conhecesse, uma experiência semelhante à das crias de deuses na cidadela, que também descobriram que a comida requeria um conhecimento esotérico. No entanto, não comparou à alquimia, já que a alquimia era *menos* misteriosa para ele do que farinha, fermento, e similares. A cozinha era uma coisa obscura para ele da mesma maneira que as mulheres eram, e não porque as mulheres trabalhavam na cozinha. Não essas mulheres. Essas eram criadas e, como tais, dificilmente povoavam sua mente como *pessoas*, quanto mais *fêmeas*. Cozinhas e mulheres eram assuntos que simplesmente não o intrigavam.

Oh, individualmente mulheres podiam ser interessantes, apesar de essa ser uma noção nova. Calixte e Tzara, tinha que admitir, não eram entediantes, nem Soulzeren, a mecânica que construíra armas de fogo para os senhores da guerra nas terras de Thanagost. Mas elas *faziam coisas*, como os homens. As mulheres que ele conhecia em Zosma não. Elas não teriam permissão, mesmo que quisessem, admitiu para si mesmo, embora quase nunca tivesse se perguntado se podiam. Agora que conhecera Calixte, Tzara e Soulzeren, para não mencionar a intimidadora Azareen, começava a se questionar se alguma das flores de estufa que desfilavam diante dele em Zosma poderiam estar tão entediadas com seu fardo quanto ele.

Havia uma expectativa de que ele se encantasse com elas apenas por sua forma e pelo flerte cultivado, que era como um papel que elas estavam encenando o tempo todo. Toda pessoa civilizada conhecia os modos e os gestos, e passava a vida os reproduzindo. Aqueles considerados charmosos e inteligentes eram os melhores em se mostrar frescos enquanto passavam as noites nas mesmas danças e conversas que já haviam simulado milhares de vezes antes.

Thyon encenara seu papel. Conhecia os modos e as danças, mas por dentro estava gritando. Se perguntou se talvez não fosse o único. Se, por trás dos rostos envernizados, algumas daquelas garotas de Zosma também se sentiam sufocadas, e secretamente desejavam roubar esmeraldas, construir aeronaves e combater deuses em uma cidade sombria.

Bem, quando voltasse para casa, sem dúvida seria obrigado a se casar com uma delas, e então, supôs, poderia lhe perguntar.

Soltou uma risada, que logo sumiu. Ele afastou o pensamento, que era mais distante e mais inimaginável do que bibliotecários que se revelavam deuses. Descobrindo onde as frutas eram armazenadas, colocou algumas em um prato e continuou remexendo. Tinha de haver queijo. Havia. Pegou um pouco também. Então — *glória* — encontrou pedaços de bacon em uma caixa fria e se perguntou se conseguiria descobrir como fritar.

Respondeu a si mesmo como se estivesse ofendido.

— Sou o maior alquimista dos tempos. Destilei azoth. Posso transmutar chumbo em ouro. *Acho* que posso acender um fogão.

— O que foi, Nero?

Calixte e Tzara tinham entrado na cozinha. Ele deu um sobressalto e enrubesceu, imaginando se o tinham ouvido falando consigo mesmo como um tolo faminto de lisonja.

— Está discutindo com o bacon? — Calixte perguntou. — Espero que esteja ganhando, porque estou morrendo de fome.

Com um sorriso malicioso, Tzara acrescentou:

— Veja, *canibalismo* não basta.

✶

Ruza comeu na bagunça do quartel, e estava no meio da tigela de mingau grosso de kesh antes de perceber o que era isso que o estava aborrecendo. Os frutos tingiam o mingau de azul e lembravam o "cozido azul".

Quando fora? Anteontem? Parecia um ano, pelo menos. Foi a última vez que ele viu Lazlo antes da explosão. Eles discutiram. Ele e alguns dos outros — Shimzen, Tzara — estavam brincando sobre levar o explosionista para a cidadela para explodir a cria dos deuses em "cozido azul". Foi engraçado. O que ele falara exatamente? Estava com dificuldade para lembrar. Que as crias dos deuses eram monstros, e não pessoas? Que se Lazlo os conhecesse, ficaria feliz em explodi-los?

O mingau se agitou em seu estômago. Ele soltou a colher.

Lazlo era seu amigo. Lazlo era uma cria dos deuses.

Essas duas frases não podiam ser verdadeiras, porque ninguém podia ser amigo de uma cria dos deuses. Lazlo *era* uma cria dos deuses. Não havia como negar. Portanto, não era amigo de Ruza.

Era para ser simples assim, mas Ruza estava descobrindo que sua mente era incapaz de fazer tal simplificação — como se houvesse duas colunas, um Lazlo em cada uma, e fosse sua tarefa apagar uma delas.

Nas suas lições — e como Ruza só tinha dezoito anos, não eram uma memória distante —, ele sempre fazia muita força com o lápis, comprometendo o primeiro palpite, pois nunca aprendia a escrever de forma leve para caso estivesse errado. Era descuido ou confiança? As opiniões divergiam, mas isso importava? Nunca conseguia apagar seus rabiscos escuros e nunca dava as costas a um amigo.

Inferno. Terminou o mingau. Era só mingau, e Ruza tinha que lidar com um dilema filosófico que estragava o apetite. Lavou a tigela e a guardou, depois se dirigiu aos estábulos para pegar o burro e o carrinho. Tinha de continuar com o resgate de livros com o alquimista ridículo e seu rosto ridículo.

Ruza entrou no quartel para dar uma olhada rápida no espelho, embora ele não pudesse — ou não *quisesse* — dizer o porquê. Ele conhecia sua própria aparência. Esperava encontrar alguma melhoria? O espelho era pequeno, a luz, fraca, e seus dez centímetros quadrados de rosto estavam iguais desde a última vez que verificara. Jogou o espelho em seu beliche — aparentemente com força demais, porque ele bateu na parede e rachou. Perfeito.

Fez mais uma coisa antes de ir para o estábulo. Pegou um pacote de ataduras na caixa de primeiros-socorros. Ele não sabia que um homem adulto *podia* ter mãos macias o suficiente que empolavam e rasgavam depois de algumas horas manuseando uma corda. No entanto, o alquimista não reclamou e não desistiu. Isso era algo. Mas não havia motivo para ele continuar espalhando sangue pela corda.

*

Tanto Eril-Fane quanto Azareen passaram a noite no quartel. Eles dificilmente voltariam para casa em um momento como este, com os soldados no limite, esperando que algo acontecesse. Até então, não acontecera nada. A cidadela não tinha se movido nem sofrera qualquer outra transformação. Podiam apenas imaginar o que acontecia lá em cima.

Azareen dormiu um pouco antes do amanhecer e foi ao templo de Thakra à primeira luz para fazer algumas abluções apressadas. Ao voltar, procurou Eril-Fane. Ele não estava no meio da bagunça ou no quarto, no pátio de treino nem no centro de comando. Perguntou ao capitão de guarda e, quando soube onde ele estava, sua coluna de soldada já rígida endureceu mais ainda. Não disse uma palavra, mas deu meia-volta e foi direto para lá; a caminhada permitiu que sua raiva e mágoa se transformassem em algo frio.

— Eril-Fane — disse, entrando no pavilhão.

Ele estava em um dos trenós de seda. Parecia estar estudando seus trabalhos, e olhou para ela quando ela falou.

— Azareen — ele devolveu com uma voz muito mais comedida. Estava esperando, temeroso, sua chegada. Bem, talvez *temor* fosse uma palavra forte demais, mas ele sabia muito bem o que ela diria sobre essa ideia.

— Indo a algum lugar? — perguntou com frieza.

— É claro que não. Acha que eu não te contaria?

— Mas está considerando.

— Estou considerando todas as opções.

— Bem, pode eliminar esta. Eles estão com a vantagem. Poderíamos levar, o quê? Quatro combatentes naquela coisa, para atacar um exército de deuses e fantasmas em seu próprio terreno?

— Não quero atacá-los, Azareen. Quero falar com eles.

— Você acha que eles querem falar com *você*?

Ela se arrependeu imediatamente do tom, que conjurava o espectro do homem que havia entrado no berçário com uma faca. Poderia muito bem tê-lo chamado de assassino e acabado com isso.

— Desculpe — falou, fechando os olhos. — Não quis...

— Por favor, nunca peça desculpas para mim — ele disse, sua voz pouco mais que um sussurro. Eril-Fane carregava tanta culpa que as desculpas o oprimiam de vergonha. A culpa pelo que ele fizera na cidadela era uma queimação constante de ácido em suas entranhas. A culpa pelo que *não* podia fazer era diferente, mais como uma facada que queimação. Toda vez que olhava para Azareen, tinha que enfrentar o fato de que sua incapacidade de... *superar*... o que havia sido feito com ele — e o que ele fizera — roubara a vida que ela merecia. Ouvir a palavra *desculpa* saindo dos lábios dela... fazia-o querer morrer. Todos haviam conseguido juntar os farrapos e transformá-los em vidas que se podia usar. Por que ele não?

Claro, ninguém mais fora o projeto especial da deusa do desespero, mas ele não se concedia nenhuma clemência por isso.

— Eu só estava dando uma olhada — falou para ela, saltando para fora do trenó. — Acho que não conseguiria voar, de qualquer jeito. Mas se não tivermos notícias de Lazlo, ou... — Ele parou no meio da frase. Não havia como terminá-la. Ou o *quê*? De sua filha? Ela estava morta. De alguma outra criança que sobreviveu ao seu massacre? O ácido fervia dentro dele. — Teremos que considerar falar com Soulzeren para pedir ajuda. Não podemos seguir sem fazer contato. Não saber vai nos comer vivos. — Ele suspirou e esfregou a mandíbula. — Temos que resolver isso, Azareen. Quanto tempo eles podem ficar em Enet-Sarra?

Enet-Sarra ficava abaixo do rio, e era para onde seu povo tinha ido ao fugir da cidade. Durante anos, falou-se em construir uma nova cidade lá e começar de novo, livre da sombra do serafim. Mas não dava para simplesmente mover milhares de pessoas do dia para a noite para viver em acampamentos sem serviços nem saneamento. Haveria doença, agitação. Era preciso trazer seu povo para casa. Tinham que torná-la segura para eles.

— Devo procurá-la? — Azareen perguntou, não arrependida, mas subjugada. — Soulzeren.

— Sim. Por favor. Se ela vier. — Ele imaginou que ela viria. Soulzeren não era do tipo que evitava ser útil em um momento de necessidade. — Vou ao templo. Quer vir comigo?

— Já fui — ela falou.

— Te vejo mais tarde então. — Ele lhe deu um sorriso cansado e se virou para ir embora, e ela se perguntou, observando suas costas — tão largas, tão incrivelmente fortes —, se ele algum dia voltaria para ela, realmente voltaria e caminharia até ela novamente.

25

O BRINQUEDO QUEBRADO DE ISAGOL

Azareen se apaixonou por Eril-Fane quanto tinha treze anos.

Sua cerimônia de elilith havia sido na semana anterior; suas tatuagens — um círculo de flores de maçã — ainda estavam frescas quando a artista, Guldan, veio verificar sua cicatrização. Era a primeira vez que ficava sozinha com a senhora. Durante a cerimônia, todas as mulheres de sua família estavam reunidas ao seu redor; agora eram apenas as duas, e Guldan a perturbou com sua avaliação penetrante, parecendo examinar mais do que as tatuagens.

— Deixe-me ver suas mãos — pediu, e Azareen as estendeu, insegura. Ela não tinha orgulho de suas mãos, ásperas do trabalho de consertar as redes e com marcas aqui e ali pelo corte de uma faca. Mas Guldan correu os dedos sobre elas e assentiu em uma aprovação silenciosa. — Você é uma garota forte — disse. — Será que também é corajosa?

A pergunta enviou um calafrio pela coluna de Azareen. Havia segredos ali, ela podia senti-los. Respondeu que esperava que fosse, e a idosa lhe deu instruções que mudariam sua vida. Azareen não contou aos seus pais; quanto menos pessoas soubessem, melhor. Duas noites depois, ela se enfiou sozinha em um silencioso canal subterrâneo do Uzumark, disse uma senha para um barqueiro calado e foi levada para uma caverna que nunca imaginara existir. Ficava escondida no labirinto de cursos d'água abaixo da cidade, onde o rugido das corredeiras disfarçava o som do que acontecia ali. Azareen, com o coração palpitante de presságios e a emoção do segredo, dobrou uma esquina e viu algo que nunca testemunhara na vida: esgrima.

Armas eram proibidas na cidade. Mas ali ficava o campo de treinamento secreto dos Tizerkane, guerreiros lendários que haviam sido erradicados pelos Mesarthim — ou *quase* erradicados. Naquela noite, Azareen soube que suas artes foram mantidas vivas, transmitidas através das gerações. Não eram um exército, mas eram guardiões: de habilidades e da história, e de *esperança* de que a cidade pudesse um dia ser libertada.

Azareen viu uma dúzia de homens e mulheres lutando. Ela aprenderia, com o tempo, que havia mais, embora não soubesse quem eles eram. Eles tiveram o cuidado de nunca se reunirem todos. Se alguém fosse pego, sempre haveria algum vivo para recrutar e começar de novo. Era glorioso o que ela via à luz das glaves: uma dança de graça e poder, espadas brilhando — as tradicionais hreshteks dos Tizerkane —, o barulho silenciado pelo rugido do rio. Nunca sonhara em querer isso. Não fazia ideia de que sequer existia. Mas, no momento em que viu o brilho e o movimento das lâminas, soube que esse era seu destino.

Observou, hipnotizada e um pouco tímida, até que alguém a viu e se aproximou. Ele era o único jovem, um ano mais velho que ela, mas já tão poderoso quanto um homem crescido. Era aprendiz de ferreiro e, embora não fosse do distrito dela, Azareen já o vira no mercado. Não dava para não vê-lo, se ele estivesse por perto. Não era só que fosse bonito. Isso era quase acidental. Havia tanto entusiasmo e energia nele que era como se estivesse duas vezes mais vivo que qualquer pessoa; seu fogo queimava com as portas da fornalha abertas para que você pudesse sentir as chamas. Ele irradiava uma vitalidade extraordinária. Tinha os olhos atentos e via tudo, realmente *via*, e parecia adorar tudo, a vida e o mundo. Mesmo que fosse sombrio, também era precioso e fascinante, e quando ele olhava para você... ou ao menos, quando olhou para Azareen naquela noite e nas seguintes, ela também se sentiu preciosa e fascinante, e mais viva do que nunca.

Seu nome era Eril-Fane, e Guldan havia *a* escolhido para ser sua parceira de treino. Azareen costumava se perguntar o que a velha mulher viu nela para lhe oferecer tal oportunidade. Isso a fez querer merecer — o legado sagrado dos Tizerkane, estar viva, e *ele*, a quem amava desde o momento em que sorriu para ela, entregou-lhe uma espada e disse, corando:

— Estava torcendo para que fosse você.

Depois disso, seus dias viraram um nevoeiro, e a vida real acontecia à noite em uma caverna secreta com uma espada na mão, dançando com um garoto que queimava com um lindo fogo. Um ano se passou, então dois, então três, e ele já não era mais um garoto. Seu rosto ficou mais largo, seu corpo também. Os braços de ferreiro se tornaram massivos. E seus olhos sempre estavam atentos, e ele amava o mundo e era destemido, mas corava ao vê-la e sorria como um garoto que nunca cresceria completamente.

No aniversário de dezesseis anos de Azareen, houve um baile no Pavilhão dos Pescadores. Não era *pelo* seu aniversário, era só uma oportunidade. Ela não contou a Eril-Fane, mas ele sabia e lhe trouxe um presente — uma pulseira que ele mesmo fizera, de aço batido com um raio de sol de vidro de demônio. Quando a colocou nela, seus dedos se demoraram em seu punho e, quando dançaram, suas mãos grandes e seguras tremeram na cintura dela.

E quando a dança foi interrompida por Skathis chegando em Rasalas para levar uma garota chamada Mazal, eles congelaram, impotentes e furiosos, e choraram.

Naquela noite, ele a levou para casa por um caminho subterrâneo, e conversaram com o fervor de guerreiros inexperientes sobre derrubar os deuses. Ele se ajoelhou diante dela e, tremendo, beijou suas mãos. Ela tocou o rosto dele com irrealidade e facilidade: sonhara tanto com isso que nada lhe parecia mais natural, mas havia detalhes que ela não imaginara: quão áspero era o queixo dele, quão quente era a testa, quão macios — *quão macios* — eram seus lábios. Ela passou os dedos sobre eles, inebriada, meio sonhando, tonta. O tempo voou, e então não eram os dedos, mas os lábios dela nos dele sentindo a maciez, e isso era melhor porque seus dedos eram calejados, mas seus lábios sentiam tudo, e ele era tudo o que desejava sentir.

Algo dentro de ambos despertou naquela noite. Ver uma garota carregada por Skathis quando estavam apenas dançando e saber, mesmo que não suportassem pensar nisso, o que ela deveria estar sofrendo... Foi um despertar duro, e se afogaram um no outro, com os lábios, as mãos e a fome. Mazal provavelmente não era mais velha que Azareen. Poucas garotas da cidade escapavam da atenção dos deuses. Quase todas estavam destinadas a serem levadas à cidadela para passar um ano que não se lembrariam depois. Era só uma questão de tempo, elas sabiam, então o tempo ganhou um novo significado.

Azareen mal se lembrava dos dias que se seguiram, mas as noites... Oh, *as noites*. Na caverna do rio, treinaram com uma nova selvageria; os outros treinando ao redor até paravam para observar. Era uma dança mortal e apaixonada, e formavam um par perfeito, a velocidade dela um contraponto à força dele. Ninguém na cidade poderia derrotá-los. Depois da luta, ele a levava para casa, mas não chegavam até o nascer do sol. Conheciam todos os lugares sombrios onde podiam ficar sozinhos para beijar, tocar, apertar, respirar, afogar, viver e queimar.

Alguns meses mais tarde, se casaram. E assim como fizera uma pulseira para ela, ele também fez um anel. Com o parco salário de aprendiz, alugou um quarto acima de uma padaria — em Windfall, onde as ameixas dos deuses choviam. Era um lembrete agridoce, sempre no ar. Mesmo se nunca olhassem para cima, não seria possível fugir sabendo que a cidadela estava ali. Mas o quarto era barato, e eles eram jovens e pobres. Ele a carregou pelos degraus. Azareen era alta e forte, mas ele a erguia como seda e ar. Fechou a porta com um chute e a levou direto para a cama. Eles esperaram. É claro que esperaram, mas a cada noite ficava mais difícil. Eram fósforo e brasa um para o outro. Tocavam-se e pegavam fogo.

Dois dias antes, com a boca quente dele em seu pescoço, ela fechou os olhos e disse:

— Não quero ser uma donzela quando ele me levar.

— Não vou *deixá-lo* te levar — Eril-Fane disse, apertando os braços em volta dela, tensionando todo o seu corpo.

Mas eles sabiam o que acontecia com aqueles que tentavam impedir o roubo de Skathis: pais tinham gargantas rasgadas por Rasalas, maridos eram derrubados do céu. Sabiam que não poderiam interferir; as mulheres seriam devolvidas, e nenhuma queria que seus homens morressem. Ainda assim, quando chegava a hora, alguns homens simplesmente não aguentavam, e Azareen se preocupou com o que Eril-Fane poderia fazer. Não era arriscado apenas para os dois. Mostrar qualquer habilidade de combate revelaria os treinos e trairia os Tizerkane, que não estavam preparados para montar uma defesa, muito menos uma revolta em grande escala. E, de qualquer forma, seria por nada. Sempre que Skathis vinha, usava uma segunda pele de mesarthium ultrafino sob as roupas. Não poderia ser ferido. Azareen tentou fazer Eril-Fane prometer não morrer por ela, mas ele não fez o juramento.

Quanto a não permanecer uma donzela, com isso concordaram. Fizeram os votos e ele a levou para casa, perdendo a própria festa em favor da cama. Eram jovens e ardentes, e viviam sob uma sombra terrível. Não havia um momento a perder.

Durante cinco dias e noites, amarraram os minutos feito contas — cada um era uma joia, brilhante e preciosa.

No sexto dia, Skathis veio. Quando Rasalas pousou, a rua tremeu. Azareen e Eril-Fane voltavam para casa do mercado de mãos dadas, sorrindo os sorrisos secretos dos amantes. Para o deus das bestas, eles eram irresistíveis: bonitos, macios e doces. Eram sobremesa para um monstro como ele. Eril-Fane se colocou na frente de Azareen. O pavor cresceu nela. Rasalas saltou. A besta era uma atrocidade: uma coisa alada, deformada, o crânio expunha carne podre — crânio de metal, carne de metal e olhos que eram apenas cavidades vazias brilhando com uma luz infernal. Voou até eles, avançando sobre Eril-Fane. O movimento fez Azareen voar, e ela estava deitada de costas nas pedras rachadas de lápis-lazúli quando as grandes garras de Rasalas se fecharam nos ombros do marido.

E o ergueram.

Ela o viu ficando menor enquanto ia sendo levado embora lutando. Aconteceu tão rápido. *Ela* é que fora deixada para trás. Nunca poderia se preparar para isso. De vez em quando homens eram levados, mas não tanto quanto as mulheres, e ela permaneceu, ofegante, até que alguém veio ajudá-la e a levou para casa e para a família.

Azareen ficou largada ali ofegando pelos próximos dois anos ou mais. Tudo era um borrão de desejo e dor, e quando Skathis enfim a levou, ela ficou *feliz* — por colocar um fim à espera, descobrir o que havia acontecido com o marido, saber se ainda estaria vivo.

Ele estava. Mas não era mais seu marido, nem então nem para sempre. Eril-Fane era o brinquedo quebrado de Isagol. Não podia tocá-la ou amá-la. Ele não podia nem chorar. E ela não podia deixar de amá-lo, embora tivesse tentado quando ficou muito ruim. Só Thakra saberia o quanto ela tentou.

E ali estavam, longe de serem as criaturas jovens e macias de outrora. Dezoito anos havia se passado desde o dia em que Skathis o levou, e parecia uma vida inteira perdida. Nos últimos dias, ele havia chorado e segurado a mão dela, e ela sentiu, pela primeira vez, uma mudança ocorrendo dentro dele. Azareen começou a sentir o primeiro frágil desenrolar de algo que ela imaginava estar se curando. Mas será que não estava vendo apenas o que desejava desesperadamente ver? Enquanto o observava partir e se perguntava isso, uma sombra desenhou um círculo ao redor dele. Olhou para cima, assustada, e viu a águia branca circulando. Um calafrio inexplicável tomou conta dela. Azareen não acreditava em presságios, e não tinha motivo para temer o pássaro. Mas por um poderoso e único momento, pareceu que o destino desenhara uma flecha apontada diretamente para o seu marido, declarando que ele seria o próximo a morrer.

26

PEQUENAS E TOLAS CRIAS DOS DEUSES

Sarai estava tão pronta quanto poderia estar. Sentada no chão ao lado de Minya, preparando-se para entrar na mente dela mais uma vez, não conseguiu deixar de pensar em todas as noites que soltara suas mariposas para invadir os sonhos dos humanos e desencadear horrores neles. Lembrava-se de Minya chegando no seu quarto ao nascer do sol e perguntando, ansiosa: "Você fez alguém chorar? Fez alguém gritar?".

Durante anos, a resposta foi *sim*. Sarai sabia melhor que ninguém: é fácil fazer as pessoas chorarem. Dor, humilhação, raiva — existem inúmeras vias para as lágrimas. É fácil fazer as pessoas gritarem também. Há tantas coisas para temer.

Mas como fazer alguém *parar* de chorar? Como libertar alguém do medo?

O ódio poderia ser revertido?

A vingança poderia ser desativada?

Essas tarefas eram muito mais assustadoras. Sarai se sentia pressionada.

— Confie em você — Lazlo disse. — Ela pode ser forte, mas você também é. Já vi o que pode fazer nos sonhos.

Ela ergueu as sobrancelhas. Não podia evitar.

— Sim, você viu. — E mordeu o lábio em um sorriso tímido. — Mas não acho que *aquilo* vai me ajudar agora.

Lazlo sorriu, e suas bochechas coraram.

— Não *aquilo*. Apesar de que eu adoraria fazer aquilo de novo mais tarde. Estou falando de quando derrotou Skathis. Também pensou que não conseguiria.

— Aquilo foi diferente. Ele era meu próprio pesadelo. Minya é real.

— E você não está tentando derrotar Minya. Lembre-se disso. Você está tentando ajudá-la a derrotar o pesadelo *dela*.

Colocando as coisas dessa maneira, não parecia tão impossível. E essas foram as palavras com as quais ela se armou quando pegou a mão de Minya e viajou para a paisagem da sua mente.

Viu-se parada no berçário, e não se surpreendeu. Depois da última vez, sabia que essa era a prisão de Minya. Novamente, havia bebês nos berços e crianças brincando em tapetes no chão. Só que, desta vez, não havia borrão na porta, e as Ellens não estavam lá. Havia algo errado. Sempre que Sarai imaginava como era o berçário antes do Massacre, pensava em como era na cidadela, só que em um espaço menor e com mais crias dos deuses. Suas lembranças da infância estavam povoadas pelas mulheres fantasmas — por seu bom senso e bom ânimo, suas críticas e ensinamentos, suas piadas e histórias, suas vozes cantarolantes e suas manifestações sempre mudando. O rosto de falcão de Grande Ellen os obrigando a dizer a verdade com seu olhar penetrante. Ou Pequena Ellen ajudando Pardal a inventar nomes excêntricos para seus híbridos de orquídeas, como "Tristonha Dama Loba" e "Brincando de críquete em pantalonas de renda".

Então questionava o fato de elas estarem ausentes nas lembranças ou na imaginação de Minya.

Minya estava como da última vez: limpa, de cabelos longos, em uma bata asseada. O manto de pavor não estava ali, ou estava bastante reduzido. Quando Sarai fechou os olhos e procurou a aura do sonho, ouviu um zumbido baixo e constante de medo, como sangue se movendo sob a pele, e teve a impressão de que isso era uma constante ali, tanto quanto o ar, o metal, os bebês, e que essa era a realidade de Minya.

Da última vez, Minya era a mais velha das crianças, mas agora havia outra garota do tamanho dela. Tinha cabelos escuros como quase todos, e um olho escuro também. Seu olho esquerdo, no entanto, era verde como uma folha de sálvia — uma explosão de cor surpreendente em um rosto simples.

Ambas brincavam juntas. Haviam pegado um cobertor e o transformado em uma rede. Cada garota segurava uma ponta e balançavam os pequenos ali, um ou dois por vez. Eles davam gritinhos, com os olhinhos cintilando. Minya e a outra garota marcavam o ritmo com uma canção. Era familiar — uma espécie de gêmeo alegre do canto que Sarai ouvira da última vez:

Pequenas e tolas crias dos deuses,
Balance-as em um cobertor,
Não as deixe voar,
Zunindo como um cometa.

E seguiam brincando inocentemente, até que Sarai percebeu que o zumbido baixo e constante do medo começava a borbulhar na superfície. As meninas estavam levantando a voz para não se afogarem nele, e aumentando a velocidade da brincadeira para acompanhar o ritmo, enquanto as palavras ficavam cada vez mais rápidas e mais altas, os sorrisos se transformavam em caretas e seus olhos ficavam ocos e sombrios com a ciência do que estava acontecendo.

Sarai pensou que sabia o que era, mas quando a figura apareceu na porta, não era o Matador de Deuses, nem qualquer outro homem ou humano.

Era Korako, a deusa dos segredos.

Sarai conhecia Korako principalmente por testemunhar seu assassinato nos sonhos de Eril-Fane. Ele havia a assassinado com o restante dos Mesarthim: com um golpe de punhal direto no coração. Seus olhos perderam a vida em um instante. Korako tinha cabelos loiros e olhos castanhos, e Sarai a vira de perto: o rosto moribundo, as sobrancelhas pálidas arqueadas altas de surpresa em contraste ao azul de sua pele. Era praticamente sua única visão dela. Não tinha nenhuma de Lamento. Sem os Mesarthim, Korako nunca havia entrado na cidade. Os únicos que sabiam como ela era eram os que estavam na cidadela quando Eril-Fane matou os deuses, porque só eles voltaram para casa com suas memórias intactas.

A deusa dos segredos era um mistério. Ninguém sabia qual era o seu dom. Ela não havia semeado tormento, como Isagol, emaranhado emoções por diversão ou comido lembranças como Letha, que de vez em quando ia de porta em porta, como um cantor na véspera do Inverno Profundo. Vanth e Ikirok haviam feito seus poderes serem conhecidos, e Skathis era Skathis: deus das bestas, rei dos horrores, ladrão de filhas, destruidor de cidades, monstro dos monstros, louco.

Mas Korako era um mistério. Não havia horrores para ser responsabilizada, exceto este, e não tinha nenhuma testemunha, exceto Minya. E ali estava ela: a deusa dos segredos chegando ao berçário.

Ela era quem os testava, sentia os dons das crianças se agitando e os invocava. E então as levava e nunca mais voltavam.

Korako estava na porta, e o medo retumbava feito tambores. Sarai sabia que o inconsciente de Minya estava mergulhando em algum conhecimento retrospectivo. As garotas não perceberam que a deusa estava ali. Ela as observou por um momento, e seu rosto era uma máscara. Ela falou. Ou não? Seus lábios não se moveram, mas sua voz era suave e clara. Então disse em um tom interrogativo:

— Kiska?

E a garotinha que brincava com Minya virou-se, sem pensar. No instante seguinte, ela congelou e, assim, foi levada. Seu nome era Kiska, e seu dom havia se manifestado. Por semanas, ela o mantivera escondido, mas tudo foi desfeito quando seu reflexo a traiu. Korako só *pensara* em seu nome, mas Kiska a ouviu. Era uma telepata. Korako suspeitava disso e agora tinha certeza.

Ela disse:

— Venha comigo agora. — Seria lamento em sua voz?

Fizera isso centenas de vezes antes. Esperava fazer mais outras centenas de vezes. Não imaginava, porém, que *essa* seria a última vez. A pequena Kiska com um olho verde foi a última criança que levaria do berçário. Eril-Fane chegaria três semanas depois e mataria os deuses e as crianças também. Mas Kiska estaria longe então. Hoje era sua despedida. Ela encolheu de medo e não demonstrou resistência.

Minya sim. Decidida, falou:

— *Não.*

Sarai, uma espectadora, viu o que Korako devia ter visto: uma menininha feroz e *ardente*, com uma presença dez vezes maior que seu próprio tamanho.

— Você não pode levá-la! — Gritou estridente, com medo, mas também furiosa. Dava para ver seu pai nela. Isto é, se o deus das bestas tivesse usado seu poder para proteger as crianças. — *VÁ EMBORA!*

Korako não discutiu.

Observando, Sarai pensou que ela poderia ter facilitado tudo. Não importa o que estivesse reservado para as crianças, por que ela simplesmente não *mentiu*? Por que não fingir que as estava levando para uma nova e encantadora vida, com casas e pastagens de espectrais e grama sob pés descalços — com *mães*, até. Elas teriam ido, dispostas, e ficariam ansiosas por sua vez. Mas ela não disse uma palavra. Parecia se preparar para algo ruim. Sua coluna ficou um pouco mais ereta, seu rosto, um pouco mais sombrio, e não fitou Minya.

Sarai viu algo que não percebera antes: havia uma coleira de mesarthium no pescoço de Korako. Uma *coleira*, como a de um animal. Ela procurou nas poucas lembranças armazenadas da deusa. Estaria usando essa coisa? Sarai tentou se lembrar de sua morte nos sonhos de Eril-Fane. Estava de coleira? Não podia ter certeza.

Então, da porta, Korako fez um gesto — um sinal para alguém — e...

... o vazio reapareceu. A anomalia, o borrão. Ele se reafirmou naquele instante. Mais uma vez, Sarai teve a impressão de que algo estava sendo obscurecido. Tentou olhar, mas viu apenas sombras. Havia uma *dor* na aura, era como pressionar um machucado. Korako estava fazendo aquilo? Estaria escondendo algo? Mas isso não fazia o menor sentido.

Esse era o sonho de Minya. Se estavam escondendo algum segredo, era o segredo *dela*, era a mente *dela* que estavam escondendo.

Poderia ser a resposta sobre para onde as crianças foram levadas, dolorida demais para que se lembrasse? A mente podia fazer isso. Sarai já vira. Se havia algo insuportável demais, a mente construía um muro ao seu redor ou o enterrava em uma tumba. Ela vira horrores escondidos em latas de biscoito e plantados sob uma muda, para que as raízes crescessem e o segurassem firmemente abaixo. A mente é boa em esconder coisas, mas há algo que não é capaz de fazer: apagá-las. Só é capaz de *ocultá-las,* e coisas ocultas não desaparecem. Apodrecem. Estragam e soltam venenos. Provocam dor e fedem. Assobiam como serpentes na grama alta.

Sarai pensou que Minya estava escondendo algo com aquele borrão. Precisava saber o que era. Reuniu seu poder. Era a Musa dos Pesadelos. Os sonhos a haviam criado. Não poderiam esconder coisas dela.

Direcionou toda a sua vontade até aquele lugar para forçá-lo à luz. A resistência parecia gemer e se debater. Era forte, mas ela era mais. Parecia rasgar algo — uma caixa torácica ou um caixão. Então conseguiu. O borrão foi vencido, e...

... as Ellens apareceram.

Sarai pensou que se enganara. Por que Minya ocultaria *as Ellens*? Elas não estavam mortas no chão como da última vez. Não era o Massacre. O que havia para esconder?

Em seguida, ficou aliviada. Sentira a ausência das enfermeiras com tanta intensidade. O berçário era uma tela semiacabada sem elas. Sarai pensou que elas iriam confortar as meninas, porque era o que as Ellens faziam.

Ou... era o que as *suas* Ellens faziam. *Essas* Ellens...

Sarai olhou para seus rostos e quase não as reconheceu. Oh, seus rostos eram seus rostos. Tinham a mesma forma. Pequena Ellen usava um tapa-olho, mas Sarai já sabia disso. Isagol arrancara o olho dela. Ela o restaurou em seu fantasma. Não era o tapa-olho o problema, mas o seu olho bom — ou a repulsa nele. Ela olhava para Minya e Kiska do jeito como os humanos olhavam para as crias dos deuses, como se fossem algo obsceno. E Grande Ellen...

Sarai sentiu-se ferida, roubada, como se tivesse levado um soco nos corações e rido de uma vez. Sua doce Grande Ellen tinha bochechas vermelhas e redondas que eles apelidaram de bochechas da felicidade. As bochechas dessa Ellen ainda eram redondas e vermelhas, mas felicidade não tinha nada a ver com essa mulher. Seus olhos eram tão frios quanto carne de enguia na neve derretida. Seus lábios estavam enrugados como um botão mal-costurado. E sua aura era pura ameaça.

Ela avançou em Minya. Pequena Ellen agarrou Kiska e a levou para a porta, onde Korako esperava. Esse tempo todo, a menininha estava olhando por cima do ombro, com um medo impotente no rosto. Minya lutou, chutou e cuspiu. Soltou um berro. Era o grito que morava dentro dela — apocalíptico, que rasgava a garganta e enchia a cabeça de raiva infinita. Ele foi expelido como um espírito se libertando da pele que o continha. Ali no sonho, distante da realidade, sua ira tomou a forma de um demônio. Ele se apresentou enorme, com pele vermelha e olhos de fogo. Fez as Ellens parecerem minúsculas. Ocupou o lugar todo. Quantos dentes, e que rugido. Sarai foi esmagada por sua fúria. Ela cambaleou, atordoada, mas também *satisfeita*, porque certamente Minya estava assumindo o controle. Ela iria dominar o sonho, e sua amiga também. Ela salvaria Kiska, *venceria* e enfim teria um momento de paz, mesmo que não fosse real.

Mas o demônio só uivou de angústia quando Kiska foi arrastada.

E então Grande Ellen levou o braço para trás e derrubou Minya no chão. O uivo era tão brutal que Sarai só conseguiu compará-lo com uma coisa: o momento em que seu corpo, após sua longa e silenciosa queda, bateu no portão, foi empalado, e morreu. A tempestade de raiva terminou. O demônio da ira desapareceu. E Minya jazia como uma boneca abandonada largada no chão.

27

OS VIVOS E OS FANTASMAS

Anos antes, Minya fizera todos prometerem nunca usar seus dons uns nos outros. Parecera um pouco desnecessário. Claro que era importante que Rubi não usasse o dela, mas e os demais? Os dons de Pardal e Feral não eram perigosos, e Minya nem os usava nos vivos. Ainda assim, todos juraram solenemente, completamente sob o feitiço de Minya — não relutantes, mas felizes. Eles a adoravam, adoravam sua língua afiada e seus olhos escuros. Mas agora Sarai compreendia que era do *seu* dom que Minya tentava se proteger enquanto faziam o juramento. Era o dom de Sarai que Minya temia. E, durante todos esses anos, Sarai mantivera a promessa, permitindo que Minya guardasse seus segredos. Se ao menos uma vez a tivesse desafiado, teria entendido?

Sarai saiu do sonho, atordoada e pálida. Lazlo estava ali. Segurava a outra mão dela e sentiu a emoção inundá-la, da mesma maneira que a sentira gritando *NÃO!* Seus corações retumbavam. Ele não sabia o que estava acontecendo. Era como estar trancado para fora de uma sala enquanto alguém que você ama está preso lá dentro com terrores desconhecidos.

— Você está bem? — perguntou. — O que aconteceu?

No começo, ela não conseguiu nem encontrar as palavras. Ficou olhando para Minya deitada nos travesseiros, sabendo que, do outro lado de uma barreira que só ela podia atravessar, Minya estava caída no chão de metal frio, sem travesseiros e ninguém para ajudá-la.

Ninguém *nunca* iria ajudá-la. Tudo o que ela faria, faria sozinha. Com sangue nas mãos. Sarai engoliu a bile que queria subir pela garganta.

— Chame os outros — disse a Lazlo. — Por favor. Fale para Pardal… — Engoliu novamente, lutando para não vomitar. Era útil se lembrar que não era real, não a bile em sua garganta, ao menos. O horror sim. — Fale para Pardal trazer o lull.

✶

No jardim, Pardal se ajoelhou ao lado de um conjunto de flores. Eram bastões-do-imperador, vermelhos e perfeitos. Ela sempre pensou que pareciam pequenos fogos de artifício explodindo.

Em Lamento, a cada ano no aniversário do Massacre, soltavam fogos de artifício. Aparentemente, havia todo tipo de festividades, mas os fogos eram as únicas coisas que podiam ver dali de cima. E embora as crias dos deuses soubessem o que estava sendo comemorado, era difícil não querer ver as flores de fogo iluminando a noite.

Os humanos não o chamavam de Massacre, mas de Liberação. Sarai trouxera esse fato de suas visitas a Lamento. Através das mariposas, testemunhara muitas coisas e trouxera histórias, como uma garota que vai a um baile e contrabandeia doces para as irmãs mais novas.

Só que agora ela tinha trazido muito mais que histórias, e até mais do que doces. Trouxera um *homem*.

Pardal gostava muito de Lazlo. Tendo-o como referência, pensou que podia confiar em Sarai para pescar mais humanos e trazê-los.

Era uma ideia perturbadora — estranhos aqui —, mas muito menos aterrorizante do que a ideia de ir a Lamento. Pardal queria deixar a cidadela, mas a cidade a aterrorizava. Quando era mais nova, sonhava com sua desconhecida mãe humana, imaginava-se morando com ela, certa de que, se tivesse uma chance, sua mãe a amaria também. Grande Ellen era gentil com ela, dizendo que eles precisavam dela ali, enquanto Minya era mais direta. "Eles vão acertar sua cabeça com uma pá e te jogar fora feito lixo", era o que dissera, e Pardal sabia que era verdade.

Não podia evitar se perguntar: e se não fosse azul? Faria diferença para sua mãe desconhecida se ela fosse humana, com cabelo marrom e sem magia?

Mas ela não era mais uma criança de olhos estrelados. Sabia que não havia, que jamais haveria um lugar para ela em Lamento, ou uma mãe esperando para tê-la de volta. Agora, quando se imaginava deixando a cidadela, era com florestas e prados que sonhava. As plantas não a rejeitariam. Estava louca para encontrar algumas samambaias, mas só de pensar nas pessoas, multidões, ruas de paralelepípedos, curvas erradas, becos sem saída, olhos arregalados, suspiros de susto...

Era demais.

Pardal estendeu a mão para o bastão-do-imperador e pegou uma flor. Como fizera no dia anterior com o botão de anadne, segurou-a enquanto sua vida expirava, sentindo-a fluir em um pulso acelerado. Pensava em algo.

Eles cinco não tinham tido ninguém para lhes mostrar como usar seus dons. Eram guiados apenas pela intuição, e quem saberia o que estavam perdendo. Pardal nunca soubera, por exemplo, que seu dom poderia funcionar ao contrário. Mas quando Sarai morreu, ela conseguira. Sua tristeza sugou a vida do solo e murchou as plantas ao seu redor. Foi uma descoberta desagradável. Não queria ser capaz de fazer aquilo. Era a Bruxa das Orquídeas. Fazia as coisas *crescerem*. Em sua maioria plantas, mas não só. Fizera o cabelo de Sarai crescer mais brilhante. Também fizera os próprios cílios crescerem, em uma explosão de vaidade boba, e o alvo pretendido, Feral, o Esquecido, certamente não percebera. Não que isso importasse agora.

Pardal se perguntava se não podia fazer mais. Esperou até que o bastão-do-imperador estivesse quase vazio da efervescência da vida. Então cuidadosamente colocou o caule cortado de volta no toco de onde o arrancara, distribuiu sua magia e observou para ver se algo acontecia.

E talvez algo fosse acontecer, ou não, mas então Lazlo estava na arcada chamando-a, e isso acabou com o experimento, pelo menos por ora.

✴

Lull era a bebida que Grande Ellen tinha fabricado para impedir Sarai de sonhar. Durante anos ela tinha a tomado na hora de dormir, para bloquear os pesadelos que se virariam contra ela no minuto em que adormecesse. Sob a influência do lull, não tinha sonhos de nenhum tipo, e só restava um calmo e vazio cinza.

Agora Sarai tinha um dilema.

— Se dermos lull a ela — Pardal observou —, não vamos conseguir entrar nos sonhos.

Era verdade. Não *haveria* sonhos para entrar. Sarai não poderia falar com Minya ou tampouco ver suas memórias. Estaria fechando a única porta que lhes oferecia uma esperança de atingi-la, ao menos por um tempo. Mas *não* dá-lo a ela parecia absolutamente cruel.

— Estamos a mantendo dormindo, o que significa que estamos a mantendo presa em um looping de pesadelos — Sarai falou. — Não podemos deixá-la acordar. É perigoso demais. Então pelo menos assim ela pode ter um pouco de paz. — Embora soubesse que a "paz" cinzenta da calmaria do lull estava muito longe de qualquer coisa como cura.

Eles queriam saber sobre os pesadelos. Podiam ver que Sarai estava seriamente abalada. Mal sabia o que lhes dizer. Quando Lazlo foi buscá-los, as implicações se desenrolaram e levaram a...

Estava tentando entender, tentando *acreditar*, e era como tentar tocar um forno quente: recolhendo a mão bem no último momento.

— Existem coisas que… podem não ser o que parecem — falou.

— Que *coisas*? — Feral perguntou. — Conte-nos, Sarai.

— Tem a ver com as Ellens.

— O porquê elas são assim? — Rubi acenou com a mão na direção da galeria, onde as enfermeiras estavam paradas de olhos vazios na porta da cozinha.

Sarai assentiu.

— Isso faz parte, acho. — Era só uma suspeita. Como ela poderia saber? Do que ela *sabia*, de verdade? — Vi algumas coisas nos sonhos de Minya. E sonhos não são realidade, claro, mas existe algo real ali, algo que dá forma a tudo. As Ellens… quando estavam vivas, eu…

Era tão difícil dizer. Parecia crueldade depositar suas suspeitas sobre elas. Se fosse verdade, eles precisavam mesmo saber? Não seria mais gentil deixá-los com a mentira?

Não. Eles não eram crianças que ela tinha de proteger, e ela precisava deles. Precisavam tentar entender isso juntos.

Ela desabafou de uma vez.

— Não acho que elas nos amavam. — Ela já estava pensando em dois conjuntos distintos de Ellens: as vivas e as fantasmas, como se não fossem as mesmas pessoas. — E não acho que elas tentaram nos salvar. Acho que é tudo uma mentira.

Os outros a encaravam quase tão vazios em sua incompreensão quanto as próprias Ellens… seja qual fosse o estado em que estivessem presas.

Sarai contou o que vira. Ela expôs cada peça do quebra-cabeça, sem formar nenhuma imagem, apenas exibindo-as. Ela esperava, verdade fosse dita, que alguém as organizasse em uma imagem diferente e refutasse suas suspeitas sombrias. Mas as peças pareciam se organizar sozinhas: havia repulsa nos olhos das Ellens. Sarai não conseguia esquecer a repulsa, nem o empurrão. E havia a mão vermelha — a mão vermelha e escorregadia de Minya —, e os corpos no chão, e as cenas fora de ordem, e as palavras de Minya: "Você também quer morrer?".

Havia a questão do borrão onde a mente de Minya escondia as Ellens dela. Por quê?

Mas, para Sarai, a peça mais empolgante do quebra-cabeça eram as próprias Ellens, congeladas na porta da cozinha desde o exato momento em que Minya perdeu a consciência. Quanto mais pensava sobre elas, mais pareciam... fantasias descartadas penduradas no closet.

— Deixe-me ver se entendi direito — Feral falou. — Você está dizendo que as Ellens não são... — Ele não conseguiu terminar a frase. — O que você *está* dizendo? — Ele parecia bravo, e Sarai entendia. Era como perder alguém, dois alguéns, que amavam e os amavam também. Pior que isso, era como perder a crença de que podiam *ser* amados.

— Que talvez elas nos odiassem como os outros humanos — Sarai falou. — E que talvez não fossem gentis e carinhosas, nem tentaram nos salvar. Que talvez não foi Eril-Fane quem as matou. Acho... Acho que foi *Minya*. — Era a única coisa que fazia sentido: a cronologia, a mão vermelha.

Também não fazia sentido algum.

— Se não nos amavam quando estavam vivas — Rubi disse, lutando para chegar à conclusão —, por que amariam *depois* da morte?

— Elas não amariam — Sarai falou. Era tão brutal e tão simples.

Havia mais uma peça no quebra-cabeça, a que completava a imagem.

— Sempre pensamos que Minya não conseguia dominar o olhar dos escravos — disse. — Que a possessão era imperfeita. — Virando-se para Lazlo, perguntou: — Ontem, quando eu... implorei para que você me salvasse, quando eu disse que tinha mudado de ideia... dava para saber que não era mesmo eu?

Lentamente, ele balançou a cabeça, e era isso: não provava nada, exceto que era possível.

Era possível que as Ellens não fossem as Ellens de verdade. Que as mulheres fantasmas que cuidaram de cinco crias de deuses, que os fizeram rir e os protegeram, os ensinaram e alimentaram e acalmaram suas dores, que resolveram suas discussões e cantaram para eles dormirem, não fossem nada além de fantoches.

O que significava que eram, na realidade, *Minya*.

E que talvez, só talvez, a garotinha esfarrapada com olhos de carcaça de besouro, maléfica, devastada pelo ódio e inclinada à vingança, era apenas uma *parte* de quem ela era.

Uma parte pequena e quebrada.

PARTE III

kåzheyul (kah.ZHAY.ul) *substantivo*

A desamparada sensação de não poder escapar do destino.

Arcaico; contração de ka (olhos) + zhe (deus) + yul (costas), formando "os olhos de deus nas suas costas."

28

DONS ENTERRADOS

Os aldeões mantiveram guarda em torno da nave-vespa, esperando a porta se abrir novamente, mas não aconteceu. A noite estava caindo. Kora e Nova estavam lá dentro fazia quatro horas, o que era... tempo demais. Seu pai estava tenso, sentindo o valor delas diminuir lentamente quanto mais eram reféns de homens estranhos, sem suas roupas. Skoyë estava tensa, porque se os dons de suas enteadas fossem fracos, elas não seriam mantidas lá por tanto tempo, e odiava a ideia de ver seus rostos exultantes, caso fossem escolhidas. Shergesh estava tenso; ele já via as garotas como suas, mesmo que só pudesse ter apenas uma delas. Muitos outros também estavam ansiosos, esperando sua vez ou a de seus filhos para disputar a única chance que teriam de glória e de uma vida diferente.

Dentro da nave, o clima era ainda mais pesado.

Era Nova quem vestia uma luva de metal divino agora. Ela sentiu o zumbido dominá-la e afundar em suas entranhas. Ela era azul-Serva, como em seus sonhos, mas não foi mais longe que isso. Ren, o telepata, leu sua mente, assim como fizera com Kora. Ele a guiou e a persuadiu.

Não pense, só sinta. Vá mais fundo.

Nossos dons estão enterrados dentro de nós.

Mas se havia alguma coisa enterrada em Nova, ela não a estava encontrando e estava à beira do pânico. Seria possível que não tivesse absolutamente nenhum dom? Nunca ouvira falar de algo assim. Dons fracos eram abundantes, mas *nenhum* dom? Jamais.

— Está tudo bem — assegurou-lhe Solvay, a única mulher da tripulação, desde o início, quando a sondagem inicial de Ren não mostrou nenhum ponto brilhante, como acontecera com o peito de Kora. — Alguns dons demoram mais tempo para se revelar que outros. É mais arte que ciência, mas somos treinados. Vamos descobrir.

Ela fora tão gentil, mas isso já fazia várias horas, e até ela parecia duvidosa agora. Tinham feito todos os testes que existiam, incluindo o mais simples de todos: o dom de um ferreiro nunca era modesto. Só era preciso tocar o metal para saber. Um ferreiro deixaria marcas, mesmo quando bebê. Não era o caso de Nova. E embora estivesse emparedada pela esperança, ainda assim foi um golpe. Haviam experimentado água, fogo e terra para testar a magia elementar. Haviam até lhe aplicado pequenos choques para estimular diferentes caminhos nervosos. Não doeu *tanto*, mas Nova estava exausta. Os Servos conversavam entre si, e ela e Kora podiam ouvir cada palavra.

— É incomum, mas não inédito — dizia Antal, o homem dos cabelos brancos. — Já ouvi falar de dons que levaram semanas para se manifestarem.

— Não temos semanas — Ren o lembrou. — A não ser que você queira ficar aqui e curtir esses odores fascinantes.

— Podemos levá-la — Solvay sugeriu — e deixá-los fazerem os testes na casa de treinamento de Aqa.

— E se ela for inútil? *Você* vai trazê-la de volta para cá?

Solvay olhou para Nova.

— Acho que… — disse, hesitante — ela iria preferir não voltar. Ela poderia arrumar trabalho em Aqa, se chegar a isso. Por que não? Temos espaço a bordo e poucas perspectivas de preenchê-lo.

Antal respirou profundamente.

— Não é nosso trabalho libertar garotas de suas vidas deprimentes, Solvay.

— É *nosso* trabalho encontrar os fortes, que são cada vez mais raros. E com uma mãe e uma irmã como a dela, quais são as chances de ela ser fraca?

Todos pararam de falar e olharam para Skathis, que ainda não tinha manifestado sua opinião. Durante esse tempo, ele apenas ficou observando, *rastejando* o olhar sobre Nova — como as moscas da praia, ela pensou, encolhida. Eles estavam esperando que ele dissesse algo. Também pareciam… no limite.

— Skathis? — Ren perguntou. Nova não conseguia nem respirar, com medo que ele apenas a largasse ali, pois ela não valia a pena. Segurava a mão de Kora com a sua mão sem luva, e a apertou com força.

O ferreiro se endireitou contra a parede.

— Há uma outra opção que ainda não foi mencionada.

— Não — Solvay disse de uma vez.

Skathis ergueu as sobrancelhas.

— Como é?

Ela parecia desconfortável de iniciar uma discussão com seu superior.

— É contra o protocolo.

— Essa é a minha nave. *Eu* estabeleço o protocolo.

— Você não pode estabelecer o protocolo imperial — Solvay insistiu, vermelha e sem ar. — Está sujeito a ele como todo mundo.

— Não sou como todo mundo — respondeu Skathis com uma voz de brasa fumegante.

Um breve silêncio caiu antes que Antal limpasse a garganta para sugerir:

— Por que não tentamos novamente pela manhã antes de considerarmos... outras opções?

— Acho que a garota gostaria de encontrar seu dom *agora*. — Skathis se virou para Nova. — Não é?

Não era bem uma pergunta, e Nova não sabia o que responder. Estava desesperada para encontrar seu dom, mas por que os outros pareciam tão perturbados?

— Eu não... — começou. — O quê...?

— Bom — Skathis falou. — É isso — encerrou, apesar de ela não ter concordado com nada.

— Espere. — Kora se colocou à frente da irmã. — O que vocês vão fazer com ela?

— Com *ela*? — Skathis perguntou com um sorriso. — Nada.

E a primeira pista que Nova teve do que pretendiam fazer veio quando as mãos da irmã voaram para a coleira de metal divino em volta do pescoço.

Kora engasgou. Sentiu a coleira se comprimindo e tentou enfiar os dedos por baixo para detê-lo — como se *pudesse*, como se o metal divino não fosse imune a tudo, exceto à vontade do ferreiro. Estava começando a apertar. Sua respiração ficou mais rasa, transformando-se em um sufocamento quando sua garganta se achatou sob a pressão da coleira. Ela nem teve tempo de dar um último suspiro antes que a coisa se fechasse sobre a garganta e bloqueasse todo o ar. Um som atormentado a rasgou. Seus olhos se arregalaram de pânico.

— Não! — Nova chorou, avançando sobre a irmã, agarrando a coleira. Em vão. Já sabia que não era uma ferreira. Virou-se para Skathis. Ele as observava com uma despreocupação enervante.

— Solte-a! — Nova berrou. — Vai matá-la!

— Espero que não — Skathis falou. — Astrais são realmente muito raros. Será uma pena se ela morrer. Cabe a você salvar sua irmã. Você tem poder, ou não tem? *Mostre-me.*

Nova disparou nele. Não estava pensando. Tentar derrubar um Servo do império — e ainda por cima um ferreiro! Era motivo para execução imediata. Mas ela não o alcançou. Ele deu um passo para trás, e o chão embaixo dos pés dela se liquefez, derrubando-a de joelhos antes de ficar sólido novamente e prendê-la. Ela se debateu, olhando loucamente de Kora — com a boca aberta e olhos em pânico — para o impassível Skathis. Os outros três Mesarthim permaneceram rígidos, deixando claro em suas expressões que temiam o capitão e não podiam detê-lo.

Só ele poderia acabar com aquilo, e Nova viu nitidamente — em todos os rostos — que ele não iria parar, que levaria isso até o amargo fim, mesmo que lhe custasse a vida de Kora.

Então, cabia a Nova salvar a irmã. Se existia algum dom nela, era preciso descobrir. Tinha desistido de procurar. Agora, frenética, tentou novamente... *sentir*, como Ren havia instruído, mas tudo que sentia era seu coração palpitante. Kora estava no chão, cada vez mais fraca. Nova percebeu que ela estava morrendo. Ela parou de se enganar, procurando um dom como procuraria uma concha na areia da praia. Não era mais sobre *esperança*. Era desespero...

... e era justamente o que Skathis queria. Em questões de vida ou morte, o corpo e a mente inundavam-se de químicos e acionavam até os dons mais teimosos. Esse era seu método cruel, violento e efetivo. Era como arrebentar uma porta quando não se encontrava a chave. Funcionava.

A raiva pulsou nas entranhas de Nova como ondas de choque em uma explosão, rasgando seu medo, sua preocupação e até mesmo seu pensamento consciente, de modo que ela parou de sentir o presente, parou de se perguntar o que era, e apenas... se *tornou* isso.

Muitas coisas aconteceram de uma vez. Kora respirou fundo.

Nova se libertou do chão que a prendia com tanta facilidade que pareceu água.

Skathis revelou surpresa em seus olhos durante uma fração de segundo, antes que o metal divino sob seus pés cedesse como um tapete arrancado de repente e o enviasse pelos ares. Ele bateu a cabeça com um estrondo. Os outros Mesarthim ficaram olhando, ansiosos, Skathis no chão, Kora respirando, Nova livre.

— Ela é uma ferreira, afinal de contas — soltou Solvay.

Mas Ren foi onde os outros não conseguiam, para dentro da mente de Nova, e quando sentiu o que estava lá, ele disse, horrorizado:

— *Não, ela não é.*

E em seguida, não estava mais em sua mente. Foi empurrado para fora dela, e então ela estava *na dele*, enrolando-a como uma pele de uul com seu rugido inarticulado de raiva. Suas mãos voaram para as têmporas, seu rosto se contorcendo com o ataque de sua voz, sua ira, seu *poder*. Ela invadiu sua mente, que subitamente ficou frágil como vidro, e se quebraria se o ataque não cessasse. Ele caiu de joelhos, ainda segurando a cabeça. Seu rosto era um rito de dor.

As mãos de Nova estavam fechadas em punhos ao lado do corpo. Sua postura era aberta, a cabeça caída, o queixo quase no peito e olhos semicerrados, com a respiração sibilando entre os dentes à mostra. As palavras também saíram sibilando.

— Solte. Minha. Irmã. AGORA!

Kora estava de joelhos agora, com a coleira nas mãos — em dois pedaços, como se tivesse quebrado ao meio.

Skathis levantou-se, desequilibrado e de olhos turvos. Havia sangue no chão e na sua nuca. Ele encarou Nova, lutando para encontrar o foco. Um grunhido de raiva incrédula transformou seu rosto simples em algo terrível.

Ele tinha liberado isso nela. Esse método raramente falhava. Como Solvay dissera, era contra o protocolo porque *era perigoso*. Mas Skathis nunca tinha temido antes, porque nunca havia conhecido alguém mais poderoso que ele.

Até agora.

Ele levantou as mãos para conduzir o mesarthium, para retaliar, *para acabar* com ela.

E *nada aconteceu*. Foi como querer pegar a espada e encontrar a bainha vazia. O dom de Skathis havia desaparecido.

— Ela não é uma ferreira — ele disse, com a voz grossa de ódio, fúria, *medo*. — É uma pirata.

Uma pirata. A palavra penetrou na bruma vermelha de Nova, mas não fazia nenhum sentido. Piratas eram ladrões assassinos do mar. Ela não. Só estava tentando salvar Kora. Olhou para a irmã, que estava fora de perigo, mas não conseguiu se acalmar. Seu poder estava enlouquecido dentro dela, novo e alto, livre e gigantesco, gritando por todas as veias, todos os nervos. Ela não sabia nem que poder era esse. Derramava-se nela, pegando tudo o que podia.

Se astral era um dom raro, pirata era ainda mais raro.

Mas astral era um dom bem-vindo, já pirata não.

Era o termo para aqueles cujo dom era roubar dons. Ele dificilmente despertava, e era mais uma espécie de história de bicho-papão dos Mesarthim que arrepiava a espinha dos Servos. Imagine uma pessoa que pudesse alcançar sua mente, arrebatar seu dom e usá-lo à vontade. Nova era assim, e sua magnitude era devastadora.

Skathis estava horrorizado e revoltado, e seu semblante era doentio. Ele deu um passo na direção dela e ela agiu por instinto. O metal divino surgiu à sua volta sem elegância nem controle. Subiu até seu pescoço. Formou uma coleira.

E a coleira se apertou.

— Parem-na! — Skathis engasgou.

E os outros tentaram. Bem, Ren não podia mais tentar. O telepata ainda estava segurando a cabeça com as duas mãos, como se fosse explodir. Seu rosto estava roxo. Os olhos apertados. O caos da mente de Nova *amplificava* sua agonia.

Solvay e Antal tentaram subjugá-la. O dom de Antal era controlar energia cinética. Ele poderia arrancá-la, privando os sujeitos de mobilidade ou aumentando-a para torná-los mais rápidos, mais fortes. Tentou imobilizar Nova. Solvay era uma soporífera, capaz de colocar as pessoas para dormir. Ambos tinham sido escolhidos para essa missão por sua capacidade de dominar alguém cujo dom estivesse descontrolado, impedindo-o de causar danos. Mas quando se concentraram em Nova, seus dons foram roubados e se voltaram contra eles com força dobrada — congelando Antal no lugar e instantaneamente enviando Solvay para o chão.

Ela estava apenas dormindo, mas Nova, vendo-a cair, pensou que a havia matado e gritou. O que quer que estivesse acontecendo ali, ela não conseguia controlar. Os Servos não podiam ajudá-la nem detê-la, e quanto mais seu pânico aumentava, mais seu poder aumentava.

Na vila, o povo de Rieva afastou-se da nave-vespa quando ela começou a balançar, as asas cortando como lâminas mortais de metal divino se batendo, esfolando os telhados das casas mais próximas e derrubando duas crianças, que caíram como uma pilha de escombros. Os gritos de horror se espalharam. Os aldeões fugiram. A vespa oscilou, esmagou uma casa e afundou no meio da vila antes de enfim desacelerar e cair imóvel.

Lá dentro, Kora segurava Nova nos braços, dizendo em seu ouvido várias e várias vezes:

— Estou com você, estou com você, está tudo bem, minha Nova, acalme-se, minha querida, minha irmã. — Até que por fim o som familiar e suave de sua voz começou a cortar o turbilhão da mente de Nova. Foi como uma corda lançada em um mar agitado. Nova a agarrou, e se salvou do afogamento. E o turbilhão, o mar revolto, diminuiu aos poucos — o suficiente para que os dons dos Servos, que ela mal sabia que roubara, começassem a fluir de volta para eles em dribles de poder até que Skathis, tendo recuperado um pouco de seu dom, foi capaz de agir.

Impiedoso, moldou uma massa de metal da parede atrás das garotas. E formou um porrete. Elas não o notaram. Ele atingiu a lateral da cabeça de Nova com um terrível *baque*. Os olhos dela se arregalaram, então se fecharam. Ela caiu nos braços de Kora, e os últimos dos dons roubados retornaram aos seus legítimos donos.

Ren conseguiu levantar a cabeça e abrir os olhos. Era uma visão horripilante, os olhos completamente vermelhos dos vasos sanguíneos estourados. Solvay se mexeu no chão e gemeu, e Antal foi libertado de sua paralisia. Skathis arrancou a coleira do pescoço e jogou-a para o lado. Retirou a luva de metal divino da mão de Nova. Ele não a transformou em um diadema ou coleira, apenas a recuperou.

Kora estava chorando, embalando Nova. Eram uma visão patética em suas roupas íntimas e sujas e rostos molhados — Kora amedrontada, Nova enfraquecida.

Solvay ficou de pé e sacudiu a cabeça para se recuperar. Antal ajudou Ren a se levantar.

— Isso foi... inesperado — o telepata falou, fraco.

— É por *isso* que existem protocolos — Solvay falou.

Skathis nem os fitou. Seu olhar estava fixo nas garotas. O pavor tomava conta de Kora. Ela se perguntou como poderia ter achado seu rosto simples benigno. Algo sinistro e selvagem fervia dentro dele. Ela nunca tinha ficado tão assustada.

— O que vai fazer com a gente? — ela conseguiu perguntar com uma voz sombria.

Os outros Servos se encolheram. Sabiam a resposta. Claro que Skathis iria matar essa garota que o tinha tornado tão inútil quanto um mortal.

Mas ele não atacou sem pensar. Se a ira de Skathis fosse puramente volátil, ele poderia ser menos mortal. Em vez disso, estava calculando. Era óbvio que queria matar a garota, mas ele sabia que, se a matasse, tornaria Kora inútil — como os restos de algo quebrado e perdido para ele. Ele queria o poder dela. Era jovem e estava subindo nas fileiras imperiais. Sua nave era pequena, apenas da classe corveta, o que significava ser designado para tarefas como esta, recrutamento. Se queria um dia comandar um navio de batalha, tinha de ganhar o metal divino e cultivá-lo, o que significava superar e manobrar todos os outros ferreiros da frota. Era um jogo traiçoeiro, jogado com astúcia e impiedosamente, e um espião ajudaria bastante em sua causa.

Que espião mais refinado do que um astral, pensou, particularmente um ligado a ele por obrigação? Estava decidido. Ele deixaria claro para ela mais tarde: a vida de sua irmã dependeria da sua obediência. Agora queria apenas ir embora daquele lugar miserável.

— Vocês não são mais um *nós* — falou para Kora.

O fundo da nave se derreteu para abrir um buraco embaixo de Nova, cuja forma flácida afundou nele. Kora gritou e tentou segurá-la, mas o mesarthium estava contra ela, prendendo-a no lugar enquanto arrastava Nova para baixo. Ela caiu um metro e meio para se estatelar com força no chão, com os membros inertes abertos. O metal se acumulou como uma maré virada, e Nova se foi.

— Não! — Kora gritou, arranhando o chão inutilmente.

— Você é minha agora — Skathis falou. — Seu único "nós" é *comigo*.

Eles não ficaram para testar os outros esperançosos de Rieva. Não se despediram do ancião da aldeia, Shergesh. A vespa simplesmente partiu, dobrando as pernas de metal, batendo as asas que causaram tantos danos à vila e se lançando no céu, levando Kora e deixando Nova inconsciente na terra.

✷

Nova acordou lentamente.

Seus olhos doíam. A cabeça doía. A boca estava seca e empoeirada. Ela não conseguia engolir. Estava em sua casa — a casa de seu pai e de Skoyë —, deitada no palete no chão. Era dia, a casa estava vazia, e isso era um erro. Ela e Kora estavam sempre acordadas à primeira luz — quando *havia* luz. Seus paletes então eram virados e guardados. Por um momento, piscou, doeu, desidratada, indisposta, se esquecera... de tudo. Mesmo dali, ela podia sentir o fedor de carcaças de uul apodrecendo na praia. O Abate. Em sua memória: a praia, um flash azul no céu.

Uma nave.

Um choque a atravessou. Tentou falar o nome de Kora. Saiu só um coaxar, e Kora não veio. Tentou novamente, mais alto. Outro coaxar, e Kora não veio de novo.

Nova sentou-se — e quase desmaiou quando o peso de sua cabeça não se sentou com ela. Balançou-se para a frente, com as palmas das mãos estendidas sobre os tapetes para impedir que caísse. Quando a sala parou de girar, abriu os olhos doloridos e se viu encarando as mãos.

Que não eram azuis.

Só quando ela as viu como eram — pálidas como sempre — que foi arrebatada por uma poderosa lembrança de vê-las *azuis*, uma brilhando em sua luva de metal divino, outra cintilando o azul de sua própria pele. Ela piscou através da névoa de sua visão e tentou entender o que era real. Parecia um sonho, as imagens vinham em flashes. A águia de Kora. A bola de metal arremessada. O zunido em sua pele. E... o que acontecera depois? Tudo estava nebuloso. Sempre seria nebuloso. Os flashes se organizaram em uma imagem, e um terrível e doentio medo brotou nela.

Onde estava Kora?

Passos de criança, ligeiros, e então Aoki, seu meio-irmão, correu para dentro, viu-a sentada, virou-se e saiu correndo. Estava gritando:

— Ma! Ela acordou!

Assim, a silhueta de Skoyë preencheu a porta. Suas mãos estavam em seu quadril. Era uma pose de triunfo.

— Está viva? — disse, decepcionada.

— Onde está Kora? — Nova coaxou.

— Oh, você não se lembra? — Não se engane: Skoyë adorou lembrá-la. — Eles a levaram. — Ela avançou, e Nova viu seu rosto familiar feroz de vingança. — *Você*, eles descartaram feito lixo. — Ela se aproximou. — O que aconteceu dentro daquela nave, Novali?

Kora tinha sido levada. Nova não conseguia pensar em nada além disso. Sentiu o golpe da realidade. A ausência de Kora era um vazio pulsante que nada poderia preencher.

— Quando?

— Três dias atrás — disse sua madrasta. — Já estão longe. Ela deve estar em Aqa agora. Talvez tenha encontrado sua mãe e estejam juntas sem você. Talvez tenham uma casa e morem juntas — ela continuou cruelmente, mas Nova não estava ouvindo. Era como se um pedaço da realidade tivesse sido arrancado dela, deixando um buraco que engolia qualquer som, qualquer pensamento.

Kora não estava lá, e ela ainda estava ali.

Não fora escolhida.

— Agora, levante-se — Skoyë falou. — Está com sorte. O Abate ainda não acabou. Vá para a praia. Os uuls não vão se esquartejar sozinhos.

29

DISTORÇÃO

Sarai deu a Minya uma pequena dose de lull com xarope de ameixa para quebrar um pouco do amargor, caso ela sentisse o gosto ao dormir. Tocou a mão da menininha e, cheia de pavor, entrou mais uma vez no sonho e no berçário, para esperar ao lado de sua forma suspensa enquanto o cinza descia e apagava toda dor, culpa e medo — e o restante também. Era melhor assim, Sarai sabia por experiência própria: às vezes, nada era melhor que algo. Tudo dependia desse algo.

Ela abandonou a mente de Minya, mas permaneceu com ela. Sentou-se ao seu lado e ficou de guarda. Disse a Lazlo que ele não precisava ficar.

— Bem, isso é um alívio — ele falou. — Estava me perguntando quando é que eu ia ter uma folga da mulher que eu amo, que é também a primeira e a única pessoa que *já* amei, e para a qual eu poderia fazer companhia com prazer sob literalmente qualquer circunstância para sempre.

Sarai lutou contra um sorriso, mas sem muita convicção. E Lazlo teria ficado ao lado dela no chão, com o ombro na altura perfeita para que ela descansasse a cabeça, mas Feral disse:

— Na verdade, será que você pode fazer aquelas portas funcionarem agora? — Ele deliberadamente evitou olhar para Rubi ao pedir, e Sarai não sabia dizer se o motivo dele era mantê-la afastada ou dar-lhes privacidade. Perguntou-se se ele sabia.

— Vá — Sarai disse a Lazlo quando ele a olhou. Ele lhe deu um beijo na testa e saiu com os outros, deixando-a sozinha com Minya.

Ela ficou observando a garotinha dormindo — tanta ameaça suspensa com algumas gotinhas de uma garrafa de vidro verde —, imaginando o que se escondia no labirinto de suas memórias. Sua suposição sombria poderia ser verdade? Será que as Ellens eram só fantoches esse tempo todo? Não parecia possível. Mas também não era possível recuperar sua antiga e confortável crença no amor delas, não depois do que vira no sonho.

Ela sabia que ainda não tinha terminado com o berçário ou o Massacre, e que teria de voltar e *continuar* voltando até encontrar uma maneira de fazer a diferença — um jeito de ajudar Minya e criar um futuro para todos eles. Mas, naquele instante, não conseguia. Precisava de um descanso dos pesadelos, e queria oferecer um descanso a Minya também. Talvez o lull permitisse a mente dela se acalmar um pouco, quebrando o *looping* terrível. Ela não sabia, mas estava grata que aquela urgência houvesse passado. Tinham tempo agora. Pelo menos isso.

✷

Desde que chegara, Lazlo sentia o mesarthium prendendo a respiração, chamando e esperando ser chamado. Havia tanta coisa acontecendo — coisas celestiais, infernais e intermediárias — que ele não tivera tempo para se concentrar nisso, mas estava ansioso.

Seguiu para o lado destro com Feral, Rubi e Pardal, e Feral repetiu o que dissera antes: que as portas costumavam responder ao toque.

Lazlo colocou as mãos na parede. A conexão foi instantânea e profunda. A cidadela era mais que uma estátua gigantesca. Era uma rede de sistemas criados por um deus, que estava adormecida desde a sua morte. Ela acordou para Lazlo.

As energias ondulavam e se estendiam.

E o absorviam, assim como ele as absorvia. Nada mudou externamente, mas algo crucial se transformou por dentro: o metal, sua assinatura, seu *ser*, tudo foi traduzido. Tudo o que fora de Skathis se tornou seu. Lazlo dissera a si mesmo que esse vasto e desconhecido mundo não poderia pertencer a ele, mas agora *pertencia*, e era ainda mais profundo e estranho do que isso. Não era apenas dele. Era *ele*. Era uma parte de si, de um jeito que quase parecia vivo.

Ele deixou sua percepção fluir. As energias pareciam pautas musicais ornamentadas, tecendo para dentro e para fora umas das outras, densas de informações e comandos. Havia toda uma linguagem em funcionamento, algo que nunca poderia ser explicado ou ensinado. Lazlo sabia aprender línguas. Era só trabalhar. Mas isso não funcionava assim. Essa língua simplesmente se entregou à sua mente, fazendo sentido para ele de uma maneira que só poderia ser descrita como mágica.

Feral estava certo. As portas podiam ser codificadas com impressões digitais, para que se abrissem apenas com o toque de pessoas autorizadas.

Ele gravou a porta de Feral com a impressão dele, e quando estavam indo para a próxima porta houve um momento de silêncio. Nem Rubi nem Feral se moveram. Até que Rubi limpou a garganta e Feral perguntou, tímido:

— Pode fazer com que ela possa abrir também?

E assim ele fez. Também liberou a porta de Rubi para os dois, e teve a premonição de que lhe seria pedido muitas vezes para que as mudasse de novo e de novo.

A porta de Pardal foi liberada apenas para ela, mas ela não a fechou. Estava acostumada com as cortinas, e perguntou:

— E as outras portas? Não as que estão abertas, mas as que estão fechadas?

Era uma ótima pergunta. Porque as portas de mesarthium não se fechavam, elas se derretiam e se tornavam paredes. Assim, não eram visíveis, muito menos o que havia atrás delas. O que a cidadela escondia? Um calafrio percorreu o grupo. Os que cresceram ali passaram horas de sua infância imaginando como seria o restante da cidadela, atormentando-se com a noção de que coisas maravilhosas estavam fora de seu alcance: bibliotecas, pistas de corrida e zoológicos; cozinhas imensas e incríveis, abastecidas com diversas delícias; salas de jogos cheias de outras crias de deuses presas levando vidas paralelas. Basicamente, qualquer coisa que desejassem, imaginavam que existia do outro lado de uma parede. Era enlouquecedor e parte integrante de suas paisagens mentais. Esses lugares estavam fechados para eles e, no entanto, apesar de serem inacessíveis, nunca seriam tão inacessíveis quanto a cidade. Não podiam sonhar direito com Lamento, onde seriam mortos se fossem vistos. As paredes ofereciam às suas mentes um lugar para ir, mesmo que não pudessem ir.

E agora a ideia de descobrir o que estava escondido fazia os pelos de seus braços se arrepiarem. Para Lazlo, era tudo novo, mas não menos excitante. Com a mão na parede, enviou sua vontade, ordenando que as portas ocultas se abrissem.

— Pronto — disse, quando uma emenda apareceu em uma parede expandida logo acima da passagem. Correram para lá, prendendo a respiração quando a parede se dividiu, se transformou em uma porta e revelou...

— Roupas de cama — Rubi disse, decepcionada. Era só um closet.

— Oh, que bom. — E pegou um conjunto de lençóis de seda para substituir os seus, que haviam sido queimados. — O quê? — perguntou, sem emoção, virando-se para encontrá-los observando-o com diversão nos olhos. — Tente dormir em lençóis rasgados para ver.

Lazlo sorriu e balançou a cabeça. Mal conhecia lençóis, muito menos lençóis rasgados. Aquilo podia ser uma prisão, mas era uma prisão luxuosa.

— Vamos procurar tesouros de *verdade* — Rubi falou. Estava focada, e disparou pelo corredor. — Deve haver despensas na cozinha. Deve ter açúcar!

Eles a seguiram, e descobriram que ela estava certa: uma despensa se abriu em uma parede ao lado da bancada dos fogões. Rubi foi na frente e, quando parou sob o batente, trombaram uns nos outros.

— O que é? — perguntou Pardal. — Por que você...? *Oh.* — Espiando atrás da garota, ela viu por que Rubi parara. Lazlo e Feral também, olhando por cima das cabeças delas.

Havia esqueletos na despensa — cozinheiros ou criados que ficaram presos quando Skathis morreu.

— Pobres almas — Pardal falou.

— Espero que não tenham comido todo o açúcar — Rubi disse, se enfiando ali para ver o que poderia encontrar.

— Selvagem — Feral disse, seguindo-a.

Pardal hesitou, e depois a seguiu também, mas não em busca de açúcar. Encontrou uma grande cesta vazia e começou a juntar os ossos e empilhá-los cuidadosamente dentro.

Lazlo a ajudou, estremecendo ante o destino dos esqueletos.

— Fico me perguntando quanto tempo aguentaram.

— Muito tempo, imagino. Presos em uma despensa. — Pardal balançou a cabeça. — Deve ter parecido sorte no começo, até que ninguém veio para socorrê-los.

Lazlo sabia o que ela queria dizer. Presos em qualquer outro lugar, teriam morrido em dias. Mas ali eles tinham suprimentos suficientes para se manterem vivos, além da esperança de resgate. Devia ter sido um tormento. Imaginou quantos outros ficaram presos quando as portas pararam de funcionar. Ficou preocupado.

— Talvez eu não devesse ter reativado as portas — disse. — Se algo acontecesse comigo... — Ele deu a Pardal um olhar cômico. — É por *isso* que você deixou a sua porta aberta?

Ela colocou uma caveira na cesta e soltou uma risada.

— Não é nada sombrio assim. Só estou acostumada com ela aberta. Se bem que, agora que mencionou isso, talvez eu a mantenha assim. — Ela lhe devolveu o olhar e acrescentou um sorriso. Só estava brincando, mas então seu olhar se fixou no lábio inchado dele. Algo pareceu lhe ocorrer, mas o ignorou e voltou aos ossos. Em seguida, lançou-lhe um segundo olhar, pensativa. — Isso deve doer — falou.

Lazlo, limpando o pó dos esqueletos das mãos, disse:

— Não posso reclamar.

— Bem, você poderia. Mérito seu que você não reclama. Acredite em mim, conheço reclamões. — E nesse momento, como se estivesse esperando a hora certa, um gemido veio do fundo da despensa. Era Rubi, que aparentemente encontrara um pote de açúcar vazio.

— Por exemplo isso — Pardal disse. — Posso tentar uma coisa?

Ela apontou para o lábio dele. Lazlo deu de ombros, incerto. Pediu que fechasse os olhos. Ele fechou, e sentiu um leve toque na boca. Sentia a ferida latejando, marcando pequenas pulsações, e então sentiu um formigamento. Depois, só notou o barulho quando Rubi emergiu, incandescente de decepção. As pontas de seus cabelos tremulavam enquanto ela amaldiçoava os esqueletos gananciosos.

— Rubi. — Feral tentou argumentar. — Eles literalmente morreram de inanição.

Pardal afastou a mão do corte de Lazlo e o toque foi esquecido com a discussão que se seguiu. Lazlo, pensando que talvez fosse melhor explorar as portas uma a uma, voltou atrás e estendeu a mão, contrariando sua ideia.

Por toda a cidadela, muitas portas se abriram. A maioria delas dava para dentro do tronco. No domínio de Minya, fora do átrio com sua cúpula sustentada por asas de anjo, uma escada foi exposta, subindo em uma espiral graciosa pelo pescoço do serafim até a cabeça, levando seus segredos.

E no coração da cidadela, na estranha esfera de metal que flutuava no centro da grande câmara vazia, apareceu uma emenda. Ela corria verticalmente do zênite ao nadir. Suavemente, silenciosamente, a esfera se abriu, e dentro dela havia...

... nada.

A esfera flutuante, com seis metros de diâmetro, era oca e estava vazia. Mas... havia algo errado com o vazio, embora ninguém estivesse lá para perceber. Uma *distorção* quase imperceptível oscilava no centro. Não havia nada lá, mas o nada se *movia*, como uma flâmula ondulando na brisa.

Em toda a cidadela, as portas abertas começaram a se fechar novamente sem ninguém para testemunhar. Exceto...

No coração da cidadela, um grito se derramou no silêncio. A câmara tinha sua forma de engolir o som, e o que em outros lugares teria sido um grito de alma penada foi abafado, como o lamento distante de uma mulher.

Era Aparição, a águia branca, que se materializava do nada. Ela mergulhou em direção à esfera flutuante no momento em que ela estava fechando, deslizando entre as bordas de metal para atingir o nada, e… desaparecer.

Aparição era algo antinatural, conhecido por seus sumiços. Mas dessa vez foi diferente. O pássaro não desapareceu ou derreteu no ar. Ela atingiu a ondulação da distorção e o ar se separou ao seu redor, escancarado como um rasgo de tecido. Houve um vislumbre do céu, e… não era o céu de Lamento.

E então as bordas do ar voltaram ao lugar. A esfera se fechou.

Tudo silenciou.

O pássaro não estava mais lá.

30

COMO COMER BOLO NOS SONHOS

O sol se pôs. Um jantar agradável foi preparado e comido. Sarai cuidou de Minya, lhe deu comida e a limpou, deixando-a com Feral. Então seguiu para o quarto.

Lazlo tinha ido na frente; e seus passos pelo longo corredor destro eram muito mais rápidos e leves do que costumavam ser. Na verdade, seus pés mal tocavam o chão. Durante anos, depois do pôr do sol, quando os outros iam dormir, ela voltava para o quarto não para dormir, mas para liberar suas mariposas e visitar os pesadelos do povo de Lamento. E apesar de visitar centenas de mentes todas as noites, sempre se sentia sozinha. Mas não mais.

Parou na porta. Suas entranhas se agitaram, sabendo que Lazlo estava ali e que tinham a noite pela frente.

Naquela manhã, com o nascer do sol adentrando cor-de-rosa pela janela, ela fez suas roupas sumirem e se deitou na cama com Lazlo. Dormiram pele contra pele, e se encontraram em um sonho, e ali também ficaram pele contra pele.

Ser um fantasma era bem parecido com estar em um sonho. Nenhum deles era "real", no sentido estrito da palavra. Sonhos eram embasados em memórias, experiências. E Sarai descobriu com Lazlo, em seus esforços em conjurar um bolo, que não era possível provar o que você não conhecia.

O mesmo acontecia com sua carne fantasma. Sarai sabia que qualquer sensação agora era o melhor palpite de sua mente, com base no que havia experimentado antes. E ela não havia experimentado quase nada. Lazlo nunca tinha tocado sua pele real, exceto quando carregara seu cadáver, e ela só o beijara em sonhos. Então, quando os lábios dele roçaram seu mamilo ou quando as pontas dos dedos contornaram seu umbigo, ela só podia imaginar a sensação. Parecia real. E foi *maravilhoso*, mas ela não podia deixar de pensar que era como comer bolo em sonhos, ou seja: um fantasma pálido da verdadeira e requintada vastidão de prazer que era privilégio dos vivos.

Não que ela tivesse aproveitado esse privilégio quando estava viva. Nunca tivera a oportunidade, e nunca mais teria. Era triste, mas havia uma graça salvadora: nos sonhos, a sensação podia ser *compartilhada*, assim como as emoções e o sabor do bolo. Se algo fosse conhecido pelo sonhador, poderia ser transmitido ao outro através do sonho, de modo que, quando Sarai roçou os lábios sobre o mamilo de Lazlo, ou quando passou a ponta dos dedos pelo umbigo dele, ela sentiu o que ele estava sentindo, e puderam compartilhar aquela requintada vastidão.

Era nisso que pensava, corada, quente e ansiosa, ao entrar no quarto... para encontrá-lo transformado.

Ela parou na porta e olhou em volta, surpresa. O cômodo sempre fora bonito, mas era apenas uma sala, maculada pelo fato de Skathis tê-la feito para Isagol — o dom de um monstro para outro.

O que quer que tivesse sido, não era mais "apenas uma sala". Era uma terra encantada. Uma clareira na floresta. Estava *viva*.

Havia árvores altas e estreitas, cobertas de trepadeiras se balançando. Não dava para ver as paredes. Um caminho de pedras seguia para além da vista. Encantada, Sarai deu um passo para a frente. Assim que colocou o pé na primeira pedra, uma serpente de mesarthium deslizou sobre os dedos dos seus pés. Com um pequeno suspiro, observou-a desaparecer, sinuosa, na vegetação rasteira. Os detalhes! Sua pequena língua bifurcada. Emaranhados de hera caíam em cascata através de samambaias, e cogumelos menores que a pontinha do polegar cresciam na casca musgosa das árvores. Ela viu uma raposa, uma abelha. Ambas tinham asas, e fugiram.

Tudo era de metal azul. Mas era de noite, e tudo fica azul de noite. Sarai permitiu que sua mente relaxasse naquela fantasia, e seguiu o caminho de pedras. Era como um conto de fadas, e ela poderia ser a donzela prestes a conhecer alguma criatura mística — uma velha que concede desejos ou um enorme gato sábio — e ter toda a sua vida transformada.

Ela chegou a uma clareira, e não havia velha nem gato ali, mas Lazlo, encostado em uma árvore, tentando parecer casual com uma enorme iguana em seu ombro.

— Oh, boa noite — cumprimentou. — Está perdida, senhorita? Posso ajudar?

Sarai mordeu o lábio para reprimir um sorriso, tentando parecer recatada.

— Acho que *estou* perdida — respondeu, entrando na brincadeira. — Olhou em volta. Tudo estava mudado. O teto era alto, não mais abobadado. Dele pendiam folhas e flores. As mariposas passeavam entre as flores, e vaga-lumes voavam, com as barrigas iluminadas por pedacinhos de pedras preciosas. — Você pode me dizer... Acho que havia *uma cama* em algum lugar.

— Uma cama? — Lazlo fez uma pose pensativa. — Pode descrevê-la?

— Bem, sim. Era grande e horrível.

— Só conheço uma. — Ele torceu seu lindo nariz torto. — Pertencia à bruxa.

— Sim, exatamente.

— Se foi. — Ele falou, confiante: — Há uma nova, porém, feita especialmente para a deusa dos sonhos.

Deusa dos sonhos. As palavras se infiltraram docemente na mente de Sarai, e ela imaginou uma garota com cabelos cor de canela encarando outra no espelho, uma, musa dos pesadelos, a outra, deusa dos sonhos. Qual era real, e qual era o reflexo?

— Verdade? — ela falou. — E você espera que ela passe por aqui?

— Espero que sim. — Lazlo deu um passo na direção dela. O rabo da iguana pendia em seu ombro. — Fiz esse caminho só para atraí-la para cá.

— Você quer me dizer, bom senhor, que está à espreita na floresta na esperança de levar uma deusa para a cama?

— Admito que sim. Espero que ela não se importe.

— Te garanto que não.

A deusa dos sonhos, ela pensou, se existisse, usaria diáfano e luar. E assim que pensou, assim se *fez*. Sua pele emitia um brilho sutil. Seu vestido flutuava como névoa, e uma coroa de estrelas e vaga-lumes cintilava em seus cabelos castanho-avermelhados.

— Mostre-me essa cama — ela disse, com uma voz baixa e líquida, e Lazlo a pegou pela mão e a conduziu através das árvores.

A iguana não foi convidada.

31

UM HOMEM QUE A AMA O SUFICIENTE PARA VOLTAR PARA VOCÊ, MESMO QUE VOCÊ SEJA UM FANTASMA QUE MORDE

Foi decidido que na manhã seguinte Lazlo desceria na cidade para falar com Eril-Fane.

Ele montou em Rasalas no jardim e não pôde deixar de se lembrar de quando montou em um espectral na biblioteca e saiu com os Tizerkane. Fora a primeira vez que montou em qualquer coisa, e não estava vestido nem preparado para isso. Suas vestes se ergueram para revelar chinelos puídos e panturrilhas nuas e pálidas, e ele sabia que estava ridículo. Bem, hoje ele estava descalço e vestindo as roupas de baixo de um deus morto, mas agora não se sentia ridículo. Era impossível se sentir tolo quando a deusa dos sonhos o olhava com encantamento.

— Volte para mim — Sarai lhe disse, ansiosa. Ele lhe garantiu que era seguro e que se cuidaria, mas ela estava preocupada. — Prometa.

— Prometo. Você acha que algo poderia me afastar de você? — Um brilho surgiu no olhar de Lazlo. — Quem iria *não* me beijar se eu não tivesse você?

Sarai se lembrou do importante trabalho de proteger os lábios dele. Bem, ela falhara redondamente *nisso* na noite passada. Na verdade, na luz baixa e na maravilha daquilo tudo, havia se esquecido, e não houve estremecimento ou sabor de sangue para lembrá-la.

— Não quero nem pensar nisso — disse, olhando para o lábio em questão, que estava muito melhor. O inchaço desaparecera, e o que antes estava em carne viva era apenas um pequeno machucado agora. Tinha sarado rápido, ela pensou.

— Não precisa pensar — Lazlo falou. — Só quero você. Mesmo que você *seja* um fantasma que morde.

Sarai torceu o nariz para ele.

— Vou te morder agora mesmo — ameaçou.

Ele se inclinou para ela. Os dentes dela eram suaves nos lábios dele, assim como a ponta de sua língua.

— Você chama isso de mordida? — ele sussurrou contra a boca dela.

— É uma mordida que sonha em ser um beijo — ela murmurou de volta. — Vamos ensiná-la depois.

Sarai ficou quente por toda parte, maravilhada com essa nova vida deles e com todas as noites que tinham pela frente compartilhando a clareira encantada.

— Gosto da ideia — ela falou, e Lazlo se ergueu. Sarai acariciou a lateral do pescoço de Rasalas como se fosse uma coisa viva, e então Lazlo se foi, e ela seguiu para a balaustrada para observá-lo voar, pensando em como, de todas as coisas que conjurara em anos desejando outra vida, nunca lhe ocorrera almejar um homem que a amasse o suficiente para voltar para ela, mesmo que ela fosse um fantasma que mordia.

✶

Na cratera, Thyon viu a forma no céu e apontou ao dizer:

— Olhem.

O ritmo do carrinho puxado pelo burro era lento demais, então correram, todos eles — Ruza, Tzara, Calixte e Thyon —, pelas ruas desertas em direção ao centro da cidade, observando criatura e cavaleiro desaparecerem atrás dos telhados. Thyon correu porque os outros estavam correndo, mas se sentia um impostor. Eles tinham motivo para correr: Calixte estava ansiosa para ver o amigo, e Ruza e Tzara também, ou então para fazerem sua parte na defesa da cidade *contra* ele. Thyon honestamente não sabia, e pensou que tampouco sabiam. De qualquer maneira, quando chegaram ao quartel, passaram direto pelo portão sem se virar para olhar para trás. Thyon diminuiu a velocidade e parou do lado de fora. Ele não era Tizerkane. Não podia entrar. Calixte também não, mas ela era diferente: era *amada*.

As coisas que ela dissera antes brotaram em sua mente quando se viu parado e sozinho do lado de fora do portão. Tudo se resumia a que tipo de forasteiro gostaria de ser, e ele sentiu profundamente: ele era do tipo errado.

Teria que dar a volta no muro do quartel. Eram apenas alguns quarteirões da cidade. Não sabia onde Estranho tinha pousado, mas se contornasse o perímetro, imaginou que descobriria. E se tivesse pousado lá dentro, bem, não era como se Thyon tivesse algo para dizer. Por que tinha vindo? Poderia ter ficado para trás, descido na cratera e entrado na biblioteca por conta própria.

Para caminhar estupidamente entre textos antigos que não conseguia decifrar.

— Nero! — Veio um grito.

Thyon se virou. Era Ruza, colocando a cabeça para fora dos portões.

— O que você está fazendo? — perguntou, irritado. — Venha. — Como se fosse óbvio que ele devesse segui-los.

Thyon passou os dedos sobre as ataduras das mãos, engoliu o nó inexplicável na garganta e fez exatamente o que lhe foi ordenado.

✷

Quando saíra voando da cidade, Lazlo segurava o corpo de Sarai, angustiado demais para perceber que estava no ar e triste demais para ter medo. Sem mencionar que voar para *cima* é uma proposta completamente diferente de voar para *baixo*. Sobrevoar a balaustrada foi como mergulhar em um penhasco, e houve um momento de parar o coração em que temeu se tratar de um erro, e que Rasalas cairia como uma pedra. Mas ele não caiu. Ele deslanchou. *Eles* deslancharam, montando os campos magnéticos como uma ave de rapina em uma corrente de ar.

Desceram em espiral, em direção ao quartel dos Tizerkane, no centro da cidade. Da última vez que Lazlo estivera ali, Ruza e Tzara e alguns dos outros brincaram sobre explodir as crias dos deuses em um "cozido azul". O ódio deles, como Suheyla tentara avisá-lo, era como uma doença. Será que o *odiariam* também?

Voando mais baixo, viu figuras no chão correndo de um lado para o outro, como homens de guarda. Ouviu gritos. Tornou-se mais cauteloso e prosseguiu devagar, prendendo a respiração enquanto se aproximava das torres de vigia. Silhuetas se moviam dentro delas. Não conseguia distinguir rostos. Ele deu um sopro nas asas de Rasalas, sentindo o peso dos olhares quando pousaram na rua — suavemente, sem estrondos ou paralelepípedos se rachando como Skathis fazia. Ele desmontou e caminhou devagar, pensando que representaria uma ameaça menor se estivesse longe da criatura. Então esperou.

Depois de alguns momentos ouvindo vozes elevadas que não conseguia entender, a porta da guarita se abriu e Eril-Fane emergiu, seguido de perto por Azareen. Ambos pareciam suntuosos e cansados e, pensou, mais velhos do que quando os vira pela última vez. Ainda assim, teve de admitir, eles não eram tão velhos. Quando Eril-Fane se tornou o Matador de Deuses, tinha a idade de Lazlo: vinte anos. Quinze anos haviam se passado desde então, fazendo-o ter trinta e cinco agora, e Azareen era um pouco mais nova. Ainda tinham uma vida pela frente, depois que toda essa guerra terminasse. Talvez até uma família.

Lazlo permaneceu parado no lugar para que eles se aproximassem.

— Você está bem? — Eril-Fane perguntou.

A pergunta o pegou desprevenido. De todas as coisas para as quais havia se preparado, essa simples preocupação não lhe passara pela cabeça.

— Na verdade, sim — embora estivessem fadados a achar tudo estranho até que tivesse uma chance de explicar. Afinal, na última vez que o viram, ele estava segurando o cadáver de Sarai no peito, e não tinham como saber que ela sobrevivera de algum modo. — E você?

Eril-Fane disse:

— Já estive melhor. Esperava que você viesse. Conte-me agora, Lazlo. Estamos em perigo?

— Não — Lazlo respondeu, profundamente grato por ser verdade. Se não fosse Rubi e Pardal drogando Minya, ele teria aterrissado ali com o peso de decidir quem salvar e quem sacrificar.

Azareen emitiu um som de descrença.

— Então está tudo bem agora? É isso que está nos dizendo?

Ele balançou a cabeça.

— Estou dizendo que vocês não estão em perigo. Não significa que esteja tudo bem. — Lazlo viu a desconfiança dela, e não a culpou por isso. O mais sucintamente que pôde, colocou-os a par da situação:

Sarai estava morta, mas não tinha partido. Sua alma estava presa a uma garotinha imutável, a mesma que mantinha todos os fantasmas escravizados e que atacara o trenó de seda. Que essa garota apenas possuía uma enorme sede de vingança, e que ela estava drogada agora, inconsciente, dando-lhes tempo para elaborar um plano.

— Mate-a — Azareen falou. — Aí está seu plano.

— Azareen — Eril-Fane a censurou.

— Você sabe que estou certa — respondeu. Então falou para Lazlo: — Ela quer vingança, e você quer nos proteger? Volte lá pra cima e mate-a.

— *Azareen* — repetiu Eril-Fane. — Essa não pode ser a única resposta.

— Às vezes é. Foi para Isagol, Skathis e os outros. Às vezes, matar é a única resposta.

Por mais duro que fosse, Lazlo pensou que devia ser verdade, que algumas pessoas estavam além de qualquer esperança de redenção e só causariam tristeza e sofrimento enquanto tivessem permissão de viver.

— Espero que essa não seja uma dessas vezes — falou. Motivos corriam desenfreados por sua mente. *Ela é uma sobrevivente. É o que vocês fizeram dela. É minha irmã.* Mas só disse: — Ela mantém a alma de Sarai neste mundo. Se ela morrer, Sarai estará perdida.

Isso reprimiu a insistência de Azareen, que fechou a boca com força e lembrou-se de Eril-Fane caindo de joelhos e chorando ao ver a filha morta. Se realmente tivesse de escolher entre crias de deuses e humanos, bem, ela faria o que precisava ser feito. Mas sabia que se isso acontecesse, acabaria com qualquer esperança, ainda que remota, de seu marido reivindicar seu direito de viver e ser feliz.

— O nome dela é Minya — Lazlo disse, esperando torná-la real para eles. — Era a mais velha no berçário quando... Bem. Ela salvou quatro bebês. — Ele piscou, encarando Eril-Fane. Tudo levava ao Massacre, e dizer seria apontar o dedo para ele. — Ela... ouviu tudo.

— Não tente me poupar — Eril-Fane falou, sombrio. — Sei o que fiz. E agora ela quer vingança. Quem pode culpá-la?

— *Eu* posso — Azareen disse. — Já aguentamos o suficiente. Sacrificamos o suficiente!

Uma nova voz falou:

— Essa decisão não é nossa.

Era Suheyla. Quando viu Lazlo descendo, já estava indo para o quartel, com uma pilha de seus grandes discos de pão achatado, embrulhados em um pano e ainda quentes, equilibrados na cabeça. Agora ela o encarava de baixo de seu fardo. Era a primeira vez que o via azul, e ficou menos abalada do que temera, talvez porque havia se preparado. Ou talvez fosse apenas que seu rosto ainda era seu rosto, seus olhos ainda eram seus olhos — inocentes, sinceros e cheios de esperança.

— Olhe para você — falou, colocando os pães no chão. — Quem poderia imaginar? — E lhe estendeu uma mão.

Ele a pegou, e ela pousou a outra — na verdade, seu punho onde antes havia uma mão — em cima e apertou. Isso o lembrou dos sacrifícios que o povo de Lamento havia enfrentado, e também de sua resiliência.

— Fiquei tão surpreso quanto todos — ele disse. — Desculpe ter ido embora sem me despedir.

— De vez em quando essas coisas estão além do nosso controle. Agora, o que é isso sobre a alma da minha neta?

Neta. Havia uma consideração nessa palavra, e Lazlo sentiu uma forte pontada de esperança por parte de Sarai. Ele sabia que significaria muito para ela ser considerada como família. Respondeu para Suheyla. Ele não podia ver, como os outros, como ele ficava quando falava de Sarai, ou saber o efeito que isso causava neles — como se a ideia dela fosse traduzida através de amor e admiração, e todas as associações deles com as "crias dos deuses" fossem questionadas.

— Ela está entrando nos sonhos de Minya — falou. — Sarai acha que ela está presa, de alguma forma, no passado. Temos esperança de que possa ajudá-la a enfim se libertar do... que aconteceu aquele dia.

Azareen e Suheyla talvez entendessem mais que os dois homens: a garotinha era um contraponto a Eril-Fane, ambos presos naquele mesmo dia horrível, ambos salvadores e ambos quebrados. Azareen engoliu em seco e foi vítima do eco do presságio da véspera: o pássaro branco e sua sombra, e a sensação de que o destino estava à caça, e já havia escolhido sua presa.

Não. Ele não o teria.

— Então leve a cidadela embora — ela deixou escapar, sua voz zumbindo no limite da cólera e do desespero. — Se não pode matá-la, ao menos faça isso, e nos liberte também.

Um silêncio seguiu suas palavras conforme os outros as assimilavam. Eril-Fane falou primeiro.

— Precisamos trazer nosso povo para casa — falou para Lazlo, que viu vergonha em seu rosto, como se lhe doesse pedir para que partissem, como de fato aconteceu. Mas seu primeiro dever tinha de ser com seu povo e sua cidade.

Lazlo assentiu com a cabeça. Afinal, era por isso que havia ido até ali: para ajudar Lamento a resolver esse exato problema, pouco suspeitando, na época, que era o único que poderia ajudar. Com Minya inconsciente, não havia impedimento real.

— Justo — Lazlo respondeu e, ante a perspectiva de puxar a âncora e mover toda a cidadela, sentiu tanto apreensão quanto excitação. Para *onde* poderia mover a cidadela?

A resposta que lhe veio foi... para *qualquer* lugar.

A apreensão desapareceu. Lazlo deixou a compreensão preenchê-lo: ele possuía um palácio de metal mágico que poderia moldar com a mente — um palácio de metal mágico e *voador* que poderia moldar com a mente — e, pela primeira vez na vida, tinha um tipo de família, e juntos tinham... o mundo, o mundo todo. E *tempo*. Isso era crucial. Eles tinham tempo.

— Vou perguntar aos outros — afirmou.

— *Você* é quem pode movê-la — Azareen insistiu. — A escolha é sua.

Lazlo balançou a cabeça.

— Só porque o poder é meu, não significa que todas as escolhas sejam. — Mas ele viu que a rispidez de Azareen era decorrente não do ódio pelas crias dos deuses, mas de preocupação. Suas feições severas e adoráveis estavam atormentadas por isso, as mãos se fechavam e se abriam, incapazes de se conterem. — Mas acho que eles vão concordar — falou para ela. — Sarai já pediu para Minya reconsiderar isso.

Não havia muito mais a ser dito. Lazlo voltaria para a cidadela para falar com os outros, então voltaria para transmitir sua decisão. Estava preocupado com as âncoras, e se poderia haver danos às estruturas circundantes quando as erguesse. Pelo menos a cidade estava vazia. Não haveria risco de vítimas, mas Eril-Fane informou que enviaria soldados para garantir que as áreas estivessem limpas.

— Poderíamos fazer uso de suprimentos para viagem — Lazlo falou. — Não há muito o que comer lá em cima. — Ele gesticulou para as próprias roupas. — Ou o que vestir.

— Podemos fazer isso — Eril-Fane disse.

Azareen quase sentiu alívio — estavam tão perto de se libertar da cidadela e das crias dos deuses. E imaginou como seria. Mas, até que o céu ficasse claro, ainda não estaria pronta para acreditar, e talvez nunca estaria. Ela se lembrava de como era sentir alívio? De qualquer modo, prendia a respiração, esperava pelas palavras que já sabia que Eril-Fane diria.

— Você acha... que eu poderia conhecê-la? — perguntou, hesitante. — Posso ir com você?

Lazlo sabia que Sarai ansiava para que seu pai quisesse conhecê-la, então apenas assentiu sem falar nada, por medo de que a emoção o vencesse.

— E eu também — Suheyla falou.

Azareen queria gritar. Eles não sentiam a corda do arco do Destino esticada? Tentou dissuadi-los.

— Só os deixem ir embora — implorou. — Não voltem lá.

Mas o fardo de culpa e vergonha do Matador de Deuses não permitiria que ele despejasse os sobreviventes de seu próprio banho de sangue como se fossem um incômodo, sem ao menos enfrentá-los — sem ao menos encarar sua *filha* — e assumir a responsabilidade, oferecendo a ela um lugar para alojar todo o peso que ela teve de carregar durante esse tempo. Ele devia isso a ela e poderia aceitar o peso de sua culpa, esperando que isso a deixasse mais leve.

Eril-Fane passou o comando temporário a um capitão chamado Brishan, e deu ordens ao intendente listar e providenciar suprimentos para a cidadela.

Os quatro poderiam se encaixar em Rasalas, mas essa deselegância era desnecessária. A criatura era a besta da âncora norte. Havia mais três âncoras e uma besta para cada uma, e Lazlo as alcançou estendendo a mão, sentindo-as e despertando-as da mesma forma que despertara Rasalas. Era mais fácil agora. Não precisava nem estar perto delas, ou vê-las. Tinha a sensação de que seu poder estava crescendo o tempo todo. Lazlo as chamou e elas responderam, apressadas e, assim como Rasalas, com o toque de sua mente, transformaram-se em *suas* criaturas, de modo que o que Skathis tornara hediondo, ele tornara bonito.

No momento em que pousaram ao lado de Rasalas, não eram mais as bestas grotescas que brilhavam sobre a cidade.

Thyon, saindo pela guarita com Ruza, Tzara e Calixte, as viu e pensou que pareciam ter saído direto das ilustrações de *Milagres para o café da manhã*, o livro de contos de fadas que Estranho trouxera de boa-fé, e ele mantivera, de má fé. Havia um cavalo alado, um dragão e um grifo, todos extraordinários.

Uma agitação atravessou os Tizerkane, mas o medo não podia se inflamar propriamente. Essas não eram as bestas de seus pesadelos.

Eles montaram: Azareen subiu no cavalo, e Suheyla foi atrás do filho no grifo, deixando o dragão sem cavaleiro.

Em um segundo, a mente de Thyon lampejou diante dele uma história alternativa de sua própria vida, na qual agradecia o garoto que lhe trouxera um livro de contos de fadas ao amanhecer, em vez de desprezá-lo e empurrá-lo pelas escadas. E depois, em vez de ameaçá-lo e roubar seus livros e tentar roubar seu sonho, ele poderia tê-lo apresentado ao próprio Matador de Deuses, e o recomendado para a delegação. Se tivesse feito essas coisas, todas as quais, sem dúvida, Estranho teria feito em seu lugar, poderia *ele* estar montado naquele dragão de metal agora, voando para a cidadela com eles?

Seu cérebro criou essa fantasia aproximadamente no tempo que levou para Estranho balançar a perna nas costas de sua criatura. Quando o grupo decolou, Thyon, na terra, sentiu todas as escolhas que fez, todas as ações que tomou, como um peso que carregava consigo. Ficou se perguntando: poderia abandonar ou jogar esse peso fora, ou seria para sempre uma parte dele, tanto quanto seus ossos e seus corações?

32

TODAS AS BORDAS IRREGULARES

Sarai conhecia bem seu pai. Centenas de vezes ela pousou mariposas na testa dele, observando-o dormir, atormentando-o com pesadelos. Ela percorrera os caminhos de sua mente e estremecera com os horrores que vira ali. Ela até o vira nos sonhos dos outros — como um menino, um jovem marido, um herói. Mas nunca o havia encontrado.

Quando viu não apenas uma forma voadora, mas *quatro* se levantando de Lamento, entendeu quem deveria ser e se afastou da balaustrada, tomada por uma onda de emoções: medo, esperança, vergonha, saudade, cada uma se emaranhando nas raízes da outra. Ela já o tinha odiado. Minya havia se assegurado disso. Mas, quanto mais tempo passava tecendo pesadelos para atormentá-lo, mais entendia que o pior pesadelo que poderia conjurar ficaria pálido ao lado dos que já viviam dentro dele. Não era ódio que o comia vivo. Eril-Fane era corajoso, podia lidar com o medo. Mas culpa e vergonha eram corrosivas, e o grande Matador de Deuses era só uma casca.

Sarai não o odiava mais havia muito tempo, e deixara de atormentá-lo, embora Minya a tivesse criticado, chamando-a de traidora e coisas piores. Mas Sarai sabia o que sabia — o que *apenas* ela sabia —, e a maior façanha que já testemunhara era a que ele realizava todos os dias: viver pelo bem dos outros, quando seria muito mais fácil desistir.

Ela esperava que ele a amasse, que fosse um pai para ela? Não.

Sim.

Mas não. Ela sabia o que só podia ser conhecido por ter adentrado sua mente: o que Isagol aprontara com ele. Isagol, sua mãe, a bela e terrível deusa do desespero. Ela o fizera amá-la, e em seguida destruíra o amor.

Então Sarai esmagou as esperanças que tentavam crescer dentro de si, mesmo ao olhar para si mesma e transformar sua roupa no respeitável traje de Lamento que usava em seu sonho. Já seria suficiente se ele conseguisse esconder sua aversão. Foi o que ela disse quando ele chegou.

✶

Eril-Fane, no grifo e sua mãe logo atrás, se pegou se recordando de outra subida à cidadela. Ele não estava montado em uma criatura, mas preso nas garras de uma, arrancado da rua onde caminhava com sua noiva. E apesar de Skathis o ter levado, todo o horror da memória estava envolvido em outra. Seu horror pertencia a *ela*. O deus das bestas o adquiriu como um brinquedo para a amante: Isagol, que era a rainha de seu rei caído. Quantos anos o casal jogou seus jogos, Eril-Fane não tinha como saber. Dois séculos, pelo menos; esse era o tempo que haviam permanecido ali no céu. Mas de onde tinham vindo? Eram imortais, não eram? Pelo que sabia, poderiam estar arruinando vidas desde o início dos tempos.

Eles voaram em direção à cidadela — tão brilhante, tão impossivelmente grande, e ele ficou... *surpreso*. Essa foi a sensação avassaladora que sentiu quando Rasalas — a antiga versão hedionda — o jogou no jardim como uma fruta caída do céu. Tudo aconteceu tão rápido. Eril-Fane vivia com medo de Azareen ser levada, mas era *ele* quem estava de joelhos no jardim dos deuses.

E emoldurada em um arco estava Isagol, esperando como se tivesse dito a Skathis: *Vá e me traga alguém para brincar.*

Eril-Fane já a tinha visto antes de longe. Ele conhecia seu cabelo castanho-avermelhado e a faixa preta que pintava nos olhos. Ele testemunhara o modo lânguido com o qual ela se movia, como se estivesse entediada e sempre fosse estar, desprezando o mundo por causa disso. Seu ódio por ela era tão antigo quanto ele próprio e tão puro quanto o amor por sua esposa. Mas, enquanto se ajoelhava ali, cambaleando de surpresa, ainda não compreendendo que sua vida como ele conhecia acabara, ele sentiu algo mais se agitando dentro dele.

Era algo como... fascínio.

Foi assim que começou. Isagol caminhou em sua direção. Seus quadris se moviam de uma maneira totalmente diferente dos quadris de Azareen. Uma, pensou, era como uma folha: pura, econômica, sem desperdício. A outra era como a escrita: fluida e graciosa, esbanjadora, hipnótica. Uma mulher era uma guerreira secreta, a outra uma deusa do mal, e embora Azareen manuseasse uma hreshtek como se tivesse nascido para isso, não restava dúvida de quem era mais mortal.

Isagol deu uma volta nele, olhando-o com interesse.

— Muito bem — falou para Skathis.

— Ele está apaixonado — o deus das bestas disse. — Pensei que fosse gostar disso.

Os olhos dela brilharam.

— Você é muito bom para mim.

— Eu sei.

Skathis se retirou, deixando-os sozinhos. Isagol estava indefesa. Ela se aproximou o suficiente para poder tocá-lo e correu os dedos pelos cabelos dele — suavemente a princípio —, depois apertou-os com o punho e forçou sua cabeça para fazê-lo olhar para ela. E… que Thakra o ajudasse… Eril-Fane fitou-a, sendo que poderia tê-la erguido sobre a balaustrada.

Ele se lembrava de querer, mas querer… outras coisas também, e se sentiu doente com isso, envenenado, virado do avesso, exposto, como se ela estivesse extirpando a escuridão nele: desejo e descrença que nunca imaginou ser capaz de sentir.

Porque ele não era capaz. Não era ele. Ele não a queria. E ainda assim, queria.

Isto é o que Eril-Fane aprenderia: não importava se os sentimentos eram dele, ou se ela os plantara nele. De qualquer forma, eles eram reais, e o dominariam pelos próximos três anos, e todos os anos que viessem depois.

Ela fez com que ele a desejasse, que a amasse. E, embora pudesse, ela nunca tirou dele os sentimentos reais. Isagol gostava que seus bichinhos de estimação fossem perigosos. Ela era difícil de ser agradada, e a excitava mantê-los em guerra consigo mesmos, sempre caminhando no fio da lâmina, entre adoração e animosidade. Naquele primeiro dia, ela não o impediu de jogá-la sobre a balaustrada. Apenas o fez desejá-la mais do que desejava a morte dela, para que depois — *depois* — ele se deitasse nos lençóis de seda da enorme cama dela acreditando até os ossos que havia escolhido aquilo, que a havia *escolhido* em detrimento de Azareen e da fidelidade, acima da justiça e de tudo o que era bom — que ele a escolhera a cada instante em que não a estrangulava durante o sono, nem a estripava com a faca enquanto a servia à mesa. Ela era uma algoz com incrementos, mestra da sutileza e tentadora do destino, sempre vendo o quão perto podia chegar da diferença entre ódio e amor.

Até que um dia, calculou mal e perdeu o jogo e a própria vida.

E Eril-Fane "ganhou", mas foi uma vitória amarga. Ela o havia infestado e infectado, e o que ele fez depois nunca poderia absolvê-lo.

Agora ele retornava à cidadela para encontrar o fantasma da filha que falhara em matar no dia em que se tornou salvador e assassino.

Suheyla sentia seu filho tremendo, e desejou poder comer as memórias dele assim como Letha havia devorado as dela. Ela também já havia feito essa viagem antes — quarenta anos atrás, apesar de tudo agora ser um vazio. Não se lembrava da abordagem, da cidadela pairando, do jeito como brilhava. Poderia ser sua primeira vez ali, mas não era. Vivera ali durante um ano e voltara para casa mudada: tinha perdido uma mão, que não se lembrava de perder, e tinha um bebê, que não se lembrava de ter parido — nem de ter concebido ou gestado. Tirando os sinais em seu corpo, era como se nunca tivesse acontecido.

Cerca de dez gerações das mulheres de Lamento sofreram a mesma perda, ou conjunto de perdas: tempo e memória, e tudo o que o tempo e a memória carregavam, incluindo *bebês*. Tantos bebês. Na maioria das vezes, Suheyla achava uma bênção não ter de se lembrar. Outras vezes, porém, sentia-se roubada de sua dor, imaginando que seria melhor saber tudo. Havia uma sensação entre as mulheres de Lamento com a qual tinham de lutar por toda a vida: a ideia de que eram apenas meias-pessoas, os restos dos deuses. Que alguma parte delas ficara para trás na cidadela, morta, devorada ou apagada.

Para Azareen era diferente. Ela estava na cidadela quando foi libertada. Foi sua captura por Skathis que enfim alimentou a raiva de Eril-Fane. Foi o som dos gritos de sua esposa que derrubou o equilíbrio e finalmente o deixou livre para assassinar a deusa que ele amava e odiava. E uma vez que começou, ficou incontrolável. Matou todos. Ele os aniquilou, então Letha não tinha mais como devorar memórias. As mulheres libertadas do braço sinistro se lembravam de tudo o que acontecera com elas, e não apenas isso. Muitas tinham crias dos deuses crescendo dentro de si quando voltaram para casa.

Azareen era o oposto de Suheyla: não tinha perdido nem o tempo nem as lembranças. Mas isso não significava que fosse inteira. Ninguém permanecia inteiro após a ocupação brutal e seu fim sangrento. Não na cidade, não na cidadela. Todos sofreram perdas demais.

Lazlo notou as emoções se chocando dos dois lados do encontro, mas sabia que seu entendimento mal conseguia arranhar a superfície.

Ele voou na frente para conversar com Sarai e os outros, que concordaram em receber os visitantes. Agora estavam todos ali. Desmontaram. O jardim parecia um zoológico mágico com o grifo, o cavalo alado e o dragão se juntando a Rasalas. Todos, de ambos os lados, estavam pálidos e desconfiados. Lazlo os apresentou, esperando ser como uma ponte. Ficou se perguntando se seria possível que todas as bordas irregulares deles se encaixassem como peças de quebra-cabeça.

Talvez fosse só uma ilusão, mas não era melhor assim?

Ele estava falando demais, prolongando as apresentações, porque todos estavam tão calados.

Eril-Fane quis falar primeiro. Ele tinha todas as palavras alinhadas na cabeça, mas a visão de Sarai as bagunçou. Em cor e postura, era tão parecida com a mãe. A princípio, foi tudo o que conseguiu notar, e sentiu o gosto de bile no fundo da garganta. Mas seus traços, tão semelhantes aos de Isagol, eram redefinidos pelo que havia em seus corações: compaixão, misericórdia, amor. O que mudava tudo. Ele havia se preparado para raiva e censura, mas em seu rosto viu apenas uma *esperança* hesitante.

Houve um sinal na Cúspide e outro no topo do quartel em Lamento. Quando um se acendeu, o outro imediatamente brilhou sua resposta. Também foi assim com Eril-Fane ao ver a esperança de Sarai. Sua própria esperança reagiu em resposta. Doeu. Ela se expandiu dentro dele. Era a mesma espécie de esperança dela: frágil e manchada de vergonha e medo.

A vergonha era diferente, mas o medo era igual: de ver rejeição nos olhos dos outros.

Em vez disso, cada um viu a própria esperança refletida no outro, cintilando como pedras preciosas recém-polidas após terem sido silenciadas sob a poeira. Eril-Fane procurou as palavras, mas só conseguiu dizer uma:

— Filha — falou.

E a palavra preencheu um espaço no peito de Sarai que sempre estivera vazio. Ela ficou se perguntando se ele também tinha um espaço assim.

— Pai — respondeu.

Ele tinha esse espaço, porém não estava vazio. Estava repleto de ossinhos e autodepreciação. Só que agora a palavra os dissolvia e tomava seu lugar, e era tão mais leve do que o que estava lá antes que Eril-Fane sentiu que poderia assumir uma postura ereta pela primeira vez em anos.

— Sinto muito — ele disse. As palavras saíram arranhando de alguma cova dentro dele, e fragmentos de sua alma pareciam agarrar-se a elas como carne às farpas de um flagelo.

— Eu sei — Sarai falou. — Também sinto muito.

Ele estremeceu e balançou a cabeça. Não suportava vê-la se desculpando.

— Você não tem nada para se desculpar.

— Não é verdade. Eu te assombrei. Te dei pesadelos.

— Eu mereci os pesadelos. Não espero perdão, Thakra sabe. Só quero que você saiba que sinto muito mesmo. Eu não… — Ele olhou para suas grandes mãos marcadas. — Não sei como pude fazer uma coisa dessa.

Mas Sarai entendia: uma pessoa podia enlouquecer pelo ódio. Era uma força tão destrutiva quanto qualquer dom de Mesarthim, e mais difícil de ser destruída que um deus. Afinal, os deuses estavam mortos havia quinze anos, mas o ódio ainda estava vivo e reinava em seu lugar.

Ainda assim... esses três estavam ali, e Sarai não via ódio neles. O que tornou isso possível? Lazlo?

Ele estava ao seu lado, e Sarai pensou que, enquanto ele estivesse ali, ela poderia fazer qualquer coisa: ver o mundo, ter um lar, ajudar Minya. *Ajudar Minya*, para que ela pudesse estar ali também, sentindo esperança em vez de ódio. Por que não? Naquele instante, com seu pai na frente dela e Lazlo ao lado, Sarai sentiu que qualquer coisa era possível.

— Podemos deixar o passado para trás? — perguntou.

Será que podiam? Essa pergunta era tudo.

— Este é um ótimo lugar para o passado — Suheyla falou. — Se você *não* o deixar para trás, ele vai bagunçar tudo e você vai continuar tropeçando nele. — Encarando a neta, ela sorriu, e Sarai sorriu de volta.

E, na mente de Eril-Fane, a última ligação entre Isagol e Sarai se quebrou. Sim, Sarai se parecia muito com sua mãe. Mas os sorrisos de Isagol eram provocadores e nunca alcançavam seus olhos. Já o sorriso de Sarai era esplendor e doçura, e havia algo nele...

Ele só viu sua luz, mas Suheyla e Azareen viram um eco *dele*, da maneira como *ele* costumava sorrir antes que Isagol o despedaçasse.

Suheyla pegou a mão de Azareen, e elas se agarraram uma na outra e à memória, e à esperança de que ainda veriam aquele sorriso ressuscitar no rosto dele.

Havia tanta emoção correndo sob a pele do momento — não como sangue, mas espírito, mais leve e mais claro, pensou Lazlo. Ele estava exultante. Sarai se sentia vitoriosa. Pardal e Feral estavam emocionados, embora se contivessem, tímidos e desajeitados. Rubi estava lá dentro com Minya sem saber o que estava acontecendo. (E quando descobriu que receberam visitas e nem sequer a chamaram, ela não ficou furiosa por toda a eternidade, mas pela *metade*, no máximo.)

Quanto à Minya, estava perdida em uma névoa de lull, alheia ao fato de que os inimigos estavam ali e que sua família estava sorrindo para eles no jardim, formando um outro "nós" sem ela — um "nós" impensável, que cuspia em tudo o que ela fizera para mantê-los vivos.

Ao menos, era assim que ela entenderia a situação, se estivesse acordada.

33

OS NÃO LAMENTADOS

Foi Feral quem quebrou o gelo, perguntando sobre a bolsa que Suheyla carregava, da qual emanava uma gloriosa fragrância morna que só podia ser pão — não pão de kimril, seco e sem sal com gosto de purgatório, mas pão de verdade. Suheyla retirou o pano que o cobria na hora e ficou observando com satisfação os jovens o pegando com mãos trêmulas e quase chorando de prazer com o sabor — exceto Sarai, que tinha de se contentar com a fragrância.

— Vou guardar um pouco para Rubi — Feral disse com uma pontada de culpa ante a tremenda ocasião se desenrolando em sua ausência.

Suheyla elogiou o jardim.

— É de tirar o fôlego — disse, examinando a exuberância selvagem.

— Não era assim antes — Eril-Fane falou, tentando se recordar. Naquela época, o jardim era convencional, tão podado que estava quase morto, e nenhuma folha ousava brotar fora do lugar.

— Foi tudo Pardal — Sarai disse, orgulhosa. — E não é só bonito. Ele também é toda a nossa comida. Não teríamos sobrevivido sem o dom dela.

O queixo de Feral se apertou com o esforço que ele fez para não gritar: *ou sem o meu*.

— Ou sem o de Feral — Sarai acrescentou, e foi tão melhor do que ter ele mesmo de dizer. — Chamamos Pardal de Bruxa das Orquídeas — ela lhes contou. — Ela consegue fazer as coisas crescerem. E Feral é o Ladrão de Nuvens. Ele pode convocar nuvens de qualquer lugar do mundo. De qualquer tipo, de neve ou chuva ou só grandes e fofas, daquelas que você acha que pode até caminhar, mas não pode. — Ela sorriu de leve. — A gente tentou.

— Vocês tentaram caminhar sobre as nuvens — Azareen falou.

— É claro — Feral disse, como se fosse óbvio. — Colocamos travesseiros embaixo delas primeiro.

— Jardins mágicos e caminhadas nas nuvens — disse Suheyla, tentando conciliar as habilidades deles com as que aterrorizaram Lamento. Ela se inclinou para examinar uma flor que parecia um babado de renda que uma imperatriz usaria no pescoço. — O que é isso? Nunca vi algo assim antes.

— É uma das minhas invenções — Pardal falou, corando. — Eu a chamo de "sangue na neve". Olhe. — E ela separou as pétalas brancas para mostrar estames carmesim brilhantes, que de fato pareciam gotas de sangue na neve fresca.

Com isso, as duas adentraram em um mundo próprio, indo de canteiro em canteiro, enquanto os outros encaravam o motivo da visita e o que estava por vir: a mudança da cidadela e a libertação de Lamento.

— Desculpe pedir para que partam. — Eril-Fane engoliu em seco. — Nada disso é culpa de vocês. Vocês não deviam ser os...

— Tudo bem — Sarai falou. — Estamos prontos para partir. Não podíamos antes, mas agora podemos.

— Para onde vocês vão?

Sarai, Lazlo e Feral se entreolharam. Não faziam ideia.

— Pardal quer caminhar na floresta — Sarai disse, começando aos poucos. — E eu quero nadar no mar. — Ela trocou um olhar secreto com Lazlo. Na noite anterior, em seu longo e delirante sonho, haviam feito isso, em um mar quente, iluminado pela luz da lua. Eles encontraram uma garrafa flutuante com uma mensagem e nadaram com facas entre os dentes para cortar o arnês de um leviatã e libertá-lo de sua escravidão.

Talvez fizessem isso de verdade. Por que não? E o que mais poderiam libertar, se saíssem procurando?

O pensamento fez as pontas dos seus dedos formigarem e seus braços se arrepiarem.

Por acaso, seu olhar iluminou o rosto de Azareen, e a pergunta foi respondida, provocando uma descarga em toda a sua espinha. Eles não precisavam procurar longe se queriam libertar escravos. Azareen observava através da arcada para a galeria, onde o exército fantasma de Minya estava congelado em suas fileiras. Havia vários escravos bem ali.

Sarai falou para Azareen:

— Vou fazer tudo o que puder para libertá-los. Prometo.

— E se você não conseguir?

Sarai não sabia como responder. Se não conseguisse, significaria que Minya estava além do alcance da razão ou da cura. E se isso fosse verdade, o que fariam então?

Lazlo colocou a mão nas suas costas e disse:

— Ela vai conseguir. Mas precisa de tempo, e ela terá.

Ele foi gentil, mas firme. Sarai sabia que ele a protegeria — protegeria todos eles, incluindo Minya, na vida que tinham à frente com seus horizontes indescritíveis.

Pardal ofereceu chá.

— Não é chá de verdade, só ervas — disse, desculpando-se.

— Vamos garantir que você tenha chá de verdade em suas viagens — disse Suheyla, e uma pontada de tristeza a pegou desprevenida quando pensou neles partindo. Por toda a sua vida, desejara que a cidadela fosse embora, e agora que estava prestes a ir embora, ela se sentia *triste*? Oh, não estava triste por enfim ver o céu livre, sem aquela sombra abaixo, representando uma nova era para sua cidade, mas por perder a chance de conhecer essas crianças fortes e brilhantes, tímidas e famintas, que não tinham lar além desse nem ninguém, apenas um ao outro. Podia ver tantos anseios neles, todos presos em hesitação, como se desejassem uma conexão, mas não acreditassem que mereciam, e isso apertava seus corações e também a deixava envergonhada por nunca ter lamentado quando pensou que todos estavam mortos.

Crias dos deuses. Quem havia inventado essa expressão?

Suheyla não sabia, mas sabia de uma coisa: havia parido uma ela mesma, assim como quase todas as mulheres que conhecia. E todos esses bebês perdidos... todos não lamentados. Como não se lembravam deles, os bebês nunca pareceram *reais*. Era mais fácil fingir que nunca existiram — até a Liberação, pelo menos, quando Azareen e as outras voltaram para casa com suas barrigas redondas, a terrível prova de tudo aquilo.

Ninguém nunca mencionou *aqueles* bebês também, apesar de indiscutivelmente reais. Haviam nascido no mundo só para depois serem expulsos dele, tudo sob um manto de silêncio.

Uma dor de luto repentina floresceu no peito de Suheyla, tão forte que por um momento ela quase não conseguiu respirar. Esses quatro jovens de sorrisos tímidos e peles azuis tornavam todos os outros reais também, não como monstros ou deuses, mas como os órfãos que eram.

— Você está bem? — Sarai perguntou, vendo sua... sua avó... se inclinar e ofegar. Lazlo já estava do outro lado de Suheyla, segurando seu cotovelo para ajudá-la. Não havia nenhuma cadeira por perto, mas ele criou uma, que cresceu do chão como uma flor de metal em um caule. Ele a ajudou a se sentar e todos se juntaram ao redor dela.

— Vou pegar uma água — Feral disse, correndo até a cozinha.

— O que foi? Você não está bem? — Eril-Fane perguntou, agachando-se na frente dela. Ele parecia tão preocupado.

— Estou bem — ela falou. — Não se preocupe comigo.

— Você consegue respirar? — ele perguntou. — São seus corações?

— Acho que são meus corações, mas não é o que você pensa. Estou bem. *Estou bem* — disse, severa, para que acreditassem. — É luto, não um ataque do coração. E acho que todos já aprendemos que a dor não vai nos matar.

Ainda assim, continuaram a paparicando. Feral voltou com a água. Era mais doce que a água em Lamento, e perguntou-se, enquanto bebia, de onde ela vinha, essa água de chuva obtida por um garoto que roubava nuvens. Também se perguntava onde iriam parar, essas crianças rejeitadas, procuradas por ninguém.

— Vamos voltar para casa — Azareen disse, usando Suheyla como desculpa. Estava ansiosa para sair dali. Sua mente continuava se voltando para o braço sinistro, com sua fileira de quartinhos e o som de bebês gemendo e mulheres chorando o tempo inteiro.

Mas Suheyla sacudiu a cabeça.

— Ainda não. Quero perguntar...

Talvez fosse melhor não saber, mas não podia mais aguentar. Essa poderia ser sua última chance de descobrir. Ela poderia viver sem saber pelo restante de seus dias? Não seria mais capaz de fingir que esses bebês — que o bebê *dela* — não eram *reais*, não eram *pessoas*.

— Vocês sabem o que fizeram com todos eles? — perguntou, olhando para cada um. — O que fizeram com todos os bebês?

Um silêncio caiu. Sarai estava vendo a fileira de berços, Kiska com seu olho verde e Minya tentando protegê-la enquanto Korako esperava na porta.

— Não — falou. — Não sabemos.

— Só sabemos que Korako os levava quando seus dons se manifestavam — acrescentou Feral.

— Os levou para *onde*? — Suheyla perguntou, com medo da resposta.

— Não sabemos — Sarai disse. — Será que poderiam ter tirado todos eles de Lamento? Como Lazlo?

— Não vejo como — Suheyla refletiu. — Os deuses nunca saíram da cidade. Oh, Skathis pode ter voado rio abaixo para investigar rotas de fuga, ou ido ao Forte Misrach para executar faranji tolos o suficiente para atravessar o deserto. Mas, além disso, eles *não iam* a lugar algum.

— Eles não os levaram da cidadela — Eril-Fane falou.

— Nós com certeza teríamos notado — Suheyla concordou.

— Não — Eril-Fane disse. — Quero dizer: eles não os levaram da cidadela.

Todos se voltaram para ele, incapazes de entender a distinção entre o que sua mãe estava dizendo e o que ele queria dizer. Estavam concordando, não estavam? Mas Sarai viu que o pai estava perturbado, sem encará-la nos olhos, e entendeu: Suheyla estava especulando. Ele não. Ele estava lhes contando.

— O que você sabe? — ela perguntou de uma vez.

— Só isso — disse ele. — Depois que você nasceu, eu... Às vezes eu ia até o berçário para tentar te ver. Isagol não gostava. Ela não entendia por que eu me importava. — As emoções eram visíveis no rosto dele, e Sarai as sentiu no próprio peito, da mesma maneira que ele sentira a esperança dela no peito dele. — Ela me obrigou a parar — continuou. — Mas antes disso, vi Korako. Várias vezes. Caminhando com uma criança. Uma criança diferente, quero dizer. Não sei o que fez com elas. Mas sei que elas entraram juntas, e... ela saiu sozinha.

— Entraram *onde*? — Sarai perguntou, sem fôlego. Todos o encaravam.

— Há uma sala — disse. — Nunca entrei lá, mas vi uma vez do final do corredor. É grande. É... — Com as mãos, ele formou uma esfera. — Circular. Foi ali que Korako levou as crianças.

Ele estava descrevendo o coração da cidadela.

34

DESTINO BACON

Rubi acordou e se perguntou o que a havia acordado. Ela esperou um segundo ou dois… e então sentou-se na cama — na cama de *Minya* —, lembrando-se de onde estava e por quê. Ela se virou, preparada para ver a menininha acordada e enlouquecida ou, pior, não vê-la ali, e então caiu de alívio. Minya ainda estava deitada no chão, com os olhos fechados e um rosto calmo no sono, como nunca estava quando acordada.

Quão furiosos os outros ficariam se soubessem que Rubi adormeceu em sua guarda?

Mas estava tudo *bem*. Minya estava drogada. Era óbvio que a poção da garrafa de vidro verde estava funcionando. Era ridículo que tivessem de *vigiar o sono dela*. Isso era provavelmente um esporte no purgatório, Rubi pensou: vigia do sono. Bem, ela era péssima nisso. Não era culpa sua. Não tinha treinamento em tédio como os outros. Se esperavam que ela ficasse acordada vigiando, alguém teria que lhe fazer companhia.

— Isso estraga todo o propósito de nos revezarmos — Pardal dissera quando Rubi pediu para que ela ficasse.

— Fique comigo, e fico com você — ela tentou barganhar.

— Não, você não vai — Pardal respondeu. — Você vai se mandar no instante em que seu turno terminar.

— Bem, você quer me culpar?

— Não. E é por isso que *eu* estou me mandando agora. — E ela fez isso, e Feral também, alegando que precisava encher a banheira na sala da chuva, e Rubi tirou uma soneca, mais por despeito do que por fadiga. Mas agora estava acordada, e quando seu pânico instantâneo recuou, ouviu vozes no corredor.

E… aquilo eram passos?

Nunca se ouvia passos na cidadela porque todos andavam descalços o tempo todo. Só que Rubi estava ouvindo passos, e subitamente ficou alerta. Pulou para fora da cama e desceu correndo as escadas do quarto de Minya, cruzando a antecâmara abobadada até a porta. Lazlo a deixara aberta ao trazê-la de volta à vida, já que todos iam e vinham por ali com frequência, e isso se revelou uma coisa boa, caso contrário, Rubi não teria ouvido nada, nem teria acordado, nem colocado a cabeça para fora no corredor para inacreditavelmente ver *pessoas* atravessando a passagem à frente. *Pessoas* totalmente humanas, totalmente vivas, que usavam botas.

Rubi se enfiou de volta para dentro, com a respiração acelerada. O que *pessoas* estavam fazendo na cidadela? Espirou mais uma vez. Estavam indo para a passagem que levava ao coração da cidadela, e Rubi percebeu algo que não notara antes: Lazlo, Sarai, Pardal e Feral estavam caminhando com elas. Calmamente.

Até onde ela podia ver, ninguém mantinha ninguém refém.

E... seria cheiro de *pão*?

Bem. Se eles pensaram que ela ficaria ali assistindo Minya dormir em um momento como este, estavam muito enganados. Ela os seguiu, indignada.

✷

Todas as almas deixadas em Lamento estavam observando a cidadela. Depois de tantos anos vivendo apavorados diante dessa visão, era difícil fazê-los olharem para ela agora. Mas alguns dos seus haviam subido lá, e nada seria fácil até que eles voltassem. Então ficaram olhando.

No meio dessa curiosa espera, Soulzeren e Ozwin voltaram. Haviam sido mandados por Azareen para Enet-Sarra e retornaram apenas para descobrir que ela e Eril-Fane haviam voado com Lazlo até a cidadela.

— Suponho que isso signifique que não precisam mais dos nossos serviços — comentou Ozwin.

Eles eram o casal de botânico e mecânica que criou o trenó de seda, uma máquina voadora inteligente impulsionada pelo gás das flores de ulola em decomposição. Faziam parte da delegação do Matador de Deuses e haviam deixado a cidade na outra manhã com quase todo mundo.

— Bem, não posso dizer que estou arrependida de ter voltado — disse Soulzeren.

Não que eles se importassem com as condições ruins de Enet-Sarra. Tinham vindo do ermo de Thanagost, e não se afetavam com facilidade por um pequeno acampamento. Era com seus companheiros faranji que se importavam. As amarguras e brigas haviam envenenado o próprio ar. Soulzeren imaginou que os outros poderiam enfrentar o perigo e as inconveniências com mais coragem se ainda acreditassem que a "grande recompensa" do

Matador de Deuses pudesse ser deles no final. Mas eles eram homens de fatos e números e, como o problema de Lamento não parecia mais solucionável por meios mundanos, acabaram amargurados com sua repentina irrelevância.

A palavra *antinatural* era lançada como uma batata quente, e o doce e sincero Lazlo Estranho foi transformado em um gênio infernal que os enganara.

— Você acha que é seguro ficar? — perguntou Ozwin, esfregando a careca.

O comboio deles não tinha sido muito claro sobre a situação na cidade, mas ninguém parecia estar em pânico, e isso era bom.

— Alguns estarão mais seguros se ficarmos. É menos provável que eu cometa assassinato aqui — respondeu Soulzeren.

— Bem, então é isso. Assassinato é um péssimo incômodo. Toda aquela papelada, cadáveres.

Souzeren ergueu uma sobrancelha.

— Papelada para assassinato?

— Tem papelada pra tudo. Vamos reivindicar nosso antigo quarto, minha senhora?

E assim caminharam até a Câmara dos Mercadores, onde foram recebidos pela surpreendente vista de Thyon Nero desatrelando um burro de um carrinho. Definitivamente ele estava desalinhado, suas roupas geralmente imaculadas eram amassadas e empoeiradas, e seu famoso cabelo dourado todo despenteado.

— Oh — ele disse, surpreso por vê-los, e deu um sorriso. — Vocês voltaram.

Por um momento, apenas o encararam. Ele parecia um homem diferente daquele que conheceram viajando pelo Elmuthaleth, que certamente nunca tocaria em um burro, nem vestiria uma camisa suja, muito menos sorriria de verdade. Seus sorrisos eram mantidos em conserva, como se tivessem sido preservados no vinagre em alguma ocasião anterior só para servirem de enfeite nas expressões artisticamente estudadas. Esse sorriso era torto e solto, e parecia nascido da risada. Ele não estava sozinho. O jovem Tizerkane, Ruza, estava com ele, segurando uma pesada frigideira preta, com uma longa tira de bacon pendendo da boca como a língua de um cachorro. Isso também era esquisito. Não a língua de bacon — isso era Ruza todinho. Mas o guerreiro ser amigo de Lazlo, e nunca houve qualquer amizade entre Thyon Nero e eles.

Bem, Soulzeren pensou, *o desastre traz companheiros estranhos.*

— Quer um pouco de bacon? — Thyon perguntou.

— Nunca digo não para bacon — Ozwin respondeu.

Os jovens estavam do lado de fora, para ficar de olho na cidadela. Depois de testemunharem a partida das criaturas voadoras de metal, tiraram no palitinho para decidir quem voltaria para pegar o burro. Thyon perdeu, e já estava na metade do caminho para a cratera quando lhe ocorreu que ele deveria estar furioso. Ruza com certeza tinha trapaceado com os palitos (ele tinha, é claro) e, além disso, Thyon deveria estar isento de tais tarefas. Ele não *cuidava de burros*. Mas sua indignação se recusava a inflamar. Não queria isenção. Queria sair resmungando e buscar o maldito burro, voltar e ser provocado por isso durante uma refeição feita de sobras com os amigos.

Amigos? Um par de guerreiros e um ladrão? Mesmo agora, uma voz dentro dele lhe dizia que eles eram plebeus, incompatíveis com seu nível, e ficavam ridículos juntos. Só que agora, aquela voz lhe soava arrogante e condescendente, e ele queria colocá-la em uma jarra e jogá-la no rio, para sentar-se e comer bacon com seus ridículos amigos plebeus.

Calixte e Tzara emergiram da câmara com uma bandeja cheia de coisinhas. Calixte gritou ao ver seus colegas faranji de volta e os abraçou. Logo em seguida, deu um passo para trás, colocou as mãos nos quadris e os encarou com severidade.

— Não acredito que vocês se mandaram — disse. — Nós, os *bons* faranji, ficamos aqui fazendo trabalhos altruístas, em total desrespeito à nossa própria segurança.

— Tão altruístas quanto garantir que o queijo cumpra seu destino — Tzara comentou.

Calixte disse:

— Não estou brincando. No meu país, é crime desperdiçar queijo. É o verdadeiro motivo de eu ter sido presa…

— Você me chamou de bom faranji? — Thyon perguntou, interrompendo-a.

— *Não*. Até parece — zombou Calixte.

— Chamou, sim. Eu ouvi. — Thyon se virou para Ruza. — Você também ouviu.

— Ouvi destino do queijo — Ruza falou, apesar de ser difícil de entendê-lo porque ainda tinha bacon na boca, e tinha que falar com os dentes juntos para não derrubá-lo.

— *Eu* ouvi — Tzara falou. — Ele está te ganhando. Admita.

— Só porque ele achou bacon — Calixte disse, pegando uma fatia da frigideira. Segurando-o no alto, ela falou, muito séria: — O bacon também tem um destino.

Eles pegaram uma mesa da sala de jantar e buscaram cadeiras extras para Soulzeren e Ozwin.

— Então como vão as coisas rio abaixo?

Eles se colocaram a par das situações.

— Você viu Lazlo? — Soulzeren perguntou. — Ele está bem?

— Bem, não conseguimos falar com ele — Calixte disse com uma carranca. — Ele saiu voando. Convocou as outras criaturas de metal, sabe. Do nada. E foi assim que todos subiram.

— Vocês deveriam ter visto — Thyon falou. — Foi surreal. — E em seguida, acrescentou: — Só não acreditei que nenhum deles escolheu o dragão.

— Pois é! — Ruza concordou. — O que Azareen estava pensando ao escolher um *cavalo alado* quando poderia ter o *dragão*?

— Não acho que ela estava preocupada com qual criatura deveria escolher — Tzara falou.

— Não era pra se preocupar com isso — Ruza disse. — É instintivo. Dragões são sempre melhores.

Conversaram, de olho na cidadela, imaginando o que estava acontecendo lá em cima, até que todo o queijo e bacon, as nozes e os damascos maduros tivessem cumprido seus destinos e restassem apenas migalhas.

— Então — Souzeren falou, afastando-se da mesa para acender o cachimbo. — Que trabalhos altruístas são esses nos quais os *bons* faranji estão envolvidos, desrespeitando tanto a própria segurança?

— Nada de mais — Calixte respondeu, espontânea, se espreguiçando preguiçosamente. — Só estamos recuperando o conhecimento perdido de uma civilização antiga.

Thyon se levantou, espanando migalhas de suas calças.

— Venham dar uma olhada — falou.

✷

— O que é este lugar? — perguntou Lazlo, que ainda não tinha visto o coração da cidadela. Era vasto e matematicamente perfeito: uma impecável esfera inversa.

— A gente costumava brincar aqui — Sarai disse. — Até que ficamos maiores que a abertura. Não sabemos para que serve. É... estranho.

— Como assim?

— Você vai ver.

Atravessaram a antecâmara e, assim que Lazlo pisou na esfera — na passarela que a contornava —, ele viu. Ou melhor, ele sentiu e ouviu. Era difícil descrever. Um silêncio parecia estender a mão e envolvê-lo, como se um grande vácuo se abrisse e o som de sua respiração fosse extraído e sugado por ele. Quanto às energias do metal, eram extremamente complexas ali, como uma música composta por algum maluco virtuoso.

Eril-Fane estava ao seu lado, e sua mãe segurava seu braço. Eles olharam em volta, sem saber o que esperar, e todos eles, fosse essa a primeira vez que entravam ali ou não, eram igualmente incapazes de entender o que poderia ter sido feito com as crianças ali para que entrassem e nunca mais saíssem.

— Talvez eles as tenham sacrificado — Feral falou. — Não, ouça. É o *coração* da cidadela. Talvez ele precise de sangue ou espírito para funcionar, ou algo assim. Talvez o metal tenha absorvido as crianças, e seja por isso que é mágico.

— Que absurdo — Sarai disse.

— É mesmo? — ele perguntou, sentindo que estava chegando em algum lugar.

— É um absurdo — Lazlo concordou com Sarai. — O metal não se alimenta de crianças, sinto lhe dizer.

— Então o *que* é? — Feral perguntou, desapontado. Não que ele *quisesse* que o metal se alimentasse de crianças, só que não se importaria de estar *certo*.

— Não sei — Lazlo falou. Ele pensou no jogo das teorias de Calixte que jogaram ao atravessar o Elmuthaleth. Tinha ganhado por acaso, com uma teoria que era bizarra. Mas o que poderia ser bizarro agora, nesse mundo de serafim e mágica? Ele avaliou a câmara, das enormes vespas de metal empoleiradas na curva das paredes até a esfera flutuante no centro, e começou a caminhar pela passarela.

Segurava a mão de Sarai. Ela o seguiu. Os outros também, incluindo Rubi, que se juntara a eles sem dizer nada, apenas desafiando Feral com o olhar. Ela arregalou os olhos quando percebeu que era o Matador de Deuses no meio deles.

Lazlo se aproximou de uma das vespas. O pomar do mosteiro vivia cheio de vespas no verão. Quando era menino, sempre levava picadas. Mesmo no tamanho normal, eram coisinhas perversas. Enormes assim, eram pesadelos. Rasalas e as bestas das âncoras eram grandes o suficiente para sustentar várias pessoas, mas essas estavam em uma escala diferente: todos os sete — oito, incluindo Rubi — poderiam caber facilmente dentro de seu tórax.

Foi apenas um pensamento disperso, mas provocou uma discussão na complexa pauta de energias que cercava Lazlo e captou sua atenção. Pessoas cabiam ali *dentro*? Sentindo uma porta no tórax, ele a abriu.

Sarai murmurou, esticando o pescoço para ver melhor. Os outros também se aproximaram.

— Há cadeiras — ela disse. — E... gaiolas.

Gaiolas. Pequenas, do tamanho de...

... crianças.

Um calafrio percorreu seus braços. Por que havia *gaiolas* no ventre de uma vespa no coração do anjo que pairava sobre Lamento?

— É uma nave — Lazlo falou, olhando de uma vespa para outra. — As duas são. São naves.

— Com gaiolas — Eril-Fane falou.

— Para crianças — terminou Suheyla.

A câmara engoliu a respiração deles e encolheu suas palavras, o que apenas aumentou sua inquietação. Em um sussurro assustado, Sarai perguntou:

— Para levá-las *aonde*?

35

FOSSE QUAL FOSSE ESSE DESTINO

Soulzeren e Ozwin ficaram devidamente impressionados com o trabalho de resgate de livros, e se espremeram entre as caixas para ir para o quarto e descansar. Os outros quatro permaneceram do lado de fora, aguardando o retorno das criaturas de metal e seus cavaleiros. Calixte estava prendendo a única faixa de cabelo que havia no meridiano da cabeça raspada de Tzara, enquanto Thyon e Ruza olhavam para o Thakranaxet.

Estava aberto na mesa do pátio. A bandeja vazia e a panela de bacon tinham sido empurradas para o lado, as migalhas, espanadas, e um guardanapo de linho limpo fora estendido sob o tomo. Não era um tratamento sacro, mas era melhor que nada. Thyon mandou Ruza lavar as mãos.

— É seu livro sagrado — disse. — Quer deixar marcas de dedos sujos nele?

— Vou deixar marcas de dedos sujos em *você* — o guerreiro resmungou, indo lavar as mãos. Thyon corou e fingiu não ouvir.

Agora, com as mãos limpas — e marrons, quadradas e cheias de cicatrizes —, Ruza estava lendo o livro. Era uma beleza, escrito havia centenas de anos por mestres, todo ilustrado com desenhos dourados. Estava aberto em um diagrama curioso que ocupava duas páginas inteiras. Era uma fileira de discos altos e verticais, com cerca de um centímetro de largura no meio, que se transformavam em pontos na parte superior e inferior, cada um rotulado com letras deslumbrantes. Ruza virou a página, depois a seguinte, e viram que a ilustração continuava. Eram páginas e páginas do diagrama.

O que quer que fosse, Ruza estava encantado, concentrado e sério de uma maneira que o fazia parecer mais jovem e mais velho ao mesmo tempo. O que não fazia o menor sentido, Thyon se repreendeu. Ainda assim, era verdade: ele parecia mais jovem por causa de seu fervor, e mais velho por causa de sua gravidade. Thyon não imaginava que ele era capaz de demonstrar nenhuma dessas coisas. Viu as mãos marrons do guerreiro virarem delicadamente as páginas frágeis. Quando ele ergueu os olhos, estava tomado de encantamento.

— O que é? — Thyon perguntou.

Ruza o ignorou.

— Tzara — falou. — Dê uma olhada nisso.

Ferido, Thyon recostou-se. Tzara estava felina e sonolenta enquanto Calixte trançava seus cabelos.

— O quê? — perguntou, preguiçosa.

Ruza virou o Thakranaxet para ela, apontou para o primeiro disco do diagrama e leu:

— "Meliz".

Os olhos de Tzara se abriram um pouco. Calixte, segurando pequenas mechas de seu cabelo, parecia tão ignorante quanto Thyon. A palavra não significava nada para eles. Ruza folheou novamente as páginas do diagrama, que revelava dezenas e dezenas de finas ovais juntas. Ele apontou para a última e leu:

— "Zeru".

Essa palavra significava muita coisa: o mundo. Zeru era *o mundo*.

Tzara não estava mais sonolenta. Sentou-se rápida como um gata, e as pequenas mechas de seu cabelo se soltaram dos dedos de Calixte para se derramarem sobre o couro cabeludo marrom e liso. Os dois guerreiros começaram a falar ao mesmo tempo, depressa e em seu próprio idioma, e Thyon se sentiu empurrado para fora da porta. Algo em seu peito começou a se desenrolar novamente, e a tensão se espalhou. Sentiu o rosto se contorcer também, e só percebeu quando relaxou. Ele se recompôs e controlou as emoções, rejeitando a curiosidade sobre o livro e os diagramas. Olhou para Calixte. As sobrancelhas dela estavam enrugadas. Intensamente concentrada, ela acompanhava o que eles diziam.

Que tolo havia sido pensando que fazia parte desse grupo. Afastou-se da mesa para se levantar, mas então a mão de Ruza se fechou na dele. Ele não o olhou, mas pegou a mão para que ele não fosse embora. Thyon olhou para os dedos entre os de Ruza como se pertencessem a algum estranho. Mal registrou a sensação. Era estranha demais. Ninguém nunca tinha segurado sua mão.

Não que Ruza estivesse *segurando sua mão*. Ele só a estava tocando. Não era nada. Mas quando ele afastou a mão, Thyon sentiu sua ausência profundamente. Ele fechou a sua em um punho, ainda querendo ir embora, enquanto uma turbulência borbulhava apertada em seu peito, mas Ruza começou a falar — na língua comum, o que só poderia ser para incluí-lo —, e ele esqueceu que queria partir, mergulhando no mistério do livro.

— Você conhece a história do serafim? — Ruza perguntou.

— Mais ou menos — Thyon respondeu.

— Provavelmente menos — Ruza falou.

— Provavelmente — concordou Thyon, que não sabia mais do que Estranho contara à luz do fogo no deserto. — Como é?

— Existiam doze deles — Ruza disse, sem perceber ou escolhendo ignorar o golpe na voz do alquimista. — Escolhidos entre os melhores e mais brilhantes de sua raça a fim de viajar para além de seu mundo e "unir todos os mundos do Continuum com sua luz".

Poesia, pensou Thyon, indiferente.

— Então eles vieram das estrelas — falou.

— Não — disse Ruza. — Não das estrelas. Vieram do *céu*.

Thyon pensou que ele só estava sendo pedante.

— Como isso é diferente?

— Bem, vou te dizer como. O céu está bem ali. — Apontou para cima. — Enquanto as estrelas, você deve saber, estão muito longe. Já ouviu falar de astronomia?

Os olhos de Thyon viraram fendas.

— Não — entoou, descontente. — O que é essa tal de "astronomia"?

— Então, as estrelas estão longe. O espaço é grande. Você poderia seguir para sempre e sempre e *nunca* chegaria a outro mundo.

Thyon franziu as sobrancelhas. De alguma forma, tinha aceitado que o serafim era real, mas quando chegavam aos pormenores, tudo soava como mito.

— Então como é que os serafins chegaram aqui?

Tzara assumiu a explicação.

— Os mundos estão juntos, como as páginas de um livro — disse, passando os dedos pelas páginas com bordas douradas do Thakrainaxet. — Em camadas. Bem, imagine que cada página é infinita, estendendo-se em todas as direções para sempre. Se você, de alguma maneira, pudesse viajar pelo espaço, percorreria o plano infinito de uma única página, entende? Nunca chegaria em outra página.

— Certo — Thyon falou. — Então, para chegar a outro mundo, você... o quê? Viraria a página?

— Errado — disse Ruza, com prazer. — Você a *perfura*. Pelo menos foi o que o serafim fez.

Você a perfura.

Um formigamento começou a se espalhar pelo couro cabeludo de Thyon. Ele já sentira isso antes, na primeira vez que transmutou chumbo em ouro, e quando viu a cidadela flutuante da Cúspide, e quando o alkahest de

Estranho, que não deveria ter funcionado, *funcionou* e cortou um fragmento de mesarthium na âncora norte, desenrolando implicações que ele ainda precisava rastrear. Isso era importante. Era muito importante.

— Você quer dizer que eles *atravessaram* uma camada — disse, enquanto sua mente pressionava os limites do entendimento mais uma vez para abranger o conceito de mundos dispostos em camadas, feito páginas de um livro, e anjos as perfurando.

— Direto do céu — Ruza confirmou. — Os doze eram chamados de Faerers. Seis foram por um lado, seis por outro, cortando portas de um mundo para o outro. Thakra era a comandante dos Seis que vieram por esse lado. — Ele pousou uma mão no livro. — *Este* é o testamento dela. — Erguendo a mão, apontou para o primeiro disco do diagrama. — Meliz — falou de novo. Seus olhos estavam cintilando. — É o mundo natal do serafim. É onde começaram. — Ele leu os outros nomes: — "Eretz. Terra. Kyzoi. Lir." — Todos soavam mitológicos para Thyon. Ruza foi passando a ponta dos dedos por cada um, virando as páginas e tocando os mundos até chegar ao último, falando: "Zeru".

O que não era tanto *o* mundo, se o livro estivesse correto, como *este* mundo. Um dos muitos.

— É um mapa, faranji — Ruza falou, caso Thyon não tivesse entendido.

Uma agitação se espalhou por ele. Podia sentir o sangue se acelerando em seu cérebro. Um mapa. Mundos. Cortes no céu.

Um entendimento atravessou sua agitação. Seu sangue parou. Sua mente aquietou. Na noite anterior, ficara pensando na coincidência de serafins e Mesarthim ambos terem parado *ali*, separados por milhares de anos — bem ali, e nenhum outro lugar em Zeru. Agora ele entendia: não era uma coincidência. Se de fato havia mundos, e serafins tivessem aberto portas, o que poderia impedir... *qualquer um* de usá-los?

Ele inclinou a cabeça para trás, olhou para a cidadela e perguntou:

— E se houver um buraco? Bem. Ali. Em cima.

✶

Por que uma aeronave? Por que celas? Por que *ali*?

Lazlo examinou a câmara com novos olhos, e seu olhar foi atraído diretamente para a esfera flutuante. Ele caminhou pela passarela, fixo nela. Estava a uns dez metros de distância, e a mesma distância acima do chão. Se quisesse ver de perto...

O mesarthium se rearranjou, e a passarela sobre a qual todos estavam se soltou da parede para se projetar para fora e formar uma ponte até a esfera. Ele a atravessou. Os outros o seguiram. Não havia balaustrada. Lazlo fez uma. O espaço cresceu à sua frente e aumentou, para que todos pudessem ficar lado a lado. Embora a esfera parecesse pequena naquela câmara enorme, uma vez ali, já não parecia tão modesta. Tinha seis metros de diâmetro, e sua superfície era lisa como um ovo, sem adornos.

— Há uma porta — disse Lazlo, sentindo-a.

— Talvez devêssemos deixar isso pra lá — Azareen falou.

Sarai estava pensando em Minya, que seria a próxima criança a ser levada. E se Eril-Fane não tivesse acordado e matado os deuses, eventualmente todos teriam encontrado esse destino, qualquer que fosse esse destino.

— Abra — ela falou. Não aguentaria não saber.

— Sim — acrescentou Suheyla, que estava pensando em outra criança. Menino ou menina, ela não sabia. Uma criança fantasma nascida muito tempo atrás. Com a mão roçando inconscientemente sua barriga, ela disse: — Abra.

Então Lazlo a abriu. Uma linha tão fina quanto um fio de cabelo apareceu em sua superfície, como uma marcação de longitude em um globo. A linha dividiu a esfera e a derreteu. Era oca e estava vazia.

Uma mistura de decepção com alívio tomou conta deles. Estavam preparados para obter respostas, esperando que fossem ser dolorosas, mas ali havia...

— Nada — Sarai falou.

— Nada — Lazlo repetiu.

— Espere. — Suheyla estava apertando os olhos, inclinando-se para a frente e olhando para cima, com a testa franzida em confusão. — O que é aquilo?

Estava acima de suas cabeças. Seus pés estavam nivelados no fundo da esfera. No meio, cerca de três metros acima, havia uma espécie de *distorção*. Levou um instante para que a notassem. Todos compartilharam o mesmo impulso de piscar, como se fosse apenas uma perturbação em sua visão. Sarai se lembrou da anomalia no sonho de Minya — um lugar onde havia algo escondido.

Parecia uma ruga, ou uma costura no ar, estendendo a largura da esfera. Todos se inclinaram para a frente, apertando os olhos.

— O que é? — perguntou Pardal.

Lazlo ergueu a passarela para levá-los para cima. Então ele estendeu a mão, e os pelos de seus dedos se mexeram.

— Há uma brisa — falou.

— Brisa? — Feral repetiu. — Como assim? Vinda de onde?

Lazlo esticou a mão mais perto.

— Não — Sarai disse.

Mas ele continuou, e todos ofegaram quando sua mão... *desapareceu*, bem no fim do punho. Ele puxou o braço para trás e sua mão estava inteira e ilesa. Todos a olharam, depois um para o outro, tentando entender o que acabara de ver.

Lazlo estava estupefato. Não houve dor, apenas a brisa, e algo como teias de aranha roçando sua pele. Ele estendeu a mão novamente, só que, agora, em vez de simplesmente empurrá-la para a frente, sentiu os tênues fios da emenda, inserindo os dedos para que sumissem de vista, e então agarrou a borda invisível e a levantou.

Uma abertura impossível se abriu no ar. Todos eles viram, e o que havia lá não era a superfície interna curva da esfera ou o coração da cidadela, e não era Lamento ou o cânion do Uzumark, nem nenhum lugar em Zeru. Não era preciso ter visto o mundo todo para saber que *aquilo não fazia parte dele.*

Não podiam processar essa paisagem. Era um oceano, mas tinha pouca semelhança com o mar que Lazlo cruzara com Eril-Fane e Azareen. Aquele era verde-acinzentado e doce, com ondas vítreas e um brilho de papel alumínio. Este era *vermelho.*

Estava muito abaixo deles. Olhavam através de um corte no céu para um exuberante mar vermelho. Era mais brilhante que sangue fresco, rosa vivo, e se agitava e espumava. E se erguendo dele, até onde a vista alcançava, havia... umas *coisas* enormes e brancas. Pareciam caules, caules de grandes flores pálidas, ou cabelos sem pigmentação ampliados. Pareciam crescer do selvagem mar vermelho, tão grandes em largura quanto a cidadela, e seus topos se perdiam de vista em uma mistura de névoa escura que escondia o céu.

Todos estavam boquiabertos, em choque, sem conseguir entender o que viam através daquela pequena janela que Lazlo mantinha aberta com uma mão. Se, após a visão do anjo de metal flutuante de Lamento, ele imaginou ter ultrapassado o choque, estava errado. Este era um outro nível de choque.

Sarai, Pardal, Feral e Rubi também não faziam ideia do que viam. Suas mentes pareciam portas se abrindo para uma tempestade.

Estavam tão impressionados que os detalhes se infiltraram lentamente: o modo como os caules se balançavam quando grandes ondas se chocavam contra eles, lançando espuma como se fossem explosões. Ou as formas na água: grandes sombras deslizando sob a superfície vermelha, fazendo os leviatãs parecerem delicados. E finalmente: o local meio distante onde um dos caules parecia ter sido cortado, formando um platô fora do alcance da água.

No topo havia formas difíceis de distinguir, mas regulares demais para serem naturais.

— Aquilo são... prédios? — Sarai perguntou, enquanto os pelos de sua nuca se arrepiavam.

Isso os tirou do choque bobo. Estavam à beira de *thakrar* — aquele ponto preciso do espectro do assombro em que o encantamento se transforma em pavor, ou o pavor em encantamento —, e o reconhecimento de algo feito pelo homem, ou ao menos *feito*, os enviou rodopiando direto para o pavor.

— Feche a porta — soltou Azareen. — Não fazemos ideia do que... — *está lá fora*, ela ia dizer, mas não teve a oportunidade. Um grito explodiu pela abertura e uma forma apareceu, lançando-se diretamente para eles. Era uma enorme águia branca.

Aparição!

O pássaro permaneceu parado por um momento diante deles, obscurecendo a paisagem além. Outro grito saiu rasgando de sua garganta e ela mergulhou em direção ao portal. Lazlo soltou a borda.

— Voltem! — ele berrou para os outros. O ar entrou em colapso e se fechou, mas não passava de uma cortina em uma porta, e Aparição disparou através dele.

Tiveram que se abaixar para desviar, sentindo penas fantasmas quando a águia passou sobre suas cabeças. A balaustrada de Lazlo os impediu de cair da passarela, que ele movia rapidamente. Ele estava fechando a esfera, suas bordas se derretiam, prontas para se fundirem.

Mas era tarde demais.

Aparição não estava sozinha. Ela deixava uma rajada de vento atrás de si, e outra voz surgiu, se entrelaçando com o grito do pássaro e criando uma harmonia selvagem. A distorção no ar se abriu, revelando pernas, braços, figuras, armas.

Um massacre.

36
NADA ESPECIAL

Muito tempo atrás, Nova era metade de um nome. *Koraenova* era musical, era completo. *Nova* era frágil, um fragmento de arestas afiadas. A cada vez que o ouvia, se partia novamente.

— Nova! Garota. Trabalhe mais rápido.

O Abate tinha chegado de novo. Kora estava fora havia um ano. Nova não teve notícias dela por todo esse tempo. Estava certa de que ela tinha lhe escrito cartas. Suspeitava que seu pai ou Skoyë as interceptavam.

Com um arpão em uma mão e uma faca na outra, ela cortou a carcaça à sua frente.

Essa não é a minha vida.

Mas estou presa aqui para sempre.

Sem Kora e o sonho, não era uma vida. Quando Nova acordou e se viu deixada para trás, a dor fora como uma tempestade de inverno — do tipo mortal, que a cega e a congela no lugar. Cada pensamento era uma facada, cada lembrança um golpe, até que a dormência enfim cedeu. Caminhando pela vila, cercada por olhares e sussurros, ela já se sentia tão morta quanto um cadáver. Era como uma carcaça abandonada pelos cyrs, que não deixavam nada além de ossos.

— Eu sempre soube que você não era nada especial — Skoyë disse logo depois, com os olhos mais brilhantes do que nunca. — Durante toda a vida, vocês duas dominaram tudo por aqui como se fossem princesas esperando para serem buscadas para o baile, e olhe para você agora. Você não é uma princesa. — Ela estalou a língua. — Você é patética.

Elas dominavam? Durante toda a vida, Kora e Nova haviam *trabalhado*. Haviam feito muito mais que sua parte. Skoyë se assegurou disso. Ela não tinha nada do que reclamar; ninguém tinha. Não era a ociosidade que separava as irmãs das outras. Nem sequer o ar. Era simplesmente a crença de que mereciam *mais*. A esperança era esplendorosa, e elas brilhavam como pérolas gêmeas em uma ostra.

Mas, no fim das contas, apenas uma delas era uma pérola. A outra nada mais era do que um osso polido pelas ondas quebradas.

De repente, Skoyë apareceu no ombro de Nova. Ela examinou o trabalho e latiu:

— Isso é tudo o que você fez a manhã toda?

Nova piscou. Não estava propriamente presente. Nos últimos dias, perdia o foco e esquecia o que estava fazendo. Agora via o que Skoyë via. A pele do uul estava marcada com cortes ineficazes. Ela só estava... cortando a esmo.

— Desculpe — sussurrou.

— Desculpe? Você é *insignificante*. O que Shergesh quer de você, nunca vou saber, mas não vou lamentar me livrar de você.

Nova ficou tensa ante a menção do ancião da vila. Seu futuro marido. Ela disse, com a voz trêmula:

— Acho que todos sabemos o que ele quer de mim.

A mão de Skoyë disparou, com a palma da mão aberta, e conectou-se à bochecha de Nova no ângulo certo para um perfeito e experiente *paf*. Skoyë sabia dar tapas, e Kora não estava mais ali para segurar seu punho no ar. O golpe foi ardido. Nova levou a mão ao rosto. O calor emanava como uma chaleira.

— Você vai mostrar respeito — assobiou Skoyë. — Como tentei te ensinar, só Thakra sabe. Se ainda não aprendeu, não posso te mostrar a tapas agora.

Ainda segurando a bochecha, Nova se endireitou e disse:

— Talvez sejam seus métodos que sejam ruins.

— Meus métodos são o que você merece. Você acha que Shergesh vai tolerar suas impertinências? — Skoyë gesticulou para os uuls que aguardavam ser desossados. — Acha que ele vai aceitar suas esquivas? Ele vai fazer pior que dar uns tapas, disso tenho certeza. — A ideia pareceu agradá-la.

Como as pessoas gostavam de ver um sonho se despedaçar, pensou Nova, distante. De ver o sonhador mancando e xingando, afundando nos fragmentos de suas esperanças quebradas. *Isso é o que se ganha por acreditar que poderia ter mais. Você não é melhor que nós.*

Você não é nada especial.

Nova não se atreveu a implorar por misericórdia à madrasta em relação ao casamento. Ela sabia que era inútil. Em vez disso, foi suplicar ao pai. Ele disse que ela deveria se sentir honrada em se casar com o ancião da vila e explicou:

— Tenho que te oferecer para alguém.

— Tem que me *vender*, você quer dizer.

Zyak não lhe deu um tapa. Essa observação rendeu a Nova um golpe. Pelo menos não foi um soco — embora até um soco fosse mais gentil do que o que ele disse a seguir.

— Ele teria pagado mais por Kora.

Nova riu na cara dele.

— Foi isso o que ele te disse? Aquele velho estúpido nunca saberia quem é quem! Ele estava só barganhando, e você caiu.

Zyak ficou furioso porque era verdade, mas foi Nova, e não Shergesh, quem pagou o preço de seu descontentamento, assim como um ano antes, quando os Mesarthim pegaram Kora sem compensá-lo. De alguma forma, Zyak tinha certeza — apesar de Nova nunca ter lhe contado o que acontecera na nave-vespa — de que era tudo culpa dela. Toda vez que a olhava, ela se lembrava de qual era o dom dele. Ele transformava as coisas em gelo, só que não muito bem. Era engraçado. Ele nem precisava do dom para congelá-la por dentro.

De qualquer maneira, estava feito. Shergesh pagou integralmente — não em ovelhas, peles ou peixes secos, mas em moedas imperiais de verdade. Nova sabia onde Zyak as escondia. Na semana anterior, à noite, enquanto todos dormiam, ela as pegara e as segurara por um momento: cinco moedas de bronze gravadas com o rosto do imperador. Como era estranho ostentar seu próprio valor na palma da mão.

Os homens decidiam entre eles o valor do corpo e do trabalho de uma vida toda.

A única razão de ela não estar casada ainda era que Skoyë havia pedido para mantê-la durante o Abate, para que trabalhasse uma última temporada para ela. Não que Nova estivesse fazendo muito.

— Se isso é o melhor que você pode fazer — disse, aproximando-se com seu mau hálito e cutucando Nova com o arpão —, vou te entregar a ele agora. Deixe que *ele* te bata até você trabalhar direito ou recupere o valor que gastou com você da forma que quiser.

Ela se virou. Nova estava tremendo. Olhava o mar. Tubarões se debatiam nas águas rasas, loucos com o odor do sangue e com toda aquela carne fora de seu alcance. Se mergulhasse ali, quanto tempo levaria? Será que iria doer muito? Será que a água gelada a anestesiaria antes que eles começassem o banquete? Será que se afogaria primeiro? Isso importava? No máximo, levaria alguns minutos. Certamente, os dentes de tubarão provocariam menos dor do que a que a estava devorando agora.

E depois? O que viria depois? Havia algo depois da morte, ou apenas o nada para sempre? Era um mistério. Como o ditado dizia, os que sabem não podem nos dizer, e os que nos dizem não sabem.

Houve uma pequena explosão no coração de Nova. Uma leveza curiosa a dominou. Ela se viu fazendo isso: um passo adiante, então outro para dentro da água mortal. Sentiu o frio ao redor dos tornozelos e depois das panturrilhas. Pensou que era real até ouvir a voz de Skoyë.

— Thakra me ajude, você *realmente* ainda está parada aí? Fizeram algo com o seu cérebro naquela nave?

Nova piscou. Ainda estava na praia. Quase lamentou. Sem vida, virou-se para encarar sua madrasta. Outras mulheres pararam para ouvir. Uma balançou a cabeça em solidariedade — a Skoyë, não Nova.

— Não sei como você a suporta — falou outra.

— Eu *não* suporto — Skoyë respondeu. — Nunca suportei.

— Olhe para ela — alguém disse. — Não surpreende que não a tenham levado.

— Ela pensava que seria forte — zombou Skoyë —, e a descartaram feito lixo.

As mulheres pensavam que seu dom era fraco, como os delas. Pensaram que era como elas.

Nova não era como elas.

— Vocês estão enganadas — ela respondeu, e havia rispidez em sua voz. — Eles podem ter me descartado, mas não porque sou fraca. Eles me deixaram para trás porque sou muito forte. Entenderam? — Olhou em volta. — Eles me largaram porque *ficaram com medo de mim.* E vocês também deveriam ficar.

Sobrancelhas se enrugaram. Gargalhadas zombaram. Ninguém a temia. Ela parecia louca. Skoyë sacudiu a cabeça de desgosto.

— Você está se tornando uma tragédia, garota. Você achou que era algo, e não é nada. Hora de superar, como todas nós.

Nova olhou para as mulheres exultantes e manchadas de sangue e sacou um sorriso de algum lugar profundo dentro dela. Era o sorriso de uma garota apoiada nos limites do mundo, pronta para abrir os braços e voar ou cair.

— Eu *sou* algo — disse, com um fervor arrancado daquelas mesmas profundezas. — E um dia vocês saberão.

As palavras pareciam uma promessa, e ela queria torná-las verdadeiras. Sempre haveria o mar, frio, certeiro e cheio de dentes. Ele estaria sempre ali se ela precisasse. Mas não hoje.

37

A PENA É A MORTE

Após o Abate, enquanto os cyrs cutucavam os ossos dos uuls e a safra de moscas do ano morria na primeira geada do inverno, Nova se casou com Shergesh — ou *foi* casada com ele; a cerimônia não exigia o seu consentimento. Naquela manhã, ela desceu à praia. No traje de noiva, entre os esqueletos e as insolentes aves necrófagas que rodopiavam ao redor, ela estudou o mar.

Os tubarões haviam deixado as águas rasas. Ela provavelmente se afogaria antes que a pegassem. Se engolisse água, tudo terminaria bem rápido, e sem nenhuma dor.

No entanto, tais pensamentos eram apenas um joguete. Ela não iria fazer isso, mas ajudava. A cada dia, lembrar que podia ajudava.

Retornou pela mesma trilha e caminhou sozinha para o seu próprio casamento. Ninguém pensou que ela não fosse aparecer. Afinal de contas, para onde ela poderia ir? Durante a cerimônia, que não lhe deu espaço para pronunciar qualquer palavra, permaneceu olhando para o velho que a comprara por cinco moedas. Encarou-o sem expressão, quase sem piscar, sem sorrir, e falou com ele em sua mente, como se estivessem conversando.

Há coisas que você não pode comprar, velho, nem por cinco moedas nem por cinco mil.

E:

Não sou o que você pensa. Sou uma pirata. O que você acha disso? Sabia que roubei o poder do ferreiro Mesarthim?

Ele teve medo. Eu vi.

Ele ficou surpreso. Eu lembro.

Eu o odeio. Eu odeio você.

Não tenho medo dele.

E não tenho medo de você.

Se ficasse repetindo isso, se tornaria verdade?

Não tenho medo de você, não tenho medo.

Eu. Não. Tenho. Medo.

Shergesh não se importou com a intensidade daquele olhar. Mais tarde, certificou-se de que estava escuro, para não precisar ver se os olhos dela estavam abertos. Eles *estavam* abertos o tempo todo, e ele sentiu o peso, assim como ela sentiu o dele esmagando-a no colchão, sentiu seu hálito rançoso no rosto.

Semanas se passaram. Os dias se encurtaram, o que, perversamente, significava que as noites se prolongaram. Nova ainda ia, sempre que podia, jogar seu jogo com o mar. Isso também se transformou em uma conversa. Com Kora ao seu lado, ela sempre tivera alguém para conversar. Agora que não tinha ninguém, falava com qualquer coisa dentro de sua cabeça.

Boa dia, mar. Ainda aí?

Ela imaginava sua voz sedutora. Ele a conhecia por seu nome antigo, e ela não o corrigiu. *Koraenova*, ele a chamou, e ela fechou os olhos e sorriu. *Você virá até mim hoje?*

Não, obrigada. Acho que vou permanecer em terra. Veja, estou esperando minha irmã.

É tarde demais, o mar disse, mas Nova não ouviu. Ela sabia — ela sabia, *ela sabia* — que Kora não a abandonaria. Assim, todos os dias ela virava as costas para o mar e seguia pelo caminho que a levaria de volta à vila, ao trabalho e ao velho marido, que era o que se passava por sua vida. E todos os dias, a manhã chegava mais tarde e mais tênue, até que o sol se prendeu lentamente ao horizonte, mal surgindo antes de desaparecer. A véspera do Inverno Profundo despontou — o dia em que Kora e Nova sempre subiam à cordilheira para se despedir do sol por um mês inteiro.

Este ano, Nova foi sozinha. A trilha estava traiçoeira com o gelo. Não havia sol, mas não estava escuro. A luz fria das estrelas iluminou seu caminho. Ela parou no cume, a centímetros do precipício, olhou para cima e escolheu uma estrela. Ela a escolheu entre milhares e, como fazia agora, conversou com ela.

Ela está vindo?, perguntou. *Você deveria saber. Aposto que você pode ver tudo daí. Pode entregar uma mensagem a ela? Não sei quanto tempo vou durar. Fale isso a ela: Que o mar sabe o nosso nome. Que estou esperando. Que estou morrendo. Que a amo.*

Uma pontinha do sol surgiu. Ele nunca pareceu tão frágil. Aquela luz diminuta era tudo o que havia entre ela e um mês de escuridão. Ela sabia que era melhor não olhar diretamente — podia ser fraco, mas era *o sol* —, mas não conseguiu se conter. E olhou. Provavelmente olhou por tempo demais. Uma aura branca desabrochou em sua visão. Ela piscou, mas não conseguiu desviar o olhar. Havia algo...

O sol se foi, mas a aura não. Devia ter queimado dentro de seus olhos. Era um ponto bem no centro, e crescia. Ela piscou de novo. Estava ficando maior. Apertou os olhos. Distinguiu uma forma.

E então viu o que era — se ousasse confiar em seus olhos ensolarados e imaginativos.

Ela sempre acreditaria que a estrela passou sua mensagem para Kora. Porque a forma que deslizava em sua direção era a imensa águia branca que saíra do peito de sua irmã. Como poderia estar ali? Kora estaria ali também?

Nova foi tomada por luzes — pela explosão brilhante, pelo estrondo do trovão. Abriu os braços para o pássaro. E chorou. Suas lágrimas congelaram nos cílios. Kora tinha vindo salvá-la.

Mas onde estaria?

Só via o pássaro. Não havia embarcações no porto fazia semanas, e não haveria por meses. O gelo estava se fechando. O inverno caíra sobre Rieva e o mar tornou-se um deserto traiçoeiro de plataformas de maré se chocando, se deformando, abrindo suas estreitezas apenas para se fechar de novo e estilhaçar qualquer navio preso no meio. Ninguém podia se aproximar. Ninguém escaparia. Kora não podia estar por ali. Havia só o pássaro, mas o pássaro *era* Kora. Não era isso que o Servo dissera?

Não é "ele". É você, *Korako. A águia é você, assim como sua carne e seu sangue são você.*

Suas asas faziam vento. Enorme como era, parecia leve, pairando na frente de Nova. Seus olhos a perfuraram e ela ficou se perguntando se a irmã estaria realmente olhando para ela através deles. Tentou sorrir e ser corajosa.

— Kora — disse. — Você pode me ouvir? Você pode me ver? — Sua voz soou estranha para seus próprios ouvidos, e só então percebeu que fazia semanas que não falava algo em voz alta. Shergesh preferia seu silêncio, e quem mais ela tinha para conversar? Todas as conversas aconteciam somente em sua cabeça.

— Sinto sua falta — soltou. — Eu não... — Ela queria dizer o que falara para a estrela. *Não aguento mais. Estou morrendo. Me salve.*

Mas as palavras não saíram. Elas a enchiam de vergonha. O pássaro não emitiu som algum, mas Nova sentiu a presença de Kora, e queria ser forte por ela. Tentou sorrir.

— É véspera do Inverno Profundo. Acho que não existe isso em Aqa. Bem, deixe-me te contar — falou, e tentou esconder o desespero sob um fino véu de conversa. — O Abate foi um bom momento este ano. Aposto que está triste por ter perdido…

O pássaro estava sumindo. Nova piscou. Ele brilhava à luz das estrelas, mas estava desaparecendo como uma vela se apagando. Com uma pontada no coração, Nova se perguntou: O pássaro realmente esteve aqui? E se ela estivesse apenas imaginando, como se o fio de sua sanidade tivesse se partido? Mas então ele estalou o bico e se balançou no ar, e sua enorme pata de rapina empurrou-lhe uma trouxa. Era pequena. Ela a apertou no peito com as mãos enluvadas e ofegou quando o pássaro desapareceu diante dela.

— Não me deixe — sussurrou, mas ele já havia partido.

Ela enfiou a trouxa dentro do casaco; não conseguiria abri-la com as luvas, e não se atreveria a tirá-las nesse frio. Retornou pela trilha da montanha até a casa do marido. Ninguém lhe deu atenção. Entrou silenciosamente e acendeu o fogo antes de tirar o casaco. Shergesh estava roncando. Ela odiava o som, mas odiava menos do que a voz rouca dele lhe dando ordens incessantes.

Com mãos trêmulas, ainda dormentes do frio, abriu o pacote da águia. Uma parte de sua mente ainda pensava que havia imaginado tudo, pássaro e embrulho. Talvez mesmo agora não passasse de alucinação, por mais real que parecesse à luz do fogo.

Era um pedaço do tecido mais fino que qualquer coisa que ela já tocara — era escorregadio como a água, e a luz deslizava sobre ele, dançando como a aurora. Era estampado com florzinhas de cem cores diferentes. Pensou que iria chorar; era adorável. Mas isso era apenas o embrulho. Ela o abriu.

Havia uma carta. Ela dizia:

Minha irmã, metade de mim. Não sou livre para ir até você, assim como nossa mãe também não. Aqui não é como imaginávamos. O império está falhando.

Nova piscou. As palavras não tinham sentido. O Império Mesaret era tudo, sempre fora tudo. Ele não podia errar. O que isso significava? A carta não dizia. Continuava: *Envio esta carta com muita preocupação. Não sei mais o que fazer. Sei que você sabe disso, Novali: a pena é a morte.*

Se vale de algo, ouvi os Mesarthim falando. Eles disseram que quando você roubou seus dons, você os tornou mais fortes — da mesma forma que um farol amplifica a luz. Nova, querida. Você é mais forte que Rieva. Você é mais forte que o mar. Encontre-me.

Encontre-me. Eu não sou livre.

O coração de Nova parou, então acelerou. *Eu não sou livre.* Kora escrevera essas palavras duas vezes. Durante esse tempo, Nova imaginou sua irmã treinando, ficando mais forte, vivendo a vida que sonharam. Era tão real em suas mentes. Agora parecia uma tolice. Nem sequer lhe ocorreu que haviam inventado tudo aquilo. Estava tão mergulhada em sua própria dor, que nunca havia considerado... Como seria Aqa de verdade? Como era a vida de Kora, se não era a que haviam imaginado?

E o império estava... *falhando*?

Nova ficaria menos atordoada se visse o céu se despedaçar como uma camada de gelo.

Havia um objeto no pacote. Quando o viu, parou de respirar. Ela sabia que não devia tocá-lo. Através da parede, ouviu os roncos de Shergesh vacilarem com os bufos que anunciavam seu despertar. Suas mãos tremiam tanto que ela quase derrubou a coisa várias vezes tentando embrulhá-la de volta. Enfiou o embrulho no fundo de um armário, mas a carta ainda estava em suas mãos. Ela ouviu o grunhido de Shergesh se sentando, depois o *baque* que ele fez ao se levantar da cama. Ela entrou em pânico e jogou a carta no fogo.

Não não não não não. Tentou pegá-la de volta. Era uma carta de Kora, e ela não queria perdê-la, como haviam perdido a de sua mãe. Tarde demais. Ela estalou e se enrolou, e logo Shergesh estava na porta, se coçando e querendo coisas, como sempre.

Nova não se atreveu a pegar o pacote de novo até que os roncos da noite seguinte entrassem no ritmo do sono. Ela saiu da cama e desdobrou o pano floral com mãos trêmulas.

A pena é a morte.

Era nada menos que um diadema de metal divino, tão elegante e perfeito quanto o anel formado por uma gota de chuva na água parada. Ela não fazia ideia de como Kora se apossara de tal tesouro. Cada grama de metal divino extraído em todo o Mesaret era contabilizada por vários líderes, e guardada por soldados imperiais. Somente os Servos sancionados pela coroa podiam usá-lo, sob juramentos e supervisões estritas. Pessoas eram mortas por ele, travavam guerras por ele, desperdiçavam fortunas na mineração por ele.

E o que Nova deveria fazer com isso?

Se o tocasse, sua pele ficaria azul e a denunciaria, e para que servia seu dom, afinal? *Pirata.* Skathis cuspiu a palavra como se tivesse mordido carne podre, como se não houvesse nada mais desprezível no mundo. Ela não entendera quando aconteceu, mas passara tanto tempo pensando sobre isso que agora entendia. Seu poder era *roubar* poderes, mas não havia nenhum em Rieva que valesse a pena. Sozinha, era inútil, com metal divino ou não, presa em uma ilha no fim do mundo.

Mas Kora sabia disso, e mesmo assim o enviou, com a mensagem:

Encontre-me. Eu não sou livre.

O que só poderia significar que Kora estava ainda mais aprisionada que ela.

Uma mudança sísmica ocorreu naquele momento. Nova estivera esperando que a irmã a salvasse. Mas e se *ela* tivesse de salvar a irmã?

Um forte propósito a tomou, e uma estranha calma se assentou. Ela embrulhou o diadema e o escondeu bem. E enquanto Shergesh roncava e o mar congelava durante o longo inverno escuro, Nova começou a planejar.

38

O MAR OLHOU DE VOLTA

A espera era a pior parte. O plano era maluco, e não havia como saber se *funcionaria*. Nova não podia *testá-lo*. Até onde sabia, seria pega e executada. Ainda assim, não podia fazer nada além de tentar agir normalmente, dia após dia, *esperando*. Continuava tendo suas conversas silenciosas.

Com a estrela:

Diga a Kora que estou indo.

Com o mar:

Ainda não congelou? Pode se apressar, querido? Eu ficaria grata. Sabe, preciso ir.

Com o marido:

Você não sabe o que sou, velho, mas vai saber. Prometo.

E com seu pai:

Vou te usar, te arruinar, e depois darei risada. Espero que tenha aproveitado suas cinco moedas de bronze.

E eles não podiam ler seus pensamentos, tampouco conseguiam sustentar o olhar dela e sempre desviavam primeiro. Bem, exceto o mar. O mar a olhava de volta e, mesmo que estivesse congelando lentamente, era mais quente que o marido ou o pai, pensou Nova.

E finalmente a hora chegou. O mar congelou. A única saída de Rieva era através do gelo, em direção a Targay, uma ilha maior com um porto onde os quebra-gelo atracavam mesmo no inverno. Nova considerara agir sozinha, mas o gelo era traiçoeiro. Nunca ficava imóvel. Ele se dobrava e estalava, se partia, esmagava com força suficiente para decapitar os uuls. Para dar certo, era preciso de mais do que sorte. Precisava de alguém que pudesse congelar a água e criar um caminho sólido.

Alguém como seu pai.

Seu dom, é claro, estava adormecido. E era fraco. Nova, porém, ficava se lembrando daquelas palavras na carta de Kora — sobre como os Mesarthim haviam dito que ela tornara seus dons mais *fortes*. Então se perguntava:

poderia ser verdade? Aquele dia na nave-vespa era um completo caos em suas lembranças. Mas, uma vez que essa ideia veio, não a largou mais. Era de fato sua única chance. Obviamente, Zyak dificilmente concordaria em ajudá-la a fugir.

E era aí que entraria Shergesh.

Nova se levantou da cama. Com o coração batendo forte, pegou o diadema do esconderijo, retirou o lindo tecido e olhou com admiração para o metal divino. Se ia mesmo fazer essa loucura, teria de tocá-lo e deixá-lo agir nela. *A pena é a morte*, Kora a lembrou, mesmo que não precisasse de lembrete. Se tocasse o diadema, ficaria azul e não teria como voltar atrás.

Suas mãos tremeram quando deixou o pano cair, agarrando o diadema com as duas mãos. O metal era frio e suave. Ela viu sua pele acinzentar e depois azular, enquanto o zumbido tomava conta de si, despertando o que estava lá dentro. Ela o reconheceu e o permitiu se manifestar. E então se ajoelhou ao lado do marido adormecido.

Todos sabiam qual era o dom de Shergesh. Ele se gabava o tempo todo, e gostava de dizer para que o usaria se estivesse à sua disposição. Na noite de núpcias, quando Nova se recusou a tirar a roupa, ele falou: *Se eu tivesse meu poder, você faria o que eu mandasse.* Ele passou as costas da mão na boca e riu. *Mas isso tiraria a graça de fazer você fazer isso.*

O que ele fez então.

Controle da mente. Esse era o poder dele — fraco demais para o império, mas não para ela, Nova esperava. Se conseguisse amplificá-lo, poderia usá-lo — para controlar não somente ele, mas seu pai também. Tomando cuidado para não acordar o velho tirano, pousou o diadema no punho dele. Ele se mexeu quando o zumbido começou, mas sempre dormia profundamente e não acordou. Quando tudo terminou e ele estava tão azul quanto ela, Nova deu-lhe um forte empurrão e disse:

— Acorde, velho. É hora de descobrir com quem você se casou.

Ele acordou, e piscou para ela à luz do fogo, como se estivesse sonhando. Ela não lhe deu tempo para perceber que não era um sonho. E roubou seu dom. Foi fácil, abençoada Thakra. Estava bem ali para ser tomado. E, assim que o roubou, o devolveu.

— Levante-se e se vista para uma viagem.

Ainda piscando confuso, Shergesh saiu das cobertas. E fez exatamente o que ela pediu.

E foi assim que Novali Nyoka-vasa atravessou o mar gelado com um trenó, uma matilha de cães e os homens que a compraram e a venderam.

Levou um mês. Targay não era perto, e o caminho era tudo, menos fácil. Quando acabou a comida, tiveram de pescar, o que lhes tomou tempo. Sempre que se deparavam com gelo quebrado, Nova olhava para a água negra sentindo sua leve persuasão se infiltrando até os ossos.

É muito longe, ele disse. *É tarde demais.*

A cada dia ficava mais difícil prosseguir. Ela tinha que usar todo o seu poder — e o de Zyak — para consertar o gelo e seguir adiante. Como só tinham um diadema, era preciso revezar para segurá-lo contra a pele, de forma que seu poder não diminuísse. E tudo o que eles faziam — cada coisa que faziam — era obra de Nova, usando o poder que lhes roubara para mantê-los na linha.

Não havia espaço para misericórdia, e eles não mereciam. Ela não sentia pena nem estava triunfante. Estava cansada demais para se sentir vitoriosa, e consciente de que tudo podia dar errado rapidamente. Ela só dormia quando os dois também dormiam e, em seu cansaço, era como se estivesse flutuando, incapaz de se acomodar em sua pele. Shergesh não era forte e teve de seguir no trenó. Nova temia que ele morresse antes de chegarem ao seu destino, e ela só se importava porque, se isso acontecesse, perderia o controle sobre o pai. Foi preciso muito foco para manter o controle sobre a mente dele. Sempre que afrouxava a concentração, ele tentava resistir a ela, ocasionalmente ganhando um ou dois momentos de liberdade. Uma vez, ela cochilou e, ao acordar, ele estava avançando em sua direção, seu silêncio em desacordo com a perversão de seu rosto.

— Pare! — ela ordenou, e ele parou. Ela ficou com medo de dormir depois disso.

Todos os dias, fitava sua estrela no céu e lhe pedia para enviar uma mensagem a Kora.

Estou chegando, sempre dizia, sempre esperando que o pássaro branco aparecesse, como na véspera do Inverno Profundo. Mas ele nunca aparecia. Ela realmente conseguiu chegar a Targay, e de lá partiu para Aqa, mas nunca mais viu o pássaro de novo. Quando chegou à cidade imperial, tudo era caos: o imperador estava morto, seu metal divino havia sido roubado e o lugar era o próprio inferno.

E Kora? Não estava mais lá.

39

SUSSURRO TRAIÇOEIRO

Os longevos serafins haviam feito os portais porque podiam. O empreendimento foi envolto em palavras de glória, e *havia* grandiosidade nele: a descoberta do Continuum, que era *Tudo*, um número infinito de universos dispostos juntos como páginas de um livro? A capacidade de atravessá-los e viajar de um mundo para outro? Quem, com tal poder, não o usaria?

Os Faerers eram chamados de portadores da luz, e a glória era sua missão. Seis seguiram em uma direção, seis em outra, e registraram a grandeza de sua raça em cada mundo que descobriram. Eram magníficos. Era natural que fossem adorados. Religiões surgiram em seu rastro. Assim como valas comuns. Eram salvadores para alguns, e destruidores para outros. No mundo de Zeru, massacraram um povo para libertar outro, e o nome de sua líder, Thakra, passou a significar o dualismo da beleza e do terror.

Anjos não eram para os fracos de coração.

Os dois Seis colocaram centenas de mundos entre eles, voando sempre para fora de Meliz. Até que um deles abriu uma porta longe demais, que abriu-se para a escuridão, e a escuridão estava viva.

Esse episódio ficou conhecido pelos poucos sobreviventes como o Cataclisma. Os Faerers fugiram, mas as grandes bestas das trevas os perseguiram através dos buracos que haviam criado de céu em céu em céu. Elas os caçaram por todo o caminho de volta a Meliz, e todos os mundos que os Faerers haviam aberto, elas devoraram. Até Meliz estava perdido, o eterno Meliz, o jardim do Continuum. Os serafins que escaparam para o mundo vizinho Eretz conseguiram manter o portal fechado, e assim o mantiveram até hoje, usando todas as suas forças para escorar o céu e afastar a escuridão.

Uma jovem e ousada rainha daquele mundo distante estava treinando uma legião de anjos e quimeras para combater a escuridão e, com sorte, destruí-la. Mas essa é outra história.

Quanto aos Seis liderados por Thakra... quem poderia saber? Talvez tenham morrido há muito tempo, talvez ainda estejam por aí, muito longe, no infinito do grande *Tudo*. Mas essa também é outra história.

Esta é a história dos portais entre Zeru e Mesaret, e como foram usados depois que os anjos seguiram em frente, e por quem e a que custo.

Mesaret era o mundo do extraordinário metal azul que transformava seu povo em deuses. Através dos buracos no céu, seu império se espalhou. Com suas aeronaves e soldados-bruxos, foram invencíveis. Por um tempo.

Todos os impérios caem. Eles exageram, se espalham muito, e juntam inimigos demais. São roídos por dentro por corrupção, ganância, traição. O Império Mesaret não era uma exceção. Disputas eclodiram em todas as frentes quando um jovem ferreiro chamado Skathis olhou para o caos e viu... uma oportunidade.

Ele matou o imperador, mas não tomou seu lugar. Tinha outras aspirações. Queria ser um *deus*. Então pegou o metal divino do imperador e deixou o mundo com sua nave e uma pequena equipe escolhida a dedo, incluindo sua espiã, Korako, quer ela quisesse ou não. Nova chegou em Aqa tarde demais. Ela os perdeu por *uma semana*. E ela poderia muito bem querer voar para a lua tanto quanto segui-los pelo portal. Simplesmente era impossível. Ainda assim, ela tentou. Não conseguiu naquele ano nem no seguinte, mas conseguiu. Skathis tinha uma nave de mesarthium para navegar em portais e reinos. Nova não tinha nada além de sua inteligência e seu diadema, e mesmo assim encontrou maneiras de segui-lo. Às vezes, levava *anos* para ir de um mundo para o outro. A trilha ia ficando velha e fraca, mas ela sempre continuava.

Chega um certo ponto da esperança ou do sonho que ou você desiste, ou desiste de todo o resto. E se você escolher o sonho, se você continuar, nunca poderá desistir, porque é tudo o que se tornou. Nova fizera essa escolha havia muito tempo. Fora tão longe por esse caminho que recuar seria enfrentar um túnel uivante e escuro sem nada no fim, nem mesmo gelo ou uuls. Não havia como voltar. Não havia mais nada. Só havia Kora, e as palavras que assombravam Nova:

Encontre-me. Eu não sou livre.

Levou mais de *duzentos anos* para rastrear a nave de Skathis até o limite do império destruído. Naquele tempo, ela viveu muitas vidas, descobrindo seu caminho — *abrindo* caminho — pelo mundo após o mundo ter sido devastado pela guerra. Era uma grande coisa, ter sobrevivido a tanto e chegado tão longe. O mar, pensou, não a reconheceria agora. Ela mal se reconhecia.

Ninguém vivo — em qualquer mundo — se lembrava de Koraenova, exceto a própria Kora e sua outra metade, há tanto tempo separada dela.

Ela era apenas *Nova* fazia séculos, mas as bordas quebradas daquele nome partido não se suavizaram com o tempo. Só ficaram mais afiadas. Se fossem tocadas, sangue se derramaria. Apesar de tudo, qualquer que fosse a vida que estivesse vivendo, de qualquer maneira que estivesse sobrevivendo, ela nunca desistira de procurar a irmã.

Um sussurro traiçoeiro vivia dentro dela — a voz do mar, que ela não conseguia deixar para trás. Só Thakra sabia o quanto tentara. Sempre que a sentia se mexendo, as palavras começando a se formar em sua mente, ela mordia o interior da bochecha ou lábio com força suficiente para arrancar sangue. Sangue era o dízimo que ela pagava pelo silêncio, ou era uma oração que provaria que o sussurro estava errado.

Tarde demais.

Essas eram as palavras que ela não podia abafar. Esse era o medo que ela sufocava com o sangue — que ela sempre estivera e para sempre estaria *atrasada*.

Mas agora, finalmente, encontrara o pássaro branco — ou ele a encontrara, como encontrara antes. E enquanto o seguia pelo portal, entendeu: ele só podia estar levando-a a Kora.

40

ATAQUE

Sarai estava entorpecida pelo choque da visão do mar vermelho quando Aparição irrompeu pelo portal. A distorção se esticou para expulsar a águia, com suas enormes asas se abrindo e fechando apenas para se abrirem novamente enquanto outras figuras surgiam atrás dela: uma… duas… *quatro* saqueadores de preto, um à frente e três atrás.

O grito de Aparição foi repetido por outro pássaro e, mesmo silenciado pela câmara, foi arrepiante. Não era um grito natural. Sarai, Lazlo e os outros ficaram *atormentados*. O som invadiu suas mentes e corpos. Vinha de uma mulher, a que liderava os outros. Ela era loira e magra. Ela era *azul*, e vestia roupas pretas apertadas que a faziam parecer mergulhada em óleo. Na testa, como uma coroa, usava um diadema de mesarthium. Seus olhos estavam enlouquecidos, e sua boca estava aberta para derramar esse grito de despedaçar a alma.

Sarai nunca ouvira um som tão selvagem. Havia lobos nele, e gritos de guerra, e aves carniceiras e ventos tempestuosos, e ela nunca acreditaria que vinha de uma pessoa se não estivesse vendo com os próprios olhos. Eles ficaram aterrorizados, todos eles, deixando-os atordoados e desamparados.

Era mágico. Era um ataque. O som perfurou suas mentes e os separou de seus instintos, silenciando suas reações naturais.

Lazlo vacilou, abatido. Ele estava puxando a passarela e fechando a esfera, mas tudo ficou suspenso. Ele poderia ter enviado uma onda de mesarthium para engolir os intrusos, mas não o fez. Até os instintos defensivos de Eril-Fane e Azareen, afiados por anos de treinamento, foram subjugados. Não sacaram suas hreshteks, o que deveria ser sua segunda natureza, mas se encolheram, levando as mãos aos ouvidos.

✷

Nova rompeu o portal berrando o grito de Werran. Ele era um dos membros de sua tropa, e este era seu dom: um grito que semeava pânico na mente dos que o ouviam. Não havia jeito melhor de atordoar o inimigo no ataque de abertura. Nova gostava de liderar, e ganhar tempo para avaliar o oponente de guarda baixa. Geralmente, ela deixava Werran usar o seu dom, mas sentiu uma enorme necessidade de gritar ao seguir o pássaro de Kora até este mundo desconhecido, então ela assumiu o controle e o soltou, e apreciou a maneira como sua garganta foi devastada.

Enfim havia chegado ao momento que perseguira por mais de dois séculos, desde a noite em que desembrulhou o diadema e prometeu libertar sua irmã.

Havia perdido a conta do número de mundos entre este e o seu. E também não fazia ideia de quantos homens matara desde Zyak e Shergesh. Mas sabia quantos anos, meses e dias se passaram desde que o pássaro branco chegara a Rieva. Era tempo demais, e agora ela estava ali. Ia finalmente salvar sua irmã, e estava muito mais que preparada.

Ela examinou a sala, ainda derramando o grito, com o coração batendo tão forte que quase explodia. Cinco Servos e três humanos, contou. Seus olhos voaram sobre eles rapidamente, depois de novo, ainda mais rápido. O pássaro de Kora voou em círculos, seu choro se entrelaçando com seu grito. O coração de Nova bateu mais forte. Ela cessou o grito. Pensara que o pássaro a levaria até sua irmã. A necessidade de vê-la era um fogo violento dentro de si.

Mas Kora não estava ali.

Tarde demais, disse o sussurro traiçoeiro. Ela mordeu a bochecha e sua boca se encheu com o sabor ferroso do sangue.

✶

Humanos e crias dos deuses se encolheram, paralisados pelo grito, e quando ele foi interrompido — quando a mulher o cessou e lhes arreganhou os dentes em um rosnado animalesco —, cambalearam em silêncio, se sentindo *desamparados*, como se o grito fosse uma onda que os jogara na praia e os largara sozinhos e ofegantes, e os restos de quem foram estivessem espalhados ao redor.

Os invasores se espalharam diante deles no ar. Estavam voando, flutuando, imunes à gravidade. Ao lado da líder, havia dois homens e uma mulher, todos azuis e vestidos com o mesmo preto oleoso — um uniforme tão justo que parecia pele, com botas que pareciam ter sido feitas para esmagar ossos e, de alguma maneira, pairavam no ar. Espadas curtas pendiam embainhadas dos lados, e eles tinham uma expressão sombria de ameaça, empunhando varas de algum metal cinza com duas pequenas pontas no fim. Um raio saltou entre as pontas, emitindo um estalo ameaçador.

A visão trouxe Lazo de volta a si. Depois do grito, o instinto voltou — não em uma onda, mas lentamente, como se os pedaços dispersos de sua mente estivessem tentando se recompor. Seu primeiro pensamento foi se colocar na frente de Sarai. Ela só podia observar. Era como se estivesse de volta no pesadelo de Minya, porque esta mulher de cabelo loiro e sobrancelhas pálidas... ela a *conhecia*. Tinha a visto na porta do berçário.

Korako, pensou.

Assim como Eril-Fane, apesar de saber que era impossível. Ele se lembrava de sua faca mergulhando no coração dela, e viu a vida deixando seus olhos. Mas seus olhos brilhavam agora, vivos com uma intensidade brutal. Ele sacou sua hreshtek. Azareen também.

Lazlo, ouvindo os sons gêmeos das lâminas sendo desembainhadas, sacudiu a cabeça letárgica e assumiu seu poder. Era tarde demais para fechar a esfera e expulsar os intrusos. Eles já estavam lá *dentro*, mas isso não significava que não podiam detê-los. Já havia aprendido: nada podia parar o mesarthium. Ele se abriu para as energias vivas ao seu redor. Cerrando os dentes, desejou que o metal atacasse e, do chão da câmara, um gêiser de mesarthium surgiu. Era um jato azul brilhante de metal líquido, impulsionado com força vulcânica. Ele subiu na direção da mulher. Ela seria aniquilada com o impacto. Mas Lazlo não tinha a aniquilação em si. Então desejou que o gêiser fosse oco e aberto, formando um tubo derretido que a cercaria e a prenderia.

Ou *deveria* prendê-la. Mas assim que a alcançou, o mesarthium congelou. Escancarado como uma boca aberta a seus pés pronta para engoli-la, o jato explosivo de metal... parou.

Com uma impotência doentia, Lazlo sentiu sua consciência sobre o mesarthium *se afastar* dele. O clamor — do metal por ele, e dele pelo metal — evaporou-se, assim como as energias, como se o ar tivesse se esvaziado de suas pautas de música silenciosa. A perda desse novo sentido parecia uma surdez ou cegueira súbita. Ele procurou seu poder, desesperado, e... nada.

Os outros olhavam dele para a invasora de olhos arregalados e confusos. O que estava acontecendo?

— Lazlo...? — Sarai perguntou, com uma voz trêmula.

— Meu poder — ele ofegou. — Se foi.

— O quê?

A passarela pairava na câmara como uma ponte semiacabada. Sarai, Lazlo e os outros estavam aglomerados na ponta. Haviam recuado quando ouviram o primeiro grito de ataque, e ficaram paralisados pelo som sobrenatural. E agora tinham saído da paralisia.

Rubi virou Fogueira. Seus olhos se incendiaram. Seus cabelos se contorciam e brilhavam como filetes de lava, e faíscas silvavam em seus punhos fechados. Ela nunca tinha atacado ninguém. Minya lhe dissera que ela era uma arma, mas nunca se sentira assim até então. Contudo, antes que pudesse fazer qualquer coisa, ela sentiu que ele lhe foi arrancado. *Ele*: seu fogo, seu poder. Ele foi *roubado*, e assim que ela registrou sua perda, os olhos da invasora ficaram vermelhos e cintilaram em chamas. Seus cabelos loiros fumegavam, brilhando como uma fogueira. Rubi viu. Ela se sentiu estripada e apagada, como se a mulher tivesse entrado dentro dela e lhe roubado o que a tornava *ela*.

— Você — ela ofegou, ultrajada. — Isso é *meu*. Devolva!

Ao mesmo tempo, Feral fechou os olhos de uma vez e arrancou uma nuvem de trovão de um céu a meio mundo de distância. O ar acima dos invasores escureceu. A chuva foi instantânea — um monte de bolinhas meio congeladas, minúsculas lâminas de gelo. A densa nuvem estrondou e estalou, iluminada por dentro por um raio nascente. O rugido do trovão se achatou sob as propriedades silenciadoras da câmara, mas ainda reverberou em seus ossos. Por anos, Minya tentou forçar Feral a fazer exatamente isso: usar suas tempestades como armas, mirar e atacar com raios — mas ele sempre teve medo, então sempre falhou. Agora sentia seu poder *fervendo* por dentro e se derramando como vapor, como se fosse um canalizador de toda a força do céu, o poder indomável da própria natureza. Pela primeira vez na vida, Feral se sentiu como um deus.

E então a sensação desapareceu como vapor.

A invasora, esguia e molhada, com chuva gelada escorrendo pelo rosto e os cabelos loiros grudados no crânio, ergueu os braços e fez um espetáculo com os poderes roubados.

Em suas mãos abertas, bolas de fogo queimavam, assobiando e dançando sob a chuva forte. Mas não eram só bolas. Eram flores. Eram *flores* esculpidas em fogo. Começaram como brotos e foram se abrindo, desenrolando pétalas de chamas alaranjadas vivas, azuis no centro e embranquecendo nas franjas onduladas de suas pétalas.

Rubi ficou sem fôlego. Nunca fizera algo tão bonito assim, e a inveja insuflou seu ultraje.

Pardal não fez nenhum movimento com seu dom. Minya sempre a zombara por sua inutilidade em um combate, e ela nunca se importou até agora. Sentiu-se pequena e desamparada quando a trovoada rugiu e estalou acima, brilhando com sua abundância de raios. Em seguida, ela se abriu e três raios dispararam, brancos e rápidos, bem na passarela. Eles tiveram que se abaixar, e só a balaustrada que Lazlo havia feito os impediu de cair. O cheiro de ozônio se espalhou ao redor, limpo e nítido, e amontoaram-se ali, observando, assombrados e amedrontados, enquanto o gêiser congelado de mesarthium se fundia mais uma vez. Ele não entrou em erupção nem engoliu a mulher — pelo menos, não como Lazlo pretendia. Em vez disso, ele fluiu lenta e graciosamente pelas pernas, pelo tronco e pelos braços dela, moldando-se em peças de armadura. Não eram nada como as pesadas placas de bronze que os Tizerkane usavam, presas no lugar com fivelas e tiras grossas de couro. Essas eram tão fluidas quanto água em movimento, e tão leves que praticamente não pesavam. Elas não faziam volume e se moviam junto ao corpo, e eram mais resistentes do que qualquer coisa neste mundo. Entrelaçaram-se no tecido preto de sua roupa e brilhavam como um espelho: nas canelas, nas coxas, em uma elegante dobra dos joelhos. Um peitoral se formou, talhado com uma águia de asas abertas. Ela ainda segurava as flores de fogo nas palmas das mãos, mesmo enquanto o metal fluía e envolvia seus braços em avambraços e ombreiras mais elegantes do que qualquer outros já feitos com bigorna e martelo.

Ela flutuava no ar diante deles, com olhos brilhando vermelhos, chamas florescendo nas mãos, vestindo armaduras de mesarthium e manejando relâmpagos como lanças, e as crias dos deuses os humanos ficaram humilhados e apavorados.

— Quem é você? — Feral perguntou, trêmulo.

— O que você quer? — Sarai disparou, com medo da resposta.

— Como é que ela faz isso? — Rubi questionou, exausta. — Quero meu fogo de volta!

Com um movimento repentino, a mulher lançou as flores de fogo para o chão bem abaixo, onde as faíscas chiaram e morreram. Com um empurrão impaciente de seu braço, a trovoada também desapareceu, levando a chuva e o raio consigo. Ainda havia um tamborilar silencioso de gotas pingando das formas encharcadas dos invasores, mas o ar ficou limpo e o trovão desvaneceu. Rubi e Feral procuraram seus dons, esperando tê-los recuperado, mas não os encontraram. A invasora ainda estava com seus poderes, e o de Lazlo também — como ficou claro quando ela ergueu o braço, flexionou os dedos e convocou uma bola de mesarthium do teto. Ela voou para a mão dela mais rápido do que a gravidade, encontrando sua palma com um *baque*. Ela a apertou e a girou em torno de seus dedos, tão leve como se fosse um truque de mágica. As chamas se extinguiram de seus olhos. Estavam marrons, lívidos e fixos em Lazlo. Ela falou com ele em uma língua que não entendiam. Era áspera para os ouvidos deles, como dobradiças enferrujadas e corvos.

✷

— Você se lembra de mim? — foi o que Nova perguntou.

Ela percebeu seu inimigo através da névoa do ódio, e se ele não estava exatamente como ela se lembrava, era porque fazia mais de duzentos anos. Quem mais poderia ser ele? Aqueles eram os olhos cinzentos dele, e esta era sua nave, e o mundo que ele escolhera.

Skathis, depois de todo esse tempo. Ela sentiu o poder dele surgindo por ela, como acontecera tanto tempo atrás. Ela disse:

— Você me temeu uma vez, mas não o suficiente para me matar, e esmaguei sua garganta com uma coleira de metal divino em milhares de alegres sonhos assassinos. Você me chamou de pirata quando eu não era ainda. Só que agora… *Você não faz ideia.*

Ela lhe lançou a bola, assim como ele a jogara para ela e para Kora.

Ela sussurrou:

— Pegue.

✷

Lazlo pegou. Foi puro reflexo. Mas, assim que ela tocou sua mão, não havia mais nada para pegar. Ela se espalhou sobre seu braço e se enrolou nele, metal azul brilhando em movimento. Quando ele recuou, com o braço aberto, o metal escorregou por seu ombro, se expandindo e se transformando em uma faixa sinuosa. Ele se alongou e se transformou em uma serpente, que se enrolou no pescoço dele. Isso tudo aconteceu dentro de um segundo, e antes que entendesse o que estava acontecendo, a serpente abriu sua boca e se enfiou ali.

Lazlo a agarrou. Ela se contorceu em suas mãos, e ele a sentia viva da mesma maneira que Rasalas, ou o pássaro que ele destacara da parede — não mais como um estúpido metal, mas como uma criatura animada por um desejo.

Só que não era o *seu* desejo, e quando agarrou a cobra de metal viva e contorcida nas mãos, ela apertou forte, devorando-se, prendendo seu pescoço.

Sarai a agarrou e tentou arrancar as mandíbulas de seu próprio rabo, sem sucesso. Ele se contraiu e os dedos de Sarai acabaram entre a coleira e a garganta de Lazlo. Tentou se tornar incorpórea — fazer sua carne fantasma virar ar — para se libertar. Mas não podia fazer o mesmo com Lazlo. Ela não conseguiu *torná-lo* incorpóreo e viu o pânico no olhar dele quando a cobra se apertou, sufocando-o. Sua boca se abriu em um suspiro áspero, e Sarai se virou para encarar a invasora.

— Solte-o! — berrou.

O que ela viu no semblante da aparição de Korako foi algo entre vitória e raiva. Era sede de sangue, não havia dúvida. Invadira a câmara para fazer mal, e ela era *selvagem*.

Tudo aconteceu muito rápido. Um momento atrás, observavam aquela paisagem impossível através da fenda no ar. Agora haviam sido invadidos, sua mágica fora roubada. Eril-Fane e Azareen estavam desamparados na beira da ponte, com os inimigos fora do alcance de suas lâminas. Rubi e Feral tinham sido despojados de sua magia, e Minya nem estava ali. O absurdo atingiu Sarai como um golpe. Minya, protetora deles — *sempre* sua protetora, desde antes que pudessem se lembrar, Minya, que os salvara e passara a vida construindo um exército para *continuar* salvando-os — estava deitada no chão em um sono cinzento e drogado, indefesa e inútil, e era tudo culpa deles.

E agora Lazlo estava sufocando, e se ele morresse, Minya não estava ali para pegar sua alma. Com um soluço de raiva, Sarai se lançou na inimiga.

Ela saltou. Voou. *Atacou.*

E se a inimiga era selvagem, ela era mais, porque não estava limitada à vida, com toda a sua *rigidez*. Quando os lábios *dela* se afastaram dos dentes em um rosnado, ela pareceu mais cruel do que a inimiga jamais poderia esperar, porque sua boca se escancarou para se tornar uma *bocarra* do seu arsenal de pesadelo. Seus dentes ficaram longos e afiados, como os espinhos de algo venenoso do mar. Seus olhos ficaram vermelho-sangue dos brancos para as íris — sólido, brilhante, medonho — e seus dedos em gancho se tornaram garras que rivalizavam com as de Aparição. Ela fixou o olhar em Nova e correu em sua direção, e viu o olhar dela se estreitar, atenta, mas despreocupada, enquanto arrebatava o dom de Sarai, assim como fizera com os outros.

Sarai sentiu, mas só um pouco. Seu medo e sua fúria silenciavam tudo. Seu dom de cria dos deuses havia sido roubado? E daí? Não era seu dom que a permitia voar e criar presas. Isso era apenas o lado positivo de estar morta. Quando ela não vacilou, muito menos caiu, o rosto de Nova se afrouxou de surpresa. Sarai experimentou sua própria satisfação sombria.

E então foi para cima dela.

41

APENAS TUDO

Nova pensou que o dom da garota devia ser voar, porque ela voava sem botas de gravidade como as dela. Então pensou que deveria ser uma metamorfa, porque seu rosto mudou. Ela foi de bonita a horrenda em um instante, sua boca se escancarando impossivelmente, seus dentes afiados como agulhas. Será que ela poderia ter *dois* dons? Nova nunca ouvira falar disso, e quando foi roubá-los, sentiu apenas um. Não podia nem dizer o que era. Às vezes era óbvio, mas esse era obscuro como nenhum outro dom que já tivesse encontrado. Ainda assim, ela o arrancou.

A garota deveria ter despencado. Aqueles dentes terríveis deveriam ter encolhido e desaparecido, para não falar das garras. Mas nada disso aconteceu. Ela não caiu. Não se transformou de volta. Ela acertou Nova com força total e ambas ricochetearam com o impacto — aterrissando na concha meio aberta da esfera, sob a abertura do portal. Ambas esmagaram o metal. Os ombros de Nova suportaram o baque, mas sua cabeça não foi poupada. Sua visão ficou turva e um zumbido encheu seus ouvidos. A voz da garota atravessou o barulho. Ela gritava algo, mas Nova não entendia o idioma. A garota estava segurando seus ombros, pressionando. Suas garras *se fecharam* sobre as placas de metal divino com as quais Nova havia se blindado. Se não tivesse conjurado a armadura, as garras teriam afundado em sua carne.

A ira de Nova explodiu. Essa garota era *estúpida* ou o quê? Estava pensando que poderia vencê-la, com todo esse metal apenas esperando para agir? Ela sentiu sua energia ao redor. Parecia vibrar com uma urgência de se *transformar*. Mas se transformar em quê?

Mais coleiras de serpentes estranguladoras? Mil aranhas mordedoras brilhando como pedras preciosas do mal? Assim que Nova pensou, assim se *fez*. Enquanto as duas mulheres lutavam no oco da esfera, sua curva deu à luz um *exército* de aracnídeos. A superfície lisa se rajou de uma textura repentina. Então a textura se soltou, cresceu pernas e se arrastou livre. Centenas de aranhas surgiram. Nova estava presa no chão, de costas. As aranhas subiram nos ombros dela, seguiram para as mãos da garota e depois passaram para os braços, até seus cabelos ruivos. Sarai a soltou. Nova a empurrou direto para a massa de aranhas. Elas deslizaram sobre ela e em segundos estava envolta em metal vivo — mil aranhas, *oito mil patas* e quantos dentes entre elas? Pouco antes de a garota ser submersa por uma multidão fervilhante de aranhas, Nova viu seus olhos — seus brilhantes olhos vermelhos — cintilarem de horror. Ela sentiu uma facada distante do mesmo horror que sua mente havia gerado com um mero toque de sua vontade. Mas estava abafada pelo triunfo.

Sonhava com o dia em que roubaria o dom de Skathis. Esse sonho havia tomado o lugar de seu primeiro sonho — o que ela compartilhava com Kora, no qual os Servos iam até Rieva e as escolhiam. Sonhara esse sonho por dezesseis anos, e este por mais de dois séculos.

Nele, ela não o matava, mas roubava seu dom e *o* roubava também. Ela libertaria Kora e elas apreenderiam sua nave e manteriam Skathis em uma cela pequena demais para que ele pudesse se levantar. Ela imaginou uma jaula pendurada em um canto, e elas o atormentando incansavelmente. Transformariam-se no inferno dele, e usariam seu dom para navegar pelos céus de todos os mundos, intocáveis.

Essa garota achava que poderia vencê-la? Achava que poderia separá-la de Kora? Ninguém *nunca* mais faria isso de novo. A garota foi engolida pelas aranhas. Um clamor de vozes gritou e implorou, mas tudo lhe pareceu distante e estranho. E no segundo seguinte, aconteceu o impossível:

A menina virou fumaça. Afogava-se em aranhas, com apenas as mãos visíveis, tentando arrancá-las. Então estava flutuando enquanto todas caíam *através* dela, passando pela curva da esfera, de onde haviam nascido um segundo atrás. Ela se ergueu, leve, feita de pedaços, e se reuniu novamente, inteira, toda carne e fúria.

Nova engasgou. Havia roubado o dom dela. Ele estava sob o seu domínio. Podia sentir o peso dele, com os outros — todos eles em seu poder. Então como, em nome de Thakra, ela fizera *aquilo*?

As aranhas foram esquecidas, reabsorvidas pela esfera. A garota avançou pelo ar. Nova liberou uma onda de metal divino para derrubá-la, mas quando a atingiu, ela virou fumaça mais uma vez. Ela não podia atravessar o metal sólido, mas se derretia em pedaços para desviar do caminho e então se reunia novamente do outro lado, avançando sobre Nova.

Ela a alcançou e a agarrou mais uma vez pelos ombros. Werran e Rook, os dois homens do bando de Nova, lançaram suas varas de raios brilhantes na garota, emitindo seu estalido mortal. Mas as varas passaram direto por ela e quase acertaram Nova.

Lutando para se libertar, Nova chutou com uma das pesadas botas, mas seu pé também a atravessou. Ela sentia a realidade da garota em seu ombro e, no entanto, seu pé a atravessava como se fosse feita de vapor.

— *O que é você?* — Nova latiu.

A garota estava falando, rápida e apressada. Sua língua era harmoniosa e, embora Nova não entendesse uma palavra, entendia a súplica claramente. Seus olhos não estavam mais vermelhos, mas azuis-claros. Seus dentes não eram horrendos. Eram uniformes e brancos. Ela era jovem. Estava chorando. Então apontou para a ponte, onde o ferreiro estava de joelhos sufocando.

Queria salvá-lo? Em que mundo uma garota imploraria pela vida daquele monstro?

— Você está implorando para salvar *Skathis*? — ela cuspiu, com o lábio curvado.

O nome foi registrado. A garota podia não entender sua língua, mas entendeu aquele nome. Ela recuou.

Uma voz falou dentro da cabeça de Nova. Não era o sussurro traiçoeiro. Era a sua telepata, a terceira de seu bando, falando diretamente na mente dela. Sua voz era clara e calma:

— *Nova, esse não é Skathis.*

E assim que ouviu, soube que era verdade. Estava cega pela vingança e pela pressa louca de enfim atravessar o portal que a mantivera para fora durante todos esses anos. Olhou o ferreiro com seu rosto sombrio, olhos desesperados, e viu semelhanças, mas também diferenças.

— Então quem é? — rosnou, incapaz de entender o que isso significava: um ferreiro diferente na nave de Skathis?

— Não sei, mas, quem quer que seja, você o está matando. É isso o que quer?

Se *fosse* o que ela quisesse, eles não se oporiam — seu bando leal, seu time. Ela havia matado para libertá-los. Havia matado para pegar o que precisavam para sobreviver. Tinha matado por segurança, e honra, e despeito. Ela sempre tivera seus motivos, alguns melhores que outros, e eles sabiam o que esse momento significava para ela.

Apenas *tudo*.

Apenas Kora. Apenas a metade que faltava de sua própria alma.

Onde ela estava? E se esse não era Skathis, quem era então? O que acontecera ali? Por que o portal ficara fechado por tanto tempo?

Nova afrouxou um pouco o colar de serpente. Seu rabo escorregou da boca e se abriu. O ferreiro a atirou longe e respirou fundo. A garota soltou Nova e voou até ele. Ela o segurou enquanto ele respirava e seu rosto arroxeado voltava ao azul dos Mesarthim. Ele segurava o pescoço, com os olhos vermelhos e fluidos. Os dois guerreiros humanos faziam guarda ao lado dele. Estavam tensos, ainda empunhando suas lâminas. A mulher mais velha estava apoiada no parapeito. Os outros três Mesarthim estavam agrupados em volta do ferreiro. Nova havia assumido que eram a tripulação de Skathis, mas via agora como todos eram jovens — pouco mais que crianças, tinham talvez a mesma idade que ela quando fora vendida a um velho por cinco moedas.

Parecia que cinzas estavam queimando um buraco nela. Quem eram eles, e onde estava Kora?

Onde estava Kora?

ONDE ESTAVA KORA?

A garota-fumaça, metamorfa, cuja magia desafiava o roubo, olhou para ela e fez uma pergunta. Nova fez outra logo em seguida. Em sua cabeça, a pergunta trovejou, mas em sua boca, saiu baixa e melancólica, porque precisou de cada gota de sua raiva para sufocar o sussurro traiçoeiro que lhe dizia, sempre lhe dizia, *tarde demais*.

✶

— Quem é você? — Sarai implorou. — O que você quer?

Nova perguntou:

— *Onde está minha irmã?*

Elas não conseguiam se entender. Suas línguas colidiram como exércitos alienígenas, uma dura, outra fluida, ambas selvagens com o mesmo suspense horrível e sangrento. Entreolharam-se desconfiadas e confusas. Através de mundos e portais abertos por anjos havia muito tempo, suas vidas se cruzavam bem ali. Ambas haviam ido até ali buscando algo. Sarai e os outros tentavam descobrir quem eles eram, *por que* eram e o que havia acontecido com os que vieram antes deles.

E Nova só queria sua irmã.

Sarai e Lazlo brincavam sobre encontrar estranhos na encruzilhada para trocar respostas a mistérios. E agora estavam ali. Era uma espécie de encruzilhada. Os dois grupos se encaravam. Eram estranhos, e guardavam as respostas um do outro. Mas não havia motivo para brincadeiras, e essas não eram verdades que você podia simplesmente trocar e depois ir embora.

Elas eram explosivas, e eles não poderiam sobreviver a elas.

Todos estavam reunidos ali — cinco crias dos deuses, três humanos, quatro Mesarthim invasores —, e apenas Eril-Fane havia compreendido. Durante três anos, ele fora o bichinho de estimação de Isagol. Ainda tinha pesadelos naquela língua. Ouvir os sons ásperos cutucava feridas antigas que estavam apenas começando a se curar. Mas, pior que os sons, eram as palavras.

Minha irmã, a invasora dissera.

Ela não era Korako. Ela estava procurando por Korako. E quem saberia melhor que ele que ela nunca a encontraria? Suas mãos estavam escorregadias de suor e, naquele momento, era como se fosse o sangue de velhos assassinatos que nunca poderia ser lavado.

Aparição escolheu aquele momento, circulando no alto, para soltar um de seus assustadores gritos, que parecia uma mulher lamentando seu destino.

E, de todos eles, somente Eril-Fane compreendia aquilo também. Não só o que era Aparição. Nova sabia que era o astral de sua irmã projetado no mundo. Mas não era só que Korako estava morta, porque todas as crias dos deuses e humanos sabiam disso. Só que apenas o Matador de Deuses conhecia as duas e entendia que a fantasmagórica águia branca era o último fragmento da alma da deusa morta, lançada à deriva quando a faca dele perfurou seu coração. Se o pássaro estivesse dentro dela quando ela morreu, certamente teria partido também. Mas não estava. Voava, e permanecera, deixado para trás como um eco que se recusa a desaparecer, ou como uma sombra que sobrevive ao seu conjurador.

Tudo viria à tona. A garganta de Eril-Fane estava apertada, seus punhos cerrados, e seus corações imensos, tomados por um amor repentino, grandioso e descomplicado — por sua cidade, seu povo, sua mãe, sua esposa e por essas lindas crianças azuis que haviam sobrevivido sozinhas. Desde Isagol, qualquer sinal de amor desencadeava outros sentimentos — inomináveis e incapacitantes, que o enchiam de vergonha e repulsa. Era como acariciar a pele de um animal magnífico — macio, aquecido pelo sol, uma maravilha da criação — para depois encontrá-lo rastejando com larvas, rolando de olhos vidrados enquanto era devorado por dentro. Ela havia feito isso com ele.

Mas, ali no coração da cidadela, testemunhando essa colisão de histórias em que ele próprio desempenhara um enorme papel, não sentiu vergonha nem repulsa, só amor — amor simples, puro e imaculado.

E teve a terrível e clara certeza de que o acerto de contas finalmente chegara.

42

"MORTO" FOI A RESPOSTA ERRADA

Sarai estava tão centrada na aparição de Korako com seus cabelos claros e olhos selvagens que mal notou os três que vieram atrás dela. Então um deles falou — a segunda mulher, e ela falava a língua *deles*, a língua de Lamento. Sua voz falhou e seu sotaque era estranho, mas as palavras eram claras o suficiente.

— Quem são vocês? Onde está Skathis? Onde está Korako?

Sarai a fitou, e quaisquer que fossem os pensamentos que as perguntas provocaram, ela os esqueceu assim que seus olhos se encontraram. O reconhecimento despertou nela, afiado como um choque. Como todos os quatro saqueadores, a segunda mulher estava armada e vestida de preto, com uma expressão severa. Seu rosto azul era liso, o cabelo castanho e um dos olhos também. Mas o outro... O outro era *verde*.

Sarai se sentiu tonta. Ela foi dominada por uma repentina certeza de que ainda estava presa e vagando dentro dos sonhos de Minya.

— *Kiska*? — perguntou, incrédula.

A mulher empalideceu de surpresa. Toda a severidade caiu por terra, e ela ficou ainda mais parecida com a menininha do berçário.

— Como você me conhece? — ela perguntou.

Rubi respirou alto. Feral e Pardal ficaram encarando. Eles não a conheciam como Sarai, mas certamente conheciam o nome. Minya havia mantido vivos os nomes dos bebês perdidos, todos os que conseguia se lembrar. Ela fez questão que os outros também se lembrassem. Havia uma ladainha para eles, em ordem inversa: *Kiska Werran Rook Topaz Samoon Willow*, e assim por diante.

— Seu olho — Sarai respondeu, atordoada. Então algo se encaixou em sua mente, e seu olhar foi direcionado para os dois homens.

Durante o grito, ela estivera perturbada para juntar as peças, mas agora entendia. O dom do garoto levado antes de Kiska era um grito de guerra para esfolar mentes e causar estragos.

— *Werran*? — ela perguntou, seus olhos disparando entre os dois homens. Um olhou bruscamente para o outro, cujo rosto mostrou a mesma surpresa que o de Kiska. O verniz duro de sua ferocidade foi suavizado pela confusão. Ele parecia ter mais ou menos a idade de Lazlo. Na verdade, se parecia muito com Lazlo. Podiam ser até irmãos.

Ou podiam ser *mesmo* irmãos. Porque ficou claro com suas reações: Esses invasores em suas vestes preto-petróleo com as varas de raios — esses estranhos — eram as últimas crias dos deuses retiradas do berçário. Eram uma *família*.

Sarai levou uma mão à boca. Uma vibração de surpresa a tomou, com uma inesperada e doce onda de *alegria*, apesar da fúria e medo da violência de um instante atrás. Talvez isso tudo fosse um mal-entendido! Ela tirou a mão da boca e a levou para os seus corações, olhando para o segundo homem. Ele também era jovem, de traços marcados, cabelos e olhos escuros e uma barba rala. Repetindo a ladainha na cabeça, ela disse:

— Acho que você não é Rook. — Ela percebeu pelo piscar rápido dos olhos e o engolir em seco que era. — Vocês estão vivos — Sarai suspirou. Durante a vida, esse mistério pairou sobre eles, e ela mal ousaria sonhar em saber a verdade pelos lábios das próprias crianças desaparecidas. Seria possível? Os últimos três levados, retornando juntos?

— Mas quem é você? — Rook perguntou.

— Somos como vocês — ela respondeu. — Nascemos no berçário também. Somos... somos os últimos.

— Os últimos — Kiska repetiu, avaliando os cinco. Sua sobrancelha se franziu. Estava pensando na última coisa que viu quando Pequena Ellen a arrastou para Korako. Pensava em Minya e nos outros, nas crianças que balançaram na rede improvisada. — Mas havia muitos outros.

O destino daqueles outros pesava sobre eles, assim como o destino dos demais, de todos os que vieram antes.

— Havia — Sarai falou; essa perda seria parte dela para sempre. — Mas o que aconteceu com vocês? Para onde os levaram? Os outros estão vivos também?

Kiska virou-se para Nova, cuja ferocidade não havia diminuído nem um pouco. As sobrancelhas pálidas dela estavam enrugadas, os olhos estreitos e duros. Eles falavam rápido, ásperos. Sarai não sabia dizer quanto da aspereza era a raiva e quanto era o idioma. Kiska gesticulou em direção a eles enquanto conversava, explicando quem eram.

A voz de Nova ficou ainda mais dura, e Kiska, frustrada, assentiu uma vez e voltou-se para Sarai e os outros. Sarai a viu se recompor, colocando sua severidade de volta no lugar como se fosse uma máscara. Um calafrio desceu por sua espinha. Qualquer que fosse o parentesco entre elas, ela o estava deixando de lado em favor da lealdade àquela mulher.

— Responda-me — Kiska falou. — Onde está Skathis? Onde está Korako?

Se sua voz fosse menos fria, talvez tivessem lhe contado, mas ninguém falou. Da maneira como Nova os fitava, era como se apontasse uma faca na garganta deles. Que resposta esperava? Uma nova onda de medo tomou conta de todos, e ninguém falou. Pelo menos, não em voz alta. Mas suas mentes responderam em coro: *mortos eles estão mortos eles estão mortos eles estão mortos.* As palavras ecoavam nos pensamentos de Sarai quando viu Kiska endurecer.

Então se lembrou de qual era o dom dela.

Kiska era telepata, e ficou claro pelo seu olhar — pela consternação, tristeza, medo — que "mortos" era a resposta *errada.*

✷

Nova também notou o olhar de Kiska, e soube que só podia significar uma coisa. O sussurro traiçoeiro se libertou dentro dela.

tarde demais tarde demais tarde demais tarde demais

Nova já estivera dentro de um vulcão uma vez, em algum mundo cujo nome esquecera. Ela vira o magma, quente e brilhante, agitando-se em seu núcleo, e era assim que se sentia: sua garganta era como o magma emergindo, sua ira pronta para entrar em erupção. Ela não esperou Kiska cuspir as palavras, gaguejando pesarosa. E roubou seu dom.

Ela já estava mantendo quatro dons, e cada um consumia seu poder. Com o de Kiska eram cinco, a maior quantidade que já mantivera de uma vez; estava tensa, mas não hesitou. Com a telepatia de Kiska, jogou-se na mente dos estranhos e mergulhou direto neles.

Era como voar para dentro de um tornado. Já usara o dom de Kiska antes, mas não o suficiente para se acostumar com o turbilhão de pensamentos e sentimentos. Medo, angústia, confusão, incerteza a assolaram oito vezes e ela quase recuou. Ouviu as mesmas palavras que Kiska ouvira, mas não entendia seu significado. As palavras não faziam sentido, mas não havia apenas palavras. Ela também podia *ver* as lembranças, em um tumulto bagunçado e louco, como reflexos em água fervente. Havia tanto caos, tantas imagens, e a única que ela queria — ou melhor, a única que *não* queria, a última coisa que queria — estava entre elas. Ela viu, e não podia desver, não podia desfazer.

tarde demais

Ela viu a vida deixar os olhos de Kora.

tarde demais

Sentiu a faca perfurando seu próprio coração.

tarde demais

Nova viu sua irmã morrer nas lembranças do assassino.

sempre, para sempre tarde demais

Ela devolveu o poder de Kiska, que o sentiu como um soco, e cambaleou com os sentimentos de Nova. Não estava preparada, e aquela coisa indomável era esmagadora.

Nova tremia. Seus olhos eram piscinas de fogo. O ar se tornava denso ao redor, com uma nuvem tão escura que parecia ter sido tragada de um céu noturno, com a noite ainda agarrada a ele. E quando a sacudiu, a câmara toda sacudiu. A passarela balançou e estremeceu. Os que estavam ali precisaram se agarrar ao parapeito.

— *Você matou minha irmã!* — Nova guinchou. Não gritou com o dom de Werran, mas sua voz estava tão selvagem quanto.

Eril-Fane entendeu. Estava quase esperando por isso. Mas não significava que desejasse aquilo. Se nem sempre tivera certeza, agora tinha: ele queria viver. Não que merecesse, mas desejava muito. Ele chegou até a pensar que poderia estar finalmente livre da maldição de Isagol, porque, diante do acerto de contas, não restava mais sombra em seu amor, nem larvas se banqueteando, apenas um amor tão puro que queimava.

Não importava o que acontecesse com ele, não importava se falhara antes, agora ele os protegeria. Azareen, as crianças. Ele tinha outra chance.

— Saiam daqui, todos vocês — falou. — *Vão!*

A pequena Pardal estava ao lado dele. Ele lhe deu um empurrão em direção à porta. Ela agarrou a mão de Rubi e a puxou, e as duas avançaram agarradas à balaustrada enquanto a passarela estremecia sob seus pés. Lazlo ainda estava de joelhos, e Sarai se abaixou ao lado. Eril-Fane pegou o braço de sua filha, a ergueu junto com Lazlo e os apressou:

— *Vão!* — Era um comandante. Seu tom não permitia discordância. Feral passou um braço protetor em torno de Suheyla e a segurou entre si e o parapeito enquanto eles seguiam para a porta. Azareen não saiu do lado de Eril-Fane.

Ele falou com a deusa na língua dela — e como odiava aquele som saindo de sua boca!

— Eles são inocentes. Por favor. Deixe-os ir.

Azareen não entendeu o que ele disse, mas entendia bem sua determinação. Ele não ia recuar. Por que não estava recuando?

— *Venha.* — Ela o puxou, mas ele não se moveu. Tinha o olhar centrado na deusa.

Nova não conseguia pensar. O sussurro se transformou em um rugido. *TARDE DEMAIS. TARDE DEMAIS.* A dor, sem forma e desenfreada, a sugava e a atingia e ela mal podia sentir as próprias arestas. Estava enredada na névoa escura e seus olhos estavam em chamas, derramando fúria, dor e poder. E tudo isso, fosse certo ou errado, foi direcionado ao assassino de sua irmã.

Azareen viu o olhar ardente e sentiu a imobilidade do marido. Fitou um e o outro. Tinha os olhos arregalados, anéis brancos brilhavam em volta de sua íris, como alguém que acabou de acordar de um pesadelo para encontrar o pesadelo real ao seu redor. Sabia que havia algo se aproximando. Soube assim que viu a sombra do pássaro cair sobre Eril-Fane e observou, impotente. Não havia nada que ela pudesse ter feito? Lutar mais, se enfurecer mais, *fazê-lo ouvir*? Sacudiu a cabeça, ainda tentando negar o que estava acontecendo. Sacudiu a cabeça como se não pudesse parar. *Jamais* deixaria de defendê-lo ou de desafiar o destino ou esperar que ele voltasse para ela.

Nova ergueu uma mão. A energia do mesarthium a cercava. Ela a conduzia como música. As naves-vespa estavam na parede. Os ferrões eram do tamanho de lanças, afiados como agulhas. Com o toque mais leve de sua mente, soltaram-se e ficaram suspensos no ar.

Eril-Fane e Azareen notaram no mesmo instante. Pelo menos, viram um deles. E quando ele disparou como uma flecha, Azareen levantou a espada e se colocou na frente do marido.

Um profundo horror o tomou. Ele rugiu:

— Azareen, *NÃO!*

O ferrão era um borrão.

A hreshtek de Azareen ficou borrada ao encontrá-lo.

Houve um som baixinho e doce, quase como um sino, quando ela se defendeu do ferrão. Ele saiu rodopiando, bateu na parede e caiu no chão.

O rugido de protesto de Eril-Fane silenciou. Ele disse, com uma pontada de desespero:

— Azareen, vá com os outros. *Por favor.*

Ela balançou a cabeça, sombria, e segurou firme a espada.

E se lembrou da primeira vez que lhe entregou uma hreshtek, na caverna onde treinavam, quando eram apenas crianças. Lembrou-se de seu olhar maravilhado e do primeiro confronto desajeitado de suas lâminas, e se lembrou do primeiro toque desesperado de seus lábios, e se lembrou dos gritos dela na asa sinistra, e se lembrou de seus olhos vazios depois que tudo acabou e os deuses estavam mortos e ela precisava do marido, mas ele não podia nem abraçá-la porque sua alma estava *imunda*. Mas ela nunca o abandonou, e ele sabia que ela nunca o abandonaria. Ela compartilharia do destino dele, qualquer que fosse.

E assim ela fez. Ela compartilhou.

A segunda vespa estava na parede atrás deles. Eles não viram o ferrão se aproximando.

Se Azareen não tivesse se colocado na frente dele para se defender do primeiro ferrão, ainda estaria ao seu lado, fora do alcance do segundo ferrão, que bateu no meio das escápulas dele, perfurando seus corações e emergindo pelo peito, furando sua armadura em uma erupção de sangue que tingiu Azareen de vermelho antes de atravessá-la também — pareceu como se eles fossem tão substanciais quanto Aparição, tão etéreos quanto Sarai. Mas ambos não eram nem fumaça nem fantasma. Eram carne, sangue e bronze, e o ferrão os rasgou. O ferrão se movia com tanta força que não diminuiu a velocidade, e disparou através da câmara para atingir a parede oposta com um leve toque *tuc!* antes de voltar em câmera lenta, borrifando sangue enquanto girava.

Os dois guerreiros soltaram suas espadas. As lâminas atingiram a passarela e caíram lá embaixo. Azareen estava perto da borda, e a força do golpe a empurrou; ela oscilou na beirada e quase despencou. Mas Eril-Fane a pegou e a puxou contra o peito, mesmo enquanto perdia forças para manter-se de pé e caía de joelhos, levando-a com ele.

O sangue escorria dos buracos da armadura, jorrando e se misturando, se espalhando e se acumulando nos lugares onde se pressionavam. Azareen colocou as mãos no peito de Eril-Fane para tentar estancar o sangue, sem perceber o quanto também sangrava. Mas as mãos dela estavam inexplicavelmente fracas, e ela não conseguiu alcançar o ferimento dele para aplicar a pressão adequada. Sua armadura bloqueava o contato. O buraco no bronze era tão pequeno. O metal se projetava para fora, afiado, onde fora perfurado. Ela cortou a palma da mão. O sangue dele escorreu pelos dedos de Azareen, pelos punhos, até os braços. Seu próprio sangue estava escondido, escorregando por dentro da armadura, para as costas e a barriga. Estava quente e havia tanto sangue, mas se esvaziavam como torneiras. O olhar dele estava vago e a visão perdida, mas ela o viu claramente quando a encarou e disse:

— Azareen. Eu gostaria de…

Ele pendeu para a frente, como se estivesse adormecendo. Ela o amparou, mas não conseguiu segurá-lo ereto. Seus braços estavam dormentes, e ele era tão pesado. Ela caiu para o lado, e ele sobre ela.

— O quê? — ela perguntou, desesperada, com a respiração fraca. — Meu amor — implorou quando olhos dele ficaram opacos. — *O que você quer?*

Mas não havia mais tempo para desejar. Eril-Fane morreu primeiro, e Azareen morreu logo em seguida.

43

ESPLENDOR VIOLENTO

Sarai viu tudo. Quando chegou na porta, virou-se para olhar para trás, surpresa ao ver seu pai e Azareen ainda na passarela. Havia pensado que eles os seguiriam? Não estava pensando em nada. Só entrou em pânico e fez o que lhe foi ordenado.

Estava gritando agora. Lazlo não conseguia. Sua garganta estrangulada só podia coaxar. Suheyla também não conseguia. Não conseguia nem respirar. Feral era tudo o que a mantinha em pé. Rubi e Pardal choravam. O silêncio anormal do coração da cidadela ecoava suspiros que eram em parte gritos, em parte soluços.

Nova não ouvia nada. Algo se desfez em sua mente. Aguentara por tanto tempo por um único filamento de propósito e, no momento em que viu a morte de Kora, ele se rompeu. O sussurro se libertou. Preencheu sua cabeça, seu corpo, sua alma, como a água negra do mar sob o gelo, a muitos mundos dali. Tudo rugia. Tudo desacelerava. O assassino de Kora estava morto. Nova sentiu seu próprio sangue pulsar no ritmo das artérias, e mesmo no lento e estridente movimento de seu choque, pensou que ele morrera rápido demais.

E agora? Haveria um depois? O tempo continuaria seguindo adiante, indiferente? Nova não estava pronta para o *depois*. Não havia "depois" para ela. Havia falhado. Isso era tudo o que havia, apenas *isso*, para sempre.

Havia um último dom em seu bando que ela ainda não usara: o dom de Rook. Ela o arrancou e estendeu os braços como se fosse lançar um feitiço.

Quando Sarai começou a subir a passarela de volta, uma leve iridescência, quase invisível, apareceu no ar como uma bolha ao redor de seu pai e Azareen.

— Sarai, não — Lazlo disse. Ele agarrou a mão dela, querendo detê-la, mas ela virou fumaça e escapou.

Ela não conseguia entender o que acabara de testemunhar. Não podia ser real. Só podia estar presa no sonho de Minya. Tinha que ser isso.

Era um pesadelo, e ela poderia mudá-lo. *Consertá-lo.* Ela os alcançou e se deparou com a esfera fraca e brilhante que os envolvia. Parecia frágil como uma bolha de sabão, mas quando Sarai se aproximou, descobriu que não conseguia nem chegar perto. Um campo de imobilidade parecia cercá-los. Não havia barreira física. Ela não conseguia sentir nada. O ar simplesmente redirecionava seu movimento, sua vontade, como um sonho lento, de forma que, por mais que tentasse, não conseguia se aproximar dos dois Tizerkane caídos. Ela gritou em frustração.

O sangue deles escorria. Por baixo do peito, espalhando-se pela passarela e vazando pelas laterais.

— Pai — Sarai falou, pela segunda vez em sua vida. Ele estava em cima de Azareen. Os olhos deles estavam abertos, inertes, e *mortos*. Um soluço se prendeu na garganta de Sarai. — Não não não — repetiu. Sentiu mãos em suas costas. Lazlo a seguira. Estava ao seu lado, abraçando-a. Agarrou-se nele. Juntos, encararam os corpos, e acima deles, a invasora.

A assassina.

Sarai enfim conhecera seu pai. Ele pronunciara a palavra *filha* e preenchera um espaço vazio dentro dela, que agora estava vazio novamente. Ele estava morto a seus pés. *Morto*.

... não estava?

Eril-Fane se *mexeu*. Sarai fitava Nova quando um movimento chamou sua atenção. Então olhou para baixo e viu a incrível visão de seu pai se sentando. Ele caiu. E estava se erguendo. Um momento atrás, os olhos de Azareen estavam sem vida, mas agora *não* estavam, não mais. Estavam assombrados, turvos, ferozes, suplicantes e inconfundivelmente vivos. Ela também se sentou.

Houve um momento em que foi possível ter esperança.

Eril-Fane e Azareen estavam vivos. Não dava para negar. Mas uma parte de Sarai congelou e esperou, sem sentir nada, adiando o alívio, porque os mortos não voltam à vida. Quem poderia saber melhor que ela? Mas mais que isso, era a maneira como os dois se moviam. Não fazia sentido. Haviam caído no chão. Para se levantarem, deveriam usar os braços. Mas não. Levantaram-se como se estivessem presos por cordas, e... o *sangue*.

O sangue que se acumulara ao redor e escorria pela passarela voltava para *eles*, para a *armadura*.

Então o sangue estava pulsando de volta em seus corpos.

Sarai e Lazlo não entendiam o que estavam vendo, não quando Eril-Fane puxou Azareen para trás para se balançar na beira da passarela, ou quando ela recuperou o equilíbrio, ou quando suas espadas, que haviam caído, voaram de volta do chão abaixo para se baterem na passarela e depois... pularem de volta para suas mãos.

De soslaio, viram um borrão azul e sangrento. Era o ferrão voando de volta para eles. Sarai ofegou quando ele perfurou as costas de Azareen e explodiu em seu peito antes de atravessar novamente Eril-Fane. O sangue que tingira Azareen... se soltou dela e foi sugado de volta para dentro dele, e o ferrão saiu de suas escápulas e disparou para trás, agora sem sangue, direto para a vespa.

— ... *o quê?* — Sarai soltou, pasma.

Seu pai estava a apenas alguns passos à sua frente. Ela viu claramente que não havia mais buraco na armadura de bronze dele. Estava intacta, como se nada tivesse acontecido.

— ... *como?* — perguntou Lazlo.

Entenderam que estavam testemunhando magia. A bolha, o campo de energia. A invasora possuía esse dom, a extraordinária capacidade de *voltar no tempo.* E ela o usara para *desassassinar* suas vítimas. Eles entendiam, mas não confiavam.

E estavam certos.

O tempo voltou e tudo aconteceu exatamente como antes. O ferrão, o sangue, as espadas caídas. Azareen oscilando na beirada. Eril-Fane a puxando contra ele. Ele disse:

— Azareen. Eu gostaria... — Eles caíram de joelhos.

— O quê? Meu amor... — Azareen implorou. — O que você quer?

Ele não respondera antes, e não respondeu agora. De novo, como antes, eles morreram.

Então tudo se reverteu e se repetiu *mais uma vez.*

Eril-Fane morreu com o desejo não pronunciado nos lábios, com a ironia disso amarga na língua. *Gostaria de começar tudo de novo.* Era isso o que gostaria de dizer à esposa. Queria começar uma vida nova — juntos. Em vez disso, era a morte que compartilhavam. De novo.

E de novo.

E de novo.

✷

Nova não conseguia parar. Não havia nada depois disso. Então ela só *continuou os matando.*

✷

O dom de Rook era isolar um ciclo no espaço e no tempo — um espaço pequeno, por um curto período —, para que os eventos presos ali dentro se repetissem infinitamente até que ele o abrisse novamente. Ou até que Nova o abrisse, nesse caso. Com as mãos, naquele gesto de quem lançaria feitiços, ela desenhou uma bolha em torno do assassino da irmã. Tudo lá dentro ficou preso no ciclo, que compreendia a partir do momento em que o ferrão se soltou da vespa até quando caiu ensanguentado no chão da câmara — cerca de cinco segundos, ao todo. Havia sido feito para ele, mas também prendeu Azareen, porque ela entrara no meio. E assim, repetidamente, encenaram suas mortes, a cada segundo conscientes do que estava acontecendo, mas impotentes para interromper o ciclo. Cada vez que o ferrão os atravessava, a dor os queimava de novo. E cada vez que sua visão escurecia e a vida desvanecia, o rosto angustiado do outro era a última coisa que viam.

Rook tinha cinco anos de idade quando usara seu dom pela primeira vez, no berçário. Uma das crianças tinha vomitado bem no colo de Grande Ellen. Ele tinha achado engraçado, e quis ver de novo. Quando a cena se repetiu, ele não tinha ideia de que estava fazendo. Então aconteceu *de novo*, e continuou acontecendo, enquanto Grande Ellen ficava vermelha de raiva, e dos olhos da criança escorriam lágrimas frenéticas. Logo deixou de ser engraçado.

E então não foi *nada* engraçado, porque Korako veio e levou Rook embora.

Ela o levara *ali*, para esta mesma sala, assim como Werran e Kiska, e centenas antes dele, milhares. Era surreal para os três estar de volta no hangar e ver as naves-vespa na parede. Não podiam ver as gaiolas lá dentro, mas nunca as esqueceriam, ou o que acontecera depois. E nunca poderiam trair Nova, que os salvara.

Ela se parecia tanto com Korako que, na primeira vez que a viram, pensaram que *era* ela. Mas Korako os aprisionara em gaiolas. Nova os libertara. Ela matou o homem que guardava as chaves e todos os que vieram procurá-las depois, até que enfim ficaram sozinhos.

"Para onde levaram vocês?", Sarai perguntara. "Os outros também estão vivos?"

Para ela, a vida de Kiska, Rook e Werran era um mistério. E mesmo *eles* não podiam responder à segunda pergunta. Os outros, todos os outros levados antes... estariam vivos? Talvez. Provavelmente. Alguns deles.

Quanto à primeira pergunta, foram levados para uma ilha no meio do mar vermelho e selvagem e transferidos das gaiolas das naves-vespa para as gaiolas maiores lá. Quando Rook foi levado, o primeiro dos três, todas as gaiolas estavam vazias e ele ficou sozinho — exceto pelos guardas com as varas de raio, que usavam exatamente para desencorajá-lo de sequer pensar em usar seu dom. Aqueles foram sem dúvidas os piores dias de sua vida: cinco anos sozinho em uma gaiola, em meio a uma fileira de gaiolas vazias. Havia sinais de que outras crianças tinham sido mantidas ali. Ele pensava em Topaz, levado antes dele, e Samoon e Willow antes dela, mas só entendeu mais tarde: havia acontecido um leilão pouco antes de ele chegar.

Os outros já tinham sido vendidos.

E lá estava, a verdade no coração sombrio de tudo. Duzentos anos de tirania, e tudo se resumia a *isso*: Skathis, conhecido por deus das bestas, estava criando crianças mágicas para vendê-las como escravas em dezenas de mundos. Após o colapso do império, guerras eclodiram por todo o lado, enquanto facções lutavam por domínio, como cães de caça liberados de uma só vez. Quem não pagaria uma fortuna por uma garota que pudesse atiçar o mar só com um olhar e afogar toda a marinha inimiga em uma hora? Quem não daria um lance por uma criança que pudesse atravessar paredes e matar inimigos dormindo, ou mobilizar epidemias de insetos, ler mentes, sacudir a terra, convencer, teleportar, controlar o vento?

Skathis acumulou uma fortuna, enquanto vivia como um deus e criava bastardos para vender como escravos pelo melhor lance. Diversos leilões eram realizados por ano. Os compradores vinham de mundos distantes, pagavam quantias irreais e levavam crianças para lutar em suas guerras. Rook foi o primeiro do que teria sido o novo lote, a ser vendido no próximo leilão. Werran veio logo depois, depois Kiska, depois... ninguém. Nenhuma cria dos deuses veio depois de Kiska. Porque o portal nunca mais se abriu.

Nova chegou logo em seguida, libertando-os. Estava atrasada demais para libertar sua irmã, mas nunca deixou de acreditar que um dia a encontraria. Agora Rook via que isso era tudo o que a mantinha. Ele trocou um olhar sombrio com Werran e Kiska, perturbado pelo implacável ciclo da morte. Haviam chegado ali quentes com a fúria de sua juventude, prontos para encarar os monstros que os criaram e os venderam como ninhadas de filhotes, mas os monstros não estavam ali, tinham sido mortos, e Nova estava matando humanos. Ela os matava de novo e de novo.

Eles não sabiam o que fazer.

Sarai tentou interferir. Lazlo queria ajudar, mas ela o afastou.

— Eles não podem me machucar — disse. — Já estou morta. Você não. — Ela não falou que Minya não estava ali para pegar sua alma se ele morresse. — Não posso te perder também.

Ela avançou, observando a trajetória do ferrão, pensando que, se cronometrasse certo, poderia empurrar seu pai e Azareen para que o ferrão passasse por eles, interrompendo o ciclo enquanto estavam vivos. Mas não conseguia alcançá-los. Tentou se transformar em fumaça, mas em vão. Devia haver uma parede invisível.

— Pare com isso! — gritou para Nova.

Nova não parou. Eril-Fane e Azareen continuaram morrendo. A cena assumiu uma monotonia entorpecente, como se não fossem pessoas, mas autômatos presos em um drama mecânico. Sarai não suportava mais. Ergueu-se no ar, como fizera antes. *Faria* Nova parar. Lançara-se contra ela antes como um pesadelo, com dentes e garras e olhos vermelho-sangue. Desta vez, tomou uma forma diferente. Não a conhecia muito bem. Só a vira em sonhos. Em um instante, Sarai não era mais Sarai. Os cabelos cor de canela e os olhos azuis sumiram, assim como os cílios de pôr-do-sol, as pitadas de sardas, o lábio inferior com um vinco no meio. Em seu lugar, havia outra mulher azul — com olhos castanhos, cabelos loiros e sobrancelhas pálidas, usando uma coleira de mesarthium.

Sarai se transformou em Korako como a vira na porta do berçário, voou até Nova e gritou na cara dela.

— É isso o que você quer? É ela quem você está procurando?

O que ela esperava? Um rosnado, mais aranhas, um chute pesado de bota?

Não recebeu nada disso, mas algo muito pior.

Os olhos de Nova queimavam com o fogo de Rubi, mas então as chamas se apagaram em um instante e foram substituídas por olhos suaves, marrons e brilhantes de *alegria* repentina. A deusa colérica se transfigurou. A mudança deixou Sarai sem fôlego.

— *Kora?* — Nova perguntou. Sua voz tremia, mas cintilava com uma ansiedade infantil em pura vulnerabilidade, nua.

A fúria de Sarai morreu como fogo abafado. Seu remorso foi instantâneo. Essa mulher era sua inimiga, e estava atormentando pessoas que Sarai amava, mas essa era uma crueldade que ela não desejaria para ninguém — ser ridicularizada com fantasmas dos amados falecidos e se encher de esperança quando não havia possibilidade para tal. Não era isso que queria. Desejou voltar atrás.

Nova estendeu as mãos trêmulas e tocou o rosto de Sarai — o rosto de Sarai moldado como o rosto da irmã morta. O toque era indescritivelmente terno e o sorriso insuportavelmente doce. Ela praticamente brilhava de alívio

— como se tivesse perdido a razão de viver e então recebera uma segunda chance no último segundo.

Sarai recuou e voltou imediatamente para sua própria forma.

— Desculpe — disparou. — Eu não...

Suas palavras se perderam.

Nova estava transfigurada mais uma vez, mas não de esperança. Era como se Sarai estivesse diante de um poço sem fundo de angústia. Como se tivesse mergulhado de cabeça nele, e mal sabia se essa era a angústia de Nova ou a sua. Por um instante, elas pareceram uma só, como se toda angústia existisse no mesmo poço profundo, não importando que perda ou infortúnio as conduzisse a ele. Elas poderiam discordar, se odiar e desejar a destruição uma da outra, mas em seu desespero, estavam perdidas na mesma escuridão, respirando o mesmo ar enquanto sufocavam em dor.

Se a angústia era sombria antes da falsa esperança, o que Nova sentiu depois foi indescritível. Com um gemido, ela voou até Sarai e envolveu as mãos em volta do seu pescoço. Sarai virou névoa. Nova não conseguiu agarrá-la. Não podia estrangulá-la ou atingi-la. Não sabia o que Sarai era, mas já tinha desistido de descobrir. Tudo o que queria naquele momento era machucá-la, e havia mais de um jeito de fazer isso.

Sua mente golpeou como um chicote e tomou o poder de Kiska. A telepatia era um dom de grande sutileza. Podia se infiltrar em mentes e peneirar memórias, ouvir pensamentos, sentir emoções, plantar ideias. Nova não queria sutileza agora. Virou-se e usou o dom para derramar toda a sua dor em Sarai.

Desde o início, em Rieva, o poder de Nova fora como uma luz de farol, ampliando a intensidade de qualquer dom que roubava. Desde então, só ficara mais forte. Agora era mais como seu nome: *nova*, uma estrela que roubava a energia das estrelas próximas para explodir em um esplendor violento.

Sua dor explodiu em Sarai. Ela foi jogada para trás, atravessando a porta e atingindo a parede da passagem, caindo no chão.

Sarai havia morrido e cremado o próprio corpo. Visitara pesadelos devastadores e a miséria de um povo oprimido por deuses cruéis. Mas nunca sentira um desespero como esse. Sentiu-se rasgada ao meio, esfolada e cortada em pedaços, abandonados para o banquete de moscas e pássaros carniceiros, como as carcaças de criaturas mortas em uma praia desolada no fim de um mundo distante.

Ela cedeu sob o peso desse desespero. Uma voz dentro de si lhe disse para lutar, mas era tão fraca e ela se sentia tão pesada — *tão sozinha* — que soube que estava perdida. Todos estavam. Seus sentimentos — qualquer esperança ou coragem que havia nela — foram lavados pela torrente do desespero. Nada nem ninguém poderia salvá-los agora.

— O que você fez?

A voz mal foi registrada. Estava do lado de fora daquela miséria. Não poderia ser importante. Nada importava mais.

— O. QUE. VOCÊ. FEZ?

A voz era açúcar de confeiteiro e ferro. Sarai piscou, e o choque abriu caminho através da névoa do desespero. Ela conseguiu virar a cabeça.

E ali estava Minya com seu exército atrás de si.

44

UM SORRISO DE PIRATA

Fantasmas inundaram o coração da cidadela.

Nova e seu bando não sabiam o que era aquilo. Estavam flutuando. Caíram como cascata na beira da passarela, um rio ondulante de homens e mulheres pairando no ar sem botas como as deles para compensar a gravidade. A maioria era idosa, de cabelos brancos, grisalhos ou esparsos e rostos marcados. Mas havia homens e mulheres mais jovens também, e até algumas crianças entre eles. Não vestiam nada parecido com armaduras, mas formavam fileiras e se moviam com precisão. Eles empunhavam facas e martelos de carne. Alguns levantaram grandes ganchos de ferro. Outros não levavam nada, mas tinham garras e presas, e pareciam infinitos. Fluíam, sem medo, sem expressão. Era inexplicável.

Eram humanos. Sua pele era marrom, e não azul. Então que mágica os fazia *flutuar*? Não havia tempo para pensar. Eles atacaram.

Nova os enfrentou com seus poderes roubados. Bolas de fogo floresceram em seus punhos. Ela as arremessou. Atingiram a primeira fileira da ofensiva e explodiram em rajadas de chamas brancas. Os soldados — se é que eram isso — deveriam ter sido engolidos pelo fogo, mas não foi o que aconteceu. Faíscas choveram, inofensivas. As chamas cessaram e os soldados continuaram, imperturbáveis.

Rook, Werran e Kiska seguravam varas de raios diante deles, e sacavam suas espadas das bainhas, mas tinham pouca fé em suas armas. Esses inimigos não eram naturais. Poderiam ser atingidos?

Nova liberou o metal divino. Arrancou tiras das paredes curvas, transformou-as em foices e as lançou rodopiando tão rápido que viraram borrões. Os soldados deveriam ter sido mutilados, dezenas com um golpe, mas eles nem sequer sangraram. Sua carne se refazia a cada vez, e continuavam avançando. Eles atacaram.

Houve um barulho de metal sobre metal quando Rook e Werran defenderam os primeiros golpes.

Nova soltou a telepatia de Kiska e a torrente de desespero desapareceu. Sarai levantou-se trêmula e ficou de pé na passagem. Os fantasmas ainda a atravessavam aos montes. Minya estava parada, chocada e imóvel. Seu rosto estava terrível, desolado de mágoa e sombrio de repulsa. Seus olhos eram fendas, as narinas estavam dilatadas. Ela estava violeta, respirando rápido. Seu corpinho tremia de raiva.

Sarai nunca ficou tão feliz de vê-la.

— Estamos sob ataque — falou de uma vez. — A esfera. É um portal. Eles estavam esperando.

— Você me drogou. — Minya fervia com os dentes cerrados, enquanto seus fantasmas se digladiavam no ar com um inimigo que ela ainda não conhecia.

Ela acordara sozinha no chão, com um gosto ruim na boca e outro pior em sua mente. Naquele primeiro momento, ela pensou — *o que mais pensaria?* — que o Matador de Deuses devia ter atacado e vencido. Sua mente gritava e tudo o que pensava era que falhara de novo em proteger os seus — pensou que conseguira a luta que queria e, inimaginavelmente, havia perdido, e os perdido.

Foi um momento terrível. O seguinte foi... complicado, porque ela viu a garrafa de vidro verde, e a verdade a golpeou por trás. Os seus estavam vivos, e a traíram. Ela ficou sem ar. Eles a haviam drogado e a largado indefesa. Tinham escolhido o lado do Matador de Deuses, e a abandonado no chão como roupa suja. Ela pegou a garrafa e a jogou na parede, fazendo-a se quebrar em um milhão de pedaços. Então girou nos calcanhares e saiu do quarto, desceu as escadas e entrou na passagem.

Seu exército estava exatamente como o deixara, parado em fileiras na galeria. As Ellens correram para encontrá-la e tentaram acalmá-la.

— Agora, não vamos assumir o pior, querida — disse Grande Ellen em tom de advertência. — Eles podem ter tido seus motivos.

— Onde estão? — inquiriu Minya, pronta para *cuspir* em seus motivos.

Mas as Ellens não sabiam onde eles estavam, pois também haviam acabado de acordar e estavam tão confusas quanto ela.

— Algo não está certo — Pequena Ellen disse.

E, assim que ela falou, Minya soube que era verdade. A cidadela inteira vibrava com uma energia obscura e indesejável.

— Tem alguém aqui — ela afirmou.

Ela estava furiosa com sua família pelo que fizeram com ela. Mas eles eram *dela*, e este era o seu lar, e que os deuses ajudassem quem interferisse nisso.

Agora Sarai dizia, ferida:

— Desculpe.

— *Cale a boca* — Minya berrou. — Lido com você depois. — Então enviou seus fantasmas para a batalha.

Rubi, Pardal, Feral e Suheyla estavam parados na entrada da câmara. Eril-Fane queria que eles fossem embora, mas ficaram tão atordoados com sua morte e a de Azareen — e *morte* e *morte* e *morte* — que permaneceram paralisados em seu horror. Quando Minya passou por eles, foram tomados pelo alívio de vê-la.

Quem imaginaria que ficariam tão felizes ao ver Minya?

Lazlo estava no meio da passarela. Quando Sarai foi arremessada, virou-se para socorrê-la, mas parou ante a chegada do exército. Ele suou quente e frio ao vê-los, lembrando-se da última vez, no trenó de seda, quando mal escapara com vida. Mas dessa vez não estavam atrás dele. Então passaram por ele e atacaram os invasores.

No coração da cidadela, a batalha rugiu. Nova segurava cinco dons: o de Lazlo, Rubi, Feral, Sarai — mesmo que ainda não soubesse qual *era* o dom de Sarai — e Rook. Ela liberou o metal divino, desarmando soldados apenas para vê-los se transformarem em monstros e atacar com os dentes. Rook, Werran e Kiska lutavam com as varas de raio e adagas, mas os golpes atravessavam os inimigos e o medo transparecia em seus semblantes. Kiska estava vertendo sangue de uma ferida no braço. Werran batalhava com uma garotinha que passara sob sua guarda, mas ficou horrorizado demais para atacá-la. Era Bahar, de nove anos, que se afogara no Uzumark e estava sempre ensopada. Rook a viu morder Werran, apertando os dentes no punho dele, e tentou afastá-la, mas ela derreteu sob suas mãos, de alguma maneira mantendo os dentes na carne de Werran. Ela o devastou, selvagem. Werran deu um grito e Bahar arrancou sua vara com uma força nada infantil e a lançou para Rook, enviando um raio nele que cegou sua visão e o arremessou de volta para a esfera aberta, de olhos revirados.

Ele não se levantou.

Nova sentiu um medo que não sentia havia muitos anos. Eles eram incontáveis, e esse inimigo não fazia sentido. Não eram feitos de carne, nem de magia. Eles a cercaram com seus rostos inexpressivos e força sobrenatural, e ela se defendia com o metal divino, erguendo escudos para proteger a si mesma e seu bando. Estava na defensiva, perdendo terreno. Poderiam ser parados? O grito de guerra de Werran, pensou, mas estava fraca demais segurando cinco dons para usá-lo por conta própria.

— Werran! — latiu. — *Agora!*

Ele respirou fundo, pronto para obedecer.

Mas só expirou com força. Não gritou. E ficou encarando. Porque as fileiras de inimigos se derreteram para revelar uma figura na porta. Ela não estava flutuando nem empunhando uma arma. Estava com os braços ao lado do corpo, a cabeça abaixada, olhando-os com uma determinação extraordinária, sem piscar. Era uma criança. Era tão pequenina, seus punhos tão finos quanto ossos roídos de passarinho. Os cabelos eram curtos e ondulados, as roupas esfarrapadas, pendendo soltas de um ombro para mostrar uma clavícula tão frágil quanto a haste de uma pena. Tudo nela era improvável: seu tamanho, sua imobilidade, sua fúria em olhos negros. Mas não foi nenhuma dessas coisas que parou o grito de Werran. Ele vacilou porque a *conhecia*. Assim como Kiska. Rook, que estava inconsciente, também a teria reconhecido. Ela era absolutamente inesquecível, e não havia mudado nada em quinze anos.

— … *Minya?* — Kiska perguntou, com uma voz vacilante.

As sobrancelhas de Minya se franziram e depois se suavizaram quando seu rosto ficou pálido com o espantoso reconhecimento. Todos os seus fantasmas pararam de uma vez, incluindo Sarai. Lazlo havia acabado de alcançá-la e viu sua expressão congelar.

Nova também. Todos os soldados pararam de se mover exatamente no mesmo momento e, num instante, ela entendeu. E enfim os movimentos orquestrados do exército fizeram sentido. Ela não poderia ferir esse inimigo; esses soldados de fumaça que ela não conseguia atingir pertenciam a essa criaturinha feroz. Eles estavam seguindo ordens dela. Essa era sua mágica.

E de repente, esse inimigo irrefreável não era mais irrefreável. Com um sorriso de pirata de prazerosa crueldade, Nova estendeu a mão e roubou o dom de Minya.

45

SE ESFAQUEAMENTO FOSSE UMA DANÇA

Não havia como Nova saber.

Nada poderia tê-la preparado para isso. Era uma pirata, um dom mais do que raro, de magnitude sem igual. Arrancara o poder de elementares, metamorfos, bruxas de guerra. Travara duelos e batalhas e jamais foi vencida. Mas apreender esse dom, descobriu imediatamente, era como agarrar uma montanha e, com um pequeno puxão afiado, trazê-la abaixo em sua própria cabeça.

O peso dele era *impossível*. Uma onda de escuridão preencheu sua visão, ameaçando derrubá-la. Ela lutou com todas as fibras de seu ser, sabendo que se perdesse a consciência, nunca mais a recuperaria.

Com um esforço que disparou estrelas em sua mente, abriu caminho no escuro. Assombrada, olhou para a garotinha parada na porta e não entendeu como é que ela podia administrar tanto poder. Era muito mais pesado do que qualquer outro dom que ela já roubara. Sentia-o queimando por dentro como se fosse uma vela. Como era possível uma coisinha tão pequenina suportar tanta mágica e não ser consumida?

✶

Se Nova ficou atordoada com o peso do poder de Minya, Minya ficou atordoada com a perda dele.

Reunira aquelas almas uma por uma ao longo dos anos. O peso foi aumentando gradualmente, e ela foi aumentando sua resistência. Ela não sabia o que carregava até esse momento. Não sabia que estava esmagada até não estar. Não se lembrava de como era antes, quando era apenas uma menininha, e não uma âncora para fantasmas. Não era como os outros, que usavam sua mágica apenas quando necessário — para acender um fogo, pegar uma nuvem, enviar mariposas ou cultivar um jardim. Ela a usava *o tempo todo.* Se a soltasse, seus fantasmas iriam evanescer. Não havia gaveta em que pudesse guardá-los para se dar um descanso, nem gancho para prender as amarras e mantê-los no mundo. Era só ela e o punho imaginário, com todos aqueles fios tênues agarrados nela.

Mesmo em seus raros momentos de sono, ainda os segurava. Ela tinha crescido sob o peso deles — ou melhor, ela *não* cresceu. Gastara toda a sua energia nesta colossal e incessante gestão de poder. Gastara demais. Gastara *tudo*, e não havia mais nada para crescer.

Ela *era* uma vela, e seu poder era um fogo que a consumia o tempo todo. Mas ela era uma vela que, por pura perversidade, se recusava a ser consumida.

Nova sentiu uma montanha despencando sobre ela. Minya sentiu o mesmo peso se *liberar*. A pressão evaporou. Enquanto seus pulmões se enchiam de ar, seu corpo se encheu de vida. Ela ficou tão leve quanto poeira, tão delicada quanto uma borboleta. Ela não carregava apenas o peso das almas, mas também a incessante carga de ódio-medo-desespero deles. Então todo aquele clamor e miséria *cessaram*, e o silêncio dessa ausência era suave como veludo e profundo e abundante como o céu noturno.

Ela se sentiu renascer. Por um breve e maravilhoso momento, sentiu algo como paz.

Depois veio o pânico. Estava sem poder. Seu exército era sua força. Sem ele, ela não era nada mais que ossos de passarinho e raiva.

Minya e Nova se encararam através do coração da cidadela — uma despojada de mágica, outra oprimida. Os fantasmas estavam parados, enquanto Nova lutava para aguentar a ameaçadora maré da escuridão. Ela não teve escolha a não ser soltar os outros dons que segurava, sabendo que, quando os soltasse, voltariam-se contra ela. Ela soltou primeiro o de Rook, mas não até cortar o ciclo temporal e libertar Eril-Fane e Azareen.

Não precisava ter feito isso, poderia tê-lo mantido se repetindo, como queria, mas viu que Rook estava recuperando a consciência e sabia que, se não quebrasse o ciclo, ele o faria.

Uma coisa sobre os ciclos temporais de Rook: não precisavam ser abertos no mesmo local em que eram fechados. Essa era a verdadeira beleza de sua magia. Era mais do que repetir um evento infinitamente, ou satisfazer uma deusa em luto de vingança. Ele servia para voltar no tempo — dez segundos no máximo, mas dez segundos podiam ser *tudo* — e dizer: *Não. Não quero que isso aconteça.* Servia para consertar as coisas.

Nova abriu o ciclo *depois* que o ferrão atingiu os corpos. Mas ela poderia, se quisesse, tê-lo aberto *antes*. Rook o faria, se dependesse dele.

Eril-Fane e Azareen poderiam ter vivido.

Mas Nova não tinha misericórdia. Mesmo sob a avalanche esmagadora da magia de Minya, ela resistiu por um segundo, depois outro, até que o ferrão tivesse disparado em seu caminho, o sangue se esparramado e o estrago estivesse feito. Só então ela cortou o ciclo para que a bolha desaparecesse e a cápsula do tempo preso voltasse ao fluxo, as vidas de Eril-Fane e Azareen se derramando com ele.

Assim que terminou, ela soltou o dom de Rook e sentiu uma pontada de alívio.

Todos os outros viram o que aconteceu. Não importava quão terrível fosse o ciclo, enquanto os guerreiros continuassem retornando à vida, havia esperança, mas agora tudo estava perdido. Desta vez, quando caíram, foi o fim. Não se levantaram. O sangue fluiu apenas para fora, e havia tanto. Suheyla soltou um grito e se jogou em Feral, chorando. Lazlo permaneceu com Sarai, congelada como os demais fantasmas. Foi Pardal quem disparou pela passarela, desconsiderando o perigo, para tentar estancar as feridas enquanto os guerreiros sangravam.

Nova soltou os dons de Rubi e Feral em seguida, que sentiram seu retorno como peças perdidas encaixando de volta no lugar, e imediatamente os convocaram. Rubi acendeu bolas de fogo e Feral arrancou uma trovoada de um céu distante. O dom de Sarai também foi liberado, mas era inútil como arma, mesmo que ela não estivesse congelada como todos os fantasmas.

Nova lutava para manejar o poder de Minya. Era tão grandioso quanto tentar montar uma criatura selvagem que queria engoli-la inteira. Ela sabia que não poderia mantê-lo, ou seria aniquilada. E não poderia soltá-lo, ou a garotinha a aniquilaria. A solução era simples. Fizera isso várias vezes desde o começo, com Zyak e Shergesh.

Conseguiu fazer alguns dos fantasmas se virarem para Minya. Ela os fez erguerem suas facas.

Os olhos de Minya se arregalaram e, em uma fração de segundo, ela teve um vislumbre da impotência que infligira aos outros. Se esfaqueamento fosse uma dança, seria assim: lâminas brilhando em perfeito uníssono. Eles a cercaram. Ela ficou parada, assustada, enquanto se arqueavam em sua direção.

Lazlo não pensou. Apenas se moveu. Ele a agarrou por trás e se virou, segurando-a como uma boneca contra ele. Sua camisa de linho se esticava sobre seus ombros enquanto ele se curvava sobre ela para protegê-la com seu corpo.

Para protegê-la com seu próprio corpo.

Sarai, incapaz de se mover, observou as lâminas pararem a meros centímetros de suas costas.

Nova quase não conseguiu pará-las. O esforço esgotou suas últimas forças da mesma maneira que um suspiro esgota o fôlego. Ela sentiu o estrondo do trovão, viu o lampejo de uma bola de fogo e soube que o tempo havia se esgotado. Tinha de acabar com isso. *Naquele instante.*

✶

Em Lamento, Thyon e Ruza, Calixte e Tzara ainda estavam no pátio observando a cidadela. Não estavam debruçados sobre o Thakranaxet, ou comendo bacon, ou mesmo brigando. Estavam recostados nas cadeiras, olhando fixamente para o grande serafim no alto. Não sabiam o que estava acontecendo lá em cima, mas sabiam uma coisa: Eril-Fane, Azareen e Suheyla estavam fora fazia muito tempo. E com suas mentes cheias de mundos, céus cortados e mapas de anjos, não ficariam tranquilos até que retornassem.

Então, enquanto todos olhavam para cima, viram o serafim se mover. A princípio, foi apenas um movimento de seus dedos, depois todo o seu enorme braço dobrou-se repentinamente e rasgou o próprio peito.

46

UM HOMEM ARRANCANDO O PRÓPRIO CORAÇÃO PULSANTE

Nova não foi delicada. Não foi cuidadosa. O metal divino vibrou ao seu redor, vivo. Anteriormente, o mais leve toque de sua vontade foi o suficiente para moldá-lo. Agora, ela estava além de qualquer leveza.

Ela escancarou o peito da cidadela como um homem arrancando o próprio coração pulsante. Só que não foi um coração que ela arrancou de lá. Foram pessoas: humanos, cadáveres, crias de deuses, fantasmas. A enorme mão de metal se aproximou e as paredes e a passarela de metal se liquefizeram, arrastando-os para a palma em concha.

Nova não aguentou. E liberou o dom de Minya. O alívio foi tremendo.

Havia um mito em Rieva sobre Lesya Dawnbringer, que sustentava o céu. Todos os dias, ela o erguia sobre a cabeça, e só podia soltá-lo ao entardecer. Mas, no Inverno Profundo, o sol não se punha durante um mês inteiro, e ela tinha de segurá-lo durante todo esse tempo.

Quando Nova soltou o poder de Minya, pensou que seu alívio devia ser como o de Lesya, quando a noite enfim chegava e ela podia soltar o céu.

Precisava se livrar da garota e dos fantasmas rapidamente, antes que pudessem revidar. Ela fechou a mão do serafim sobre eles e os arrancou para fora — para o céu.

Sarai pensou que ela ia soltá-los no ar. Estava deslizando sobre o metal liso, primeiro para um lado, depois para o outro. No meio de um emaranhado de membros. Havia metal por todos os lados. Ouviu Rubi gritar. Alguém agarrou sua mão por um breve momento e tentou se segurar. Seria Lazlo? Não tinha como saber. Os dedos se esticaram, mas eles foram separados. O movimento deles no ar era vertiginoso.

Então a mão se abriu. E se virou. Ela deslizou. E despencou. Sarai se lembrou de sua queda, e, tomada pelo pânico, esqueceu que era fantasma e poderia flutuar. Mas isso funcionaria se Minya caísse? Se ela morresse, Sarai também morreria. Se todos morressem, ela não ia *querer* viver. Ela viu Minya escorregando pela borda e tentou pegar sua mão. Não conseguiu.

Minya caiu.

Ela ficou paralisada. Isso não podia estar acontecendo.

Feral foi o próximo. De braços agitados e rosto assustado, ele desapareceu. Não havia onde se segurar. A mão havia se virado e estava totalmente na vertical agora. Os outros também caíram, todos eles. Por um momento, Sarai ficou sozinha. Ela se apegou ao medo, com a lembrança de sua queda pulsando na mente. Então ela a soltou e também caiu.

Da outra vez, a queda lhe pareceu uma eternidade, até que ela batesse, se quebrasse e morresse. Dessa vez, não foi uma eternidade. O chão se aproximou quase imediatamente. Ela rolou, com todas as articulações rangendo, antes de parar de membros abertos, com a visão embaçada e rodopiando.

De dentro da mão, era impossível ver. O serafim havia descido, ajoelhado na almofada de seus campos magnéticos, e estava na cidade. Ele não tinha os derrubado do céu, mas os lançado como dados no anfiteatro no centro de Lamento. Não foi nada gentil, mas também não era a morte — Sarai esperava.

Olhou em volta procurando seus entes queridos. Viu os corpos de Eril-Fane e Azareen jogados. Pardal estava entre eles, sangrando em um corte na sobrancelha. Feral rastejava até Suheyla, que não se mexia, e Rubi encarava com olhos arregalados as tendas vazias do mercado e as paredes do anfiteatro. Minya estava de quatro, tremendo. De cabeça baixa. Sarai não conseguia ver seu rosto. Os fantasmas dela estavam em volta.

Mas onde estava Lazlo?

Sarai virou-se, procurando freneticamente, desesperada para vê-lo. Ela deu uma volta completa, depois outra, tentando manter o pânico longe. Mas não conseguiu. E ele o tomou com suas garras.

Lazlo não estava ali.

A inimiga — a ladra mágica, a assassina — estava com ele.

PARTE IV

torvagataï (tor.VAH.guh.tai) *substantivo*

Quando um feito extraordinário é realizado, mas se esgota depois de um tempo.

Arcaico; da tragédia de Torval, o herói que realizou três tarefas impossíveis para conquistar a mão de seu amor, Sahansa, apenas para voltar a encontrar seu reino destruído e todos os homens, mulheres e crianças mortos.

47

UM SEGREDO COM UM SEGREDO

Eu teria escolhido vocês, se eles tivessem me deixado escolher.

Kora e Nova haviam decorado as palavras da mãe — que tanto as alegraram depois que Skoyë as queimou —, e essa era a parte mais importante. *Eu teria escolhido vocês.* Elas precisavam acreditar que foram amadas. Não se perguntaram sobre o "eles" e "deixado", ou quem fez a escolha por Nyoka — muito menos se ela era livre para fazer uma escolha novamente.

Depois do que aconteceu na nave-vespa, elas se perguntaram.

"O que você vai fazer com a gente?", Kora perguntara a Skathis depois que sua irmã explodiu tudo em caos com seu dom. Ela embalava no colo o corpo inerte de Nova, sentindo mais medo do que jamais sentira na vida. Pensou que certamente o ferreiro as mataria. O máximo que poderia esperar era que ele as deixasse para trás — o sonho delas morreria, mas elas não. Mesmo ali, encolhida em suas roupas íntimas esfarrapadas no chão de metal frio com a irmã inconsciente nos braços, não ocorreu a Kora que elas pudessem ser separadas.

"Vocês não são mais um *nós*", Skathis dissera antes de liquefazer o chão embaixo de Nova, e ela despencou — diretamente dos braços de Kora e da nave para aterrissar com força no chão. "Não!", Kora gritou, mas o chão se fechou tão rápido quanto se abriu, e Skathis disse, com uma satisfação gelada: "Você é minha agora. Seu único 'nós' é *comigo*".

Kora não entendera o que isso significava, mas logo entenderia. Como um pássaro entende sua gaiola, ou um escravo, seu grilhão. Essas palavras definiriam o restante de sua vida, cada momento por mais de duzentos anos.

Você é minha agora. Seu único "nós" é comigo.

Junto a Nova, ela tinha construído uma visão do futuro juntas: seriam soldadas-bruxas e não estariam nunca mais à mercê de homens como seu pai. Sonharam como seria, imaginando a academia que Nyoka descrevera para treinar os talentosos detentores de dons como elas. Estaria repleta de poderosos jovens Mesarthim de todo o mundo, os melhores e os mais brilhantes. Elas serviriam o império com honra, veriam mundos e batalhas, ganhariam tesouros e conheceriam a glória.

Tinham sonhado com tantos detalhes.

De fato, seus sonhos estavam incrivelmente próximos da realidade. A academia era exatamente como sua mãe a descrevera, mas Kora nunca a viu. Skathis poderia até estar recrutando para o serviço imperial, mas nunca a entregou. Ao chegarem à capital, Skathis conversou com Solvay, Antal e Ren, e o que quer que tivesse dito, apenas empalideceram e não interferiram quando ele ficou com Kora. E a transformou em sua espiã. Ele não era um professor muito paciente. Ele lhe dizia para onde enviar a águia, o que e quem olhar e escutar. Em algumas noites, ele saía logo depois.

Mas não todas.

Ela ficou confinada aos aposentos dele na nave-vespa. Ela pensou que ele devia ter outros aposentos na cidade, porque às vezes ficava fora por dias, então se perguntava se preferia que ele voltasse ou não, pois, se não voltasse, ela morreria ali, e se voltasse, bem... Ele sempre voltava, e houve momentos em que ela preferiria simplesmente definhar e morrer sozinha.

Ele lhe disse que, se alguma vez o desafiasse ou tentasse fugir, não cumprisse suas ordens ou enviasse mensagens não autorizadas com a águia, ele voaria direto para a miserável ilha e faria sua irmã pirata se arrepender de ter nascido.

Kora acreditava nele. Havia algo sombrio em seu olhar, como se esperasse que ela fizesse tudo isso, então ela tomou cuidado para nunca irritá-lo, e isso se tornou sua vida. Ela era um segredo, uma escrava, e uma espiã. Não via ninguém exceto ele, ao menos não com os próprios olhos. Com sua águia, ela explorou Aqa e conheceu a cidade e seus jogadores: o imperador, os conselheiros e, acima de tudo, os outros ferreiros. No começo, nada fazia sentido para ela — as conversas, que Skathis a obrigava a relatar palavra por palavra, ou as camadas de significado subjacentes, mas ela não era estúpida. Se antes sua mente estava vazia de compreensão do mundo — de *mundos* —, lentamente começou a se encher, camada por camada. Havia tantos subterfúgios e esquemas, e havia tanta *destruição.*

Os relatórios que atravessavam portais informavam sobre levantes e exércitos mercenários voluntários contra o imperador. Falavam sobre governadores assassinados e mundos se aliando a fim de se livrar do jugo do império, enquanto revoluções se acendiam como uma sequência de fogos de artifício. Tal instabilidade era como sangue na água, e Skathis não era o único ferreiro nadando nela. Kora conheceu os outros enquanto os espiava, e eles a lembravam dos tubarões que se enfrentavam nas águas rasas durante o Abate em Rieva.

Pensou em Nova e houve um vazio em seu peito, como se alguém enfiasse uma lâmina entre as suas costelas, as abrisse e arrancasse seu coração. Determinada a manter a irmã segura, ela fez tudo o que Skathis pedia. Enviou a águia, e sua visão e sentidos com ela. Ela podia atravessar pedra, tijolo, aço, mas não mesarthium. Eles aprenderam isso cedo. Mas todos os navios de metal divino, e até o palácio de metal flutuante do imperador tinham pequenas aberturas para ventilação, e era possível passar por elas, por menores que fossem. A águia ficava tão pequena que quase desaparecia, de modo que não passasse de um vislumbre, e podia ouvir, ver e até roubar — fichas e papéis, mapas, mensagens com o selo real.

Podia até roubar um diadema de metal divino da testa de um Servo morto, e foi o que aconteceu. Ou melhor, o que *Kora* fez. Seu pássaro não era uma *coisa*, mas uma projeção dela própria. *Ela* roubou o diadema para Skathis, agindo com base em suas informações, emboscando um ferreiro rival, matando-o com todo o seu bando e assumindo a posse de seu navio de guerra.

Kora escondeu o diadema. O crime — roubar metal divino — era descomunal. Outrora, o mero pensamento a deixaria em pânico. Mas parecia insignificante perto de espionagem, traição e assassinato. O que poderia fazer com ele, uma vez que o roubara?

Sua irmã sempre fora uma força da natureza, mesmo antes de seu dom se manifestar. Se havia alguém que poderia salvar Kora, era ela, e ela certamente era a única pessoa no mundo que se importava. Kora fantasiava com esse momento: Nova chegando como uma deusa vingativa e estrangulando Skathis com seu próprio metal precioso.

Kora ainda usava a coleira que ele lhe dera. Ele nunca a tirou. Apenas outro ferreiro poderia libertá-la — outra ferreira: Nova.

Quanto mais pensava sobre isso, mais imaginava a irmã como uma força vingativa invencível. Mas como poderia fazer o diadema chegar até ela? Quanto tempo a águia levaria para voar até lá e voltar? Dias? Ela não tinha dias. Skathis poderia voltar a qualquer hora. Se descobrisse, ele não descansaria enquanto não soubesse para onde a enviara.

Então o diadema ficou escondido, até o dia em que Kora descobriu que sua águia podia... perfurar o espaço.

Era assim que lhe parecia: era como cortar o tecido do espaço para que a distância perdesse todo o significado. Alguns Servos podiam fazer isso.

Era chamado de teletransporte. Eles podiam se enviar de um mundo para o outro, desaparecendo e reaparecendo onde quisessem instantaneamente. Se Kora tivesse frequentado a academia de treinamento, eles sem dúvida teriam trabalhado esse aspecto de sua habilidade, mas ela teve de descobrir sozinha e sob coação ao enviar a águia por conta própria.

O que era proibido. Ela deveria usar seu dom apenas sob ordens de Skathis, entretanto, começou a desafiá-lo. Ela atravessou os ares e voou para onde ninguém podia vê-la, e o ar e o espaço ilimitado do céu a mantiveram sã quando as paredes de metal lhe pareciam mais um caixão do que uma gaiola, e até seu corpo era como uma prisão.

Era como fugir. Ela podia sair e deixar a impotência e a fraqueza para trás. E, uma noite, depois que Skathis a deixou, ela permitiu que sua alma voasse mais longe no éter cristalino como jamais ousara antes. Lembrava-se do que Antal, o de cabelos brancos, lhe dissera: o primeiro astral alegou poder viajar através das estrelas. E foi então que Skathis voltou. Kora entrou em pânico e, no instante seguinte, o pássaro já estava adentrando seu peito. Ficou tão surpresa que não entendeu o que acontecera, só sabia que não havia sido pega. Ela estava a milhares de quilômetros de distância e retornara em um instante.

Mais tarde, quando recuperou a coragem, fez mais um teste. Era isso: sua águia podia viajar qualquer distância em um piscar de olhos, derretendo-se no ar como se o espaço fosse apenas outra parede.

Manteve segredo. Ela era um segredo com um segredo. Até que ela enfim ousou enviar o diadema para Nova com uma mensagem: *Encontre-me. Eu não sou livre.*

Mas Nova nunca a encontrou. E Kora nunca se libertou.

Ela pensara que Skathis queria se tornar imperador, mas não. Ele disse: "Prefiro ser um deus" e matou os outros ferreiros, um por um, assim como o imperador. Pegou seu metal e sua nave quando o império entrou em colapso — a maior nave que já vira, moldada na forma de um anjo, que ironia — e voou portal atrás de portal, mundo atrás de mundo, até encontrar o que lhe convinha.

Zeru ficava um pouco além do limite da maior expansão do império e, assim, seu povo não conhecia os Mesarthim. Lá, Skathis e seu bando podiam se fazer de deuses a seu bel-prazer, e foi exatamente o que fizeram, transformando uma bela e antiga civilização em um povo escravo, roubando seus filhos, suas memórias, sua liberdade e forçando Kora — agora Korako — a cumprir um papel. Não estava mais confinada à nave-vespa. Skathis tinha outros meios de controlá-la: não só com a coleira, mas com Isagol, sua amante. Sua amante *voluntária*, isto é, a única de muitas que carregavam esse... distintivo. Isagol era diferente. Era sua cúmplice em crueldade, sua contraparte em depravação. Ambos incitavam o pior um no outro, puniam-se, ficavam entediados e então criavam novos jogos. Se Kora os desafiasse, Isagol adentrava sua mente e depositava ali pequenas emoções, como terror, ou sua especialidade: desespero.

A pior, porém, era a luxúria. Ela fazia Kora enlouquecer, e toda vez que Kora era pega em uma profusão doentia de desejo — e sua abominável concretização —, aquilo deixava algo podre, como um pedaço estragado em uma fruta, em algum lugar de sua alma.

Letha também fez sua parte. Ela arrancava as lembranças mais queridas das pessoas. De alguma forma, essas lembranças a atraíam, assim como o cheiro de sangue chama as feras. Ela ameaçava devorar cada lembrança de Nova. "Vou fazer você esquecer que já teve uma irmã."

Não havia escapatória. Skathis fechou o portal com uma esfera de metal divino. Kora ficou presa nesse mundo chamado Zeru, um dos seis monstruosos "deuses", forçada a espionar como sempre, embora só contasse a Skathis o que queria que ele soubesse, e foi negligente ao longo dos anos sobre os guerreiros treinando nas cavernas subterrâneas do rio.

E entendeu a ironia quando um daqueles guerreiros colocou uma faca em seu coração. Mas isso foi muito, muito depois, e ela não poderia culpá-lo.

A princípio, Skathis não tinha nenhum objetivo em Zeru além de exercer sua divindade e devassidão, mas isso mudou. Mais tarde, ele alegaria que havia planejado tudo, mas era mentira. Era um estuprador por diversão antes de começar a lucrar com isso.

Foram as crianças — as que nasceram das primeiras infelizes mulheres humanas no braço sinistro da cidadela. Que "deuses" reivindicassem concubinas era de se esperar. Que crianças resultariam disso era natural.

Agora, que essas crianças seriam *especiais* era uma surpresa.

Ao longo de séculos de império, muitas raças mestiças surgiram em dezenas de mundos diferentes. Algumas não tinham nenhum dom, nenhuma receptividade aparente à magia em seu sangue. Na melhor das hipóteses, eles poderiam testar seu dons fracos, embora, sob a lei imperial, os mestiços fossem proibidos de servir.

Mas todo bastardo azul nascido de uma mãe humana em Zeru apresentava uma magnitude tão alta quanto ou até mais alta que a dos seus pais Mesarthim. E, considerando que o bando de Skathis tinha uma magnitude excepcional, isso era extraordinário. Kora pensou que talvez fosse por causa do misterioso e claro fluido — o espírito — que corria ao lado de seu sangue. Até onde ela sabia, essa era a única anomalia que separava esses humanos dos outros que se encaixavam nessa ampla classificação.

Fosse qual fosse o motivo, se Skathis ainda estivesse recrutando para o império, não poderia ter encontrado uma melhor fonte de soldados-bruxos para as trincheiras. Mas não havia mais império. Em seu lugar, havia mundos em guerra — entre si e dentro de si, guerras demais para serem contadas, e mais começando diariamente. E onde há guerra, uma coisa é certa: há reis, generais ou chefes de estado dispostos a pagar por armas.

Então Skathis vendeu seus bastardos e começou a fazer mais. Vanth e Ikirok tiveram o prazer de ajudar no esforço. Ao longo dos anos, Isagol e Letha também tomaram amantes humanos e fizeram bebês, embora fossem muito menos eficientes em gerar bastardos do que os seus equivalentes masculinos, e tudo bem. Havia mulheres suficientes na cidade para isso.

Skathis construíra um posto avançado em uma haste quebrada dos tezerl que cresciam no mar vermelho do outro lado do portal, e fez leilões lá. Os compradores vinham de lugares tão distantes quanto o própria Mesaret, e Skathis, o deus das bestas, começou a acumular uma fortuna. Ele vendeu metamorfos e elementares, videntes, curandeiros, soporíferos e todos os tipos de guerreiros. Alguns dons não tinham aplicação em guerras, mas colocou todas as crianças à disposição — quase todas as crianças —, e as que sobravam eram compradas com desconto pelos comerciantes, para serem vendidas onde quisessem.

Um dom nunca ficou à disposição. Ferreiros podiam ser identificados ainda bebês. Só tinham de tocar o metal divino para seus dedinhos deixarem marcas na superfície. Ele massacrou esses bebês.

Assim se passaram os anos, e Kora recebeu a tarefa de testar as crianças e levá-las à nave-vespa para trancá-las nas pequenas gaiolas. E toda vez que fazia isso, morria um pouco mais, e poderia escolher morrer em corpo e espírito, se não fosse por uma coisa. Sonhava que sua irmã ainda a estivesse procurando. Ela só imaginava Nova chegando tarde demais para salvá-la e descobrindo que ela havia tirado a própria vida, então não foi capaz de fazê-lo. Permaneceu viva.

E, um dia, um bebê nascido no berçário manifestou o poder de ferreiro. Kora o pegou. Ela o *roubou* e o enviou, nas garras de sua águia e através do buraco no espaço, para um lugar distante, onde Skathis não o encontraria.

Não planejou isso. Foi sorte. Mas, uma vez que pegou o bebê, tudo começou a tomar forma em sua mente: seu motim. O garoto cresceria sem saber o que era, e um dia ela o traria de volta para que ele a libertasse. Sonhava em matar Skathis. Se o hobby dele era gerar filhos escravos, o dela era sonhar com a morte dele.

Planejou esperar até que o poder do bebê estivesse pronto. Então o traria de volta para lutar contra os deuses e matá-los, abrir o portal e levá-la através dele. Tinha tudo planejado.

Mas não era para ser.

Porque Eril-Fane a matou com o restante dos deuses, e o menino ficou à deriva sem que uma única alma soubesse o que ele era. E tudo o que sobreviveu de Kora foi um fragmento de sua alma na forma de uma águia, que continuou como sempre: circulando, observando e esperando o dia em que finalmente pudesse fugir e voltar para casa — onde quer que ela fosse agora.

Porque sua casa era e sempre seria Nova, e Kora morreu acreditando que sua irmã viria salvá-la.

48

ELES VIRAM ABOMINAÇÕES

A cidadela dos Mesarthim ganhara vida no céu. Ela rasgara o próprio peito e pegara lá dentro um punhado de pessoas, depois se ajoelhou — um gigante de asas flamejantes se agachando na cidade —, inclinou-se e as descartou feito lixo.

Lazlo não estava entre elas.

Quando a mão penetrou a câmara e o metal varreu todos, ele tentou segui-lo. Viu Sarai e esticou a mão para ela, mas o metal não o deixou. *Nova* não o deixou. Ela ainda carregava seu poder, e o manteve ali. Ele estava afundado até os joelhos, preso na passagem. Ele se debateu, mas não conseguiu se libertar. Permaneceu observando a mão se afastar, levando todos com quem se importava.

— *Sarai!* — gritou, até sua garganta ficar machucada.

Agora não estavam mais ali. Assistiu horrorizado Nova fazer o que ele próprio planejara, mas com nenhum dos cuidados que teria tomado. Ela ergueu as âncoras uma por uma. O serafim manobrou para pôr um pé em cada uma: âncora leste, sul e depois oeste. O metal aderiu ao metal, e ela as rasgou, sem prestar atenção aos prédios ao redor, que balançaram e tombaram, lançando ondas de poeira enquanto a cidadela reabsorvia o mesarthium e aumentava.

Por último, Nova virou-se para a âncora norte derretida e Lazlo tentou detê-la.

— Deixe essa — implorou. Sem seu dom, ele não conseguia mais sentir o metal segurando a rocha fraturada, mas se lembrou. Ele já fizera isso, e sabia o que aconteceria se ela a arrancasse. — O chão vai desabar — disse, olhando desesperado para Kiska, Rook e Werran, como se eles se importassem ou pudessem interceder. — O rio vai inundar. A cidade vai ser destruída. *Por favor*. Só deixe essa.

Mas Nova não deixou.

Como um belo pesadelo, o serafim se agachou sobre Lamento. Ele mergulhou os dedos maciços na cratera, cavando a rocha para encontrar e sugar cada gota de mesarthium. O chão começou a tremer e a se rachar. A cratera aumentou. Suas laterais cederam. Pedaços enormes de pedra se partiram, e o Uzumark se libertou, com a agitação espumante. Fileiras de edifícios foram sugados para dentro da terra, incluindo a antiga biblioteca descoberta recentemente. O rugido soava distante. A poeira subiu, enchendo o ar de névoa.

De cima, pareceu uma cidade de brinquedo caindo aos pedaços para os olhos horrorizados de Lazlo.

— Não! — Ele engasgou quando a devastação se espalhou, bloco após bloco, desmoronando enquanto o rio emergia do chão como uma criatura banida do inferno em busca de luz.

Até onde a destruição chegaria? Quanto da cidade desmoronaria? Será que o anfiteatro estava seguro? E Sarai e os outros?

Não havia como saber. A cidadela se endireitou no ar e ele só podia ver o céu através do buraco no casco. O destino de Lamento — e de Sarai — estava escondido.

— Me soltem! — implorou a seus captores. — Me deixem aqui!

Nova nem o olhou. Não olhou para ninguém. Seus olhos estavam fora de foco. Um véu de exaustão caiu sobre ela. Com o rosto cinzento e pálpebras pesadas, ela empreendeu seu maior feito de pirataria até então. A nave de Skathis possuía a maior concentração de metal divino que já existira. Era a nave mais poderosa do Continuum. Não havia força em nenhum mundo capaz de derrubá-la em uma batalha. E agora era dela.

Respirando fundo, ela começou a movê-la através do portal para o mundo do outro lado.

✶

A terra sob Sarai tremeu. Um rugido surdo soou de todas as direções. O que estava acontecendo? A cidade estava descendo? Ela não conseguia ver acima das paredes do anfiteatro, só via o céu, onde o serafim se movia como uma criatura de mercúrio ondulando ao sol.

Ela viu sua mão direita se atenuar, esticando os dedos, afinando. Então Sarai entendeu o que ele estava fazendo. Estava se enviando através do buraco no céu. Estava *deixando o mundo*, deixando-os ali. Estava indo rápido, pulsando como sangue através de uma veia. Em questão de segundos, já tinha desaparecido até o pulso, exatamente como Lazlo ao enfiar a mão na distorção. Sarai percebeu que seu terraço, onde costumava passear todas as noites, agora devia estar debaixo daquele medonho mar vermelho. Logo todo o resto também, incluindo Lazlo.

Lazlo.

Não conseguia respirar. Era demais. Seu pai estava morto. Assim como Azareen. Seu lar havia sido tomado, e Lazlo com ele. O resto deles fora descartado ali. Ela mal conseguia processar esse fato: estava em Lamento.

Um pensamento a atingiu feito um tapa sóbrio. Todo o restante silenciou, colocando os outros medos em segundo plano. Estava em Lamento, sim. Mas, acima de tudo: *Minya* também.

Minya estava em Lamento.

Era exatamente isso o que a garotinha queria, era com isso que ameaçava a alma de Sarai, era isso o que todos eles tinham tentado impedir a todo custo. Minya estava em Lamento com seu exército. Sarai virou-se lentamente para encará-la. Antes ela estava de quatro, com a cabeça baixa. Mas não mais. Havia se levantado. Sua postura era ereta. Suas mãos estavam fechadas em punhos. Ainda tremia, com seu peito pequenino e magro pesado sob a roupa esfarrapada. Seus fantasmas estavam se espalhando para formar um círculo protetor ao redor das crias dos deuses e humanos. E fechavam o círculo quando os guerreiros Tizerkane entraram no anfiteatro e os cercaram em segundos.

Havia dezenas deles. Seus movimentos eram fluidos e silenciosos demais para figuras tão imponentes. As armaduras eram de bronze, os elmos, presas. Empunhavam espadas e lanças. Os que estavam montados em espectrais assomaram sobre o resto, e os chifres ramificados das criaturas brilharam ao sol do entardecer.

Eram homens e mulheres, jovens e adultos. Seus rostos eram duros, suas cores, fortes. Escondiam o terror da melhor maneira possível, mas Sarai o conhecia. Ela o alimentara com pesadelos, nunca deixando que ele se desvanecesse. Já o ódio nem tentavam esconder. Estava gravado em cada linha de seus rostos. Respiraram por entre os dentes. Os olhos eram fendas. Pela maneira como olhavam para as crias dos deuses, ficou brutalmente claro: não viam jovens, sobreviventes meio-humanos assustados. Eles viam abominações.

Não. Era pior que isso. Eles viam abominações com sangue nas mãos.

Sarai viu a cena que eles viam. Fantasmas e crias dos deuses já seriam o suficiente, mesmo sem os cadáveres. Mas ali estavam Eril-Fane e Azareen jazendo imóveis, com os membros torcidos, e Pardal — a doce Pardal, que nunca machucaria ninguém — estava ajoelhada entre eles, pálida, de olhos fechados e braços vermelhos até os cotovelos, como se estivesse usando luvas de sangue.

A gentil Pardal parecia um monstro que se alimentava dos corações dos heróis.

Os guerreiros ficaram assombrados. Com um comando, ergueram as lanças. E cem braços se inclinaram como se fossem um. Havia um poder grandioso ali — a força coletiva de um povo que suportara tanto e não arriscaria mais, não perdoaria nada e não mostraria misericórdia. O ódio deles, já ardente, ardeu mais quente ainda.

Um movimento chamou a atenção de Sarai para as alturas do anfiteatro. Os arqueiros haviam assumido suas posições e lhes miravam suas flechas.

O medo a atravessou. Parecia que Minya havia conseguido sua batalha.

Mas será que alguém sobreviveria?

49

BOAS MENINAS NÃO MATAM. ELAS MORREM.

Minya estava vacilante. Não era mais ela mesma. Sentir aquela leveza — o peso das almas aliviado mesmo que por apenas um minuto — a deixara atônita. E o ódio-medo-desespero. Ela não sabia o quão nefasto era até então.

Por um momento, conheceu a leveza e o silêncio, para logo em seguida tudo voltar — as almas e seu desespero esmagando-a de novo, mais pesadas agora. Cambaleava, consciente pela primeira vez do preço que pagava a cada segundo por sua magia.

Era demais. E havia ainda mais. Era coisa *demais* rodopiando e colidindo em sua cabeça:

Ela estava ferida com a traição de acordar no chão, descartada pela própria família.

Estava horrorizada com a invasão, e decepcionada, ofegando de descrença, ao se ver derrotada, expulsa, desprovida.

Quando Minya vencia no quell, ela derrubava o tabuleiro e fazia as peças voarem para que o perdedor se arrastasse de quatro e as pegassem. Agora, no chão pela primeira vez na vida, descalça não no metal, mas na pedra, ela compreendeu profundamente: *Ela* era a perdedora. Nova derrubara o tabuleiro e *ela* era uma das peças espalhadas.

Mas quem a recolheria?

Teve um vislumbre de Lazlo agarrando-a e segurando-a contra ele, para protegê-la das facas de seus próprios fantasmas, e essa lembrança se juntou ao turbilhão de sua cabeça. Ele a salvara. Ele se arriscara. Ele a *segurara*. Ninguém tocava Minya de propósito havia muito, muito tempo, e mesmo agora, depois desse evento e no meio de tudo isso, a sensação de braços, força e segurança a assolou.

Obviamente ele fizera isso pelo bem de Sarai, e não dela.

Afinal, quem a salvaria?

E, de qualquer maneira, Lazlo não estava ali. Cabia a ela salvá-los. Como sempre. Mas como? O ar pulsava com a tensão. Era possível *sentir* as cordas esticadas, a flexão das juntas cheias de cicatrizes, a respiração sibilada dos guerreiros e seu desejo ardente de seguir.

De *matar*.

Minya sentiu tudo. O ódio dos humanos falou, e o dela respondeu.

Quando cem pares de olhos o prendem no lugar e todos veem a mesma coisa, como você pode não *ser essa coisa*? Os Tizerkane olhavam para crianças e viam monstros, e a parte mais sombria de Minya aceitou o desafio. Era sua parte mais antiga e mais verdadeira: *se tiver um inimigo,* seja *o inimigo.*

O capitão dos Tizerkane latiu uma ordem.

— Abaixem as armas. *Agora!*

Os fantasmas seguravam facas de cozinha, cutelos. Eram armas insignificantes contra lanças, espadas e arcos, mas Minya conhecia a força de seu exército e não estava à altura deles.

— Abaixem as *suas* armas! — ela gritou de volta, e sua voz aguda soou absurda depois da voz baixa e profunda dele. — E talvez eu os deixe viver.

Um murmúrio áspero ecoou pelas tropas Tizerkane.

— Minya — Sarai disse, frenética. — Não. *Por favor.*

Minya se virou para ela abruptamente.

— Não o *quê*? Nos mantenha vivos? Você quer que eu seja uma *boa menininha* como você, Sarai? Deixe-me dizer uma coisa. Se eu fosse uma boa menina, teríamos morrido no berçário com os outros! — Sarai engoliu em seco. Agora que havia estado nos sonhos de Minya, essas palavras ganhavam um significado que não tinham antes. Não sabia se estava certa sobre as Ellens, mas se estivesse, era verdade o que Minya dizia. Boas meninas não apunhalam suas babás e arrastam bebezinhos sobre seus cadáveres para salvar suas vidas. Boas meninas não matam. Elas *morrem.*

E Minya não era uma boa menina.

— Eu sei o que você fez por nós — Sarai falou. — E sou grata...

— Poupe-me de sua gratidão. Isso é tudo culpa sua!

— Agora, querida — Grande Ellen disse, entrando no meio delas. — Você sabe que não é justo. Estamos presos em algo mais antigo que nós e maior que o nosso mundo. Como isso poderia ser culpa de Sarai?

— Porque ela os *escolheu* e me largou no chão — disse Minya, sua raiva apenas cobrindo sua dor. — E agora olhe onde estamos.

Sarai olhou e se perguntou: *seria* sua culpa? Talvez. Mas o que aconteceria agora dependia de Minya.

— Estamos presos e cercados — Sarai falou. — Não podemos nos esconder nem recuar. Nossa única esperança é *não lutar.* Você tem que entender.

— Deixe-me adivinhar. Você quer implorar.

— Não implorar, só conversar.

— E você acha que eles vão nos *ouvir*? — Minya zombou.

— Falei para abaixar suas armas! — o capitão ordenou, embora devesse saber que os próprios fantasmas eram as armas, com ou sem facas. Alguém poderia desculpá-lo, no entanto, por não saber como exigir a rendição de uma criança mágica com um exército de fantasmas. Eril-Fane havia escolhido sabiamente ao colocar Brishan no comando. Qualquer outro comandante já teria atacado. Mesmo ele não esperaria muito. Sua voz ficou mais dura. — No chão! Não vou falar de novo.

E era isso: lutar ou se render. Minya ficou dividida por dois resultados possíveis, como se estivesse amarrada a criaturas que se lançavam em direções opostas, mas não conseguia ver o que seriam. Lutar e então o quê? Sarai estava certa: estavam presos. Não era para ser assim. Ela planejara descer em Rasalas, realizar sua vingança e voltar para casa em segurança.

Mas sua vingança fora roubada — Eril-Fane estava morto —, assim como sua casa e a segurança. No alto, tão alto e irremediavelmente fora de alcance, a cidadela estava *desaparecendo.*

O serafim já estava no ombro, com todo o braço devorado. Era assim que lhe parecia: como se o céu estivesse *comendo* o anjo. Minya não vira o que os outros viram — o portal e o mundo além dele, ou a mão de Lazlo desaparecendo ao se enfiar na distorção. Ela não sabia o que estava acontecendo. A confusão latejava em suas têmporas. Não conseguia respirar. Sentia-se zonza, *frágil*, como se seu poder, e agora compreendendo o peso dele, tivesse se tornado demais para ela.

Uma onda de medo a percorreu, deixando um rastro frio. Poderia vencer essa batalha? Já havia perdido uma. Se perdesse de novo, não haveria peças para recolher do chão. Este seria seu último jogo.

Deveria se render então? Colocar seu destino nas mãos de humanos? Impossível. Minya vira o que humanos faziam com crias dos deuses. Rendição simplesmente não era uma opção.

Sarai viu tudo isso no rosto dela.

— *Minya* — implorou, com a garganta apertada de medo crescente. — Eles vão nos matar.

Uma onda percorreu o círculo de fantasmas. Sarai se preparou para o pior, e ficou perplexa quando eles largaram as facas sem alarde. O aço fez barulho e deslizou sobre as pedras. Ela ficou atônita. Por um instante, quase acreditou que estavam se rendendo.

Então sua essência se transformou. *Asas* se desenrolaram de seus ombros e se abriram. Eram asas de fogo, cada pena uma chama. Os fantasmas assumiram formas de serafins e, do nada, da magia e do ar, apareceram lanças em suas mãos, e o mesmo sorriso surgiu em todos os lábios. Era duro e sombrio. Era o sorriso de Minya, ecoado por todos aqueles rostos.

— Eles vão nos matar, não importa o que a gente faça — a garotinha disse. — E vou levá-los conosco.

50

MAIS PARA A HISTÓRIA

A violência eclodiu no anfiteatro de Lamento.

Os Tizerkane atiraram suas lanças. Fantasmas alados de fogo surgiram para bloqueá-las.

Qualquer esperança de sobrevivência se dissolveu sob o primeiro choque de metal contra metal. Sarai olhou para o céu. A cidadela estava pela metade. Seus corações gritaram por Lazlo. Ela pensou que podia ouvir os corações dele gritando por ela. Era tudo tão injusto. Eles nunca tiveram uma chance — nenhum deles. Suas vidas haviam chegado a eles emaranhadas em ódio. Haviam tentado desenrolá-las, mas falharam. E agora?

Os fantasmas desviaram as lanças arremessadas com as suas próprias, e nenhuma conseguiu alcançar as crias dos deuses. Os Tizerkane rugiram e atacaram com as espadas, e, lá em cima, os arqueiros lançaram suas flechas. Sarai ouviu cordas se esticando por todos os lados e sentiu um sopro de ar em sua bochecha. Flechas são mais rápidas que lanças, e muito menores. Os fantasmas não podiam bloquear todos eles e os arqueiros tinham uma posição vantajosa. Ofegante, Sarai olhou ao redor para verificar se alguém havia sido atingido. Viu Rubi e Feral de olhos arregalados e frenéticos, com Suheyla entre eles, começando a se agitar. Minya estava imóvel e furiosa, ladeada pelas Ellens. E Pardal…

No instante em que os olhos de Sarai pousaram nela, Pardal estremeceu. Ela estava de joelhos entre Eril-Fane e Azareen, e uma flecha a atingiu nas costas e a jogou para a frente.

— *Não!* — Sarai gritou, e correu até ela. Onde fora atingida? Não tinha como saber. *Por favor. Que não sejam seus corações nem nada vital*, torceu, enquanto mais flechas voavam.

Pardal estava caída em cima de Azareen. Sarai a alcançou enquanto ela lutava para se levantar. — Fique deitada! — falou, tentando protegê-la com seu próprio corpo.

— Não — Pardal disse, erguendo-se com um grito de dor. A flecha estava alta, na lateral do corpo, enterrando-se sob a omoplata direita. Havia muito sangue. Era carmim vivo. Sua pele parecia pálida em contraste. Sarai julgou que a ferida não era mortal — pelo menos, não se pudesse ser cuidada e se não fosse seguida por outra e outra.

Se essa batalha não terminasse com todos eles mortos.

Um círculo menor de fantasmas ergueu-se como serafins no ar, com as asas de fogo estendidas e sobrepostas. Minya os usava para proteger as crias dos deuses. Embora não pudessem bloquear todas as flechas, podiam impedir que os arqueiros fizessem mira. Mas Pardal ainda estava bem no centro do círculo, onde havia menos proteção.

— Venha — disse Sarai, colocando um braço em volta dela e gentilmente a afastando dos corpos até onde Rubi, Feral e Suheyla estavam amontoados sob o manto de asas.

Mas Pardal resistiu. Mais uma vez, ela falou:

— *Não.*

Frustrada, Sarai a olhou, preparada para ser menos gentil, se isso fosse necessário para que ela se protegesse.

— Pardal, não é seguro... — começou e parou, então viu melhor e ficou sem palavras. Tinha pensado que Pardal estava pálida. Mas não estava. Estava *cinza.*

Sarai sabia o que isso significava, mas antes que fizesse sentido, uma voz surgiu acima do caos.

— *CESSAR FOGO!* — a voz ordenou.

A voz era profunda e intensa. Sarai a ouviu e a reconheceu e não conseguiu acreditar pelo óbvio motivo de ser impossível.

Era a voz de Eril-Fane. Mas Eril-Fane estava morto. Seus corações haviam sido perfurados. Seu corpo estava bem...

... ali?

Sarai virou-se para onde o corpo de Eril-Fane jazia esparramado do outro lado de Pardal. Só que ele não estava mais caído. Estava... *ele* estava se levantando.

Mas *como*? O ferrão penetrara diretamente em seu corpo. Sarai não era especialista em feridas, mas até ela sabia que aquela era mortal, e ela vira o ferrão entrando da primeira vez, antes que o ciclo temporal começasse. Seus olhos estavam sem vida. Não havia engano. Ainda assim, seu pai estava se erguendo do chão. Ela o encarou, incrédula, querendo que fosse verdade, mas incapaz de acreditar. Seria essa a mesma mágica da cidadela, que o trouxera de volta apenas para matá-lo novamente?

Mas isso não fazia sentido. A cidadela já estava quase desaparecendo. Seus inimigos estavam longe.

E então uma compreensão nauseante a aterrou: Eril-Fane tinha uma inimiga bem ali. É claro. Era Minya. Tinha de ser. Ela tinha capturado a alma dele. Ele não estava vivo. Esse era só seu fantasma, sob o controle de Minya.

Mas... se fosse verdade, então onde estava seu corpo?

Sarai estava zonza. Todas as possibilidades de vida, morte e mágica rodopiavam em sua cabeça. Se Eril-Fane era um fantasma, haveria dois deles, assim como houve duas Sarais no jardim: fantasma e cadáver, lado a lado. Só que o cadáver não estava ali. Só *ele* — fraco, dolorido, coberto de sangue, mas *vivo*, colocando-se de pé, trêmulo.

— Eu disse *CESSAR FOGO!* — ele explodiu novamente, e a chuva de flechas parou. — Tizerkane, recuar! — ordenou. — Essas crianças estão sob minha proteção!

Um silêncio agudo caiu. Até os fantasmas permaneceram imóveis enquanto Minya encarava seu inimigo, com ódio e confusão estampados em seu semblante. Todos os olhos estavam no Matador de Deuses.

Todos menos os de Pardal. Ela estava de olhos fechados. Sua respiração era superficial. A flecha projetava-se de seu ombro, e o sangue cintilava, brilhante, de sua ferida. Todas essas coisas contavam uma história — sobre uma garota presa no fogo cruzado —, mas havia mais naquela história, e Sarai via agora.

Lá na cidadela, quando o ciclo temporal se abriu, foi Pardal quem disparou pela passarela até os guerreiros. Quando a mão do serafim os agarrou, derrubando-os ali, ela permaneceu com eles, e agora estava inclinada sobre Azareen. Sua mão estava enfiada sob o peitoral da guerreira. Sarai podia ver seus dedos no buraco que o ferrão da vespa fizera no bronze.

A mão de Pardal estava na ferida de Azareen. Essa era a história. Eril-Fane estava vivo. Essa era a história.

Os olhos de Pardal estavam fechados em profunda concentração, e a pele dela estava cinza, e *essa era a história.* Ela estava cinza, mas, enquanto Sarai olhava, isso deixou de ser verdade. A cor de Pardal era fugaz e mudava rápido. A tonalidade cinza assumiu uma nova riqueza quando o último toque de azul deixou sua carne, dando lugar a um belo e sedoso marrom-castanho. Exceto pelo sangue, a flecha e suas roupas — uma camisola do closet da deusa dos segredos —, ela poderia se passar por uma garota de Lamento. Pardal parecia *humana.*

— *Oh* — Sarai suspirou, tentando entender.

Pardal — Bruxa das Orquídeas — podia fazer as coisas crescerem, e não só flores e kimril. Mas ela realmente poderia fazer *isso*, regenerar o que havia se quebrado dentro de Eril-Fane?

Que outra explicação havia? Ela estava tentando curar Azareen também. Mas… se todo o azul havia desaparecido da pele de Pardal, ela teria alguma mágica restante?

Pardal ainda estava curvada sobre ela, de olhos fechados, mas, se Azareen já não estivesse curada, não estaria mais.

Sarai engoliu em seco. Agora todos estavam observando. Eril-Fane mal se levantou para parar a batalha e já estava de joelhos ao lado de sua esposa. Seu rosto estava tenso, sua mandíbula, cerrada. Fitava Azareen com uma intensidade quase selvagem. Pegou a mão dela e a colocou entre as suas.

— Viva — sussurrou. — Azareen, *viva*. — Um soluço sufocado escapou de sua garganta e ele acrescentou, como uma oração: — Thakra, *por favor*.

Azareen abriu os olhos.

Por um momento, os dois se olharam com toda a esperança e admiração da juventude, como se sua vida perdida — os últimos dezoito anos — não tivesse acontecido, e tudo estivesse diante deles. Quando Azareen falou, com uma voz fraca, foi para fazer a pergunta que a morte havia interrompido repetidamente. Ela pensou que nunca conseguiria ouvir a resposta do marido ou saber o que ele desejava lhe dizer no final.

— Meu amor — ela sussurrou. — *O que você quer?*

Mas ela ainda teria de esperar pela resposta.

Pardal caiu. Eril-Fane a pegou, notando a flecha e o sangue pela primeira vez.

— Médicos! — ele gritou, chamando vários nomes.

Fora do círculo protetor de fantasmas, os Tizerkane que foram chamados se viram entre a obediência e um muro de almas com asas e lanças.

— Parem!

Foi o berro agudo de Minya. Em um movimento fluido, vários fantasmas se voltaram para o centro do círculo e apontaram suas lanças para Eril-Fane. Quando Minya olhou para ele, ela viu um massacre. Ele *era* o Massacre, e agora tinha Pardal.

— Tire suas mãos dela, *assassino de criancinhas!* — ela latiu.

— Minya! — Sarai virou-se para ela com os corações acelerados. Será que ela ia desfazer o milagre de Pardal e matar o que ela tinha salvado? Minya estaria tão perdida e devastada que jogaria fora essa última chance de deixar o ódio de lado e *viver*?

Mas tudo o que Sarai queria dizer morreu ao ver Minya, assim como tudo o que poderia ter acontecido. Para ela, de qualquer forma.

Porque Minya também estava cinza.

51

FELIZ EVANESCÊNCIA

Lazlo rugiu com uma voz rouca, mas Nova parecia nem ouvi-lo. Uma vaga e serena inquietação a dominara como um transe — como se ela estivesse em outro lugar, e seu corpo estivesse apenas ocupando seu lugar no mundo.

Lazlo ainda estava preso, com as pernas firmes no metal, enquanto a cidade se derramava através do portal, e qualquer esperança de salvar Sarai ficava cada vez mais remota.

Quando implorou para Nova deixar a última âncora, estava pensando em Lamento — em seus alicerces e edifícios, em seu furioso rio subterrâneo. Foi só depois que ela o ignorou e que todo o mesarthium foi sugado pelas rachaduras que outra questão o atingiu. Naquele instante, quando percebeu o que aquilo significava e o que aconteceria, foi como se ele estivesse de volta à rua, desolado, vendo o corpo quebrado de Sarai arqueado sobre o portão. Ele prometera nunca mais falhar com ela. "Você acha que algo poderia me afastar de você?", perguntara naquela manhã.

Agora algo — alguém — *estava* os afastando, e ele estava *enlouquecendo*. Nova não o escutaria e, de qualquer maneira, não o entenderia. Ele tentou apelar para os outros.

— Eles não têm mesarthium. Vão evanescer. *Vocês entendem o que isso significa?*

Rook, Kiska e Werran estavam desconfortáveis com a maneira como as coisas se desenrolaram. Lazlo percebia por suas expressões rígidas e pelos rápidos e sombrios olhares que lançavam à Nova e um ao outro, mas claramente tinham medo de desafiá-la.

— Deixem um pouco de metal para eles pelo menos — implorou. Eles usavam medalhões no pescoço, assim como Nova usava seu diadema. Todos tinham mesarthium sobre a pele. — Assim — disse, apontando para o medalhão de Werran. — Só o suficiente para que eles não evanesçam.

Werran perdeu a paciência, e sua culpa conflituosa o fez atacar.

— Tornar-se humano não é pior que a morte. Eles vão aprender a viver assim.

Aprender a viver assim. Uma histeria cresceu em Lazlo.

— Você acha que estou perdendo a cabeça porque *eles vão virar humanos*? — Sua voz devastada trovejou, febril e áspera. Jamais em sua vida havia se enfurecido assim. Parecia possuído. — Ouça! Sabe aquela garotinha com quem você cresceu? Sabe qual é o dom dela? Ela pega almas. Ela impede que as almas evanesçam. Se seu poder sumir, ela vai virar humana. Talvez ela *aprenda a viver assim.* — Ele enfiou os dedos nos cabelos e apertou o crânio com força, tentando entorpecer o rugido de desespero. — Mas Sarai não. Ela não vai virar humana porque *ela não está viva.* Você tem que me ajudar! Se Minya perder seu poder, *Sarai vai evanescer.*

✷

Minya não entendia o que estava acontecendo. Ela olhou para Pardal, que Eril-Fane deixara sob os cuidados de Rubi. Ela estava inconsciente, e nenhum médico ousou romper a barreira dos fantasmas.

— *O que você fez com ela?* — perguntou. Não estava se referindo à flecha ou ao sangue, mas à cor de Pardal. Como se a humanidade fosse uma doença e Eril-Fane e Azareen a tivessem infectado.

— Eles não fizeram nada — Sarai falou. Azareen havia se sentado com a ajuda de Suheyla. Assim como Eril-Fane, ela parecia fraca e cansada, mas estava viva. — Pardal que fez — Sarai disse. — Ela os curou, e gastou toda a sua magia.

Minya nunca parecera tão desdenhosa quanto agora.

— Não sejam estúpidos. Nossa magia não pode ser *gasta.*

— Pode sim — Sarai disse, gelando com a verdade contida na frase, e com seu significado para ela. — Ela gasta. Se não estivermos em contato com o mesarthium.

— É a fonte do nosso poder — Feral explicou. — A gente não sabia até colocarmos você na cama e você começar a ficar cinza. Pensamos que estivesse morrendo, mas Lazlo sabia o que fazer. Ele te colocou no chão.

Ele continuou falando, mas Sarai não estava mais ouvindo. Ao som do nome de Lazlo, quase se contorceu. Era como receber um soco e não conseguir respirar, porque ela compreendeu naquele momento que nunca mais o veria.

Pela tonalidade da pele de Minya, Sarai soube que não tinha muito mais tempo.

Lembrou-se da surpresa de Lazlo ao ver Minya evanescer tão rapidamente. Os outros dormiam em camas todas as noites — ou, no caso de Sarai, todas as manhãs. Eles ficavam sem contato com o metal durante horas e não mostravam sinais de desaparecimento. Mas não usavam seus dons enquanto dormiam; Minya sim. Ela não tinha trégua. Para sustentar todos aqueles fantasmas, precisava sangrar seu poder a cada segundo, mas isso não importava porque ela estava sempre em contato com o metal. A cidadela estava constantemente alimentando seu poder. Só que não mais.

Sarai jogou a cabeça para trás e olhou para o céu bem a tempo de ver o último brilho do serafim desaparecer de vista. Ele havia partido de Zeru. Desesperada, virou-se para seu pai.

— Há mesarthium na cidade?

— As âncoras... — ele disse, incerto. Ele estava inconsciente quando a cidadela as erguera.

Sarai sacudiu a cabeça.

— Eles as levaram. Não estão mais aqui. Não tem outro lugar, nem que seja só um pouquinho? — Havia urgência e medo em sua voz.

— O que foi? O que há de errado? — Eril-Fane perguntou.

Mas Feral entendeu, assim como Rubi. Lágrimas brotaram em seus olhos. Sua mão cobriu a boca:

— *Oh.* Ah, não. Sarai.

As Ellens também tinham entendido. Abaladas, ambas olhavam para Minya. Suas sobrancelhas estavam franzidas com ferocidade, confusão e algo como pavor. Ela olhou para as mãos, que estavam da cor das cinzas, e depois de volta bruscamente.

Sarai não poderia dizer como esperava que ela reagisse. Minya a ameaçara com esse mesmo destino, e estava disposta a cumpri-lo. Havia chamado Sarai de traidora, usado-a como fantoche, mantido sua alma como moeda de troca. Não a surpreenderia se Minya desse de ombros e lhe desejasse feliz evanescência tão friamente quanto quem deseja um feliz aniversário.

Mas não. Os fantasmas com suas lanças apontadas para Eril-Fane se fecharam, encurralando-o com as armas levantadas.

— Tem que ter mesarthium em algum lugar — Minya falou. — *Pegue-o!*

Eril-Fane chacoalhou a cabeça, impotente.

— Só havia as âncoras.

— Você está mentindo! — ela o acusou, e os fantasmas posicionaram as lâminas no pescoço dele. Sua vida pulsava ali, e o toque mais leve poderia acabar com ela.

— Não! — Sarai ofegou. Azareen e Suheyla gritaram, horrorizadas.

— Não há mais nada — Azareen insistiu. — Eu juro. Eu te daria se houvesse!

— Minha querida, minha víbora — Grande Ellen falou para Minya, com tristeza e ternura aveludada. — Você só está acelerando a coisa, doce menina. Não vê? Quanto mais usar seu dom, mais vai gastá-lo.

Minya congelou quando a verdade a atingiu. Tudo corria — como o vento em seus ouvidos, embora não houvesse vento; como caminhar em direção a um penhasco, embora não houvesse penhasco. De repente, como se o eixo tivesse se inclinado, ela experimentou suas amarras de uma nova maneira. Antes, sempre estivera consciente das emoções que pulsavam *deles*, do ódio-medo-desespero que nunca deixava de assaltá-la. Agora, no entanto, sentia o que saía dela *para* eles: sua própria força, seu dom, diminuindo a cada segundo — um reservatório que não se encheria de novo. Sentia-se esvaziando. Ela costumava pensar em seus fantasmas como sua força, a coisa que poderia protegê-la e com a qual protegeria a família. Só que agora essa presunção morria.

Fitou suas mãos e as viu cinza. Depois fitou Sarai e seus fantasmas, e o que fez em seguida deixou todos chocados.

Ela os libertou.

Sempre imaginara seu dom como um punho segurando um emaranhado de fios. Ela abriu a mão. Os fios se soltaram, livres. Um tremendo peso foi embora quando libertou todas as almas que colecionara desde o Massacre, exceto três. A corda de Sarai era como um fio de seda, fina, frágil e brilhante como a luz das estrelas. Minya a segurou firme, mas gentilmente, como se pudesse mantê-la consigo.

As cordas das Ellens eram diferentes. Quando todo o resto se foi, elas permaneceram. Foram as primeiras almas que Minya capturara, ofegante e desorientada com as sangrentas consequências do Massacre, quando os gritos e as mortes terminaram, e ela estava viva e sozinha com os quatro bebês que salvou.

As cordas delas não eram finas e frágeis. Eram fortes como couro, e nunca recebiam folga, como fios que podiam escapar. Elas estavam embrenhadas fundo em Minya, como raízes. Faziam parte dela, e permaneceram bem ao seu lado enquanto os outros fantasmas — que formavam o círculo protetor — simplesmente desapareceram.

Seus rostos coraram ante a liberdade. Sarai viu a pequena Bahar entre eles, e Guldan, o velho tatuador que fazia as elililths mais requintadas. Viu Kem, o criado, desaparecendo. E viu Ari-Eil, o jovem primo de seu pai e, portanto, dela também, e sentiu uma pontada de remorso por sua evanescência, ainda mais quando pensou vislumbrar um lampejo de tristeza cruzando seu rosto, como se não estivesse pronto para ir. Mas então ele se foi, assim como todos os outros, e foi como se um grande suspiro varresse o anfiteatro como um vento doce atravessando os Tizerkane, arrastando todas as almas soltas nessa maré celeste.

Depois disso, o silêncio se fez. Minya experimentou mais uma vez a calma e a leveza que sentira quando Nova roubara seu dom. Aquele peso esmagador sumira e o zumbido do ódio cessou, mas ela não sentiu alívio. Apenas puro terror.

Não havia mais barreira entre as crias dos deuses e os Tizerkane. Eles podiam se ver claramente. Minya estava oprimida por seu número, tamanho, ódio. Tinham aquele olhar que ela conhecia tão bem, aquele que dizia: *abominação.*

Ela nunca se sentira tão exposta, tão vulnerável. Ao menos... não nos últimos quinze anos.

Seu coração começou a vacilar como no berçário, quando um estranho apareceu na porta empunhando uma faca e, num piscar de olhos, ela estava de volta lá, impotente e cercada por adultos que a queriam morta. O terror martelava dentro de si. O pânico a rasgava. Lembranças daquele dia a abateram.

As Ellens, de pé ao seu lado, estenderam a mão para tentar acalmá-la, mas ela se encolheu, vendo rostos que eram delas, mas não eram, e que a assustaram mais do que qualquer outra coisa. Ela fechou os olhos, mas os rostos a seguiram na escuridão. Estavam vitoriosos e cruéis, e era o Massacre novamente, só que pior porque ela não tinha uma faca e não havia onde se esconder, e as Ellens a impediriam de salvar os outros. Assim como naquele dia.

A mente é boa em esconder coisas, mas há algo que não é capaz de fazer: apagá-las. Só é capaz de ocultá-las, e coisas ocultas não desaparecem.

A memória de Minya tinha um esconderijo, como uma gaveta com um compartimento secreto — ou como uma esfera flutuante com um portal dentro, que levava a um mundo de pesadelo. Tudo estava se abrindo, e a verdade se derramou como sangue.

52

O PAVOR ERA UMA DEUSA DE CABELOS CLAROS

Era uma vez, uma menina que pensava saber o que era pavor.

Pavor era uma deusa de cabelos claros que vinha para levá-lo embora. Para *onde*? Ninguém sabia, mas se fosse um lugar bom, ela certamente sorriria quando viesse.

Korako não sorria. Tampouco era cruel. Ela mal estava presente. Sua voz era baixa e seu toque, suave. Suas sobrancelhas pareciam brancas, mas não eram. Ela era a deusa dos segredos e, no dia que Minya aprendeu o que era pavor *de verdade*, estava guardando um segredo.

Seu dom havia se manifestado. Parecia que, com a consciência, poderia agarrar algo ao alcance das mãos. Ela não sabia *o que* era mas na terceira ou quarta vez que o sentiu, compreendeu o que poderia agarrar e segurar. Ela *entendeu*, mas não o fez. Ignorou o máximo que conseguiu. Ser pego com uma expressão distante e confusa era o claro sinal de um dom se manifestando, tão claro quanto fazer mágica de verdade. Os espiões da deusa iriam dizer: *Minya foi vista pensando!* Então Korako viria com sua voz baixa e toque suave, e não importava que ela não fosse cruel. Até se poderia imaginar que ela lamentava, mas isso também não importava. Isso não impediria de levá-la embora.

Kiska estava desaparecida fazia três semanas. Eles não podiam jogar o jogo do balanço agora. Nenhum dos outros era forte o suficiente para segurar a ponta da rede. Os espiões de Korako estavam atentos. Minya os sentia olhando-a o tempo todo. Seria a próxima. Estava atrasada. Quando ela sentiu a consciência, a empurrou profundamente para dentro de si.

— Você vai ficar maior que sua cama em breve — Grande Ellen observou naquela manhã. Ao acordar, Minya se deparou com a babá a observando. Isso não era bom. De vez em quando, crias dos deuses perto de manifestar seu dom se entregavam durante o sono.

O que Grande Ellen dissera era verdade. Os dedos dos pés de Minya estavam começando a sobrar para fora da pequena cama de metal.

— Eu me encolho — ela disse. — Não preciso dormir toda esticada.

— Essa não é a sua casa — a babá falou.

Pequena Ellen interviu.

— Não pense que pode nos enganar. Já vimos de tudo.

Minya tomou as palavras como um desafio. Era boa em jogos. Ela *ia* enganá-las, sim. Não cederia a seu dom, não importava o que fosse.

Mas ela cedeu apenas algumas horas mais tarde. No entanto, ainda venceu o jogo, porque as Ellens estavam mortas e, quando Minya aprendeu o que podia fazer, foi com *elas*.

Tudo começou com sons esquisitos no corredor: gritos e passos apressados. E então um homem apareceu na porta, sem fôlego e com uma faca na mão. Ele era pequeno e elegante, com uma barba pontuda. Era humano, de pele marrom como as Ellens. Ele derrapou até parar na frente da porta, e seu rosto estava iluminado com o triunfo.

— Estão mortos! — gritou, glorioso. — Todos mortos, cada um deles. Os monstros estão mortos e nós estamos livres!

Monstros? Minya se perguntou com uma pontada de medo. *Que monstros?*

As Ellens o encheram de questionamentos e, quando Minya entendeu quais monstros estavam mortos, não ficou nem um pouco triste. Afinal, o pavor era uma deusa de cabelos claros, e ela não precisava mais temê-la. Quando as Ellens pularam de alegria e gritaram: "Thakra seja louvada! Nós somos livres!", ela realmente pensou, por um doce e emocionante momento, que *ela* também estivesse livre, e as outras crias dos deuses também.

Os gritos assustaram os bebês. Alguns começaram a chorar. As Ellens se viraram para olhá-los, e Minya compreendeu então que qualquer motivo de alegria que elas tivessem não significava que seria algo bom para ela e as demais crianças.

— Ainda tem os monstrinhos — Grande Ellen disse para o homem.

E os três examinaram as fileiras de berços com tanta *repulsa*.

— Vou chamar Eril-Fane — falou o homem de barba pontuda. — Acho que ele merece as honras.

As honras.

— Não demore muito — Pequena Ellen falou. Ela usava um tapa-olho. Seu olho era preguiçoso. Isagol não se importava com isso, e assim o arrancou com os dedos. — Não suporto ficar aqui nem por mais um minuto.

— Aqui — o homem falou, entregando-lhe a faca. — Pegue isso, caso precise.

Ele olhou direto para Minya ao dizer isso, depois se foi. As Ellens estavam eufóricas, rindo e falando:

— Vamos sair daqui, finalmente.

Um garotinho chamado Evran, de quatro anos, foi até elas, contagiado pelas risadas, e perguntou, animado e ansioso:

— Para onde estamos indo?

A gargalhada evaporou.

— *Nós* estamos indo para casa — Grande Ellen disse, e Minya entendeu que ela e essa criança não iriam para lugar algum.

Jamais.

O homem que matara os deuses voltaria para matá-los também.

Ela agarrou Evran e disparou para a porta. Não era um plano. Era só pânico. Pequena Ellen a agarrou pelo punho e a puxou para cima. Minya a chutou e soltou Evran. Pequena Ellen derrubou a faca. Minya a pegou. O menininho recuou e se escondeu atrás de uma cama.

Todo o restante foi um borrão.

A faca estava no chão. O vermelho se espalhava — uma piscina cintilante no chão azul e brilhante. As Ellens caídas e quietas, de olhos abertos, e... e também estavam ali, ao lado de seus próprios corpos. Seus fantasmas encaravam Minya com espanto. Ela era a única que conseguia vê-las, e ela não queria ver. Nada daquilo parecia real — os corpos, os fantasmas, a poça vermelha se espalhando ou suas mãos escorregadias. Seus dedos se moveram, sujando suas palmas. Não era suor. Nunca foi suor. Era *vermelho*, vermelho e úmido, e quando ela agarrou Sarai e Feral, ela os sujou também. Eles estavam chocados demais para chorar, e começaram a soluçar e ofegar, como se tivessem esquecido como respirar. As mãozinhas deles ficavam escorregando da sua. Estavam se afastando. Não queriam ir com ela.

Por causa do que a viram fazer.

Você também quer morrer? Quer?

Eles provavelmente pensaram que ela ia matá-los depois. Arrastou-os sobre as babás mortas e saiu para o corredor. Ela não conhecia a cidadela; quase nunca estivera fora do berçário. Foi a sorte que a levou à porta quase fechada, estreita demais para os adultos. Se tivesse ido para o outro lado, teriam sido pegos e mortos. Ela empurrou os pequenos pela abertura estreita e voltou para buscar mais.

Mas era tarde demais. O Matador de Deuses já estava lá. Tudo o que ela podia fazer era ouvir, congelada no lugar, enquanto os gritos eram silenciados um a um.

53

UMA CRIATURA CHEIA DE ESPAÇOS VAZIOS

— Minya, está tudo bem. Minya! — Sarai se abaixou ao lado dela. Ela viu o pânico puro e cru nos olhos da menina.

— Foram tudo o que consegui carregar — Minya disse, tremendo.

— Eu sei. Você fez bem. Já passou — Sarai falou. — Prometo.

Já passou.

Mas Minya viu os fantasmas das Ellens e recuou. Não podia desver seus rostos maliciosos nem se desfazer da verdade. Ela as matara, e as *mantivera* consigo. Precisava delas. Nunca poderia ter cuidado de quatro bebês sozinha!

O restante foi jogado para o inconsciente. Era a primeira vez que usava seu dom. Nem sabia o que era, e o usou em uma névoa de trauma. Tinha seis anos *e todos estavam mortos.* Ela pegou as almas das babás e as transformou no que precisava que fossem: alguém para amar e cuidar de todos eles — como mães, as melhores que podia imaginar, já que nunca teve o privilégio de conhecer uma. E sua mente espalhou um borrão naquilo, e as amarras das Ellens cresceram nela, unindo-se à sua própria alma, como as raízes emaranhadas das orquídeas de Pardal.

Não podia simplesmente soltá-las. Era preciso arrancá-las. E assim o fez. Ela as *arrancou* de si e, por um breve momento, antes que a maré da dissolução se apoderasse delas, as Ellens viraram elas mesmas novamente. Por quinze anos, foram empurradas para dentro dos recantos profundos de suas próprias almas, enquanto uma vontade mais forte as guiava, *se tornava* elas. Elas estavam lá embaixo o tempo todo, presas, e agora vinham à tona.

Sarai as viu se tornarem as mulheres do sonho, com seus olhos de carne de enguia, bocas franzidas e ameaça. Foi só por um instante, só para ter certeza. Então o ar as pegou e as separou, e as Ellens não existiam mais.

✶

Quando Minya soltara seu exército, um peso tremendo foi liberado. O mesmo não aconteceu ao soltar as Ellens.

Ela não sabia que estava esmagada até não estar mais, e não sabia que estava fragmentada até se tornar inteira. Quinze anos atrás, ela precisava desesperadamente de alguém para cuidar de quatro bebês, então ela *inventou* essas pessoas. Ela *era* as Ellens, e escondeu isso de si mesma o tempo todo porque... *ela* também precisava de alguém.

Assim, as partes dela que cuidavam, cantavam e amavam foram direcionadas para animar as fantasmas, e *ela* foi o que restou: medo, raiva e vingança.

Quando as Ellens se foram, seus fragmentos voltaram. Não eram bem um peso. Era mais como... completude. Ela era uma criatura cheia de espaços vazios, como uma ventríloqua, uma mestra de marionetes, uma garotinha em pedaços.

Agora era só uma pessoa.

✷

Eril-Fane ordenou que os médicos se aproximassem. Eles estavam de olhos arregalados, indo de uma cria dos deuses para outra, dando a Minya um amplo espaço e hesitando na frente de Pardal. Rubi encarou os guerreiros, com a irmã nos braços. Feral também os encarou, plantado ao lado dela. Era uma trégua. Suheyla tentou mediar.

Eril-Fane disse:

— Vocês estão sob a minha proteção. Prometo.

Minya olhou para Sarai. O Matador de Deuses era a última pessoa no mundo em cuja promessa ela acreditaria. Mas Sarai assentiu.

— Você está segura — falou. — Vocês todos vão ficar bem agora.

E Minya ouviu o que suas palavras escondiam. *Vocês*, não *nós*, porque obviamente Sarai não estava bem. Ao libertar seu exército, Minya diminuiu seu desaparecimento, mas não podia impedi-lo. Gastava seu dom apenas ao manter Sarai. Quando gastasse tudo, Sarai iria evanescer. A pergunta era: quanto tempo tinham?

Minya olhou para as mãos, que estavam piores do que temia. O cinza já estava escurecendo no tom mais quente e intenso de marrom. A respiração a deixou com pressa. Olhou para Sarai e viu força e coragem nos olhos dela.

— O que podemos fazer? — Minya perguntou.

Sarai sacudiu a cabeça. Lutava contra as lágrimas. Ela também viu o marrom se sobrepondo à cor de Minya, mas o pior era só dela. Já podia sentir o frio da dissolução se infiltrando no éter para reivindicá-la. Não demoraria muito agora.

— Ouça, Minya. Não importa o que aconteça, me prometa que vai encontrar Lazlo. Você tem de salvá-lo dela.

Os olhos e as narinas de Minya se esbugalharam. A raiva afugentou todo o seu medo manso e indesejável, e ela ficou satisfeita com isso. Erguendo-se o mais ereta que conseguia, disse, com toda a sua antiga grosseria:

— Salve-o você mesma. — E então girou nos calcanhares, caminhou até Eril-Fane, que ela sonhara em matar durante toda a vida, e falou com ele. Seus dentes ficaram cerrados o tempo todo, mas ela falou: — Eu me lembro que você tem umas máquinas voadoras por aqui.

54

FELIZ INFERNO, DE FATO

Lazlo parou de lutar. Seu cabelo comprido caía no rosto. As pernas estavam machucadas e doloridas pelas tentativas de se soltar do metal, então por fim, desistiu. Quanto tempo havia passado? Uma hora? Ele não sabia. Seria mais do que o tempo que levara para Minya quase desaparecer antes? Se não fosse, estava perto. Sarai poderia já não estar mais lá.

Um vazio se abriu dentro de si.

Na noite passada, na clareira que fizera para ela, na cama submersa que criara para a deusa dos sonhos, permaneceram indo e vindo no sono, como ondas deslizando sobre a areia branca e macia. E tanto acordados quanto dormindo, estavam juntos.

— Quero tentar uma coisa — Sarai disse timidamente, mordiscando seu delicioso lábio inferior. Seu vestido de névoa estava evaporando como a neblina do amanhecer afastada pelo sol.

— Eu também — ele respondeu; sua voz parecia vir de algum lugar profundo dentro dele.

— Você me diz o que é — ela persuadiu, meio sensual, meio boba —, e eu te conto.

— Você primeiro — ele respondeu.

Então ela lhe contou sua ideia: já que ela estava... *viva de um jeito diferent*e, como eles se referiam a seu estado fantasma ("morta" não era nem remotamente preciso), e não poderia experimentar sensações novas, ele compartilharia as dele. Ou seja: enquanto estavam acordados, era responsabilidade dele descobrir prazeres para os dois e, depois, enquanto dormiam, transmitir-lhe isso através de generosos sonhos.

— Parece muito trabalhoso — ele respondeu, fingindo cansaço, e ela bateu nele, que pegou a mão dela, e prendeu sua cintura na dobra do braço, e caiu de lado, levando-a junto, e afundaram-se na cama entre montes de musgo de mesarthium e árvores inclinadas com folhas em forma de estrelas.

Acontece que a ideia dela englobava a dele com extravagâncias e muitas outras coisas também.

Eles não fizeram amor. Haviam chegado perto mais de uma vez, acordados e em sonhos, e a cada vez, fizeram uma pausa e consideraram essa coisa tremenda entre eles — essa certeza, essa promessa. Era como isso parecia: algo que os pertencia e que ocorreria no momento certo. E talvez a espera fosse uma maneira de clamar pelo futuro, e todas as noites e manhãs que ainda estavam por vir.

Agora parecia que haviam desafiado o destino em um duelo, e perderam. Não haveria mais noites nem manhãs, não para Sarai, ou não com ela. Toda a força se esvaiu de Lazlo, toda a alegria, maravilha e encantamento. Ele se jogou na passarela, ainda preso por sua própria magia, roubada e virada contra ele.

O metal abaixo estava pegajoso do sangue de Eril-Fane e Azareen, e essa dor queimou friamente em seu interior.

Lembrou-se do dia em que os Tizerkane chegaram na Grande Biblioteca de Zosma. Eril-Fane estava diante dos acadêmicos no Teatro Real, dizendo-lhes que seu povo havia enfrentando um período longo e sombrio, e saído vivo e forte. Mas agora ele estava morto, e Azareen também. O período longo e sombrio os tinha seguido.

Ou Nova tinha.

Durante todo esse tempo, ela permaneceu em um estado vago, exausta, mas firme na decisão de transferir a cidadela de Zeru. Houve um momento bizarro e demorado em que a câmara precisou se deformar para passar pelo portal. A esfera se dobrou sobre si mesma e se estreitou em um tubo antes de recuperar lentamente sua forma do outro lado. Foi o único jeito de Lazlo saber que estavam no outro mundo.

Aparição pairou ao redor, implacável, sempre perto de Nova. Kiska, Rook e Werran esperavam no limiar, mantendo um olhar atento na líder e outro conflituoso em Lazlo.

Kiska se aproximou, hesitante, um pouco depois que Lazlo desistiu de suplicar e lutar. Queria lhe perguntar... muitas coisas. Não conseguia tirar o rosto de Minya da cabeça — a versão de anos atrás, desafiando Korako, e a versão nova, desafiando Nova, e parecendo a mesma. Exata e impossivelmente a mesma. Mas os olhos de Lazlo pareciam buracos queimados, e tudo o que ela conseguiu perguntar foi:

— ... está tudo bem?

Ele apenas a encarou, incapaz de processar a pergunta. *Bem?* Se ele estava… *bem*? De olhos apagados, e se lembrando que ela era telepata, ele apontou para a cabeça e disse:

— Por que você não entra e vê?

Kiska recusou o convite.

✳

— O que diabos está acontecendo ali? — perguntou Calixte.

Era provavelmente uma pergunta retórica que ela não esperava que Thyon respondesse, mas a mente dele estava trabalhando no quebra-cabeça e não desistiria até ter uma solução. Portais no céu, exércitos se fundindo, crianças cinzentas, muito sangue. Feliz inferno, de fato.

Os dois estavam agachados no primeiro andar do anfiteatro. Até um momento atrás, flechas zuniam sobre suas cabeças. Haviam testemunhado tudo, e entendido… quase *nada*.

Quando tudo começou a enlouquecer — a cidadela ganhando vida —, Thyon considerou, com admirável calma, que poderia morrer. A cidade inteira poderia tombar. Pareceu provável por alguns minutos. Ou então a cidadela poderia *pisar* nele. A imagem de uma lápide esculpida com capricho surgiu em sua mente, em que se liam as palavras: *Foi pisado por um anjo no auge de sua vida*. Uma risada histérica escapou de sua garganta, atraindo um olhar de Calixte, que não conseguia imaginar o que poderia ser engraçado. Ele não tentou explicar.

Lá em Zosma, meses atrás, ele se gabara com Estranho: "Histórias sobre mim serão contadas". Sentia arrepios de vergonha ao se lembrar de seus ares pomposos, e não pôde deixar de pensar que ser pisoteado por um anjo seria um final adequado para *essa* história. Mas estava feliz por não estar morto.

E ficou feliz por ver que Ruza e Tzara também não estavam mortos, e ninguém que ele pudesse ver — sem contar aquelas aparições que haviam derretido no ar. O que eram? Ilusões? Se fossem, como suas armas poderiam se chocar contra as lanças dos Tizerkane?

O som o deixou tremendo, mesmo de lá de cima. Ruza e Tzara estavam no meio, lutando contra aquele exército misterioso, e Thyon se encolheu com cada golpe que fez seu amigo tremer.

Amigos, plural, corrigiu-se. Ele não tinha observado apenas Ruza, claro. Enquanto negociava baixinho com divindades imaginárias, ele também fez uma excelente oferta pela segurança de Tzara. Perguntando-se se teria de pagar a promessa, agora que a luta terminara e seus amigos estavam vivos. Ou talvez a dívida ficasse com Calixte. Ela havia ameaçado mais do que barganhado, e muito mais alto que ele e com muito mais palavrões.

— Não é a garota de Lazlo? — ela perguntou. Como o exército misterioso havia misteriosamente desaparecido, puderam ver com clareza o que e quem a cidadela derrubara — e o que e quem era o alvo das lanças e flechas. Era um exagero escandaloso, na opinião de Thyon.

Ele viu:

> Eril-Fane e Azareen fracos em armaduras manchadas de sangue;
>
> A mãe de Eril-Fane;
>
> Uma criaturinha magrela que não era azul, mas cinza;
>
> Duas jovens e um jovem, dos quais dois eram azuis e uma aparentemente humana, com uma flecha saindo do ombro;
>
> A garota de Estranho, talvez. Thyon não a olhara direito no outro dia, mas ela tinha esse mesmo cabelo castanho-avermelhado.

— Pensei que ela estava morta — ele disse.

— Talvez ela esteja — Calixte falou. — Isso é Lamento. Não dá pra esperar que as coisas façam sentido aqui.

Thyon não concordou.

— Espero que as coisas façam perfeito sentido — falou. — Apenas sob um conjunto diferente de regras. — Era só uma questão de aprender as regras, como aprender uma nova língua. Ele se sentiu duplamente no escuro, excluído nas regras e na linguagem, quando uma discussão acalorada eclodiu, a voz alta da garotinha cinza competindo com a voz profunda de Eril-Fane.

Refletiu sobre ela ser cinza. Tendo deduzido que a coloração da pele era uma reação ao contato com o mesarthium, e tendo visto Estranho passar pelo processo, supôs que ela estava no meio de uma transformação, tornando-se azul ou cinza. Qual dos dois? Como ela não estava tocando o mesarthium, imaginou que fosse o segundo.

Quando a ouviu *falando* "mesarthium", inconfundível no fluxo das outras palavras, perguntou a Calixte se ela entendia o que diziam.

Ela torceu o nariz.

— Ela está falando muito rápido — disse, e ele estreitou os olhos.

— E essa é a sua fluência maravilhosa?

— Cala a boca, Nero. É mais difícil entender a conversa dos outros do que quando alguém está falando diretamente com você. Mas acho que ela está perguntando... bem, *exigindo*, ela é bem mandona... que ele lhe dê um trenó de seda?

As sobrancelhas de Thyon se ergueram. Não esperava por isso. A cidadela se fora, o que era menos misterioso do que teria sido se ele não tivesse concluído antes que havia um portal no céu acima de Lamento. Mas *por que* ela tinha partido, e por que tinha deixado esses refugiados para trás, e onde, no feliz inferno, para usar as palavras de Calixte, estava Estranho? Naquela manhã, ele levara seus convidados até a cidadela, montados em incríveis bestas de metal. Por que, então, tinham sido descartados tão sem cerimônia e, pior ainda, nesse estado tão lamentável?

Havia algo muito errado.

— Vamos ficar mais perto — ele disse, e assim eles fizeram.

✶

Sarai permaneceu encarando, estarrecida, Minya conversando com Eril-Fane. Ou melhor, *falando* com ele, e muito rudemente, mas ao menos estava longe de tentar matá-lo. E se ela era rude, ele era todo cortês, ouvindo sem interrupção, atento e receptivo, enviando imediatamente um Tizerkane para o salão da guilda para buscar Soulzeren e Ozwin.

Ele os levaria até os trenós de seda, e os deixaria levar um para o céu, e talvez Soulzeren concordasse em pilotá-lo, talvez ela não, e quem sabe encontrassem o portal lá em cima na escuridão, e voassem para o outro mundo, e encontrassem a cidadela, parassem ao lado dela e atracassem ali, para que Minya colocasse as palmas das mãos no metal, ficasse azul novamente e não perdesse Sarai. E então, enquanto estivessem lá, poderiam resgatar Lazlo e retomar sua casa e viver felizes para sempre, como em um livro de histórias.

Mas isso não ia acontecer.

Não havia tempo. Sarai sabia. O frio já a tomava. Já estava se esvaindo.

Eril-Fane tentou levá-los para fora do anfiteatro, e Minya estava pronta para segui-lo, mas Sarai balançou a cabeça.

— Minya — disse, e Minya olhou para ela e entendeu.

A silhueta de Sarai sumia, com seu contorno desfocado, como Aparição logo antes de desaparecer. Minya viu e entendeu, mas se recusou a aceitar. Colocou as mãos nas costas para não precisar ver sua cor.

No entanto, todos a viam. Ela já parecia humana, embora um pouco doente, talvez, com um tom cinza persistente em sua pele recém-marrom.

— Temos que alcançar a cidadela! — insistiu. — Só preciso tocar o metal. Só temos que alcançá-la e *tocá-la*.

Sarai se ajoelhou na frente dela.

— Significa tanto que você ainda queira me salvar — falou, com os olhos cheios de lágrimas.

Os olhos de Minya também se encheram. Ela os limpou com uma mão zangada, depois se arrependeu, porque não conseguiu deixar de ver quão humana parecia. Não podia ser *sua* mão. Suas mãos eram azuis. Ela era azul. Ela era uma cria dos deuses, e não um inútil filhote humano que não conseguia manter seu povo seguro.

Minya agora segurava apenas uma única corda — o delicado fio estrelado de Sarai. Há muito tempo, ela segurara a mãozinha de Sarai em um aperto esmagador. Ela a salvara na época, mas agora não havia como segurar o fio com força suficiente para mantê-lo ali. Ele estava se dissolvendo.

— Só precisamos ir — falou, ainda em negação.

— Não temos tempo — Sarai sussurrou. O mundo parecia girar em torno dela, como se ela estivesse no topo do furacão, oscilando em direção ao colapso. Ela engoliu em seco e tentou encontrar seu centro de gravidade, sua força. Olhou em volta para as pessoas que amava — todos eles estavam ali, menos Lazlo. — Eu te amo — disse.

Minya sentiu o fio se derretendo. Em pânico, esticou o braço para agarrar a mão de Sarai. Mas não conseguiu. Ela era só uma sombra no ar.

✷

A garota era transparente. Foi a mesma coisa que acontecera com o exército, e Thyon não pensou que ela fosse uma ilusão. Todos ficaram tão transtornados que foi como se ela estivesse *morrendo*.

— Pensei que ela estivesse morta — disse para Calixte.

— Talvez ela esteja. É Lamento — ela respondeu, e ele concluiu que simplesmente não entendia as regras. Então o *que* eles eram? *O que ela era?* O que estava acontecendo? A menininha não estava mais cinza. Quanto mais humana ficava, mais a outra garota desaparecia.

Elas queriam voar até a cidadela. A menininha tinha falado "mesarthium".

Era a fonte de seu poder, e Thyon sabia muito bem que não havia mesarthium nenhum em Lamento, nem mesmo aparas ou lingotes. No decorrer de seu próprio trabalho, teve de caminhar até a âncora para testar cada lote de alkahest.

As âncoras não estavam mais lá.

Uma ideia veio como um choque elétrico, percorrendo todo o seu corpo, e então ele estava se movendo, tropeçando, com as mãos dormentes em uma inundação de adrenalina, de modo que mal podia sentir os dedos enquanto procurava no bolso a coisa que havia colocado lá e esquecido. Ele a agarrou e tentou puxá-la para fora. Estava presa na ponta do bolso e lutava contra ele como um idiota — como um guaxinim que não abre o punho —, até que respirou fundo e tentou novamente, empurrando a coisa para baixo para desprendê-la primeiro. Então a tinha nas mãos. A garotinha se encolheu como se fosse uma faca.

Estranho se encolhera do mesmo jeito quando Thyon a mostrara a ele. Rapidamente, ele mudou a posição, de modo que, em vez de manejá-la como uma faca, ele a repousou sobre as palmas como uma oferenda.

— Isso ajuda? — perguntou, sem fôlego. — É… o suficiente?

Era o fragmento de mesarthium que ele cortara da âncora norte usando o "espírito de bibliotecário" doado. Era afiado, irregular e deselegante, e tinha as impressões digitais de Lazlo.

E sim.

Sim. Era o suficiente.

55

PAZ E DOCINHOS

Não muito tempo atrás, Suheyla preparara uma refeição de boas-vindas para um jovem faranji que seria hóspede em sua casa. Fora um prazer *enorme* cozinhar novamente para um jovem, e Lazlo aumentara o prazer com a gratidão maravilhada que demonstrou ante a fartura que ela lhe oferecia. Qualquer um vindo do Elmuthaleth estaria morrendo de fome com aquela comida de viagem, mas era mais do que isso: ele era um órfão e nunca havia sido bem-cuidado ou comido refeições preparadas especialmente para ele. Durante o curto período em que esteve em sua casa, Suheyla tentou compensar pelo menos uma pequena parte dessa falta.

Agora ela se via com *cinco* órfãos para alimentar — cinco órfãos que sobreviveram durante anos à base de "sopa do purgatório" e pão de kimril com sal cuidadosamente racionado —, e estava contente com a tarefa.

Assim como eles, na verdade.

Quando Suheyla lhes ofereceu uma travessa de docinhos brilhando com mel e nozes, Rubi literalmente desmaiou a seus pés. Ela caiu de costas no chão, de braços estendidos, implorando teatralmente para que não fosse tudo um sonho.

Feral, após um educado "Posso?", arrancou um docinho da bandeja, ajoelhou-se ao lado dela e o segurou perto de sua boca.

— Não até que a gente esteja no mesmo sonho — falou. Franzindo a testa, ele olhou para Sarai. — A gente *não* está, não é?

Sarai balançou a cabeça, sorrindo um sorriso doce, porém incompleto. Havia muito pelo que sentir alívio — ser salva da evanescência no absoluto último segundo, Minya parar de querer assassinar todo mundo (pelo menos por ora) e todos estarem milagrosamente *vivos* —, mas até que resgatassem Lazlo, ela estaria incompleta, assim como seu sorriso.

Rubi ergueu a cabeça para dar uma mordida no doce. Previsivelmente, Feral o afastou e o enfiou inteiro na boca. Seguiu-se uma ofensa revoltada e um sonoro *rasg* quando a camisa de Feral foi rasgada, e Rubi estava de pé novamente, afastando mechas de cabelo escuras e selvagens do rosto para parar, recatada e passivamente penitente, na frente de Suheyla.

— Desculpe — falou, e se explicou —, é difícil ficar calma. Nosso açúcar acabou dez anos atrás.

— Pobrezinhos — Suheyla lamentou, oferecendo a bandeja. Rubi pegou um doce, deu uma mordida e se perdeu em êxtase, de olhos fechados e bochechas coradas, incapaz de falar ou até mastigar por um longo e onírico minuto. Ela apenas deixou o sabor permear seu ser.

Foi a reação mais gratificante à sua confeitaria que Suheyla já tinha experimentado.

Ela queria levar essas crianças para casa para mimá-las adequadamente, mas estavam na Câmara dos Mercados por vários motivos: era mais perto do anfiteatro; os trenós de seda estavam em um de seus pavilhões; e a casa de Suheyla caíra no rio junto com uma ampla área da cidade, e... não existia mais.

— Oh — disse, levando uma mão à boca quando Eril-Fane voltou da excursão de avaliação dos danos e lhe deu a notícia. — Bem, que bom que ninguém estava em casa — ela declarou, e providenciou uma cama para Pardal na câmara.

Ainda era cedo, pouco depois de Thyon Nero os surpreender salvando Sarai. Ele parecia ter ficado tão surpreso quanto qualquer um e, quando Minya pegou o fragmento e o apertou com força nas mãos, e a silhueta de Sarai voltou à opacidade e ela estremeceu e chorou de alívio. Ele começou a tremer, tomado pela enormidade da vida e da morte, pela primeira vez real para ele.

Uma humildade quase sempre vem com esse entendimento, e isso foi uma coisa boa para sua aparência, pois afastou sua arrogância e deixou uma agradável vulnerabilidade em seu lugar — como se o mundo precisasse que Thyon Nero fosse ainda mais bonito.

Ruza havia comentado outro dia que Thyon era como um guardanapo de linho novo, que se teria medo de usar. Bem, quando se aproximou dele para levá-lo a um lugar onde ele pudesse se sentar e se lembrar de respirar, Ruza o encontrou muito alterado — mais... *vivo*, de alguma maneira. Menos intocável.

Mas ficou calado.

O anfiteatro estava vazio. Pardal recuperara a consciência e também seu *azul*. Os médicos Tizerkane haviam removido a flecha, estancado o sangramento e limpado o ferimento, mas, além disso, ela já havia se curado — isto é, depois que Minya compartilhou o fragmento de mesarthium.

— Desde quando você consegue *curar*? — Rubi perguntou com uma carranca.

Pardal ficou surpresa com o tom acusatório de sua irmã.

— Bem, se eu soubesse que você ficaria tão *feliz* com isso — ela disse, sarcástica — eu já teria lhe contado.

— Eu *estou* feliz — Rubi disse, infeliz. Então: — *Eu* já te *disse*.

Pardal amoleceu.

— Eu também já te disse, boba. Só estava entendendo melhor.

Primeiro, foram as flores. Ela tinha colocado os buquês arrancados de volta em suas hastes e eles viveram e continuaram florescendo. Depois, tentara com o lábio de Lazlo. Eles tinham sido interrompidos quase imediatamente, mas ela percebeu que a ferida havia começado a se curar. Quando chegou na vez de Eril-Fane e Azareen, ela simplesmente se apressou, colocou as mãos neles e torceu pelo melhor. Curar duas feridas mortais ao mesmo tempo foi sua curva de aprendizado, só que não exigia habilidade, e sim um constante esvaziamento de magia.

— Não posso exatamente *curar* — ela disse a Rubi, sentando-se na cama. Quase não havia cicatriz onde a flecha a perfurara. — Quero dizer, eu não poderia ajudar alguém doente. Consigo fazer as coisas crescerem. E funciona nas pessoas também.

Uma leve malícia brilhou nos olhos de Rubi. Ela colocou as mãos nos seios.

— Quer dizer que pode fazer *esses* ficarem maiores?

— Não.

Já era manhã. Eles não tinham dormido — Soulzeren os ensinara a pilotar os trenós de seda —, e Rubi não tinha desistido da ideia.

— Você sabe que não vou te deixar em paz — falou, calmamente. — Você podia só fazer logo e se poupar energia.

— Rubi. Não vou tocar nos seus seios.

— *O quê?* — Era Feral, que tinha ouvido a conversa.

Pardal apelou para ele.

— Você pode falar para ela que os seios dela são perfeitos desse jeito?

Ele engasgou e ficou violeta. Rubi também fez seu apelo.

— Mas eles poderiam ficar *mais* perfeitos, não acha?

O pobre Feral não sabia o que responder. Pressentiu perigo em todas as direções.

— Hum.

De qualquer maneira, as garotas não o estavam ouvindo.

— Não existe isso de *mais* perfeito — Pardal zombou. — É literalmente impossível.

Rubi fez seu som de gargarejo enojado favorito no fundo da garganta e disse:

— Não comece com o seu *literalmente* ou eu *literalmente* morrerei de tédio. — Em seguida, em um movimento ágil, agarrou a mão de Pardal.

— Se me forçar a tocar seus seios, juro por Thakra que vou deixá-los *menores*.

Rubi a soltou. — Tudo bem. Mas, da próxima vez que precisar aquecer a água do banho, não me procure.

— Ah, então é assim? Nesse caso, acho que você deveria parar de comer a comida do nosso jardim.

Rubi revirou os olhos. — A gente nem *tem* nosso jardim, e de qualquer jeito, se eu nunca mais ver outro kimril ou ameixa em toda a minha vida, será muito cedo.

Pardal não podia discordar disso. Elas fizeram as pazes e comeram os doces — e frutas que não eram ameixas, e legumes que não eram kimril e, para melhorar mais ainda, *linguiça*, que nunca haviam experimentado e que provou que comida podia ter sabor sim, caso ainda restasse alguma dúvida após os doces (não restou). Ninguém desmaiou de verdade, mas alguns olhos podem ter ficado molhados de gratidão. Suheyla garantiu que não comessem demais. "Seus sistemas não vão saber o que fazer com isso tudo", avisou. E o chá era chá de verdade, não ervas trituradas, e havia um pote de açúcar com uma colherinha que Rubi se apaixonou, e a segurou entre as pontas dos dedos como se fosse uma colher de boneca com o rosto iluminado de fascinação, adicionando minúsculas colherinhas na xícara e depois, ignorando o chá, enfiando-as diretamente na boca.

Eles também tinham roupas. Suheyla os levou pela porta dos fundos de uma loja fechada e eles vestiram blusas e cintos bordados e punhos de couro para prender as mangas. As meninas viram as saias, mas escolheram calças, considerando seus planos para o dia. Feral vestiu a primeira calça que não era roupa íntima de deuses, e também camisa e punhos. Eles recusaram os sapatos, acostumados a andar descalços, sem mencionar que ficar descalços em casa era o que mantinha sua mágica.

E eles tinham toda a intenção de voltar para casa logo, para caminhar descalços no piso de metal e dormir em suas próprias camas.

Minya não foi para a loja nem experimentou blusas ou calças. Suheyla escolheu algumas coisas que poderiam lhe servir, mas a menina as deixou intocadas em uma cadeira. Ela comeu, e talvez até tivesse gostado da comida, mas não demonstrou.

Estava calada desde o anfiteatro. Sarai não sabia o que ela estava sentindo, e Minya provavelmente não lhe contaria, mas permaneceu perto — não que ela realmente tivesse escolha —, e descobriu que Minya não se importava. Isso era uma grande mudança em relação aos últimos anos, pois Minya estava ficando mais difícil, com uma mente cada vez mais sombria. Tudo fazia sentido agora, e Sarai ficou envergonhada por nunca ter visto isso antes. Todos esses anos, todas aquelas almas. Quem Minya poderia ter sido se não tivesse suportado esse fardo? Quem se tornaria, agora que estava livre do fardo?

Sarai vira o rosto das Ellens antes que elas partissem, e soube que estava certa: elas eram apenas marionetes. Tudo o que era acolhedor e maternal, engraçado, atencioso e sábio nelas era Minya o tempo todo. Saber disso, no entanto, não a impedia de sentir profundamente a perda das babás. Rubi, Pardal e Feral também estavam sentindo, e Sarai pensou que até Minya sentia. As mulheres fantasmas tinham desempenhado um grande papel em suas vidas. Seriam uma mentira? Não eram *reais*? Saber e sentir eram coisas muito diferentes, e Sarai continuou desejando um abraço de Grande Ellen ou uma canção de Pequena Ellen, tentando internalizar que era Minya.

Minya não mostrar sinais dessas características agora não ajudava em nada.

Será que algum dia mostraria? Ela teria essas coisas dentro de si?

Só o tempo diria.

Elas não tinham ficado em Lamento. Sarai queria partir imediatamente, mas teve que admitir que encontrar o portal à luz do dia seria bastante difícil. À noite, seria provavelmente impossível. Agora, curados, alimentados e vestidos, eles estavam no pavilhão com os trenós de seda. Sarai estava um pouco nervosa de ter que pilotar os trenós, mas não se sentiria bem de colocar os pilotos em perigo, mesmo que eles tivessem se voluntariado, o que não fizeram. Soulzeren pareceu pensativa e poderia gostar da aventura, enquanto Ozwin era a pessoa prática da dupla, encarregada de mantê-los vivos. E todos aceitaram que não tinha como garantir isso, mas eles optaram por não insistir.

Se tivessem sorte, a cidadela não estaria muito longe. Os trenós de seda podiam ser uma maravilha em Zeru, mas não serviriam para perseguir uma nave de mesarthium por um mundo ou mundos desconhecidos. A única esperança deles era alcançá-la antes que escapasse.

— E depois?

Eril-Fane fez a pergunta que todos estavam se fazendo. Se — *quando* — alcançassem a cidadela, o que fariam depois? A invasora, que agora todos sabiam que era irmã de Korako, os tinha arrasado. Seria diferente dessa vez?

— Vamos surpreendê-los — disse Sarai, embora isso dificilmente constituísse um plano. Como eles poderiam elaborar um plano quando não sabiam o que encontrariam, ou mesmo se encontrariam alguma coisa? Eles poderiam atravessar o portal e serem recebidos pela paisagem de pesadelo, pelos caules brancos crescendo no tempestuoso mar vermelho, mas nenhuma cidadela e nenhuma ideia de que caminho seguir.

— A inimiga rouba magia — Eril-Fane disse. — Vocês não podem confiar em suas habilidades. Não faria mal ter guerreiros com vocês.

Azareen, que estava a seu lado, congelou, mas não ficou surpresa. Já sabia que Eril-Fane nunca estaria livre do passado, nunca seria capaz de se virar e seguir em frente. Ela não olhou para ele, mas ficou rígida, preparando-se para ouvi-lo se oferecer para morrer novamente por seus pecados.

— Mas não nós — disse ele, e ela sentiu o peso quente de sua mão nas costas dela, e o olhou boquiaberta. — Nosso dever é aqui — ele falou. — Espero que entendam.

— Claro — Sarai respondeu, e ela não teria o deixado ir com eles, de toda forma. Essa não era sua guerra. Esperava que a guerra dele estivesse terminada, mas, de qualquer maneira, era melhor não provocar a tolerância de Minya. Sarai sabia que não devia pensar que ela o havia perdoado. Esse poderia ser apenas um jogo de quell, no qual ela se encontrava em menor número no território inimigo. Quem poderia dizer que ela não procuraria sua vingança quando recuperasse a vantagem?

Azareen estava segurando as lágrimas. Sarai ficou emocionada, mas fingiu não notar. — Não precisamos de guerreiros — assegurou a eles.

— Podemos ir mesmo assim? — alguém perguntou.

Sarai virou-se e viu dois Tizerkane de pé, desconcertados e hesitantes. Ela os conhecia, claro. Ela conhecia todos em Lamento. Eram Ruza e Tzara. Amigos de Lazlo.

— *Vocês* querem vir? — perguntou, surpresa. Lazlo havia lhe contado, desesperado, quão profundo era o ódio deles pelas crias dos deuses.

— Se vocês quiserem — Ruza falou, parecendo desconfortável. — Se eu estivesse desaparecido, ele procuraria por mim. Não que eu seja especial. Ele procuraria qualquer um. — Ele se virou para o afilhado de ouro e torceu o nariz fingindo aversão. — Até mesmo *você*.

— Eu sei — disse Thyon, que nunca tinha entendido o que era ajudar alguém por nenhuma outra razão senão que eles precisavam. — Posso ir também? — perguntou, com medo de que a garota, a fantasma, o rejeitasse e que o deixassem para trás. E Sarai hesitou. Ela não havia esquecido como eram os sonhos dele, opressores e apertados, como caixões. E ela se lembrou dele discutindo na janela de Lazlo, pouco antes que ela morresse. Seus modos eram tão reservados, tão contundentes e frios.

Ele parecia diferente agora. Sem mencionar que ele a salvara. — Se você quiser — ela disse.

Calixte também quis se juntar a eles e foi bem-vinda, e então estavam em nove: cinco crias de deuses e quatro humanos. Dois trenós de seda e um portal no céu. Essa era a matemática da operação de resgate, e não havia um minuto a perder.

56

PIRATAS DO DEVORADOR

Em todos os mundos, os serafins abriram dois portais: uma porta da frente e uma porta dos fundos, por assim dizer — uma *entrada* do mundo anterior e uma *saída* para o próximo. Ao navegar no Continuum, havia duas direções: não norte e sul, direita e esquerda, para cima e para baixo, mas *al*-Meliz e *ez*-Meliz. *Em direção a* Meliz, e *para longe de* Meliz. O mundo dos serafins, onde a jornada dos Faerers havia começado, era o único ponto que importava.

O buraco no céu de Lamento era o portal ez-Meliz de Zeru. O mundo do outro lado chamava-se Var Elient, e nem tudo era mar vermelho e névoa lá. Mas o mar vermelho, Arev Bael, estendia-se por uma longinquidade e engolira muito mais navios do que já deixara passar. O serafim Thakra, em uma era longínqua, apelidou-o de Devorador, e se recusou — ou pelo menos era o que contavam — a destruir os monstros que habitavam ali.

Var Elient era um mundo que se orgulhava que seus monstros fossem monstruosos demais até para os deuses.

E talvez eles fossem mesmo, ou talvez os Faerers estivessem cansados demais após destruir as bestas de Zeru.

Somente os imprudentes e desesperados navegavam pelo Devorador agora que existiam aeronaves. Durante um longo período, houve um alto imposto para o portal e um próspero negócio de transporte de estrangeiros para a ilha que não era bem uma ilha, mas um talo de tezerl, um dos enormes caules brancos que cresciam no mar. Eles vinham para comprar crianças mágicas. Não era segredo. Ninguém em Var Elient podia pagar por isso, mas contavam com os impostos e as receitas do transporte. Até que tudo acabou.

Eles culparam Nova tanto quanto puderam, já que foi ela quem destruiu um esquife à vela roubado na ilha, matou os guardas e assumiu o comando, assassinando qualquer um que se aproximasse e pegando as aeronaves como se fosse um porto do portal.

Mas não era culpa dela. O portal, que era a porta al-Meliz de Var Elient, havia fechado antes que ela chegasse lá, e permaneceu fechado. Os leilões de Skathis terminaram.

Ela encontrou três crianças presas e as libertou, mas só libertara essas até então. Ela poderia tê-las levado para outro lugar — *qualquer* outro lugar — para que pudessem ter outra vida. Mas escolhera ficar, e o que poderiam fazer? Nova fez a escolha por elas, para estar próxima ao portal quando reabrisse, como nunca duvidou que aconteceria.

E foi assim que Kiska, Werran e Rook se tornaram piratas do Devorador — "piratas" no sentido não mágico —, e cresceram embarcando e apreendendo aeronaves sobre o mar vermelho. Talvez Nova tivesse se curvado ao destino, determinada a personificar a palavra que a definia. Como crianças resgatadas, eles eram cegamente leais a ela, mas quando voltaram para casa de Zeru na nave de guerra de metal divino, já não estavam mais tão cegos quanto antes.

— Aquela era *Minya* — Kiska falou baixinho, enquanto Nova guiava o serafim até a ilha, para atracá-lo como se fosse apenas outra nave apreendida para a sua frota. — Roubamos essa nave de Minya.

Werran balançou a cabeça. Por um momento, até acreditou que fosse ela, mas só por um momento.

— Como pode ser ela? Ela teria nossa idade. — Segurava o braço com cuidado contra si, pois seu punho estava em frangalhos depois da mordida fantasma. — Quem quer que fosse, era apenas uma menininha.

— Talvez seja a filha de Minya — Rook falou. Ela teria de ter dado à luz aos catorze ou quinze anos, o que era desconfortável, mas não impossível.

— Não sejam estúpidos. Vocês sabem que era ela.

— E se fosse? — perguntou Werran com uma agressividade nascida do desconforto. — O que vamos fazer com isso?

— Voltar? — sugeriu Kiska, colocando os braços em volta do próprio corpo e andando de um lado para o outro. Ela havia desativado as botas de gravidade, que agora faziam barulho no chão de metal. — Garantir que estejam bem? — A palavra *bem* quase engasgou em sua garganta. Ela lançou um olhar apreensivo na direção de Lazlo, deitado mortalmente imóvel, escondendo o rosto com o braço. Se o que ele disse — *gritou* — fosse verdade, então eles não estavam bem.

— Não podemos voltar — Rook falou.

— Por que não? — Kiska parou. — Temos um monte de naves.

— Não é por isso — respondeu, olhando para Nova.

A base de seu crânio estava latejando, suas articulações doíam e seus dedos estavam dormentes pela explosão de raio que o arremessara longe. Isso o levou de volta aos cinco anos, quando estava preso em uma cela e os guardas lhe ensinavam o que temer. Nova o libertara daquilo.

Observaram em silêncio. Ela não disse uma palavra durante toda a transição entre os mundos, e eles não a incomodaram, porque ela precisava se concentrar para pilotar a imensa nave através de uma brecha muito estreita. Mas esse não era o único motivo. Embora não gostassem de admitir nem para si mesmos, estavam preocupados.

Havia algo desconhecido e intocável em Nova. Haviam vivido com ela a maior parte de suas vidas, já *ela* não. Eles tinham vinte, vinte e um anos. Ela tinha... bem, eles não sabiam, mas ela era velha. A vida dela guardava um passado que não podiam imaginar. O que sabiam dela era... como chuva na tampa de uma cisterna. Não podiam nem *ver* a água escura abaixo, muito menos adivinhar o que ela continha. Às vezes, seus olhos ficavam distantes, outras vezes, mortíferos. Ela podia ser engraçada, podia cortar gargantas, e podia ficar calada por dias. Mas, fosse o que fosse, ela era, acima de tudo, obstinada.

Nova tinha um propósito, ou *tivera* um propósito: encontrar a irmã. Então o que faria agora?

A nave — a cidadela, o serafim — parou e Nova se moveu pela primeira vez em muitos minutos. Ela flutuava no centro da sala, enquanto o pássaro branco deslizava em círculos infinitos ao seu redor, até que ela se virou e aproximou-se de onde estavam esperando na porta. Lazlo ainda estava na passarela, e Kiska ficou feliz ao ver Nova libertá-lo.

Por meio segundo.

Ela soltou as pernas do metal e ele percebeu, tirando o braço do rosto para ficar de pé, mas quando se levantou, duas massas de metal divino, cada uma do tamanho de sua cabeça, se separaram da passarela e se fundiram em torno de seus braços e ombros, erguendo-o no ar para que ele ficasse suspenso, com os pés balançando.

— Solte-me! — ele falou, rouco de tanto gritar em vão. Nova deu a volta nele e ele tentou agarrá-la, mas ela escapou, e não pareceu nem notar ou ouvi-lo gritar. Apenas o manteve flutuando atrás de si.

Kiska, Rook e Werran estavam lado a lado na porta. Teriam de se afastar para deixá-la passar, mas nenhum deles se moveu. Olhavam de Lazlo, cujo rosto estava devastado pela dor, para Nova, cuja expressão parecia exausta e...

inexpressivamente benigna. A injustiça os mantinha parados no lugar. Ela diminuiu a velocidade diante deles, esperando que se afastassem.

Por que *ela* não estava sofrendo?

Eles temiam a forma que a dor dela assumiria, mas essa clara incoerência era chocante. Sem mencionar a maneira arrogante com a qual subjugara um jovem que era, bem, um deles. Eles não o conheciam, mas o que importava? Ele era inocente, e tinha mais do que uma leve semelhança com Werran e era provavelmente seu irmão. Nova *libertava* escravos; não os *tomava* para si. E, claro, era ainda pior do que isso, se o que Lazlo dissera fosse verdade: ao tomar a nave e deixar os outros para trás — que também eram como eles, eram seus parentes —, haviam condenado pelo menos um deles.

— Nova — Kiska falou, hesitante. — O que você vai fazer com ele?

— *Fazer*? — Nova olhou para Lazlo. — Bem, acho que isso depende dele. Sempre planejei manter Skathis em uma gaiola.

Isso não respondia à pergunta. Eles teriam *ajudado* a manter Skathis em uma gaiola.

— Mas ele não é Skathis — Kiska observou.

— Não, mas ele é um ferreiro Mesarthim, e isso é um tesouro muito raro.

— Tesouro? — repetiu Rook. Em sua pirataria, haviam saqueado muitos tesouros, mas nunca haviam roubado *pessoas*. Tendo sido resgatados da escravidão, essa ideia era uma maldição para eles. — Mas você não pode *ficar* com ele — ele deixou escapar, como se nada fosse mais óbvio.

— Tenho de ficar — Nova falou. — Preciso dele para encontrar Kora.

A boca de Rook se abriu e depois se fechou novamente. Permaneceram em silêncio, atordoados, e Nova aproveitou para passar, empurrando Rook e Kiska, congelados como se suas botas estivessem magnetizadas no chão, enquanto Lazlo era trazido junto, ainda lutando, e o pássaro os seguia.

Werran perguntou para Kiska, baixinho:

— Tem certeza de que Korako está morta?

Afinal, ele e Rook não tinham ouvido o coro mental *morta ela está morta ela está morta*, ou visto a faca entrando em seu coração, como Kiska.

— Certeza absoluta — ela respondeu, gelando por dentro.

— Então o que significa isso? — perguntou Werran. Todos sentiam como se alguma verdade fundamental tivesse sido arrancada deles e agora caíam em queda livre.

— Ela enlouqueceu — Rook falou. — Viu os olhos? É loucura.

— É sofrimento — disse Kiska. — É choque.

— É sequestro — Werran afirmou. — É escravidão.

— Eu sei — ela respondeu, e seguiram Nova pela passarela.

Havia uma familiaridade surreal na rota. No cruzamento de passagens, todos pararam, atingidos pela mesma lembrança no mesmo momento. Haviam seguido Korako por esse caminho. O berçário estava à esquerda. Kiska teve a estranha sensação de que, se seguisse por ali, encontraria tudo exatamente como se lembrava naquele dia muito tempo atrás, quando Minya gritou e tentou impedir Korako de levá-la embora.

Envergonhava-se por não ter falado nem feito nada em nome de Minya quando Nova *a* levou embora.

— Isso não está certo — falou.

Cruzaram uma porta que dava em uma enorme sala com uma mesa de jantar no centro. A parede oposta era uma arcada aberta para um jardim. O metal estava quase inteiramente coberto por uma profusão de flores e trepadeiras. Havia uma grande cadeira na cabeceira da mesa. Nova a puxou para trás e se sentou, descansando os braços como se estivesse experimentando um novo papel. Ela já era a rainha pirata do Devorador. Agora era a capitã de um anjo vingador que nenhuma força no Continuum podia parar.

Lazlo ainda estava suspenso no ar, ainda lutando. Ver Nova na cadeira de Minya, pensou, era quase perfeito demais: uma inimiga substituindo outra. O tabuleiro ainda estava lá, mas todas as peças estavam caídas e espalhadas pelo chão, o que, no estado de Lazlo, parecia dizer tudo. Quando esse jogo terminasse, restaria alguém em pé?

— Não vou te ajudar — ele falou, com veneno na voz.

Ela se virou para ele, mas seu rosto estava cansado, apático. Ele sabia que ela não o entenderia, mas falou mesmo assim, porque ameaças e promessas eram tudo o que possuía. — O que quer que você planeje fazer, seja lá onde queira me usar, não vai conseguir. — Havia uma nova escuridão nele, como se uma raiz de sua alma tivesse penetrado em uma poça oculta de veneno, sugando-o e contaminando Lazlo com vingança e violência, coisas que ele nunca experimentara antes.

Nova o impedira de cumprir sua promessa com Sarai, e era como se o tivesse transformado em uma versão sombria de si mesmo.

— Você vai errar — ele disse — e estarei pronto, vou recuperar meu poder e fazê-la pagar por isso.

Em resposta, ela fez um movimento do punho e moveu um punhado de mesarthium do chão e do teto. Os dois se fundiram no meio e formaram, em um instante, uma jaula ao redor dele. O metal empurrou suas pernas e sua cabeça para baixo, fechando-o. A jaula era tão pequena. Lazlo não conseguia nem se sentar, e suas pernas, já machucadas por suas tentativas de se libertar, ficaram esmagadas contra seu corpo. Ele soltou um rugido de dor.

— Pare! — Kiska gritou, dando passos frenéticos na direção deles. — Nova, ele não é nosso inimigo. Ele é como nós.

O olhar que Nova deu para ela a deteve. Era sombrio de desconfiança, como se ela só agora visse quem realmente era.

— Meus inimigos são os seus inimigos — falou.

— Ele não... — Kiska começou, mas Nova a cortou.

— Você não vai me impedir de encontrá-la. Ninguém nunca mais vai me impedir.

Era mais do que Kiska podia suportar. Ela disse, angustiada, com a voz cheia de empatia:

— Nova, Kora está *morta*.

A palavra *morta* possuiu o ar. Por um instante, Kiska viu a mesma agonia sem limites que Sarai vira nos olhos de Nova, e então ela se foi, e só sobrou a ira.

E a ira explodiu.

57

ESPANTO, EUFORIA, HORROR

— Pena que não temos o dragão — disse Ruza, segurando a trava do trenó de seda, *longe* de parecer tão imperturbável quanto se esperaria de uma escolta de guerreiros.

— Eu ficaria até com o cavalo alado — completou Thyon, também se segurando na trava. Ambos falavam das bestas de mesarthium que Lazlo havia animado para levar Eril-Fane, Azareen e Suheyla até a cidadela. Elas lhes pareciam um modo de transporte muito mais robusto do que essa geringonça de seda e gás que oscilava a cada brisa.

A cidade estava abaixo, e essa perspectiva aérea lhes era extremamente nova. Os domos e caminhos de Lamento criavam padrões que não podiam ser notados de baixo, e a devastação causada pelas âncoras ficou evidente. Teria sido fascinante se não fosse tão aterrorizante.

Em um trenó, o peso insignificante de Sarai, Minya e Pardal — uma fantasma, uma criança magrela e uma jovem de dezesseis anos — era compensado por Thyon e Ruza. Feral e Rubi compartilhavam o outro trenó com Calixte e Tzara. Sarai e Feral eram os pilotos principais, embora Rubi e Pardal pudessem assumir o comando, se necessário. Haviam praticado no pavilhão, aprendendo a operar as válvulas de saída de fluxo e, quando chegasse a hora de descer, liberar o gás ulola e esvaziar lentamente os pontões.

O problema seria voltar — se o pior acontecesse e não conseguissem resgatar Lazlo nem o serafim. (Bem, todos estavam cientes de que isso não era o pior que poderia acontecer, mas ninguém mencionou em voz alta esses outros cenários.) Quando o gás ulola fosse liberado para que descessem, o trenó seria incapaz de subir de novo. Era um equipamento imperfeito.

Entretanto, tinham uma vantagem que os humanos não tinham, e essa vantagem era Pardal. Ozwin havia lhe dado algumas mudas de ulola para a viagem. Se fosse necessário, seria possível cultivá-las como só ela podia — com uma velocidade não natural —, e obter mais gás para uma viagem de volta. Seria o último recurso, mas Sarai não queria considerá-lo, porque, se isso acontecesse, significaria que Lazlo estava perdido, e ela não podia suportar essa possibilidade.

Com a cidadela longe do céu de Lamento, não era fácil saber com precisão onde estava a esfera flutuante, sendo que a distorção já era suficientemente difícil de ser detectada, embora soubessem mais ou menos onde se encontrava. Isso, combinado com suas habilidades iniciantes de voo, resultou em muitas horas perambulando em círculos.

— O lado bom disso — Sarai falou, tentando conter a crescente frustração — é que estou mesmo aprendendo a manobrar essa coisa.

Foi Rubi quem finalmente a viu — a falha no tecido do ar — e, ao circularem por ela, as crias dos deuses relaxaram um pouco em antecipação às reações dos humanos — e a de Minya — ao que estavam prestes a ver. Mesmo sob circunstâncias terríveis, há um prazer único em apresentar o bizarro e inconcebível aos outros.

Rubi fez as honras. Quando Feral aproximou a nave, ela estendeu a mão para a vaga linha onírica no ar e, como Lazlo, agarrou suas bordas e a abriu.

O silêncio que se seguiu era dos dois guerreiros, um alquimista, uma acrobata e Minya esquecendo como respirar. Durou pouco. Calixte o quebrou com uma exclamação. As palavras saíram em sua língua e eram, portanto, ininteligíveis, mas eram claramente profanas e capturavam perfeitamente o clima: espanto, euforia, horror.

Eles viram o outro mundo.

Para seu imenso alívio, a cidadela estava visível logo à frente, embora em uma versão um pouco distorcida. Em Lamento, o serafim ficava de pé, com os braços estendidos em uma pose suplicante. Ali, estava curvado e contorcido, como se estivesse encolhido sob o céu cinzento e baixo, com medo de ficar de pé e de a névoa o engolir. As asas elegantes estavam esfarrapadas, e os sulcos de sua espinha destacavam-se bruscamente no corpo, deformados. Os braços estavam ao redor de si, como se ele estivesse com frio ou com medo, e o rosto, antes plácido, era uma demonstração de raiva, de olhos fechados e boca escancarada em um grito.

— Que ótimo presságio — Feral falou, inexpressivo. — O que foi que ela fez? — questionou Rubi.

Todos sentiram a mesma raiva protetora — como se a cidadela estivesse viva, e a estranha que a roubara tivesse a ferido ou assustado.

— Só estou feliz de vê-la aqui — Sarai suspirou, engolindo o medo. — Vamos pegá-la de volta.

Eles voaram na direção do serafim. Em Lamento, estavam em plena luz do dia, mas ali o céu era sombrio, e talvez fosse o anoitecer, talvez o amanhecer. Ou talvez não houvesse noite ou dia ali, apenas uma eterna meia-luz. Sarai não conseguia evitar a sensação de ter adentrado não em um buraco no céu, mas o sonho de um estranho — ou melhor, o pesadelo.

Havia o mar com sua escandalosa cor de sangue, sua espuma e seu rugido violentos. Silhuetas de grandes bestas moviam-se sob sua superfície, competindo e se confrontando em ataques selvagens que pareciam tornar a água mais agitada. Os enormes talos brancos e eriçados eram medonhos por serem absolutamente impossíveis, e o limite de névoa parecia uma barreira tão intransponível quanto o mar — denso demais, escuro demais.

Os trenós de seda estavam silenciosos, emitindo apenas um *shhhhh* baixo e constante enquanto o ar fluía dos propulsores na parte de baixo. Os guerreiros empunhavam suas espadas. Thyon sacou sua espada de duelo, sentindo-se um impostor. Rubi conjurou fogo nas mãos e espiou mais de uma vez de soslaio para ver se os humanos estavam impressionados — o dourado, principalmente. Ela não conseguia vê-lo direito, o que não passou despercebido por Feral.

Minya segurava o fragmento do mesarthium; eles o passavam de mão em mão, revezando-se para manter a mágica sempre ativa, mas ela nunca ficava tranquila até que o metal estivesse de volta em sua posse. Posicionou-se na proa do trenó, pequenina e ereta, e fitou o rosto do serafim conforme se aproximavam.

Sentia uma estranha afinidade por ele. A raiva contida naquele grito congelado conectou-se a algo profundo dentro dela. Quando vivia dentro da cidadela, também vivia dentro de sua raiva. Cada pensamento e cada sentimento eram filtrados por ela. E agora era como se tivesse dado um passo para trás e pudesse vê-la ali como uma névoa vermelha. E ela também viu o medo no coração do serafim, como um espinho afundado em uma ferida purulenta. Tudo estava mais claro. Ela entendeu que o que via naquele imenso rosto de metal era o reflexo da mulher que o alterara, consciente ou não.

O que significava que a afinidade que Minya sentia era por ela.

Mas onde estaria a mulher de verdade? Aproximaram-se da cidadela com cautela, por trás, por cima da asa até o ombro esquerdo. As opções de entrada eram limitadas pela pose encolhida do serafim. Com os braços em volta de si, as portas dos pulsos estavam bloqueadas. E mesmo que conseguissem entrar por ali, os corredores estariam na vertical, e eram lisos demais para escalar. Só havia o jardim e sua arcada.

Estavam com medo de ir direto para lá, caso houvesse guardas vigiando. Eles teriam que se afastar pelas costas e tentar avaliar a situação sem se entregarem. Sarai temia que não fosse possível dar ré no trenó e se aproximar eficazmente se alguém estivesse lá. Com os pontões vermelhos e brilhantes, o menor vislumbre do trenó atrairia qualquer olhar remotamente vigilante. Ainda assim, teriam prosseguido, se Calixte não tivesse proposto outra solução.

— Deixe-me ali — ela disse. E apontou para o ombro do serafim. — Deixe-me escalar e investigar primeiro. Serei muito mais discreta.

— *Escalar?* — As crias dos deuses ficaram perplexas. — Não dá para escalar — disse Feral com autoridade e o mais leve desdém.

— Talvez *você* não consiga — Calixte respondeu no mesmo tom. — Todos temos nossas habilidades específicas, e essa é a minha. Isso e assassinato. — Ela se virou para dar uma piscadela para Thyon, que nunca havia dado crédito a essa afirmação, mas agora desejava que fosse verdade. Ele não se importaria se Calixte escapasse por alguns minutos e resolvesse o problema deles discretamente.

Sarai sabia quem era Calixte, tanto das visitas a seus sonhos quanto das descrições de Lazlo. Sabia tudo sobre a torre e a esmeralda, e até sobre o treinamento escalando a âncora de Lamento. Mesmo assim, ela estudou o local indicado por Calixte, e a ideia de escalar o puro mesarthium lhe pareceu aterrorizante, principalmente porque ela conhecia muito bem a sensação de deslizar por aquela superfície e não encontrar nenhum apoio para as mãos. Mas Calixte insistiu.

— Além disso — acrescentou —, finalmente vou ganhar minha aposta com Ebliz Tod. — Seu colega defensor e compatriota havia apostado que ela não conseguiria escalar a âncora. Bem, as âncoras não existiam mais, mas a cidadela em si parecia uma substituição adequada, especialmente considerando o risco de cair em um mar vermelho cheio de monstros. — E, de qualquer forma — concluiu, decidida —, é por *isso* que estou aqui. — Fez uma pausa e olhou ao redor. — Bem. Não *aqui* aqui. Mas em Lamento. Eril-Fane me trouxe para o caso de eu ser útil. E não fui útil até agora, então permitam-me.

Assim ficou decidido. Sarai olhou para Tzara para verificar se a guerreira iria se opor ou pelo menos se mostrar alarmada, mas ela apenas abraçou Calixte e a beijou, dando um passo para trás com um orgulho feroz estampado no rosto conforme Calixte fazia o que havia ido fazer ali em outro mundo, afinal de contas: escalar.

Feral, mais calmo, manobrou o trenó para o local indicado por Calixte na asa, perto da omoplata. Ela subiu na trava, leve e ágil, e... pisou para fora. Nenhum deles estava preparado. Suas respirações ficaram presas em um suspiro. Sarai inclinou-se sobre o parapeito, apressada, para olhar para baixo certa de que veria a jovem humana cambaleando pelo metal, procurando desesperadamente por um apoio.

Mas não. Ela escalava o metal com tanta facilidade quanto uma pessoa comum atravessava a rua.

Por um momento, eles apenas observaram em um silêncio maravilhado. Então Rubi perguntou: — ... como?

— Ela é meio aranha — Thyon falou, lembrando-se do que Calixte lhe dissera.

— Como é? — Rubi perguntou.

Tzara sorriu, sem nunca desviar o olhar de Calixte.

— É um escândalo. A avó dela aparentemente se apaixonou por um aracnídeo.

— Bem, isso sem dúvidas faz *a gente* parecer normal — disse Pardal, enquanto todos observavam Calixte subir pela curvatura do ombro do anjo e se abaixar do outro lado, desaparecendo de vista. Permaneceram observando o local onde ela tinha sumido, esperando que ela reaparecesse e desse sinal para que se aproximassem ou... talvez não reaparecesse.

Mas ela reapareceu depois de cinco minutos, que pareceram uma eternidade. A cabeça dela surgiu primeiro, seguida por um braço acenando, e todos suspiraram aliviados. Estavam todos no mesmo ritmo, Sarai pensou. Ajustando as válvulas, ela avançou com o trenó de seda, apreensiva, seguindo Calixte pela borda até o jardim. O jardim *deles*. O lar deles. As ameixeiras e o kimril deles.

Assustaram-se ao vê-lo lotado de criaturas de metal, mas Sarai se lembrou — não eram de Nova, mas de Lazlo. Ele levara os humanos até lá nas bestas das âncoras, e ali estavam elas com Rasalas.

Seus corações batiam forte conforme pousava, expelindo gás ulola o suficiente para fazer o trenó de seda pousar no mesmo trecho de flores de anadne onde seu corpo fora imolado. Ela sabia que o trenó não poderia mais subir agora, nem alcançar o portal novamente para fazer a viagem de volta. Não haveria volta.

— Eles não estão aí? — ela perguntou a Calixte em um sussurro, olhando ao redor, furtiva.

— Si-i-im — Calixte respondeu, a palavra se desenrolando como um acordeão. — Estão aqui. — E, com um gesto silencioso, ela os conduziu à arcada.

Sarai, seguindo-a cautelosamente, vislumbrou um movimento lá dentro e se escondeu contra um pilar, gesticulando para que os demais se escondessem.

— Está tudo bem — Calixte falou, e depois reconsiderou. — Bem, não, não está nada bem. Mas de qualquer forma, é melhor vocês olharem.

Sarai esticou o pescoço atrás do pilar, e um cenário ímpio se revelou.

58

UM DESEJO MORIBUNDO

A galeria não estava vazia. Como Calixte dissera, eles estavam lá, todos eles: Nova, Werran, Rook, Kiska. E Lazlo.

Lazlo.

Ele estava em uma jaula pequena demais para seu corpo esguio, com a cabeça para baixo e as pernas dobradas em uma posição agonizante. Sarai quis correr até ele para abrir a jaula, mas não havia como. A jaula de mesarthium cederia apenas ao dom de Lazlo — ou quem quer que o possuísse — e, assim, ela não conseguiria alcançá-lo.

Uma leve bolha iridescente o envolvia, como a que prendera Eril-Fane e Azareen quando reencenaram suas mortes de novo e de novo. Kiska e Rook também estavam presos lá dentro, e esse era o momento que Sarai vislumbrara. Lazlo estava imóvel. Kiska e Rook mexiam-se — repetindo o mesmo movimento, de modo que Sarai e os outros testemunharam o instante de seu motim.

Só podia ser isso.

Kiska estava de lado. Sarai viu sua mão se fechar em um punho enquanto ela abaixava o queixo. Seu olho visível — o verde — estava intensamente focado e desapareceu quando sua cabeça foi jogada para trás e seu corpo virado de ponta cabeça para colidir com Rook, que a segurou com um braço, estendendo o outro como quem vai lançar feitiços, como Nova fizera antes, tentando — e claramente falhando — criar seu próprio ciclo temporal.

Seu alvo ainda estava exatamente onde deveria estar naquele instante: na cabeceira da mesa.

— Ela está na minha cadeira — Minya sussurrou, tensa e com desgosto.

E ela estava. Dormia sobre a mesa, com um braço apoiando a cabeça e o outro pendendo, como se enfim tivesse sucumbido a uma exaustão tão profunda que não foi capaz de fazer nada além de afundar onde estava e descansar a cabeça.

Isso *depois* de neutralizar a ameaça de seu próprio bando, que se voltara contra ela.

Werran também estava ali. Não estava preso no ciclo temporal. Estava do lado de fora, abatido, preso na boca de uma *serpente*. A besta era feita de mesarthium, como Rasalas e os outros no jardim, mas era rudimentar, formada pelo metal do chão, do qual parecia emergir como uma criatura marinha irrompendo para capturar sua presa em mandíbulas maciças. Os pés de Werran pendiam de um lado da boca da besta, a cabeça e os ombros do outro. Um braço estava caído imóvel, tão mole quanto o de Nova, coberto de sangue de uma ferida anterior. Quando ele os viu na arcada, recomeçou a luta, embora debilmente.

Sarai lembrou-se de seu dom — aquele grito medonho que varria a alma — e ficou tensa, mas ele não emitiu som nenhum.

Não podia, é claro. Ela entendeu. A boca da serpente estava esmagando seu peito. Ele mal conseguia respirar, muito menos gritar.

— Eles devem ter tentado ajudar Lazlo — Sarai sussurrou, contente. Detestava pensar que eles pudessem trair seus próprios parentes.

— É melhor que tenham mesmo — Minya disse, sombria. — Ficar do lado de Korako em vez de seu próprio sangue? Eu ficaria muito decepcionada.

Sarai foi tomada por uma onda de simpatia pelos três, divididos entre Nova e Minya, duas forças terríveis da natureza. A cena na galeria sugeria que haviam escolhido seu lado.

Também sugeria que haviam sido derrotados sem esforço, e sem a menor chance contra Nova.

Alguém teria?

Ela estava dormindo, ou desmaiada, o que poderia ser considerado uma vantagem por parte dos que estavam agachados no arco, exceto por uma coisa: Aparição.

O pássaro estava empoleirado nas costas da cadeira de Nova, enorme, branco e muito acordado, observando-os com seus cintilantes olhos escuros.

Eril-Fane lhes contara a verdade sobre Aparição, e era tão estranho pensar que, durante todos esses anos, o fantasmagórico pássaro branco era... o que exatamente? Não Korako, mas um pedaço dela, um eco? Será que o pássaro tinha consciência, ou estava apenas representando um conjunto de velhos padrões, velhas esperanças, sem compreender nada?

Sarai imaginou se o pássaro não passava de um desejo moribundo, voando em espirais sem fim, apenas esperando e observando uma avenida se abrir para que pudesse cumprir seu propósito. Durante todo esse tempo, será que ele estava apenas tentando chegar a Nova? Tentaria protegê-la?

Ela supôs que sim.

— O que vamos fazer? — suspirou.

— Matá-la — disse Minya, mas sem o antigo prazer de antes, e Sarai viu seus punhos cerrados e seus dedos se movendo sobre a mancha de sangue em suas mãos.

Sarai teve de admitir que essa era a solução óbvia para aquela situação. E, mesmo sem amar a mulher que causara tanto estrago, que quase lhe custara a própria alma e que aprisionara Lazlo, essa solução ainda lhe parecia errada. Esperava que assassinato sempre parecesse errado.

— Não acho que Aparição vai nos deixar chegar perto dela — arriscou.

— Não precisamos chegar perto dela — disse Minya, gesticulando para Tzara, que segurava um arco. — Você é boa nisso?

O olhar ofendido de Tzara dizia que sim, ela era.

— Ela vai morrer instantaneamente? — Feral perguntou. — Porque se demorar mais que alguns segundos, podemos todos acabar na boca de serpentes como ele. — E apontou para Werran, e viram que ele parecia estar apontando de volta.

Seu braço livre, pendendo mole e ensanguentado, agora estava acenando freneticamente. Sarai, trocando um olhar rápido com os outros, afirmou:

— Eu vou. Vocês ficam aqui.

Encarando Aparição, ela deu um passo hesitante. No mesmo instante, o pássaro reafirmou sua posição protetora sobre Nova, abrindo as asas. Sarai congelou.

Ela desistiu de andar e simplesmente flutuou, avançando muito lentamente pela sala. Percebendo que Aparição apenas observava, continuou, devagar e firme. Era tão difícil ver Lazlo paralisado naquela agonia. Ela queria estourar o ciclo temporal como uma bolha de sabão e rasgar a jaula com as mãos. Quanto poder Nova possuía, sendo capaz de fazer isso e muito mais.

Aparição a acompanhou com o olhar, mas não se moveu quando Sarai, com a graça dos fantasmas, aproximou-se de Werran.

De perto, ela podia ouvir o chiado de suas respirações rápidas e curtas conforme lutava para puxar ar suficiente para seus pulmões comprimidos e se manter vivo. Havia tanto desespero em seus olhos que era como se estivesse travando uma batalha perdida. As mãos de Sarai flutuaram inutilmente em sua direção, querendo ajudá-lo. Mas não havia nada que pudesse fazer. Ele estava seriamente preso na larga boca de metal, com as presas da serpente curvadas e entrelaçadas em torno dele. A serpente ao menos era inanimada, não mais que uma estátua. Sarai pensou que não suportaria estar sendo observada por aquelas pupilas em formato de fendas.

Werran estava tentando lhe dizer algo, mas não conseguia fazer mais que emitir alguns sons. Estava tão ofegante que mal conseguia sussurrar. Sarai se aproximou e distinguiu as palavras:

— ... não... *a mate*...

Ficou arrasada. Era Minya quem planejava matar as pessoas, e ela detestava essa ideia.

— Não quero matá-la — sussurrou de volta, na defensiva. — Mas se ela acordar, estamos todos mortos. Se ela morrer, Lazlo pode pegar seu dom de volta e te libertar dessa coisa.

Com uma urgência impaciente, ele balançou a cabeça:

— ... *ciclo*... — Alguns chiados depois, conseguiu formar as próximas palavras: — ... só ... *ela... pode quebrar*...

Sarai levou um momento para entender o que ele tentava lhe dizer.

— Está dizendo que, se ela morrer, eles vão ficar presos assim? Mas... seus dons vão voltar. Rook...

Mas Werran ainda estava balançando a cabeça.

— ... *ciclo*... — foi tudo o que conseguiu dizer. Sarai virou-se para assistir ao ciclo novamente. Os punhos de Kiska se fechando. Sua cabeça sendo arremessada para trás. Ela sendo jogada de ponta cabeça. Rook a pegando, erguendo o braço. Tentando usar sua magia e falhando. Enquanto estivesse preso no ciclo temporal, continuaria falhando, assim como Eril-Fane e Azareen continuaram morrendo. Esses eram os segundos que haviam sido preservados. E esse tempo todo, Lazlo estava imóvel, impotente, esmagado na jaula. Permaneceria assim para sempre? Ou morreria lentamente de desidratação e fome, enquanto Sarai estava a poucos passos de distância, incapaz de tocá-lo? Qualquer opção era insuportável.

— O que podemos fazer? — perguntou, desamparada.

Os olhos desesperados de Werran lhe disseram que ele não tinha uma resposta.

Tudo o que conseguiu dizer em um sussurro ofegante foi:

— ... *ajude*.

59

UM JOGO EM QUE MATAR NÃO SERIA VENCER

Ajude.

Werran devia estar tentando suplicar "Me ajude", ou até mesmo "*Nos* ajude" antes de ficar sem fôlego, mas essa única palavra ficou reverberando na cabeça de Sarai.

Ajude. Ajude. Ajude.

Parecia ser o oposto de *matar*, como se estivessem diante de rainhas no tabuleiro de quell. Esse era um jogo em que *matar* não seria vencer — ou, se fosse, seria uma vitória insustentável, que destruiria o próprio significado de ganhar. Se matassem Nova, sentenciariam Lazlo, Kiska e Rook a passar a eternidade presos no ciclo ou morrer nele, enquanto Werran sufocaria nas presas da serpente. Os demais sobreviveriam, presos neste céu terrível em vez do céu de Lamento, até que Pardal cultivasse as flores de ulola para encher os pontões dos trenós de seda com o gás, e então o quê? Voltariam para Lamento? Tentariam seguir com suas vidas? Abandonariam o serafim ali, abandonariam Lazlo ali, vivo ou morto naquela bolha cintilante para que estranhos o encontrassem no futuro algum dia?

Era inconcebível. Tinha de haver um jeito.

Sarai voltou para os outros, ainda reunidos na arcada. Ela lhes contou o que descobrira e esperou que compreendessem. No silêncio desolado que se seguiu, sentiu sua própria desolação se aprofundar. Talvez estivesse esperando que alguém encontrasse uma saída que ela não via.

Calixte arriscou:

— Talvez ela não nos mate ao acordar?

Mas Calixte não estava na cidadela para ver Nova em ação e, a julgar pela cena na galeria, não havia se tornado mais tolerante desde então. Além disso, *talvez ela não nos mate* era arriscado demais. Tinha de haver algo que eles pudessem fazer.

Ajude. Ajude. Ajude.

A palavra ainda reverberava na cabeça de Sarai. *Ajude.* Durante a sua vida, Sarai fora uma prisioneira e um segredo, sempre se perguntando qual seria seu destino. Os humanos a encontrariam e a matariam, ou ela continuaria sendo uma prisioneira secreta para sempre? Então Eril-Fane e sua delegação retornaram a Lamento e mudaram tudo. E a pergunta se tornou uma certeza: os humanos descobririam as crias dos deuses e as matariam — a menos que Minya e seu exército os matassem primeiro. Era só uma questão de quem morreria, e quem ficaria para limpar o sangue e continuar vivendo.

Até que Sarai encontrou Lazlo — em sua mente, em seus sonhos — e, mais uma vez, tudo mudou. Esse bibliotecário-sonhador de uma terra longínqua a ensinara a sonhar com uma vida diferente — sem ninguém morrendo. Na mente dele, coisas feias se transformavam em belas, e isso funcionava para o futuro também.

Mas agora ele estava preso, e Sarai percebeu que estava confiando nele para fazer tudo se tornar realidade. Seu dom — ter poder sobre o mesarthium — significara a libertação e a força deles, mas não servia mais para nada.

O *que* poderia ajudá-los? Quem os salvaria?

Um pânico latejante pulsava em seu sangue — sangue imaginário, pulsação imaginária, mas ainda real, enquanto *ela* ainda fosse real — e Sarai examinou a insolúvel cena novamente: a monstruosa serpente semiformada esmagando um homem em suas presas para prolongar a morte; a bolha brilhante demais para ser uma prisão; o enorme pássaro branco protegendo a deusa adormecida.

Nova parecia tão pequena e exausta, caída e mole, e Sarai não pôde deixar de se lembrar da terrível angústia que vira em seus olhos, e pior: a breve e cintilante alegria quando, por um instante, ela acreditou que encontrara a irmã.

Ouviu-se dizendo:

— Talvez eu possa fazer algo.

Todos se viraram para ela. Minya falou primeiro.

— O que *você* pode fazer? — perguntou, e parte de seu antigo desprezo grudou nas palavras, mas não muito, pensou Sarai. Não como antes.

— Ela está dormindo — Sarai falou. — Eu... Posso entrar no sonho dela.

— E fazer o quê? — Minya questionou.

— Não sei. Ajudar?

— *Ajudar*? — Minya a encarou. Todos a encararam. — Ajudar *ela*? — repetiu, eloquente em sua mudança de ênfase. — Depois do que ela fez?

Sarai estava perdida.

— Isso é *sofrimento* — disse, referindo-se à cena na galeria. Sabia que Lazlo a entenderia. — Não precisa ter pena dela, mas matá-la não vai resolver nossos problemas, e talvez o único jeito de sairmos dessa seja se conseguirmos *ajudá-la*.

Minya estava contemplativa, estudando Sarai.

— Você não pode salvar todos, Sarai. Sabe disso, não sabe?

Sarai se perguntou se Minya se lembrava dela entrando em seus sonhos, desenrolando os bebês, criando uma porta, tentando ajudá-la e falhando.

— Eu sei — respondeu. — Mas podemos *tentar*. E... talvez seja assim que a gente consiga se salvar.

Minya processou as palavras. Sarai podia *vê-la* fazendo isso — processando e revirando as palavras, considerando-as. A mudança era tão grandiosa que quase a deixou sem ar. Estava acostumada a Minya *não* processando nada, apenas afiando e transformando tudo em arma para então arremessar com força. Ela já estava tensa, então, quando Minya pareceu *absorver* as palavras, e o esperado coice não veio, ela sentiu... alívio? Como se isso fosse mesmo possível.

— Tudo bem — Minya respondeu.

Tudo bem, Minya respondeu. Sarai lutou para impedir que seu espanto ficasse evidente. Minya *nunca* concordava com nada. Era parte de sua constituição. Sarai torceu para que o milagre de sua aquiescência pudesse ser o início de uma cadeia de milagres que os levaria além, para o futuro estranho e maravilhoso que Lazlo lhe ensinara a acreditar.

Ocorreu-lhe que esses milagres — e esse futuro — dependiam inteiramente *dela*. Respirando fundo, ela virou-se para Nova e Aparição.

✶

— Não vou machucá-la — Sarai suspirou, aproximando-se lentamente da cadeira, sem saber se o pássaro a entendia. Ela o encarou o tempo todo. A ave tinha olhos negros e intensos que não piscavam, e não se opuseram quando Sarai se aproximou. Ela se colocou ao lado de Nova, desconfortável, perto o suficiente para poder tocá-la. Onde? Ela ainda estava usando aquele traje preto-petróleo com as placas de mesarthium que transformara em armadura. Sarai se recordou de tentar encontrar um lugar para suas mariposas pousarem em humanos adormecidos, embora aquilo fosse muito mais fácil do que isso. Se um sonhador acordasse, ela não estaria pairando sobre eles.

Sarai se perguntou se teria sido capaz de atormentar as pessoas de Lamento com pesadelos se tivesse de ficar ao lado deles, tocando-os, sentindo sua pulsação. Desse jeito era tão mais íntimo.

Hesitante, consciente de Aparição, ela estendeu a mão para o pequeno triângulo de pele azul, onde os cabelos claros de Nova escorregavam do pescoço para revelar a nuca. A mão de Sarai pairou logo acima, enquanto mantinha contato visual com o pássaro, tentando lhe garantir que não queria fazer mal. Poderia ser sua imaginação, mas lhe pareceu que o pássaro entendeu.

Então, ela colocou as pontas dos dedos suavemente na pele de Nova e adentrou em seu sonho.

60

GELO FINO

Sarai se viu em um lugar que não era a cidadela, nem o mundo do mar vermelho, nem Lamento, nem qualquer outro lugar que conhecesse. Fazia muito frio, e até onde podia ver, em todas as direções, havia apenas camadas de gelo. Não era nada pacífico como imaginara, no passado, paisagens nevadas. Estavam sobre o mar congelado, e toda a violência latente ainda fervia sob a superfície. Uma camada de gelo se estendia sobre ele, mas não em silêncio. O gelo gemia e gritava, mudando sob os pés de Sarai. Quando uma rachadura se abriu, faiscando rápido, afiada como dentes nas mandíbulas de um monstro, teve que se jogar para o lado evitando ser sugada pela insondável água negra.

O medo a golpeou de uma vez, e lembrou-se de que nada disso era real, que ela tinha poder ali e não estava à mercê de ninguém. Foi preciso um esforço consciente para *ignorar* o frio. Nunca experimentara algo assim, não em Lamento, onde não havia inverno de verdade. As tempestades de neve que Feral roubava nem sequer chegavam perto dessa *dor* penetrante. Sarai poderia desejar que fosse mais quente. Poderia transformar completamente a paisagem, mas era importante saber por que estava ali — ou melhor, por que Nova estava ali.

Sarai a procurou. Ela girou, olhando ao redor o vasto vazio branco, e viu um conjunto de figuras no horizonte.

Eram três, e estavam distantes demais para que os distinguisse. Aproximou-se, pensando que Nova devia estar entre eles, mas antes que avançasse mais do que alguns metros, algo chamou sua atenção sob a superfície do gelo.

Um rosto.

Ela recuou e se forçou a olhar, porque, naquele vislumbre rápido, soube quem era.

Eril-Fane. Estava morto, de olhos abertos, preso sob o gelo.

O que ele fazia nesse sonho? Esse mundo não tinha nada a ver com ele. Além dele, Sarai viu outro rosto e se preparou. Era Azareen, com os olhos abertos e fixos, cobertos por cristais de gelo. Seu grito agonizante fora congelado saindo da boca.

Era terrível vê-los assim, e Sarai se apegou ao fato de que não era verdade. Ambos estavam muito vivos em Lamento. Ela continuou, e quase imediatamente encontrou outro rosto morto — um desconhecido desta vez. Então outro. Uma trilha de cadáveres jazia sob o gelo até as figuras ao longe, como um medonho caminho de pedras. Ela parou de olhar, parou de contar e se anestesiou conforme passava, apressando-se para chegar ao trio como se isso fosse o fim.

Então os alcançou. Estavam vestidos com peles e seus rostos — azuis, todos os três — estavam escondidos em capuzes forrados de pele. A menor do grupo era Nova. Estava assustada, determinada, exausta e sombria. Havia dois homens com ela: um velho e outro de meia-idade. Havia também um trenó e cachorros, e estavam no fim de uma longa jornada, seu destino visível como manchas de fumaça vermelha no horizonte.

Ao menos, era o destino de Nova. Os homens não iriam longe. Enquanto Sarai observava, Nova falou com eles, com uma voz calma e palavras finais, emitindo um comando que não podiam recusar. Com um sobressalto, percebeu que entendia o comando, o sentido, se não as palavras precisas, pois o sonho alimentava seu significado em algum nível abaixo da linguagem. Era muito simples.

Mergulhe no mar.

Com terror nos olhos, os homens pisaram na beira de uma camada de gelo e afundaram como pedras na água negra e fria. E assim, num instante, não estavam mais lá.

Sarai ficou tonta, como se tudo estivesse acontecendo de verdade. E entendeu que realmente *havia* acontecido, desse jeito, e que esses eram os primeiros humanos que Nova matara. Esses eram os primeiros, e Eril-Fane e Azareen eram os últimos. E toda aquela trilha de rostos eram os que estavam no meio. Sarai virou-se para olhar para trás, para onde tinha vindo, e a quantidade a deixou entorpecida. Quantas vidas Nova levou, quantas almas perdidas para a evanescência? Depois de tantas, ela hesitaria em aumentar sua terrível contagem?

Sarai virou-se de novo e percebeu com um sobressalto que Nova a fitava.

Na urgência de sua decisão de tentar isso, não lhe ocorreu se Nova seria capaz de vê-la. Somente Minya e Lazlo já haviam a flagrado nos sonhos. Isso significava que os Mesarthim podiam vê-la e os humanos não? Ou era mais uma transformação do dom de Sarai desde a morte? Não importava. Tudo o que importava era a desconfiança dos olhos escuros de Nova, prendendo-a no lugar.

— O que *você* está fazendo aqui? — perguntou, e Sarai viu que ela a reconheceu. Hostilidade cintilou em seu olhar.

— Eu segui a trilha — respondeu, indicando os rostos debaixo do gelo. Os dois homens que haviam acabado de morrer estavam lá também. A fenda no gelo congelara novamente e seus rostos estavam pressionados contra ela, como se estivessem tentando se libertar. Indagou-se se Nova a entenderia como ela a entendia.

Parecia que sim.

— De onde? — ela quis saber, esticando o pescoço para enxergar além. Ela soava tão jovem. Seu rosto mais cheio, os olhos arregalados, ainda não moldados por séculos de horizontes.

— Do... fim — Sarai falou.

— Este não é o fim — Nova disse. — Não há fim enquanto não se está morta.

Sarai tentou processar as palavras. Ela queria dizer que não pararia de matar até morrer, que a vida que deixava para trás era uma trilha de cadáveres? Não perguntou. Em vez disso, ela arriscou, gesticulando para os dois rostos mais próximos:

— Mas este é o começo, não é? — Era ali que Nova se tornara uma assassina, e não havia sinal de remorso nela. — O que eles fizeram, esses dois?

Nova os mirou sem emoção, como se fossem mesmo gelo. Apontou para um.

— Ele me vendeu. — Apontou para o outro. — Ele me comprou. — Ela não disse as palavras *pai* e *marido*, mas o conhecimento foi transmitido a Sarai por meio do sonho.

O pai de Nova a vendera para um velho quando ela era mais jovem que Sarai.

— Sinto muito — respondeu Sarai, com o estômago se revirando ante a miséria dela.

Enquanto observava, Nova afastou o capuz e retirou o diadema. Sua pele sugou imediatamente o azul — não para relevar o marrom, como o de Pardal, mas um tom de pele mais pálido do que Sarai já tinha visto — uma espécie de marfim leitoso que, combinado com os cabelos claros, a fazia parecer desbotada, como um osso alvejado pelo sol. Até seus lábios eram pálidos. A única coisa que realmente se destacava eram seus olhos castanhos, brilhando como pedras molhadas do rio.

— Não sente tanto quanto eles — Nova falou, acenando para o gelo. — Eu não podia deixá-los viver. — Ela ergueu o diadema. — Não posso estar azul quando chegar a Targay. Tenho de empalidecer, mas eles me matariam assim que meu poder se esvaísse.

— Seu próprio pai? — perguntou Sarai, pensando em Eril-Fane, e nas próprias preocupações recentes sobre o que ele faria quando a descobrisse.

Nova deu de ombros. E falou, soando distante:

— Ninguém ama ninguém aqui. Todos apenas se esfregam uns nos outros, como pedras em uma sacola.

Gentilmente, Sarai disse:

— Mas você amava Kora.

Amava. No instante em que Sarai pronunciou a palavra no pretérito, o gelo sob seus pés deu um estalo ensurdecedor e se abriu, como outro conjunto de dentes devoradores abaixo dela. Foi preciso saltar e flutuar no ar. Teve de se esforçar muito mais que o normal para acreditar que poderia voar e não ser sugada. A aura do sonho era como um peso puxando seus pés e, quando olhou para baixo, viu todos os mortos encarando-a juntos, como entulhos na maré.

Nova ainda estava ali, impossivelmente, com os pés dobrados sobre a borda do gelo tão fina quanto papel. Fitava Sarai. Suas pupilas estavam dilatadas e havia ameaça e loucura nelas.

— Eu *amo* Kora — ela corrigiu, severa. — E vou encontrá-la, e se você tentar me impedir, vai acabar como eles. — E apontou para os mortos.

Um calafrio que não tinha nada a ver com o gelo percorreu a espinha de Sarai. Esta devia ser uma cena da juventude de Nova, e esse lugar devia ser sua origem, mas quando vociferou a ameaça, seus olhos não eram jovens. Havia tudo neles: todos os anos de busca, falhando e acreditando — acreditando no quê? Que ela salvaria sua irmã, quando não havia sequer um fio de esperança, muito menos um fio para se agarrar e seguir no escuro. Crenças como essa, que não provaram nenhuma esperança real havia séculos, alimentadas e nutridas por coisas mais sombrias — solidão, desespero — simplesmente não desapareciam quando confrontadas com seu próprio fim. Crenças como essa não aceitavam, não se adaptavam. Existiam a despeito da razão, e apenas a desafiariam.

Kora estava morta.

A verdade destruiria Nova. Em algum lugar, sua mente havia construído um borrão em torno dela, como o que Sarai encontrou na mente de Minya. Mas a verdade tem seu próprio jeito de se libertar. A mente não é capaz de apagá-la. Só é capaz de ocultá-la, e coisas ocultas não desaparecem.

Sarai percebeu que a crença de Nova era como o gelo: frágil, fina e era tudo o que a impedia de mergulhar em suas próprias profundezas obscuras. Uma faísca de pânico se seguiu ao calafrio pela espinha de Sarai. As vidas de todos repousavam sobre esse gelo, e ele não aguentaria.

Nova estava a meio passo a qualquer direção da loucura. Sarai podia sentir em cada fenda no gelo e na atração da água negra, quase como se o mar a estivesse chamando pelo nome.

Rapidamente, ela reforçou sua própria vontade dentro do sonho, reconstruindo o gelo, fortalecendo-o e assentando-o, como se, ao fazer isso, pudesse fortalecer e assentar o que se rompia dentro de Nova. Se ao menos ela *pudesse*. Sua mãe poderia, mas não faria.

O que Sarai podia fazer? Ela possuía um arsenal de pesadelos. Se quisesse *apressar* a loucura de Nova, estaria bem equipada. Mas não queria mais ser a Musa dos Pesadelos. *Quem* ela queria ser? Lembrou-se do que Lazlo lhe dissera antes que entrasse no sonho de Minya pela segunda vez:

— Você não está tentando derrotá-la. Lembre-se disso. Você está tentando ajudá-la a derrotar o *pesadelo* dela.

Mas como seria possível derrotar um pesadelo que era apenas e simplesmente a verdade?

— Eu não tentaria impedir você — falou para Nova, tentando manter a voz calma, mesmo quando o gelo se partia abaixo. Lembrar-se do sonho de Minya a fazia se lembrar de como era inútil tentar alterar o padrão, quando o medo havia traçado um caminho tão profundo. Teria que tentar algo diferente. Desejou que Lazlo estivesse lá para ajudar. *O que ele faria?*, e, assim que se fez essa pergunta, a resposta lhe veio, e o sonho oscilou e mudou. Toda a paisagem sombria de gelo desapareceu, e ela e Nova estavam em pé no anfiteatro de Lamento.

Não, não era Lamento, não como Sarai se recordava da última vez, cheia de fantasmas e guerreiros. Esta era a Lamento do Sonhador, um lugar feito de histórias, anseios e maravilhas, que existia apenas na mente de Lazlo — e na dela. Antes, ele sempre a fizera para ela. Desta vez, ela chegara ali por conta própria.

— Onde estamos? — Nova perguntou. Não vestia mais suas roupas de frio, mas o uniforme negro-petróleo com as placas blindadas.

— Em um lugar seguro — respondeu Sarai. Essa foi a resposta que lhe veio. Isso era o que Lazlo faria, o que tinha feito uma vez e de novo. A biblioteca, a margem do rio, a casa do pai dela e, acima de tudo, a Lamento do Sonhador com suas serralherias, barracas de chá e maravilhas. Ele a levara para este lugar seguro.

— Não existem lugares seguros — zombou Nova, e Sarai sentiu o chão ceder sob seus pés e percebeu, afundando, que elas não haviam deixado o gelo para trás. — Se ainda não aprendeu isso, vai aprender.

Esta era a lição da longeva vida de Nova: não existiam lugares seguros. Ou talvez existisse um, Sarai pensou. E transformou o sonho novamente.

Certamente pisos de mesarthium eram mais fortes que gelo. Ela levou Nova para casa — para a sua própria casa, ou seja, a que Nova roubara —, para o quarto em que *estavam*.

Na realidade, Nova dormia na cadeira de Minya e Sarai a tocava de leve na nuca. No sonho, elas estavam em pé debaixo de um arco, observando o jardim. Não havia caules brancos gigantes, nem névoa cinzenta e baixa. O sol nascia à distância. Qual sol e qual mundo não importava. Não podiam ver o chão dali, apenas ameixeiras contra o parapeito e nuvens de algodão-doce.

— Assim está melhor? — perguntou a Nova.

— É tão seguro quanto quem o controla — disse Nova, mas o metal estava firme sob os pés delas, e Sarai pensou que isso era alguma coisa.

— Isso é verdade — reconheceu. Skathis havia usado a cidadela para se estabelecer como um deus monstruoso. Lazlo teria...

Sarai engoliu em seco. Lazlo teria, e *ainda* o tornaria um lugar seguro não apenas para eles, mas para outros que precisavam.

— Pessoas — falou. — *Pessoas* são nossos lugares seguros. Eu tenho uma: alguém que é um lar e um mundo para mim. — Seus olhos se encheram de lágrimas. — E não consigo nem pensar em perdê-lo, assim como sei que você não consegue pensar em perder Kora.

— Eu não *vou* perdê-la — disse Nova, desafiadora, e Sarai captou um lampejo de angústia em seu olhar e mais uma coisa: gosto de sangue. Estava na aura do sonho e carregava consigo uma espécie de zumbido que dizia *tarde demais, tarde demais.* Nova mordia o interior da bochecha, e Sarai de alguma forma percebeu o esforço que ela fazia para, a cada segundo, manter a negação.

— Conte-me sobre ela — pediu, a fim de mantê-la falando, como se isso pudesse impedi-la de fazer qualquer outra coisa, como acordar ou quebrar tudo em um milhão de pedaços. — Como ela era? — Assim que o verbo saiu de sua boca no pretérito, ficou tensa e acrescentou apressadamente: — Antes, quero dizer.

Nova estava à flor da pele, mas deixou passar. *Antes* tinha um profundo sentido para ela. Antes de Skathis, antes da pele azul, antes de serem separadas.

— Ela era *Kora* — respondeu, como se tudo estivesse contido na palavra, e, naquele mundo onírico, *estava*.

Nova ofereceu Kora a Sarai da mesma maneira que Lazlo havia lhe oferecido o bolo e expandido os limites do prazer: através do compartilhamento de mentes em sonho, que era o dom de Sarai. Memórias a inundaram. Ela viu duas meninas sem mãe em um mundo frio que eram mais reais uma para a outra do que seus reflexos no espelho. De fato, não tinham espelhos ali, e cada uma imaginava o rosto da outra como sendo o próprio. Sarai compreendeu o que significava ser metade de um todo e confiar em uma voz que nunca deixaria de responder. As lembranças a penetraram.

Ela experimentou o fedor dos uuls e o tapa ardido de Skoyë, e quando vislumbrou o brilho de uma nave no céu, soube o que isso significava. Ela viu Skathis como apenas um oficial imperial menor no mundo que mais tarde abandonaria em anarquia e caos. E...

Viu Aparição emergir do peito de Kora.

Levou um susto. Eril-Fane dissera que Aparição tinha surgido de Kora, mas Sarai não fora capaz de imaginar. O pássaro era tão grande que não parecia possível que saísse de uma garota tão pequena, e menos ainda que pudesse retornar, mas retornou. Ele despontou de seu peito como um fantasma e derreteu como uma alma voltando ao corpo.

Não era um fantasma, porém. Todos sabiam disso. Era mais como as mariposas de Sarai.

— O dom de Korako sempre foi um mistério para nós — contou a Nova. — Nunca pensei que fosse igual ao meu.

Nova olhou-a bruscamente.

— Você é uma astral?

— Uma o quê? — Sarai explicou: — Ninguém nunca nos ensinou sobre nossos dons. Estávamos sempre sozinhos.

— Ninguém nunca me ensinou também — Nova falou, sem precisar dizer que também estivera sempre sozinha. — Astral significa "das estrelas". É alguém que consegue soltar a alma do corpo.

Das estrelas. Sarai gostou disso. Queria contar a Lazlo.

— A minha eram mariposas — disse. — Centenas delas. — Enrugando o nariz, acrescentou: — Elas saíam da minha boca.

Os olhos de Nova se arregalaram, e Sarai teve que sorrir.

— Sei que parece horrível, mas não era — falou.

— Não era? — Nova perguntou, percebendo o pretérito.

Lentamente, Sarai assentiu. Por um momento, se permitiu imaginar um futuro em que conheceria novas pessoas e teria que decidir se e quando lhes dizer: *a propósito, não estou exatamente viva.* Para Nova, simplesmente disse:

— Eu morri, e meu dom se transformou. Acho que não sou mais uma astral. Não sei muito bem o que sou agora — admitiu. — Além de fantasma.

Nova olhou para ela como se finalmente fizesse sentido Sarai se transformar em fumaça e tudo o mais.

— Você é uma *fantasma* — ela falou.

Sarai assentiu. Não conseguia parar de pensar em Aparição derretendo no peito de Kora. Lembrou-se da sensação emergente dentro de si, todas as noites logo após o pôr do sol. *Astral*, pensou, maravilhada. Havia um nome porque havia mais deles — mais crias dos deuses como ela, e Kora fora uma delas.

Um pensamento selvagem tomou conta.

De repente, sem sair do sonho, ela levou parte de sua atenção para a realidade. Com as mariposas, era perfeito, ela simplesmente se dividia entre as centenas em uma louca coreografia de um bando de andorinhas. Não tentava dividir sua atenção desde que as perdera. Era um paralelo estranho: a sala real e a sala dos sonhos, no mesmo instante. Nova ainda estava apoiando a cabeça em um braço, e Aparição estava lá, empoleirada na cadeira, observando todos os movimentos de Sarai.

Sarai encarou o pássaro e murmurou, pensativa:

— Por que você ainda está aqui?

As palavras de sua própria reflexão anterior voltaram para ela: *Um fragmento, um eco.* Parecia acidental, mas poderia realmente ser um acaso que o pássaro permanecesse no mundo?

Um *desejo moribundo* era algo mais intrigante.

Uma mensagem em uma garrafa, pensou, e sua mente se iluminou como quando o sol poente toca o mar. Seria uma louca ou uma gênia? Só havia um jeito de descobrir. Teria coragem? Seria possível? Ela era uma fantasma e Aparição era uma... parte abandonada de uma alma? Quem saberia que regras misteriosas governavam os que eram como elas. Sustentando o olhar do pássaro, Sarai colocou a mão no próprio peito, no mesmo local em que o vira se derreter em Kora, e deu uns tapinhas como um convite.

O pássaro entendeu. Nem hesitou. Decidido, mergulhou. Sarai foi dominada por uma onda de branco. Parecia que o vento soprava nela através de uma janela aberta — bem no centro dela.

Da arcada, Minya, Thyon, e todos os outros viram tudo. No princípio, pensaram que Aparição havia perdido a paciência com a transgressão de Sarai. Eles ofegaram. Ruza avançou, com a hreshtek na mão, como se fosse defendê-la. Minya logo segurou mais firme o fio de Sarai, para que ela não fosse arrancada de suas mãos. Então Aparição voou diretamente para o peito de Sarai, e não puderam fazer nada além de observar. Suas enormes asas se dobraram para trás e sumiram dentro dela como fumaça inalada. As costas dela se arquearam. A cabeça foi jogada para trás. Seus pés não tocavam o chão. Antes que qualquer um entendesse o que estava acontecendo, Aparição desapareceu em Sarai.

— *Isso não pode ser bom* — suspirou Rubi, em choque.

Ou talvez pudesse.

61

MENSAGEM EM UMA GARRAFA

Outra noite, Sarai nadara no mar com Lazlo em um sonho e encontrara uma garrafa flutuante com uma mensagem dentro. Ela a viu balançando em um caminho brilhante, sacudiu a página para desenrolá-la e leu:

Era uma vez, um silêncio que sonhava em se tornar música, e então eu te encontrei, e agora tudo é música.

Era tinta em pergaminho, preservada no vidro, entregue em um sonho.

Isto era memória e emoção, preservadas em… Bem, se em algum lugar dos mundos paralelos existissem estudiosos de metal divino e seus dons, talvez pudessem explicar, além de apenas classificar como "Magia". Mas "magia" serviria por ora.

Quando Aparição se derramou em Sarai, Kora apareceu no sonho.

Era uma fantasma, claro, mas não havia sido criada por Sarai. Ela parecia a mulher que Sarai vira na porta do berçário — estava até usando a coleira de mesarthium —, mas também *não* se parecia com ela, porque aquela tinha o rosto pálido e rígido, e esta não era nada disso. Havia tanta coisa em sua expressão, sentimentos de uma vida inteira — de muitas vidas — concentrado em um momento. O medo competia com a coragem, e a coragem estava vencendo. O perigo pulsava ao seu redor. A sensação era a de ter percorrido um labirinto e encontrado apenas becos sem saída — um labirinto sem solução. Ela se esforçava para enfrentar seus últimos momentos com leveza, e havia tristeza, arrependimento, saudade, anseio e amor.

Tanto amor. Seus olhos brilhavam de amor — todo para Nova.

Assim que Nova a viu, suas mãos voaram para a boca, uma sobre a outra, como se para conter o choro, porque lágrimas começaram a cair imediatamente e seus ombros tremiam e seus olhos cintilavam.

— Kora? — ela perguntou com uma voz doce e hesitante que derrubou séculos de sofrimento e amargura, e agora ela parecia a garota que cruzara um mar congelado há mais de duzentos anos. — É mesmo você?

Kora, ou o fantasma dela, disse:

— Meu amor, meu próprio coração, não tenho muito tempo.

Ela foi até a Nova, pegou-a pelos ombros e apenas a olhou, como se quisesse se preencher com a visão da irmã. Nova devolveu o mesmo olhar, e ali, depois de todos esses anos, estava o rosto mais verdadeiro que um espelho — semelhante ao seu, mas não uma cópia. Não eram gêmeas, e...

Sem espelhos em Rieva, Nova nunca viu seu próprio rosto claramente até partir. E quando viu, não era o rosto *certo*. Era parecido, mas ainda assim errado. A visão de seu próprio rosto sempre a abalava com o seu *quase*, sua *insuficiência*. Ele nunca lhe pareceu tão real quanto o rosto que crescera admirando. *Ali* estava seu reflexo real. *Esta* era ela: o que via a olhando de volta quando sua irmã a fitava, e era o mesmo com Kora. Separadas, cada uma era como um grito no espaço vazio, sem paredes para lançar o eco de volta. Não havia como *voltar*, só houve décadas de arremetidas de cabeça em silêncio, sem reflexo, sem eco, sem identidade.

Elas se bebiam e se empanturravam, e o fantasma de Kora — esse pedacinho de si que ela deixara para trás — falou:

— Não tenho muito tempo — disse novamente, lambendo os lábios, e o destino pairava sobre ela como um xale. — Eu quis tanto estar aqui quando você viesse. Eu sempre, *sempre* soube que você viria. Nunca duvidei de você um segundo sequer em dois séculos. Eu podia *sentir* você por aí *tentando*, e meu coração se partia todos os dias. Do momento em que te enviei o diadema e a carta, soube que você não desistiria de mim. — Ela soltou um soluço sufocado. — E não teve um dia da minha vida que não lamentei. Sinto muito, minha Novali. Você me perdoa? Fui tão egoísta. Eu sabia que você poderia chegar a Aqa e me salvar, e poderíamos matar aquele monstro. — Por um instante, seu lindo rosto se contorceu com um ódio tão selvagem que Sarai pensou que só poderia ser para Skathis. — E poderíamos ficar juntas e fazer qualquer coisa. — Como uma estrofe de um poema que suaviza após ser repetida, ela sussurrou: — Tão azul quanto safiras e geleiras e tão bonita quanto estrelas. — Lágrimas corriam por seu rosto. — Mas ele me levou embora.

Kora segurava as mãos de Nova agora, apertando-as com força.

— Ele me levou para fora do mundo, e então entendi que o que pedi a você era impossível. E soube que você viria mesmo assim, e que eu tinha arruinado a sua vida.

— *Você* não arruinou a minha vida — Nova disse, feroz. — *Ele* arruinou, quando levou você e me deixou na lama. E nosso pai. E Rieva. Você me *deu* uma vida, com o diadema. Um propósito. Você acha que eu aguentaria ficar lá e parir os bebês daquele velho? Eu teria caminhado direto para o mar. Kora, o mar sabia meu nome. Ele me chamava. A única coisa que me manteve viva foi saber que você estava por aí precisando de mim.

Anos atrás, na nave-vespa, quando o dom de Nova explodiu fora de controle, foi Kora quem a trouxe de volta; sua voz foi como uma corda lançada em um mar agitado. E todo esse tempo, seu propósito sempre foi esse, e era o que continuava sendo: uma corda lançada ao mar, salvando Nova de se afogar.

— E a única coisa que *me* manteve viva foi saber que você viria — Kora falou. — Eu não suportava pensar que você chegaria aqui só para descobrir que eu não estava mais.

Houve um breve silêncio, e então Nova perguntou, em um sussurro frágil, devastado, insuportável de uma criança:

— *Você se foi?*

E Kora, soluçando, com o rosto azul brilhando como lápis-lazúli molhado, disse:

— Ah, minha Nova. Sim.

Sarai, que observava de longe, foi tomada pela tristeza das irmãs. E também chorou.

— *Não.* — A palavra foi arrancada, se contorcendo, das profundezas da alma de Nova. O sussurro traiçoeiro sempre estivera certo. — Cheguei tarde demais — disse, aos prantos. — Desculpe, Kora.

— *Não* — Kora falou, com uma ferocidade de tigresa. — O que lhe pedi era impossível. Como uma garota vinda do nada, sem nada, poderia cruzar dezenas de mundos sozinha?

— Não era impossível — Nova disse. — Eu consegui! O que significa apenas que eu poderia ter feito isso mais *rápido.*

Kora balançava a cabeça.

— Não é culpa sua. Eu devia ter me libertado e te encontrado. Eu devia ter sido mais forte.

— Não é fraqueza pedir ajuda.

— É fraqueza não se ajudar. Mas tentei. Nova, quase consegui. Era só esperar mais alguns anos e eu estaria livre. Roubei um bebê ferreiro antes que Skathis o matasse. Eu o peguei e o levei para longe, para que quando ele ficasse mais velho, eu acabasse com Skathis e não ficasse presa no lado errado do portal. Eu teria te encontrado. Mas não tive tempo.

— Eu sei — Nova falou, com os dentes cerrados, porque vira a morte de Kora na memória do próprio assassino.

— Estou ficando sem tempo agora — Kora falou, e Sarai foi atravessada por sua urgência. — Nova, ouça-me. Se você está aqui, deve saber o que aconteceu comigo e também… o que me tornei. — A vergonha embebia suas palavras. — Sei que você teria sido mais forte. Você salvou todas essas crianças em vez de ajudar a *vendê-las*. Meu amor, sei que vai ficar brava, mas quero que me ouça. Eu queria muito estar com você, mas isso não significa que eu merecia viver. Fui parte de algo terrível, tenha eu escolhido ou não. Eles não estavam errados em nos matar. Prometa que *não vai se vingar*. Deixe que todas essas coisas horríveis terminem aqui. Eu te amo tanto.

Kora passou os braços em volta de Nova, e Sarai teve um vislumbre do rosto ferido de Nova antes que ela o enterrasse no ombro da irmã e cedesse aos soluços. E, por mais triste que fosse a cena, foi muito pior quando Kora desapareceu — seu fantasma desapareceu, e sua energia foi consumida ao cumprir seu objetivo —, deixando Nova chorando sozinha. Verdadeiramente sozinha para sempre.

Sarai estava de pé no sonho, arrasada, com os braços em volta de si e o rosto molhado de lágrimas. Nova a olhou, e foi como se Sarai estivesse caindo no lugar escuro que havia dentro dela. Não haveria mais negação depois disso. Kora se fora, e Nova sabia.

— Sinto muito — Sarai sussurrou.

O rosto de Nova se enrugou e ela se curvou sobre si mesma, não suportando a dor. Ela balançou a cabeça de um lado para o outro, dizendo:

— Não, não. — Mas não era mais negação. Era sofrimento. Seus olhos estavam delirantes, enlouquecidos pela perda. O gelo havia cedido? Ela arrastaria todos consigo?

Com os corações martelando de medo, Sarai se esforçou para infundir a aura do sonho com uma sensação de calma.

— Ela te amava muito — falou. — Nunca duvidou de você. Sabia que você faria o impossível por ela. Você sabe como é raro confiar em alguém assim?

— Eu já os matei — Nova disse.

Sarai não sabia a quem ela se referia. Todos aqueles rostos debaixo do gelo…

Ela tinha matado tantas pessoas.

— Ela *não* quer vingança — disse Nova, rígida ante o horror do que havia feito. — Mas eu já os matei.

De repente, Sarai entendeu.

— Oh! Não! — disse. — Eles estão vivos. Pardal os salvou. — E os olhos de Nova se fecharam suavemente, com um alívio inconfundível.

— Sério? — perguntou, como se fosse demais esperar que essa pequena parte de seu fardo pudesse ser erguida.

— Sério — Sarai lhe contou, relaxando um pouco. Se Nova estava sentindo remorso, talvez as palavras de sua irmã tivessem a atingido. — Ele é meu pai, o que… — Sarai se interrompeu. — Ele também fez coisas terríveis para salvar as pessoas que amava. Não era culpa dele. E não era culpa de Kora, nem sua. Foram os deuses, eles eram um câncer no centro de tudo. Mas já se foram. Deixe as coisas horríveis morrerem com eles.

Deixe que todas essas coisas horríveis terminem aqui, o fantasma de Kora dissera.

— Você consegue fazer isso? — Sarai perguntou. — Por favor?

Havia uma nota de desespero em sua voz ao pensar em Lazlo, enjaulado, e Rook, Kiska e Werran presos, e todos os outros presos também, todos à mercê de Nova, todos dependendo dela. Nova também ouviu a nota em sua voz e entendeu, e compreendeu o motivo. Ali, no sonho, estava perdida no passado. Subitamente, lembrou-se do presente, e o sonho se dividiu ao meio e expulsou as duas.

Nova acordou e ficou de pé, libertando-se do leve toque de Sarai e virando-se em um só movimento para encará-la. Ambas respiravam rápido. A verdade doía entre elas como um coração partido, mas as coisas eram diferentes no mundo real. A comunhão havia evaporado — o que lhes permitira sentir o que a outra estava sentindo e entender uma a outra — e restavam todas as barreiras linguísticas. Sarai não sabia dizer o que Nova estava pensando.

Ela ficou imóvel, como se estivesse diante de um predador ferido, imprevisível em sua dor e seu poder. Estava consciente de que a flecha de Tzara estava apontada para Nova, pronta para disparar, e torcia muito para que isso *não* acontecesse. Ela queria virar a cabeça ou gritar, mas estava com medo de tirar os olhos de Nova ou de alertá-la para a presença dos outros, se ainda não os tivesse notado. Então ela só estendeu uma mão aberta para a arcada, silenciosamente pedindo: *Esperem.*

O olhar dela se voltou para Lazlo em sua jaula, e Nova o acompanhou. Nova estremeceu quando viu a cena, reconhecendo o que fizera. Em seguida, estendeu a mão para abrir ciclo temporal. A bolha iridescente evaporou e Kiska e Rook se libertaram. Eles tropeçaram, desorientados. A mão de Rook ainda estava erguida, pronta para lançar um ciclo ele mesmo, mas parou quando viu Sarai, e piscou.

Depois, as mandíbulas da serpente se abriram e jogaram Werran longe antes que a criatura colapsasse no chão, deixando nada além de mesarthium suave ali.

Então foi a vez de Lazlo.

A jaula se expandiu e afundou, liberando-o lentamente enquanto derretia, pousando-o no chão. Sarai voou até ele. Pegou-o nos braços. Seu rosto era uma expressão de dor, seus membros estavam apertados na mesma posição fazia muito tempo. Ela o ajudou a levantar a cabeça, e encostou a testa contra a dele, respirando o seu hálito e beijando seu nariz perfeitamente imperfeito marcado pelas histórias, assim como ele.

— Você ainda está aqui — ele sussurrou, como se estivesse rezando. Sua voz estava dilacerada. Era como se ele tivesse gritado até fazer a garganta sangrar, e Sarai percebeu que ele acreditara que ela tinha evanescido. Ele tocou o rosto dela para ter certeza de que não estava só imaginando. — Você está bem?

Ele a fitou incansavelmente, como se estivesse guardando todo o encantamento para ela, e então ele estava chorando, e ela estava chorando, e depois ambos sorriram, lentamente desdobrando seus membros, estremecendo, e Sarai sentiu em seus corações que todas as suas mariposas *e* Aparição estavam vivendo dentro de seu peito, e um vento doce os pegou e os fez girar.

Rook e Kiska ajudavam Werran a se sentar. Ele estava sangrando e respirando fundo. Na arcada, os outros estavam cautelosos, olhando de um lado para o outro entre Sarai e Lazlo, Kiska, Rook e Werran e Nova, sozinha. Tzara não abaixou o arco.

Nova não parecia notar ninguém. Sarai a viu se virar, movendo-se lentamente com um olhar perdido, e dar um passo em direção à arcada. Havia meia dúzia de arcos abertos. Minya e os outros estavam no centro. Ela não os fitou, e seguiu pela direita. Sarai ajudou Lazlo a se levantar e a seguiram para o jardim.

Ali fora, tudo eram flores e criaturas de metal, o velho jardim e as ameixeiras, e além se via os maciços caules brancos subindo e desaparecendo na névoa. Aparição não estava voando em círculos, e nunca mais estaria. O pássaro desaparecera para sempre.

Nova foi até o parapeito. Sarai a seguiu. Os outros ficaram para trás.

Ela observou o horizonte, com uma mão no parapeito. Falou, mas suas palavras não faziam sentido como no sonho, apenas formavam um impenetrável amontoado de sílabas. Sarai, desconfortável, olhou por cima do ombro e viu Kiska dar um passo à frente. Ela encarou Sarai, deu um pequeno aceno com a cabeça, e falou em sua cabeça.

Foi tudo em vão, traduziu. *Ela diz que o mar tentou avisá-la. Ela não ouviu.*

— O mar? — Sarai inquiriu, olhando para Nova e ouvindo a voz de Kiska em sua mente.

Quando Nova respondeu, a tradução de Kiska veio simultaneamente.

Ele sempre soube.

— Como ele poderia saber? — Sarai perguntou com gentileza. Ela se lembrou da água fria e negra do sonho e temeu que Nova estivesse novamente se afastando da realidade.

Mas quando ela se virou para encará-la, parecia mais lúcida do que Sarai jamais a vira. Ela falou, e Kiska traduziu. *Ele sabia o meu nome*, Nova disse. Ela estava calma. *O mar sempre soube o meu nome.*

Então ela deu um passo para trás.

O parapeito estava ali. E logo não estava mais. Ela não tinha devolvido o dom de Lazlo ainda. Por um instante, seus olhos se fixaram em Sarai. Todo o gelo se esvaiu deles. Estavam castanhos e cansados e tristes. Quando Sarai entendeu e se aproximou, Nova se inclinou para trás.

E caiu.

62

AQUELES QUE SABEM

Era uma vez, uma irmã que fizera uma promessa que não sabia como quebrar, e isso a quebrou.

Era uma vez, uma garota que fazia o impossível, mas um pouco tarde demais.

Era uma vez, uma mulher que enfim desistiu, e o mar a esperava. Era o mar errado — vermelho como sangue e igualmente quente —, mas cair era como a liberdade, como deixar de tentar, e no caminho ela respirou fundo pela primeira vez em séculos.

Então tudo acabou.

Ou talvez não.

Aqueles que sabem não podem nos dizer, e aqueles que nos dizem não sabem.

PARTE V

Amezrou (AH.may.zroo) *substantivo*
Quando algo muito precioso, há muito perdido e lamentado, é encontrado e restaurado, contra todas as expectativas.

Novo; ainda não está em uso corrente.

SERIA MAIS ESTRANHO SE NÃO *EXISTISSEM* DRAGÕES

Lazlo não levou a cidadela de volta através do portal. A última coisa que Lamento precisava era do detestado anjo de metal voltando para o céu. Lamento nunca mais viveria debaixo de sombras.

E nunca mais seria *Lamento*.

Kiska, Rook e Werran se lembravam de seu nome verdadeiro. Quando Letha, deusa do esquecimento, engoliu o nome de Lamento, seu poder não ultrapassara o portal selado em Var Elient. E assim, três crias dos deuses nascidas na cidadela para serem vendidas como escravas para combater as guerras de outros mundos restauraram o que havia sido devorado.

Amezrou.

Era uma vez, um garotinho em um pomar coberto de gelo rugindo como um trovão, como uma avalanche, como o grito de guerra dos serafins que limparam o mundo dos demônios, apenas para tê-lo roubado de sua mente entre um golpe de sua espada de galho de macieira e o seguinte. Agora ele estava de volta, e era como sempre, como caligrafia, se a caligrafia fosse escrita em mel.

Embora Lazlo tivesse deixado a cidadela pairando sobre o mar vermelho, ele, Sarai e os outros ficaram indo e vindo entre mundos nas próximas semanas, preparando-se para a jornada. Não precisavam se preocupar com o transporte na curta viagem pelo portal. Devolveram os trenós de seda a Soulzeren, restando-lhes toda a frota de naves apreendidas ao longo dos anos por Nova e sua tripulação pirata, além das criaturas de metal de Lazlo — Rasalas e os outros — e o par de naves-vespa, que não eram mais vespas.

Naves de mesarthium são moldadas pela mente de seu capitão, e Lazlo as transformou em *mariposas*, em homenagem àquelas que trouxeram Sarai para os seus sonhos, sua mente, seus corações e sua vida.

Ele também transformou a cidadela.

— Você tem que admitir, é magnífico — disse Calixte, do pequeno dirigível que ela comandava, batizado de *Senhora Aranha*.

— Tudo bem — Ruza soltou, irritado. — É magnífico.

Haviam acabado de atravessar o portal pela última vez dentro do futuro conhecível. A cidadela estava diante deles, bastante diferente agora que não tinha mais a forma do serafim. Haviam discutido sobre o novo formato, ofereceram sugestões, mas a decisão final foi de Lazlo. Ele não precisava ter consultado ninguém, mas, sendo Lazlo, ele consultou. De qualquer maneira, ele escolheu o óbvio, e ninguém discordou, exceto Ruza.

— Um dragão seria *mais* magnífico — disse, sem querer dar o braço a torcer.

— Você e seus dragões — observou Tzara. — Não se preocupe. Tenho certeza de que Lazlo vai deixar você ter um dragão.

Thyon ainda pensava que estava farto de declarações como "Tenho certeza de que Lazlo vai deixar você ter um dragão", mas não. Era só difícil de aceitar. O escopo do poder de Estranho desafiava a normalidade. Talvez chegasse o dia em que Thyon não ficaria mais impressionado com o fato de que o manso bibliotecário júnior que costumava trombar nas paredes enquanto lia agora possuía uma enorme e inexpugnável nave interdimensional que controlava com a mente. Mas esse dia não era hoje.

Ruza se perguntava em voz alta como isso funcionaria — se Lazlo sozinho seria capaz de controlar as bestas de metal ou se elas poderiam obedecer a outros cavaleiros.

— Não seria divertido se fosse como um pônei de feira sendo levado pelas rédeas — disse.

Thyon podia facilmente imaginar Ruza como um menininho em um pônei. Olhou para ele e viu a criança que fora e o homem que havia se tornado — guerreiro, brincalhão, amigo —, e sentiu um carinho que nunca sentira antes por qualquer outra pessoa. Era afeto, e algo além que o assustava, e que ele podia sentir nos joelhos, nas pontas dos dedos e no rosto. Isso o deixava incerto sobre o que fazer com as mãos. Ele reparava em coisas como nós dos dedos e cílios, que não reparava nos demais e, às vezes, tinha de desviar o olhar e fingir estar pensando em outra coisa.

Ele falou:

— Tenho certeza de que existem dragões de *verdade* por aí em algum lugar. Você pode chocar um ovo e criá-lo como seu leal cavalo.

O rosto de Ruza se iluminou todo.

— Você acha mesmo?

— São centenas de mundos — Thyon falou. — Seria estranho se *não* existissem dragões.

Centenas de mundos. *Centenas de mundos*, e eles os veriam, porque estavam deixando Zeru, e ele, Thyon Nero, estava indo junto. Ele nunca voltaria para

Zosma, onde a rainha usava um colar feito com seus cabelos dourados, e um esboço embaçado de uma futura esposa aguardava seu retorno. Em vez disso, ele estava se juntando a uma equipe de deuses e piratas em uma missão que saía diretamente de um mito. Não era nem uma versão alternativa de sua vida. Ele não havia voltado no tempo e feito tudo diferente para chegar ali. Acontece que às vezes é suficiente começar a fazer as coisas diferente *agora*.

— Você também vai chocar um, é claro — informou-lhe Ruza, como se já tivessem encontrado seus ovos de dragão e fosse apenas uma questão de dividi-los.

— Sim, eu vou — Thyon concordou —, e o meu vai ser mais veloz que o seu.

Ruza ficou ofendido.

— Não vai ser, *não*.

Por sua vez, ele não conseguia imaginar Thyon como um menino em um pônei. Mesmo que agora parecesse menos intocável do que antes, o afilhado de ouro ainda parecia ter sido criado por um deus de humor sonhador, entregue em uma caixa forrada de veludo.

— Vai ser, sim — Thyon falou.

Calixte, com os dedos nas têmporas e os olhos fechados, disse:

— Estou tendo uma visão do futuro em que vocês dois são comidos como idiotas tentando roubar ovos de dragão em um mundo estranho.

Mas quase não a ouviram, porque uma brisa fez com que a *Senhora Aranha* desse uma guinada de leve, apenas o suficiente para que o ombro de Thyon encostasse no de Ruza, e ele o deixou encostado, e isso tomou toda a atenção deles enquanto Calixte navegava para o novo hangar que Lazlo tinha integrado à magnífica nova forma da cidadela.

Era uma águia, é claro.

Não houve dúvidas. Tirando os argumentos de Ruza sobre o dragão, a única outra opção era deixar a cidadela na forma de serafim, e ninguém queria isso. Os sentimentos que tinham pelo serafim eram complexos. A arrogância dos anjos ao cortar os portais resultou em conflitos pelo Continuum. No entanto, se nunca tivessem feito isso, não existiriam crias dos deuses, e nenhum deles estaria ali para debater sobre o formato de naves.

Por uma questão prática, teria sido mais fácil deixar como estava. Por uma questão emocional, eles não conseguiriam eliminar a marca de Skathis rápido o bastante, então Lazlo começou a trabalhar para transformar o serafim.

Tudo mudou. Na forma serafim, a cidadela era vertical e longa. Agora estava condensada, ampliada. Os lados esquerdo e direito foram substituídos pelas asas da águia. O berçário não existia mais, e os pequenos e estéreis aposentos de mães humanas foram igualmente extinguidos, assim como a memória do que havia acontecido ali. Seus próprios aposentos enormes, que outrora foram dos deuses, agora eram quartos mais modestos, e foram criados outros. Minya não reivindicava mais um palácio inteiro que ela não precisava.

Os jardins haviam quadruplicado de tamanho, em sua nova localização entre as asas da águia, e nele cresciam novos vegetais e frutas. Pardal brilhava com propósito e prazer. Ela tinha até pegado algumas samambaias da floresta e as plantado uma clareira sombreada. Feral também manteve seu propósito. A água sempre seria essencial, e estava interessado em trabalhar no desenvolvimento de outras dimensões de seu dom. Talvez um dia ele fosse mais do que um ladrão de nuvens, capaz de atacar raios.

Quanto a Rubi, sentia-se um pouco obsoleta, agora que não precisavam mais de sistemas mágicos para cozinhar e aquecer a água do banho. Ela não gostou nem um pouco da sugestão de Feral de que ela assumisse um hobby.

— Sei exatamente o que fazer — ela disse, e lançou um olhar para Werran, que cuidava de suas coisas em uma das poltronas da galeria.

Como se pode imaginar, a introdução de *quatro* jovens em seu círculo deixou Rubi um pouco tonta.

Quando enfim tiveram a chance de conhecer direito Kiska, Rook e Werran, ela evitou todas as questões óbvias — sobre a vida deles nos últimos quinze anos — e quis apenas saber qual deus eram seus pais.

Quando Rook revelou que ele era filho de Ikirok, ela engasgou consternada e disse:

— Você é meu *irmão*? — E acrescentou, sem sinceridade: — Quero dizer, ah, que bom, um irmão. — E virou-se para Werran para perguntar, esperançosa: — E você?

A semelhança de Werran com Lazlo não era uma coincidência. Ele era filho de Skathis, e Lazlo recebeu a notícia com muito mais entusiasmo do que Rubi.

Feral se viu disposto a gostar de Rook, e passou a se endireitar e falar mais grosso sempre que Werran estava por perto. Pensara que o faranji de ouro seria seu principal rival — o sujeito era apenas ridículo —, mas o grau de cautela que ele demonstrava em relação a Rubi sugeria o contrário. Ele parecia quase se esconder atrás de sua amiga Tizerkane quando Rubi se aproximava com o olhar faminto, então ela eventualmente desistiu e o deixou em paz.

— Ele deve ter algo contra pele azul — Rubi falou, ajeitando os cabelos selvagens. — Ele que está perdendo.

Quanto a quem *ganharia*, isso ainda estaria por ser descoberto.

Na nova configuração dos quartos, não havia como trancar as portas ao toque. Lazlo, que não queria que ninguém ficasse preso se algo acontecesse, fez com que todas as portas abrissem e fechassem, trancassem e destrancassem como portas comuns — com chaves ou trancas.

Ele também fez medalhões para todos, como os que Kiska, Rook e Werran usavam, para que não precisassem se preocupar em perder sua mágica, não importasse onde estivessem.

Ainda havia muitas coisas para serem descobertas na cidadela, principalmente dentro da cabeça do serafim, onde encontraram a câmara do tesouro de Skathis. Era uma completa maravilha: um museu de moedas estrangeiras, com pedras preciosas e frascos contendo poeiras curiosas, barris de *olhos*, de qual criatura, não havia como saber, e cristais que emitiam reflexos de luz âmbar, e fios de pérolas que flutuavam como bolhas de ar. Havia penas e geodos, tecidos e mapas, engenhocas de tecnologia misteriosa. Não foi nada ruim se verem na posse de uma enorme fortuna sobrenatural.

Também havia novas salas: uma para jogos, e não apenas quell; um laboratório alquímico completo; e uma biblioteca com livros de tinta de verdade em papel. A maioria foi doada pelo povo de Lamento — *Amezrou* —, mas havia um que vinha de muito mais longe, embora até essa distância parecesse humilde agora. Thyon, retornando de uma viagem por suprimentos, aproximara-se de Lazlo, rígido e tímido, e jogara um livro em seu peito.

— Isso é seu — falou, meio engolindo a palavra *desculpe*.

Lazlo pegou o livro e descobriu que não era outro senão *Milagres para o café da manhã*, o volume de contos que levara para o Chrysopoesium no que parecia uma outra vida. As sobrancelhas dele se ergueram.

— Não é meu — disse, folheando a primeira página, onde estava estampado *Propriedade da Grande Biblioteca de Zosma.* — O que o Mestre Hyrrokkin diria se soubesse que o afilhado de ouro estava roubando livros da biblioteca?

— Eu não trouxe o restante dos seus livros — Thyon falou. — Desculpe. — Ele fez um trabalho melhor com a palavra dessa vez. — Eu não tinha o direito de pegá-los. — Lazlo, porém, não guardava rancor.

— Você já pensou, Nero, que se você não tivesse vindo à minha janela em Lamento naquela noite com seu pedaço de mesarthium, eu nunca teria impedido a queda da cidadela, e estaríamos todos mortos?

— Você sabe, Estranho — respondeu Thyon, sem querer aceitar nenhum crédito —, que se você não tivesse me dado o espírito que corre em suas veias, eu não teria um pedaço para começar?

— Pois bem — Lazlo falou, irônico. — Ainda bem que sempre fomos excelentes amigos, trabalhando juntos para o bem de todos.

Podia não ser verdade antes, mas talvez pudesse ser agora.

Foram necessários todos os esforços para tornar a cidadela um lar que pudesse abrigá-los e sustentá-los. Quaisquer vestígios dos deuses haviam desaparecido — incluindo as roupas horrorosas, largadas para se desfazerem em cinzas na ilha, nas gaiolas que outrora prenderam as crianças que geraram e venderam —, exceto um: o novo formato da nave, uma homenagem a Korako que, apesar de ter sido quem os levara embora do berçário, fora também quem os salvara de mais maneiras do que eles imaginavam.

A águia havia deixado cair os tubérculos de kimril que os salvaram da fome, e por isso sempre seriam gratos. (Menos Rubi, que declarou que preferia morrer de fome.) Mas agora sabiam que Korako também salvara Lazlo quando bebê. Skathis o teria assassinado, como fizera com todos os bebês que possuíam o seu dom, mas Korako o pegou primeiro e, através de Aparição, o levou a Zosma — escondendo uma espécie de chave secreta com a qual ela esperava um dia abrir sua prisão. Ela não tinha vivido para desfrutar da própria liberdade, mas lhes ofereceu liberdade — antes e de novo, ao usar seus últimos momentos de vida para deixar uma mensagem para sua irmã:

"Deixe que todas essas coisas horríveis terminem."

E assim foi, pelo menos para eles, e para Amezrou também.

Mas lá fora nos mundos paralelos havia crianças azuis que tinham vivido sob a escravidão — seus próprios irmãos e irmãs — e não havia como deixá-las lá. Eles haviam se libertado, e com isso veio o dever de libertar os demais. O livro de Skathis, que haviam começado a traduzir — com a ajuda de Rook, Kiska e Werran, a quem Nova ensinara a língua dos deuses — continha não apenas cartas de navegação, mas um registro. Cada nascimento de crias dos deuses foi registrado, com cada venda, contendo: datas, gênero, dom, comprador e quantia paga.

Eles conseguiriam rastreá-los. Algumas trilhas estariam apagadas. Alguns estariam mortos. Alguns poderiam não precisar nem querer serem resgatados. Mas fariam o possível para merecer sua liberdade e poder e ser a antítese de Skathis e Isagol.

— Não somos nossos pais — Sarai dissera a Minya logo após morrer. — Não precisamos ser monstros.

Minya ainda sustentava que monstros eram úteis, e Sarai tinha de concordar — desde que estivessem do seu lado, e não, por exemplo, fazendo você *morder* um lábio que desejava *lamber*, ou qualquer outro grave delito do tipo.

Minya encolheu os ombros e a chamou de "chata".

Chato não era a palavra que Sarai usaria para descrever como era lamber os lábios de Lazlo, ou como era qualquer outra coisa em sua vida agora — ou em sua vida *após* a morte, para usar o termo técnico. Ainda estava ligada a Minya e ainda era um fantasma, com todas as restrições que acompanhavam essa condição. Mas era como Grande Ellen dissera: "Não é vida, mas tem seus méritos".

"Como ser escrava de Minya?", ela pergunta então, mas tinha bons motivos para esperar que não fosse ser assim. Minya não havia a possuído mais desde que acordara no chão e, apesar de ainda não ter mostrado sinais claros das... *Ellens*... para sugerir uma nova inteireza, ela também não era mais como antigamente. Sarai se pegou a observando, perguntando-se o que estava se transformando nela. Seus fragmentos estariam encontrando uma maneira de se juntar novamente para formar uma única pessoa?

Essa análise não passou despercebida.

— Você precisa ficar me olhando assim? — Minya perguntou.

— Assim como?

— Como uma criança que precisa ser cuidada.

Sarai não sabia o que responder. Minya era uma criança ou não? Ela era, e não era.

— Tudo bem. Mas ainda não te agradeci. Por ter me salvado.

— Qual vez? — Minya perguntou, desagradável. A última coisa que queria fazer era falar sobre sentimentos. Enquanto olhava Sarai, o impulso de fazer o rosto do falcão de Grande Ellen a dominou, mas ela obviamente não conseguia. Suas peças *estavam* de volta, e pareciam grandes demais, como caroços extras enfiados em uma ameixa. Somado a isso, havia a gratidão e a ternura subindo pela corda de Sarai, e ela sentiu que poderia se abrir e explodir.

— Minya... — Sarai começou a falar, porque não havia lhe agradecido ainda, mas notou que sua boca de repente parou de funcionar, e logo ela estava se virando, e seus pés estavam se movendo sozinhos, levando-a embora. Ela não conseguiu nem emitir um protesto assustado. A conversa terminou, e o relógio que marcava sua última possessão reiniciou.

✶

Com a chegada da *Senhora Aranha*, toda a tripulação do *Astral* estava presente — esse foi o nome que escolheram: *Astral*, já que "Aparição" parecia ameaçador, e todos gostavam dos outros significados contidos no nome, como viajantes estelares e almas enviadas para o além, além de honrar o dom de Sarai e de Korako.

Estavam ansiosos para partir, abandonar este ancoradouro e *começar*. Era tão fácil quanto querer. Lazlo só teve de desejar que a águia voasse, e ela voou. Planou acima de Arev Bael — "o Devorador", que havia devorado Nova — e até navegou entre os talos de tezerl, dotada de uma inteligência que não exigia sua atenção constante. Eles foram para o oeste, em direção ao portal ez-Meliz de Var Elient, onde, em alguns dias, encontrariam pessoas — pessoas de outro mundo — e se fariam conhecer, assim como sua missão.

Eram quatorze no total: nove crias dos deuses (incluindo uma fantasma) e cinco humanos, o que exigiu um alongamento na mesa da galeria. Todos se reuniram para a primeira refeição da viagem, posicionando-se em lugares que começavam a parecer seus. A comida era muito melhor agora, e todos estavam aprendendo a cozinhar graças aos cuidados do décimo quarto e mais inesperado membro da tripulação: Suheyla.

— Tem *certeza*? — Eril-Fane perguntou à mãe pelo menos cem vezes antes da despedida final.

— Absoluta — ela lhe assegurou, de olhos brilhantes. — O que vou fazer aqui? Minha casa foi destruída.

Eril-Fane era um filho paciente.

— Podemos construir uma casa nova para você — disse. Haveria muito disso acontecendo em Amezrou.

— Que incômodo — ela respondeu —, quando esta já está pronta. — Gesticulou em torno de si mesma, e como ele poderia argumentar? Ela já havia deixado sua marca ali na nave, dos tapetes e almofadas que saqueara descaradamente da Câmara dos Mercadores até os ganchos que orientara Lazlo a colocar sobre a mesa, para pendurar os discos de pão quentinho.

Suheyla agarrou a mão de seu filho.

— Você sabe que vou voltar, mas tenho de ir. Nosso povo precisa de você. E essas crianças precisam de mim.

Era verdade, e era bom ser necessário e pensar que ela poderia fazer parte na formação dos homens e mulheres que esses poderosos jovens se tornariam. Eles precisavam de uma avó, alguém que soubesse fazer as coisas, que os ensinasse a cuidar de si mesmos — e, o que era mais importante, *assar bolos* — e fornecesse uma perspectiva alegre quando estivessem enfrentando inimagináveis provações.

Esse era seu principal motivo para se juntar a eles, e era motivo suficiente. O outro ela não falou em voz alta, mas seu interesse no livro de registros de Skathis não passou despercebido. Lazlo, sem comentar nada, reservou um tempo para lê-lo com ela, rastreando os nomes dos bebês nascidos em um determinado mês, quarenta anos antes, e tentando descobrir quando e onde tinham sido vendidos.

Talvez Suheyla encontrasse seu filho perdido, talvez não. Certamente encontraria filhos perdidos — isto é, *mais* filhos perdidos. Não se engane, é isso que essas crianças eram, embora estivessem um pouco menos perdidas a cada dia. Ela fez o que estava ao seu alcance. Esses jovens eram notavelmente resistentes, até Minya, que havia suportado mais. Ela não falava muito, e Suheyla não pressionou, cuidando dela furtivamente, em pequenas doses e, muitas vezes, sem fazer contato direto com os olhos, como alguém tentando deixar um gato menos desconfiado.

A garota havia, enfim, trocado sua roupa esfarrapada por uma que Suheyla deixou para que ela encontrasse, também tinha um dente mole, o primeiro, o que significava que o que a havia congelado nos seis anos de idade agora descongelara, e ela não continuaria para sempre uma criança. Naquela noite durante o jantar, o dente caiu.

Estava mordendo uma fatia de pão e soltou um pequeno suspiro. A mão dela voou para a boca e pegou o dente tão minúsculo quanto o dente de um gatinho. Ela o encarou com um misto de encantamento e horror.

— Uma parte do meu corpo acabou de cair — disse, sombria.

Tzara engasgou um pouco com o vinho que bebia.

— Está tudo bem — Kiska falou. — Tem um dente melhor vindo. Só espere.

Minya sabia como funcionava. Havia passado por isso com Sarai e Feral, Rubi e Pardal e, como Grande Ellen, amarrara os dentes de seus bebês em pequenos colares que guardava em uma caixa de madeira. Quanto ao que fazer com o dela, Suheyla disse para colocá-lo debaixo do travesseiro e fazer um pedido.

— É isso o que fazemos em Amezrou.

— E suponho que todos os desejos se tornem realidade — Minya disse, sarcástica.

— É claro que não, bobinha — Suheyla respondeu. Ela não tinha vivido em uma era de otimismo, mas isso não significava que viviam sem sonhar. — Desejos não se *tornam realidade*. Eles são apenas o alvo que você pinta em torno do que deseja. Você ainda precisa acertá-lo você mesma.

64

UM NOVO CONJUNTO DE DESEJOS

Sarai ainda pensava nessas palavras quando, mais tarde, foi com Lazlo para o quarto deles. Eles compartilhavam o mesmo cômodo, que era maior que os outros, mas não o dobro. Preservava alguns elementos da clareira que Lazlo fizera, como a cama criada especialmente para a deusa dos sonhos. A iguana ainda estava por ali, ocasionalmente rondando a vegetação rasteira para pedir um carinho.

— Você se lembra do que Suheyla falou sobre desejos? — Sarai perguntou, jogando-se na cama.

— Sobre o alvo? — Lazlo perguntou, juntando-se a ela. Seu peso no colchão a puxou em sua direção. — Eu gostei. — Ele a aninhou, com o hálito quente em sua bochecha. — Devo ter boa mira, porque todos os meus desejos se realizaram.

— Todos? — ela indagou, fechando os olhos e sorrindo enquanto ele beijava seu pescoço. — Então é melhor arranjar uns novos. Você não pode ficar sem desejos.

— Eu nunca poderia ficar sem desejos. — Ele se apoiou no cotovelo e a olhou, sério. — Posso desejar em nome de outras pessoas, já que tenho tudo o que poderia querer.

Ela também. Família, liberdade, segurança, *ele*. Ela se inclinou e o beijou. Tinha mais do que jamais ousara sonhar e, no entanto, novos sonhos sempre brotam quando os antigos se tornam realidade, como mudas em uma floresta: um novo conjunto de desejos.

Lazlo poderia dizer que Sarai tinha algo tão doce quanto seu beijo em mente. — E você? — ele perguntou.

— Tenho pensado sobre o meu dom, e o que eu posso fazer com ele. E… quem eu poderia ser.

Ele esperou que ela continuasse.

— Quando eu estava nos sonhos de Minya e Nova, eu podia ver ou sentir o que estava errado, mas não podia *consertar*.

— *Consertá-las*, você quer dizer?

Ela assentiu.

— Fico vendo-a cair — confessou. — Eu deveria saber que ela faria algo assim. Estava *dentro da mente dela*.

— Acho que só era tarde demais para ela — ele falou, gentil. — Às vezes será tarde. Não foi culpa sua, Sarai. E você nos salvou. Se você quer ajudar as pessoas, se esse é o seu desejo, você vai ajudar.

— É isso — concordou, e sentiu o propósito se enraizando dentro de si, como se falar lhe desse a luz necessária para crescer. *Esse* era o seu desejo: ajudar as pessoas cujas mentes estavam inquietas, presas em seus próprios labirintos ou no gelo quebradiço. Era ali que ela queria pintar um alvo, para usar a metáfora de Suheyla. — Mas me senti tão... inútil com Minya e Nova. Acho que preciso trabalhar minha pontaria.

Sarai tentou fazer uma piada, preocupada que isso sempre estivesse além dela, que conjurar pesadelos fosse seu verdadeiro chamado e ela nunca fosse capaz de fazer outra coisa.

E Lazlo podia não ser capaz de enchê-la de certeza, mas podia enchê-la de encantamento, e assim o fez. Pela maneira como a fitava, ela se sentia uma espécie de milagre, como se seus olhos de sonhador a iluminassem com seu brilho encantado.

— Sarai — falou. — O que você pode fazer é *maravilhoso*. É claro que precisa praticar. Afinal, é a *mente*. É a coisa mais complexa e surpreendente que existe, e há um mundo dentro de cada um de nós que ninguém mais pode saber, ver ou visitar, *exceto você.* Eu só digo para o metal o que fazer. Você encontra as pessoas dentro da mente delas e as faz se sentirem menos sozinhas. O que é mais extraordinário que isso?

Ela se permitiu acreditar. Passou os dedos pelas bordas ásperas do rosto de Lazlo — a linha da mandíbula, o ângulo do nariz quebrado. Seus lábios, que não eram nem um pouco ásperos. A ferida havia curado. Não deixara nem uma cicatriz.

Várias vezes durante o caos ela se viu desejando o dom de sua mãe, para poder acabar com todo o ódio, o medo e a fúria. Mas percebia agora que o dom de Isagol poderia ser útil para combater uma ameaça, mas não poderia *ajudar* as pessoas, mesmo se fosse usado para o bem. Ele era falso. Arrancar o ódio de alguém assim seria roubar uma parte de sua alma. Mas talvez Sarai pudesse ajudá-las a deixar o ódio ir embora por conta própria, pudesse guiá-las, mostrar-lhes novas paisagens, fazer novas portas, novos sóis. Talvez.

Ela ainda não conseguia imaginar a vida que as outras crias dos deuses viviam nos mundos que as compraram, mas pensou que algumas precisariam disso. Considerou até que todos aqueles anos imersos em pesadelos poderiam ajudá-la a navegar pelos pesadelos deles, conduzindo-os para o outro lado. Se eles quisessem. Se eles a convidassem. Talvez ela pudesse ajudar.

Ela se alongou como um gato e rolou a cabeça de um lado para o outro.

— Não é engraçado que eu não tenha um corpo real, mas ainda imagine dores como se tivesse? Por que não deixar essa parte de fora, hein?

— Você *tem* um corpo real — Lazlo argumentou. — Eu posso senti-lo muito bem — disse ele, tocando-a.

— Você sabe o que quero dizer. — Sarai fechou os olhos enquanto Lazlo massageava a dor imaginária em seus músculos imaginários.

— Se você deixasse essa parte de fora — ele disse —, você se sentiria menos real, não? Estar vivo inclui dores, além de prazeres.

— Eu fico me perguntando… — Sarai pensou, sonhadora, enquanto ondas de prazer imaginário a percorriam.

— O quê?

— Se entre todas as crias dos deuses espalhadas por aí, em todos os mundos, com todos os seus dons, haveria *um* que… Não sei. — O que poderia ajudá-la? Seu corpo se fora. Como ela poderia viver direito de novo? — Alguém que… fizesse novos corpos para almas que precisam deles? — Teve de rir de si mesma. Era um dom altamente específico e improvável. — Quais as chances?

Lazlo, que ouvira Ruza falando sobre ovos de dragão e Thyon expondo sua teoria no jantar, disse:

— Em centenas de mundos? Seria mais estranho se *não* existisse alguém assim por aí.

— É isso, então — sussurrou Sarai, querendo acreditar. — Desejo encontrá-los onde quer que estejam, para que eu possa sentir todas as dores e todos os prazeres que são privilégio dos vivos. Enquanto isso, você vai ter de continuar compartilhando os seus.

Ela se esticou contra ele, felina, e Lazlo a abraçou — sua garota fantasma, deusa, musa da maravilha, e lhe garantiu que levava essa tarefa muito a sério. E enquanto a grande águia de metal, o Astral, atravessava a noite e a névoa, eles se perderam um no outro, no mesmo lugar em que se encontraram.

EPÍLOGO

Em Amezrou, por acaso, havia quem também estivesse pensando em desejos.

Eril-Fane e Azareen mal podiam acreditar que seu céu estava limpo e estavam vivos. Estavam cansados, ainda se recuperando de seus corações renascidos, e havia muito o que fazer, organizando a limpeza de escombros e lenta e organizadamente trazendo seu povo de volta de Enet-Sarra.

Ainda assim, conseguiram desfrutar de um momento de calmaria, e Azareen finalmente fez a pergunta que estava em seus lábios desde que seu marido morrera em seus braços.

— Meu amor — disse, tentando ler seu rosto, como tentara durante todos esses anos. — Você disse "Eu gostaria de...". *O que* você queria?

Eril-Fane ficou tímido — o grande Matador de Deuses corou, assim como aquele garoto que dera à sua parceira de treino uma pulseira no aniversário de dezesseis anos, e que dançara com ela enquanto suas mãos tremiam na cintura dela. Ele estivera envenenado e venenoso durante tanto tempo, e agora se sentia... limpo, sedento e vasto, como uma planta de vaso replantada em um jardim novo e generoso.

— Eu gostaria de... — respondeu, sustentando seu olhar tenso de olhos arregalados, cheios de um doce medo infantil. — Me casar com você — ele terminou em um sussurro, tirando algo do bolso.

Não esquecera seu próprio desejo moribundo. Havia pensado nisso tanto quanto ela nas últimas semanas. Você aprende o que quer quando acha que não pode ter, e Eril-Fane queria sua esposa. Segurou o anel entre os dedos. Não era o que ele fizera anteriormente e que ela usara ao dormir durante todos esses anos. Era novo, de ouro e lys, com cristais formando uma estrela.

— Nós já estamos casados — respondeu Azareen, tremendo, porque uma tempestade havia surgido em sua mente, e essas foram as primeiras palavras que saíram.

— Quero começar de novo — Eril-Fane falou. Ele parecia esperançoso e preocupado, como se houvesse chance de ela dizer não.

— Quer recomeçar? Comigo?

Azareen não disse não.

A sacerdotisa poderia realizar a cerimônia outro dia. Eles mesmos consagrariam o casamento. Eril-Fane carregou Azareen pelas escadas da pequena casa de Windfall, como se ela fosse feita de seda e ar. Ele chutou a porta atrás de si, como fizera dezoito anos antes. *Dezoito anos.* Fazia mais tempo desde a última vez que tinham feito amor do que a idade que tinham da primeira vez.

Dessa vez, aproveitaram seu tempo. Haviam se esquecido de muita coisa. Lentamente, tudo voltou.

O destino devia estar sendo solidário por todo o tempo que perderam. Fizeram um filho naquela noite, embora tivessem passado algumas semanas sem saber, e meses antes de o conhecerem e o nomearem Lazlo — e alguns anos depois disso ele conheceu seu xará, *e* sua avó e meia-irmã fantasma, bem como muitas outras pessoas quando a *Astral* voltou e parou para visitar Amezrou a caminho de uma nova jornada na direção oposta, em direção a Meliz, o mundo natal do serafim, e a qualquer outra coisa — e quem quer que fosse — que encontrassem no caminho.

Mas essa é outra história.

FIM

(OU NÃO?)

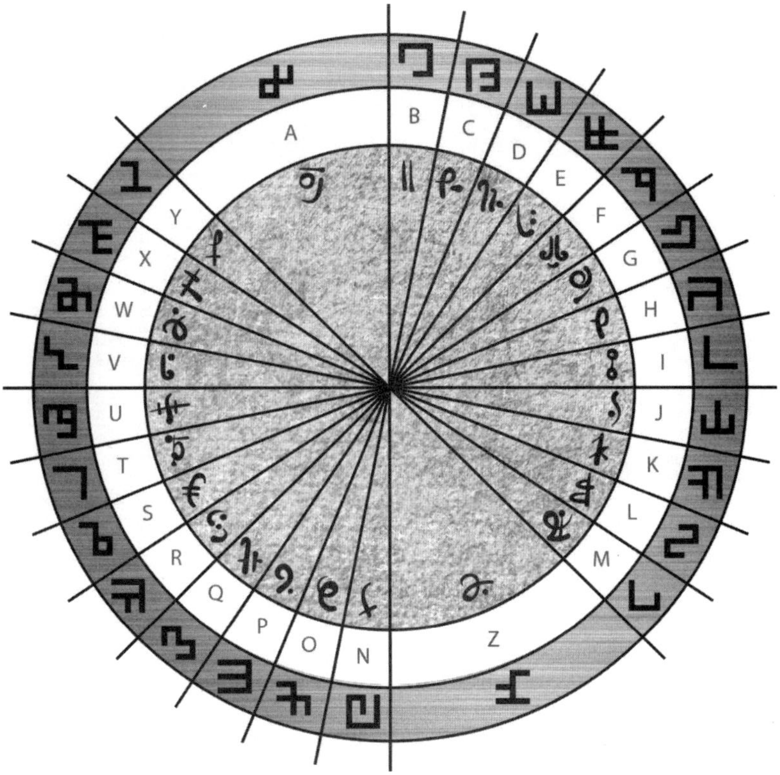
A
B
C
D
E
F
G
H
I
J
K
L
M
Z
N
O
P
Q
R
S
T
U
V
W
X
Y

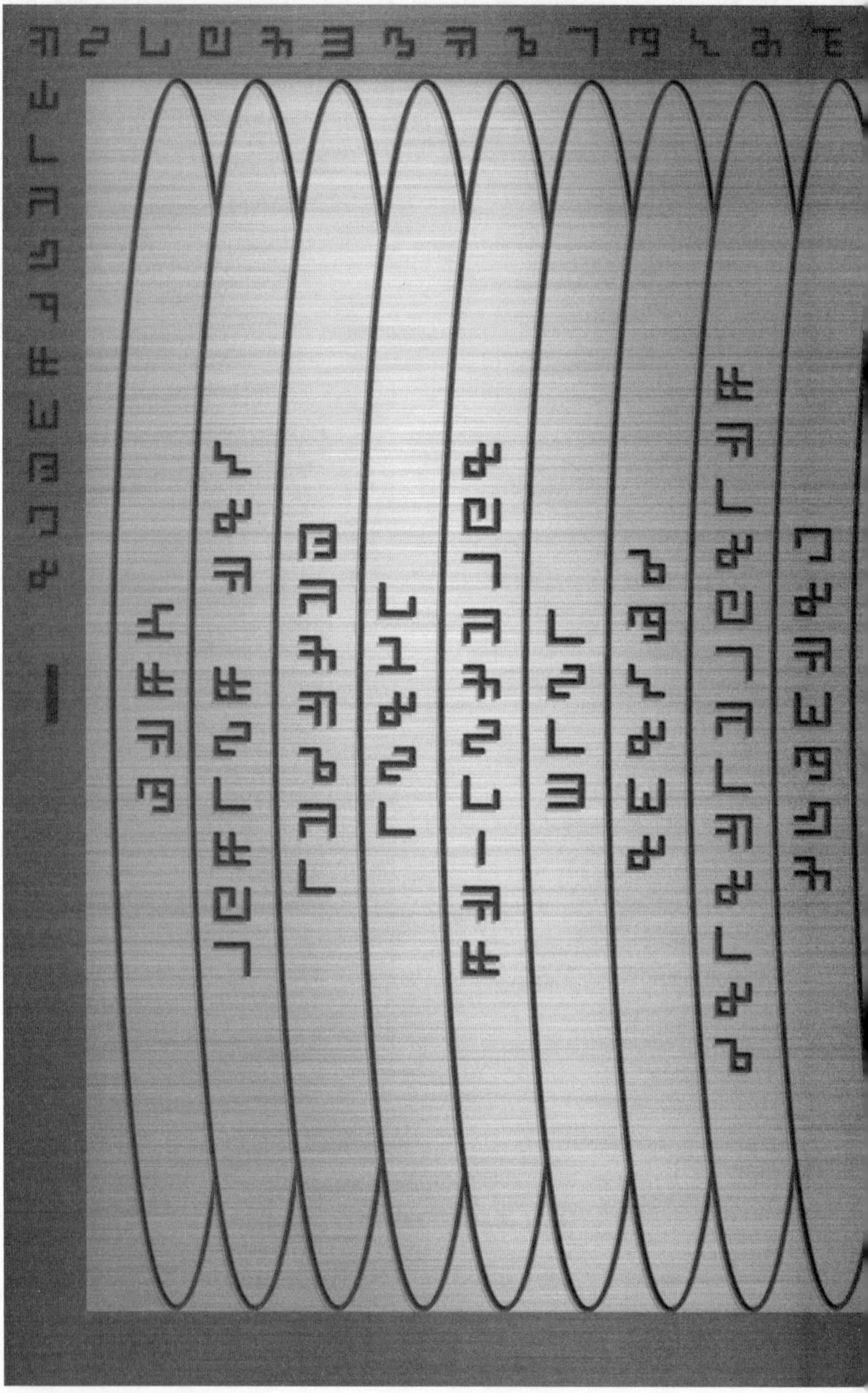

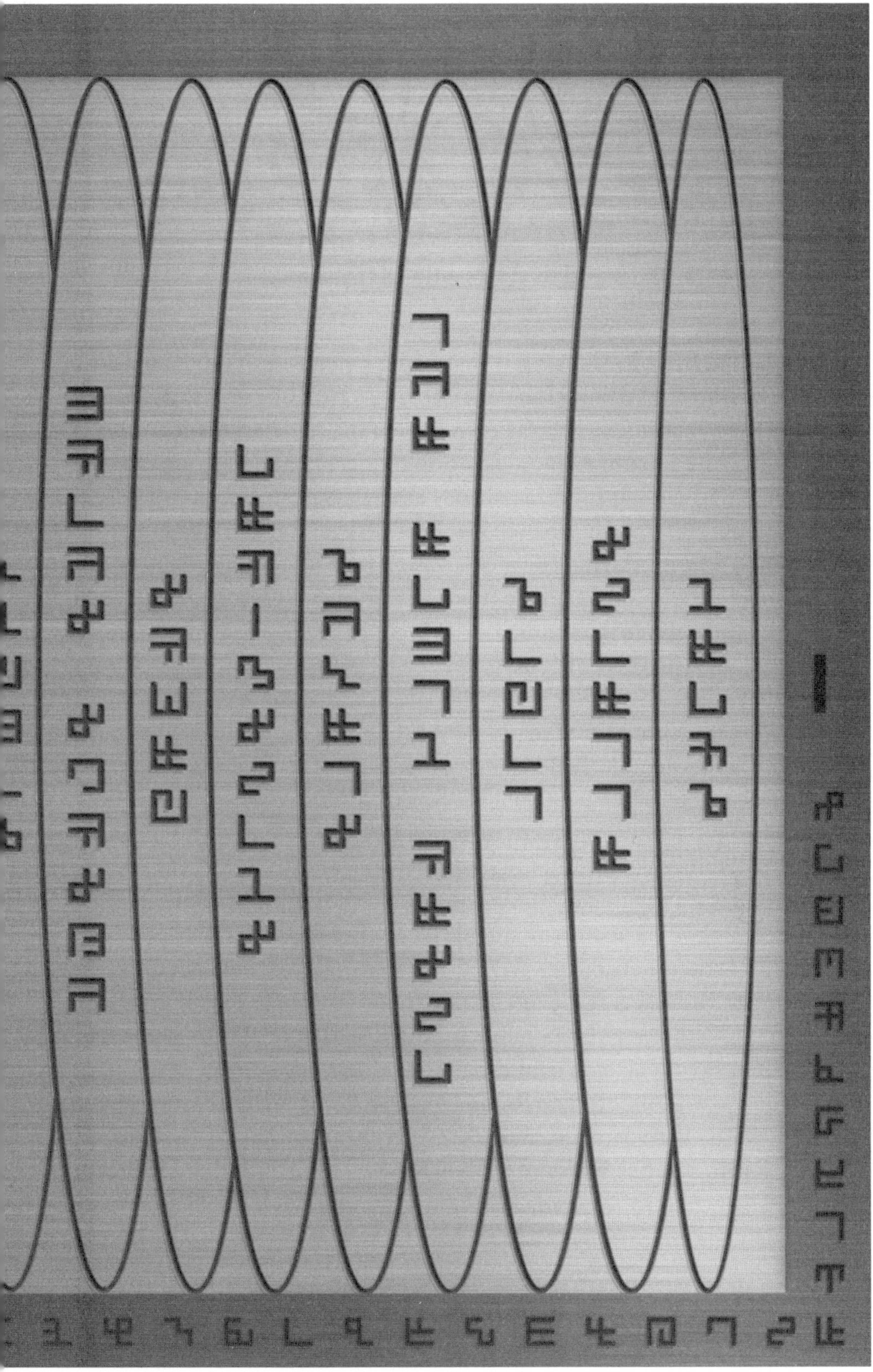

AGRADECIMENTOS

Este livro marca oito anos e seis livros com a fantástica família da Little Brown Books for Young Readers! São quase três mil páginas de deuses, quimeras, mariposas, guerras e jovens em busca de esperança, amor e identidade neste mundo e em outros. Sou incrivelmente grata a todos que ajudaram a transformar minhas palavras em palavras melhores, e depois as colocaram em *livros*, meus objetos favoritos no mundo. Obrigada!

À minha editora, Alvina Ling, cuja visão graciosa me ajuda a encontrar as melhores versões possíveis de minhas histórias e personagens, e cuja presença calma ameniza o pânico — o meu, pelo menos. Espero que eu não cause muito pânico em *você*!

Agradeço também a Nikki Garcia pela organização e apoio multifacetados; Jessica Shoffel e Siena Koncsol (bem-vinda!) pela publicidade; Victoria Stapleton e Michelle Campbell pela escola e biblioteca mágicas; Emilie Polster, Jennifer McClelland-Smith, Elena Yip e toda a equipe de marketing; Sasha Illingworth e Karina Granda pelo design fantástico (incluindo os incríveis alfabetos deste livro!); Jen Graham pela edição; Shawn Foster e a equipe de vendas por esse importante trabalho de vender; Jackie Engel; e a sempre maravilhosa chefe Megan Tingley por *tudo*.

Para a Hachette Audio — Megan Fitzpatrick, Michele McGonigle e o narrador Steve West, obrigada por trazer *Estranho* e *Musa* tão impressionantemente à vida do público ouvinte. Eles soam tão *deliciosos*.

Também fui abençoada com uma incrível *segunda* editora nesses oito anos. Hodder & Stoughton no Reino Unido, vocês são mágicos. Obrigada, Kate Howard, Vero Norton, Sara Kinsella, Melissa Cox, Lily Cooper, Thorne Ryan, Rachel Khoo, Carolyn Mays, Jamie Hodder-Williams e Ruth Tross. Muito obrigada também a Joanne Myler pelo excelente design da capa original, Claudette Morris pela produção e Catherine Worsley e Megan Schaffer pelas vendas!

Meus eternos agradecimentos à minha tribo: meus leitores. Obrigada por oferecer às minhas histórias um lugar para morar — *dentro de suas cabeças maravilhosas.* E um agradecimento especial aos leitores que se esforçam para dar vida às histórias fora de suas cabeças também, por meio de recomendações, *fandom*, arte, *cosplay*, conteúdo nas redes sociais, eventos e até *tatuagens*. É uma inspiração escrever livros para vocês e um imenso prazer ver muitos escrevendo seus próprios livros e criando de tantas outras maneiras legais. Estamos todos juntos nessa!

Aos bibliotecários, professores, livreiros e todos os demais apoiadores profissionais de livros, defensores da alfabetização e formadores de leitores, obrigada por tudo o que fazem. Para Angela Carstensen, Julie Benolken, Kathy Marie Burnette, Edi Campbell, Megan Fink, Jenna Friebel, Traci Glass, Scot Smith, Audrey Sumser e Karen Ginman, também conhecida como comitê Printz de 2018, muito obrigada pelo presente extraordinário que foi o Printz de Honra. É um orgulho na minha vida de escritora.

À minha agente, Jane Putch: você é minha família. Você também é, tipo, a pessoa que prende as extremidades da corda bamba de um arranha-céu a outro e me faz acreditar que posso atravessá-lo, mesmo quando mal estou me equilibrando.

À mamãe e papai, vocês me deram uma infância cheia de livros, aventura, liberdade, amor e apoio inabaláveis, e nunca tentaram me convencer a desistir desse caminho incerto. Eu amo tanto vocês, e sou tão sortuda por tê-los.

Alexandra, você é a melhor de todas as melhores amigas possíveis, e uma alma brilhante que faz todos os dias, todas as conversas, todas as trocas de mensagens únicas, engraçadas, imprevisíveis e boas. Desejo que você domine o mundo.

Tom Almhjell, alma gêmea escritora, desejo regularmente uma cabine de teletransporte (ou talvez um feitiço de teletransporte, que pareça um pouco menos arriscado e aterrorizante do que uma máquina, porque magia nunca dá errado...) para que possamos escrever juntas, segurando frases como cordões de contas para captarmos a luz nas janelas dos cafés em Oslo, Hvar e em qualquer outro lugar em que desejemos nos encontrar.

Para Robin LaFevers, outra alma gêmea escritora, obrigada por toda a ajuda com a *situação do cérebro* e por estar tão disponível para me aconselhar e me oferecer apoio moral. Você é incrível.

Para os meus gatos, muito obrigada por me permitir este pequeno canto da mesa para trabalhar. É muito generoso por parte de vocês.

E, finalmente, para os outros lados do meu triângulo, vocês dois são tudo para mim. Clementina, raio de sol atrevido, criatura inteligente, gentil e alegre, sempre cantarolante, nunca parada, a força da natureza quase na quarta série. Você torna minha vida maior, mais engraçada, mais *barulhenta*, e mais maravilhosa. Obrigada por ser minha filha! E acima de tudo, Jim, minha pessoa, meu lar, obrigada por construir esta vida comigo, por ser o meu primeiro e último ouvinte para todos os meus empreendimentos, tanto da escrita quanto os outros, por sonhar os mesmos sonhos loucos (o que os faz parecerem menos loucos, mesmo que, obviamente, eles *sejam*) e por manter a casa cheia de mangas e flores e me fazer rir, sendo o parceiro mais divertido, atencioso, romântico, solidário e maravilhoso que alguém poderia desejar — para não mencionar realmente lindo e super talentoso! Eu te amo imensamente e para sempre.